MEMORY HOUSE
记忆坊文化

岑利 —— 著

作对

WILD GARDENIA

（全两册）　下

长江出版社
CHANGJIANGPRESS

目录

WILD GARDENIA

下卷·野的栀子花

—— "记住了，这次不是想占你便宜，是我喜欢你。"
—— "这样亲，才是标准。"
—— "池栀语，你男朋友等你带他回家了。"
—— "新年快乐，我那笨拙而又热烈爱着的小女孩。"

谢野把人送回家的时候，已经快到晚上了。

　　池栀语故作淡定地和人说了声再见后，迅速跑回了家。她经过客厅时莫名有些口渴，走到厨房内倒了杯水喝。

　　王姨走进来的时候瞧见她，看着她喝完水，有些奇怪地"哎"了声："小语，你的嘴巴怎么了？红红的，还有点肿啊？"

　　"咳！"池栀语瞬时被呛了一下，捂着嘴咳了好几声，脸也渐渐红了起来，也不知道是被呛到还是别的原因。

　　"哎哟，怎么回事呢。"王姨连忙重新倒了杯水给她，"快喝点缓缓。"

　　池栀语接过勉强喝了一口，继续咳了几声才停了下来。

　　王姨拍着她的背："没事吧？"

　　"没事，咳。"池栀语端着杯子，抿了抿水。

　　"下次喝水慢点不要急。"王姨嘱咐一句，又注意到她的嘴巴，"你这红红的，被蚊子咬了吗？"

池栀语顿了下："嗯，刚刚没怎么注意到就被……咬了。"

王姨完全没有怀疑，还觉得好笑地说了句："这蚊子可真会找地方，在这儿咬一口。"

池栀语咳一声，放下杯子随口道了句："我先上楼，王姨你忙吧。"

"好。"

池栀语走出厨房，迅速往楼上房间的浴室走去。镜子里的人影映出，眉眼冷淡疏离，而脸颊两侧微红，特别是唇上的一角微红，看着有点肿。

池栀语瞧见，回想起刚刚谢野的吻。脸上的热度重新攀升，她立即打开冷水，冲了冲手指，用冰冷的指尖抚上嘴唇，给它消肿降温。

等了一会儿后，池栀语见嘴巴没有那么红了才走到房间里。她经过书桌时扫一眼，发现上面多了一份像邀请函一样的东西。

池栀语返回伸手拿起，看清封面上写着的是首席舞团的开幕式邀请函。她看过，随意放了回去。

下午的对峙，已经打破了一直以来白黎对她自以为是的掌控。其实池栀语对白黎的态度相比于池宴，没有那么憎恶。追根究底，白黎确实给了她最好的学习条件和生活水平，只是对她没有感情，心不在她这儿，只需要她这个女儿而已。所以教育她的方法就是把所有的希望都放在她身上。

是病态和极端主义。

以前的池栀语很早就知道如果自己的反抗激怒了白黎，只会引起更大的灾难。那么一个没有任何经济基础的未成年少女，如果选择反抗，她能做什么？

所以不论出于现实，还是贪心地想和谢野保持这么近的距离，她都选择接受现状，保持着白黎想要的样子。只要暂时服软就好，让白黎安心并且维持在正常的精神状态。

这是最好方式。

但现在这个方式被打破了。白黎已经看出了她和谢野的关系非同一般。

言语也开始了警告。

池栀语了解白黎。但她无法忍受让谢野面对白黎，不想让他承受白黎的疯狂，也不想让他走进这潭深水里。

这些都不是他应该面对的。

至少，她想让她喜欢的少年，能一直闪闪发光。

一直，是最耀眼的。


池栀语第二天送谢野去了俱乐部，但怕耽误他训练，只是送到了楼下。她知道这个月对他来说至关重要。

赛前一个月训练，对电竞选手来说是一场魔鬼训练。池栀语不想让自己拖累他，每天睡前和他发信息聊会儿天，让他安心地训练。

但每周她都会去俱乐部探个班之类的，导致俱乐部上下的人看到她过来，就直接往三楼训练室喊话："野哥，嫂子来了。"

这话一出，没等一会儿，就能看到谢野下来，然后带着人上去。

有次丁辉还和池栀语说了个趣事，楼下青训队的队员们都在计算每次谢野下来的时间，看看这野哥见家属的速度有多快。

池栀语被逗笑："这没必要吧。"

"这可有必要了，野哥每天都坐在椅子上，除了训练还是训练，天天加训打十六个小时，好不容易等到你来，他能不急吗？"阳彬坐在一旁感叹着。

池栀语听着这时长，皱了下眉，看了看一旁在和教练说话的人。

"噢，对了。"丁辉想起一事，"最近是不是要出高考成绩了啊，池妹妹紧不紧张？"

"我还好，考都考完了，我也没办法了。"池栀语无所谓。

"这话一听就是学霸。"阳彬拍手鼓掌，又好奇地问，"那这野哥成绩怎么样？他是不是那种……问题学生啊？"

谢野的气质，总会让人觉得他是个炫酷不爱学习的少年。林杰在后头听见这话，咳了下，想让阳彬别自讨没趣。

但阳彬听见会错意了，转头看他："对吧，野哥是不是你们学校的风云人物呢？"

这话还真没说错。

林杰见谢野回来，实话实说："嗯，确实是风云人物。"

"所以嘛。"阳彬看着谢野说了句，"野哥名气挺大啊。"

谢野扫了他一眼："你才发现？"

阳彬一噎，继续问池栀语："所以平常野哥成绩怎么样？"

谢野听着这个问题，转头也跟着看她。

池栀语对上他的眼，语气很随意："噢，他还行。"

阳彬："啊，怎么样的还行？"

池栀语："保送若大。"

阳彬："……"


七月底，高考成绩公布的当天，池栀语和吴萱约出来一起查了成绩。池栀语先查了自己的，633。吴萱就差了点，只有581，但进若北舞蹈学院是完全可以的。这明显比吴萱的预期高，她看着分数，捧着手机当场就哭了出来。池栀语在一旁安慰，看着她稀里哗啦地哭着，还很不厚道地笑了起来。

"不是，你还笑！"吴萱拿过她递来的纸巾，擦着眼泪，"你看看谢野的，我看他能考多少分。"

被她提醒，池栀语想起这事，重新打开了界面，输入他的准考证号和密码。页面有点卡，中间的圆圈转了好一会儿，才显示出来。

池栀语低眼看去，一眼就看到了总分，没说话。

吴萱连忙跟着凑过来看，下一秒，也安静下来了，顿了两秒后，忍不住："谢野是不是有问题？"

就见屏幕总分上显示着三个数字——520。

"他是仗着自己保送很了不起是不是？"吴萱感觉自己受到了智商的碾压，义愤填膺道，"他这种行为很过分！这是对分数的羞辱！！"

"还有！"吴萱转头看池栀语，"你是罪魁祸首。"

池栀语看着他明晃晃的分数，咳了一声："这又不是我考的，是他的原因，不是我。"

"就是因为你。"吴萱开始掰扯，"你看看你都把我Wild迷得连微博名都在搞事情，你红颜祸水啊你。"

池栀语有些无语。

那天，YG俱乐部官微发出通告的时候@谢野的账号，直接表明了Wild正式加入了YG战队，将在亚洲邀请赛上出席参赛。

这通告一发，当天就上了热搜榜。

一群人齐刷刷地全都跑去关注了谢野的账号@Wild Gardenia。

打开后发现连个头像都没有，微博都是默认系统发送的创建账号成功那一条，但粉丝哪儿管这些，先是吹了一大波的彩虹屁，表达自己有多激动多兴奋，终于能见到Wild的真面目之类的。

等激动过后，才有人注意到他的名字——Wild Gardenia。

嗯？Wild就Wild，怎么还加个栀子花呢？

各种猜测开始冒出来，更有的说会不会是个女生，毕竟是花啊。这说法马上就被推上了第一条，下面一堆人又开始喊哭了，我不信。

而吴萱一开始看到的时候，也蒙了下，等脑子再一转反应过来的时候，她可是了解内幕的人，这都猜不到，她就是傻瓜了。

"所以你说你是不是红颜祸水？"吴萱给她选择。

池栀语也觉得很不好意思，但这微博名还是她点头同意的，这就更尴尬了。她觉得先不提这个，清了清嗓子，随意扯了句："后天亚洲邀请预选赛就开始了，我有票，你要不要和我一起去？"

吴萱果然一顿："去哪儿？"

池栀语重复："PUBG亚洲邀请赛。"

吴萱有点蒙："真的假的？"

池栀语点点头："谢野给了我票，顺便也可以叫上李涛然苏乐他们。"

"我去！"吴萱一拍桌子，"走！走！现在就走！"

池栀语连忙拉过她的手："你走去哪儿啊？后天才开始，你要坐在门口等吗？"

吴萱愣了下："哦，对啊。"

冷静下来后，吴萱看了眼后边的甜品柜，可能已经了解到了现在的情况，她突然凑到池栀语面前，微笑道："Wild嫂好，您有想吃的吗？小粉丝我买给你吧。"

听到她这突然的称呼，池栀语觉得好笑，摆了摆手，没什么要求："你看着点吧。"

"好的嘞。"吴萱拿起手机，心情欢快地往后走。

池栀语轻笑一声，坐在位置上，正想把电脑关机，但注意到页面上的学生照片。

那是高一的时候，学校统一拍的。

照片里的谢野明显年轻些，不似现在傲气凌人，但表情依旧是漠然冷酷，帅气十足。

池栀语视线移开，再落在下面的总分520上，默了三秒后，脸突然一烫。微博账号的事是她在旁边看着弄的，但这高考分数……池栀语拿起手机对着屏幕拍了个照，随后发给了分数的主人。

这个时候他可能还在训练，应该没时间看手机。

发完，池栀语合上电脑，而手机忽而一振动，信息恰好进来。

谢野："？"

谢野："和我告白？"

池栀语看着这几个字一噎，正想打字，他那边的信息又传来。

谢野："行，我知道了。"

池栀语："知道什么？"

她还在想这能知道什么，手机忽而振动，一条接着一条。

"你，

"就这么想我，

"都忍不住，

"和我告白了。"

看着这一串串的字，池栀语真的是无语凝噎了。

这人，能不能，再无耻点！

池栀语给他回复："……"

池栀语："你有没有点开看照片呢？"

谢野："？"

这条发完，等了一会儿，他才回了条语音过来。

池栀语点开。

随后放出了谢野懒懒的声音："没有，都520了，不是告白？"

池栀语："这不是我的。"

她还想继续打字，但刚打出"你"，谢野那边就打来了电话。

她眨了下眼，随手接起，学着他平常的语气："说。"

谢野闻言扬了下眉："查成绩了？"

池栀语懒懒地"啊"了声："你猜我考了多少分？"

谢野随意道："六百三。"

池栀语蒙了下："你怎么知道？"说完，她立即猜到，"你看我成绩了？"

谢野："你看了，我看什么？"

池栀语："那你怎么知道的？"

"就你的智商。"谢野悠悠反问，"很难猜？"

池栀语小声骂了句，然后纠正道："那你猜错了，我考了633分，好吗？"

"哦。"谢野语气很欠地称赞一句，"高了三分还挺多呢。"

池栀语无语，这是嘲讽。

"那你呢？"池栀语撅着问，"故意考了520和我告白吗？"

谢野笑了下："你怎么知道我故意考的？"

池栀语眨眼："你不是会算吗？"

"我可不会。"谢野语气略有些不正经，"这是你池仙姑的强项。"

"骗谁呢？"池栀语不信。

哪儿有这么巧会考到520，他对题目一向有把握，知道哪些能得分，也不需要多答，每门算好，凑到520就行。

差不多能猜到她的解析，谢野稍扬眉："还挺聪明，不傻。"

这算是承认了。

池栀语勾了勾唇，轻声问："所以你考520干吗，想和我告白吗？"

高考前他们也还没在一起，但他先考出了这个分数。谢野倒也没乱扯，语气懒散道："不然？我考出来给改卷老师看？"

池栀语被他逗笑："你就拿这个给我告白啊，我要没看到怎么办？"

谢野漫不经心道："你会看到的。"

"嗯？"池栀语不懂，"为什么？"

谢野没答，笑了下："现在不就看到了。"

闻言，池栀语似是明白到了什么，一顿。

是啊，她会看到的。因为按着所有的程序，和她的性格。在出成绩的这天，他知道她会帮他查成绩，并且会看到这条信息。

一切都已经预算好了。

520。

她不可能不知道是什么意思，自然能想到他想表达的意思。而对比那本诗集的隐晦，他给了两个选择方式。一个直接明了，而另一个，藏了三年，终于被她发现了。

而两个，都是喜欢你。

"看到了？"谢野悠悠地问。

"嗯？"池栀语疑惑，"看到什么？"

谢野："总分成绩。"

池栀语蒙了下："我不是早看到了吗？怎么了？"

"嗯，行。"

池栀语刚想问行什么。

电话那头的谢野忽而喊了声，语速缓缓："池栀语。"

池栀语回神："啊？"

"我喜欢你。

"知道了吗？"

池栀语垂眸，笑了："什么啊，这是威胁还是告白呢？"

他在重演当时他想要说的话。直白又准确地表达。

"怎么？不满意？"谢野语气很酷。

池栀语嘴角上扬着："难道我不满意，你还能有别的方案？"

"噢，不满意也要满意。"谢野傲慢道，"我就这一种。"

池栀语无语道。

"不过你要真不喜欢，那我换。"谢野话音稍慢，忽而一转，"但喜欢你这句就这一种，没别的选择。"

没料到他会是这个意思，池栀语的心猛地被敲了下，讷讷地拿着手机，忘记了发声。没听到她的回答，谢野仿佛就像第一次告白般，拿捏不准她的情绪："喂，说话。"

闻言，池栀语回神，低眼看着电脑上少年的照片，抿了下唇，轻轻开口："那我的回答也只有一种。"

"我也喜欢你。"少女轻柔的声音透过电磁传入他的耳畔，如同每次的贴近，不断拉扯着他的那根弦，轻轻勾着，完全掌控。

谢野听着她的话，唇角渐渐小弧度地弯了起来。

池栀语说完也有些不好意思，咳了一声："反正我们已经在一起了，你干吗还跟我说这个。"

谢野："噢，我愿意。"

池栀语没他脸皮厚，自然地转移话题问："你今天不用训练吗，怎么有时间和我打电话？"

谢野："后天比赛，暂时休息。"

池栀语想着他平常训练的时间，皱了下眉："那你快去休息，别和我说话了。"

谢野靠在电竞椅上，语气随意："我现在就在休息。"他闭上眼睛，直白道，"多陪我说说话。"

池栀语眨了眨眼。

谢野懒洋洋地说完："就是帮我休息。"

"不行，你现在要去睡觉。"池栀语随手保存了谢野的高考成绩，催着他，"如果你不睡觉，那我就不和你说话了，快点去。"

"不睡。"

"你睡醒给我打电话，我再和你聊天。"池栀语想了想问，"你明天还要加训吗？"

"嗯？"

池栀语刚想说如果不忙的话，那她可以去见他吗，但又想到大赛在即，她张了张嘴最终改口道："没有训练的话，就好好休息睡觉，养精蓄锐知道吗？"

谢野闻言扯了句："你想我一直睡下去？"

"不是这个意思。"池栀语"啧"了声，"就是让你别熬夜训练，也别紧张。"

"紧张？"谢野不咸不淡道，"让你失望了，我字典里没有这个词。"

"我挂了，你赶紧去睡觉。"

说完，池栀语拿下手机想挂断电话时，就听见他那边又开口说了句："等会儿。"

池栀语重新接起手机："嗯？还有事？"

"想见我就来。"谢野悠闲地说，"你对象不嫌弃和你一起休息，哦，还有睡觉。"

池栀语直接挂断了电话。

她抬眼，正好对上屏幕照片上少年的黑眸，脑子里回荡起刚刚在她耳边响起的话。

脸一烫，直接合上了电脑。他怎么这么无耻！

池栀语脑子还没缓过神，从后边回来的吴萱打断了她的思绪："后面就是战场，排队的人都可以绕地球三圈了。"

吴萱端着甜品和饮料放在桌上，转头看她："你怎么了？脸红红的？"

池栀语面色平静地回答："有点热。"

两人坐的位置靠角，空调有些吹不到。

"那我和你换个位置。"吴萱开口。

"不用了。"池栀语摆手，"一会儿就好了，你坐着。"

"行。"吴萱点完头，突然想起正事，"噢，对，你知道我刚刚看到谁了吗？"

池栀语稳着情绪："嗯？"

"我看到了江津徐，他居然在后面排着队。"吴萱往后瞥了眼，小声神秘说着，"而且旁边还有个女生呢，看着还挺亲密的。"

池栀语好笑道："怎么？当时让你上你不上，现在后悔了？"

"我哪里是这个意思了。"吴萱"啧"了声，"看不出来江津徐动作挺快啊。"

"也可能是朋友吧。"池栀语随手拿起叉子，吃了一口千层，猜测一句。

吴萱一想，也无所谓，接着问后天比赛的事："那后天我们什么时候出发呢？"

吃了几口千层，池栀语有点腻，端着柠檬水喝着："九点吧，谢野他们可能十点才来。"

"行，那我们在门口等他们来！"说到这儿，吴萱明显很激动，"看完谢野，我明天还要看AKC的队员！"

池栀语被逗笑："你到底喜欢哪个战队呢？"

吴萱眨了下眼："两个我都喜欢啊，按颜值和实力来说我喜欢YG战队，按搞笑程度来，我喜欢AKC。"

池栀语之前研究了一下国内比较知名的PUBG战队，能听懂她这话的意思，轻笑了下。

"这话是真的啊，按颜值来说，YG真的很强，一个个的都是青春少年，之前Polo退伍成了教练，现在又有了谢野加入，我敢说……"吴萱比了个大拇指，"今年YG会爆。"

池栀语想着谢野的颜值："但他的性子又不好，这么酷，不觉得欠打吗？"

"粉丝们除了觉得他实力强以外，就是喜欢他这调调啊，不对……"吴萱突然意识到，"我就说我当初怎么觉得Wild的风格怎么这么熟悉、这么欠呢，和谢野就是一个模子啊。"

池栀语无语。

"不过你和李涛然他们说后天比赛的事了吗？"吴萱喝着奶茶问。

池栀语摇摇头："还没，等会儿和他们说吧。"

吴萱："行，那我们先吃完这个。"

池栀语点头，继续吃了几口，但脑子里想着刚刚谢野说让她想见就去的话，知道他应该是听出了她想来的心思了。

可如果她过去，不会真的陪着他休息睡觉吧？

池栀语正在思考，吴萱侧头喊了她一声："阿语，这儿还有一个蛋糕，我们打包带走吧？"

池栀语回过神，"噢"了声："好，带给李涛然他们也可以。"

"那我们走吧。"

池栀语点头，跟着一起往外走，走到前台看见排队的队伍时，确实相信了吴萱说的来的人能绕地球三圈了。她在心里感叹着，陪着吴萱走去打包，站在一旁等候时，后边忽而有人叫了声："池同学。"

这称呼有点耳熟。池栀语转头看去，瞧见是江津徐后，不意外地点了点头："江同学。"说着，她也注意到了他旁边站着的一位女生，面容秀丽典雅，气质看着和他有点相似。

"这是我表姐。"江津徐瞧见她的目光，连忙开口解释道，"我们一起来包装侄女的生日蛋糕。"

池栀语倒也没怎么在意，对着他的表姐点了下头："那先祝你侄女生日快乐。"

"谢谢。"

话落，场面有些安静，几人都在等着各自的东西。

江津徐站在她身后，等了几秒后，忽而出声问："池同学和谢同学什么时候在一起的？"

池栀语愣了下："之前，怎么了？"

江津徐抿了下唇："那是，在一起不久？"

"算是，但是……"池栀语看他，直白道，"我喜欢谢野很久了。"

江津徐的心思不难看出来，但平常两人的接触不多，除了必要的舞蹈合作外也没什么相处时间。池栀语也不知道他什么时候有了这心思，等知道的时候，想拒绝，但他又从来没有明说过，她也不好说什么，只能无形中和他拉开一点距离。

之前谢野来接她已经算是说开了，现在又加上这次，他应该也能明白，不用再在她身上浪费时间。

似是没想到她就这样说，江津徐顿住了，安静了好几秒，才浅笑出声："谢同学很幸运。"

池栀语摇头："不是的。"

江津徐："什么？"

池栀语轻笑了下："是我幸运。"


后天一早。

池栀语收拾好东西准备出门的时候，收到了谢野的信息，问她在哪儿。她看了眼时间，明明才八点半，这人怎么这么早起，打字回了句："还在家，等下去找吴萱他们坐车去比赛场地。"

没几秒。谢野发了条语音过来，声音还有点沙哑，像是刚睡醒。

"先来基地，我在这儿。"

池栀语："怎么了？"

池栀语："找我有事吗？"

谢野又发了两条语音，池栀语点开，系统自动一条接着一条播放——

"有。"

下一秒。

"你对象想见你。"

池栀语决定先跟吴萱他们一起坐公交车，途径YG基地的时候，和他们解释了一句。几人听到她要先去见谢野，看来的视线都各种暧昧，然后一个劲儿地催着她下车，别虐他们单身狗了。

可能是和谢野待久了，被他耳濡目染，池栀语面对他们的调侃，淡定地挥了挥手后，迈步下了车。

走到俱乐部门口时，她老远就看到了打开门从里头出来的谢野，他今天难得穿上了一套正经的衣服。

YG战队队服有短袖和外套，都是黑色，和他平常穿着的衣服没差，但这身莫名显得他的五官更凌厉点，有点不羁。

楼下的保安瞧见他出来，笑着打招呼："又来接家属啊？"

谢野懒懒地"嗯"了声，一脸困倦。

池栀语走来见他这模样，弯了下嘴角："你不会真的一直在睡觉吧？"

谢野："没，被老木叫醒了。"

池栀语跟着他走进基地内，看着楼下空荡荡的，青训生们明显也没还醒。可能才刚睡下没几个小时。

谢野牵着她的手没上楼，反倒先往后边的车库走。

池栀语稀里糊涂地被他带上车，坐在后边的位置上时，还有些蒙："我们去哪儿？"

"去比赛。"谢野侧头看她。

"啊？"池栀语没懂，"那其他人呢？"

谢野随口道："老木带着他们化妆。"

老木为了YG的形象，煞费苦心，一大早就催着人起来吹头发做造型的，想着等会儿上镜好看点，绝不能浪费了他们的良好基因，多多吸收点粉丝。等他催到谢野的时候，看着他满脸冷漠的样子，盯了半天，也觉得没有什么需要改进的，不爽地把他赶走，让他来见见家属放松一下心情。

池栀语明白地点头，但又奇怪地问他："那你为什么不化妆？"

谢野扬眉："我需要？"

言下之意就是，我天生帅气，用得着这些？

池栀语噎了下。"嗯，是，你就这样挺好的。"应付完，她问出问题，"所以你把我叫来干吗？"

总不能真是见见面吧？

谢野"噢"了声："和你算算账。"

池栀语皱了下眉："算什么账？"

谢野没说话，忽而俯身越过她，伸手拉过安全带帮她系上后，压着她的身子没动，脸微微凑近，就着姿势低着眼看她，语气慢悠悠开口。

"昨天还真不来见我，挺狠心的啊。"

池栀语呼吸稍滞，下意识往后靠，谢野就跟着往前凑近。

可没退多远，后脑勺就碰到了椅背。无路可退。

池栀语顿了下，强装镇定道："我这不是想让你休息嘛。"

谢野扬眉。

"你想，如果我过来，就是在浪费你宝贵的休息时间，然后就会导致你今天的状态不好，所以我这是为你好，知道吗？"池栀语理智给他分析。

"为我好？"谢野扯了下唇，"你想得倒挺多。"

"不然？"池栀语眨眼，"我总不能耽误你的事业吧。"

"行，说来听听。"谢野看着她的眼，"你觉得哪些事对我好？"

闻言，池栀语脑子一抽，吐出四个字："离我远点。"

"不然……"池栀语真诚道，"怕你被我的美色干扰。"

谢野："……"

场面安静下来。谢野保持着姿势，盯着她看了两秒，忽而似笑非笑道："被你的美色干扰？"

池栀语任他看，眨了下眼："你难道不贪图我的美色吗？"

谢野眼睫动了动："说点人话。"

"就……"池栀语回忆起高中的时候吴萱说的传言，轻舔了下唇，继续道，"之前他们都说你是被我的美色诱惑，才拜倒在了我的石榴裙下。"

谢野扯了下唇："你觉得呢？"

"我觉得……"池栀语话音拖了下，实话实说道，"这是真的。"

你就是贪图我的美色。

这话冒了出来，谢野自然能听懂她的意思，扬了下眉，随后点着下巴，自顾自地笑了下："行。"

"嗯？"

谢野盯着她的唇，忽而说了句："那就当我贪图你的美色。"

池栀语皱眉："什么叫就当……"

话还没说完，谢野忽而低头缓缓靠近她，薄唇轻启道："我来贪一次。"

池栀语呼吸一滞，瞬时看出了他的意图，正打算说话。

下一刻，谢野的唇已经贴了上来。

池栀语僵了下，极为震惊，有些难以置信地看他，不敢大声说话："等会儿来人怎么办！"

谢野随手解开她的安全带，手掌勾过往怀里带，轻碰了下她的唇。他退开些，看着她还有些蒙的表情，低笑了下，语气很欠地说："怕什么，这不是没来？"

池栀语脸有些红："快点放开，被人看到不好。"

谢野扬眉："谁看？"

车上只有他们俩，其他人还在楼上化妆，确实没人看，但谁知道会不会突然有人下来。

"你疯了？"池栀语单手拍开他的手，瞪他，"你无耻，我还要脸呢！"

"噢，那正好。"谢野顺着她的话，轻轻吻上她的唇，低声说，"再来贪一次。"

反正他无耻。谢野掌心贴着细腰，他的脑袋微侧，在她唇边落下细吻，他的另一只手上移，抵着她的后脑勺，不容她退缩。一点一点，舌尖驾轻就熟地探了进来。

力道温柔又带着霸道，让人不自觉地深陷。后车空间狭小，安静却莫名有些燥热。两人的距离极近，呼吸也渐渐加重，细微的亲吻声似乎被放大了无数倍，不断传递在四周。

池栀语起先紧张的心跳声被他的吻扰乱，"怦怦怦"直响着。意识涣散开，再没有多余的精力去关注其他的事。

谢野的吻渐渐放肆，带着明目张胆，毫不收敛，池栀语的身子不自觉地颤了下。谢野察觉到，咬了下她的唇瓣，似乎不舍地轻轻舔过，动作终于停下。

两人唇齿分离，额头相互抵着。

谢野看着她还有些呆愣没缓过神的表情，笑了声，亲了一下她泛红的眼尾，哑声开口："还有十分钟。"

"嗯？"池栀语脑子迟钝，抬眼缓着气问，"什么？"

谢野贴着她的唇，嗓音喑哑地说了句："我们还有十分钟。"

蹭着她的唇，谢野又吻了上去。

"再亲几下。"这几下，不长，只是几分钟的事。谢野也只是逗她，安抚性地亲了下后就老老实实地坐在旁边和她说话，帮着重新系上安全带。

但池栀语觉得可怕的是，谢野这人居然能准确算到剩余时间。

剩下的人真的是在十分钟后才下来，上了车，瞧见她的时候完全不惊讶，反倒还挺高兴地和她打着招呼。

池栀语坐在位置上，浅笑点头应着，但想到刚刚和谢野偷偷摸摸干的事，莫名有点心虚和不好意思。

阳彬先上来坐在了谢野旁边，丁辉和林杰坐在了前面，再跟着上来的是从青训队里选拔上来的替补，华北。

一般在PUBG参赛队伍里都会带五名选手，四名首发，另一位是以防首发队员发生什么突发状况能及时替补上场的。

"池妹妹久等了，这些家伙化妆可太难伺候了。"老木上车后，看着池栀语连忙吐槽了几句。

朴罗在后面催着他上去，别挡道。

朴罗是前YG战队队长Polo，去年因为身体情况不太好，所以选择了退役，留任成为教练。

池栀语瞧见人，一一颔首问了好。

老木摆了摆手："不用这么见外，你可是我们这儿唯一的家属，等会儿可还要你帮我们加个油，助个威呢。"

池栀语笑了下："好，这个一定。"

丁辉听着老木的话撇嘴："不是，你这唯一，显得我们也太寒酸了点吧。"

老木摊手："这还怪我了？除了谢野，你们一个个哪个还有对象，我倒也想多些家属力量，你们自己不争气，怎么办？"说完，他又觉得不对，"等会儿，其他经理都不让队员谈恋爱的，怎么就我整天催着你们去见见世面？"

池栀语咳了一声，莫名觉得这话有点不对。

"行了行了，这事先打住啊，等会儿还要去录采访，你们先想好怎么回答啊。"老木丝毫没觉得有问题，坐上驾驶座，启动车子往外开。

朴罗想着这事，转头看后边："谢野，你等会儿直接下车露个面就行，然后跟我进休息间。"

阳彬蒙了："为什么野哥不用采访？"

朴罗"啧"了一声："这是战略部署，保持神秘感。"

Wild的身份本身就是个很大的噱头，再加上谢野从来没在大众前露过面，这次一出场不用想，就是个巨大的惊喜。

还来什么采访，直接场上见吧。


YG俱乐部离比赛场地不远，十五分钟左右就到了。快接近入口的时候，池栀语透着车窗就看到已经把车道堵得水泄不通的粉丝，一个个都举着相应战队的应援牌和队服，在声嘶力竭地喊着。

池栀语真是头一次见这个场面，愣了下。

"池妹妹，小场面小场面。"阳彬及时出声，"下车的时候我们帮你吸引注意力，你直接跟在我们后面走就行。"

池栀语点点头，看着谢野："你们小心点，别被挤到摔倒了。"

"放心。"阳彬摆手，"我会照顾好野哥，不会让他被扑倒的。"

池栀语笑了下："好，那麻烦你了。"

谢野扬眉："我是没手没脚，要别人照顾？"

"这是让你小心点，外面的粉丝这么疯狂，太危险了，还有……"池栀语想了想，还是提醒一句，"保护好自己，别被人吃豆腐。"

车辆停在大门前，老木拔下车钥匙，侧头道了句："行了，下车吧。"

丁辉和林杰先起身，按着原定的顺序下车，谢野落在最后。

走时，池栀语一一跟他们说了句加油，等到最后。

前边的老木和朴罗自然地转了头，暧昧地"哎哟"了一声。

谢野侧头看她。

池栀语对着他漆黑的眸，仰头亲了下他的唇角，轻笑道："等你回家，Wild。"

"现在，我们在比赛现场看到了YG战队的车辆已经到达，想必大家都知道今年的YG战队阵容发生了巨大的变化，加入了两位新的成员，其中一位大家可能都不陌生，现在车门打开了！"

"摄像老师，我们把镜头对准车门，传说中的那位所有人期待已久的Wild终于要揭开他的神秘面纱了！"

场外呼声一阵阵地响起，粉丝们看着车门打开，压着心跳看着先下车的人员，瞬时开始尖叫。

"啊啊啊啊！"

"啊啊啊啊！是阳彬和丁辉！！！"

"丁少爷！！！看我！我爱你！！"

"我来看Wild的！！下车了吗？！"

"Wild！Wild！Wild！"

喊Wild的声音越来越响。

林杰对于大众也是张生面孔，他长相斯文儒雅，看着就是一副好学生的样子，还带着清秀的帅气。他下车的一瞬间，粉丝看到是没见过的人，直接把他当成了Wild，连着喊了好几声。而等看到他身后队服上标的是Lin时，蒙了一下，还没反应过来，余光突然瞥见了车内还有个人影，他们下意识转头看去。

商务车的车门不高，就见一位穿着黑色队服的少年，长腿落地，微微弓着身子，迈步下了车。

所有人的视线全都聚集来，紧紧盯着。

下一秒。少年慢慢直起身，显出了他的面容。

乌发朗眉，瞳仁漆黑深邃，在光线下显得有些冷。

他身形清瘦修长，对比之前三人，黑色的队服像是为他量身定制的，丝毫没有压住他的轻狂傲慢，反而显出了他与生俱来的锋芒。

谢野眼睑微动，所有人猛地对上了他眸底的疏离和冷淡，回过神时，就看着他迈步走过了人群，也让他们全都看到了他身后队服上的那个名字——Wild。

场外安静了一瞬，不知谁先发出了一声呼喊，紧接着下一秒，女生的尖叫和男生的呼喊响起，震耳欲聋。

身后，池栀语戴着鸭舌帽悄无声息地下车，安全地混进了人群内，听着四周传来的小姑娘狂热的尖叫声，她抬头看了眼已经安全进入会场的谢野，莫名觉得有点好笑。

一出场就把人都惊在了原地，但也没什么粉丝上去扑他。

倒是她白担心了。池栀语弯了下嘴角，往前边走了一段，拿出手机准备跟吴萱他们一起进场。

电话响了一会儿才接通，吴萱大声喊着："你在哪儿啊？"

池栀语觉得这不是办法，退出通话界面给她发信息——"在入口这儿。"

吴萱："好，我们来找你。"

池栀语站着没动，等着他们过来。

四周都是小女生，说话声也没压着，她就站在中间，不想听也能听见她们的对话。

"我刚刚真的被吓到了，那是Wild？我没有看错吧？"

"我还近视呢，要是你都看错了，我怎么办？"

安静了一会儿，女生可能回过神来。

"Wild也太帅了吧，这靠脸吃饭不香吗？"

"说明人家有实力啊，你以为大家都是你，想着靠脸白得一切吗？"

"别，真的，Wild那张脸真的很绝，行了，我决定了。"

"决定什么？"

"他是我的男神！"

…………

池栀语低下头，没忍住压着的笑意，轻咳了一声。旁边的两位女生听到这声，才意识到说的话被人听见了，有些不好意思地互相小声推搡着往前边走了走，躲开她。

池栀语倒没怎么在意，不过在这儿等待期间，她已经见到了无数个谢野的粉丝了。

她听着这些宣告，突然觉得。这只要长得帅，原来真的就可以夺人眼球。还在心里感叹的时候，吴萱终于到了。

"不是，你好好的，戴个帽子干吗？"吴萱拿着扇子扇风，皱眉道，"找了半天才看到你。"

"啊。"池栀语摸了下头，"我忘了。"

刚刚在车上的时候，谢野随手把自己的鸭舌帽给她戴上，把她的脸挡得严严实实，然后才下的车。

"谢野挺强的啊。"李涛然看了眼四周小声说了句，"这么多粉丝都在喊他的名字，我刚刚耳朵都要聋了。"

"废话。"吴萱一脸骄傲，"Wild当然强。"

苏乐嫌这儿太热，看了眼时间："走吧，应该能进场了，先进去坐着。"

话音落下，几人都点头同意。

谢野给的票在前排，能以最近的距离看到场上的情况和比赛的镜头画面。池栀语找到位置坐下后，仰头看了眼场上，还是空的，他们应该还在后台的休息室准备。

身旁吴萱也看了圈，侧头小声问："不过我说，你觉得这次谢野能赢吗？"

池栀语笑了："你是他的粉丝，你不应该相信他的吗？"

"我又不是盲目崇拜，是个理智的粉丝。"吴萱给她分析，"但我也肯定希望谢野能赢，毕竟这可是场大比赛，只有赢了这场，才有去参加亚洲赛的资格啊。"

"这场比赛当然重要了。"苏乐给了句，"但今天对上的都是国内有名的豪门战队，不好说啊。"

李涛然"啧"了声："怎么不好说了！谢野实力这么强！必须

可以！"

"谢野实力强是强，可他从来没有真正参加过这种线下比赛，虽然一直在配合训练，但也完全算是个新手，和其他战队的老队员怎么比？"

这话是事实。所有人对Wild的名字当然熟悉，可是也明白一点——他是第一次参加这种专业性的比赛。

毫无经验可言。

职业比赛不比网上娱乐性的比赛，需要的是团队合作还有整体的协调配合，更需要战术和实力的专业训练。

单拿谢野没有参加过比赛，就只能靠着这短短一个月的训练来打。

这怎么比？

类似的质疑声从YG官微发布战队名单的时候，就已经有了。

从来没有断过。

这很现实，也很残酷。

但也是事实。

谢野作为当事人当然也知道，只是他没有说过，也没有对她表现过而已。但池栀语知道，他不轻松。每天都在训练，十六个小时打底，可能在所有人睡下时，他依旧在训练。

在未知下，一直努力地成长着。

为了能配得上他身上的那个名字和所有人的期望。

Wild。

几人都有些安静。

吴萱转头看她，安慰道："不是，我们没说谢野不行啊，而且就算再差，谢野也不会差到哪儿去的，你也别担心啊。"

池栀语闻言笑了下："放心，我不担心。"

几人一愣。

四周忽而传来了一阵喧闹声，池栀语抬头往场上看去，一眼就见到了谢野那修长的身影。他从后台走出，忽而抬起眸，远远地向她看来。

两人视线对上。

下一瞬，池栀语看着他眸内的情绪，忽而轻笑一声。

她的少年。

让她等着他，满载而归。

# Chapter 16

排名第一·新起点

比赛还未开始。

两队的选手进场，坐在相应战队的座位上做好外设连接准备。键盘鼠标，各数据进行调试。台下的观众纷纷都在找寻着自己支持和喜欢的战队。

池栀语隔着半场和谢野对视了几秒后，眨了下眼。

谢野平静地移开视线，拉开座椅坐下。

"怎么样？有没有看到池妹妹在哪儿？"阳彬坐在他的旁边，连着自带的键盘，好奇地问。

谢野插上鼠标，语气随意："有你什么事？"

阳彬调试好外设："我这是给你放松心情，怕你等会儿紧张啊。"

谢野扫他："我用得着你来？"

丁辉在旁边被逗笑："人野哥有家属，用得着你替他放松？"

阳彬"啧"了一声："这还带歧视的是吧。"

"池妹妹就坐在下面，刚刚她还看到我了。"林杰解释了句。

"啊？啊？"阳彬转头就要找人，"在哪儿呢？"

"别看了。"丁辉把人喊住，"摄像头等会儿就打开，看到你这样能行？"

阳彬忘了这茬，连忙把头扭回来。

"老老实实看电脑。"谢野设置着参数，慢条斯理道，"那是我家属。"

有家属，了不起哦。


台下李涛然看了一大圈各个战队的位置，最后绕到前方的台面，瞧着谢野戴着耳机坐在座椅上，看着自己的电脑，面无表情。

"哟，不知道为什么，我也好紧张，明明这又不是我比赛。"李涛然没忍住拍着苏乐的大腿骂了一句。

苏乐被他吓了一跳："你有病？"

"我紧张啊。"李涛然捂着胸口，"这比赛怎么还不开始，都一个多小时了，再等下去我可能都要先呼吸不畅了。"

"没看到他们在准备吗？"吴萱扫他，"而且你紧张什么？人家这正牌女友都没说话呢。"

听着这词，池栀语摇摇头："不用多说，低调就好。"

吴萱还想说她什么，台上的大屏幕忽而亮了起来，显示出了另一边的解说员舞台。台下的粉丝们立即有些躁动起来。闻声，池栀语愣了下，抬头看向大屏幕。

"各位观众大家好，您现在收看的是本次亚洲邀请中国区预选赛现场。"

直播开始。三位解说员进行赛事开场预告。

"本次预选赛总共有十六支队伍参赛，其中包括了我们期待已久的YG、AKC、LPO、鹰狮……"

"和以往的赛事相同，这次同样是需要经过七场激烈的比赛后，选出四支队伍来代表我们中国赛区，前往南山参加今年的亚洲邀请赛。"

"十六进四，还是有很大的竞争压力，而且每支队伍都是我们熟知的豪门强队，实力不可小觑啊，当然我们也知道今年有些队伍也进行了一些人员调整，我们也期待他们稍后的表现……"

　　解说员将上半年的大环境介绍完，现场镜头开始转给了场上的AKC战队。解说员自然地进行人员介绍，而轮到YG战队时，台下的粉丝看到屏幕上突然出现了谢野的身影，立即尖叫了起来。

　　"YG，去年的Polo退伍成为教练，大家也能理解，毕竟身体原因，而今年同时也加入了两位新成员，一位是新人Lin，还有一位，没错就是那位，大家都知道的Wild，这次是YG第一次公开参赛人员，之前只发布了名单，但没有宣传照，所以也算是……"

　　解说员看着画面里谢野的样貌，斟酌了一下用词："憋了大招啊。"

　　其他两位解说员笑出了声："确实是大招，所以我们也期待YG之后能在比赛中获得良好的成绩。"

　　镜头画面也同时移开，转给了其他战队。

　　解说员大致介绍结束后，比赛终于开始了。

　　闻言，池栀语不自觉地正襟危坐，吴萱在旁边也紧张地握着她的手，看着大屏幕上的直播画面已经切换成了游戏界面。

　　第一场开始。观众们看着画面内各个队伍图标显示着跳伞地点，而YG选择了桥头方向跳了，随后，迅速落地到矿场边缘。

　　"我们看到YG往高地方向走。"

　　解说员看着画面说着，忽而听到了枪声，他迅速转到林杰的游戏画面，"诶"了一声，"很好，是YG的Lin先来了第一枪，为他们取得了第一分。"

　　下一秒，画面随机转到DROP队界面，就见游戏公告栏上显示着队员承礼被YG阳彬放倒。

　　"DROP这边情况有些不妙啊，已经少了一位队员，承礼也被放倒了，场上存活只剩两位队员，能不能救到呢？"

　　话音落下，旁边的女解说员立即接话，"哎呀，这枪声有些大了，其他队伍爬过来，这是要打算偷袭啊。"

　　画面内承礼迅速被队友扶起，一起躲在了后边的房子里。林杰和丁辉去准备包抄，但旁边早就爬过来的AKC听到枪声，直接顺了进来，躲在后边开了几枪就把阳彬打倒了。

阳彬咬牙："这么阴人呢。"

林杰的情况也很艰难，前边有DROP，后边有AKC，被双面夹击了。他也不能救阳彬，不然在这期间的空当里他根本没法动。

"林杰趴在树角，阳彬别动，我过来。"谢野扶了下耳机，迅速换枪从后方跑了过来，暂时遮挡住了AKC的视线。

林杰护在他身后，谢野听着前边的屋子的脚步声，打开地雷，方向准确地投了出去。

"砰"的一声。

击杀公告弹出了Wild击杀DROP三人，外加一位自身队友。

直播画面内正好转到这儿，观众"哇哦"了一声。

"我们看到这边YG的Wild通过脚步锁定位置，把窗口架好，一颗雷炸了过去，直接结束战斗，干净利落。"

"一换三，DROP团灭，YG赚了啊。"

场下李涛然并不乐观，看了眼屏幕，皱起眉："地图开始缩圈了。"

苏乐也注意到："他们刚刚和DROP打浪费了太多时——"话还没说完，他看着爆了声粗口，"靠，又少一个人。"

阳彬在之前淘汰了，队伍只剩三个人，准备慢慢爬的时候，偏偏又撞上了刚刚的AKC。双方对打时，林杰失误被击杀倒地，丁辉正想去救，但被上边的鹰狮发现，灭了。

"啊！"丁辉不爽地推开了键盘。

林杰抿唇："怪我，是我失误了。"

"哪儿来的怪你，他们一个个的队伍夹击我们。"丁辉摆手，"靠你了野哥，拖一会儿吧。"

谢野迅速探头，开枪击倒一人，扯了下唇："拖什么拖。"

没有队友的情况下，谢野不可能以一敌两个队，当然只能先拖着，但也没有拖多久，他勉强又杀了两个人后，就被一个队灭了。

第一场比赛结束。YG击杀人数6人，排名第6，总积分6分。

台下的观众隐约有些失望，都在轻"啧"可惜着。池栀语坐在位置上也能听见侧边的几个男生的对话。

第一位男生"啧"了一声："不是说Wild很强吗？这打的什么，连前五都没进。"

旁边戴着帽子的男生，无所谓道："要真这么强，还能到现在才加入战队来比赛吗？"

男生笑了下："也是啊，可能也就在平常玩玩的游戏上强了。"

闻言，池栀语顺着声源转头看去，视线落在他们的脸上，表情有些漠然。男生们说完话后，还笑了好几声，仿佛感受到了什么，一转头就撞上了池栀语半掩在帽檐里那双冷淡的眸子，顿了下，匆匆回头继续看比赛。

没等多久。第二场比赛开始，这次机场线从S城出发，YG在G城跳了。全队人搜集整理完物资后，"毒"圈开始缩，不巧，是"天谴"圈。

"这个距离有点远啊，诶，等等YG和DROP又碰面了，这是延续上场的场景吗？"

一旁的男解说员看着DROP一队人开车围堵过来，明白他们的意图，轻"嘶"了一声："看来DROP是一定要报上场的仇啊。"

两队人正在激烈地对打着。偏偏"毒"圈已经开始缩了过来，完全把四人罩住，药的物资已经开始匮乏，YG艰难移动又杀了DROP两人。这时，侧边一直在蹲点的Lpo突然冒出来包抄，直接把在毒圈里的YG，和仅剩一人的DROP团灭。

所谓，黄雀在后。

第二场，YG击杀3人，排名第11，总积分9分。

"这是不是有点不对？"李涛然在场下看着画面，皱眉，"为什么感觉他们全都在针对YG的人？"

吴萱不爽："刚刚DROP都直接来找谢野他们，这还不是故意？"

"就是故意的。"苏乐看着画面情况，皱了下眉，淡淡道，"他们都在盯谢野。"

池栀语也看出来了。第一场的时候，其他队都在探谢野的底线，因为从来没有和他交过手，都想知道他的实力到底如何。

成绩出来的时候，看着谢野的单场击杀人数，所有人都清楚他极具危险性，只是YG队伍的总积分排名还差点。

这个信息点存在，让其他队一致都想在开场的时候直接把谢野打压下去，这样YG的排名就会完全靠后，等到最后几局就不会有威胁，也不再有任何回旋的余地了。所以YG现在的处境已经动不了了，下一场不管跳哪儿，都会被人盯上。

台下的人都在讨论时，第三场已经开始了。

就像重复了前两场一样的状况。

YG一跳伞落地后，找到房子没有任何动作，只是在老老实实地搜集物资时，自动有枪声寻了过来。

这次是鹰狮战队的人，直接上楼闯了进来，但先碰到的是谢野，被他听着位置辨别方位，先行夺下了人头。可阳彬和丁辉那边不利，被另一边嗅到味道跟着包围过来的另一队人杀了。

之后谢野拉着林杰勉强挺过了三圈，最后拿到第6名，击杀人数8，总积分17分。

三局后，有半小时的休息时间。

YG的人起身走回休息室，一路上面色都不大好，冷冰冰的。

朴罗、老木和华北见他们回来，连忙起身。

老木先安慰他们："没事没事，来来来，喝点水消消气。"

"喝什么水！"阳彬皱着眉，"老子气都要气饱了，一个个全朝我们冲过来，我是枪靶子吗？"

"他们已经抱团，只想着把我们灭了就行。"丁辉语气很冲地说，"敌人的敌人就是朋友嘛。"

"好了好了。"老木也觉得气，但只能先劝着，"就当这三局我们吃了个教训，之后几场我们改策略，他们也不可能真的把我们怎么样，而且我们本来也就不用拿第一什么的，能进前四就好，先消消气，冷静一下。"

林杰薄唇抿成了一条线，看着火气也很大："他们就想要先把我们队的积分拉下，现在总成绩已经差了很多，后几局怎么打？"

"就这么打。"朴罗冷着脸，"被几个人围着打了三局就不行了？这才刚开场而已，之后多的是这样的事，这是他们的策略。要是你们碰到这局势，我也会让你们这样做，没有什么不对，而且在这儿生气喊着有什么用，下场给我打回去，就这么几个人，还打不了了？"

几个人被朴罗这一教训，火气有点降了下来，但面色还是不爽。

老木看着一旁唯一没说话的谢野，还真有点愣了，他以为按照谢野的臭脾气会是最先发火的，毕竟就连平常不会怎么生气的林杰都冒了出来。

但出乎意料的，谢野除了表情有点冷以外，看着也没啥事，但老木莫名总觉得有点问题，发声问："谢野，你有没有什么问题？"

谢野唇线抿直："有。"

老木连忙点头："嗯嗯，你说你说。"

谢野眼里没什么情绪，语气无甚波澜："下场什么时候开始？"

对着他冷酷的眉眼，老木莫名咽了咽口水："你想干什么？"

谢野抬眼，一字一句道："拿回分数。"


十六支队伍重回赛场，第四局比赛开始，YG重新跳到了矿场。

落地后，谢野看见前方门前的枪和倍镜后，忽而嗤笑了声。他迅速捡了把SCAR-L，装枪倍镜子弹，转身就躲在树后开起倍镜，对着空中准备跟随降落的另外一队，开枪。谢野在队内的位置上是狙击位，他的击杀率不管在比赛前还是比赛后都是出了名的高。

"啊，我们看到YG的Wild落地了，哇，他居然想直接打鸟，这有点太大胆了，目前场……"

解说员的话还没说完，就听见画面内一道枪声响起。

系统公告显示。

"YG_Wild使用SCAR-L命中头部淘汰了LPO_Acom。"

下一秒，又是两道枪声。

"YG_Wild使用SCAR-L命中头部击倒了LPO_Rroun。"

"YG_Wild使用SCAR-L命中头部淘汰了LPO_pop。"

三杀。

开场不到一分钟，LPO战队仅剩一人。

三个解说员呆滞，直播间，包括现场都安静了一瞬。

下一秒，尖叫声轰然震过全场。

谢野扯了下唇，收起枪迅速回到队伍，给了句："阳彬去补后边那个家伙一枪。"

"啊？"阳彬也愣了好几秒，反应过来飞快应下，转身提着枪屁颠屁颠儿跑去，朝LPO最后剩下的人开了一枪。

团灭。

这场局势在一开场就有了转折，YG战队已经有了充分的时间占据矿场高地，有了地理位置的优势，再加上队员的相互配合占尽了地利和人和。

第四局结束，YG击杀人数13，排名第1，总积分38分。

所有人还是有点蒙，似是完全没想到会有这样突然的转折，也有些人还在惊叹开场时谢野那三杀的操作。

等回神时，第五局开始了，他们渐渐觉得这场可能还是YG赢。

预感总是有用的。

第五局的时候，其他队的人见YG的总体排名上来，继续开始围攻，但YG方面已经猜想到，先开着车上去堵住了AKC的一队人。

仿佛报仇一般。

谢野继续保持着他狠绝的狙杀，最后队伍击杀人数9，排名第1，总积分55分。

队伍成绩直线上升，从整体排名第十一名，爬到了第六名。

等到第六局结束时，YG稳杀了DROP后，一路斩杀，犹如一匹黑马，超越了稳居第四的AWR，进了前四席位。

亚洲邀请赛的入场券已经胜券在握。

最后，第七局开始。

在场的观众其实都发现了，之前三场，谢野每次开刀的第一支队伍分别是头三场时袭击他们的DROP、LPO和AKC。

他们明白了。

这是复仇。

活生生的复仇。

其他队伍的人也通过这三局，了解了谢野的性子，也没敢再打头阵去堵人，老老实实地比赛。

在最后只剩三支队伍时，好巧不巧，其中一支是堵了他们两次的DROP。

导播很识趣地给到了谢野的镜头，在场的所有人乃至解说员都下意识地看他。

"是的，依旧是DROP和YG两队，不过这次DROP有点急啊，我们看到Wild被困在房子里了。"解说员看了眼DROP的人站在房外，扬起眉说，"这是要打算投雷吗？"

话音落下，画面一转，跳到谢野这边，见他蹲在房间内一角，早已架起枪，枪口透过窗，开着倍镜开始狙击，而门外的DROP根本没有注意到，活生生地站着当靶子。

解说员开始有些激动："好了，Wild又开始了他的收人头计划，所以要走也要问问我们Wild的枪让不让走是不是。"

话音落下。直播画面内，就见谢野倍镜内中心对准DROP一员的头部虚位开了枪。

解说员顺着说了句："很好，他不让。"

谢野迅速收下一颗人头。

然后，"砰砰砰砰"连着几声。解说员看着击杀的画面，"哇哦"了声："这拨人头收得非常好，嗯，再来一个，漂亮！"

明明局势挺紧张，但配着解说员的话，还有谢野那一脸淡定又嚣张的表情，莫名觉得仿佛他可能就是这么想的。

DROP成功被虐杀，之后丁辉和阳彬打了个完美配合，直接又干掉了另外一队，最后只剩下了鹰狮队的一个人。

谢野趴在高地，开倍镜枪击，"砰"的一声。

比赛结束。

第七局YG，总积分110，总体排名——

第一。

Winner的画面落下。

观众迅速站起身，带着狂热欢呼起："YG！YG！YG！YG！YG！"

几位解说员也很激动地站起说着祝贺词。

屏幕画面已经投给了场上的YG成员，观众就看着谢野随手摘下耳机，抬眸，看向镜头。

那张帅气漠然的脸出现在镜头内，仿佛带着天生的轻狂傲慢，唇角轻扯着。

这一刻。所有人的呼吸都停了一秒。

一瞬间。全场的尖叫声不断提高放大。

"啊啊啊啊啊啊啊啊！"

"Wild！Wild！Wild！Wild！"

池栀语坐在台下，听着四周此起彼伏的声音，身旁还有李涛然他们的欢呼声，唇角不自觉地弯起。她抬头看着谢野，就见导播的画面转移开，重新给了台上的主持人。

池栀语的视线往台上的队员座位移，瞧见了那位少年依旧坐在电竞椅上，转过身子，面向台下的她。

两人隔着人群，如同开场前一般，远远地对视着。

但这次，池栀语看见，谢野眉眼间带着浅笑，仿若看清了她的情绪，轻挑了下眉，唇角也勾了起来，张嘴说了一句话。

明明距离遥遥，四周的尖叫声早已盖过她所有的感知。可她仿佛依旧能听见他用那熟悉轻懒的语气说——

"池栀语。

"你男朋友等你带他回家了。"

国内预选赛结束。按着总体排名，最后YG战队、LPO战队、鹰狮战队和DROP战队分别成了亚洲邀请赛的中国区选手。

网上和直播间热议不断，现场的观众也还在欢呼祝贺着。

老木从后台出来后，迅速找到了前排座椅上的少女，见她一直看着台上，顺着视线过去，就瞧见谢野那小子居然转着椅子面对观众，嘴角抽了下。

这小子真的是，胆子够大。

老木先出声咳了咳："池妹妹啊。"

池栀语听见声响，立即收回视线往旁边看，等看清来人后愣了下："老木你怎么来了？"

老木下巴朝台上的人扬了扬："这小子让我比完赛后来接你呢。"

池栀语一顿，转头看向台上的人，他可能已经看到了老木，转回了椅子正在收自己的键盘外设，准备离场。

四周的呼喊声还在继续，吴萱几人根本没注意池栀语这边，在疯狂地喊着。现在走人也不会有人发现。

老木开口说："时间差不多了，你要不要跟你朋友打声招呼啊。"

池栀语侧头看着已经疯了的吴萱，想了想："先出去吧，我等会儿给她发信息就好。"

现在和她说，她可能根本都听不进去。

"行。"老木替她拿过背包，"那我们走吧。"

池栀语点头，压了下帽子，弯着腰跟在老木身后，悄无声息地离了场。准备跟着进后台的时候，老木突然想起来了一件事："哦对，你把这个戴上。"

池栀语看着他递来了一个口罩："嗯？怎么？"

老木解释："现在这些记者可贼了，会堵在外面，感觉你这帽子不太顶用，被拍到可不好，我给你准备了个口罩，你试试看？"

"噢，好的。"池栀语接过随意戴了起来，顺手又压了下帽子，抬头看他，声音闷闷地说，"这样可以吗？"

"呃。"老木看着她脸都没了，连眼睛都被帽檐遮了大半，想了想还是点点头，"行，就这样吧，不过还是委屈我们这家属后援团优秀的相貌了。"

池栀语被逗笑："不是说被拍到不好吗？"

"对我们哪儿有什么不好，是谢野怕你被拍到。"老木随手又将工作证给了她，解释道，"这是临时办的工作证，也没什么用，就戴着装装样子而已。"

池栀语接过看了眼上头，没有照片，而下面却显示着一串名字。

——迷人的栀子花。

池栀语："……"

"噢，对。"老木看着她的表情，同时也补了句，"这名字是谢野打的。"

"呃……"他故意的。


前边台上的十六支队伍纷纷回到后台准备离场，但后边的记者们早早蹲点，一个个的目标都很明确，全在等着YG战队出来，打算揪着他们采访。等了半天，只看到了DROP战队出来，他们一窝蜂地先拥上去，拿着录音笔直接对着队长王一玄说："恭喜这次DROP战队能进入前四强。"

王一玄是出了名的沉默寡言，就点了下头："谢谢。"

"那你对于这次全队表现觉得怎么样？"

"挺好。"

"那同时作为连着被Wild团灭三次的队伍，有什么感受呢？"

王一玄面无表情："你去问Wild。"

记者一噎，还想说什么，后边突然有人笑了一声："不是，小王啊，这问的是你，你要好好回答才行吧。"

这声音有点熟悉。

记者们立即转头往后看，看着YG的人一个个出来了，而阳彬站在最前边，走到王一玄旁边挑了下眉问："来，说说被我们Wild灭了三次有什么感觉呢？"

DROP里的承礼先扫了他一眼："阳彬，别阴阳怪气的啊，你不一样开场就被我打趴了吗？"

阳彬"啧"了一声，没说话了。

记者团们见阳彬出来，反应过来后，连忙转身拿着麦迅速往YG的战队方向去，一个个全往最后的谢野处挤。

谢野皱了下眉，往后退了一步。

"哎呀，各位各位。"老木带着池栀语刚过来就看到了这场景，连忙从后边走来挡着记者的镜头，"我们这儿选手刚打完比赛呢，哈哈哈哈哈，有点累了，大家也不用这么急的啊……哎哟，谢谢关心……这DROP队都还在旁边呢，大家可以先问问他们啊……"

池栀语也没想到一过来就碰到这场景，愣了下，回神后下意识往谢野的身边走。

谢野见人来，伸手牵过她的手腕自然地往自己身后带，完全挡住了前边的镜头和记者们。

池栀语老老实实地站在他身后，看着自己的手腕被他牵着，伸手戳了戳他的手心，示意他放开。谢野不但不放，还把她的指尖也裹在掌心，收紧。

池栀语莫名有点想笑，抬头只看到他的背影，看不见他的表情。但可以猜到他此时可能还是那副酷酷的样子。

池栀语无声地笑了下，想了想，怀着有些紧张的心情，手微微上移，一点点地挪动，落在他的掌心，和他相牵。他的手掌宽厚而温热，与她的贴合，十指紧紧包裹。

池栀语的心跳加快，"怦怦怦"极速直跳着，带着偷偷摸摸的刺激，紧张又有些羞涩。

记者们还在对面，相机镜头直直对来，莫名有些刺激人心。两人安静了几秒后，她听见身前的他似有若无地笑出了声。

这下，池栀语没忍住瞬时低头，额头轻轻靠在了他的背上。

似乎有点儿羞耻。

感受到背上的轻撞，谢野的唇浅浅勾起，指腹抚着她的拇指，心情似乎不错。

隔壁的DROP，正闲闲地站着看好戏，转头时突然瞧见了站在谢野身后的池栀语，扫到她挂着工作证，本来也没多想，但见她又是戴帽子又是戴口罩的，总觉得有点奇怪。再等到后边看到两人的小动作后，他们的眼神已经变得意味深长了。

承礼离丁辉比较近，看着他们挑了下眉，侧头对着丁辉暧昧地小声说："兄弟，你们这还带工作人员啊。"

这究竟是不是工作人员呢，大家都清楚。

"噢。"丁辉看了眼谢野，随后一脸坦然地看承礼，"怎么的？羡慕？"

承礼忍不下去了，转头看着王一玄："老王，这群人看不起我们！"

王一玄："哦。"

国内就这么几支队伍，打比赛的时候经常见，基本上都很熟，虽然在场上是敌对，但在场下都是志同道合的小伙伴。网友们有时候还能在线上看着他们一起直播打游戏，互相损对方，没什么大仇。

记者们被老木挡着也采访不了人，只能先转向DROP战队问着些常规问题。

老木松了口气，立即转身看向阳彬，眼神往后看了眼。

阳彬意会后观察着前边的记者，见他们基本上都被DROP拉走了注意力。然后，他看了眼林杰和丁辉，下一秒，阳彬转身迅速带着队内的人飞快往后跑。

谢野当机立断，单手牵着池栀语的手，直接把记者们和DROP抛在了后头。

"我……"DROP一队人看着这幕都蒙了，完全没料到YG能这么"无耻"。

记者们也没反应过来，回过神的时候他们人都进后台休息室了。

从赛场逃出来，池栀语跟着谢野重新坐上车往基地去。前边的阳彬还在和林杰讨论着刚刚逃跑的事。

池栀语坐在后边也觉得好笑，低头勾了下嘴角。

"高兴成这样？"谢野坐在她身旁，捏了下她的指尖。

池栀语转头看他，眨眼："我没在笑啊。"她这样挡着脸，应该是根本看不见她的表情。

谢野抬手帮她把帽子和口罩摘下，用指腹蹭了下她还在弯着的唇角，扬眉："这叫没笑？"

池栀语没遮掩，笑了下："怎么？还不让我笑了？"

"笑。"谢野看着她唇角的弧度，吊儿郎当地道，"你对象今天这么给你长脸，今晚做梦也应该会笑醒的。"

池栀语没他脸皮厚，伸手捏了一下他的脸，教育道："能不能别这么嚣张，以后被人骂怎么办？"

"噢。"谢野语气懒散，"关他们什么事。"

"不过他们看到你这张脸，应该也舍不得骂你了。"池栀语语气有些不爽道。

谢野扯了下唇："我的脸是开光了？"

"算是吧。"池栀语打量着他，扯了句，"上天给你开了光，不过……"

"没有我的好看。"

坐在谢野旁边的是华北，他小心翼翼的都快贴在车上了，也不敢偷听旁边谢野和池栀语的对话。

他前边的丁辉转头问谢野："等会儿你是怎么走？和池妹妹回家还是跟着我们一起去聚会呢？"

谢野闻言想也没想直接说："回……"

"聚会。"池栀语打断他的话，看着丁辉笑着说，"他跟你们去聚会，我等会儿自己回去就好。"

"别自己回去啊。"阳彬也看过来，"池妹妹也一起来嘛，反正我们都认识啊。"

池栀语觉得这是他们几人的聚会，自己也不大好意思一直跟着，本来这一起坐车占位就有点麻烦他们了，现在又去他们的聚会更有点不好了。

可能是看出了她的意思，前边的老木先发了话："池妹妹一起啊，这都家属了，又不是外人，哪儿有不来的道理呢，而且你不来，谢野这人肯定也待不了多久，你来了，他才会老老实实地待着。"

"那可不，你在，野哥都可以生根了。"

"而且就一起吃顿饭，就当是最近这么辛苦的奖励而已。"

几人都说着，池栀语也不好再多推脱，点点头："好，那打扰你们了。"

林杰摆手："没有没有，野哥也想你来的。"

闻言，还没等池栀语说话。

谢野眼睫动了动，优哉游哉道："噢，你还挺聪明。"

林杰翻了个白眼。


老木预定了最近很火爆的一家火锅店的包间。

车子停在停车场内，几人下车慢悠悠跟着老木往里走。池栀语走在谢野身旁，正在看微博上的热搜词条。

下午从比赛的后半程开始，词条基本上已经被YG和Wild占领了，结束的时候，直接爆了，到了后面就有人可怜今晚疯狂被虐的三个战队，不过其中最可怜的还是DROP队。

词条刷新了一下，正好有记者吐槽下午YG逃跑躲开采访，让DROP来顶的事。

底下网友们发着"哈哈哈哈哈，可怜我DROP"的留言。

DROP队的承礼也看到了这条，直接在底下打字评论："YG什么时候能做人？"

这条微博被点赞转发上千，然后网友们纷纷评论。

"别问，问就是不做。"

"你可以问问Wild的枪做不做。"

"帮你一把@Wild Gardenia @YG战队。"

"你下午没问够吗？"

池栀语看到这条时，不厚道地笑了一声，把手机递给谢野看。

谢野随意扫了几眼，说了句："没问题。"

池栀语："嗯？"

谢野的手指在屏幕上点了下，然后还给她。

池栀语接过正想看他干什么了，恰好走到老木提前订好的包厢，她就跟着谢野一起走了进去，随意选了个位置坐下。

"来，你们点菜自己想吃什么。"老木给每人分了菜单，轮到谢野的时候，他直接把菜单给了池栀语让她点。

池栀语垂眸看了一圈，其他人已经选了不少，她就勾了几个谢野和她常吃的东西，原本是打算等服务生过来拿，但她正好想去上厕所，所以顺便拿着，开门出去了。

池栀语正打算过去前台，听见后边有人开门时，侧头看了眼："嗯？你怎么出来了？"

谢野随手关上门，拿过她手里的菜单："我交，你去做你的事。"

"噢，好。"池栀语也不勉强，看了眼厕所的路线标示，跟着他一起往外走。

他们所在的包厢靠里，两人走在楼道上，正随意地聊着天，经过最外头一间的时候，包厢门忽而打开。

池栀语下意识抬头看去，里头站着一位少年，身姿高挑，有一双桃花眼，微勾着，给人一种纨绔公子的感觉。他似乎也没想到外面有人，愣了一下，等看清两人，再落在谢野脸上时，忽而扬了下眉。

池栀语注意到这儿，稍稍一愣。

谢野看了眼对面的人，没什么情绪地移开视线，牵着她继续往前走。池栀语侧头看他的表情很正常，不像是认识刚刚那个男生，眨了下眼，想着可能是下午谢野名声大噪，所以刚刚那个男生认出了他。

厕所在右边拐角。

"我先进去了，你去前面交吧。"池栀语和他说完，转身往厕所内走。

见她进去，谢野才捏着单子走到前台递交了菜单，而后边包厢内已经吃完晚饭的人也走了过来。刚刚在门口碰见的少年站在他身旁，轻笑了声："朋友，麻烦让让，你挡着我结账了。"

谢野抬眼，看着他扯了下唇："你怎么在这儿？"

"来玩玩，不过还挺巧啊……"温沂拖腔带调道，"在这儿都能遇见你。"

谢野懒得和他废话："吃完就走。"

"还让我走了。"温沂挑了下眉，"怎么？这儿被你们谢家买下来了？"说完，他恰好看见谢野身后的人，唤了句："盛瑜，你过来看看，我碰见谁了。"

听到这声，谢野侧头看了眼。

唤作盛瑜的少年从后边走来，步伐不疾不徐，慢悠悠的，看着就像来度假逛街的。他走来瞧见谢野后，也挑了下眉，开口慢悠悠道："谢公子，稀客啊。"

温沂像是想起什么事，看着谢野："哦，也不对，你这都跑去打游戏了，哪儿有时间管谢家的事。"

闻言，谢野扫了他一眼，嗤了声："几个月不见，你废话还是一样多。"

"哟。"温沂挑眉，"这嫌弃我呢？"

谢野有些不耐烦，懒得继续和他废话，看向盛瑜："付完钱，闭嘴带他走。"

盛瑜明显也不想走，勾唇笑着看他："这许久不见的，谢公子就不想我们啊？"

谢野没忍下去："你们是不是哪儿有毛病？"

"行了啊。"温沂拿着卡付钱，"我们走，不打扰你和你的小青梅。"

盛瑜刚刚没看见池栀语，但也知道谢野的事，闻言立即"啧"了声："谢公子这是见色忘义？"

提到这儿。谢野看着他们，忽而扯唇笑了下："行，既然碰见了，就告诉你们俩一件事。"

"我呢，已经有对象了。"谢野尾音轻拖，语气慢悠悠地说，"早和你们俩不是一类人，所以别有事没事来烦我，懂？"


池栀语上完厕所出来，走到一侧的洗手台，弯腰洗完手后，从台下抽了张纸巾，正擦着半湿的手，衣兜内的手机忽而振了一下。

她又擦了下手，摸出手机，是吴萱发的信息。

吴萱发来两张图片。

吴萱："靠，给你看看你男朋友。"

吴萱："网上都疯了！"

吴萱："你男朋友火了！"

吴萱："火了！火了！"

这一大串的信息发过来，池栀语打开她连发的图片。照片是下午比赛时直播的镜头画面，刚好那时导播给了谢野近景特写。

他戴着耳机坐在电竞椅上，垂眸看着电脑屏幕，侧脸轮廓冷峻，轻扯着唇，一脸的淡定。指尖向左轻滑，下一张是最后比赛结束时的画面。还是谢野，此时正对着屏幕，他那双内勾狭长的眸，半睨着眼看来，高高在上的，是压不住的气势。

直播画面清晰度一般，可完全没把谢野的锋芒遮挡。应该还有其他照片，吴萱明显是选了最夺目的两张发来。

池栀语一一看过，倒没什么惊讶的，只是被吴萱的语气笑到了。

她顺手保存了两张图片，打字回了句："有多火？"

吴萱："网上都传疯了，新晋电竞男神Wild，电竞圈颜值担当。"

池栀语："噢，挺对的。"

吴萱："女人，你有点骄傲了。"

池栀语："我没说错啊，你难道觉得谢野不行？"

吴萱："我可没说不行啊，但你就不懂谦虚一点吗？"

池栀语："我为什么谦虚？"

吴萱："？"

池栀语："这是我男朋友。"

吴萱无语。

池栀语笑了声，还想继续逗她，但被她一提醒想起了微博的事，倒是想起了刚刚她给谢野看评论的时候，他拿走手机不知道干什么了。

她点开微博找到刚刚那条，看着谢野在那条——"下午还没问够吗？"点了赞。

难怪他说没问题。

是说这话没问题呢。池栀语噎了一下，想把这个截图下来，下一秒，手机屏幕上突然跳出了来电显示——白黎。

池栀语顿了下，面色平静地滑开接通："喂？"

"阿语，你在哪儿？"白黎声音轻柔，"今天没有在舞蹈室吗？"

"没有，有点事。"池栀语没有解释，"现在在外面吃饭，等会儿回来，有什么事吗？"

"在外面吃饭？"白黎的声音渐渐有些慢，"你忘了今天你爸爸回来吗？"

"他回来……"池栀语笑了下，"和我有什么关系吗？"说完，她直接挂断了电话，将手心紧紧捏着的纸团扔进垃圾桶里。

## *Chapter 17*
我会对你好的·牵手

　　走出厕所时，池栀语面色稍缓，侧头往前台的方向看。谢野似乎已经交完单子，身影修长清瘦，长腿迈步正往这边走来。

　　池栀语看了他一眼，余光注意到他的身后有两位少年正打开门往外走，身型高挑，但瞧着气质不凡，各有千秋。虽然背对着她，但池栀语隐约能认出—其中位是刚刚在包厢看到的男生。

　　谢野走到了她的面前，注意到她的视线，抬手轻敲了下她的脑袋："看什么呢？"

　　池栀语眨了下眼，看着已经离去的两人，问他："朋友吗？"

　　谢野扯了下唇："不是。"

　　池栀语想了想，又猜了句："那是粉丝？"

　　闻言，谢野扬起眉，似是觉得这称呼有点意思，语气带起了玩味："差不多吧。"

　　"嗯。"池栀语想着粉丝见到偶像剧情，说，"那向你要照片或是签名了吗？"

"噢。"谢野睁着眼说瞎话，"要了。"

池栀语跟着他往后走，觉得他肯定不会同意，随口问："那你说什么了？"

谢野盯着她的脸，语气悠悠道："我说我有女朋友了。别缠着我。"

池栀语能信他才怪，看了他一眼："你这样说你朋友好吗？"

能说这样话的，她基本上能猜到应该是他家那边的朋友。

谢野嗤了声，明显是懒得提那两个单身人士："你应该关心关心你对象，管别人干什么。"

池栀语眨了下眼："这不是好奇嘛。"

"好奇什么？"谢野带着她往包厢内走，随口问。

池栀语老实回答："他们长得还挺帅的，不知道有没有女朋友。"

谢野眯了下眼，语气不善："说什么？"

池栀语想开口答话，忽而感到自己的手机振动，拿出来看了眼，随手按了下静音键，重新放回衣兜里。

谢野扫到她的屏幕的来电显示，眼眸微淡："不接？"

池栀语面色自然地"噢"了声："没什么事，只是池宴回来了，她叫我回家吃饭而已。"话说完，刚巧走到了包厢门口，池栀语看了眼，"我们进去吧。"

谢野盯着她的神色，没说话只是点了下头，酷酷地示意她："开门。"

池栀语虽无语，却还是自觉地当起了门童，单手打开门。

里头的老木看着两人回来，连忙让他们坐下赶紧吃东西，不然就被这群野兽瓜分完了。

服务员已经上了一部分的菜。

池栀语看着他们直接对着肉下了手，青菜都没动，莫名觉得好笑。

谢野带着她坐下，先夹了肉放在她的碗里，顺便夹了她爱吃的青菜。池栀语安静地吃着，手机放在桌角，屏幕时不时会亮起，依旧是白黎的电话。

等了好一会儿后，可能是池宴回来了，她才没继续打。

"现在网上全是野哥的消息呢，赚了赚了。"阳彬在一旁骄傲地说着，转头问谢野，"野哥，人气这么旺，你怎么看啊，开不开心？"

谢野提着水壶给身旁人的水杯添水，仿佛没听到这话，根本没搭理他。

一旁的丁辉先答："你又不是谢野，你赚什么呢。"

"怎么的？我替野哥赚不行啊。"阳彬转头看向池栀语，"池妹妹，你说说今晚谢野帅不帅？"

池栀语正在喝水，听着这话开口正要答。

阳彬连忙又改口："哦，不对不对，你这回答有私心的啊，不算数。"

池栀语笑了下："我也可以公平公正的。"

林杰闻言倒是好奇了："池妹妹说说看。"

"嗯，我觉得……"池栀语看了谢野一眼，似是在思考，沉吟片刻，"是最帅的。"

气氛似是安静了两秒。

谢野懒懒地靠在椅背上，牵过她的手，把玩地捏着她的指尖，神态悠闲，似乎完全不在意。而听着她用很认真的语气说完这话后，他忽而垂下眸勾唇笑了几声。

这不只是在说比赛的事，还有在挽救刚刚说温沂他们帅的事呢。

小心思还挺多。可偏偏，他受用。

"不是，我问这话是自己找虐是不是？"阳彬一脸蒙地看着丁辉反问。

"你才知道？"丁辉扫他一眼。

说完之后，被他们吐槽着，池栀语莫名觉得有点不好意思，端着水杯抿了一口。

而谢野却不放过她，侧头看她，语气悠悠道："我最帅？"

池栀语咳了一声，硬着头皮道："我刚刚不说了嘛。"

谢野"噢"了声："刚刚不还觉得其他人帅？"

池栀语当然听出来他这"其他人"指的是谁，开口给他顺毛："我也说了，你是最帅的，他们比不上你。"

这话说得完全在胡扯。

谢野扯了下唇："和我玩虚的呢？"

"这是实话啊。"池栀语觉得自己被冤枉，一脸无辜地道，"我真的觉得你最帅，他们也就一般般吧。"

谢野扬眉："一般般？"

池栀语点点头，语气很诚实："你最帅，我最喜欢你。"

"噢。"谢野看着她的表情，语气轻飘飘道，"你继续敷衍。"

本来谢野还想继续讨伐，但朴罗和林杰想上厕所，把他也一起拉了出去，可能是想顺便说什么事。

等人出去后。

池栀语坐在座位上想着刚刚谢野的语气，笑了下，拿过一旁的手机，看了眼时间不晚，也才七点而已，也不知道今天池宴过来干什么。

池栀语解锁打开通话记录，看着未接来电足足有十个。

白黎还真的挺有耐心。池栀语看过，忽而听见了一旁有手机铃声响起。她下意识侧头往谢野的位置方向看，见是他的手机在响，拿过看了眼屏幕。上头显示着一串没有署名的电话。池栀语想了想没有接，放了回去，但对方还是很坚持，一直在打着。

"池妹妹，是你的手机响吗？"老木喝了点酒，语气有些慢。

"嗯。"池栀语怕有什么急事，最终拿过谢野的手机接起。

而对方没等她说话，直接开口就说："刚刚忘了和你说，你家老爷子被你气得不轻，你这……"

"谢野他不在。"池栀语打断他的话，垂眸开口。

听到这女声，温沂挑了下眉，倒是没想到是池栀语接的电话，但又想起谢野刚刚趾高气扬地宣告自己有对象一事，他笑了一声："行，那麻烦弟妹到时跟他说一声，他爷爷被他气到了。"

听到这话里的称呼，池栀语愣了下，再反应他最后的话时，耳边已经响起电话被挂断的"嘟嘟"声。

池栀语放下手机，还没想明白，对面的老木突然走了过来，晕着头对她说："池妹妹啊，真的是辛苦你和谢野在一块儿了……他那臭脾气！也就只有你能忍……你知道我们在他旁边就跟伺候祖宗一样……"

池栀语听着他一串吐槽谢野的话，不厚道地笑出了声，她知道他已经醉了。可不知道这是酒后吐真言呢，还是酒后醉话。

恰好此时，门被人打开，池栀语转头往后看，见是谢野回来了，笑着让他过来。

谢野扫了眼老木的状态，再听他的话后，皱了下眉。

"噢，祖宗回来了。"老木抬头看着他，迷迷糊糊地开口。

谢野懒得理，直接拿起了手机和外套，牵过池栀语的手："走了。"

池栀语顺从地站起身，指了指老木："那这怎么办？"

丁辉脑子还是清醒的，扶着老木坐回位置上，开始解释："没事没事，我们在这儿呢，你们俩放心走吧。"

池栀语点点头："好，那你们小心点。"

谢野听着老木的哭号声，面色有些不耐烦，明显已经不想面对这些酒鬼，牵着池栀语就往外走。

店门被打开，外头微凉的空气吹来，一点点吹散了衣服上沾染的味道。从火锅店出来后，谢野直接叫了辆车，两人站在一旁等着。

池栀语吹着风，忽而又想着老木的状态，转过头看向谢野，确认他的状态问："你应该没有喝醉吧？"

刚刚除了她以饮料代酒外，其他人基本上都碰杯喝了点庆祝。池栀语也不知道谢野酒量怎么样，之前也没在她面前喝过酒，今天算是她第一次见，所以怕他醉了。

谢野站在她身旁，本来也在吹着风，听到她这样问，安静了几秒后，语调懒洋洋地说："嗯。"

池栀语蒙了下："嗯是什么意思？"

"现在好像……"谢野牵着她的手，慢悠悠地给出三个字，"有点晕。"

池栀语转头看他的神色，挺自然的，没什么问题，只是眼眸微微垂着，面色很淡，看着有点像是没精神。不确定是真是假，毕竟池栀语也没见过他醉酒。

池栀语想着解决方法："那就先吹会儿风，等会儿回家。"

"回家了。"谢野语调慢慢，"然后呢？"

"然后……"池栀语回想着印象里解酒的东西，"喝点蜂蜜水？"

谢野笑，反问："确定？"

池栀语一噎："你等等，我查一下。"说完，她松开他的手，正准备拿出手机查，但谢野却追着不放，重新牵上她的手，稍稍弯腰低头靠在她身上。

池栀语感到自己肩上一重，侧头看着他的脸，命令道："你先站好，我单手查不了。"

谢野没动，直勾勾地盯着她，仿佛理所当然地道："我晕呢。"

池栀语被气笑了，也不查了，随手把手机放回衣兜，伸手戳了下他的脸："你是故意的吧？"

"嗯？"谢野像是完全没听见她说的话，继续接着她的话说着，"回家要喝什么？"

"不知道。"池栀语笑着说，"你不让我查，我怎么知道？"

"噢。"谢野站起身，似乎大发慈悲地道，"那你查。"

见他一会儿这样，一会儿那样的，池栀语更加不确定这人到底有没有醉了，有些狐疑地看了他几眼，也没发现什么，只能重新拿出手机查。谢野老老实实地站在一旁，低眼看着她还真的在认认真真地查着，唇角无声勾了下，而没等几秒，听见她忽而唤了他一声："谢野。"

"嗯。"

池栀语看着手机屏幕，似乎想到什么，小声问："你头还晕吗？"

谢野"噢"了声："晕呢。"

闻言，想着他此时的状态，还有刚刚老木醉酒说话的样子，池栀语抿了下唇："那我问你一件事。"

谢野点头："说。"

池栀语沉默了几秒，轻声问："你之后是不是要走？"

谢野的表情一顿，问："什么？"

"就……"池栀语抬起头看他，"我刚刚不小心接到你朋友的电话，他说你爷爷因为你打游戏的事情有点生气，那之后会不会不让你继续在这儿待着了？"

然后把你带走。

走得远远的。

谢野低眼看她，忽而笑了一声。

池栀语愣了下，以为这人开始犯糊涂，要发酒疯："怎么了？笑什么？"

谢野"嗯"了声，弯下腰低头靠在她的肩窝处，悠悠地道："晕。"

"啊。"池栀语立即伸手环着他的腰，撑住他的身子，皱眉问，"很难受吗？"

谢野弯腰靠在她的身上，没回这话，反而又笑了一声，缓缓地道："池栀语。"

池栀语："嗯，怎么了？"

谢野语气稍低地问："你想我去哪儿？"

闻言，池栀语愣了下，还没来得及说话，谢野忽而抬起头凑到她的面前，亲了下她的唇角，似是安抚，停了两秒后，他抬眸与她平视，轻轻问："你在这儿，想我去哪儿？"

莫名被偷亲，池栀语第一瞬间以为谢野醉得更深，渐渐糊涂了。而紧随其后的对视和他说出的话，随着夏日街边的习习凉风，飘来，落在她的心里。

你在这儿，所以我哪儿也不去。

身上厚重的气息被吹散，连带着那股子不安与惶恐也渐渐变淡。

池栀语和他对视，舔了下唇，学着他醉酒的语气轻声问："那你爷爷怎么办？"

"嗯？"谢野重新靠在她肩上，懒懒道，"他有的是孙子。"

不差我一个。

池栀语听懂了，眨了下眼："不怕他来找你吗？"

谢野闲闲道："我的字典里就没有怕这个字。"

听到这话，池栀语被逗笑："你字典里到底有什么呢？"

"噢。"谢野语调很慢，"不告诉你呢。"

池栀语现在相信他可能是真的醉了，单手撑起他的肩："你先站好，等会儿晕了，我可搬不动你。"

谢野借着她的力，缓缓直起身："搬不动我，就不管我？"

"不然？"池栀语很真诚地说，"我又不是大力士怎么搬得动你。"

谢野盯着她看了两秒，缓缓吐出三个字："没良心。"

池栀语挑了下眉，抬手抚着他眼尾那颗有些看不清的浅痣，轻点了下："你到底有没有喝醉？"

意识还挺清楚。

路边的光线有些暗，看不大清他的眼眸。

似乎被她碰到了睫毛，谢野眨了下眼，让她猜："你觉得呢？"

"我觉得……"池栀语指尖移动，似是故意地拨动了下他浓密的眼睫，皱了下眉，"你的睫毛为什么这么长？"

有些痒。谢野伸手捉下她的手，放在唇边咬了下："羡慕？"

池栀语被这幼稚的话逗笑："对啊，你要给我吗？"

谢野："我不。"

池栀语笑出了声："谢野，你知道自己喝醉是什么样的吗？"

问完，谢野的手机就响了一声，正好身后有一辆车停在路边。

池栀语侧头看了眼："走了，回家吧。"她先牵过他的手往车边走，打开后车门，推着他坐进去，随后跟着坐在他身旁，对着司机报了个地址。

司机看了眼后座的谢野："这是喝醉了？"

谢野气定神闲地侧头看她，不置可否。

池栀语明白过来，"噢"了声："他不会吐的，您放心。"

"想吐要提前说啊，我让你们下车。"

"嗯嗯，好的。"

池栀语转头看谢野，小声问："你有没有难受？"

这话一出，仿佛给了他什么提醒。

谢野抬眼："有点。"

池栀语想了想，给出方案："那你先靠在我肩上，休息……"

话都还没说完，谢野直接伸手将她揽进怀里，侧头靠在她的肩上："这样？"

池栀语狐疑地看他："你这样舒服？"

谢野悠悠地道："不是让我靠着？"

"我让你靠着，又没让你抱着。"说完，池栀语觉得和酒鬼也解释不清，语气随便，"算了，你抱着吧。"

像是没忍住，谢野靠着她的肩，莫名笑出了声，肩膀和胸腔随着起伏震着，"嗯"了声："行，我抱。"

池栀语懒得和他说，索性也靠在他身上，安静了一会儿，突然想起刚刚他朋友对她的称呼，出声逗他："哦，对，野弟弟，你在你朋友那里的辈分还挺低啊。"

"什么？"

"刚刚你朋友叫我弟妹。"

谢野低眼看她："弟妹？"

池栀语懒懒地"啊"了一声："所以你是弟弟？"

谢野扯了下唇："谁给我打了电话？"

池栀语摇头："不知道，就是一串号码，你等下回去看看吧。"

"哦，还有……"池栀语眨了眼，又补充一句，"他声音还挺好听的。"

气氛安静下来。谢野唇角一绷，语气毫无波动："说什么？"

池栀语侧头看着他的表情。

平常谢野对着她的表情都很淡，不是冷漠也不是温柔，虽然时不时还会带点嘲讽，就都挺正常的。但现在完完全全就是褪去了那股子闲散，五官透着锋利，脸上没半点表情。

狭长的眸黑得纯粹，微沉。此时他冷着那张脸，眸底情绪明显——生气了。意识到这一点，池栀语想到他生气的原因，忍了一会儿，最后实在没忍住，低头瞬时笑了出声。

见人居然还能笑出来，谢野渐渐觉得酒精上来，头似乎还真的有点疼。被气的。

池栀语的笑声不止，谢野没忍下去，直接松开了她的身子，自己一个人往旁边一坐。

脱离他的怀抱，池栀语身后忽而一空，靠在了座椅内，她半压着嘴角的弧度，凑到他旁边，明知故问："怎么了？是觉得想吐吗？"

谢野眼皮动都没动，语气不大好："别和我说话。"

池栀语眨了下眼，小声问："为什么？是因为不舒服吗？"

谢野面无表情："你说呢？"

"我觉得……"池栀语还是想笑，嘴角不自觉又扬了起来，"这也不至于这么生气嘛。"

谢野看着她脸上还带着笑意，冷笑了下，声音冷漠："至于。"

池栀语仿佛不怕死，又被这话逗笑："哈哈哈哈哈。"

这回，谢野觉得不只是头疼了，连胃也开始隐隐作痛。

但池栀语没笑多久，知道这事还是不能太过分，连忙凑到他身边，带着笑意道："行了行了，我不逗你，刚刚电话的声音我都没认真听，我骗你的。"

谢野没理她。池栀语再接再厉，又凑近一些："真的，我连人都不认识，又怎么会注意他声音好不好听嘛。"

谢野继续不搭理。

池栀语看着他依旧冷酷的侧脸，又想笑了，但怕他真的生气，看了眼前边的司机，然后凑到他的身边，使出撒手锏，抬头迅速亲了下他的嘴角，小声说："好了，我们不生气了。"

谢野眼睫动了动，微微转过头，眼神半眯着她，仿佛不受用一般地轻嗤了声："你当哄小孩？"

"不啊。"池栀语指了指他，缓缓地说道，"我在哄酒鬼。"

谢野突然有种搬起石头砸自己脚的感觉。

池栀语看着他的表情，唇角又弯了下，指尖碰了碰他还绷着的唇："所以不生气了吧。"

谢野哪儿会不知道她是故意的，捉过她的手捏着她的指尖，语气有些不大痛快："逗我好玩？"

一次说帅，这次又说声音好听。这三番五次的。

池栀语好笑地问："你明知道我故意逗你，干吗还生气？"

谢野瞥她，没搭话。

"好，我知道了。"池栀语连忙改口，"是我错了，下次一定不说了，我也不敢了。"

看着她的表情，谢野重新把她扯回怀里，冷冷地"呵"了一声："我看你挺敢。"

"不敢不敢。"池栀语摇摇头，"我怕的啊。"

谢野挑眉："怕什么？"

池栀语笑了下，轻轻说："怕你走。"

谢野一顿，垂下眼看她。

"所以你别生气，也别丢下我走。"池栀语仰头看他，表情很正经，但唇边却笑着说，"我会对你好的。"

真的对你好。

也一定会对你好。

把我所有能给的都给你。

所以，千万不要把我丢了。

不然，她怕这份唯一的幸运都没了。

她不知道怎么活下去。

很少听她说过这种话，谢野顿了两秒，轻轻应了声："好，我不走。"

池栀语抬眼。

谢野嗓音轻哄："你对我好，我就不走。"

池栀语唇角轻弯："说定了，以后也不能走。"

闻言，谢野抬手揉了下她的头，语气轻拖着："再说，看你对我好不好。"

"我这不是对你挺好的吗？"池栀语扬了下眉。

谢野扫了她一眼："刚刚那叫对我好？"

提到这儿，池栀语又想笑，怕他又生气，连忙清了清嗓子："这是逗你嘛，又不是真的。"

谢野嗤了声，也懒得再提这事，恰好此时，车辆也到了街道口。

池栀语让司机停下车，付完钱后，谢野先牵着她下来，边吹着风边往里走。

"你现在还难不难受？"池栀语看着他，慢悠悠地问。

"嗯。"谢野语气随意，"还行。"

池栀语已经猜到这人是装醉，但怕他是真的难受，还是提醒一句："等会儿回去记得泡点蜂蜜水喝。"

"哦。"谢野语气很践，"不泡。"

池栀语看了眼时间，算着简雅芷也应该睡了，点点头："那我给你泡。"说完之后，她转头看他，提醒一句，"你看我对你多好。"

"你这好……"谢野扫她，吐出四个字，"还挺廉价。"

池栀语给他掰扯："只有我给你泡蜂蜜水，哪儿廉价了？"说完，池栀语似是想到了什么，问了声，"你还想让别的女人给你泡？"

谢野难得被这话逗笑，点点头："行，以后都只让你泡。"

池栀语对这答案还算满意，还想开口说什么，前边道路上忽而开来一辆车，车型简约大气，是一辆高级轿车。

池栀语远远地扫了一眼，本来想拉着谢野往旁边避开，可注意到前头的车牌号时，一顿。

谢野察觉到她的异样，侧头看去。

车辆驶来，后座内的人似是也看到了路边的他们，淡声开口："停车。"

轿车经过，忽而减速，缓缓停在两人面前。池栀语一愣，看着黑色后车窗上倒映着自己的脸。下一秒，伴随着一道电子机械声，面前的那扇车窗匀速降下，一点点露出里边坐着的男人。

"阿语。"池宴侧头看着窗外的少女，淡淡唤了声，"这么晚才回来。"

池栀语没料到池宴会停车，愣了几秒后，回神扯了句："有点事。"

"嗯。"池宴应着，目光淡淡扫过一旁的谢野，隐约有些眼熟，还未说什么。

"您看起来有急事在身。"池栀语下意识侧身挡住他的视线，浅笑道，"您先去忙吧，我之后会回家的。"

听着她赶人的话，再看到两人牵着的手时，池宴忽而笑了下："阿语，你不打算介绍给爸爸认识吗？"

闻言，池栀语身子僵了下，开口正要拒绝。

手却忽而一紧，谢野牵着她，抬眸看向车内的男人，扯了下唇，淡声道："池先生，幸会。"

池宴看着他的表情，笑意未变："你是？"

谢野目光扫过他，气定神闲道："我是池栀语的男朋友。"

"姓谢，谢野。"

池宴似是没想到他会是这样的态度，一愣，忽而笑了，眉眼间的冷冽感消失，像冰山融化："你好，我是池栀语的父亲。"说完后，他也似是认出了谢野，恍然大悟，"原来是对面那家的男孩子，怪我没有认出来，抱歉。"

"您也没有必要道歉。"谢野看着他脸上的笑容，继续说，"您不常来这儿，能认识我才是不正常。"这话没问题，但仔细一听反倒像是骂他，而且谢野用着懒懒的语调，随意又敷衍地说着一个个"您"字，没有半点尊敬。更显讽刺。

池栀语回神，牵着谢野的手微紧，看着车内的人。

池宴看起来没有什么反应，甚至没有一丝恼火，闻言，轻笑了下，没有回这话，只是侧头看着池栀语道了句："记得早点回家，妈妈在家里等你。"

池栀语皱了下眉，直接催促："您慢走。"

池宴点点头，车窗缓缓上升，司机随着指示，踩起油门启动车子。

车辆渐渐远离街道。

池宴坐在后座内，侧头看了眼窗外往后退去的身影，面色平静。随后，他转头看向前方，副驾驶位置上的秘书拿起手机，转头朝他示意："池总，夫人的电话。"

池宴没什么表情，不急不缓地道了句："挂了。"

"好的。"

车辆又行了一会儿，池宴似乎想起什么，开口说："查查谢野是哪个谢家的。"

秘书闻言一愣，随后点头："好的，池总。"

池栀语见池宴的车开走后，转头看着谢野笑了下："走吧。"

谢野盯着她的表情，淡淡地"嗯"了声。

两人迈步继续往前走，池栀语像是在想着其他的事，没有说话。

谢野在一旁陪着，牵着她的手轻轻摇了下。

"嗯？"池栀语回神，侧头看他，"怎么了？"

谢野淡声问："想什么？"

池栀语老实开口："在想池宴之后会怎么对你。"

谢野笑了："就这？"

听着他的语气，池栀语皱了下眉，表情严肃："不准笑，我没跟你开玩笑。"

与白黎的神经质相比，池宴的态度和行为更让她无法琢磨，她也猜不出他的意思。她不知道池宴会对谢野做什么，但她懂池宴那隐藏在假面下的商人本性。如果没有利益关系，他根本不会在意谢野的身份，也不会在意他是不是她的男朋友。但可怕的是，如果她对他有用处，那谢野就是个障碍。

阻挡他利益的障碍物，需要铲除。

"行。"谢野点点头，"我不笑。"

池栀语想着他刚刚直接和池宴开诚布公说自己的身份，侧头问他："你不怕吗？"

平常她很少让他接触白黎，更别提池宴了，所以这算是两人的第一次正面接触，但这人倒好，直接就说开了，也不知道是胆子太大还是被池宴那副样子骗了，以为是什么好相处的人。

"怕？"谢野扯了扯唇，没再开口。

看他表情，池栀语已经知道了，先替他说："嗯，你的字典里没有这个字是吗？"

谢野："还挺聪明。"

"那你是傻吗？"池栀语扫他，抿着唇，"真的不怕池宴对你做什么？"

谢野脚步停下，低眼忽而唤了声："池栀语。"

池栀语一愣，侧头看他："嗯，怎么了？"

谢野对上她的眸子，淡淡问："你呢？"

担心我。那你呢，不怕吗？

池栀语身子一顿，有些没反应过来。

谢野牵着她的手，语气稍低："你为什么不想想自己？"

是怎么度过的，又是怎么面对着白黎的疯狂和病态，这几年不害怕吗？

"我。"池栀语嗓音微哑，顿了几秒后，抬头轻轻道，"现在不怕了。"

因为，已经不是一个人了。

一路走着，最终回到了熟悉的巷口，谢野把池栀语送到池家门口，抬手揉了下她的脑袋："进去，我在门口等你。"

他揉脑袋的力道总是很重，晃得她的脑袋有些晕，池栀语抬手摸了摸头，听到他最后的话，语调稍疑："等我干什么？"

谢野瞥她一眼，语气稍淡："替你报警。"

可能是初中那次在舞蹈室的事确实有点吓到他了，他显然一直记着。

池栀语愣了下，回神后弯起嘴角，宽慰他："她现在不会再这样了，你赶紧回去。"

"那就别进去。"谢野不信。

"不是，我不进去睡哪儿啊？"

"我家没房间？"

池栀语没回话，扯开话题："你先回去，如果有事，我再叫你行了吧？"

说完，也没等他答应，池栀语先转身打开门看了眼谢野，示意他回去后，单手关上门。

锁闩相扣。

玄关门离客厅有点距离，池栀语调整了一下情绪，转身换好鞋，迈步往里头。王姨正拿着清洁工具经过玄关，余光扫到什么，抬头瞧见她回来，连忙摇摇头，示意她不要说话。

池栀语继续走了几步，看清了前边餐桌的状况。桌上一片混乱，盛着食物的碟子和碗全数被扫在了地上，满地狼藉。水杯落地，已经破碎，地上的水晶碎片上有些还沾了鲜红的血。池栀语视线微移，落在一旁背对着人的白黎，她安静地坐在桌前，看不见她的表情，似乎在吃饭。独自一人。

池栀语走近，垂眼："妈。"

白黎切着牛排的刀一顿，仿佛回神，抬起头看向她，忽而柔声一笑："阿语，回来了。"

"嗯，您怎么现在才吃饭？"池栀语扫过她还在流血的脚底，淡淡地问。

白黎顿了下："现在很晚了吗？"

池栀语："没有。"

白黎温柔地看她："那你晚上和谢野一起吃饭了吗？"

"嗯。"池栀语伸手自然地拿过她手里的刀，"这里脏了，我让王姨收拾一下，您等会儿再吃。"

白黎没有反抗，好奇地问："你喜欢谢野吗？"

"喜欢。"

"哦，这样啊。"白黎转头，盯着盘内的牛排，忽而唤了声，"阿语。"

"嗯？"

"你知道你爸爸为什么娶我吗？"

池栀语抬眼。

"因为他也喜欢我，但你知道吗？"白黎笑着看她，"他骗了我……"话音一重，她猛地把桌上的盘子一扫，"唰"的一声砸碎在地。叉子甩手，砸到了池栀语的手背，随后掉落在地上。

白黎瞪大了眼睛，泪水不自觉地流下，呆呆地看着她："所以阿语，你要乖乖听话，成为最棒的舞蹈家，你能做好的话，爸爸就会来看你，妈妈能给他的名誉地位，也都能给你。只要你乖乖地让爸爸过来看看我们这里就好，妈妈就会对你好的，你知道吗知道吗……"

王姨听见声响，从后方快步走来，池栀语单手把刀递给她，随后伸手牵过白黎往客厅走。

池栀语拿过茶几下的医药箱，熟悉地准备着东西。

白黎已经渐渐平静，被安置坐在沙发上，看着她的动作，仿佛进入了另一种状态，轻声问："阿语，你刚刚回来看到爸爸了吗？"

"嗯。"

"那我给他打电话为什么没有接？在忙吗？"

"他不想接。"

白黎抬头看她："阿语，你不喜欢爸爸吗？"

"嗯。"

"为什么？"白黎似乎很疑惑，"他不是很温柔很好吗？"

池栀语帮她止住脚底流淌的血，垂眸："那是假的。"

白黎身子僵住。

安静了几秒，池栀语随手把镊子放下，淡淡唤了句："妈。"

"嗯？"

"我们去医院吧。"

白黎慢一拍："为什么？"

池栀语看她苍白的脸，轻声道："你生病了。"

白黎眼睫颤了下，似乎在极力地抗拒又渐渐将自己的神经拉扯回来："我没有。"

永远逃避。池栀语没有再提。

玄关内忽而有一道声音传来，白黎闻言立即转头看去，池栀语看清她期望的眼神，稍稍侧头。没有任何人影。

可能是风。白黎的目光又渐渐涣散。

王姨收拾完餐厅后，回来接过她手上的棉签，轻声道："我来吧。"

　　"嗯。"池栀语直起身子。

　　王姨扶起白黎往楼梯走时，转头朝池栀语示意了下门口，小声说了句："在等你。"

　　池栀语一愣，转身快步往玄关走去。大门微微开着一点，能从缝隙看见外面那道等待的身影。

　　原来不是风。池栀语忽而轻笑。

　　是她的少年。

　　可能听见了声响，谢野推开门，抬眼，看着站在玄关处的少女，他直起身，朝她伸手道："过来。"

　　池栀语往前走了几步，最后一个迈步，身子前倾投入他的怀里，伸手抱住他。谢野顺着力道，重新靠回了墙上，语气不正经道："又想占我便宜？"

　　池栀语笑了下："我都占多少次了，又不差这次。"

　　"行。"谢野直起身，抬手回抱住她，"给你抱。"

　　池栀语低头埋入他的怀里，闻着他身上熟悉的气息，轻轻地"嗯"了声。心内的沉郁被他的气息包围，轻散开。取而代之的是心安。

　　他应该都听到了，可是他没有走，在等着她。

　　池栀语抱着他的手渐渐收紧，抬头看他："不是让你回家吗？"

　　谢野随手将门关起，"噢"了声："来找你讨债。"

　　注意到他的动作，池栀语一愣："嗯？"

　　谢野捏了下她的脸："蜂蜜水，谁说要给我泡的？"

　　池栀语还真的忘了，被他提醒笑了一声："啊，好，我给你泡。"她松开手，从他怀里出来跟着往对面走，想起问了句，"芷姨睡了吗？"

　　谢野一脸坦然："不知道。"

　　果然这人根本没有回去。

　　应该是听到刚刚白黎推翻盘子的声音，以为发生了什么事，下意识就打开门，但及时被王姨看到制止住了，然后他安静地在门外等着她。

到了谢家，池栀语让他先在客厅坐着等一会儿，随后熟练地走进厨房，余光扫见后边的人影，转头见他跟着进来了，就随便他。

池栀语拿过水壶接水，放在一边指挥他："你插上电烧水吧。"

谢野拿过放在水壶底座上，随手按键，靠在料理台前看着她。

池栀语翻开上头的柜子，手背忽而撞到了把手，顿了下，而后自然地找到了蜂蜜，准备好放在一边，看了眼水壶，水面没什么动静。

"我们先去外面等一会儿吧。"池栀语转头伸手想推他往外走。

而谢野盯着她，直接捉过了她的手腕，借厨房内的暖光，看清了她白皙手背上有一块小小的瘀青，还很新。

应该是刚刚被什么东西砸到造成的，还有点划痕，没有破皮。

谢野表情很淡："说说吧，这次又是为什么。"

想着他上次的反应，池栀语有些无奈，老实开口："白黎刚刚摔东西的时候，叉子不小心砸到的。"

谢野："不会躲开？"

池栀语低头："忘了。"

"忘了？"谢野唇角弧度拉直，语气稍重，"她发疯，你就只剩下发傻了是吧？"

知道他的性子，池栀语决定还是不回嘴，默默摸了下脸，"嗯"了声："我知道了，下次我会躲开的。"

谢野没搭话，语气冷冷："这次是叉子，下回就是刀子了是不是？"

"没有……"池栀语默默发声，"刀子我拿走了。"

谢野被气笑了，讽刺了一声："那你还挺能耐。"

池栀语这次不接话了，恰好水壶里的水开始有点动静，"咕噜噜"地响着。

池栀语扫了眼，立即扯开了话题："你之后是不是又要训练，准备亚洲邀请赛？"

谢野明显还在气，没搭理她。

池栀语伸手勾着他的手指，晃了下："嗯？是要继续闭关吗？"

谢野扫她："你有事？"

池栀语给他分析："如果你要闭关，那我就克制一下。"

谢野："如果不呢？"

"不的话……"池栀语凑过去，故技重施地亲了下他的嘴巴。

谢野抬眼。

池栀语轻笑一声，然后抬头又亲了下，小声说："那我一样来看你啊。"说完，她正要退开，谢野单手揽住她的腰身，低头吻着她的唇，像是惩罚般地咬了下她的下唇，又舔了下，才松开。

感到他不痛不痒的力度，池栀语眨了下眼。

谢野语气却带着警告："下次再受伤给我看看？"

这言行不一的。

池栀语忍着笑，"噢"了声，一旁的水壶也正好"嗒"的一声，松开了键。池栀语扫了眼，拍了拍他的手："我知道了，你先放开，我给你泡蜂蜜水。"

谢野眯眼，语气很恶劣："不放。"

池栀语瞪他："你不放，我怎么泡？"

谢野半抱着她往外走："不喝了。"

池栀语看他关上了厨房灯，想走去重新打开："你不是难受吗？"

谢野把她扯到自己怀里，看了眼时间，转了个方向慢悠悠地往楼上走，"噢"了声："确实难受。"

"啊？"池栀语更蒙了，"那你干吗不喝蜂蜜水？"

谢野："蜂蜜水没用。"

池栀语脑子慢一拍："那什么有用？"

谢野抱着人打开自己的房门，随手关上，走了几步后，很轻易地将人放倒在了床上，身子半压着她。池栀语一顿，立即抬眼看他。

谢野低头，与她对视，语气很不正经地吐出四个字："睡觉有用。"

池栀语以为自己幻听了："什么有用？"

谢野稍稍撑起身子，没有压着她，扬起眉："睡觉。"

池栀语尽量没有往别的方面想，默了两秒后点头，拍了下旁边的空位："那你睡吧，我走了。"说完，她推开他坐起了身，谢野顺着力道往旁边一躺，而伸手扯过她的手，将她往自己怀里带。

池栀语的身子不稳，重新倒在他身旁，被他揽进怀里。

她眨了一下眼，抬头看着他的脸："你干吗？"

谢野低头抱着她，闭上眼，悠悠地道："一起睡。"

池栀语脸瞬时一红，推他："谁跟你一起睡，放开。"

池栀语不是没在谢家留过宿，有时候白黎不在家，她吃完饭后玩累了就会留下来，简雅芷也为她留了一些衣物，都在隔壁房间。但那都是高中前的事了，而且她都是一个人睡，哪儿和他一起睡过。

"噢。"谢野还是闭着眼，很欠地问，"你就不想和我睡？"

这话有歧义。

池栀语难得脑子抽了下，直接问："哪种睡？"

见他立即睁开眼，池栀语也意识到自己说了什么话，连忙咳了一声，磕磕绊绊地又说了句："不是那个意思，我是说你，你现在还太小，不要想着一起睡。"

谢野眼皮一跳，忍着问："什么叫我还太小？"

池栀语选择不说话了。

谢野盯着她："嗯？"

"你给我解释解释。"谢野把她往怀里带，语气稍慢，"什么叫我还太小？"

池栀语渐渐贴着他的身子，顿了下，涨红着脸，连忙抵住他的肩解释："年纪，我说年纪。"

谢野松开她。

"我没有那个意思，是你刚刚说话有误。"池栀语舔了下唇，"你自己先说睡的。"

"我说睡就是睡觉。"谢野捏着她的脸，"你想得倒挺美。"

"我哪里有想。"池栀语小声反驳，"你自己难受说睡觉有用。"

谢野也不知道为什么要和她谈论这个问题，忍了下决定放弃，直接开口："池栀语，现在十点了。"

这话来得突然，池栀语一愣："所以呢？"

谢野没搭话，也没继续和她鬼扯，直接起身抱起她往外走。

身子突然腾空，池栀语吓了一跳，下意识抬手钩住他的脖颈："去哪儿？"

谢野打开隔壁房间，弯腰把她安置在床上："睡觉。"

没有选择送她回去，而是换了房间。让她能有个安心放松的空间。

池栀语坐在床上稍稍一愣，懂了他的意思后笑了一声："嗯？不是一起睡吗？"

"谁跟你一起睡呢。"谢野捏着她的脸，"自己睡。"

池栀语眨了下眼，故意逗他："你刚刚不是说难受睡觉有用，要我陪你睡吗？"

"我是说了这话。"谢野吊儿郎当地看她，"但你这想法还挺多，我怕你占我便宜。"

池栀语"噢"了声，开始和他商量："可是你不是难受嘛，那我就抱着你睡吧，保证不占你便宜。"

"池栀语。"谢野只觉得自己太阳穴突突响，舌尖抵了下后槽牙，"你觉得我现在抱着你能睡得着？"

"啊？"池栀语一脸无辜，"我又没干吗，你为什么睡不着？"

谢野盯着看她，想发火又不能真的骂她，最终有些没辙放弃了，单手扣着她的细腰，把她捞到自己怀里，掐她的脸，语气有些凶："你还挺能耐。"

在这儿明知故问的，什么话都敢说。

池栀语没忍住笑出声，也不再招惹他，推着他起身："好了好了，我自己睡，你回去吧。"

"嗯。"谢野抬手揉了揉她的脑袋，淡淡开口，"老老实实给我睡觉。"

头发被他揉乱了，安抚的意味却很浓。

池栀语顿了下。

谢野看着她，指腹轻轻抚了抚她的脸，指尖抬起她的下巴，俯身凑近。

下一秒，池栀语感到自己额头的位置上落下一个温热的吻。

是他的唇。

并伴随着，谢野的低声轻哄——

"别想那些乱七八糟的事，我在这儿。"

所以安心睡。什么都不用担心。

我陪着你。

谢野说完后，又亲了下她的唇角，随后松开她起身，单手关上门离开了。池栀语反应过来后，去浴室简单洗漱完出来就躺在了床上，满身的疲惫接踵而至，她长叹了口气，有些睡不着。

　　池栀语翻身，侧躺着，抬眸看着被紧闭的窗帘遮挡住的阳台，眼神有些散，似乎在发呆。

　　室内漆黑一团，静谧无声。完全不似池家的死寂，藏着隐约的焦虑。每月总会有那么几次，她都会提心吊胆地害怕白黎会在半夜突然醒来，发狂。

　　然后她和王姨难熬地度过剩下的半夜。但今晚，池栀语抬手抚了抚额前的皮肤，垂眸笑了下，稍稍放心地闭上眼，侧头埋入被褥内。有几分熟悉的檀木香，还有温暖的太阳味道，环绕着她。

　　安抚的话似乎有了效果。池栀语不记得自己是什么时候睡着的，但她睡得很安稳。

　　可到了后半夜，她也清楚地记着自己做的梦。

梦境里，池宴冷漠的样子和白黎毫无理智的发病状态重叠在一起。

突然谢野出现了，他和池宴在相互对峙着，毫不相让。池栀语正想去找谢野时，画面突然一跳，她看到自己变成了和池宴一样的人，戴着假面，靠着一切能利用的工具，成了白黎最想要的顶级舞蹈家。脸上带着自然的笑容，眼眸内满是冷寂无情，而她的身边没有谢野。

什么人都没有。只有她一个人。

坠入了深渊。

池栀语瞬时睁开眼，下意识起身往房门的方向看，听着门外是否有白黎的尖叫声。

屋内的装潢与平时不同，池栀语的大脑稍慢了一拍，才想起来自己在谢家，而不是自己的房间。她僵住的身子松懈下来，闭上眼缓了好久。想起刚刚的梦境，池栀语有些失神，停了一会儿，她掀开被子下地，光着脚轻声打开门往外走。

谢野的房间在隔壁，门紧闭着。

池栀语脚步微移，按照心底的渴望与不安，想去找他。

可是，不知道现在几点。她不能打扰他睡觉。

他刚打完比赛，又喝酒了，应该很累。

脚步顿了下，池栀语咽了咽喉咙，舔了下有些干燥的唇瓣，转身打算去楼下厨房喝水。忽而楼梯上有细微的声音响起，在安静的黑夜里，有些明显。

谢野端着水杯走上二楼，瞥见楼梯旁池栀语的身影时，仿佛并不意外，他的神色似乎有些困，看到她光着脚，迈步走到她面前，摸了下她有些冰冷的脸，皱了下眉："醒了多久？"

池栀语神志还有些恍惚，起初以为是幻觉。可感到他温热的指尖触到自己的脸颊时，忽而惊醒，呆呆地看他："你怎么在这儿？"

嗓音带着初醒的沙哑。

谢野没回，随手把手里的水杯递给她："喝不喝？"

池栀语迟缓地点了下头，接过润了润唇，还剩大半杯重新还给他。

谢野拿过没喝，随手牵着她问："回哪个房间？"

池栀语脑子有些钝，按着自己刚刚想去找他的心理，慢吞吞说："你的。"

谢野扬眉："真想占我便宜？"

池栀语摇摇头，语速有些慢："就想看看你。"

怕梦境成真。

你不在。

谢野看着她的神色，伸手握住她的手："做噩梦了？"

池栀语还未清醒，"嗯"了声："我梦到我长大后，你不在了。"

谢野笑了下："所以就想看看我在不在？"池栀语："嗯，但怕你没起。"

"挺有良心。"谢野看着她开始犯困的表情，"也不枉费我白等。"

可能看到他安心了，又被他拉着问问题，渐渐又有些困，池栀语耷着眼皮，根本没听见他的话，就迷迷糊糊地跟着他往隔壁房间走。屋内没开灯，只有靠墙那边桌上的电脑屏幕亮着，在昏暗中透着微弱的光。

"你没睡吗？"池栀语看到这儿，慢吞吞地问。

"现在睡。"谢野走去把电脑关了机，随后撑着困意把她安置在床上，正想松开她的手，往一旁沙发走去时。

池栀语却牵着他的手不放，迷迷糊糊问："你要去哪儿？"

"睡觉。"

"床不是在这儿吗？"

"我不跟你睡。"

池栀语意识很慢，想起了他之前的话，"哦"了一声："我不会占你便宜的……你放心。"

见她坚持，谢野也不想把她吵醒，素性隔着被子躺在她身旁的空位，单手帮她压好被子，语气很酷地命令道："睡觉，困死了。"

池栀语还是牵着他的手不放，闻言，带着睡意懒懒地拖着音："之前……为什么不睡……"

谢野懒洋洋地打了个哈欠，语气随意："怕某个小哭包半夜醒来，自己躲起来哭。"

"嗯……那……"池栀语眼皮已经合起，毫无意识地问，"她哭了吗？"

谢野看着她的睡颜，抬手轻轻蹭了下她似是在睡梦中流下泪痕的眼尾。

良久。他低声呢喃着："没有。"

她很坚强。

屋内气氛安静，床上的人重新陷入了沉睡。池栀语呼吸缓慢，意识内觉得自己身旁的人靠着很舒服，气息是熟悉的檀木香，让人安心又自觉地想依靠。

她的身子下意识地贴上去，双手紧紧地抱着。可那人总是往后退，似乎不愿意她太过贴近，落在她耳后的呼吸也有些烫，身子的温度也渐渐升高滚烫。谢野低眼看怀里的少女，她婀娜的身姿无意识地贴靠着他。眸色暗了些，他深吸了口气："你这是故意折磨我呢。"

没人回话。

少女睡颜恬静，呼吸轻缓，侧靠在他的胸膛上，手轻轻环着他的腰。

谢野现在是想睡也根本睡不着，面无表情地将人拉开点距离，伸手扯过一旁的被子，把她裹住。

一夜无梦。

但池栀语觉得自己像是被什么东西束缚住了，手脚都僵着，动不了。一开始池栀语还能忍，但到后来，房间内的空调似乎被人关掉了，然后又有人开门又关门的，冷气跑走，渐渐开始热了起来。

她想把手挣脱出来，却动不了。

池栀语皱起眉，有些烦躁地睁开了眼，她盯着对面的白墙，没什么反应，感到自己身上的束缚后，垂眸看到紧紧包裹着自己全身的被子。

视线再往下移，也看到禁锢在自己腰上的手臂。池栀语当然记得昨晚的事，但现在起床气和火气相加上来，根本没有让她感到什么羞耻。

她睡相挺好的，不可能是自己用被子把自己缠成蚕蛹一样，那罪魁祸首就只能是睡在旁边的人了。

池栀语双手挣脱开被子，艰难地转了个身对上身后的人。

谢野明显还在睡，呼吸匀速平缓，眼睛闭着，浓密的睫毛轻葺下，掩过他眼尾的那颗微不可见的浅痣，但在极近的距离下，清晰至极。

似乎感受到怀里人的动静，也不知道是被吵到不耐烦，还是怎么的，他稍蹙眉，手臂收紧，重新将她搂进怀里。

池栀语鼻尖瞬时撞到了他的锁骨，忍着气，抬头看他，想把他骂醒，但又顾及昨晚他那么晚才睡，现在肯定睡不够。

憋了半天，最终她还是妥协了。

但也不知道他干吗把她裹成蝉蛹，让她都不能安稳睡觉。

池栀语还是有些气，无声无息地也把他的被子收紧。

而谢野这时恰好睁开了眼，注意到她的动静，扫了一眼后可能也懒得管，重新闭上眼，低头用下巴蹭了蹭她的发顶。

池栀语推开他的头，仰头质问："你干吗把我包成蝉蛹一样？"

谢野眼皮懒洋洋地葺拉着，神色困倦，嗓音微沉还有些沙哑："你说说你昨晚想干什么？"

池栀语皱了下眉："我昨晚不就是睡觉吗？"

"噢。"谢野扯了句，"你自己想得倒是简单。"

"我除了睡觉还能干吗？"池栀语完全没记忆，而且她自认为自己并没有什么怪癖，平常也都是安安稳稳地睡觉。

谢野靠在她的脑袋上，语气懒散："你自己想。"

这话仿佛真的有什么事。池栀语看着他的下巴和脖颈线条，眨了眨眼，突然想起了一个可能。难道她真是动手动脚想占他……便宜？

这想法一出，谢野仿佛是她肚子的蛔虫，突然"嗯"了声："你昨晚想占我便宜。"

"还妄图……"谢野垂眸盯着她的脸，眼眸漆黑，搭在她腰间的手上抬，指尖落在她的唇角，轻轻点了一下，慢腾腾地吐出四个字，"对我下手。"

"什么？"

"我……"池栀语觉得有点玄幻，顿了下，按着他的话说，"怎么对你下手了？"

"噢。"谢野闲闲道，"今天我给你面子。"

"就不说了。"

池栀语无语。

"不过呢……"谢野熟练地用被子裹住她的身体，语气吊儿郎当地说，"我宁死不屈，你也没得逼。"

"你骗我呢。"池栀语不信，"我怎么一点印象都没有？"

谢野唇角勾了下，很酷地倒打一耙道："你不想记得还怪我？"

池栀语差点噎住，已经觉得这人就是在胡扯，懒得理他，也不知道现在几点了。意识到这儿，池栀语突然想到了什么，扯开身上的被子坐起，随手拿过床头柜上他的手机。

一看屏幕。八点四十五。

池栀语头皮一麻，她昨晚迷迷糊糊地跑到这边来睡，忘记提醒谢野定好闹钟，让她早点起来，跑回隔壁房间继续睡的，但现在这情况也已经不可能了。

按着平常简雅芷的作息，她早就醒了，也不知道有没有打开隔壁房间。那里有她的东西，如果简雅芷看到，却没看到她的人……

谢野看着她的表情，似乎已经能猜到她在想什么了，忽而垂眸，自顾自地笑了几声。

池栀语根本没心思管他在笑什么，连忙起身下床，正准备往外走时，谢野也跟着起来，扯过她的身子，语气闲散道："急什么，鞋子穿好。"

池栀语闻言低头看着床边的拖鞋，愣了下，她记得自己过来的时候是没穿鞋的吧？意识也有些混乱。

恰好此时，房门忽而被人敲响，池栀语身子猛地一僵，瞬时抬起头，就见谢野慢悠悠地走去，转动把手，开门。

简雅芷站在门外，扫了他一眼："小栀子呢？"

谢野语气懒散："刚醒。"

简雅芷眯了下眼："那你怎么还在这儿？"

"噢。"谢野很坦然，"我陪她睡觉。"

谢野疯了。

池栀语脑子里一瞬间闪出了这句话，回神后还没开口说什么。

简雅芷看着谢野这理所当然的表情，被气笑了："你给我去洗漱。"说完，伸手推开了他的肩膀，看着池栀语站在床边，还带着刚睡醒的惺忪感，一脸茫然的样子。

池栀语见人看来，脑子一顿，连忙出声："芷姨，您别误……"

简雅芷笑了声，走来摸了下她的脑袋："放心，芷姨知道，这小子大清早就下来和我说了。"

池栀语愣了愣，想起了早上睡梦中听到开关门的声音，抬眼看向正斜靠在门边的谢野，他眼皮懒洋洋耷拉着，神色困倦，一副闲散怠惰的样子。可能是接收到她的视线，他稍稍抬起眼皮，和她对视后，挑了下眉。很是傲慢。

"……"难怪这人刚刚在笑，原来早说了，还让她白白操心。

池栀语眯了下眼。

"还站着干什么？"简雅芷转头看向后边人，催他，"你快去刷牙洗脸。"

谢野淡淡地"嗯"了声，懒散地揉了揉额前的头发，慢悠悠地转身往外走。

池栀语回神："那我也先去洗漱。"

"嗯，好。"简雅芷跟着她一起往外走，陪着她回隔壁房间的时候，忽而唤了句，"小语。"

"嗯？"

"昨晚……"简雅芷顿了下，"谢野那小子有没有老实睡觉？"

早上刚被谢野问罪自己占他便宜，虽然也不知道是真是假，但被简雅芷现在一问，池栀语莫名有些心虚，咳了一声："没有，只是在睡觉。"

"那就好。"简雅芷点点头，"我怕这小子看到你失了分寸，脑子都不知道丢哪儿去了。"

被亲妈吐槽，池栀语觉得有点好笑，还是为谢野申冤："他不会的，昨晚他本来想去沙发睡的，但我晚上做了噩梦，有点害怕才让他陪我睡了。"

说完后，她才意识到简雅芷好像一点都不惊讶他们俩这么亲密，顿了下，有些迟疑道："芷姨，想和你说个事。"

"嗯，什么事？"简雅芷打开隔壁房门，轻声答。

"谢野和我在一起了。"池栀语想了想连忙又补了句，"不过是毕业之后的事，高中的时候我们没有什么的，您别怪他，是我一直喜欢他的。"

闻言，简雅芷愣了下。

池栀语抿了抿唇："对不起，现在才告诉您。"

看着她有些担忧的表情，简雅芷弯了下唇角："就这件事啊。"

池栀语点点头。

简雅芷笑出声："好，阿姨知道了，那阿姨也告诉你一个秘密。"

池栀语脑子慢了一拍："什么？"

简雅芷浅笑道："不只是你喜欢谢野，谢野也一直喜欢你。"

池栀语一愣。

简雅芷可能觉得好笑："你应该知道谢野刚来这儿的时候对谁都不太搭理，但偏偏就会欺负你，让你先来找他玩。而我是他妈妈，当然知道他的性子，也能看出来他喜欢你，所以当初见你们俩都上了高中还这样玩着，还以为你不喜欢这小子，只把他成朋友呢。"

"不是。"池栀语下意识解释，"我怕他不喜欢我，所以一直不敢和他说清楚。"

"也对。"简雅芷骂了句，"这小子什么都用反话来说，小时候喜欢的东西也经常不说，都反着来让我们主动给他买。"

池栀语也知道谢野的臭脾气，小声嘀咕了句："也不知道我怎么就喜欢他了。"

"喜欢就喜欢了。"简雅芷随口道，"这也是他的福气，而且你能和谢野在一起，阿姨比他都高兴。"

"不过呢，"简雅芷摸了下她的脑袋，"阿姨也和你道个歉。"

池栀语没明白："怎么了？"

简雅芷浅笑道："你们俩这事，阿姨之前就已经知道了。"

"啊？"池栀语有些蒙了，猜了一下，"是谢野和您说了吗？"

简雅芷点点头："算是吧。"

这算是谢野说的，也算是简雅芷猜到的。

之前谢野有次突然回来，她瞧见他还挺惊讶的，开口问："不是在基地训练？怎么回来了？"

"回来休息一下。"谢野倒了杯水随意答。

简雅芷见他是从对面过来的，好奇地问了句："所以顺道去舞蹈室接小栀子回来？"

"嗯。"

简雅芷"噢"了声，也没继续问。

但谢野似是想到了什么，难得正经地把她唤住说了句："妈，我有事和您说。"

简雅芷坐在沙发上，点头："嗯，你说吧。"

谢野也没有拖拉，开门见山就说了自己不打算回谢家，这几年会老老实实地打电竞，如果谢家那边来了电话，不用管也不用接，他会处理好。

简雅芷听到这事时，也没什么惊讶的，毕竟选了这条路，他应该也是想好了对策才去做的。

她也没说什么只是点了点头："好，我知道了，你安心打电竞，妈妈在家里等你。"

听着回答，谢野淡淡"嗯"了声："还有一件事想和您说。"

简雅芷笑了下："你今天怎么这么多事想和我说？怎么了？这是打算出去独立成家立业了？"

谢野靠在沙发内，端着水杯："也行。"

简雅芷："什么也行？"

谢野喝了口水，悠悠道："成家立业。"

"你和谁成家呢?"问完,简雅芷突然想到什么顿了下,"你和小栀子在一起了?"

听着这有点意外的语气,谢野扯了下唇:"我还能和谁在一起?"

这话就是默认了。

简雅芷笑了:"所以你要和我说的就是这事?"

"不然呢?"谢野语气很酷。

简雅芷被逗笑,点了下头:"好啊,如果小栀子愿意和你成家,我现在就可以把户口本给你。"

谢野直起身子:"行。"

"嗯?"

谢野很笃定:"您准备好。"

"这小子什么话都敢说。"简雅芷解释完后,顺带吐槽了一句,

池栀语没想到谢野会这样说,但又觉得挺符合这人的性格。

可这成家立业……池栀语轻咳了一声,莫名有点不自在,正想开口说什么。后边已经洗漱完的谢野走过来,扫了眼两人,语气懒散地问简雅芷:"您不去厨房看看?"

这赶人赶得再明显不过了。

简雅芷被气笑,点头:"行,你在这儿等小栀子洗漱,我去看看。"说完,她转身往外走,可能是不放心谢野,

又看他一眼,提醒道:"老实点。"

接收到目光,谢野眉梢微微一挑,还没等人走,直接伸手牵过池栀语进了屋,顺手还关上了门。

简雅芷抚额。

臭小子。


池栀语被人带进屋,愣了下才明白过来他的行为,反被逗笑。

谢野垂眸看她,神色倦懒地开口:"我妈刚刚和你说什么?"

被他一问,池栀语想起刚才在房间的囧事,抬手捏了下他的脸,像是泄愤一般地说道:"你刚刚为什么不告诉我你已经和芷姨说了,害我

白担心。"

谢野任由她掐，盯着她的脸，悠悠道："你有给我时间说？"

池栀语一噎："那你可以提醒我一下啊。"

"行。"谢野点点头，"下次。"

谁给你下次。

池栀语瞪了他一眼，转身迈步往卫生间走去，见谢野跟着进来了，也没赶他出去，随口问了句："你之前把我们在一起的事和芷姨说了？"

"我妈说的？"谢野随手拿过她的牙刷和牙膏，挤好递给她。

池栀语看着他的动作，愣了下，接过后"嗯"了声，刚想刷牙。

谢野"噢"了声："那她应该也说了其他事，你没听到？"

池栀语佯装不解："啊？什么事？"

谢野意味深长地看她："你说呢。"

池栀语眨眼："我不知道。"

"行。"谢野伸手捏了下她的脸，"给我装傻呢。"

池栀语选择不说话了，转头自然地开始刷牙，见他在等着，含糊不清地开口说："妮仙粗去（你先出去）。"

谢野也不知道有没有听懂，"啧"了一声："好好刷牙。"

池栀语无奈，低头老老实实地刷牙。但她刚刚忘记扎头发，因为低头的动作，肩上的几缕发丝总会垂下来，贴靠在脸侧，有些碍事。

她放下水杯，空出手想先压着头发。

身侧的谢野忽而抬手，将垂在她耳边的头发撩起，顺了下，单手圈着她的头发，随后朝她抬了抬下巴："继续洗。"

池栀语透过镜子看清他的举动，亲密又自然，眨了下眼，低头唇角无声弯起，安静地刷完了牙。最后洗脸的时候，她没有让谢野松手，稍稍弯着腰，掌心接过一捧水，简单地洗着脸。

谢野站在她身侧，垂眸看着她的动作。

乌黑的长发被他绾着，露出了她白皙又纤细的玉颈，下颌被清水打湿，有几滴水珠顺着脖颈往下滑行，经过漂亮的锁骨线条后，再往下是稍稍低垂的衣领口，掩着前胸。

脑海里忽而想起了昨晚温香软玉在怀的触感。

温软细腻，无声诱惑。

池栀语直起身，拿过一旁的洗脸巾随意擦了擦脸，看着镜子的人："我好了，你放开吧。"

谢野依言松手，掌心的墨发瞬时散开，落在她身后。

池栀语随手把洗脸巾扔在垃圾桶里，转身看他："走吧，我们出去了。"

谢野没搭话，低眼盯着她近在咫尺的脸。

池栀语收到他的视线，眨了眨眼："看什么？没洗干净吗？"

谢野忽而抬手，贴近她的脸颊："这儿。"

池栀语没明白："这儿什么？"

谢野低头，指腹轻轻地蹭过她还未擦去的水珠，抚过细腻的肌肤，沿着往下是她的下颌。

因为他的触碰，池栀语顿了下，目光轻抬，对上了他的眼眸。

空间安静了下来。

似有什么在拉扯着那根弦。

微断。

下一刻，谢野顺着内心，毫不犹豫地将她扯进怀里，低头贴着她的唇，捏着她的下巴，往下扣。力道微轻，池栀语顺势张开嘴。他的舌尖探入，动作轻佻却又带着攻击性，似乎想把她一寸寸吞咽入肚。

她刚刷完牙，口腔内都是浓浓的草莓味，可能简雅芷觉得她是女孩子，特地买来给她的，还带点清香。

现在，却被谢野唇舌间的薄荷香侵占，搅乱，还带着细碎的吞咽声。

池栀语也不知道他突然发什么疯，但察觉到他清冽的气息后，轻轻咬了下他的舌尖，有些不满，含糊不清地问："为什么你的牙膏是薄荷味？"

谢野听着这话，没忍住轻笑了一声，扫过她的上颚，慢慢舔舐着："因为我man。"

池栀语皱了下眉，双手勾着他的脖子，咬住他的下唇，提出："那我把我的牙膏跟你换。"

"不换。"

谢野托起她的脸，盯着她白皙的脖颈，有些不受控地低头又吻了下。

在家，不能留印子。

理智扯回了他的神经。

谢野压着欲望往上移，吻过的下颌、唇角，有些发泄性地重新吻上她的唇，将滚烫的薄荷气息一点点渡进她的嘴里。

盖住她渐淡的草莓味。力道加重，舌尖被他一下一下吸吮着，有些发麻。池栀语有些抗议地咬住他的舌尖，含糊着说："换。"

"这威胁我呢。"谢野停了下来，气息稍沉，话里带着笑意，"这么凶。"

他额前的碎发有些乱，薄唇的颜色更深，唇红齿白的，看着有些迷人。

池栀语的唇也是嫣红，看着他的样子，打算用美人计，她仰头贴上他的唇，轻轻说："我不想用草莓味的。"

这人打小就不喜欢草莓味的东西，但也没和人主动提过，一直都是她身边的人才会知道。而且这是简雅芷准备的东西，她也不好拂了人的面子。但现在瞧见他的不一样，肯定要抢着用了。

娇气鬼。

"行。"谢野捏着她的下巴往上抬，含住她的唇，舌尖带着薄荷的清冽，重新闯入她口腔内，"现在给你换。"

"这样……"谢野唇舌扫荡过她的甜腻气息，慢慢舔舐，嗓音带着轻佻和哑然，像在调情，"满意吗？"

池栀语哪儿想到是这样的换。反应过来的时候，已经被亲得有些迷糊。

谢野托着她的侧脸，顺势将她压在了洗漱台上，另一只手扣着她的腰，低头带着力度咬了下她的唇瓣。

池栀语仰头，双手勾着他的脖颈，不自觉地往他身上靠。湿热的吻一点点往后移，经过她的唇角、侧脸，最后落在耳垂脖颈上。

少年身上带着清香，鼻息间又是他唇齿间的薄荷味，完全将她侵占。

"满意吗？"谢野轻吻着她的耳郭，嗓音微低，语气浪荡地问着。

池栀语听到他这个满不满意的问话，原本糊涂的脑子里突然想到什么，她笑出了声。

谢野咬了下她的耳垂："满意成这样？"

"不是。"池栀语侧头看他，没忍住笑着，"你这样问还真的有点像某种服务人员。"

当然猜到她指的是什么，谢野打量着她唇角弧度，低头吻上，含糊着悠悠道："我不就在服务你吗？"

闻言，池栀语张开嘴，还想说什么。

谢野的唇舌顺势又钻了进来，搅乱开了她的话音，一下又一下缓慢地亲吻着她的唇，像是挑逗，又像是示范他说的服务。但池栀语已经清醒了，才不吃这套，舌尖抵了下他的唇："我说的换又不是这样换。"

谢野稍稍退出些，没止住笑，出了声："噢，那你下次早点说。"

池栀语："嗯？"

谢野抬起她的下巴："现在换都换了……"

他的唇舌再度覆了下来，顺着侵占的动作道出最后几个字——

"概不退货。"


洗漱完从卫生间出来后，池栀语还是把谢野和自己的牙膏换了，顺便把人骂了一顿："不是让你老实点嘛！"

池栀语看着镜子里自己的嘴唇红红的，还有点肿，明显就是被人"蹂躏"过。

等会儿下楼被简雅芷看到这样子，他是无所谓，但她可要脸皮。而谢野语气很狂："我亲我对象有错？"

池栀语瞪了他一眼，懒得和他说，用冷水开始降温。

等了一会儿，才勉强正常，没有那么红肿了。

池栀语稍稍满意就把人赶下楼，再到厨房吃完早饭后，差不多快到中午了。

之后池栀语又回家换一下衣服，顺便问了王姨昨晚的情况。

按照白黎昨天的状态，晚上应该也不会安静，只留下王姨一个人照顾，确实有点难熬。

"没什么事，和平常一样，你别担心。"王姨自然知道池栀语昨晚在谢家睡的，但也不想让她多知道些什么。

毕竟难得能睡个好觉，知道了也是受苦。

池栀语看着餐厅已经被整理干净，不似昨晚那么混乱，点了下头："辛苦您了。"

"哪里的事。"王姨轻笑一声，"我都这儿待了这么多年，都习惯了。"

池栀语想了想："王姨，之后我去上学，如果这里有什么事，您及时给我打电话。"

"好。"

之后两人又聊了几句，门铃忽而响起，池栀语看了眼时间，走去开门。

外头的吴萱提着电脑一边感叹着一边连忙进屋："外面真的太热，快快，让我进来。"

池栀语拿了双拖鞋给她，看了眼外面的太阳："有这么热吗？"

"你有本事出去试试。"

吴萱换好鞋随手关上门跟着她往里头走，对着王姨问了声好。

"你好，来喝点凉茶。"王姨端着茶杯放在客厅茶几上。

"啊，谢谢王姨。"吴萱坐在沙发内，端起茶杯直接灌了一大口。

池栀语被她的动作逗笑，端起水壶给她续杯："你午饭吃了吗？没吃可以在我这儿吃。"

"你呢？"吴萱又喝了一杯茶，随口问。

池栀语摇摇头："我不饿，刚吃完早餐。"

"这么晚？"说完，吴萱突然什么，意味深长地"噢"了声，"昨晚跟着我们Wild出去聚会干吗了呢？"

池栀语打断她的遐想："是我起晚了而已，别多想。"

吴萱靠在靠垫上吹空调，挑了下眉："谁多想了，我可是正经人。"

池栀语扬眉："我也是正经人。"

吴萱"噢"了声："那就是谢野不正经了？"

池栀语想起早上的"换牙膏"，抿了下唇，面不改色道："这话可是你说的。"

"别别别。"吴萱摆手，"我没说啊，你什么也没听到啊。"

被她这样子逗笑，池栀语故意问："吴小姐有什么不敢说的呢？"

"哎，可别。"吴萱摆手，"我可比不上网上你家Wild的粉丝们，一个个都已经互称姐妹了。"

池栀语一愣："什么？"

"昨晚我不是给你发信息了说你家Wild火了嘛。"

"嗯，然后？"

"然后是真的火了。"吴萱翻出手机，找了一下递给她，"你看看谢野的微博都炸了，而且昨晚热搜上都是他，不过现在已经降下来了。"

池栀语接过，低眼看去。

屏幕上是谢野的微博主页，那个原始头像被换成了一片漆黑，而名字也还是那个名字，只是下面的简介里多了一条认证信息。

——YG电子竞技俱乐部战队成员。

而页面上只有一条微博，就是转发了YG官微发布的亚洲邀请函公告。一眼就能看出来是老木让他转发的，但明明这只是一条很官方的微博，可底下的评论什么都有。

池栀语点开大致扫了下，发现最多的就是"Wild好帅"之类的。往下看还有就是吴萱说的互称姐妹的那些，也有人好奇这微博名到底有什么意思。

"我刚刚搜出来的时候还以为是个假号呢。"

这条微博下纷纷有人回复。

"可能Wild喜欢栀子花呗，想与众不同点？"

"也有可能是Wild想加个花，显得有少女心？"

"楼上你觉得按Wild那张脸和冷酷的气质会有少女心吗？"

"我盲猜一下，我觉得这名字肯定不简单。"

"楼上这用得着你盲猜？这不明摆着就是不简单吗？"

"很好，实话告诉你们，我都不认识Gardenia这个单词！"

"我的天！我也不认识！"

"Wild Gardenia＝野的栀子花，不用谢。"

"感谢楼上翻译！"

"感谢！"

"我又来盲猜下，这Wild原名不会叫栀子花吧？"

池栀语看到这条的时候，笑出了声。

吴萱凑过来也跟着看，看到时也笑着说："绝了，脑回路新奇啊。"

"谢野的名字还没有公开吗？"池栀语笑着把手机还给她。

吴萱接过随手锁屏放在旁边："他昨天才第一次出场亮相，之前在网上除了声音外一点别的信息都没有了。"

"嗯。"池栀语想着如果以后网友知道真名再和这条猜测结合，场面应该挺好笑。

"不过……"吴萱又想着，"等扒出来他的时候，你怎么办？"

"嗯？"池栀语没懂，"什么叫我怎么办？"

"你的身份信息啊。"吴萱解释，"他们能扒出谢野的信息的话，应该也能扒出你的吧？"

闻言，池栀语想了想："应该不会。"

吴萱一愣："为什么？"

池栀语倒了杯水喝："谢野不会让我的信息曝光。"

从那天比赛让她又戴帽子又戴口罩的，就知道他不会让她被大众知道太多的信息。

同样也包括他自己的，毕竟知道多了，麻烦也会多。

吴萱倒是没想到这事，眨了眨眼："你怎么知道？"

池栀语悠悠地给出两个字："直觉。"

吴萱无语了："行，你们俩夫妻同心是吧？"

池栀语笑了声："怎么？羡慕？"

"我羡慕个头。"吴萱又好奇，"不过谢野怎么保证你的信息不会泄漏呢？"

池栀语扬了眉："你忘了？"

"嗯？"

"他是大佬。"

牛哦。这话是开玩笑，但吴萱确实没觉得谢野是普通人，虽然谢野平常也没干什么特别的事，每天除了和池栀语在一起之外，就是和李涛然那帮人一起去上课，偶尔打打球。

看着就挺符合一个普通高中少年的形象，只不过气质和态度上有些傲慢而已。但毕竟也是从小认识到大的，总是能察觉到一些不一样的地方。

好比家世背景之类的。

吴萱没问过池栀语，但她总觉得谢野家挺神秘的，除了知道他是为了陪着妈妈养病才来这儿以外，其他事他都没提过。不过让他自己对他们说，也是不可能的事。所以他们也不怎么感兴趣，反正他们又不是和谢野他家玩。

"大佬就是了不起啊。"吴萱开着玩笑，看了池栀语一眼，"保护自己的女人是吧？"

池栀语学着谢野的语气，酷酷地道："你可以这么认为。"

"什么玩意儿呢。"吴萱笑出了声，也没继续问，拿过一旁的电脑，"行了行了，不吃你们俩这狗粮了，办正事填志愿吧。"

"去我房间吧。"池栀语起身往楼上走。

"嗯。"吴萱跟着她走上楼梯，想起突然问了句，"谢野要填志愿吗？"

"他随便，可填可不填。"池栀语打开房门，随口道了句。

"啧。"吴萱走进房间，连连感叹，"保送就是爽啊。"

池栀语扬眉，不置可否。

话说完，两人坐在自己电脑前，按着填报志愿的流程，一起选了若北舞蹈学院和其他保底中意的学校，最后点击提交。

之后录取通知书没过多久就送到了，不过谢野身为保送分子，是第一个收到的，但他人在YG基地，是简雅芷代为签收，池栀语亲自送去，顺带看他。


预选赛后，YG全体都进入了懒散的休息状态，自然也不像之前那么拼命地训练了。

池栀语拿录取通知书过来的时候，一堆人都围着林杰在看他直播，而且还在后面故意逗他指导着。

后头的谢野根本没参与，懒懒地躺在休息室的沙发上玩着手机游戏。池栀语推开门进来就瞧见他这一副闲散的模样。

最近谢野隔个两三天就会回去，有时候池栀语过来看他，但每次见他，他都是像这样躺在沙发上。

完全就是不务正业的感觉。

谢野注意到动静的时候，掀起眼皮看来，朝她抬了抬下巴："坐这儿。"

池栀语走来坐在他旁边的空位上，看了眼他的屏幕："消消乐好玩吗？"

谢野很中肯地给了评论："还行。"

池栀语被他的表情逗笑，前边的丁辉逗完林杰，准备来休息室找人，瞧见池栀语时，笑着打招呼："池妹妹来了。"

"是啊。"池栀语看了眼外头，"林杰直播完了？"

"没呢，还在打。"丁辉看到她手里拿着的东西，眼睛一亮，"这是录取通知书呢？"

"啊。"池栀语随手把通知书递给谢野，"你的，好好保存。"

谢野扫了眼："放你那儿。"

池栀语"啧"了声："我特地拿给你的。"

谢野单手拿过正打算随手放在一旁，丁辉走来："等会儿，我来看看若大的通知书长什么样。"

谢野随便他拿，直起身端起茶杯倒了杯水，放在池栀语桌前："别动。"

丁辉还在欣赏着通知书，连连感叹，还问了几句什么时候送的。池栀语在一旁随口答，看着桌上的水，一时忘了谢野的话，伸手想去拿。谢野捉过她的手，瞥她："不长记性是不是？"忘了之前被烫到的事。

池栀语"噢"了声，老老实实没动，任由他握着自己的手。

恰好这时，丁辉抬头看池栀语："池妹妹，你也考上若大了，还是其他的学校？"

池栀语笑了下，摇摇头："我不是，我是艺术生。"

"啊？"丁辉还真不知道这事，他们几个男生也不会问这个，谢野就更不可能说了。

丁辉好奇地问："什么艺术生？"

"我是学舞蹈的。"池栀语及时又补充，"古典舞。"

"古典舞啊。"丁辉想了下，按着自己所知道学校说，"那是考上若北舞蹈学院了吗？"

池栀语稍愣："你怎么就觉得我会考上若北舞蹈学院？"

丁辉很自然地问："这不是最牛的舞蹈学校吗？"

池栀语被逗笑，点头："应该是的吧。"

"啧，我就知道是这样。"

丁辉感叹着说几句，外面过来找人的老木一眼就瞧见了池栀语，连忙走来喊她："池妹妹！我们这儿需要你帮助，快来！"

池栀语听他语气这么急切，眨了眨眼，起身走去找他。

谢野也没跟着，还是坐在沙发上，阳彬接着进来，想去坐他身边的位置，直接被谢野拒绝了。

"不是。"阳彬蒙了，"我就坐一会儿。"

谢野扫了眼："旁边没地儿坐？"

阳彬问："旁边和这儿有区别？"

谢野没搭话。

丁辉好心解释："这儿刚刚是池妹妹坐的。"

阳彬一口气差点噎到喉咙，但忍下了，懒得理他，走到一旁坐下，刚好就瞧见了录取通知书，"哎哟，这是池妹妹送来的？"

问这句，可能是个连锁问题，他又问了池栀语考上哪儿了。

"池妹妹学古典舞的，考上若北舞蹈学院。"

"啊。"阳彬眨眼，"那离我们这儿不是挺近的嘛。"

说到这儿，丁辉突然想起来谢野之前来这儿的理由，立即转头看向他："噢，我就说你这小子当初怎么会觉得基地近就来了，原来是想着离池妹妹近点是吧。"

谢野点着屏幕上的消消乐，优哉游哉地说："是又怎么样？我对象就想离我近点。"

丁辉没忍住吐槽："这么无耻的话，你怎么就说得出口呢？"

"没办法。"谢野吊儿郎当地说，"你嫂子爱听。"

阳彬忍不下去，转头对丁辉说："我现在真的想把他这副模样录下来放在微博上，让网友们看看他们的Wild谈恋爱是什么模样。"

丁辉转头，面无表情地看他："录。"

阳彬一噎。

"噢。"谢野自然也听见了，语气很欠地说，"羡慕我就直说，我也不会拒绝。"

丁辉和阳彬对视了一眼，直接走上前，把谢野按在沙发上，一人一边随意揪住了他衣领，正想要让他尝尝社会的毒打时，后边的门突然被人推开，两人回头往后看。

池栀语站在门边看着这二对一的场面，眨了下眼："这是……"

谢野半靠在沙发上被揪着衣领，像是弱势的一方，看着她慢腾腾开口："不知道，他们突然欺负我。"

"不是！"阳彬连忙解释，"池妹妹你别误会！"

丁辉忘记自己还揪着人，开口直接道："哪儿欺负了，池妹妹别听他瞎说。"

听着谢野口里的欺负，池栀语再结合此时的状况，扫了一圈三人，身子往后一退，平静地点了下头，说道："你们继续。"说完，她还好心地把门关上了。

池栀语笑着转身往后走，林杰还在直播，见她出来，直接把麦关了，转头看她："怎么了？"

"没事。"池栀语笑了声，解释道，"谢野应该做了欠打的事。"

"噢。"林杰懂了，知道平常谢野说话都很欠，他们每天听着都快被烦死了，今天可能是丁辉和阳彬忍不下去，终于上手了。

"你继续直播吧。"池栀语随意在一旁谢野的位置上坐下看林杰直播，没有让摄像头拍到她。

林杰点点头，重新把麦开了，里头的粉丝都在问怎么麦突然关了。

他随口回了句："你们丁少和Wild在玩，在问我话。"

这话一出，一堆人开始冒出来。

"啊啊啊啊啊啊Wild！"

"玩什么！玩什么！好奇！"

"求求Lin给我们看看Wild和丁少！"

"Wild！你看看Lin都在直播，你居然在和丁少玩！"

林杰边打着游戏，看到这条笑了声："Wild不是也有直播吗？"

"他是有直播，但是他就不能多播点嘛！"

俱乐部有和相应的直播平台合作，每个选手有规定需要完成的直播时长，而谢野虽然有老老实实地直播，但真的是认认真真地实行着守信原则。直播时长一点不多，一点不少，刚刚符合要求。

"而且我想看他的脸！能不能让他开开摄像头啊！"

"虽然声音也让人痴迷啊啊啊啊啊！"

"不！我就是痴迷他的脸！"

"Lin你劝劝野神让他多拿着他那张脸营业一下，不用白不用啊！"

池栀语看着这串弹幕，挑了下眉："颜值营业吗？"

她的声音被收录进去，弹幕里听到连忙打着"对对对对对"。

下一秒。

"等会儿，刚刚是谁说话？"

"嗯？不是Lin吗？"

"这不是个小姐姐的声音吗？"

"什么情况？"

一连串弹幕出现。

池栀语愣了下，忘记这能收音，林杰也有些没反应过来，回神后脑子迅速转动，飞速回了句："这是队员家属。"

池栀语无语。

林杰也很无奈，因为老木经常对着谢野说池栀语是你家属你家属的，导致他刚才第一瞬间就想到了这个，而且说都说了也没办法，毕竟这不就是谢野家属嘛。

弹幕们一听这回答，连忙问。

"家属？"

"什么家属？"

"姐姐妹妹吗？"

"谁的啊？谁有姐姐妹妹吗？"

"野神有姐妹？那叫什么？谢美？"

"谢美那位别跑，这很优秀了，哈哈哈哈哈哈！"

"谢美的笑疯我了，野和美吗？哈哈哈哈哈哈哈！"

就如吴萱所说的。这一个多月的时间足以让网友扒到了Wild的信息，但只知道本名等基础信息而已，其他的一概查不到。

"野神不像是有姐姐妹妹的人吧，我猜是阳彬和丁辉的。"

林杰看到这条咳了一声，含糊地应了句："算是吧。"

弹幕们听到"噢"着，表示明白了，明显对姐姐妹妹的没什么兴趣，只是在弹幕里喊着姐姐妹妹好啊，然后也没多问，继续讨论别的，又扯回了Wild的直播问题上。

见话题扯开了，池栀语松了口气，转头对着林杰很抱歉地无声说了句对不起。

林杰随手关了麦摇摇头说没事。

池栀语决定还是不要在这儿坐着了，对他小声说了句："你要不要喝水，我给你倒杯水。"

林杰都可以，池栀语点头起身往后边的茶水间走，拿过水壶开始烧水，没等几秒，就看见隔壁斗殴的门从里头打开。

丁辉和阳彬一脸得意地出来，谢野跟在后边，看见她在茶水间，直接走了过来，随手关门。

池栀语把水壶放在底座上，见他进来看了圈他的脸，扬了下眉："他们真的打你了？"

"嗯。"谢野随意道，"打了。"

"打你哪儿了？"池栀语看他，"你又没受伤。"

"嗯。"谢野吐出两个字，"内伤。"

池栀语被他面不改色说着瞎话的本领逗笑，点点头："行，那你自我消化一下吧。"

谢野气乐了："什么叫自我消化？"

他握着她的手，把人扯到自己怀里，低头逼近她的脸："刚才还把我扔在那儿给人欺负，你还有没有良心？"

池栀语身子微微往后仰，又听到这话笑出声："你哪里被人欺负了。"

盯着她还笑，谢野也莫名笑了下："都扯我衣领了，不算欺负我？"

池栀语想到那画面，笑得更欢了："不是，那不是你自愿的嘛。"

"自愿？"谢野环着她的腰，继续弯腰凑近她，"男朋友被欺负，你胳膊肘往外拐得倒挺厉害。"

"哪里怪我了。"池栀语双手扶着他的肩膀，眯了下眼猜测道，"你肯定说了什么话是不是？"

这人除了能气人，其他的也没什么了。

谢野很坦然："他们羡慕我有对象，我说了别羡慕。"

池栀语差点噎住："难怪他们要打你，这么欠。"

"这不是事实？"谢野似是没觉得有什么问题，稍稍直起身，将她抱进怀里，"这是劝他们不要痴心妄想。"

一旁的水沸腾，发出"咕噜咕噜"的声音。

池栀语被他的话逗笑："你能不能好好说话？"

谢野语气很欠地说："不能。"

池栀语笑着拍开他的手："行，先放开，我要倒水了。"

这次谢野难得老老实实地松开了手，池栀语拿过一旁的茶包，一一拆开放进杯子里，想到刚刚直播的事解释了句："我这样突然冒了出来，粉丝会不会起疑？"

"嗯？"谢野语气懒散，"你又不是我妹。"

"那你被发现有女朋友了怎么办？"池栀语印象里觉得这种公众人物的粉丝都不能接受他们有女朋友。

可能猜到了她在想什么，谢野嗤了声："我女朋友还用得着她们来接受？"

言下之意就是——我就是有女朋友，但关你何事，别乱操心。

池栀语莫名有点想笑："那这样如果粉丝脱粉怎么办？"

"脱。"谢野完全不在意地拿过一旁的水壶缓缓倒入水杯内，冲泡着茶包。

倒完水，谢野把水壶放回原位，警告她别碰水杯。

池栀语老老实实地站在旁边，被他牵着手，看着杯子口的白雾。

谢野打开门对着外边不知道是谁，下指令道："你，过来端水。"

等了几秒，就见阳彬屁颠屁颠地跑了进来。

池栀语有些无语。

有人端水，谢野直接带着她往外走。

林杰的直播也已经结束，丁辉在旁边和他一起玩手机。

池栀语坐在谢野旁边，看着他们这状态，稍稍疑惑："你们最近为什么这么懒散，都不训练的嘛？"

"还早。"谢野语气随意。

这也才八月底，确实还有点早。

池栀语"噢"了声："难怪你们这么无聊。"都窝在沙发上玩消消乐了。谢野靠在沙发里，闻言，眼睫动了动，优哉游哉道："不好意思了，是他们无聊，不是我呢。"

"嗯？什么叫我们无聊？"阳彬还傻，下意识抗议，"你不也挺无聊的吗？怎么就说我们？"

"就你们这几个……"谢野说，"为什么无聊自己不知道？"

"而我呢。"谢野语气又傲慢起来，"有你们嫂子陪，一点都不无聊呢。"

# Chapter 19
## 初次恋爱·喜欢

　　谢野确实没有无聊，有事没事跟池栀语待在一起，定时直播打个游戏，然后再嘲讽一下队友，然后再被队友嫌弃辱骂几声，之后也没过多久就到了九月初。

　　各大学院的新生陆陆续续开始报到注册。

　　池栀语开学那天，白黎和池宴并没有陪同。只是前一天的时候，池宴派秘书送了一套化妆品和一张不限额的信用卡，当作她的升学礼物。

　　池栀语收下了。

　　当天去学校的时候，原本简雅芷想陪着她去的，但还是被池栀语婉拒了，说自己也不是一个人，还有吴萱陪着，不用担心。

　　吴萱也没让她爸妈送，用着一样的理由，两人一起坐车到了学校，办完一切报到手续后，才领着寝室钥匙往宿舍楼走。

　　因为是同一个系的，人不多，池栀语和吴萱又是一起来报到的，所以被安排到了同一个宿舍，和室友打了招呼，互报名字后，两人出来一起去找食堂吃饭。

下了宿舍楼，吴萱撑起遮阳伞问："今天若大也开学吧，谢野去办报到了？"

池栀语嫌弃太阳大，往里躲了躲："不是，他去办休学手续。"

吴萱点点头："我说呢，今天怎么都没看到他。"

池栀语看了眼时间："可能等会儿会来这儿一趟。"

"那叫他别来算了。"吴萱直接揽过她的腰，"反正你已经被我承包了。"

池栀语笑了下："什么承包，你想什么呢。"

"不过啊，我发现……"吴萱看着四周人来人往的路上，侧头凑到她耳边，小声说，"这儿帅哥好多。"

池栀语转头看了圈，挑眉问："对哪个有想法？"

吴萱"啧"了一声："我是那种肤浅的人嘛。"

"你……"池栀语眨了下眼，"不是吗？"

吴萱瞪眼："你这就过分了啊，怎么能这么诬陷我呢。"

还在谴责人的时候，两人刚好也走到食堂门口，吴萱话音一转，连忙收起伞牵着她往里走："快，看看有什么好吃的。"

池栀语看着前边拥挤的人群，皱了下眉："人好多。"

"没办法，今天刚开学嘛。"吴萱挽着她的手去看了圈有什么好吃，最终两人一起点了一份黄焖鸡米饭。

吴萱先去占位，顺便拿碗筷，池栀语等到她们的那份后，端着餐盘往后走，一眼就看到了正朝她挥着手的吴萱。

池栀语端着走去坐在她对面，还没开始说话，吴萱就把筷子放在她面前，默默说了一句："以后还是点外卖吧。"

"虽然我爱食堂，但是人真的太多了。"吴萱点点头，以示肯定，"我爱外卖。"

池栀语已经懒得理她，感到手机振动，拿出来看了眼。

谢野："在哪儿？"

池栀语："一号食堂。"

池栀语："你过来了吗？"

谢野："在门口。"

池栀语："你饿不饿，要不要吃点什么？"

谢野："不饿，你老实等着。"

池栀语发完"噢"后，吴萱吃着饭随口问："谢野来了？"

池栀语："在校门口了，应该快了。"

吴萱"嗯"了声，随意抬头往外看了眼，愣了一下后，默默发声："池栀语，谢野说他在校门口？"

池栀语懒懒地"啊"了声："怎么了？"

吴萱眯眼："那请问前面那个帅哥是谁？"

"嗯？"池栀语闻言，顺着她的视线扭头往后看，眨了下眼。

谢野离两人就几步路的距离，身姿挺拔，戴着黑色的鸭舌帽，帽檐遮挡住了他的眉眼，只露出了凌厉的下颌线条，可也丝毫没有压住他的狂妄，反倒还显得有些散漫。

谢野抬眼，目光放在前边转头看来的少女身上。

四目相对。

他已经走来，随手拉开池栀语身旁的椅子坐下。

池栀语回神："你怎么这么快？不是在校门口吗？"

"谁在校门口。"谢野指尖敲了下她的手机，"好好看字。"

闻言，池栀语打开手机，看着他之前发的信息——

"在门口。"

池栀语又问："你怎么知道我在一号食堂？"

"对啊。"吴萱也蒙了，"你不会一直在跟踪我们吧？"

"跟踪？"谢野瞥池栀语一眼，"你从宿舍出来会特地绕大半圈去别的食堂吃？"

池栀语噎了一下。

不会。吴萱突然懂了，敢情这人是已经猜到按池栀语的性子，根本懒得走也不会去别的食堂，所以只要问了古典舞系的宿舍楼在哪儿，基本一猜就能知道了。

吴萱一噎，突然不想懂了。

饭吃完后，吴萱直接抛下了两人，面无表情地挥手说了再见。

池栀语看懂了她的幽怨，笑着目送她离开了，随后侧头看向谢野，抬手帮他把帽子仔细戴好："小心别被人发现了。"

两人走到校园路上，还有些拖着箱子来报到的学生，人来人往的。

谢野稍稍俯身，方便让她动作，与她平视着。

池栀语将帽子理正后，看着他还是有点显眼的面容，皱了下眉："我觉得你以后还是少来看我算了。"

谢野疑惑地看她一眼。

"你这帽子戴了就跟没戴一样。"池栀语说，"被人认出来反倒还连累我了。"

谢野被气乐了："讲什么话呢。"

"这是为了你我的安全考虑。"池栀语拍了拍他的头，"而且你来看我，吴萱就要被我抛弃，这样对她不好啊。"

谢野直起身，嗤了声："她还小？"

"不管小不小，都是我的好姐妹嘛。"池栀语和他掰扯。

"哦。"谢野语气凉凉，"那我是你的好兄弟？"

池栀语瞬时被他逗笑，伸手牵过他往前走："好兄弟一路相随。"

谢野："去哪儿？"

"嗯。"池栀语想了想，"我寝室你又不能上去，现在也还早，我送你回基地吧。"

谢野没什么意见，跟着她慢悠悠往校门口走，两人有一搭没一搭地说着话。搭上公交车，快到基地时，谢野坐在她旁边，把玩着她的手，还说教着："上课的时候离男人远点。"可能想到了什么，盯着她的脸又补充了句，"离女人也远点。"

听到这正经的交代语气，池栀语笑了一声："那我谁也不能接近是吧。"

谢野扬眉："离我近点不知道？"

“噢，不。”池栀语摇了摇头，“我要离吴萱近点。”

谢野“啧”了一声：“叫她自觉点，别整天缠着你，懂？”

“在这儿我就和吴萱认识，我们俩怎么可能分开啊。”

“不会找男朋友？”

“噢，我吗？”池栀语故意曲解，点头道，“嗯，那我先物色物色，找到通知你一声。”

谢野掀起眼皮，似是居高临下看她，冷笑了声，声音冷冰冰的：“行，你物色。”

池栀语压着嘴角的笑意：“嗯？真的？”

谢野警告的意味十足：“你要敢，试试。”

看着他冷眼的表情，明明外人看来觉得他很凶，威慑无声地压制而来，但池栀语每次看都觉得很好笑，总是想逗他。

池栀语刚想开口说什么，公交车渐渐停下，到达目的地。

池栀语起身跟着谢野下车，见他还冷着脸，指尖戳了下他的手心，凑近他：“谢同学。”

这称呼叫得突然，谢野眼睫动了动，抬眸看她。池栀语笑了下：“今天开学第一天，我发现你是最帅的那个男生，也是我最喜欢的样子，所以……要不要和我谈个恋爱啊？”

没料到会有这样的话。

闻言，谢野面色明显有些缓和，看着她的脸，似乎完全没有在意，唇角一松，态度极为傲慢地说：“噢，不了吧。”

谢野盯着她，很嚣张地扬了下眉，悠悠道：“我有女朋友。”

闻言，池栀语愣了一下，而后轻笑道：“这样啊，那谢同学是拒绝我了吗？”

“不然？”谢野轻挑了下眉，“我专一得很，不搞出轨。”

池栀语弯着唇角，笑着“噢”了声：“那好吧。”说完，她又慢悠悠地说了句，“不过谢同学的女朋友可真幸福啊。”

谢野扬眉。

池栀语牵着他的手：“有你这么专一的男友呢。”

闻言，谢野很狂地说："也是呢，你知道就好。"

池栀语晃了下他的手，笑着道："你就不能好好说话啊？"

谢野悠闲地说："这不是在好好说。"

"哪儿好好说了。"池栀语开始说教，"你这样其他人迟早会受不了你。"

谢野扯了下唇，明显就是懒得管其他人。

公交站离基地不远，两人走过街道，已经渐渐接近了基地大门。

池栀语边走边说着他的问题，谢野完全就是左耳进右耳出，眼皮都懒得抬。听到前边的鸣笛声，他抬眸，忽而扫到基地前停着的车辆时，眯了下眼。池栀语也听到了声音，侧头跟着看去，等瞧见刚下车站在车边的男人后，愣了一下，意外觉得有点眼熟。

车是豪车，人看着也是个气质少爷，应该也才二十几岁，长相端正帅气，嘴角带着笑，眉眼间自带着温柔多情。他像是特地来找人的，目光扫过池栀语后，直接落在谢野身上。

池栀语还在想在哪儿见过这个男人，谢野牵着她径自往前走。

路过男人时，他似乎并不意外谢野不理他，看着池栀语笑了下："弟妹好。"闻言，池栀语一愣，没怎么反应过来。

谢野直接扫了眼谢许宥："把你的破车开走。"

谢许宥没回这话，往基地里看了眼，很贴心地说："你先把弟妹送进去，这样让她站着吹风不好。"

谢野懒得理他，头也不回地直接牵着池栀语往基地里走。

"是亲戚吗？"池栀语走进电梯想着刚刚两人的对话，推测道。

谢野随手按键，淡淡"嗯"了声："不熟。"

想着他刚刚的态度，和那个男人熟稔的话，池栀语没怎么信，看向他，迟疑了下问："你们……不会打架吧？"

可能是觉得这话好笑，谢野扯了下唇："我是黑社会吗？"

池栀语实话实说："有点吧。"

谢野被逗乐了："我要是黑社会，你就是黑社会的女人，你觉得自己能逃？"

“我觉得……”池栀语眨了下眼，“靠我这张脸应该也能成为一个冷漠女杀手吧。”

楼层到达，电梯门应声打开。谢野牵着她往外走，捏了下她的脸，朝训练室抬了下巴：“那麻烦你这位女杀手进去等着，我下去说个事，行不？”

池栀语点点头：“去吧，记得好好说话。”

谢野伸手揉了下她头，弯了下唇：“管得倒挺多。”

池栀语赶人走：“走吧，别让人等太久了。”说完，她准备松开他的手，谢野却没放，而是低头亲了她的唇，轻声哄了句：“就说个事，等会儿就回来，不久。”

闻言，池栀语轻笑了声：“知道啦，你去吧。”

谢野松开她，池栀语转身随手打开训练室的门往里走，单手关上。

里边的丁辉瞧见就她一个人，语调稍微疑惑道：“嗯？池妹妹怎么就你一个人？谢野呢？”

“他有点事，等会儿上来。”池栀语解释道。

阳彬刚好在倒水，“噢”了声，重新拿过一个杯子倒水递给她：“来，池妹妹喝水。”

“啊，谢谢。”池栀语接过，坐在沙发一旁。

“今天不是开学吗？”丁辉把水果推到她面前，“怎么来这儿了？”

池栀语：“早上就报完到了，吃完饭有时间就送谢野回来了。”

“野哥也太娇气了吧，居然还要你送回来。”阳彬“啧”了声，“池妹妹你以后少惯着他，不然他又要嘚瑟半天。”

池栀语笑了下：“没有，都是他惯着我。”

阳彬“哎哟”一声，倒在旁边林杰身上，捂着胸口：“狗粮狗粮。”

林杰直接把他推开：“离我远点。”

“今天谢野也去若大办手续了吧。”丁辉说，“那以后他准备再回去读书？”

“读啊，怎么不读。”阳彬摆手，“放着若大不读干什么？”

“他应该会读的。”池栀语端起杯子，随后道了句。

阳彬点头："就是嘛。"

"不过如果真去读，可能上学会被打扰。"丁辉说，"最近外头时不时就有人来找谢野。"

池栀语一顿："最近有人来找他？"

"都是些粉丝而已。"阳彬又想起来，"哦，不过好像也有几次保安说是他家里亲戚来找，我们也没看到，反正谢野下去后很快就会回来。"

池栀语喝着水，语气随意问："很多次吗？"

林杰解释："没，之前有两次而已。"

池栀语点头："嗯，可能是来看看他的。"

闻言，几人也没在意，又聊起了其他事。

谈论的声音响起，池栀语坐在原地，垂眸单手端着水杯，大拇指轻敲着食指，似是在思考着什么。

没过多久。池栀语的指尖忽而一顿。

她想起来了。


另一边。电梯重新下行，谢野往基地外走。

谢许宥正靠在车玩着手机，扫见人影，看了眼时间，随手收起手机："来得还挺快，我以为还要腻歪一会儿。"

谢野见他还在等着，扯唇："叫你等还真等。"

谢许宥很坦然："没办法，老爷子说了见不到你的人，就不让我回家。"

谢野："你没家？"

"有是有，但我也想念堂弟你。"谢许宥随手打开车门，想让他进去，又突然"噢"了声，"忘了，弟妹还在等你。"说完，他挑了下眉，"不过你这拖得还挺久，弟妹怎么同意和你在一起的？"

谢野眼皮都懒得抬："有你什么事？"

谢许宥扬眉："怕你这第一次谈恋爱，没经验，我教教你。"

"就你这样。"谢野打量了他一眼，轻嗤一声，"头一个就被甩分手的，还来教我？"

被人说了，谢许宥不怒反笑："哥哥忘了告诉你，分手也能复合不知道吗？"

谢野闻言似乎明白了什么，但也懒得问，随口道了句："要谈恋爱就去谈，别来烦我。"

"行，我也不浪费时间。"谢许宥抬了抬下巴，"老爷子说了你要打这破游戏就打，谢家不会再给你一分钱，饿死了也不关我们的事，自己看着办吧。"

闻言，谢野似乎完全不在意："就这？"

谢许宥点头："差不多是这样，当然我们几个也不会给你钱，你自个儿活。"

"噢，那你转告他一句。"谢野扯了下唇角，"我不是他儿子，用不着他操心，自个儿先管好自己再说。"

"你这话是害我呢。"谢许宥眉梢微扬，"我怎么敢说啊。"

谢野看着他装模作样的，懒得理他，直接转身就想走。

谢许宥出声拦下他："急什么，我还没说完呢。"

谢野有些不耐烦了："你哪儿这么多废话。"

"这次可是正经话，和你这……"谢许宥眼神往基地里看了眼，笑道，"小女朋友有关。"

谢野脚步停住："说。"

"你这小女友家世不错，老爷子本来也不关心，但她爸那边动静倒挺大，还有她妈。"谢许宥话音止住，没继续说，单手拍了下他的肩，"我只是提个醒，没别的意思。"

谢野甩开他的手，面无表情道："说完了？"

谢许宥"啊"了声："这么冷漠啊？"

谢野扫他："还想我说什么？"

谢许宥沉吟一声："不打算来句谢谢？我告诉了你这么多事。"

"哦，谢了。"谢野看着他，语气随意，"不过你要没话说了呢……"

"嗯？"

"就带着你的破车赶紧走，别浪费的时间，耽误我回去。"

…………

随便玩完一局游戏后，池栀语也没什么心思继续玩，随手揉了下脖子，听见后边的开门声，转头看去。其余人都跑去楼下和青训队的队员们玩了。

谢野走来瞧见自己电脑屏幕上的战绩，挑了下眉："你是闭眼玩的？"

池栀语咳一声："我又没认真玩，打发时间嘛。"

她随手退出游戏，问了句："你堂哥走了吗？"

"嗯？"谢野拉过一旁的电竞椅子坐在她身边。

"我记得我以前在你家见过他，还有……"池栀语顿了下，按着回忆扯了句，"好像以前暑假的时候都会来一趟。"

谢野没什么印象："嗯，不记得。"

池栀语问他："你都记得什么呢？"

谢野悠悠道："我记一个男人干什么？"

池栀语噎了下，这话好像有点道理："但也是你堂哥嘛，而且你们俩关系应该挺好的吧，你看他都来看你。"

谢野闻言，想着刚刚谢许宥那样子，语调还是欠欠地说："不呢。"

"行吧，不好就不好。"池栀语看着他的脸色，"不过下去应该没打架吧？"

谢野瞥她："你怎么总想着我打架？"

池栀语眨眼："我怕你不好好说话，被暴脾气的人打怎么办？"

谢野反问："我会打不过？"

"会。"池栀语说，"你小时候有次惹我生气了，不就被我打输了。"

谢野闻言，似乎想起什么，若有所思地扬了下眉，悠悠道："池栀语，你觉得我当时是真的打不过你？"

池栀语看着他的模样，懒懒地"啊"了一声："不然？难道你那是故意让我的？"

谢野："你说呢？"

池栀语当然知道他当时是故意让她消气的，莫名笑了一下："我不管，你就是打不过我。"

"是，打不过你。"谢野也笑，"要真的打了，疼也是我心疼，我自找苦吃呢。"

池栀语闻言想到一个问题："你那个时候就心疼了？"

谢野扬眉。

看着他这个模样，池栀语眨了眨眼，忽地凑过去亲了他一下，随后可能没忍住，弯着唇角笑出了声。

谢野看她："笑什么？"

池栀语抬手碰着他的眼尾，悠悠道："噢，谢同学，原来你喜欢我还挺早啊。"

闻言，谢野扬眉："才发现？"

池栀语："嗯？"

谢野捉过她的手放在嘴边，咬了下她的指尖："只有你这个傻子不知道我喜欢你……"

"喜欢了这么多年。"被谢野突然的告白一打断，池栀语快忘了自己要问他和他堂哥都说了什么，之后谢野送她出基地的时候才想来问他。谢野也没瞒着，把谢许宥的话重复一遍，但省了后面关于她的事。

池栀语闻言皱了下眉，沉吟了片刻："嗯，没事，如果你缺钱和我说，我有钱，池宴给了我一张卡，随便刷。"

听着这豪爽的语气，谢野扯唇："养我呢？"

池栀语眨眼："也不是不可以吧。"

"噢。"谢野勾着她的指尖，意味深长地看了她一眼，"那我一定给您提供优质的服务。"

公交车刚巧驶来，池栀语如同烫手山芋般连忙把人抛下后，自己一个人上去刷卡找了位置坐下后，对着站牌边的谢野挥手。又想起什么事，池栀语拿出手机给他发信息："过几天军训，可能没时间来看你，你好好训练哦。"

池栀语："爱你哦。"

发完后，池栀语想了想，又抬头看他，然后伸手在嘴边亲了下，发了个飞吻给他。

谢野收到信息后，再隔着窗看着她的举动，扬了下眉。

这人是在回应着刚刚他说喜欢她这么多年，她一直没发现的话。

车辆开始启动，同时池栀语手机振了一下，她低眼看去。

谢野："我不玩虚的呢。"

谢野："麻烦下次来真的哦。"

池栀语瞬时被逗笑，决定挂着他不回，随手按了锁屏键放进衣兜内。她侧头看着窗外的风景，一段段倒退着，脑子有些放空，似乎在想着事情。谢野的家世其实不难猜，至少是非富即贵，而且如果再深究一下就能知道在若北的名门望族里，谢家独大。

池栀语不是没有接触过这些事情，池宴的交际圈里基本上都是这些人，从小到大她已经一一见识过了。当初谢野来阳城的时候，池栀语已经猜到了大概，但可能是因为从小和他一起长大，还有简雅芷对她的亲和，让她没有感到丝毫不适。有时候谢家也会有几个人过来看望简雅芷，她看到有外来的车辆停在谢家门口时，会自觉不去打扰。

不过来的都是些小辈，池栀语并不认识，也很少和他们碰面。

池栀语听到刚刚谢野说的话，差不多知道了这次谢家对他的态度——反对和威胁。

谢家爷爷知道谢野不可能会向简雅芷要钱，没了经济支持能撑到什么程度，他想着用这种方式让谢野回谢家，虽然他容许谢野在未成年之前留在阳城陪伴简雅芷，但大学毕业后回谢家是不容拒绝的事。

池栀语没有问过谢野为什么这么抵触回谢家，但她隐约能猜到可能是因为他的父亲。所以谢野直接打断了这一直以来谢家对他的规划，剑走偏锋地去当了电竞选手。

先斩后奏。也可能连奏也没有，直接登上了比赛现场，无言宣告着。

不可能回谢家。

这是他的决定。

前边路口的红灯亮起，公交车减速慢行，最终停下。

池栀语收回视线，看着前边不断倒数着的红灯，想起刚刚见到的谢许宥，忽地垂了下眸。

刚刚，她撒了谎。其实她第一次见到谢许宥的时候，不是在暑假，而是在阳春三月底——谢野父亲忌日的那天。

一个家庭里总会存在一位母亲，还有一位父亲。而谢野来到阳城的那天，只有两个人——他和简雅芷。

没有父亲，其实也说不上有什么不对，无非是两种原因，一个是离异，而另一个，则是去世。

谢野的父亲是病逝的。

池栀语第一次得知这事是在谢野搬来这儿的第二年，简雅芷告诉她的。同时，她见到了过来看望他们的谢许宥，第一次见到了谢家人。

不知道他父亲病逝的具体原因，池栀语也没有问过，只是在每年三月底的那天，她会陪着谢野。

一直陪着他。希望，能陪伴着那个骄傲的少年，让他不用露出那么悲伤的表情。也希望，他能知道，她会对他好，不会离开。


"那是谢野的堂哥，今天过来看看我们而已。"简雅芷坐在沙发，揉着十岁的池栀语的脑袋，柔声解释。

池栀语点头："他和谢野关系不好吗？"

"嗯？"简雅芷扬眉，"怎么这么问？"

那时池栀语只是单纯地表达出自己的感觉："谢野刚刚看到他过来好像不是很高兴。"

闻言，简雅芷笑了一声："没有，小野不高兴不是因为这个，是不喜欢今天。"

池栀语："为什么？"

"因为……"简雅芷顿了几秒，而后抬手揉了揉她的头，声音很轻，"他爸爸去世了，在去年的今天。"

是忌日。

所以，他怎么会喜欢呢。池栀语没想到是这个原因，僵在原地。

当时简雅芷也意识到对着一个十岁的女孩子说这些话，可能会有些冲击，轻声宽慰她没有什么事，只是谢野爸爸生了病而已。

闻言，池栀语眼睫动了动，忽而说："谢野，他一定很喜欢叔叔。"

简雅芷顿了下，似乎想到了什么，嘴角微扬，嗓音有些哑道："嗯，他很喜欢。"

他的父亲。是那耀眼夺目的少年生命里，最好的父亲。

那天简雅芷带着谢野出去后，直到傍晚才回来。

池栀语来到谢野房门前，等了一会儿，才伸手推开，看着当时的少年正坐在地上，侧对着门，拿着手柄玩游戏。

注意到动静，谢野侧头瞥她一眼："来玩？"

池栀语点头："你在玩什么？"

谢野："赛车。"

池栀语走去坐在他身边，拿过另一只手柄："那我也玩。"

谢野扫她："你会？"

池栀语"嗯"了声："我会。"

谢野抬了下巴："那开始吧。"

游戏界面重新变换，哨声一响，谢野操控着车子迅速跑出，池栀语有些笨拙地操控着手柄，画面内的赛车似乎失去了方向，没一会儿就撞到了石头，或者卡在别的地方来回转圈。

谢野转头看她："你到底会不会？"

"不会。"池栀语看他，实话实说道，"你教教我吧。"

少年皱了下眉，情绪明显不佳，但还是接过她的手柄，冷漠地道："这个是加速，前进转弯后退就是这四个，不会就自己玩。"

"好，我先玩玩看。"

游戏重新开始，池栀语的状况对比上一轮没什么变化。

见她一直撞车，谢野嗤了声："你玩碰碰车？"

池栀语努力操控着，也忍着气："我这是第一次玩，怎么会玩得顺？"

谢野懒得理她，随她继续撞着，自己控制着车辆冲刺。

池栀语看到他的进度，说了句："我第一次玩，你干吗不让让我？"

谢野："做梦吧。"

池栀语也没计较，随意撞着车，扯开话题说了句："你知道吗，我今天下午练舞的时候，我们班的女生过来问你是不是我哥哥。"

谢野："眼神不好？"

"嗯，可能吧。"池栀语反驳，"我觉得再怎么样，你也应该是我弟弟才对。"

谢野扯了下唇，没搭话。池栀语扫过他的神情，自然地又开始说着别的话题。

游戏还在继续，女孩轻柔的声音时不时响起，伴在身旁，打破了满室的空寂。不再是，只有他一个人。

许久后。谢野听着她不断说话的声音，指尖收紧手柄，忽地唤了句："池栀语。"

少女话音稍停，转头看来："啊，怎么了？"

谢野盯着游戏界面，似乎有些失神地问："你来我这儿想干什么？"

池栀语顿了下，转头看向游戏，随口道："没想干什么，就想找你玩，怎么了，嫌弃我玩得不好吗？"

谢野没吭声。

池栀语继续操控赛车，自然问："你今天去看叔叔了吗？"

闻言，谢野身子一顿，赛车似乎失去了控制，渐渐减速停下。

池栀语转头看去。谢野双手拿着手柄，指尖已经松开，眼眸稍淡，看着面前的游戏界面，有些安静。光照下，少年削薄的脊背弯曲着，肩膀下垂，往日里的傲气和不羁尽散，影子投落在地上，漆黑又单薄，透着孤独和无助。

良久。谢野出声淡淡"嗯"了声："看了。"

池栀语也"嗯"了声，转头看着游戏界面，轻声道："没事，继续玩吧，我会陪你的。"

——不会走的。

谢野的心脏重重一跳，表情终于有了些变化，他突然抬起眼，侧头盯着她看。

池栀语对上他的眼，浅声笑了下："干什么？嫌弃我玩得不好？"

谢野安静了下，重新握着手柄，轻轻应了声："嗯，怕你拖累我。"

池栀语沉吟一声："那我多练练，你也多教教我怎么样？"

谢野握着手柄稍稍收紧，垂下眼，声音低哑至极："只要……你跟着我，我就教你。"

池栀语笑："好。"

会跟着的。

你放心。


若北舞蹈学院新生军训为期十天，等到最后一天结束正好是周末，池栀语休整了两天，学校也开始组织上课教学，一系列的事情和课程开始占满了她的日程表。

夏日过后，渐渐入秋，天气也有点冷了起来。双十一到的那天，PUBG亚洲邀请赛也展开了激烈竞争，代表中国区的四支战队和韩国、日本、泰国等国家的优秀战队一起争夺冠军席位。

当天池栀语因为要排练舞蹈，刚好和比赛直播的时间撞上了，不仅去不了现场，连直播都没办法看了。但李涛然和苏乐这两人有时间，直接拿着谢野给的票去了，还说会把她那份一起看了。

排练开始的时候，池栀语担心谢野那边，有些心不在焉，连着错了好几拍，直接被指导老师林茹点名。

"池栀语，你今天状态是怎么回事？"林茹看着她，皱眉，"这不是你一个人的舞蹈，如果你错了，其他人也要跟着重新开始，你如果不想当这个主角，就下场。"

池栀语顿了下，连忙弯腰向身旁的同学和林茹道歉："对不起，是我走神了，麻烦重新再来一次。"

林茹看着她的态度，面色稍缓："行了，重新再来一次。"

站在后边的吴萱重新排队形，经过她时拍了下她的肩，小声说："没事，谢野哪儿会让人担心呢，等会儿练完，我们就等他拿冠军吧。"

被她这肯定的语气逗笑，池栀语点了下头："知道了，你也别出错。"

吴萱朝她比了OK。

音乐重新开始播放，林茹喊着拍子开始指挥动作。池栀语深吸了一口气，凝神重新投入舞蹈中。

这回池栀语没有问题，精准地做到了位，但其他人出了点动作问题，林茹又喊话重新再来。

最后结束的时候，已经快下午三点了，池栀语正想走的时候，林茹忽而出声把她唤住，说了几点还要再改进的地方。

池栀语一边缓气，一边点头："好，我知道了，谢谢老师。"

"没事，赶紧回去休息吧。"林茹挥手让她回去。

"好。"池栀语转身往后走，还没接近自己位置的时候，吴萱拿着手机迅速朝她冲了过来，抱起她，狂喊着："赢了！赢了！YG赢了！"

池栀语愣了下，意识到她说了什么后，迅速拿过她的手机，屏幕上已经被弹幕占据全面，全都是："啊啊啊啊啊，Wild牛！YG牛！"

池栀语关掉弹幕，显出了后边的画面，熟悉的一队人站在台上拿着奖杯，各色的彩花和喷气对着四人。

一旁的解说员振奋的声音还在说着："恭喜我们的YG战队以压制性的比分战胜了韩国的Wad战队，获得本次亚洲邀请赛的冠军！"

四周的欢呼声此起彼伏。

导播似是也很激动，运着机器把镜头一一投向台上的四人，丁辉、阳彬、林杰，再到最后的谢野。

几人一起高举着奖杯，开怀大笑着，就连谢野也弯起了嘴角，露出自信和骄傲的笑容。

担忧的心在这一刻放下，池栀语看着他的笑，眉眼弯起。

"可以了可以了，我就说Wild强的吧！"吴萱拍着她的肩，大笑了几声。

舞蹈室内的还有同学没走，听到吴萱这激动的声音，稍稍疑惑："怎么了？"

吴萱摆手："没事没事没事，就是我喜欢的电竞选手今天夺冠了而已，大家继续继续。"

说完她连忙对池栀语说："赶紧走，丢脸！"

池栀语无语。

原来你也知道。

两人洗漱完换回自己的衣服后，直接去了外面的餐厅里吃饭，准备庆祝一下。

"你和灵灵、宜君发了信息吗？"池栀语坐在靠窗的位置上问她。

关灵灵和宜君是两人的室友，平常都会一起吃饭，今天她们两人突然出来，至少也说一声。

"说了说了。"吴萱放下背包看她，"谢野还没接你电话吗？"

"没有，可能还没回休息室。"池栀语摇摇头。

"也对，他们应该也还要接受采访什么的。"吴萱拿出手机，打开微博"啧"了一声，"果然你们家谢野已经把热搜占了个遍。"

闻言，池栀语也打开微博，看着上头的热搜榜，第一条就是YG夺冠。剩下的几条基本上就是——

#Wild击杀数#

#Wild神枪手#

#野神#

池栀语看着这些词条，嘴角上扬，莫名觉得骄傲又高兴。

她的少年，就应该站在最高处，闪闪发光着。

然后被所有人仰望着。

池栀语还在欣赏网友们对谢野各种各样的彩虹屁，已经渐渐有人做出了谢野比赛时的高清照。池栀语刷到时，指尖点开，里头的谢野还是保持着一贯的冷漠，有时唇角淡扯下，略带嘲讽和玩世不恭。

到了后面比赛结束时，有四人的合照，他们都站着台上捧着奖杯，其他人都在笑着，谢野的眉眼也稍稍带了点笑意，嘴角稍勾着，矜贵而倨傲。池栀语嘴角上扬——看过，随手保存到相册里，还在看其他的照片时，对面的吴萱不知道在看什么，突然爆了句粗口。

"我去，谢野疯了吧。"

池栀语闻言皱了下眉："怎么了？"

吴萱抬起头等看到她后，"噢"了声："不对，他也没疯。"

池栀语没明白："你说什么呢，一会儿疯一会儿没疯。"

吴萱朝她手机扬了扬眉："你去看看最新的热搜。"

池栀语稍疑，但还是低头退出了照片集，指尖向下滑刷新了一下热搜榜。之前首位的#YG夺冠#已经被换到了第二位，而占据第一位的字还挺多——

"谁等Wild回家。"

池栀语蒙了下，下意识点开了那个词条，手机自动跳转了界面。

是一个电竞圈的博主发的一个微博，视频加文字。

池栀语忽略了他的文字文案，因为她看到那条视频封面是第二名DROP战队接受赛后采访的画面。

池栀语看着莫名觉得有点不对，狐疑地点了一下，视频放大变成了横屏。画面内DROP队的四人正一起站在采访屏幕前面，一堆的记者正拿着话筒问他们，这段视频像是临时截取来的，只有一分钟。

一般的赛后采访本来也没有那么严肃，毕竟都是分享快乐的时候，基本上还是以轻松的聊天为主的。

这时记者正在问队长王一玄问题，主镜头还是给了他的，但还是能看到隔壁YG战队最右边的谢野，还有站在他侧面的老木，两人似乎在聊天说着什么。而且隔壁的话筒就在旁边，两个人完全肆无忌惮地说着。

虽然收音效果很差，两个人的声音都有着杂音，基本上只能听到个别词语，但可能网友们都是神人，直接捉取声音，扩大了好几倍音量。在这个版本里，池栀语就听见谢野懒洋洋地问了句："什么时候走？"

老木笑了声："干什么呢，采访都还没开始。"

谢野不耐烦地催人："叫隔壁快点。"

老木觉得好笑，点头："行啊，那你给个理由，我去说说。"

话问完，谢野的声音突然被身后的欢呼盖了过去，只听到了他优哉游哉地道："……等我回家不行？"

下一秒，视频到这儿忽而结束，池栀语愣了一下，还没反应过来的时候，屏幕上的视频结束自动跳转到了下一个，这回突然变成了YG战队的采访视频。

明显前边正经的问题已经问完了，记者开始往娱乐方向走，可能也是看到了热搜，拿着话筒正在问谢野："刚刚有网友截取到了在DROP战队采访时，你和木经理之间的聊天，我们很好奇你说的理由是什么，可以再说一次吗？"

闻言，谢野可能也没想到会有这出，挑了下眉尾："行。"

"啊？"

"我对象等我回家不行？"

这话突然，记者愣了一下："什么？"

谢野很坦然："说完了，我的理由。"

记者还没反应回来，就听见谢野懒洋洋地继续说了句："所以麻烦您采访快点吧，如果迟了，我怕我家那娇气的姑娘要和我闹别扭。"

采访结束后，场内的战队退场各自回自己的休息室。

DROP战队里的承礼看到丁辉他们过来的时候，朝着后边的谢野吹了声哨子："强啊，谢野。"

谢野扫他一眼，没搭话。

阳彬经常和承礼互损，这时候自然回了句："我们野哥当然强了，怎么着，比赛的时候没看到？"

承礼"嘁"了一声："我说的又不是这事，刚刚你们野哥采访时说的话才是强，现在这网上全是他谈恋爱的事。"

可能是和谢野待久了，阳彬也学着他随意的语气："噢，就这事啊。"

承礼疑惑："你们是早知道会这样的？"

"倒也没有早知道。"阳彬摆了下手，"就刚刚那记者问这个问题的时候，按着野哥的性子，你觉得他能藏得住自己有对象？"

这是夸人呢，还是骂人呢。

"而且有对象怎么了？"阳彬说，"我们嫂子又不是什么坏人，干吗要藏着掖着的，野哥就是要承认他有对象。"

承礼笑了："不是，又不是你有对象，你这么激动干什么呢？"

"再说没听见我夸谢野强呢，但是吧。"承礼转头看谢野，"你这话就不能低调点呢，还说什么怕姑娘和你闹别扭。"

当时可不只是记者们蒙住了，他们DROP队的人站在旁边听到后，都猛地齐刷刷地转头看去。

虽然他们是知道谢野有对象的，但从来没想过他会能这么大胆地直接公布了。

而谢野这位当事人似乎完全没觉得有什么问题，一脸淡定地看着记者，问他问完了没有，如果问完就走了。

谢野听着他吐槽的声音，懒散道："噢，我也想低调，但是呢……"

丁辉经常被折磨，一听不对："不用但是，你可以闭嘴了。"

"但是呢，你们嫂子喜欢我这么说，不说我怕她生闷气。"谢野继续道，"没办法，她太喜欢我了。"

承礼听过阳彬吐槽谢野总是对人就吹牛炫耀，但都没有亲眼见识过，这次听见没忍住："你能不能说人话？"

"这都听不懂？"谢野点头，似乎大发慈悲道，"行，那我再说一次。"

承礼直接拒绝："滚啊，谁要听你再说一次。"

恰好此时YG战队的休息室到了，承礼直接催人："阳彬赶紧把这人带走，滚滚滚。"

谢野也懒得和他说，跟着人直接进休息室内。

阳彬先跑到躺椅上躺了下去，连连感叹着好累好累，然后拉着林杰让他也躺一躺休息一下。

"好好好，你们先休息，等会儿再回去吃饭。"老木翻着手机，"我已经订了餐厅，今天必须要庆祝！"

朴罗在旁边开口："今天你们打得确实不错，值得表扬，但在第二局的时候有很大的问题，你们……"

"哎哟，教练，这事能不能之后复盘的时候说呢，我们刚打完比赛啊。"阳彬讨伐他。

"就是就是。"老木也教育人，"这都拿第一了，先开心啊，你这教练怎么回事？"

被这两人一闹，朴罗噎住。

阳彬没管，转头看向林杰："怎么样，网上怎么说？"

林杰翻着微博咳了一声："基本上都在说野哥刚刚采访的事。"

旁边的丁辉也凑过来看，扫到他屏幕上的显示着一条评论——

"野神现在该不会在和那娇气的姑娘讲电话吧。"

丁辉见此，直接转头看旁边躺在沙发上拿着手机的谢野。

默默在心里回答，是的。

谢野根本没管其他人，一进来后就拿起自己的手机，扫到有几条未接电话后，随手回拨。

嘟了几声后，对方才接通，很平静地出声："喂，哪位？"

闻言，谢野扬眉："你对象。"

"噢，我有对象吗？"

谢野毫无情绪地问："说什么呢？"

"谁叫你说我娇气了？"池栀语反问，"我明明这么善解人意。"

见她在意这个，谢野乐了："善解人意？你自己说说你和这个词哪儿沾边了？"

池栀语反驳："我哪儿不沾边，你看我都没有打扰你训练，让你好好休息睡觉的，这不是善解人意嘛。"

谢野扬眉："行，你说是就是了。"

这完全就是敷衍。

但池栀语也不和他计较了，开口问他："你什么时候回来呢？"

"等会儿。"谢野随口道。

"嗯？"池栀语愣了下，"什么叫等会儿。"

亚洲邀请赛的地点在南山，坐飞机可要两个半小时的时间，而且这打完比赛了，肯定还要吃饭庆功的，这人哪儿来的等会儿？

谢野："等会儿就是等会儿。"

猜到了他的心思，池栀语皱了下眉："晚上先好好休息吃饭，明天再回来也不急，我又不是不见你。"

谢野很嚣张道："我要是不呢？"

池栀语："那我就和你闹别扭。"

谢野难得无语。

"不是你说我娇气，怕我和你闹别扭吗？"池栀语似乎还真打算这样做，"如果你晚上脱队跑回来，那我就真的和你闹别扭，不和你说话了。"

头一次被人用这理由威胁，谢野挑眉："我跑回来怎么了？"

"这样不好。"池栀语继说他，"我又不是不和你见面，你这样丢下他们跑回来我会生气的。"

谢野："这么严重呢。"

"是啊。"池栀语给他下指令，"所以你给我老老实实和林杰他们一起待着，不能擅自脱队，到时我会问老木的。"

谢野笑："这还监视我？"

池栀语："算是吧。"

"行。"谢野听着她念叨还管着他的话，心情还挺不错，"我老实待着。"

"嗯。"池栀语对他的态度还算满意。

谢野看了眼时间："吃饭没？"

池栀语应了声："还在吃，我和吴萱一起在外面吃。"

谢野："吃完就回去，别磨磨蹭蹭的。"

池栀语眨眼："我哪儿有磨磨蹭蹭。"

谢野开始翻旧账："之前是谁半夜才回去的？"

局势反转。

池栀语一噎，小声嘀咕着："那是室友生日，我们在外面庆祝嘛。"

谢野嗤了声。

刚巧，池栀语听到了他那边老木开始叫唤的声音，连忙开口："你去吃饭吧，明天回来了再给我打电话吧，挂了，拜拜。"

话音落下，池栀语直接把电话挂断了，松了口气后，一抬头就撞上了对面吴萱幽怨的眼神。

池栀语咳了一声，面色淡定地收起手机，看着她盘里还剩的菜肴："吃饱了？"

吴萱看着她："嗯，已经被你们的狗粮喂饱了。"

池栀语无辜："我哪儿有？"

吴萱学着她刚刚的话，重复道："那我就真的和你闹别扭，不和你说话了呢。"

池栀语差点被呛到："我哪里有这么说话。"

语气这么矫揉造作。

吴萱点头："虽然是没这么造作，但你就是在虐我。"

池栀语拿起筷子随意夹了块肉："你也可以找一个啊，那我天天吃你的狗粮。"

吴萱也跟着吃："我要能找到，还在这里和你掰扯呢？"

"那怪得了谁。"池栀语想了想，"不然你也可以在熟人里发展发展？"

吴萱："比如？"

"江津徐？"池栀语选了个离得近的，他也考进来了，只是平常不常见。

吴萱摇摇头："他只是拿来欣赏而已，算了。"

"那……"池栀语说，"李涛然和苏乐？"

"滚吧。"吴萱无言又好笑，"我要对他们有想法还能留到现在？"

池栀语点点头："也对。"说完，她又想起一件事，好奇地问，"那你就对谢野没有想法过？"

吴萱很坦然："有啊。"

"只不过同样是欣赏。"吴萱吃着肉，"而且就谢野那臭脾气，看谁都像欠了他几百万一样，就算我真的有想法，也早被他整没了。"

"不过他对你虽然也这样，但和我们就是不同。"吴萱顿了下，"难道这就是爱情的力量？"

池栀语笑，点头："可能还真是。"

吴萱一噎："给你脸，你还嘚瑟了是吧。"

"好好好。"池栀语给她夹肉，"我谦虚点。"

"好吧，我勉强接受。"吴萱夹起她给的肉，咬了一口，"不过被你这一提，我倒是想起了以前的一件事。"

"嗯？什么事？"

"挺久之前的了。"吴萱回想了一下，"我记得谢野有次肠胃炎被救护车送去了医院，你知道后急得连舞蹈室都没去，就跑去医院看他。"

"啊，有吗？"池栀语已经没了印象，"什么时候的事？"

"就大概……"吴萱迟疑了一下，"初二？"

记忆有些涣散，但吴萱隐约记得。

当时全班好像还在上下午的最后一节英语课，而她们班的英语老师是谢野的班主任，上到一半的时候，语文老师突然开门，急急忙忙地说："你们班上的谢野晕倒被救护车送走了。"

英语老师反应过来，迅速往外走，让语文老师先带他们自习。

吴萱没料到会发生这样的事，还在发愣时，余光忽而扫到窗外有一道人影，她转头，就看见了池栀语面色有些白，神色慌张地往外跑，似乎有什么大事。

然后等到了放学，吴萱才知道池栀语去了医务室，拿着病历单出校门，去了医院。

…………

之后吴萱和苏乐一起去看谢野，走到肠胃科的时候，问了护士才找到他们。吴萱推开病房时开口叫："阿语，我和苏乐过……"

话音随着步伐接近，一瞬间，忽而卡在了喉咙。

当时谢野坐在病床上，少年穿着病号服，唇色苍白，看着有些虚脱，他低着眼，目光落在床边的少女上，池栀语半趴在床上，侧着脑袋闭眼正在熟睡。

过了几秒，似乎注意到了动静，谢野抬头看来，嗓音有些低："她在睡觉。"

这是在赶人。

吴萱和苏乐也没有多留，看他没事后就转身出去了，但临走时，吴萱却好像看到了池栀语趴着放在一侧的手和谢野的——

紧紧牵着。

当时年纪还小，吴萱根本没有往别的方向想，只是在那个时候她觉得这两个人——离不开对方。

是要一直一直在一起的。

而等现在回想起来，吴萱看着池栀语笑了声："没想到你当时还真大胆，居然敢逃课。"

池栀语渐渐想起来了是哪次的事，好笑道："那也不算逃课吧，我是拿着病历出去的啊。"

吴萱"喊"了一声："到底什么情况，你自己不知道？"

池栀语觉得这事不好说，看了眼餐桌，扯开话题："吃饱了吗？吃饱就走吧。"

吴萱也没追着问，点头跟她起身结账，之后边散步边回了寝室。

室友宜君听到开门声："你们俩回来啦。"

"嗯，你吃过了吗？"池栀语问了句。

宜君点头："吃过了。"

"哎，灵灵呢？"吴萱扫一圈没看到人，有些奇怪。

宜君指了指阳台："和她男朋友打电话呢。"

吴萱"啧"了一声："恋爱的酸臭味。"

"是甜甜的恋爱好不好。"关灵灵打完电话进来，就听见这声，反驳她。

吴萱摇头："No，对你而言是甜甜的恋爱，对我而言就是酸臭味。"

关灵灵又开始和她battle了。

宜君看着正在喝水的池栀语倒是想起了一件事："噢，对，小栀子你是不是在和江津徐谈地下恋啊。"

　　"咳！"池栀语呛了一口，一脸茫然地看她，"什么？"

　　"他们说你和江津徐是高中同学，经常一起搭配参加比赛的，然后日久生情，一直保持着地下恋情。"

　　池栀语蒙了："这谁说的？江津徐？"

　　宜君看她这态度，好像有点不对，咳了一声："是有人看到你们俩资料是同一个高中的，而且你说你和你男朋友之前就认识，毕业后才谈的恋爱，所以他们就这样……"

　　池栀语懂了，但被气笑："不是，我男朋友不是他。"

　　"哪儿来的江津徐。"吴萱反应过来，"她男朋友和她是青梅竹马，关江津徐什么事呢。"

　　"青梅竹马！"两人注意到重点，迅速转头看池栀语，"你怎么都没和我们说？"

　　池栀语眨了下眼："你们也没问我啊。"

　　池栀语确实觉得这也没什么好主动说的，又不是什么大事，就连有男朋友这事也是几天前有人和她告白，她拒绝的时候说的。

　　关灵灵和宜君当时就蒙了，因为她们就没想过池栀语会有男朋友，而且也没见她经常打电话、约会什么的，所以就这么理所当然地认为了。

　　"不是。"宜君反应过来，"所以你的竹马男朋友不在我们学校是吗？"

　　池栀语点头："是。"

　　关灵灵问："那我们怎么都没见他来找你啊。"

　　池栀语老实回答："他最近有点忙，我也忙，所以偶尔我去看他。"

　　关灵灵听着这话，皱了下眉，直言直语说："他该不会是有别的女人，故意骗你忙吧。"

　　池栀语被逗笑："没有，他是真的忙，之后就会有时间了。"

　　毕竟已经打完比赛。

"你们瞎想什么。"吴萱也觉得好笑,"人家甜蜜得很呢,还有,去把那什么和江津徐地下恋的事解释一下,这都什么玩意儿呢,毁坏我们系花的名誉啊。"

池栀语听着她的称呼,自动忽略。

关灵灵和宜君就开始拉着她问这竹马男朋友的事情,但吴萱抢先揽过几人:"想听是吧,来来来,我作为两人的好友亲自给你们说说。"

池栀语随便她,坐在自己桌前,看了眼时间,想着谢野那边应该还在吃饭,随手翻出微博看看网上的事态发展。

热搜上#YG夺冠#的词条还在,但同时#Wild的娇气姑娘#也登上了首页。

池栀语看着这词条,不自觉地想到刚刚视频里他说的话,没由来地脸一烫,指尖点开了那个词条。

有很多电竞博主转发了那条采访视频,还纷纷在@Wild Gardenia,并说着酸死了酸死了,柠檬树都要开花了。

粉丝也都在下面评论。

"呜呜呜呜呜,我只是想看个帅哥比赛,没想到这帅哥却甩了一脸狗粮给我,呜呜呜呜呜⋯⋯"

"居然有女朋友了?"

"求求了,我这是造了个什么孽呢!为什么喜欢的男孩子都有了女朋友!"

"虽然⋯⋯但是这公开的方式太酷了吧!好爱!"

"别的不说,我就想知道是哪个娇气姑娘能把这哥们拿下!"

"真的!你们一定去看野神说那句我家那娇气姑娘的时候那个眼神!我的妈啊,啊啊啊啊!"

"对对对!那个眼神我也就看了一百遍吧!"

"好吧,我终于还是为Wild折服了,没错,我承认我是羡慕Wild嫂。(笑)"

"楼上但凡你吃一粒花生米,也不至于醉成这样。"

⋯⋯⋯⋯⋯⋯

这条评论貌似是个开端，一堆人开始冒出来认领Wild嫂。

池栀语看到这儿，发现这些粉丝们好像并不排斥谢野有女朋友，她们反倒能接受也能祝福。

原因可能还是她们在意的是选手的实力和水平，所以有没有女朋友，并不是她们的最在意的。而且如果选手的恋情很甜的话，她们还会跟着一起吃狗粮。

池栀语一一看过后，实在是觉得好笑，随手退出来，直接给谢野打了电话过去。


这边。

谢野吃完饭回酒店，阳彬跟着一起进了他的房间，发现他这边的装潢好看点，说要和他换房间。因为今天开心，等会儿开个直播慰问粉丝，还想拉他一起双开。

谢野看了眼时间，也随便他，正好阳彬刚打开直播的时候，林杰也跑了过来，然后形成了三人行的局面。

粉丝们看着画面内照旧还是只有阳彬和林杰的脸，疯狂喊着Wild开摄像头！谢野扫到，随手就点开了，弹幕连连刷屏。

有的直接呼喊Wild嫂在哪儿？Wild嫂今天来现场看比赛了吗？

谢野可能今天心情还真的挺好，看着弹幕回了句："她不在。"

"啊啊啊啊啊啊啊，Wild回我啦！"

"啊！这太双标了！只回关于Wild嫂的！"

"我酸啦！"

"我来我来，那Wild嫂有和你闹别扭吗？！"

谢野挑了下眉："没呢。"

这一回复，弹幕里全是关于Wild嫂的，但谢野也没再回复，老老实实地玩完了一局。

恰好此时，桌角的手机响了起来，谢野扫了眼，拿过接起："嗯？还不睡。"

满屏的问号弹出。

听到他的话，池栀语笑了一声："现在才几点啊，哪儿有这么早睡的。"

谢野教育她："早睡早起身体好，不知道？"

"你还说我呢。"池栀语点他，"你先看看你自己。"

谢野很酷地回了句："我不睡，身体也好。"

池栀语学他的语气："我看未必呢。"

"噢。"谢野很嚣张地开口，"那你来……"话还没说完，谢野注意到面前的直播，随手退了出来。随后，他把话说完，语气很不正经地邀请道："找我验证一下？"

池栀语蒙了下，还没来得及开口。

谢野忽而慢悠悠地开口说了句："1503。"

池栀语："嗯？"

"房间号。"

"噢。"

"噢什么？"谢野挑眉，"来？"

"谁给你来。"池栀语被气笑，"你做什么梦呢。"

谢野吊儿郎当地"哦"了声："做梦也行。"

池栀语没他这么无耻，又听到他那边有点吵，问："你们在一起玩吗？"

"嗯。"谢野扫了眼旁边还在玩的两人，阳彬直接朝他摆手赶他走。

谢野也没理，起身往旁边的沙发走，而这边的直播关闭后，粉丝们全体转战到了林杰和阳彬这儿来。

"Wild为什么关直播？"

"刚刚是不是Wild嫂来电话！"

"肯定是啊，你看看野神说话的样子！"

"啊啊啊啊啊啊啊，我就想知道刚刚野神没说完的话是什么！"

"来什么！"

"我感觉到我猜到了什么！"

"所以现在野神去哪儿？"

阳彬看着这一连串的弹幕，好心开口："行了行了，你们Wild被老婆查岗，聊天去了，散了吧啊。"

下一秒，弹幕又炸了。

这边池栀语根本不知道这情况，还在跟谢野聊天。

"阳彬他们怎么来你房间玩了？"池栀语边整理着桌面边问着。

"不知道。"谢野躺在沙发内，语速慢腾腾地说，"他们直接闯进来的。"

池栀语差点噎住，说道："你能编点像样的话吗？"

谢野笑："怎么？"

"你这个一点可信度都没有。"池栀语吐槽他，刚巧后边关灵灵回来看她在打电话，一脸激动地无声问：男朋友？

池栀语笑着，点点头。

关灵灵立即转身不打扰她往后走，走时给她一个暧昧的眼神。

池栀语被逗笑，谢野听见："笑什么？"

"刚刚我和我室友解释说你忙，然后她们觉得你可能在外面劈腿，故意骗我。"池栀语笑着解释一遍。

谢野闻言扬了下眉。

池栀语觉得这话没什么问题，继续说了句："不过我帮你解释了，你没有劈腿，是真的忙而已，你可别想故意说我污蔑你。"

谢野语调稍拖着"嗯"了一声："池栀语。"

池栀语眨了下眼："嗯？怎么了？"

谢野语气似是带着玩味："你在跟我撒娇？"

池栀语没明白："我什么时候……"

"行。"谢野先打断她，语气懒散，优哉游哉道，"今晚再忍忍，明天就来陪你，急什么呢。"

"我……"


隔天，池栀语没课，掐着时间坐车到机场接人。

接机口人来人往的，池栀语没等多久就看到了丁辉一帮人从里头出来，谢野穿着黑色连帽卫衣，神色困倦懒散地跟在后面。

池栀语先朝他们挥了挥手，几人注意到连忙走来和她打着招呼，一边说着一边往外走，阳彬还想把昨天的整场比赛都吹一遍，然后看着谢野不耐烦的表情后，话音瞬时一止。

老木打圆场："行了行了，有家属的赶紧跟家属走，我们几个单身汉自己回去。"

话音落下，谢野拉着行李箱，仿佛根本就是懒得和他们继续待着一样，牵着池栀语就往外走。

其余人都有些无语。

谢野已经叫好了车，让池栀语先上。

司机打开后备厢下车跟着谢野把行李箱搬进去。

池栀语打开车门，往里坐着，随手系上安全带，谢野进来单手关上车门后，坐在她身旁，懒懒散散地靠着她的肩膀。

车辆启动行驶。

池栀语见他没系安全带，伸出手想帮他系上，但因为肩膀被他靠着动不了："你先起来。"

谢野闭着眼："怎么？"

池栀语："我帮你把安全带系上。"

谢野："不用。"

池栀语直接把他推开，拉过一旁安全带扣好，皱着眉看他："什么不用，乱说什么话。"

谢野任由她动作，拉着她手捏了下："我这不系着了。"

池栀语反手拍了下他的手背："那是我帮你系的。"

"啧，你这人怎么回事？"谢野把人扯到怀里，半抱着她，懒懒问，"昨天还想着见我，今天就嫌弃我了？"

池栀语侧头看他："昨天那是你自己多想，我哪儿有撒娇。"

谢野慢悠悠问："一口一个地说我忙，还不是撒娇？"

不知道这人怎么总有自己的那套说法，池栀语莫名想笑："行吧，你说是就是。"

"什么叫我说是就是呢。"谢野低头亲了下她，语气很酷地说，"这就是。"

池栀语笑出声来，看着他脸色："昨晚什么时候睡的？"

"不知道，困了就睡了。"

"休息好了吗？"

"就那样。"

两人有一搭没一搭地聊着，车子就到了小巷里的谢家。

谢野拿下行李往里头走，池栀语跟在后面进屋，见家里没人才想起来这个时候简雅芷还在阳大上课。而且按谢野这人的性子，应该也没说自己今天回来，不然简雅芷会让阿姨过来准备一下。

谢野提着行李上楼，池栀语帮他打开房门让他进去后，随手关上门，坐在床边看了眼时间："你中午要吃什么？"

谢野把行李随意地放在一旁，随后走来将她抱起倒入床上休息，懒懒地道："不吃。"

他坐了一上午的车和飞机，根本懒得动，就想躺一会儿。

池栀语听着他的声音，皱了下眉："你昨晚到底有没有睡觉呢？"

谢野抱着她的腰，低头闻着她的气息，随意"嗯"了一声。

池栀语回头看他："你骗人吧。"

"谁骗你呢。"谢野的额头抵着她的后颈，语调闲闲地说，"你自个儿撒娇要我陪，我现在陪你还不要了？"

池栀语也不想辩解了，索性应下道："行吧，那你陪着我。"

谢野笑，更为放肆地抱着她的腰，往怀里扯了下些："好好享受。"

这态度也不知道是谁在撒娇。

池栀语决定还是放他一马，问着刚刚的问题："所以你中午想吃什么？"

谢野："你饿？"

"没有啊。"池栀语翻了个身看他，"你早上肯定也没吃，你不饿吗？"

"不饿。"

池栀语也不管他，低头靠在他的胸膛上，安静了一会儿后突然想起了一件事："谢野。"

谢野闭着眼："说。"

"就之前你陪我睡觉的时候……"池栀语想着事，抬起头问他，"我怎么占你便宜了？"

谢野闻言抬起了眼。

两人的视线对上，过了几秒后，池栀语还是很疑惑："我难道亲你了？"

谢野注意到此时两人的姿势，她的身体毫无顾忌地靠着他，和那晚有些相似。视线扫过她的唇，抬起，盯着她的脸，谢野的眼眸漆黑，声音有些低哑："不知道，你自个儿想想。"

"我怎么知道。"池栀语看他，"你不会就是在骗我吧？"

谢野一手搭在她腰间，指腹轻轻摩挲着，忽而出声说了句："那你试试看。"

池栀语："嗯？试什么？"

谢野漫不经心道："你亲我一下，试试看有没有记忆，不就行了。"

池栀语下意识地看向他嘴巴，也觉得没什么，反正又不是第一次亲。

想着，她仰头吻上他的唇，刚要退开的时候，感到他的嘴轻轻张开，她不知道哪儿来的胆，舌尖顺势探入，学着他平时的动作，却有些生涩。

谢野任由她亲着，低头配合着她，而眸色愈深，感受到她似乎要撤离，伸手抱起她的身子靠在床头，遵循着本能回吻。他的舌尖抵开她的牙齿，热烈而霸道。

对比池栀语刚刚的柔弱，他的动作细腻绵长，力道野蛮得很，似乎要将她拆开吞咽入腹。

池栀语坐在他的怀里，双手不自觉地勾住了他的脖子，仰头靠近他，有些无意识地发出一点点细微的吞咽声。

在静谧的室内传递开。

伴着错乱的呼吸。

暧昧，却又勾人。

舌尖有些发麻，池栀语呼吸稍顿。

谢野吻过她的唇角，微微侧头咬了下她的耳尖，伴随着的是他落在她侧耳皮肤上，温热又细碎的吻。他的呼吸声有些粗重，扣在她腰间的掌心移动，顺着她的衣摆往里探，抚过柔软的腰肢，感受她的曲线。

指尖微凉。

池栀语低头靠在他的肩上。谢野收回手，压着她的衣摆，似乎无从发泄，他吻过她的下巴，微微下滑，落在她纤细的脖颈上，一点一点地放肆，带着力度，最后咬住了她的锁骨。

池栀语意识有些散乱，完全没有反应过来，呼吸微乱。

谢野抬头安抚似的咬了咬她的下巴，鼻尖对着鼻尖，低着眼看她，眸色深了好几度，似是没忍住再度吻上她的唇，带着不怀好意道："怎么样，记起来没有？"

闻言，池栀语反应过来，下意识张开嘴，还没发出声，谢野又探了进来，正要动作时就被她的舌尖抵着。

池栀语盯着他的眉眼，反咬过他，语气有些娇嗔："你就是骗我的。"

"哪儿？"谢野低笑了几声，继续亲着她的唇，一下又一下，似乎在逗弄，"这不是你亲我？"

下一刻，谢野捉过她放在自己肩上的手，慢慢下挪，一点点经过胸膛，而后缓缓往下，他眼眸漆黑，嗓音微哑，极为浪荡地说："这不是占我便宜了？"

掌心触觉传来的那一刻，池栀语的脑子断线般蒙了下，等意识反应过来，脑子"噌"的一下充血，涨红着脸，迅速撇清关系："这哪里是我占了，明明是你自己拉着我……"

话音一停，池栀语的脸滚烫一片，这词卡在嘴边，说不出口。

谢野看着她的表情，忽而敛起下巴，没忍住笑了好几声。

池栀语红着脸，抬手捶了下他的肩膀："都怪你，不准笑！"

谢野稍稍止住了笑，低头吻了下她的下巴，而后，他勾起唇角，哑着声，毫无廉耻地提醒她："池栀语，你刚刚占我便宜了。"

掌心的触觉似乎还在，池栀语立即缩起手，羞红着脸看他："你要不要脸？"说完，她迅速抬手想捏下他的脸，但谢野身子微微后靠，她顺着惯性靠在了他怀里。

谢野顺势抱着她，没有任何动作，只是低头埋入她的颈窝处，呼出的气落在她的皮肤上，滚烫至极。

池栀语被他按在怀里，下一瞬，很明显地感受到了什么，身子猛地一顿，完全不敢动。

半晌后。

池栀语靠在他的肩上，有些不自在地问："你，好些了吗？"

谢野扣在她细腰上的指腹时不时摩挲着，声音有些哑："你说呢。"

"那你就别抱着我，你这样……"池栀语也能知道自己该怎么说，噎了一下。

"我哪样？"

这男人疯了。

最后池栀语为了谢野的身心健康，还是挣脱开了他，迅速往楼下走。她打开浴室门，看了眼镜子里的自己，脸颊两侧有些微红，唇瓣红艳，而脖子上还有点细碎的痕迹，锁骨上也有。

现在冬天，倒也没什么，穿个高领毛衣就能挡住。

池栀语用冷水敷了敷脸，出来后，就听到楼上浴室里淅淅沥沥的洗澡声，可能是想到了什么，她脸红心跳地走进厨房，连忙倒了杯冷水喝，想降降火。

喝完水后，池栀语重新又接了一杯放在桌角，然后拿出手机看了眼时间。

快十二点了。池栀语没有和王姨说自己回来了，所以也不好回家吃。她打开冰箱搜寻了一下，看看有没有什么能煮的东西。

浴室门打开。

谢野随意擦着头发从楼上下来，已经闻到了食物的香味，他扫了眼客厅没人，脚步微转，打开厨房门。

池栀语听见声响，回头看去，见他换了一身衣服，脑袋上搭着毛巾，头发明显还湿着，催他："你先去吹头发，等会儿应该能吃了。"

谢野"嗯"了声却没出去，反倒走到她身旁，看了眼锅内还在煮的速冻饺子，一个个随着热水"咕噜咕噜"翻滚着。

"我刚刚在冰箱里找到的，其他的我也不会煮，就这个至少我还是知道方法的。"池栀语拿起包装袋看了眼说明，"不过上面说20分钟就可以了，我觉得可能还不行，多煮了3分钟，你觉得熟了没有？"

这还挺严谨，谢野笑了："你当是化学实验？"

池栀语："不熟不能吃啊。"

"行。"谢野拿过旁边的碗，把电磁炉的火关掉，将饺子盛进碗里，往外头的餐桌抬了抬下巴，"吃饭。"

池栀语怕他烫，拿过一旁的毛巾给他垫着，然后拿了两双碗筷跟着往外走。

一顿极为简单的午饭就这样完成，虽然池栀语也没做什么，但她吃着还是很满足。毕竟这是她第一次煮东西。

"你们之后是不是又要变成懒懒散散的样子了？"池栀语吹着饺子问他。

"不呢。"谢野把一旁稍稍放凉的饺子夹到她碗里，"我忙得很。"

"啊？"池栀语眨了下眼，"你忙什么？"

谢野朝她扬了下眼尾，散漫道："这不忙着陪你吗？"

池栀语愣了下，明白到他话里的意思后，弯了弯嘴角："那你确实挺忙的。"

"嗯？"

池栀语："因为你家的娇气姑娘还是挺……"

似是猜到了，谢野表情微顿。

池栀语舔着唇，小声补充道："黏人的。"


双十一过后，谢野挺闲的。

原本之前是池栀语去看谢野，现在都变成了谢野来看她。

但也没有天天来，毕竟谢野还是要训练的，而且他那张脸是个不定时炸弹，如果被人认出来也挺麻烦的。

所以基本上他会隔个几天就来，但池栀语却没有他那么闲，每天要上课外加排练，到了期末的时候更忙，直到放寒假才有了休息时间。

过年的时候，池家如往日一样没什么差别，毕竟没人在意这个，池栀语以为今年还是只有白黎、王姨和她三个人一起吃个晚饭而已。

但没想到晚上的时候，池宴突然回来了。

池栀语坐在餐桌前正在吃饭，见他开门愣了一下，叫了声爸爸，池宴也走来入座。

气氛突然有了些变化。池栀语看着身旁白黎的面色明显有些柔和，只是为了维持着自己一向强势的状态，语调平静地和池宴说着话。

这个年，白黎应该会挺开心的。

池栀语安静地吃着自己的菜，想着尽快结束，去对面找谢野。

"阿语。"

这声突然，池栀语抬头看向池宴："嗯，您有事？"

池宴浅声问："听说你还在和那位谢野在一起是吗？"

闻言，池栀语眼眸稍淡："是，怎么了？"

池宴笑了下："别担心，爸爸只是想问问你和他相处得怎么样。"

池栀语扯唇："您放心，我们很好。"

"嗯。"池宴点头，"听说他在当电竞选手？"

池栀语有点不想和他打太极，直接问："您想问什么？"

池宴想了想："我觉得以他的身份去当个电竞选手未免太可惜了，你应该要好好劝劝他。"

"没有什么可惜的。"池栀语笑了下，"而且您也可能误会了，我没有什么能力去劝他。"

"是吗，我看出来他挺喜欢你的。"

"喜欢我是一回事，但我也没您想象的那么重要。"

闻言，池宴平静地问："所以你还是想和他继续在一起？"

池栀语点头："是。"

见她这么肯定，池宴挑了下眉："阿语，一些没用的事情，就不应该去浪费时间，你是我的女儿，你应该懂得做出正确的选择。"

闻言，池栀语放下筷子，面色平静道："确实，我是您的女儿，但我不是第二个您，我不会和其他人在一起，也不会和您想要攀附的对象结婚，所以劝您不用在我的婚姻上下工夫，毕竟……"

池栀语扫过身旁的人，淡声道："没人想变成第二个白黎。"

白黎面色一僵。

"我吃饱了，两位慢用。"池栀语颔首致意，起身推开椅子走出餐厅，却没有往楼上走，而是转身走过玄关，伸手打开了家门。

关上。


池栀语走出门后，才想起自己没有把外套拿出来。

外头的温度冷得刺骨，时不时还有风刮过，脸不自觉有些僵硬，鼻尖微凉。她感受到身体渐渐冷了起来，池栀语指尖蜷缩起，这刺骨感莫名有些熟悉。她吸了下鼻子，抬头看着四周灯火通明的街道时，忽而顿了下。发现两旁的邻居家门前都挂起了灯笼对联，红火喜庆得很，隐约还能听到嬉闹欢笑的声音，间或夹杂着春晚的节目声。

而她的家，什么都没有。

对比很强烈。

池栀语独自一人站在门口，双手环着双臂，发现自己呼吸间的温热气息在空气中遇冷凝结，化成了可见的白雾。不知道出于什么心理，池栀语忽而仰头对着空气哈了口气，看着那缥缈的雾气渐渐淡化，思绪也有些飘远。

她想起了，小时候也有一次像这样。

冷得刺骨。

池栀语还没有搬来阳城的时候，是跟着白黎和池宴住在市区池家那个大房子里的。从出生后就一直在那儿生活长大，但关于那儿的回忆并不多。难得能清楚记得的，也不是什么好事。

当时的白黎并没有现在这么疯狂，她可能还沉浸在池宴的爱情牢笼里，看着池栀语时还是有几分慈爱。而池宴也一直保持着他的完美丈夫形象。

池栀语自有记忆以来，看着池宴的态度从来没有觉得有什么问题，但稍稍长大后，她发现池宴好像从来没有对她生过气。

仿佛对她的任何事都不在意。

渐渐地，八岁的池栀语有了叛逆的想法，有次无意间把池宴的文件不小心打湿后，想看他除了柔声浅笑，还会不会有其他的反应。

那应该是很重要的文件。

池宴当时看到后明显顿了顿，池栀语以为他会生气，没想到他只是看了她一眼，让她先出去，不用管。

池栀语愣了下，点头走出书房，单手带上门正准备关上时，她忽而看见了池宴拿起那份文件，随手扔进垃圾桶内，而他的神色平静又冷漠。小孩其实并不笨，大人总以为他们什么都不知道，其实他们比大人还要敏感，能察觉到那些大人自欺欺人的时刻。

从那之后，池栀语慢慢发现了池宴不管对她还是白黎，都是带着那一贯的微笑。

虚假。

没过多久，白黎单方面和池宴发生了第一次的争吵和矛盾。

池栀语看着那天的白黎，孤独地坐在沙发上，一脸茫然又不知所措。

她没有哭。

可仿佛在那一夜，她的世界就此崩塌了。

连带着，梦也碎了。

池栀语不知道为什么白黎会突然爆发，那时她的脑子一片空白，没有任何的想法，只有心底里泛起了隐约的害怕和惶恐。

因为她不知道在这一天后，她一向恩爱的父母会发生什么，而她的家——还会在吗？

池栀语记得那天晚上她一直不敢睡，小小的身子蜷缩在床上，盯着床头的时钟，看着秒针和时针一寸寸地滑过数字。

她很幼稚地想拥有魔法，让时间永远不要经过这场黑夜，这样她就不用面对第二天的白日。

也不敢面对，不一样的白黎。然而第二天白黎并没有任何变化，正常地起床做饭，来叫她起床吃早餐，陪着她一起去学校，再和池宴进行日常的对话。

白黎所有的神态和行为和往常一样，什么变化都没有，就像昨天的争吵从来没有存在过，也就像池栀语昨晚做了一个梦。

其实什么都没有发生。她的父母依旧还是恩爱，对她的态度也没有任何变化。所以一切都在正常地维持下去，也在渐渐回归正轨，却也在堆积压抑着。

直到池栀语九岁生日那天。

池宴同样按照往年一样为她办了一个生日会，来的都是他的合作公司又或者是一些名门望族的人。

那天，池栀语按着程序，穿上了秘书送来的漂亮衣服，在房间等候的时候和白黎说了句："妈妈，我觉得头有点晕。"

白黎闻言看着她的面色，起身打开窗户让凉风吹进来："怎么样？还晕吗？"

池栀语稍稍缓解，摇头："没有了。"

"嗯。"白黎坐回沙发上，看了眼时间，"今天你的舞蹈课没上，明天妈妈会让老师多上两个小时，知道吗？"

池栀语顿了下，点头："好，我知道了。"

白黎笑了下："阿语，真乖，你只要好好跳舞就好，其他的事有妈妈帮你。"

池栀语看清她的神情，忽而出声问："那爸爸呢？"

闻言，白黎似是有些执着地说："你只要知道，妈妈会帮你，你一定要好好跳舞，这样你爸爸才会满意知道吗？"

池栀语捏了下手指，低着眼："好。"

这一年。

白黎变了。

变得不像她了。

而池宴仿佛依旧是她当初爱慕的男人，没有变过，对她保持着一样的态度。

温柔又深情，假意的虚伪。

宴会开始的时候，池栀语起身走到会场中央接受着大家的生日祝福。池宴站在她的身旁，重新扮起了父亲的形象，慈爱地看着她。

吹完蜡烛后，池栀语明显觉得自己的身体有些难受，头有点晕，还有些热。

此起彼伏的掌声在耳边传来，她保持着面色一一感谢后，宴会继续，四周的大人们开始聊天。

池栀语忍着不适，稍稍侧头小声叫："爸爸，我有点……"

池宴并没有在意她，而是在和身旁的人攀谈。

池栀语收回嘴边的话，抿了下唇，转头想找白黎的身影在哪儿，可人太多找不到，她没有办法，只能侧身走到池宴身旁，伸手拉了下他的衣摆："爸爸。"

对话被打断，池宴转身看是她，微不可见地皱了下眉，语调却不变地说："怎么了？"

池栀语觉得自己可能发烧了，嗓子有些干："我头有点晕，好像发……"

"阿语。"池宴打断她，语气有些平，"这种事你不应该来找我。"

这种事不应该来找我。

池栀语眼眸微滞，在那一瞬间，她突然听懂了他的意思。

这种事。

这种无关紧要的小事。

你没有必要找我。

因为我不会为你做什么，我没有时间。

也没有必要。

这是池宴第一次说真话。

只是因为她的价值在刚刚开场时已经完成了，而他不需要了。池栀语没想到会是这样的直白又无情，可她好像也能从白黎的状态里预料到了。这究竟，能让人有多失望。

放弃了池宴。

池栀语可能有所预料，没有丝毫想哭，只是转身独自寻找出口，想从这个地方逃出去。

可她的头已经晕得厉害，头重脚轻的感觉占据了她的大脑。

周围宾客的说话声和背景音乐交错，变得刺耳又嘈杂，压着她衰弱的神经。

池栀语扶着墙走着，身体温度却在不断叫嚣，炽热又像是在灼烧着她的肺腑，她看到一扇门后，单手推开走了进去。

是一间宾客的休息室，里头没有人。池栀语看到桌上有水壶，拿起却发现没有水。她摇了下脑袋，撑着身子打开浴室的门，打开水接着。

水缓缓流出来，声音有些平缓，池栀语撑着眩晕的大脑，伴着水流声，想起了刚刚池宴的话，眼皮不受控地缓缓垂下，握着水壶的手松开。

身体的温度烧过了她的意识。就在她倒地的一瞬间，她看到了白黎的身影，开口唤了声："妈妈。"

白黎看着她，不知在想什么，似乎有些病态的失神。

她又仿佛在挣扎着什么。

过了几秒后，白黎才回神走来，扶起她的身子，颤着音，说第一句是："阿语，我们再忍忍。"

"等会儿妈妈就送你去医院，现在外面人太多，看你这样……对你爸爸不好，你乖点，妈妈喂你喝点水，再忍忍就好。"

"再忍忍就好。"

白黎抱着她一直重复着这话，声音轻颤，失神地不断呢喃，似乎在对她说，又仿佛在提醒自己。

池栀语知道。

那一天，白黎为了她那所谓的爱情。

在她的女儿面前止步了。

同时那一天，池栀语闭上昏迷的那一刻。

她的脑子里只想着一个念头。

她不想醒。

所以能不能不要醒了。能不能就这么一直睡着。

然后就——

消失吧。

# Chapter 21
## 无人知晓·过往

池栀语忍着寒冷走到谢家门前，按动门铃。

没等几秒，谢野从里头打开门，等瞧见她身上只有一件长袖衣服后，面色一沉。

池栀语立即开口："想问什么等我进去再问行不行？我快冷死了。"

谢野看着她一直在颤抖的身体，冷着脸直接脱下自己的外套包裹住她，将她半抱在怀里往里走。外套上还带着他温暖的气息，池栀语低头埋入他宽大的衣领处，温热的气息包裹在她的身上，瞬时驱逐了心底那阵寒意。

屋内的简雅芷见她进来是这副模样，愣了一下，连忙倒了杯热水递给她："怎么回事呢？怎么就这样出来了？"

池栀语套上谢野的外套，捧着水杯解冻一下冰冷的指尖，笑了下："房间太暖了，刚刚一吃完饭就直接出来了，忘记了外面这么冷。"

谢野闻言扫她一眼，语气不爽："你是把脑子也忘了？"

池栀语理亏，默默端起水杯喝着。

"这衣服怎么能忘呢。"简雅芷把空调温度上升，又倒了杯水，"快快，喝点热水等会儿别感冒了。"

池栀语喝了几口水，宽慰他们："我没有在外面待很久，从家里一出来就过来了，没有冻到。"

谢野看着她这副样子，没搭话。

简雅芷自然也觉得不是这么回事，但也顺着她的话说："下次出门一定要穿衣服，哪儿有连衣服都忘记的。"

池栀语点点头："我一定记得。"

"来吹一会儿空调。"简雅芷帮她把外套收紧，"等会儿感冒发烧就不好了。"

"好。"池栀语应着喝完水，简雅芷接过，起身到厨房重新给她倒一杯。

人一走，池栀语伸手勾着谢野的手，浅笑道："干吗啊，我一来你就给我摆臭脸。"

谢野冷笑了声："那你赚了。"

池栀语被逗笑："不是，你这臭脸还这么值钱呢？"她牵着他的手摇了下，点点头，"那我等会儿多给你点压岁钱。"

谢野没回这话，牵过她已经渐渐回暖的手，直接问："怎么回事？"

"嗯？"池栀语眨眼，"什么怎么回事？"

谢野看她，面无表情地放开了她的手。

池栀语看着他这举动，又笑出声。

简雅芷端着托盘走来，看着沙发上的男女，唇角弯起走近。

"来，这是晚上煮的一些面，怕你没吃饱，所以留了碗给你，刚刚热了一下，你可以尝尝味道。"简雅芷将托盘放在她的面前，柔声说了句。

池栀语闻言愣了下，看着那碗特地留给她的面，喉间一哽，伸手拿起筷子端过吃了一口，笑着轻声说："很好吃。"

是今天最好吃的。

"好吃就好。"简雅芷笑了下，"慢慢吃，吃不完也没关系。"

池栀语鼻尖一酸，哑声说："谢谢芷姨。"

闻言，简雅芷也有些触动，抬手摸了摸她的头，柔声说："哪里的话，晚上如果不想回去那就在这儿睡，好好睡一觉，芷姨明天给你煮好吃的。"

池栀语："好。"

简雅芷点了下头，又似乎想起什么，抬头看了眼谢野，还是提醒道："不过你们俩一人一间房，你别给我跑错房间了。"

池栀语默默低下头。

谢野闻言扯了下唇："我犯得着？"

简雅芷看着他可不信："你最好是。"

"行了，时间不早，我先睡了，你们俩也别守岁，早点睡。"简雅芷说着起身，看着池栀语补了句，"面吃不完就放着，没事的。"

池栀语笑着点点头："好，芷姨晚安。"

目送简雅芷上楼后，池栀语转头端起面，继续吃着。

谢野扫了她一眼："吃不下就别吃。"

"我吃啊。"池栀语夹起面条，又吃了一口，看着他含糊道，"你不觉得好吃吗？"

谢野没回这话，而是靠在沙发上看她，眼神里满是探究："你晚上没吃？"

"嗯？"池栀语眨眼，"谁说我没吃，我吃了。"

只是吃得比较少。

还和池宴钩心斗角了一下，肚子里根本没什么东西。

"吃了还吃面？"谢野反问。

池栀语咽下嘴里的面："谁说吃了就不能再吃面？"说完，她指责他，"你这是嫌我吃太多？"

谢野扯了下唇："谁嫌你吃多了，你看看你自己身上有多少肉，我天天让你多吃也没长点，你能不能讲点理。"

池栀语吃着面无辜地说道："这又不能怪我，就是不长嘛。"说完，她又吃了几口，吃得差不多了，就放下了筷子，端起水杯喝了一口。

谢野抽过纸巾替她擦掉唇角的水渍："吃饱了？"

池栀语点头，补充道："是吃饱喝足。"

谢野笑了："你倒挺会享受。"

"我也觉得。"池栀语看着他，想着刚刚简雅芷说的话，用力地抿了下唇，身子忽地往前倾，凑过去伸手抱住他，下巴搭在他的肩上，唤了句，"谢野。"

谢野："嗯。"

池栀语闻着他身上熟悉安定的气息，轻轻说："芷姨对我真好。"

"什么话。"谢野直接回抱住她，慢悠悠地问，"我对你不好？"

"你也好。"池栀语低声说，"但是和芷姨的好不一样。"

谢野静静地听着。

"我也很喜欢你家，因为你家和我家也不一样。"池栀语轻轻继续道，"小时候我就觉得你的妈妈真好，对我也很好很温柔，所以我每天都在想，要是……"

"我妈妈也是这样的就好了。"

谢野低下眼没有说话，安静地听着她说。

"因为我的妈妈她一点都不好。"池栀语语速缓慢，"她好像没有爱过我，她……只爱我的爸爸。"

"可是……"池栀语轻声道，"我的爸爸不爱任何一个人……"

池栀语想起了今晚池宴对她说的话，看着窗外对面的那幢房子，寂静无声，丝毫没有任何的气息。她仿佛又能听到刚刚在门外听到的邻居的嬉闹声，还有家人间的关心。

而池家在这条街道除夕快乐的气氛下，显得格外异常。

不一样。

所有的东西都不一样。

但好像。

只有她不一样。

池栀语盯着对面的黑暗，眼神似乎无光，语气慢慢地喊了声："谢野。"

"我为什么没有爸爸妈妈？"

一直压抑在心底的话如流水漫溢出来，池栀语抿了下唇，哑声继续问："他们……"

"……为什么都不爱我？"


下午的时候，谢野做了个梦，但那也不是梦。

只是回忆起了一些事情，醒来的一瞬间他突然想起了梦里的场景，是初中那次他把池栀语从舞蹈室里抱回来后的事情。

之后，他也看到了。

——池栀语第一次哭。

那天，从池家出来后，谢野唇角紧紧绷着，满身的煞气，暴戾感压迫着他的理智，他抱着怀里的人，头也不回地往自家走。

少年血气方刚，他一直在忍着脾气，刚刚能对白黎说着那么理智的话已经是他的极限，如果再待一会儿，他怕自己情绪失控做出些不应该做的事。

谢野回了家立即让简雅芷叫家庭医生过来，随后，抱着池栀语回了自己房间。

谢野安抚她睡着后，简雅芷带着医生上来处理了一下她的伤口，也帮她换了睡衣让她安心睡着。

大概都结束后，谢野才回了房间，坐在床边陪着池栀语。

那时已经是晚上，简雅芷看着时间，让他先去隔壁房间睡觉，在这儿坐着也不好，反倒打扰小栀子休息。

谢野拒绝了："还早，我等会儿去睡，您先睡。"

简雅芷见他这样也不勉强，跟着陪了一会儿后才去睡了。

谢野坐在原地，他低下眼，看着池栀语的睡颜，也不知道在想什么，只是安静地待着，没有说话。又等了一会儿后，看着她没有再皱眉头，似是真正陷入了睡眠后，谢野才起身出去洗漱，而后回了隔壁房间。

半夜。谢野醒了，看着窗前被风吹得有些晃动的窗帘，皱了下眉，也没了睡意，起身走去关上了窗户。

做完后，他也不确定自己房间的窗户有没有关，有些不放心地转身打开门出了房间，正想往隔壁房间走时，忽而听到了楼下有几声动静。

他顿了下，迈步走下楼。

客厅没有开灯，光线有些昏暗，只有一点微弱的灯光从厨房内透来。

声音也是从厨房里传来的，谢野迈步走去，看着料理台前的那道纤瘦的背影，轻声问了句："怎么了？"

池栀语动作一顿，没有回头，依旧背对着他，哑着声说："没有，只是我有点渴，你也要喝水吗？"

谢野"嗯"了一声，走到她身旁，因为她低着头，有些看不清她的表情。

池栀语拿起水壶和杯子，倒了一杯递给他。

谢野接过，也看见了她微红的眼角，他嗓子莫名有些干，轻声问："睡不着？"

池栀语低了下眼："嗯，好像有点。"

谢野说："所以偷偷跑下来了。"

池栀语垂着眼，没有说话。

"一个人下来也不怕？下次记得开灯，摔倒了还要去医院。"谢野轻声说，"不然渴了你叫我，给我打电话也行，知道吗？"

池栀语安静地站着，无言。

"说话。"谢野想看清她的神色，"睡了一觉哑巴了不成？"

池栀语还是没有反应。

谢野站在她身旁，侧头看着她，也没有继续催她，只是安静地给她倒了杯热水，放在一旁等着热气散去。

池栀语盯着手边的水，眼神有些失神。

良久之后。

谢野看着她，忽而抬手端起杯子，喝了一口，随后放下："我们上去吧。"

"嗯。"

谢野走在她身边，池栀语忽地轻轻说了句："谢野，我可以牵你的手吗？"

谢野伸手递到她面前："牵。"

得到肯定的回答后，池栀语握住他的手，她的指尖有些冷，像是没有温度。

谢野反手牵住她，往前继续走了几步后，身侧的人脚步忽而顿住，停在了他的身后。

谢野察觉到，转头看她。

池栀语还牵着他的手，却独自一人落后，站在黑暗中，稍稍低着头，身子似是在颤抖着。

谢野一愣，走到她的面前，看见有一滴晶莹的泪珠从她脸上滚落下来，最后砸在地面上。

谢野指尖也有些冷，稍稍弯下腰，指尖抚上她的脸。

池栀语站在原地，眼眶更红了，却没有发出任何声音，只是双肩在轻轻颤抖着，眼泪不受控地从她的脸颊滑过，一颗又一颗地接连不断砸下。

啪嗒。

轻轻地落在地面。

也砸了在他的心上，很痛。

谢野闭了闭眼，很快，又抬眸看向她，伸手抬起她一直低垂的头，指尖轻轻拭去她脸上的泪，水珠很重，砸得让人窒息。

刚刚，她可能也是在这黑暗里，一个人无声地哭泣着。

又或者是每次。

躲在那冰冷的家里，独自承受着那些伤害和难过。

却无人知晓。

谢野喉咙发涩，停了一会儿，动作轻柔地擦着她不断冒出的眼泪，嗓音微哑："别害怕。"

你不是一个人了。

所以可以不用再一个人哭了。

可以不用再每天夜里躲在被窝里，害怕着白黎半夜的尖叫和疯狂，然后在第二日，擦着眼泪，独自坚强地面对着往后的生活。

也可以好好地睡觉，好好地活着。

那是谢野第一次看到池栀语哭。

她也一直没有放开他的手，就像那溺水之人握着唯一的稻草。

紧紧牵着，没有放开。

不然。

可能会坠入深渊。


那一天。那位少女已经到了极限，没有办法面对和承受，放下了自己所有的坚强，躲在他的面前无声哭泣着。

也像今晚的除夕。他的姑娘再次来到他的怀里，不断说着让人心疼的话。

屋内的电视里春晚节目还在播，演员们正在说着台词，伴着观众们的笑声，窗外还有烟花爆竹的声音，透着浓浓的年味。

池栀语看着黑夜里绽放的烟花，喧闹又很耀眼。

恍然间，池栀语觉得自己好像又回到了那次的生日会，那么热闹，那么伤人。

所以一切好像是在昨天才刚发生过的。

当年池宴和白黎的话仿佛历历在目，不断提醒着她。

而她永远记得白黎的话——

"阿语，我们再忍忍。"

再忍忍。

因为今天是你的生日会，你是这场宴会的主角，你的爸爸需要这场宴会。

所以不能在这儿出事。

所以。

再忍忍。

"为什么？"池栀语看着重新绽放的烟花，眼神暗淡无光，"我明明那么痛，为什么还要我忍？"

谢野的动作一顿。

"明明，我是他的女儿。"提到这儿，池栀语语气变得有些艰难，"可他就能这么无所谓，也能这么伤人。"

"我从来没有做错过什么事。"池栀语眼眶渐红，似乎有些迷茫，小声地问着，"可他们怎么就不要我了呢？"

听到这儿，谢野松开她，看着她的神色，他的嗓子干涩，有些说不出话。

半晌后，他才开口："不要就不要了。"

池栀语忍着眼泪，看着他。

谢野伸手轻轻压着她发红的眼角，声音低哑："池栀语，除了他们，多得是人喜欢你，我喜欢你，我妈也喜欢你，你怕什么？"

谢野抚摸着她的脸，和她对视着："还有你要记得……"

他语气很轻，字词却重重地敲在她的心上。

"有我爱你。"

他们不爱你。

我爱。

而且，一直一直爱着。

池栀语看着眼前的人。

心底一直积压的情绪随着这句话，无限展开。她的鼻子一酸，眼眶内忍耐着的眼泪，在一刻，瞬时涌出，泪珠滚落过脸颊顺着往下落。

谢野指腹轻轻擦过她的眼泪，忽而喊了声："池栀语。"

"嗯？"

"你很好。"谢野语气很轻，"你一直都很棒，所以不用忍，如果痛就说出来。"

闻言，池栀语一顿，盯着他的眼。

"什么都可以不用忍，以后想哭就哭，不想做的就不要做。"谢野盯着她的脸，语气是熟悉的傲气和笃定，"记得，在我这儿，没人会让你忍。"

不用压抑。

也不用妥协。

不用为了那些不值得的人，委屈自己。

因为你什么错都没有。

你很好。

池栀语怔怔地看着他，眼泪却不受控地往下流。

谢野继续擦着她的泪："记住了吗？"

池栀语吸了下鼻子，忍着眼泪，身子往前倾，伸手抱住他，低头埋入他的胸膛里，用力地抿了下唇。

谢野轻轻抱起她放在自己腿上，揉了揉她的脑袋，力道不变，依旧很重，却也依旧是安抚："抱我是什么意思，记住了？"

池栀语环着他的腰，指尖紧紧揪着他的衣服，哑着轻轻地"嗯"了声。

记住了。

她很喜欢这个少年。

真的，很喜欢很喜欢。

窗外的烟花还在放，一声又一声的，时不时还有别家的爆竹声远远近近地响起。池栀语听着这些声音，觉得今年好像有点不一样了。

她抬头看向有些亮的窗外，吸了下鼻子："又放烟花了。"

"嗯？"谢野跟着转头看了眼，似乎想起什么，悠悠地问，"怎么？你也想放？"

池栀语吸了下鼻子，摇摇头："我没有啊。"

谢野还是在按他自己的话题走，扬了下眉："我发现你还挺幼稚。"

"不过呢。"谢野恢复了往日的吊儿郎当，"我今天可以满足一下你这个幼稚的想法。"

"嗯？"池栀语愣了一下，"满足我什么？"

问完，谢野也没回答，只是抱着她忽而起身，池栀语吓了一跳，下意识地抱紧他。

谢野把她放下，把她身上的外套穿好，拉链拉到了底，而后牵着她推开院子的门。

池栀语跟在他身后走到院子里，迎着寒风，一头雾水地看他，说话还有点鼻音："来这儿干什么？"

院子在侧门，有点类似楼上阳台的构造，能看到外边热闹的街道。

"站在这儿。"谢野让她站在原地，走到旁边拿过了一把什么东西回来，放在她手里，"拿着吧，小朋友。"

池栀语讷讷地看着手里的烟花棒，回过神后，没忍住笑了，抬头看他："你什么时候买的？"

"前几天正好看到，随手买了几根。"谢野拿出打火机，点燃了两根递给她，"别被溅到。"

池栀语"嗯"了声接过，低眼看去。

烟花棒点燃后，瞬时发出"嗤嗤"的声音，同时还放出耀眼的光芒。小型的烟花绽放开，如一团花簇，星星点点的，光耀四射。

池栀语目光紧紧盯着那团小烟花，那股子压抑的心情仿佛跟着一起绽放，忽而消散开来。

烟花棒燃烧速度很快，十几秒就结束了。

池栀语扭头看着谢野，皱了下眉："这也太快了。"

"这还怪我呢。"谢野笑了，又垂眸重新帮她点了两根，还很欠地说了句，"这回求它慢点烧。"

池栀语接过："你下次记得买大点的，就能烧得慢点。"

没过一会儿，又烧完了。

池栀语正等着下一根，可见他没有继续点，眨了下眼："没有了吗？"

谢野瞥她："你当我这儿是自动贩卖机？"

池栀语根本还没过瘾，有些失望地道："你怎么就买这么点啊？"

刚刚见她一直盯着那烟花，根本没抬头看他，谢野本来还挺不爽的，现在又问着这话，他有些牙痒痒的，抬手捏了下她的脸："小朋友，怎么回事，眼里只有这破烟花了是不是，这是谁给你买的，自己不知道？"

池栀语听出他的意思，笑出了声，抱住他的腰，仰头亲了下他，笑着道："是是是，是你给我买的。"

恰好此时，外头又放起了烟花，有些耀眼炫目，正在庆祝着除夕夜。

谢野盯着她，低头亲了亲她的唇角，低声说道："新年快乐，女朋友。"

池栀语眉眼带笑，也吻上他的唇，轻声说道："新年快乐，男朋友。"

谢野见她笑，莫名也勾下唇，摸着她的脸有点冰，没有再多留，单手揽着她回了客厅内。

两人都没有什么睡意，干脆一起坐在沙发上，继续看着春晚，然后有一搭没一搭地聊天。

原本池栀语信誓旦旦地说要和他一起守夜，但到了后半程，可能是因为早先哭过了一会儿，情绪释放开，她窝在谢野怀里渐渐睡了过去。

谢野单手拍着她的背，安抚着她。

不知过了多久。听着她渐渐平缓变轻的呼吸，谢野随手关了电视，起身将她抱起，往楼上她的房间走。

谢野把她安置在床上，拉过一旁的被子帮她盖好，随意地坐在床边，安静地看着她。

没过一会儿，床头的钟表里的时针走过最后一格。

指向了十二点。

屋外的爆竹声一阵阵地响起，正在迎新。

池栀语眼睫一颤，似乎被惊醒，谢野轻轻地拍着她的背，哄着："没事。"

爆竹燃放完，重新陷入了宁静。因为有他的陪伴，池栀语终于放下心，安稳地闭上眼，又渐渐睡去。

谢野坐在床边，低眼看她。晚上她说的话开始在他的大脑浮现，在耳边不断回响着。

他曾经想过。

在两人相遇之前的池栀语是什么样。

他想过。

会不会是和现在一样，痛苦却又坚强地活着。

又或者，白黎和池宴会不会还没有那么疯狂，她还是生活得像其他的孩子一样。

可是。

她过得不好，一点都不好。

甚至，更糟糕。

谢野轻闭上眼，掩盖了眸底的冷意，良久，他又抬起眼，看着她眼角的泪痕，而梦中的她似是还在哭泣，又一颗泪珠流出缓缓向下滑落。

谢野抬起手，帮她把脸上的眼泪一点一点地擦干净。

随后，他喉结缓慢地滚动了下，似乎有些涩，他低头，轻轻地在她额头落下一个珍重又温热的吻，同时响起他认真而清晰的一句话。

"新年快乐，我的池栀语。"

要记得。

之后你的人生里会有我。

所以，可以不用再哭了。

我那笨拙而又热烈爱着的小女孩。


除夕的夜晚没有很平静，时不时就会有鞭炮和烟花的声音响起，有些吵。

池栀语在这期间醒过几次，但下一秒就会有人将她带进怀里，抱着她轻轻拍着她的背。

气息很熟悉。

帮她赶走了所有烦恼。

第二天清早。

池栀语睡到了自然醒，有些惺忪地睁开眼，忽而对上了谢野的脸，她脑子有些慢，看到他也没什么意外。昨晚外面那么吵，她一直半梦半醒，当然也知道是谢野陪着她一起睡了。

看着他眼睛闭着，明显也还在睡，池栀语不是很想起，低头重新靠在他的胸膛上，睁着眼发了一会儿呆后，打了个哈欠，决定起床算了，反正也睡不着。

池栀语想把他放在自己腰上的手拿开，可刚抬起手，身前的男人忽而有了动静，搂着她腰的力道一重，霸道地将她往怀里搂。

让她老实睡觉。

池栀语身子靠在他身上，眨了下眼，抬起头看他。

谢野眼睛还闭着，呼吸听起来挺平缓，不知道是醒了还是不想睁眼，她也分辨不出来。

池栀语盯着他的脸，而后稍稍仰头亲了一下他的嘴。

果然，下一秒谢野缓慢地睁开眼，懒洋洋地垂着眼看她，困倦感十足，一副任由她轻薄的样子。

池栀语抬手摸了下他的脸，轻声说："我先下楼，你继续睡吧。"说完，看着他完全是懒得动的模样，池栀语没忍住又凑过去亲了亲，随后正要坐起身时，谢野忽而托住了她的脸，压着她的唇吻过，再咬了一下。池栀语眨了下眼，有点没明白他这举动。

因为没睡醒，谢野嗓音有些沉，语气却很闲："占完便宜就走，想什么美事呢。"

看着他这理所当然的样子，池栀语都觉得自己才是被占便宜的那个。她差点噎住，推开他坐起身，才注意到这儿不是他的房间，转头叫了他一下："你要不要回自己房间睡？"

谢野重新躺回床上："怎么？"

池栀语提醒道："昨晚芷姨不是说了让你别走错房间，等会儿如果发现你睡在这儿，怎么办？"

而且他也很跩地说了自己犯不着，虽然这儿……池栀语也不想打他的脸，就不说了。

然而谢野完全没觉得自己有什么问题，挑眉："我哪儿走错房间了。"

池栀语一脸茫然："这儿不是客房吗？"

"噢。"谢野慢悠悠地气定神闲地吐出两个字，"不是。"

池栀语还真的差点信了他这睁眼说的瞎话。她给他面子勉强地点了点头，沉吟一声："所以这儿是哪儿？"

谢野盯着她的脸，指尖慢腾腾地蹭着她的眼尾，勾了下唇，毫无廉耻地说："我房间。"

这下，池栀语真的没忍住拍开他的手，然后替他随意盖了下被子，语气闲闲道："行，我下楼了，你继续做梦吧。"

洗漱完换好衣服从浴室出来，池栀语见谢野还真没起，继续躺在床上，闭着眼睛，似乎又睡着了。昨晚除了外头的爆竹声外，还要照顾她，确实睡不安稳。

池栀语小心翼翼地退出房间，轻声关上门后拿着手机往楼下走。

厨房内的简雅芷听见声响，侧头看是她，浅笑道："怎么这么早就醒了，是不是昨晚太吵了？"

"还好。"池栀语走过来接过简雅芷递来的温水，道了声谢，喝了几口润了润喉，看着她在准备早餐，问了声，"有什么我可以帮忙做的吗？"

简雅芷看了圈："那帮芷姨洗点蔬菜吧，等会儿给你们煮点粥吃好不好？"

"好啊，我都可以。"

池栀语一边应着，一边拿过一旁的青菜洗着，随口继续和简雅芷聊着天，说了点谢野比赛的事，还有自己平常上课的事。

"那之后有什么打算呢？"简雅芷问了句。

"最近我有收到剧院的邀请，之后有时间我会去看看，正好也可以提前适应一下舞剧。"

"这样挺好的，以后能做自己擅长的喜欢的事就好。"简雅芷想着，皱了下眉，"但小野这比赛年年都有，不知道他打算做到什么时候，以后你们俩总是要结婚的……"

听到她小声念叨，池栀语愣了下，垂眸看着流着的水，不知在想什么，之后将洗好的小白菜放在一旁："芷姨。"

"嗯？怎么了？"简雅芷转头看她。

池栀语低着眼，抿了下唇："我好像都没有和您说我家的情况，我爸妈……"

"他们是他们。"简雅芷打断她的话，柔声道，"小语，你和他们不一样，阿姨很喜欢你，和其他人没有关系。"

池栀语抬头，讷讷地看着她。

"阿姨虽然不知道具体情况，但也是大人。"简雅芷浅声道，"而且阿姨也没有和你说过我和谢野的事情，虽然你没有问过，但我一直想找机会告诉你。"

池栀语轻噎，张了张嘴没有发出声音。

简雅芷笑着开口："其实我们也没什么大事，只是谢野对他爷爷有点意见而已，因为他爷爷，老人嘛，总是有点顽固。以前就想让谢野爸爸好好继承家业，但谢野爸爸没有这想法，所以两个人闹了点矛盾。"

"后来谢野爸爸身体出了点问题，但他一直瞒着我们，最后实在熬不住进了医院后，我们和他爷爷才知道这事。"简雅芷笑了下，"但谢野这人的脾气你也知道，就觉得是他爷爷一直逼着他爸爸，所以就有点埋怨他爷爷。"

"两人大吵了一架，那时我的身体也不是很好，所以他就不管不顾地直接跟着我一起搬来，陪我在这儿休养了。"

简雅芷用很平淡的语气解释着。而池栀语在一旁听着，却能想到这其中原因应该不只有这些，同时，她突然想起了当时年纪那么小的谢野独自坐在房间里，孤单地玩着游戏的画面。

是不是，当时他一直都是这样，在承受着失去父亲的痛苦，同时还要面对爷爷的施压，也要面对着周围人的同情与怜悯。

年少丧父。

是他身上的标签。

也是他的束缚。


"嗯？"简雅芷扫到门边的人影，挑了下眉，"你终于醒了，小栀子都比你早，你怎么回事？"

谢野斜靠在墙边，闻言，扬了下眉，扫过池栀语，开口："这您可要问问早起的这位了。"

池栀语迅速把最后一片菜洗好，对着简雅芷笑着说："芷姨，我饿了，什么时候煮好啊？"

简雅芷被她提醒，连忙开始煮粥，让两人在客厅等着。

小计谋得逞，池栀语稍稍松了口气，然后瞪了谢野一眼，伸手拉着他往外走。

谢野懒懒地躺在沙发上，池栀语见他这困倦的样子，倒了杯水给他："干吗不继续睡？"

谢野接过，瞥了她一眼："你不在，睡不着。"

池栀语面色平静："你还在做梦呢。"

"你还有没有良心呢。"谢野喝着水，语调闲闲地说，"昨晚我抱着你，你都不知道自己睡得有多好，还一直黏着……"

"不是。"池栀语打断他的话，心平气和地道，"我昨晚可没睡死，你别故意骗我。"

谢野点头："噢。"

池栀语眨眼："噢什么呢。"

"不骗你。"

池栀语正想说他言行不一，衣兜内的手机忽而响了下，她摸了出来看了眼屏幕，让谢野先看电视，随手接起。

"小语，你还在对面吗？"王姨的声音传来。

池栀语"嗯"了声："怎么了？"

"好，也没什么事。"王姨说，"只是刚刚先生走了，夫人的情绪有点不好。"

池栀语平静地道："嗯，让她待在房间里，还有，把那些锋利的东西都拿走就好，你不用管她，让她自己调整，毕竟……

"是她自己不愿意醒。"


寒假过后。池栀语重新回到学校，谢野懈怠了半个多月，自然也要重新准备训练。

职业选手的日子可能就是这样单调，除了训练外就是睡觉休息，只是谢野比别人多一桩和自己女朋友聊天见面的事情而已。

池栀语基本上也和他同步，只不过她是在练舞，然后在晚上和他视频聊天或者单纯打个电话。两人每天过得都挺充实的，之后池栀语也断断续续地在和剧院舞团接触，有时会参演一些简单的节目或者舞剧。

大二暑假寒假的时候，池栀语和吴萱一起受邀去了剧院舞团，参加训练表演。之后进入大三，池栀语更忙了。而谢野一整年都在参加PUBG的PCL夏秋季比赛，在三个季度比赛中，YG战队总共拿下了两个冠军一个亚军。

成绩可以说是非常好，而谢野的表现也很突出，兼具人气与实力，成为职业选手里的最热门的焦点选手。同时粉丝们也都在嗑着她和谢野的糖，因为有时候池栀语去基地看谢野，阳彬这个大嘴巴就会在直播里说今天嫂子来了，野哥不在之类的话。

这弄得粉丝们就很好奇Wild的女朋友到底是谁，可网上根本没有一点关于她的痕迹。

之后他们就往谢野的方向找，问他："Wild嫂每次都有看你比赛吗？"

谢野应了："有，坐观众席里。"

这话一出，粉丝们疯狂地去找当时游戏直播里观众席的画面，找了半天根本没发现有用的东西，但有一点粉丝都发现了，谢野每场比赛开始和结束时，总是会看向观众席。

他们都猜到可能是在和Wild嫂对视呢。

之后他们渐渐把池栀语的身份传得神乎其神，一会儿说是什么童星女明星，一会儿又说是什么世家大小姐，各种版本都有。后来谢野有次直播的时候，有弹幕问他，Wild嫂到底什么身份。

谢野官方给出了答复："大学生。"

所有人都蒙了，没想到是这个回答，因为这不就是废话嘛。粉丝们不吃这套，立即又问了是怎么和Wild嫂认识的。

谢野："从小。"

从小就认识。

这天后，粉丝们开始一个劲儿地找Wild的娇气小青梅。

这些事池栀语并不关注，都是吴萱这个头号粉丝告诉她的，还时不时吹嘘一下谢野。

池栀语一开始还不太能接受，但连着听到现在，大学都快毕业了，已经麻木了，点了点头："嗯嗯，是，你的Wild最强，最棒。"

"别别，这可不是我的Wild，是你的是你的。"吴萱拒绝这话，见她拿着熟悉的礼盒，挑眉，"你爸又给你寄东西了啊。"

池栀语点点头，扯唇："是，父亲的爱。"

吴萱呵呵笑了几声，不置可否。

池栀语回了寝室才把包装盒打开，看着里头熟悉的东西，扬了下眉。在之前除夕夜那天被池栀语说开后，池宴没有任何动静，也没有来电，只是偶尔维持了一下父女联系，每隔几个月就派秘书送来一些昂贵的化妆品和包包首饰之类的东西。

池栀语不知道他到底想干什么，每次见到后都拒收让秘书退回去，并附带了一句话——

"这些东西没有钱来得实在，如果您下次还是要送，那麻烦送张卡吧。"

这话仿佛池宴听进去了，池栀语之后几年确实都收到了他的卡。

"池宴还是挺大方的。"晚上池栀语拿着手机和谢野打电话，"所以你以后想买什么就说，姐姐给你买。"

谢家确实说到做到，在谢野高中毕业后，没有再给他打一分钱。池栀语原本想资助他，但不是用池宴的钱，而是用她这几年在剧院演出得到的工资，虽然不是什么大数目，但她就是想给他。

可谢野根本没收，还捏着她的脸逗她说你对象钱很多，留着自己买糖吃，或者攒着当嫁妆也行。

谢野扯了下唇："还真打算养我？"

"对啊。"池栀语单手敲着卡，"说好要养你，我当然要做到了。"

"噢。"谢野漫不经心道，"那我这报答，您什么时候收一下呢？"

池栀语"啊"了声："什么报答？"

谢野懒懒散散地问："你养我，你说我能给你什么报答？"

池栀语脑子顿了下，嘴巴快过大脑，直直地说了两个字——

"肉偿。"

等意识到这是什么意思后，池栀语的脸瞬时红了起来，她庆幸现在在打电话，他看不到她此时的状态。池栀语咳了一声，忍着脸颊的热度，稳着声音道："哪儿来的肉偿，我又没真的养你，你根本没有给我养你的机会啊。"

　　"噢。"谢野嚣张的声音传来，"那我下次一定让您有机会，等着。"

　　最后两个字让池栀语头皮一麻，总觉得这话有点问题，迟疑了一下便转移话题："你有时间？"

　　最近这人不是在准备世界联赛吗？

　　谢野闻言，扬了下眉，悠悠问："你很急？"

　　池栀语这回不只是脸红，连带着耳郭也在发烫。明明他也没说得很清楚，但她莫名能懂他说的意思。池栀语抿了下唇，故作镇定道："我急什么？我是付钱的那个有什么急的，反倒我听着……好像是你挺急的吧。"

　　话音落下，没几秒，谢野言简意赅地给了一个字："行。"

　　"嗯？"

　　谢野很坦诚："我承认。"

　　"我急。"

　　池栀语知道这人说话的艺术水平，可听着他这么坦然承认给出"我急"两个字，脑子还是卡了一下，呼吸顺上来时，她咳了一声："你先好好准备比赛，别整天想着这些。"

　　谢野拖着音"噢"了声，慢条斯理道："你怎么知道我整天想了？"

　　池栀语差点噎住："我这是打比方，你别偷换概念。"

　　谢野扬眉。

　　池栀语见他和自己聊了这么久，立马催他去睡觉："快去休息，昨天不是都在熬夜了吗？"

　　谢野没回这话，低眼看着日程表反问她："毕业典礼是什么时候？"

　　"七月八号。"池栀语眨眼，"怎么，你有时间过来？"

　　谢野随意道了句："看情况。"

闻言，池栀语想了想到时的场面，皱了下眉："我觉得你还是别过来了，那天人这么多，如果被发现了，我可不会帮你。"

"……"谢野被气笑了，"池栀语，你有没有点做人女朋友的态度？"

"啊？"池栀语蒙了下，"我怎么了？"

谢野点着她："有你这样做女朋友的，不让自己对象来看毕业典礼的吗？"

池栀语顿了下，很善意地关心他："我这不是怕你被粉丝发现，然后围堵嘛。"

谢野没说话，等着她的解释。池栀语继续说："而且毕业典礼也没什么好看的啊，就是坐在台下听领导学生代表讲话，拍拍照，如果你要看照片的话，我之后回来给你看。"

谢野扯唇："不一样。"

池栀语："哪儿不一样？"

谢野很酷地开口："我看照片和亲自到现场看我对象能一样？"

好像……有点道理。

池栀语眨了眨眼，点点头："嗯，确实不一样，那你到时来吧，来看看你天生丽质的美女对象。"

谢野："……"

逗着他，池栀语笑了一声，然后又催他去休息，但谢野还是没去，简单地又聊了一会儿。池栀语觉得这不是办法，直接说了句："你睡醒再说，挂了。"话音落下，她直接按了红键挂断。

吴萱坐在隔壁吃着苹果看着她，沉吟了一声："你这做女朋友的还挺狠心啊。"

池栀语倒了杯水喝："我怎么了？"

"我每次看都是你先挂断谢野的电话，而且态度都挺差。"吴萱"啧"了声，"怎么回事呢？怎么能这么冷漠地先挂我们Wild的电话呢。"

"你和谢野今天串通好了集体讨伐我呢？"池栀语喝着水觉得好笑，"他说我没有做人女朋友的态度，现在你又说我狠心。"

"嗯？"吴萱蒙了下，"谢野干吗说你没有做女朋友的态度？"

池栀语解释了一下刚刚不让谢野来的话，还没说理由，吴萱先义愤填膺地开口："池栀语，你骄傲了啊，怎么能不让男朋友来看毕业典礼呢。"

池栀语扬了下眉："那你怎么没让你男朋友过来呢？"

吴萱的男朋友是大三的时候交的，池栀语也认识，但不熟，是同一个剧院的音乐剧演员，比她们大一岁，毕业后就留在剧院。

"我……"吴萱一噎，"我这是为他好嘛，他要排练演出啊。"

池栀语"喊"了一声："那我也是为谢野好啊。"

吴萱也只是开玩笑，摆了摆手："不过谢野来了也没事吧，反正他都戴着帽子，除了看电竞的人，谁能认出他啊。"说完，她指了指后边的关灵灵和宜君，"这两人当初不就是不认识他嘛。"

关灵灵咳了一声："小萱子，过分了啊，干吗说我们俩啊。"

之前宜君和关灵灵在寝室楼下正好碰到了送人回来的谢野，他那天嫌麻烦就没戴帽子，两人看到他的脸时直接蒙了下，之后简单地打了招呼后跟着池栀语回了楼上，突然神神秘秘地拉着她说了一通说自己会保密之类的。

池栀语当时以为她们知道了，听到最后没想到两人都以为谢野是演员歌手，和她在谈地下恋情。闹了半天的笑话。

"我只是举个例子嘛。"吴萱摆了摆手，"只能说你是大众代表，大多数人看到谢野的时候应该都这么多觉得。"

"这倒是。"宜君看着池栀语，"让谢同学放心来吧，而且都快毕业了，是时候让其他女生都见见世面了。"

池栀语被逗笑，正要开口说话，一旁的手机突然响了一声，她侧头看了眼，一顿，伸手拿起往阳台外走，安静了一会儿才接通。

里头王姨的声音先响起："小语，这个周末你回来吗？"

"可能会，看一下情况。"池栀语听着她那边的动静，"我妈睡了？"

"嗯，刚刚闹了一下，然后睡了。"

"闹什么？"池栀语问，"还要找池宴？"

· 159

王姨闻言叹了一口气："先生上个月来过一次后，夫人的情绪已经渐渐好了点，但最近又……"

池栀语声音平静："那就让她闹吧，不行的话就送到医院去看看。"

"我知道的，你别太担心。"王姨也不想让她操心这么多，"你好好休息，如果回来跟我说一声就好。"

池栀语"嗯"了声："好，谢谢王姨。"

电话挂断，池栀语站在原地吹了一会儿风，才转身回了房间。


次日周末，池栀语按照往日一样去了YG俱乐部看谢野，刚打开门进去的时候，楼下的青训生瞧见她，欣喜一笑："嫂子好，您来得可真巧，野哥也刚刚起床，在厨房呢。"

听着他像雷达自动播报谢野的地理位置，池栀语笑了一声道了谢后，坐着电梯上二楼厨房，她看了眼时间，十点半，他正常的起床时间。不过她刚刚给他发信息说过来的时候，他也没回，可能在睡。

池栀语往厨房方向走，门打开着，就看见谢野站在料理台前洗着手，神色困倦，旁边的微波炉正在运作，不知道在加热着什么，"叮"一声刚好结束。

池栀语走近他，看着他明显就是还没睡醒，眨了下眼："你怎么突然来厨房了？"

这人平常醒来就直接吃午饭了，哪儿还会来厨房。

"有点饿。"谢野眼皮耷拉下来，侧头看了眼后边的茶桌，"坐那儿。"

谢野抽了张纸巾，擦干手上的水渍，打开微波炉，端起里头的早餐走过来坐下，顺手把热好的牛奶放在她面前："喝了。"

池栀语被他逗笑。

# Chapter 22

## 毕业快乐·女朋友

早上过来的时候，池栀语和他发信息吐槽最近食堂里的早餐奶变成了草莓味的。这人就在这儿补了原味的给她，但也不知道是顺便呢，还是特地呢。

池栀语端着牛奶慢悠悠地喝着，看着他安静地吃着三明治，好奇地问："你这是刚好醒了呢，还是被我的短信叫醒的？"

谢野瞥她一眼："闹钟。"

强哦。

池栀语"喊"了一声，又喝了几口后有点喝不下，还剩一半就自然地放在他手边，随口问："你若大的课上得怎么样？"

"噢。"谢野语气很随意，"就那样，随便上上。"

"什么叫就那样呢。"池栀语扫他，"你不会都在睡觉吧？"

谢野："睡觉怎么了？"

池栀语眨眼："人家都是大一新生，你不能带坏人家啊。"

谢野抬眼，悠悠问："我就不是了？"

"你……"池栀语斟酌了下用词，"算是老新生。"

谢野没理她，端起她剩下的牛奶喝着。

池栀语看了眼时间，正打算收拾他的盘子，恰好此时，外边的老木找了过来，连连喊着："谢野！Wild！谢野！"

人未到，声先至。

池栀语愣了下，侧头往门后看正好和老木对视上，他也愣了下："嗯？池妹妹你今天怎么过来了？"

池栀语稍疑："今天有什么事吗？"

老木指着谢野："今天我们要出去采访呢，谢野昨天没和你说？"

池栀语转头看他："你今天有采访？"

闻言，谢野停了两秒后，可能也才想起来这事，皱了下眉："忘了。"

老木扫他一眼："我昨天刚说完，你就忘了？"

谢野笑了："不行？"

老木被他这态度已经磨得没脾气了，随意摆了摆手："行了行了，反正也没什么差别，赶紧收拾收拾跟我走吧。"

池栀语听到这儿："那我先回去了。"

老木看着她突然想了一下："池妹妹你今天有时间吧？"

"嗯。"应完，池栀语有些迟疑地看他，"不会……"

老木和她会心一笑："是那个意思。"

池栀语有些无奈。

这是又让她当随行人员了。

之前也有一次，因为朴罗有事，正好池栀语过来给谢野送东西，老木直接拉上她随队一起去了工作现场，替朴罗占个位子。

"没事，一回生二回熟啊。"老木朝她招手，"来来来反正就是个采访，而且有你在，谢野脾气也会好点，出来的效果也好。"

说完，他催着谢野赶紧下来会合，然后带着池栀语先出去拿之前准备的工作牌。

之后，池栀语穿着谢野的队服上了车内，里头人基本上都到了，瞧见她上来纷纷打着招呼，池栀语笑着点头往后走，坐在谢野身旁。

谢野伸手拿过她胸前挂着的工作牌，按着上头的名字，慢悠悠开口："迷人的栀子花小姐？嗯，你这工作人员的名字起得倒还挺不错呢。"

在这儿自卖自夸。

池栀语抽过工作牌，瞪了他一眼："昨天打电话的时候，你怎么不和我说今天有工作？"

谢野自然地牵过她的手把玩着："我要说，你自己先挂了。"

言下之意就是……

我要说，是你没给我机会，所以不怪我呢。

池栀语差点噎住，有些气地用指尖戳了下他的手心："等会儿我又要戴口罩戴帽子的，别人看我可能都觉得我有病。"

谢野优哉游哉道："那就不戴。"

池栀语皱了下眉："被人拍到怎么办？"

谢野笑了："镜头都对着我了，谁拍你呢？"

"再说吧。"池栀语觉得不靠谱，没答应。

谢野也随她，根本没在意这个，捏了捏她的指腹："毕业礼物想要什么？"

闻言，池栀语眨眼："你真要来？"

"什么叫我真的要来，你有没有良心？"谢野面无表情地看她，"我这赶着来，你还想赶我走？"

"不是。"池栀语钩起他的手指，"我确定一下啊，没有赶你走。"

谢野盯着她，明显就是不吃她这套。

池栀语又补充："然后我就可以向别人介绍一下我的男朋友。"

谢野似乎想到了什么，慢条斯理道了句："噢，介绍我这天生丽质的帅气对象？"

池栀语笑着点头："是啊，帅气的对象。"

闻言，谢野轻嗤了声，但也没反驳她，有种算你识相的意思。

池栀语忍俊不禁，抬手碰了碰他微微扯起的唇角。

像是被人白占了便宜一样，谢野瞥她："干什么呢？"

池栀语眨眼："你知不知道自己每次嘲讽别人的时候，都会这样。"

谢野："哪样？"

池栀语慢吞吞地说："欠揍的样。"

不是第一次被人这么说，但现在这情况听到她这样说，谢野低眼看她，停了两秒后，笑了下："池栀语，我看你今天挺嚣张。"

"嗯？有吗？"池栀语没什么感觉。

谢野盯着她的脸，眼眸漆黑，抬起手指尖缓慢地蹭了下她的唇角，而后，他勾起唇，微微侧头贴近她的耳畔，语气有些不正经地说："这么嚣张，是想让我……肉偿？"

话语暧昧，又带着点暗示的意味。

池栀语还没反应过来。

谢野忽而张嘴咬了咬她的耳郭软骨，舌尖舔了下，而后撤离开。

感受到自己耳边湿热的触觉后，池栀语脑子空了一秒，看到前面还坐着其他人，她的呼吸瞬时屏住，觉得自己耳郭被他咬的那一处，似乎烧了起来。

热气涌上脸颊，池栀语反应过来立即侧头瞪他，怕自己控制不住音量，只能用眼神骂着他的恶劣行为。

谢野重新靠在座椅上，眸色如墨，对上她的目光后，眉梢微微一挑，嚣张至极。

池栀语没忍住，伸手掐了下他的腰，以泄自己的羞愤。

谢野看着她这样，收敛起下颌，自顾自地笑了起来，而后掌心包住她放在腰间的手，拖着笑声"咝"了声："轻点，家暴呢。"

池栀语冷呵一声："轻什么轻，我又没掐你的脸。"话说着，她也没有继续掐，随意被他牵着。

"提醒一下，我这等会儿还要采访。"谢野停了两秒，勾唇，意味不明道，"掐红留了印子可不好看呢。"

池栀语有点后悔，刚刚没有用力掐。

不过也没时间给她，恰好此时，车辆到达目的地，丁辉几人慢悠悠地下车。

池栀语拿出帽子，谢野接过单手戴在她脑袋上，绾了下她耳边的碎发，替她整理好，动作熟练亲密。

池栀语重新找出口罩，正要戴时，谢野却先牵过了她的手，起身懒散道了句："走了。"

"不是，我口罩还……"池栀语话没说完，谢野已经牵着她下了车，跟上前边的队伍后，松手，让她站在自己后边。

池栀语有点无奈，但也算了，不戴就不戴吧，反正网上也没她的正面照。

而老木看她只戴了个帽子，挑了下眉，也没说什么，带着几人往采访间走。

这次算是世界联赛前的预采访，是以直播的形式播出，每个战队都要被采访一下。昨天正好是DROP战队，而问题也都差不多，都是些官方的话，只是后面会有每个成员的个人采访，在这个环节问的问题可就多了。

池栀语跟着老木站在镜头后面，看着对面并排连坐着的四人，记者正拿着话筒问他们对这次的比赛有什么想法。

丁辉是队长，先代表战队四人回着很官方的话，其他人再补几句。而谢野压根不参与这个环节，他就像是没听见记者问话，懒懒散散地坐在座位上，偶尔抬头看一眼摄像机后边的人。

池栀语见此，默默转头看了眼老木。

见他一脸的满意。

老木可能已经见怪不怪，反倒觉得谢野不说话比说话还要好。毕竟这人一说话，就不会是什么好话。

记者也是采访过YG的人，当然也知道Wild的性子，没有主动提到他。之后又连着问了几个问题后，开始进入个人问答环节。

记者按着位置顺序开始提问，恰好第一个就是谢野。

记者一抬眼就撞上面无表情的谢野，咽了一下口水，保持着声音平稳，开口同样问了几个正常问题后，忽而跳到了下一个。

"我们都知道Wild是在高中毕业后才选择成为电竞选手，但在之前就已经有了很高的人气，那你为什么没有早一点进入俱乐部训练呢？"

谢野似乎觉得这个问题有点蠢，给了句："要遵守规定，更要高考。"

记者愣了下："但据我们所知，你是保送若北大学的学霸啊，一般是可以不用参加高考的吧，是想要体验一下高考吗？"

闻言，谢野扯了下唇："不是。"

记者们："那是因为什么呢？"

谢野抬眼，扫了下后边的池栀语，随后，模样懒散地看着镜头，气定神闲地道了句："噢，我陪考。"

可能猜到了他的意思，记者迟疑了下，展开来说道："是陪女朋友考吗？"

闻言，谢野挑眉，称赞了一句："您很聪明。"

采访的直播频道已经打开。粉丝们早就在底下蹲点等着人过来，看到了谢野先出来坐下时，弹幕就没断过，一个劲儿地弹送着。

之前常规采访的时候，他们看谢野一直坐着没有参与话题。

"Wild这是又把自己当隐形人了。"

"野神的表情就很明显写着四个字，勿扰谢谢。"

"我为什么有种其他三个都是Wild的秘书，而他就像个总裁大佬坐着的感觉，哈哈哈哈……"

"请问这个采访是狂傲公主与他的三个小骑士吗？"

"前面那个狂傲公主别走，xswl（笑死我了）哈哈哈哈……"

"救命！我疯狂在截图，太帅啦！"

"不过Wild时不时地抬头在看什么呢？"

"看时间吧，肯定想着早点下班走人回去睡觉。"

"可能在催着老木赶紧让节目加快进度（烦躁警告）！"

"没吧，你看野神的表情可不是烦躁啊，反倒还有点……悠闲？"

"我也觉得！感觉今天野神和之前采访时有点不一样，今天心情貌似挺不错啊。"

采访还在继续，弹幕一直在刷新。

"啊啊啊啊啊，来啦来啦，个人采访！！！"

"号外号外！Wild终于要说话啦！"

"走过路过别错过！野神狂傲语录开始啦！"

"我还没被Wild逗笑，先被弹幕笑死啦！！"

"哈哈哈哈哈，你们快看记者的表情，她害怕了害怕了！"

"众所周知我们Wild不说话就是他对你最宽容的一面，哈哈哈哈哈哈……"

"不好意思了，我们Wild这不是傲，这是他的与生俱来的气质。"

弹幕飘来一大堆，同时记者也开始问话，问到后边，记者猜测这陪考是陪女朋友考吗，然后再听到谢野那句聪明的夸奖后，弹幕里炸开了。

"狗粮猝不及防！"

"要不要这么酸啊，啊啊啊啊啊啊！"

"这男人真的让人上头！"

"呜呜呜呜呜，我也想要这样的男朋友！"

"求求了！我真的好奇Wild嫂是谁！到底用了什么迷魂汤把这个男人变成自己的！"

"别问，问就是怪我们不是青梅竹马！"

"呜呜呜呜呜，居然陪着女朋友一起高考！！"

"啊，每天都在嗑着这腻人的糖！"

…………

弹幕疯狂，而现场内的记者莫名被夸奖，也蒙了下，但她职业素养很好，迅速回神道了声谢："没想到还有这样的原因，果然网上都说Wild和女朋友的感情甜蜜，她当时一定也很开心吧。"

闻言，谢野抬起眼，目光很自然地往镜头旁的人放，意味不明道："开心吧。"

这明明是句号，但池栀语莫名听出来了这人在反问她。

池栀语站在原地和他对视着，眼神瞪着他，让他好好采访，别搞小动作。

谢野嘴角轻勾了下，收回视线，继续听着记者的问题。

"接下来就是世界联赛了，来参赛的都是之前你曾经对战过的选手，也有在秋季赛赢过YG夺冠的Fot战队，这次应该压力挺大的吧。"

谢野："没有。"可能是想起了刚刚池栀语的眼神威胁，谢野尝试不那么嚣张，态度配合地又补了句，"不管你比不比赛，压力一直在那儿，当没有一样去打。"

池栀语在他对面听着还算满意，身旁的老木也松了口气，然后小声骂了句："这小子以后还是别说话了，他一说话，我觉得心脏病都要犯了。"说完，他转头看着池栀语，"池妹妹，他和你在一起这么久，平常和你也这样说话？"

池栀语想了想："差不多。"

老木疑惑了："这你都能忍呢。"

池栀语笑了声："没有，他没有对我凶过，只是性子就是这样，而且我也经常说他，没什么问题。"

"那也对。"老木说，"他也舍不得凶你。"

池栀语扬眉。

"噢，对。"老木想起事情看她，"你下周就毕业了吧？"

池栀语点头："对，八号毕业典礼。"

老木笑了："我就说呢，谢野前几天就问我八号有没有工作，他要请假。"

闻言，池栀语眉梢弯了弯："那他那天有工作吗？"

"放心，那天没有。"老木调侃了句，"肯定让你男朋友来给你撑场子的。"

池栀语被逗笑："行，那我谢谢木经理了。"

"哪里的话，你好，我们才能好。"

之后直播采访结束，四人下台，池栀语迎着他们回来。

阳彬先笑着问："池妹妹，我表现得好吗？"

"可以，回答得挺好。"

"那是当然，必须的。"

阳彬瞧着谢野走过来，感叹了句："野哥，刚刚的采访，你还是保持着一贯风格。"

谢野眼皮都没抬，懒得理他。

"野哥，这有点冷漠了啊。"阳彬"啧"了一声，"你看池妹妹多捧场呢。"

谢野瞥他一眼："想我捧场？"

阳彬打住："算了，不用了。"

这时，后边的记者过来按着礼仪和他们简单地打着招呼，看到鸭舌帽下池栀语的模样后，愣了下，浅笑了一声："你好。"

没料到记者会来问好，池栀语有些迟疑地点头："你好。"

记者小声笑着说："祝你和Wild长长久久啊。"

刚刚她就坐在谢野对面，自然能察觉到谢野的眼神方向，看多了当然也就能猜到。而且YG很少带其他工作人员出来，更何况还是个女生。

听着她祝福的话，谢野扬了下眉。

被人认出来，池栀语也没什么意外的，抬眸看着记者，轻轻一笑道："不好意思，我只是工作人员，谢谢。"

明白了她的意思，记者也不戳穿，笑着朝两人点了下头，转身往后走。而等人一走，池栀语就听见谢野忽而说了句："这记者，确实聪明。"

池栀语侧头瞪他："还不都怪你总是看我。"

谢野挑眉，被她说得自己像是什么变态一样："我看你怎么了？"

"所以才被人发现。"池栀语还指出他别的问题，"而且你都不好好回答人家的问题。"

谢野笑："我怎么不好了？"

池栀语："不谦虚。"

"行。"谢野点头，很谦虚道，"我现在虚心接受教诲。"

池栀语哪儿会信他，看着丁辉他们准备出去了，开口道："行了，先走吧。"

谢野转身往外走，瞥见池栀语想往旁边跑，伸手先握住她："想去哪儿？"

池栀语拍了下他的手："先放开，我现在是工作人员，我当然要去跟着老木一起走了。"

谢野笑了，扫过她的工作牌，语调闲闲道："不好意思了，迷人的栀子花小姐，你可能想多了。"

"嗯？"

"你的上司呢，是我，所以……"谢野牵着她的手，把她扯到自己的身旁，稍侧头看她，慢条斯理道，"只能跟着我。"

池栀语愣了下，谢野也没给她时间反应，直接牵着她的手大摇大摆地走了出去。

前边老木几人看着这架势，纷纷"哎哟"了几声。

本来没注意到的工作人员也被这边的动静吸引了目光。

他们转头就看着谢野高挑的背影，而他的身旁跟着那位戴着鸭舌帽的女工作人员，她穿着战队服，露出背后那个Wild字印。

没什么问题。

只不过两人的距离有些近。

工作人员们带着疑惑，目光很自然地下移，然后看到——

两人的手牵着。

工作结束回了基地。池栀语把工作牌和外套还给老木了，才上了三楼，而她一打开门就听到了阳彬咋咋呼呼的声音。

池栀语皱了下眉，问离得最近的林杰："怎么了？"

林杰见她上来，咳了一声："这……"也不知道该怎么解释好，他只能把手机递给她，"你看看吧。"

池栀语有些没明白，伸手接过看到屏幕的微博界面后，瞬时懂了。应该是谢野直播或者关于他的女朋友又有什么新发现了。

池栀语翻着微博看着，果然就看到那条热门微博，而且还是谢野的忠实粉丝发的。

@野神保佑："救命！我刚刚看完野神的采访！发现了一个重大事件！看看下面野神的眼神，刚刚Wild嫂是不是在现场！"

文字下配了三张动图，每张的主人公都是谢野，是他抬头对着镜头的画面，可仔细看能发现，他的视线和镜头都有些偏差，像是在看镜头旁边。

这条的评论已经上千。

"姐妹！我也发现了这个！"

"这要不是在看Wild嫂！我真的要暴走！"

"我看到图2惊了！我就说为什么野神回答'开心吧'要看着镜头说呢，原来在看Wild嫂！"

"妈呀！好想知道有没有在现场的姐妹啊！你们是不是看到了Wild嫂！"

"在现场的姐妹能不能举起你们的手，告诉我你们看到了吗！"

这条评论后，一堆的人接着一直问这个问题。可能功夫不负有心人，这条微博在评论前几分钟突然被人评论了。

"姐妹们，现场的姐妹来啦！在这里！"

评论后附带了一个链接。

所有人点开，系统自动弹到了另一个用户发布的微博。

@姐妹是我："我今天看到Wild嫂了！没错！在现场！一开始我被骗了！因为Wild嫂是作为随行人员一起过来的，戴着鸭舌帽穿着Wild的战队服！然后我就发现她超级漂亮！真的漂亮！我还偷偷看了好几眼。再然后没错！就是你们看到的Wild看镜头的画面，那个时候Wild嫂其实一直站在镜头旁边！Wild每次抬头都是在看他女朋友，啊啊啊啊啊啊啊啊！最后！劲爆来了！就是刚刚！Wild当着我们所有人的面，牵着Wild嫂走了！手牵手！超酷！超甜！"

所有人看完后，指尖往下一翻，看到文字底下正好配着一张图。

是谢野牵着池栀语离去的照片。

下一刻。

这条微博炸了。


池栀语自这次直播后，算是出了名，但也只是在电竞圈里出了名。

从照片曝光开始，粉丝们就一个劲儿地嗑着她和谢野的糖，但除了那张和谢野牵手离开的照片外，还是没有任何关于她的信息。

因为那天谢野走得快，现在的工作人员也是愣了好一会儿才反应过来，所以能拍到他们的牵手照已算是很不错的速度了。没有看见Wild嫂的脸，粉丝们也很无奈，但至少知道她是个美女，而且是个身材很好的美女。

池栀语对此还挺满意的，谢野也完全无所谓，反正又没拍到她的脸，而且他在微博也没有任何回应，随便网友粉丝们歇斯底里地呐喊着。

之后过了一周，热度渐渐也降了下来，正好到了八号，若北舞蹈学院的本科生毕业典礼就要开始了。

典礼是下午两点举行，池栀语换上学士服，跟着同寝室的人一起先到外头和班级同学拍毕业照，而拍完这张，马上又被其他同学拉走合影。

"你就是个香饽饽啊。"关灵灵跟在她旁边调侃一句，"以后就会发现每张照片里都有你的身影，处处留情。"

"什么叫我处处留情？"池栀语反驳，"这只能怪我太美了，上镜。"

吴萱听不下去，做出呕吐的表情，和她打闹着。

之后没多久，典礼正式开始。

池栀语坐在位置上给谢野发了条信息，旁边的吴萱瞧见，扬了下眉："你野哥哥还没来呢？"

"没，我让他晚点来。"池栀语收起手机，"你呢，你的那位真不来？"

提到这儿，吴萱笑了下："真巧，他也等会儿来。"

池栀语也跟着笑，就听见台上主持人开场了。两人也没再说话，安安静静地听着。

典礼时长为两个半小时，等学位授予仪式结束后，全体师生集体又拍了一张大合照才正式结束。许多同学和家人继续拍着照，几百个人在一起，周围吵吵闹闹的。

而池栀语没有什么人陪，就充当起了摄像师，她帮着关灵灵拍的时候，正往后退时，后边忽而传来了一道男人懒散的声音："你是毕业还是找工作呢？"

　　听到这声，池栀语转头看了过去，对上谢野的脸。

　　谢野今天一改往日一身黑的打扮，穿了白衬衫，领带一丝不苟地系着，黑色西装外套随意搭在手臂上，而另一只手里拿着一束鲜花，明明是挺正经的着装，但在他身上却显得有些玩世不恭，格外亮眼。

　　池栀语愣了下，回神后弯唇解释说："我先拍完照。"

　　而前边的关灵灵瞧见人来了，连忙说："没事没事，之前拍得够多了，可以了。"

　　谢野简单朝她颔首，算是打了下招呼。

　　关灵灵忙点头，也不打扰他们俩，转身去找别人帮忙。

　　池栀语侧头看着他的穿着，不自觉笑出声了："你怎么回事？怎么穿得这么正经？"

　　谢野把手里的花递给她："你说呢？"

　　看着他这副模样，池栀语接过花，眨了眨眼，忽地踮脚凑过去亲了下他的脸，很真诚地称赞道："我男朋友真帅。"说完，她还是觉得好笑，自顾自地笑了起来。

　　谢野瞥她一眼，没说话。

　　池栀语很快收起笑，挽上他的手："来，我们拍张照。"

　　她是想拍全身照的，转头看了圈旁边，正好有同班的女生，走去拜托人家："帮我拍照可以吗？"

　　女生闻言，看了眼后边的谢野愣了下："那是你男朋友吗？"

　　池栀语点头："嗯，是的，我男朋友。"

　　女生连忙点头："快去站好，我绝对把你们拍得非常好看！"

　　池栀语笑着道了声谢，走到谢野身旁挽着他的手，笑着看向前边的镜头。

　　下一秒，忽而感到自己的脸颊传来一处温热。

　　熟悉的吻。

池栀语愣了下，稍稍侧头看去，谢野直起身，低眼看她，勾了下唇，缓缓地说道："毕业快乐，女朋友。"没等她反应，谢野重新弯下腰，压了下来凑近她的脸，"现在……"

下一刻，他温热的气息覆上她的唇。

也同时落下了那道缱绻的话语。

"男朋友带你秀个恩爱。"话说完，谢野已经吻上了她的唇，再无任何动作。

温热柔软。

池栀语盯着眼前将她视野全都占据着的男人，呼吸稍滞。

同时，听到了周围学生们的惊叹和讶异。

仅仅是几秒钟时间。

谢野便撤离开，低着眼看清她的表情，勾了下唇，抬手捏了下她的脸颊："行了，照片拍完了。"

池栀语眨了下眼，才想起这事，转头看向对面的人。

同学回神，拿着手机递给她，没忍住看了几眼谢野，然后对着池栀语说："你看看好不好，我是连拍的，有很多张。"

"没事，谢谢。"池栀语接过手机随意收起来，打算等下再看。

而四周的人渐渐也看了过来，不单单是因为刚刚的那个吻，还为谢野的出现。

池栀语在学校里还是挺出名的，一是因为她的名字总会出现在各个专业老师的嘴里，是每个人的典范。

二当然是她的长相了，其实若北舞蹈学院不缺美女，但池栀语是那种一眼就让人惊艳的冷感美，气质格外突出。

所谓美人在骨，可能就是形容的她。而当听到她有男朋友时，都有些惊讶没想到，之后纷纷好奇是谁。可这好奇一直维持到现在，他们都很少看见过她带着男朋友出现在校园里。

低调又神秘。

所以刚刚那位长相过于漂亮的男人出现在池栀语的身边时，学生们都愣了下。

一开始他们还不是很确定，可看着池栀语浅笑着和那个男人那么自然亲密地说话，突然意识到这是他们从来没见过的池栀语。

平日里池栀语和他们相处时随性自然，也会开玩笑打闹，可笑容隐约中却又带着几分疏离和界限。

无形的冷淡厌世感。

无法沟通。

而此时的她，对着面前的男人不一样。

他们还没想清楚是什么不一样时，就眼睁睁地看着他们之后的一系列行为，还有当众亲吻，众人满脸震惊。

这么秀!

池栀语注意到周围人纷纷往谢野这边看，还听见有的人说"帅啊"之类的话，她皱了下眉，感觉自己和谢野有点像什么展览物一样，有点太引人注目了。

谢野当然也注意到了，牵着她的手，问了句："好了没?"

池栀语把学士帽摘下，点头："走吧，典礼已经结束了。"

谢野接过她的帽子，根本不在意周围的视线，大方地牵着她迈步往外走。直接又明了地彰显出自己的身份。学生们不自觉地目送这对情侣离去，看着两人的背影。

很是般配。


典礼在室外举行的，两人走出会场到了校门口的停车位上，池栀语找到谢野的车，打开副驾坐了进去。

她把学士服脱掉放在袋子里，随手系上安全带："现在去哪儿?"

谢野拿过一旁的水壶递给她："吃饭?"

池栀语接过喝着水，点头："嗯，刚好我也饿了。"

谢野发动了车子："顺便带你去个地方。"

"嗯?"池栀语眨眼，"什么地方?"

谢野："你猜。"

池栀语不想猜，随便他开着，然后拿出手机看刚刚拍的照片，而第一张就是两人并肩站着，她穿着学士服侧头，谢野稍稍弯着腰，低头亲她的照片。

画面很好看，人也好看。

池栀语弯着唇，盯着看了一会儿，往后翻了几张重复的，接着下一张看到谢野亲她的侧脸，而她浅浅笑着。

再往后就是最开始两人直视看着镜头，她挽着谢野站在草地上，她眉眼弯弯，笑得很明显，而旁边的谢野表情很淡，唇角微扯，看着没什么情绪，还是那副很酷的样子。

池栀语盯着这张笑了下，转头看人："你刚刚干吗亲我两次？"

谢野："嗯？"

池栀语解释："亲了我的嘴，又亲我的脸干吗？"

谢野很无所谓："你之前先亲的。"

池栀语想了下，想起来是自己夸他帅的时候顺便就亲了他一下，他秉持着不能白给她亲的理念，所以要亲回来。

池栀语吐槽："你好幼稚。"

"你还倒打一耙呢。"谢野单手转着方向盘，闲闲道，"之前占了我多少便宜我都没说，今天我就……"

"我占你便宜……"池栀语打断他的话，平静扫去，"不都是你自愿的嘛。"

"噢。"谢野笑，"你说哪次？"

池栀语一噎，还没开口说话。

恰好是红灯。

谢野把车子停下，侧过头，和她视线对上，意味深长地看了她几秒，才道："说说吧，你觉得哪次我自愿或者我主动带你做什么了？"

池栀语脑子里开始冒出了两人日常暧昧的画面，脸有点烫，立即咳了一声，转头看着前边的车辆镇定道："看前面，好好开车。"

谢野看着她渐渐红起来的耳朵，眼眸微深，"嗯"了声，但又像是完全没听到她的话一般，慢悠悠地问："没想到？"

"嗯，没有。"池栀语顺着他的话，扯了个理由，"我忘了，而且我记得都是你自愿的吧。"

"噢。"谢野身子往后靠，"忘了？那我提醒你一下。"

"前几天你扒我的衣服亲我，还帮我……"

话语戛然而止，池栀语身子半探过去，伸手捂着他的嘴，红着脸瞪他："谢野，你的脸皮还能再厚点吗？"

谢野笑，扯下她的手，指腹蹭了蹭她掌心内侧的肌肤："行，我不说。"

池栀语无言，感受到他蹭着自己掌心，意识到什么后，如烫手山芋般立即抽回自己的手，重新坐回位置上看着车辆开始移动，有点不敢看他，红着脸催："快点走。"

谢野笑了下重新发动车子，没一会儿就进入了莆南区。

池栀语看着周围的街景："这儿是新开发的街区吧。"

谢野淡淡"嗯"了声。

"这么快就可以开始营业了吗？"池栀语说，"之前吴萱还说要来这儿玩，但说这边楼盘还没装修好。"

谢野："现在装好了。"

"那还挺快的。"池栀语点头，"这儿是商业圈，应该有挺多玩的地方。"

谢野："以后看看。"

池栀语当然同意，看着窗外的商店和广场很热闹，过一会儿就看见车子过杆，忽而进入了一个楼盘的地下停车场。

池栀语蒙了下，还没反应过来。

谢野把车停在了车位上，松了自己的安全带，侧过头看她，凑过来帮她把安全带解开，而后抬手揉了下她的脑袋，懒懒道："到了，下车。"

池栀语有些迟缓地点了下头，打开车门落地，随手关上门。

谢野牵过她的手往对面的电梯口走，池栀语还是有些茫然："你说就是要来这儿？"

谢野点头，牵着她进入电梯，按了十一楼。

池栀语看着他的动作，讷讷地开口："你买房了？"

谢野看她："我都带你来这儿了，难道是看别人的房子呢？"

池栀语有些不确定："怎么突然想买房子了？"

"想买就买了。"谢野语气还是那样酷，"反正都要买。"

话虽然是这样说，但池栀语有点猝不及防。

现在谢野确实不差钱，他每年比赛赢的奖金都是以美金划分入账的，以他现在的资产，买个房子确实不算什么。

电梯到达楼层后应声打开，池栀语跟着他走到左边的门户前，见他打开了门，一眼就看清了屋内的装潢。

房子像是早就已经装修好了，进屋是玄关，往里是开放式的厨房、餐厅，侧边是客厅，家具之类的都有，看着很宽敞明亮，面积很大。

谢野走到玄关处，拿起鞋柜上的拖鞋放在她面前："换鞋。"

池栀语慢吞吞地点头，换好鞋进屋，发现整体的风格是按之前谢家的装潢来的。

简单又温馨。因为她说过，她喜欢他的家。

池栀语顿了下，跟着他走到客厅坐在沙发上，侧头看他："以后你住在这儿吗？"

谢野"嗯"了声，语气随意："我们住在这儿。"

闻言，池栀语抬眸看他。

谢野对上她的目光，继续道："还有，这是你的房子，我写的是你的名字。"

池栀语一愣："怎么……"

"不是说了，"谢野语气有些漫不经心，"要给你一个毕业礼物。"

忽而，池栀语猜测到了他的意思，抿着唇看他。

谢野伸手捏了下她的脸："池栀语。"

池栀语喉间一哽："嗯。"

谢野轻抚过她的脸，轻轻说："你有家了。"

你有家。

有我爱。

178 ·

之后，什么都会有。

池栀语鼻尖涌上了酸涩，嗓音有些哑："你什么时候买的？"

"前年。"谢野想了想，"付完款收房再装修，今年年初才好。"


前年。

是大二。

也是那次除夕后。

她说了，她没有家。

池栀语忍着眼泪，忽然低下头。

谢野俯身将她抱到自己的腿上，抬头她的脸，伸手按着她发红的眼角："以后不想回池家就来这儿，除了我和你，没人能进来。如果想去我妈那儿，去就好，她老了快退休了，没事干。"

听到最后，池栀语扯了下唇："你干吗说芷姨老。"

谢野扬眉，不置可否。

池栀语看着他，没一会儿，还是哑着声音很郑重道："谢野，我会对你好的。"

谢野听着这熟悉的话，点头："嗯，我知道。"

池栀语看着他的眉眼，眼泪不自觉地砸了下来："是真的真的对你好，真的真的……"

可是你对我的好，这么多。

永远是我无法弥补的好。

但是我会一直陪着你，不论多久，我和你。

"……所以不要把我丢掉了。"

我怕。

这个世界给我的唯一幸运都没了。

谢野伸手擦掉她的眼泪："池栀语，你忘记了？"

池栀语对着他的眼。

谢野回视着她，嗓音也有些哑："你先答应我了什么？"

池栀语眼泪坠下。

与当年相似。在那个三月初的下午，也在那个除夕夜的晚上。

池栀语看着眼前的少年，不知何时已经渐渐长成了大人，褪去了当年的青涩。可她却依旧能记起当时那个少年的无助，还有那时自己说的话。

少女与此时的自己重和，低声重复说："我会陪着你的，不会走。"

"嗯。"谢野如同那年除夕的少年，同样回复，"我也不会走。"

他低头亲着她的唇，低声说："不会离开我的阿语。"

话音落下，池栀语眼泪重新滚落了下来："好。"

我们谁也不会离开彼此。

就这么一直一直在一起吧。

谢野伸手轻轻擦干她的眼泪，语调缓慢："眼泪这么多，说你娇气还不承认。"

池栀语吸了下鼻子，带着哭腔说："我没有娇气。"

"这叫没有娇气？"谢野抽过纸巾擦着，"眼泪不要钱是吧。"

池栀语听着这话，破涕而笑，拿过纸巾自己擦："还不都是你，好好的，给我送房子。"

说到这儿，她话语里又有点哭腔了。

"还有没有良心呢。"谢野被气到，捏了下她的脸，"还怪我给你送房子了。"

池栀语身子往后退，不让他捏，吸着鼻子道："我又没有不喜欢房子，我当然喜欢了。"

谢野擦着她的泪痕："喜欢还怪我？"

"没有，我顺口说的嘛。"池栀语从他怀里坐起身，看了一圈客厅，突然想起来他刚刚说的话，"你说要和我住在一起，那不是同居了？"

"怎么？"谢野看她，"不同意？"

"我没有不同意，只是……"池栀语说话还带着鼻音，"这不是非法吗？"

闻言，谢野的唇角勾了起来，慢悠悠说："那我们俩去申请个合法的？"

池栀语顿了下，疑惑问："你这是向我求婚？"

谢野扬眉。

池栀语眨了眨眼："你这求婚也太简单了吧，连个戒指都没有。"

谢野"噢"了声："谁说我没有。"

池栀语愣住了："哪儿？"

谢野笑了："真想我求婚？"

"不是。"池栀语有些疑惑，"你真的买戒指了？"

"噢。"谢野拖腔拉调道，"姐姐是忘了以前给我买的大钻石吗？"

被他这么称呼，池栀语想起来是什么戒指了。是高中那次她给他买的玩具笔上那个大钻石。池栀语被他逗笑："那个笔你还留着啊。"

谢野随口答了句："那是尺寸。"

池栀语没懂："什么尺寸？"

谢野钩着她的无名指，认真又漫不经心地暗示道："给你等价回报的尺寸。"

池栀语愣住，突然反应过来他以前说过给她等价回报。

而这回报。

是戒指。

意识到这儿，池栀语脸瞬时烧了起来，她刚刚也只是开玩笑地说他求婚，没想过他是真的有这想法的。

可能是怕太早吓到她，所以他也没提。

池栀语忍着脸颊的烫，怕被他看到，连忙低头看了腕表："我饿了，等会儿吃什么？"

谢野用力揉了下她的脑袋："吃你对象给你做的饭。"说完，谢野便起身走去厨房，池栀语眨了眼，连忙跟着走了过去。

看着他熟练地从冰箱里拿出菜，池栀语扬了下眉。

这是有所准备，提早买好了菜。

池栀语凑到他旁边，很贴心地问："我要不要帮忙洗什么？"

谢野朝后边客厅抬了抬下巴："去那儿老老实实地坐着。"

被莫名嫌弃，池栀语当然也不硬凑上去，不过也没回客厅，而是转到别的房间参观了一下。

房子的格局是三室一厅，主卧的设计和她在谢家睡的没有差别，完全是按照她的喜好来布置的。

等她差不多参观完的时候，谢野也煮好了饭。

两人坐在餐厅里，池栀语一边吃着饭一边夸奖着他的厨艺，而谢野有一搭没一搭地应着她。

最后还是他先吃完，等她一起去洗碗。

池栀语站在洗碗池前，将碗里的泡沫冲洗掉，问着身旁的人："你接下来的比赛是不是很难啊？"

谢野监督着她，随意道："难不难都要打。"

"噢。"池栀语点头，"我看网友都说韩国Fot战队对你们有很大的威胁，之前不是还压过你们赢了冠军吗？"

谢野扯了下唇："就这？"

池栀语洗完最后一个碗，看他："我觉得你真的要谦虚点。"

谢野瞥她。

池栀语好心劝诫他："骄兵必败，你应该知道吧。"

"还有虚心使人进步，骄傲使人落后，知道吗？"

池栀语擦干手上的水，看他一眼："所以做人还是要学会虚心接受批评的……"

听着她一直在嘀嘀咕咕说些废话，谢野舌尖抵了下后槽牙，直接将她扯到怀里，低头吻上她的唇，将她喋喋不休的嘴巴堵上，咬了下她的唇："再说一句，试试。"

听着他这威胁的话，池栀语笑出了声："不是，我这是为你好，你……"

谢野再度吻上她的唇，语气有些不爽，含糊地说着："你哪儿来这么多话。"

闻言，池栀语笑着还想要说什么。

下一刻，谢野的舌尖顺势探了进来，似乎在表达着不满。

池栀语莫名觉得好笑，咬了下他的舌尖。

谢野停下松开她，扫到她弯着的唇角时，也被气笑了："你还笑是吧。"

池栀语舔了舔唇，仰头弯着眉眼凑近亲着他："行，我不笑。"

谢野看她脸上的笑意，将她抱起放在料理台上，角度更方便地吻她的唇。

池栀语双手环住他的脖子，带着洗洁精的清香，传递到彼此的呼吸间。

谢野含着她的唇瓣，舌尖一点点扫过她的齿间，扫过她敏感的上颚。

脑子有些慢，池栀语闭着眼，听着他有些粗重的呼吸，偶尔还会发出极为暧昧的吞咽声。

熟悉的亲密接触。

让她不自觉地靠着他，轻轻回应着。察觉到她的依靠，谢野松开她的唇瓣，吻过她的下巴，渐渐下滑，带了力度。他扣着她腰间的掌心带了热度，轻轻地勾起了衣摆，顺着椎骨往上滑，摩挲着。

似乎带着电流。

池栀语喘着气，不自觉地收紧了他的脖子，低头靠着他。

谢野指尖贴着她的后脊缓慢地上移，掌心移动着。池栀语的思绪渐渐飘忽，贴靠着他的脸侧，呼出的呼吸随着他的动作，有些错乱，却完全没有抗拒。

衣摆上移，谢野低头继续亲她。

玫色的痕迹一点点落在她白玉的脖颈上，他轻轻吻过，吻着她的耳垂，缓缓沿着往上，最后吻向了她的耳郭。

感官已经被他完全占据，池栀语脑子有些空白，只想着和他贴近，侧头吻着他。

谢野任由她亲，眸子沉得有些暗，而后一下又一下吻着她的唇瓣，嗓音哑得有些发沉："今天要不要来占个便宜？"

他牵过她的手，轻轻画过自己的胸膛，继续往下。

池栀语察觉到他的意图，喘着气，任由他带着走，谢野低头埋入她的脖颈内，难耐地不住吻着她脖颈，嗓音里带着性感又哑的喘息声，似乎在蛊惑着。

"今天是我自愿，要不要？"

厨房内灯微黄，光线洒在地面上。空气中残留着清新的气息，瓷砖装修的料理台有些凉。

池栀语身子前倾靠近眼前的男人，光影交错间，看着他额发有些凌乱，五官轮廓长开，比之前更显成熟硬朗。

谢野低着眼，直勾勾地盯着她，眸底欲念深沉，唇瓣因为亲吻红得有些艳丽，像是黑夜里勾引人心的鬼魅。池栀语抬起头，轻咬了下他的喉结。

谢野身子一僵。

下一刻，他抬起她的下巴，显出毫无掩盖的情欲，继续吻她。

他含着她的唇瓣力道渐重，果断又直接地吻着她，似乎要将她拆开吞腹。

池栀语捧着他的脸，低着头，张开嘴与他贴近。

意乱情迷。

谢野单手像是抱着小孩似的将人从料理台上托抱起，一下又一下地亲着她的唇，动作格外地暧昧。

池栀语双手环住他的肩背，紧紧依靠在他的怀里。

打开主卧。房内静谧，窗帘微微拉起，半掩住了窗外的灯光和喧嚣。也有几分光线透过缝隙洒在了地面上，有些暧昧。

如果仔细闻着，能感受到空气中散发着淡淡的檀木清香，是他身上熟悉的气息。而池栀语此时却有些分不清这是屋内自带的，还是她被身前的人扰乱思绪的。

错判。

门关上。

谢野顺势将人压在门板上，掌心抵在她的脑后，以防被撞到，可他的吻却霸道至极，带着攻击性。

池栀语后背贴在冰冷的门板上，皱了下眉，下意识前倾往他身上靠，吻着他的唇角，轻诉道："冷。"

谢野扶着她的腰，咬了下她的唇角，声音带了几分笑意，故意问道："哪儿冷？"

池栀语靠在他怀里，咕哝着解释道："我的背。"

谢野低声继续问："嗯？"

"背。"池栀语有些恼地咬了下他的下巴，"我背冷。"

闻言，谢野笑了下，伸手垫在她的后背，隔离开了门板，却还是仿佛完全没有听到她的话一般，漫不经心问："刚刚说哪儿冷？"

池栀语还没来得及说话，下一刻，他又问。

"哪儿？"话说着，谢野滚烫的手掌缓慢移动，滑过，衣摆随之上移。

空调散发的冷气，空气的温度有些低。

池栀语身子不由自主地瑟缩了下，更加贴近他。

谢野重新抱起她，转身走到床边坐下，将人放在怀里，咬了下她的下巴，稍稍侧头，在她的耳后落下细碎的吻，一点点地往下。

随着他的唇舌移动，有细碎的吻重新落在玫红的痕迹上，尽显欲望。池栀语扬起脖子，承受着他的吻，感受到他咬过锁骨后，渐渐往下。

全身的感官都被他所占据，他粗重的呼吸洒在她的肌肤上，同时伴随着略显色欲的吞咽声。

谢野的身子温度不断攀升，掌心也更加炙热。

池栀语抓着他衣服的力道收紧，只觉得自己的大脑已经无法思考，被这难以言说的触觉所带动，有些无法忍受地咬了下他的下巴。

谢野抬起头来，松开手，衣摆下垂。

他轻拢了下她的衣服，单手扶着她的腰，抬眸看向她，气息略沉，语气不正经问："想干什么？"

眼前的男人容貌不似往日的冷峻，锐利，此时狭长的眼尾轻勾起，眸色深不见底，染着明显的情欲，他轻舔了下唇角，薄唇透着晶莹的水，动作格外地诱人。

谢野扶着她的后背，往自己的方向摁，紧紧地贴在怀里，意有所指问："想再让我自愿？"

池栀语忽而感受到身下他明显的反应，脑子有些迟缓，还没开口说话。

谢野带起她的手，缓缓下移触碰着，轻轻动了下，而后低头吻着她的唇，喘着气低声问："帮不帮？"

明目张胆地勾引。

和之前一样。

而池栀语每次也都会被他迷惑，由他带着，帮忙缓解。

主卧内只开了一盏小夜灯。光线微暗，却又像是欲盖弥彰。

衣料微微发出细碎的摩擦声音，偶尔，还会有他压抑难耐的呼吸声。掌心滚烫至极。池栀语的手被他圈着放不开，随他移动着。同时，她听着他落在自己耳边性感沙哑的喘息，莫名有些被撩拨起，情不自禁地靠近他。

良久后。谢野似乎无法忍受，立即松开她的手，他闭眼，喉咙滚动了下，起身打算去浴室。

这个行为很是熟悉了，也已经习以为常了。

池栀语早已察觉到他的意图，忽而抬手钩住了他的脖子，身子顺势压在他身上，不让他起身。

谢野顿了下，抱着她的腰，眸色深如墨，声音有些沙哑："干什么，还不让我走了？"

池栀语盯着他的眼睛，胆子莫名大了起来，舔了下唇问："你刚刚不是说是自愿吗？"

谢野没反应过来："什么？"

池栀语看着他原本一丝不苟的领带渐渐乱了，她隐约有种想要扯开的冲动。

刚刚被他挑起的情绪，现在压着她的大脑。仿佛被他蛊惑住了，不想让他就这样走了。

不放开。

池栀语有些口干舌燥，双手收紧了他的脖子，按着记忆里他的动作，低头吻着他的唇角，忽而唤了声："谢野。"

谢野没有抗拒，任由她亲着，喉结上下缓慢滑动了一下："嗯。"

池栀语稍稍侧头，凑近他的耳边，带着她缱绻的气息："今天你想不想要补偿？"

拉回来的理智，重新被她这句话摧毁。

谢野呼吸一重。

两人的视线对上。

谢野没有动作，只是盯着她，面上的情绪不明，似是在等候她的下一步动作，又似是在克制着什么。

两人都没有说话，可空气中似是有什么在躁动。

窗帘微微闭着，微暗。

池栀语咽了咽口水，指尖捏着他衣边的扣子，打算解开，可总是在不经意间触碰过他的胸膛。

谢野克制着，呼吸渐渐变重。

池栀语也不知道为什么这纽扣这么难解，她皱了下眉，嗓音也有些低："你这个……"

低哑的声音传来，瞬时打破了满室的沉寂，也打碎了他那份束缚。谢野捏起她的下巴，直接吻住了她的唇。

黑夜侵袭。窗外的街道有着依稀来往的人声，喧闹又有些遥远。十一层楼隔绝了喧嚣，独留浮躁。

谢野的动作一开始轻柔，可随着情绪的堆积和感知的增叠，冲击着他的那道神经，力道渐渐加重。

"谢野，你放开……"

突然，女人压抑着的声音，传递到他的耳边，忽而唤醒了他。

谢野眼角有些发红，动作稍稍放轻，哑声问："放开什么？"

池栀语双手抱着他背，似是想推开他，却又再不断贴近，只能颤着音说："放、开，我不用你补偿了……"

闻言，谢野低下头，明明动作温柔，可语气是熟悉的恶劣："晚了。"他的唇下移，张嘴咬着她的下巴，"在我这儿，如果给了……"

谢野吻着她的唇角，似是缔结了约定。

"就必须收着。"

# Chapter 23
## 不留遗憾·陪伴

　　夜已深。街边人声喧闹也渐渐散去，落入黑夜的寂静中。屋内的动静也稍平息，却依旧带着暧昧的气息。

　　被他折腾了好一会儿，池栀语声音都哑了，又困又累的。她背靠在谢野的怀里，闭着眼明明很想睡了，但觉得自己身上全是汗，有些难受。而谢野偏偏还搂着她的腰，扯过一旁的被子盖在她身上。池栀语皱了下眉，伸手想拿开，身后的谢野先抓过了她的手，低哑着声问："干什么？"

　　池栀语有些嫌弃地嘟囔一声："我热。"

　　谢野听着她的语气，可能觉得好笑，他低头埋入她的后颈，低沉着问："你这一会儿冷，一会儿热的，到底是怎么回事呢？"

　　觉得自己被冤枉，池栀语艰难地翻了个身，借着外头的月光看清了他额前的黑发微湿，眸色深暗，配着他此时还染着欲色的眉眼，莫名有些性感。池栀语懒得动，随意靠在他的胸膛上，拖着有些哑的嗓音："刚刚是刚刚，现在是现在。"

"你道理还挺多。"谢野掌心摸过她的背，还有些汗，单手轻拢了被子，将她包好。

"谢野。"池栀语闭着眼，忽而喊了一声。

谢野"嗯"了一声，想抱她去浴室。

池栀语感受到自己又被包起，有点无语开口："我不想再变成蝉蛹。"

明白了她指的是之前他故意拿被子包住她的事，谢野笑了下："没人要你当蝴蝶，而且便宜都被你占光了。"

也没什么好防的。说完，谢野起身扯了条裤子穿上，弯腰抱起她往浴室走。

进到浴室，谢野抱着人单手打开浴缸的热水。池栀语的头靠着他肩上，语气软绵道："你又没有亏。"

谢野扬眉，懒懒道："你没赚？"

"嗯，赚了。"池栀语已经开始犯困，但还是知道讨价还价，"不过能帮我洗个澡就更好了。"

谢野笑了，低着眼看她娇艳的侧颜，吻了下她的唇角："行，我不会让你吃亏。"

池栀语闻言，闭眼也反亲了他一下，语气懒懒咕哝道："谢谢。"

谢野被她气笑："你能再敷衍点？"

池栀语身上都是汗，现在被包着又难受又闷，而且也很困，头靠在他的肩窝已经不想搭理他。

浴缸里的水渐渐堆积，谢野试了下水温后，扯开被子，弯腰将人轻缓放入。怕她被水淹到，谢野伸手捏着她的脸，很恶劣道："不准睡。"

池栀语立即皱起眉，闭着眼很暴躁："谢野，你很烦。"

"骂谁呢。"谢野扯过她在怀里，简单地帮她清洗着，"别睡，洗完再睡。"

"我想现在睡。"池栀语脑子撑不住，懒懒道，"你不能洗快点吗……"

"不能。"谢野扯了下唇，"帮你洗还嫌弃，有你这样的人？"

池栀语带着困意，"嗯"了一声。

大致洗好后，怕她着凉感冒，谢野拿过一旁的毛巾帮她擦干，随意拿了件衣服给她穿上，随后抱回了房间。池栀语一沾床立即闭上眼，不顾全身的酸痛，只想睡觉，咕哝道："晚安，我睡了。"

谢野看着她这样子，伸手捏了捏她的脸。池栀语不搭理他，放松陷入了深深的睡意中，可还没完全睡去，迷迷糊糊地就感受到自己被人抱住，他的手重新贴在她的腰间。

意识挣扎了一下。池栀语吃力地睁开眼，含糊道："你干吗？"

谢野揉着她的腰，替她按摩，看了她一眼："还不睡？"

池栀语不知道他想干什么，也随便他，直接闭上眼重新任自己的睡意袭来，而在昏昏沉沉中，感到自己腰间的酸痛渐渐有些舒缓，她皱着眉心微松开。

之后没过一会儿，她的意识渐渐飘忽，恍惚间听到了他漫不经心的声音："明天买点药。"

"我看你腰疼得难受。"

几秒后，池栀语忽而感受到自己的眼尾被轻蹭了下，而唇角贴上一片温热，同时还伴随他安抚的话。

"我给你再揉揉。"


不知道睡了多久。

池栀语是被屋外的饭菜香催醒的，因为睡了太久，有点饿了。她睁开眼的时候，看着面前的窗帘，大脑反应有些慢，感受到自己身上的酸痛已经减轻了不少，她躺在床上缓了好久，才揉了下眼睛，环视了一圈屋内。

没有谢野。池栀语吸了下鼻子，起身下床走到门后。门把转动，池栀语打开门往外走，能清楚地闻见厨房内传递来的饭菜香。

进入客厅后，就看到谢野站在料理台前，正在收拾餐具，一旁电磁炉上正在煮着肉糜粥，他时不时侧头看一眼。

似是听到了声响，谢野抬头看来："醒了？"

池栀语眨了下眼睛，走到他身旁，自然地伸手抱着他的腰，声音还带着初醒的沙哑："你什么时候醒的？"

谢野擦干手，揉了下她有些乱的头发，闲闲道："你说说现在几点了。"

"嗯？"池栀语猜测一句，"十点？"

这人平常都这个时间起床。

谢野抱着她，随手关了电磁炉的火，慢悠悠开口："一点。"

池栀语惊了下："一点？"

"你睡得倒挺香。"谢野瞥她，"自己肚子叫了也不管。"

池栀语蒙了下，她睡觉的时候还真的没觉得自己饿了，反倒是被他这饭菜的香味勾得才觉得饿了。

谢野松开她，朝卫生间抬了抬下巴："去洗脸刷牙。"

池栀语"噢"了声，转身老老实实地往卫生间方向走，等进来照着镜子，看见自己的一瞬间，顿了下。

她穿着谢野的睡衣，衣领有些宽大，轻而易举地能看见她脖子和锁骨上的吻痕。在白皙的皮肤衬托下，这些痕迹显得格外清晰，细碎地覆盖了一片。锁骨周围更甚，往下也都是。池栀语拢起衣领，忍了下，拿起牙刷和牙膏，等刷完牙洗完脸后，她打开门走到餐厅，看着那罪魁祸首正坐在餐桌前，气势汹汹地坐在他对面。

谢野看她："吃饭。"

池栀语开口正要控诉他，可忽而瞥见他脖子上的喉结轮廓旁有个显眼的红痕后，嘴边的话瞬时一止。

谢野注意到了她的视线，先抓包道："看什么呢？"

池栀语立即瞥开视线，镇定地摇摇头："没有，吃饭。"

谢野却不放过，看着她悠悠开口："噢，昨晚被你亲的。"

池栀语差点被呛到。

谢野抬手用指尖敲了下自己的喉结，很坦然道："你自己看。"

这人态度好像是她强了他一样。

"我觉得……"池栀语抬头扫了眼他那一处吻痕，没忍住开口说，"你有点过分。"

谢野扬起眉。

池栀语也学他指了下自己的脖子："这儿不是你亲的？"

"噢。"谢野盯着她指的位置，语气很跩，"是我，怎么了？"

池栀语被他这态度弄得一愣："那你还说我亲你？"

"你亲我……"谢野很双标，"是占我便宜。"

池栀语真想把勺子甩到他脸上，懒得和他说话，低头吃着粥，想起这个时间点，抬头看他："你今天不用去基地？"

谢野："等下去。"

池栀语"噢"了声，知道这人可能是一直在等她醒，不放心她一个人。她喝着粥，唇角弯了下，又喝了几口后，想起学校毕业的事，拿过一旁的手机，看着寝室信息。

昨晚她忘记和吴萱她们说自己不回去，她们几个人一个劲儿地在群里闹腾，@她在干什么。但都知道她是跟着谢野走的，所以也只是开着玩笑，但等到现在都还没回复，她们的画风开始跑偏。

关灵灵："小栀子，过分了啊，昨天和谢同学秀了那么大的恩爱，晚上不回来也就算了，现在居然还没回复信息，在干什么呢！"

宜君："就是啊！快点回复说话！"

吴萱："姐妹们，她可能正在甜甜蜜蜜呢，别打扰了，散了吧散了吧。"

宜君："不过今天你不来也可以，昨天你家谢哥哥闹了那么大一出，同学们基本上都知道了你有个帅炸天的男朋友了，都等着你今天过来问呢。"

吴萱："野哥哥秀啊，不愧是我们Wild，厉害噢。"

关灵灵："不过他们有没有认出来谢同学是Wild啊？"

宜君："不知道，我也没听他们说这个。"

吴萱："应该还没，我看网上都没什么动静，而且昨天他们俩就拍了照秀了个恩爱就走了，应该都没人反应回来。"

关灵灵："很好，现在都快一点了，这个消失的女人还没有回我们信息。"

宜君："wild强了强了强了。"

池栀语看到这儿，已经不想回了，随手锁了屏，见对面的谢野已经吃完，也在玩着手机。她也没拖拉，快速吃了几口后，跟着他一起去厨房洗碗。

两人收拾好出门的时候，差不多都快两点了。

谢野先送池栀语回学校。今天她要把寝室清空，东西也不多，本来谢野打算跟着她一起的，但池栀语直接拒绝了，让他先回基地训练。

车行驶到校门口，池栀语解开安全带，侧头看他："我先走了。"

谢野没回话，就只是无言盯着她。

看着他这模样，池栀语眨了眨眼，身子前倾凑了过去，亲了下他的脸："我走了，好好训练哦。"

谢野扯下唇："不呢。"

"不什么呢。"池栀语笑着，抬手摸了下他的眼尾，"好好训练，我学校这里忙完就去找你。"

谢野捏了下她的指尖："别磨蹭，快点。"

"再说吧。"池栀语扫了眼他喉结右边的吻痕，故意逗他，"不然我见到你又要占你便宜怎么办？"

闻言，谢野眼尾扬了下，轻笑一声："占。"

池栀语："嗯？"

"不过呢。"谢野抱着她的腰，不动声色地搂向自己，低头亲着她，"你占多少。"

谢野轻轻咬过她的唇角，勾了下唇，意有所指地道："我补多少。"


莫名被人偷了一个吻后，池栀语才被放行。她下车往学校里走，回到寝室的时候，其他三个人都还在一起聊天，瞧见她回来连忙"哎哟"，调侃了几声。

池栀语笑着让她们别闲着，赶快收拾东西。三人也不追着不放，笑着说她了几句后，老老实实地开始整理。

池栀语的东西不多，之前就已经整理了一些让谢野带走了，昨天在莉南那边的房子里就看到他把东西都搬了过去。现在就剩下一些零碎东西，有些也可以扔掉不要。

吴萱的东西也不多，最先收拾好，坐在位置上等着她们，她无聊地喝着水正在刷微博的时候，突然被呛了一下。

池栀语听见她的咳嗽声，连忙抽了张纸巾给她："怎么回事？"

吴萱被呛红了脸，捂着嘴又咳了好几声后，把手机递给她："你先……咳……先看这个。"

"什么？"池栀语狐疑地看了她一眼，接过垂眸看去。

屏幕上熟悉的微博界面，显示着一位普通用户发了一条微博。

@疯球了："我可太酸啦！我不允许没有人看到这个视频！昨天是我们学校的毕业典礼，本来还挺伤感的，可是没想到当场被这对情侣暴击！两位的颜值都超高！也被男生的行为酸到了，真的是最甜毕业典礼啦，呜呜呜呜呜呜！"

这条微博下上传了一个视频。

池栀语指尖滑动往下，视频自动播放，显示出昨天的毕业典礼现场。画面内的中央能看见草坪前站着一对男女。女生穿着宽松的学士服，容貌清冷绝美，手里捧着一束鲜花，而她的身旁一位男人身姿挺拔，低头轻吻着女生。

拍摄距离有点远，角度也有点偏，只能看到男人的侧颜，画质也有些模糊，却依旧能看得出两位的颜值很高。也因为颜值过于养眼，再搭配男人浪漫的亲吻，使这条微博上了热门推荐。

一开始底下的评论都是"酸了酸了酸了"，还吹捧着两人的颜值，而到了后面，突然有人指出。

"恕我直言，为什么我觉得这个男人和我家野神有点像？"

"我放大了好几倍看了半天，这不就是Wild嘛！"

"如果真是Wild，那旁边的不就是Wild嫂吗？"

"为什么你们都能看出来！我都看不清那个男生的脸啊！"

"认不出来是Wild的！看这张侧脸！这还不像？！"

"姐妹！我查到了这个女生，好像是若北舞蹈学院的学霸校花一样的存在！"

"Wild嫂这么强！！"

"这是野神公然带着Wild嫂秀恩爱？"

网友们可能已经认定了这是谢野，一个劲儿地@Wild Gardenia，同时轻而易举地找到池栀语的信息，一个劲儿在吹着Wild嫂美，Wild嫂强，Wild嫂牛！

"所以你怎么说？"吴萱见她看完问她，"你这都被发现了啊。"

池栀语把手机还给她，想了想："先整理东西吧。"

吴萱蒙了下："不是，你这么淡定呢。"

"不然？"池栀语眨了下眼，"我又不是什么明星，难道他们还会来找我吗？"

"这……"吴萱点头，"说得也对，不过谢野怎么回事呢，之前不是都不让你被发现的吗，现在怎么又这么大胆了？"

"他可能……"池栀语沉吟一声，"想昭告天下了。"

还没等吴萱开口问什么，微博APP忽而响起了一道特别关注的推送消息声。吴萱低头看了眼，手指点开特别关注的列表，系统自动刷新弹送出了一条最新信息。她顿了，安静了两秒后，把手机重新递给了池栀语。

"嗯？"

池栀语手心莫名被塞了手机过来，余光扫到了什么"我的"两个字眼。池栀语拿起手机，就见屏幕顶端显示出一条微博。

头像还是那个熟悉的黑色，网名也是那两个熟悉的英文单词。

谢野发了一张照片，是昨天他亲着池栀语侧脸的照片。

而图片上附文三个字。

——Wild Gardenia："我的Gardenia。"

谢野的微博已经炸了。

从他那条宣示主权的微博发出后，一瞬间爆发出了很多的评论。

粉丝们同时也发现了他微博名的寓言——

野的栀子花。

而他的姑娘叫池栀语，他取了其中的栀。

从一开始他就已经告诉了所有人。

Gardenia——栀子花。

我的栀子花。

——只属于我的女孩。

底下的评论疯狂，也顺势带出了关于池栀语的一些照片。

其实也不难找，学院的官方网站上有她的一些比赛照片，网友们一翻就能看到。只是之前没人知道她的任何信息而已，所以自然也不会关注到这儿。而现在谢野直接大方地告诉所有人，不再隐藏。

热搜的热度持续上升，网上的言论不断在疯涨。

"我真的被酸了，呜呜呜呜呜呜！"

"Wild Gardenia！野的栀子花！"

"救命啦！明明我只想追个打游戏的男人，可这个男人为什么疯狂在给我塞糖！"

"啊啊啊啊啊啊，Wild嫂！气质太绝了吧！"

"呜呜呜呜呜，野神穿西装好帅！"

"我酸了酸了真的酸了！这个男人为什么这么酷又这么甜！"

"呜呜呜呜，特地穿西装捧着花参加女朋友毕业典礼！还能再甜点吗！"

"呜呜呜呜呜，为什么我没有这样的青梅竹马！"

"不说别的，Wild嫂真的长在了我的审美上，而且还是学舞蹈的！这两个人太配了吧！"

…………

外头网友们在疯狂，池栀语这位身在舆论中的当事人则完全平静，不过她倒是没想到谢野会发微博说这事。池栀语看着谢野的微博上发的照片和字，弯了下唇。

"这可真的是昭告天下了。"吴萱在旁边摇头感叹着。

池栀语轻笑一声，把手机还给她："您这粉丝对这没什么感想？"

吴萱点头："有啊。"

池栀语扬了下眉："什么？"

吴萱朝她竖起大拇指，面无表情道："牛。"

池栀语被逗笑："你这一点都没有感情啊。"

吴萱摆手："我被你们虐得麻木了，能这样已经算不错了。"

"我们还是挺低调的吧。"池栀语想了想，"平常也没做什么事。"

"哦，确实低调。"吴萱朝手机抬了抬下巴，"都低调到全网皆知了。"被提到这事，池栀语咳了一声，默默转身继续收拾东西。


半小时后，池栀语拉着行李箱跟着吴萱一起和关灵灵、宜君道别。几人一边说着有时间再见，一边流着眼泪。

最先哭的还是吴萱，一直到上了车还在哭。池栀语在一旁安慰她，觉得这场景和当初高中毕业的时候有点像，她轻笑了一声。

吴萱立即抬头看她，拖着哭腔说："池栀语，你还有没有人性呢，我哭你还笑。"

"抱歉抱歉。"池栀语笑着给她擦眼泪，"以后又不是不见面了，你这伤感太久了啊。"

吴萱吸了下鼻子，拿过纸巾看她："你为什么都不哭？"

池栀语眨眼："我又不是你。"

吴萱气愤地把纸巾扔在她身上，池栀语笑出声："你脏不脏？"

吴萱不管，但伤感的情绪也渐渐平复，她重新抽了张纸继续擦着，语调里有鼻音："不过我还真是从来没看过你哭，你为什么都不哭？"

"没什么事，我为什么要哭？"池栀语觉得好笑。

"就……"吴萱想了下，"像这样的时候，还有委屈伤心的时候，你都没有哭啊。"

闻言，池栀语也想起自己为数不多的哭，都被谢野看到了。

她垂眸笑了下："我会哭的。"

"嗯？"吴萱说，"什么时候？我怎么没见过？"

池栀语看着她，挑了下眉："如果你见过还能问我为什么不哭？"

吴萱一噎，突然想到一个可能，"噢"了声："是谢野吧。"

"嗯？"池栀语问，"他什么？"

吴萱慢悠悠地看她："你只会在谢野面前哭是不是？"

闻言，池栀语勾了下唇，用某人的话回复道："你挺聪明。"

吴萱觉得自己又被强行塞了一口狗粮。


两人坐车回了阳城小巷，吴萱和她挥手先下了车，随后车辆沿着道路继续行驶，停在了池家门前。司机下车帮她把行李箱拿下，池栀语接过，对司机道了声谢后，转身走到池家的大门，解锁打开。

屋内有些安静，她换好鞋拉着行李箱往里走，厨房的人似乎听到了动静。王姨出来瞧见她愣了下后，连忙走来接过她手里的箱子，笑着道："回来了怎么不先说一声，今晚的菜都快做好了。"

池栀语摇头："没事，我午饭也刚吃完不久，不饿的。"

"那好，你先休息一下，我给你倒杯水喝。"

"好，谢谢王姨。"

池栀语转身走到客厅坐下，王姨端着柠檬水走来，问行李箱要不要理出来。

"不用，都是寝室里一些零碎的东西，我等会儿拿到楼上就好。"池栀语解释完，看了眼时间，"我妈还没睡醒？"

王姨说："今天中午睡得比较晚，可能快了。"

池栀语点头："那我先上去理一下东西，您继续准备晚饭吧。"

王姨应下，池栀语提着行李箱上楼，刚打开房间，就听到了白黎房间那边传来的一声巨响。

池栀语顿了下，转身快步走去开门："怎么了？"

白黎身形消瘦地坐在床边，盯着倒在了地上的衣架，有些失神，眼眸内毫无焦距。听到声音，白黎才抬起头，等看清门前站着的池栀语时，稍稍迟钝，几秒后惊喜一笑："阿语，你回来了。"

"嗯，我回来了。"池栀语走进屋，弯腰把衣架扶起，垂眸看她，"您睡醒了吗？"

白黎起身摸了下她的头，柔声说："对不起，妈妈睡太久了，都忘记要接你放学回家了。"

被她触碰，池栀语身子僵了下，扯唇笑道："没事，我自己可以回来。"

白黎牵着她，笑着点头："是，我们阿语长大了，可以自己回家了。"

池栀语没答这话，淡淡道："我们先下楼吧。"

"好。"白黎牵着她出了房间下楼。

池栀语见王姨准备上楼，摇了摇头，示意不用。而白黎看见王姨，先开口说了句："阿语回来了，你怎么不叫我起来呢。"

王姨道歉："是，怪我忘记了，下次我记得。"

白黎"嗯"了一声，随后抬头看了眼墙上的钟表，呢喃道："老公应该快回来了。"说完，她转头看向池栀语，柔声道，"阿语，等一会儿爸爸回来，你记得把今天在学校里学的舞跳给爸爸看，他会很开心的。"

闻言，池栀语抬眸看着她的神情，淡淡"嗯"了声："好。"

"阿语真乖。"白黎摸了摸她的头，眼眸有些空，"爸爸妈妈都很喜欢你的。"

池栀语闭了下眼，侧头问王姨："晚饭可以吃了吗？"

王姨点头："可以了。"

"那先吃饭。"

池栀语带着白黎往餐厅走，让她坐在位置上，王姨上前把塑料制成的碗碟端上来。白黎盯着面前的菜肴，皱了下眉："阿语，爸爸还没回来，我们怎么能先吃呢？"

池栀语说："他今天公司有事，让我们先吃。"

白黎闻言，眼神忽而有些疑惑："是吗？"

"是。"池栀语拿起木筷子放在她手里，平静地说，"我刚刚接到他的电话了。"

白黎拿着筷子，停了两秒后，抬头看她轻声问："可是他为什么不给我打电话？"

池栀语面色平静："他忙。"

闻言，白黎释然地笑了一声："是，你爸爸公司那边最近好像有项目要做，回来的时候你都睡了。"

池栀语随意拉开一旁的椅子坐下，拿起筷子夹了点菜吃了一口，唤了声："妈。"

白黎抬头看她："嗯，怎么了？"

池栀语看着她，淡淡问："你想见池宴吗？"

白黎顿了一下，皱起眉指责："阿语，你在说什么？怎么能叫爸爸的名字，这么没有礼貌，等会儿你爸爸回……"

池栀语出声打断："他不会回来了。"

这话仿佛打碎了她的梦。下一刻，白黎猛地把桌前的餐盘一挥，眼眸紧紧盯着她："你闭嘴！"

食物被尽数扫落在地，塑料制的餐盘轻轻在地上转动了一会儿，最后静止。王姨立即赶了过来，看着一幕忽而停住没有动。

池栀语坐在对面，平静地看着白黎，淡淡问："清醒了吗？"

没等她回答，池栀语继续说："你该醒醒了，池宴不喜欢你，也不喜欢我，他谁也不喜欢，这些……"

池栀语盯着她，轻声问："你不是都知道吗？"

闻言，白黎一顿，手里的筷子"啪"的一声落地，立即伸手捂着耳朵，眼神空洞地看着前方，嘴里一直呢喃着似乎在催眠自己："不是的不是的，他爱我，爱我的，他娶了我，是爱我的，是不是！不是！不是！不是的！"话音忽而一停，白黎仿佛清醒了一下，抬起头看向她，眼眸有些狠绝，"是不是你……是不是你没有好好练舞……没有让他满意是不是！是不是！"

池栀语看着她这副样子，忽而扯唇笑了下。而这嘲讽的笑，仿佛刺激到了白黎，她猛地站起身，一旁的王姨连忙伸手拦住她，轻声安抚她。白黎却在撕心裂肺地叫着，红着眼睛，就像是陷入了一场噩梦，但是她就是不想醒。

从那次除夕后，池宴就很少再回来，池栀语也离开了她。

独自在这儿的白黎，症状也渐渐变得越来越明显。一开始王姨还是能控制住她，但后来必须依靠药物才能让她平静。

王姨和池栀语也不止一次提过去医院，然而每次的结果都是失败。最后到了现在，终究是白黎一个人在苦苦地挣扎着。当初那个骄傲的女人，已经被打碎了脊梁，只剩下卑微和渴望。想让那个冷酷的男人回来，哪怕只是回来看她一眼。

池栀语对白黎没有什么恨意，只是不想让她继续像这样做着无谓的挣扎，反正是没有意义的，因为池宴不会回来。

永远不会。

打了镇静剂后，王姨带着白黎回了房间。

池栀语把餐厅的残局大致收拾了一下，王姨连忙下来想接手。

"不用了，已经快好了。"池栀语垂眸扫着地面，忽而出声喊了句，"王姨。"

王姨点头："嗯，你说。"

池栀语轻声说："过几天，我会让医院的人来接我妈。"

王姨稍稍一愣，回神后也点头，叹了口气："这样也好。"

"嗯。"池栀语垂眸，"以后您也不用这么辛苦，那边会有护士和护工在的。"

"我没什么。"王姨说，"只是先生那儿……"

池栀语扫完地，随意道："他那边我来处理。"

王姨应了下声，看着她的神情，拍了下她的手："没事的，你也别太伤心。"

池栀语嘴角轻哂一声："没有。"

早就麻木了。

王姨闻言也不多说什么，池栀语上楼回了自己的房间，重新把行李箱里的东西理出来，顺便拿些必要的东西放进箱子里。

大致理好的时候，谢野的电话打了进来。

池栀语看了眼屏幕接起："嗯？怎么了？"

谢野直接问："人呢？"

闻言，池栀语想起来自己说过要去找他的，笑了声："我在池家拿一些东西，忘了和你说了。"

谢野皱了下眉："池家？"

池栀语"嗯"了声："以后没什么事我也不会来了，所以拿一些东西走。"问完，她悠悠问，"你不会一直在等我吧？"

谢野："不然？"

"噢。"池栀语弯着唇，"不是叫你好好训练吗？"

谢野也学她的语气："不是叫你快点来？"

池栀语被逗笑，把行李箱合上："知道了，我等会儿就过来，你怎么这么闲？"

"我一直很闲。"

"骗谁呢。"池栀语起身拉着行李箱往外走，"我看其他人都很忙，你是不是偷懒了？"

谢野轻嗤了声："我需要偷懒？"

言下之意就是——我乃强者，何须如此。

池栀语差点被噎住："行，你不需要。"她看了眼楼梯开口，"好了，我等会儿就过来，先挂了。"

谢野"嗯"了声，让她先挂。

池栀语利落地挂断，收起手机，提着行李箱下楼，简单和王姨打了招呼后，从池家出来的时候，叫的车刚好也到了。

池栀语放好行李后，打开车门坐入。

车辆开始行驶。池栀语靠在座椅内，侧头看着窗外熟悉的街景，莫名有些恍惚。常说离开多年熟悉的地方，总会有伤感与不舍。可有点奇怪，她一点都没有。反倒……如释重负。

脑海里浮现出了以前的事，如走马观灯，一圈回来再到刚刚疯狂的白黎。她回神从包内拿出手机，解锁打开通讯录，翻到了池宴的电话后，点开拨了出去。话筒内传了几声长嘟，过了一会儿后，才被对方接通。

"喂。"

"我是池栀语。"

没等他回答，池栀语开门见山道："过几天我会送白黎去医院，和您说一声。"

池宴确实没想到池栀语会说这个事，扬了下眉："什么时候？"

"过几天。"池栀语说，"我不会拦着你去看她，您随意。"

来也可以，不来最好。

话音落下，池栀语便挂断了电话，垂眸看了几秒手机，而后转头盯着窗外已经渐渐远去的小巷。

没有说话。

车子行过街区，最终停在了目的地。

池栀语下车拉着行李箱往俱乐部的方向走，随手拿出手机正打算给谢野发信息，示意自己到了。她抬起头，忽而看见了前边俱乐部的门前，那道熟悉的人影正懒散地站着，似乎在等候着谁。

池栀语脚步顿了下，对面的谢野看见她，迈步先朝她走来。他的身影由远及近，两人的距离也在一点点缩短。

池栀语盯着他的身影，突然也想起来，自己的回忆里，可能更多的是谢野。

是从小到大，不同时期的他。

所以，也不是只有痛苦。

因为有她的少年。

思绪飘然，池栀语脚步下意识移动，往他的方向走。谢野先伸手接过她手里的行李，随意地道："还挺快。"

池栀语回神，"嗯"了一声："给你打完电话，我就来了。"她侧头看他，"你什么时候在这儿等的？"

谢野牵过她的手："刚刚。"

不是。

池栀语触到他微凉的指尖，他等了有一会儿。

池栀语垂眸唤了一声："谢野。"

谢野懒懒道："说。"

池栀语收紧他的手，回握住他的手："以后我先过来。"

"嗯？"

"以后。"池栀语看着他，忍着鼻尖的酸意，轻声道，"我会先朝你过来。"

我会先来迎接你。

就像，每次总是先等待着迎接她的那个少年一样。

迎接着，与他一同归家。


闻言，谢野没想到她会突然说这话，顿了下，随后稍稍弯下腰，与她平视着，抬手揉了下她的眼角，语气闲散道："我先来找你又不是一天两天了，怎么突然说这个？"

池栀语压下情绪："没有，就是觉得总是你先来找我，我都让你等这么多次了。"

"怎么？"谢野懒洋洋地道，"突然想心疼我？"

"嗯。"池栀语点头，语气有些轻，"有点委屈你。"

谢野眉梢微挑："我哪儿委屈了？"

"就……"池栀语稍稍垂眸，"我觉得委屈你了。"

"什么你觉得。"谢野轻扯唇角，抬手捏了下她的脸，似乎完全不在意这些事，"这是我自愿，我乐的，懂？"

池栀语抬眸看着他，没说话。

谢野神色懒散，抬手用力地揉了下她的脑袋："有工夫想这些有的没的，不如多陪陪你对象。"

池栀语的头发被他揉乱，谢野随意地又帮她理好："心疼完了吗？"

池栀语没反应过来："什么？"

"心疼完了就走吧。"谢野一手牵过她，"你对象不想站在大门口聊天。"

刚刚从池家带着的情绪渐渐消散开，池栀语跟着他走进俱乐部内，一楼的青训生瞧见她连忙问好，还说着什么挟"嫂子加油"。

"加什么油呢！"老木从后头出来，拿着纸敲他们的脑袋，"人家谈恋爱又不是比赛，你们倒是给我加个油吧，一个个都窝在这儿。"

青训生被教训，连忙低头走回自己的位置上。

池栀语见此有些忍俊不禁，谢野也没理他们，牵着她坐上电梯。

池栀语站在他身边，想着刚刚的画面，笑着和他说："老木像是你们的保姆和教导主任一样，每天不仅要管着你们，还得伺候你们。"

谢野语气随意："他不就是干这些的？"

"什么干这些的。"池栀语纠正他，"老木好歹也是个经理，根本是被你们逼成了这样。"

谢野也懒得管这些事，就"噢"了声，没说话。

闻言，池栀语没忍住看他："谢野。"

谢野瞥她。

池栀语很真诚地问："你这样说话真的不会被人打吗？"

电梯刚好到达，谢野闻言转头看她，语调很欠地道："不好意思了，没有呢。"

池栀语一口气噎住了。


两人走到训练室，里头的林杰看见她，先挥手打着招呼："毕业快乐啊，池妹妹。"

池栀语笑着："你说晚了，我都毕业一天了。"

"就晚一天没事，反正都是毕业。"

"也是。"池栀语点头，"不过还是谢谢你啊。"

谢野先推着她的行李箱放到角落里。

一旁的丁辉也和她说了声毕业快乐，想起今天热搜的事，还调侃她："今天你和谢野可算是终于公开亮相了。"

池栀语笑了下："你们看来真的挺闲的，还关注这个了。"

"我们可没有谢野闲。"丁辉朝进了茶水间的谢野看了眼，"他还有时间来发个微博呢。"

"嗯。"池栀语挺同意，"他确实挺闲的。"

丁辉看她这坦然平静的态度，挑了下眉："你明明被曝光了，怎么一点都不激动惊讶？"

池栀语："嗯？我应该惊讶激动吗？"

林杰在旁边听着两人对话，先笑着对丁辉说："这个我解释一下，池妹妹本来就挺理智冷静的。"

丁辉看着她，停了几秒点头："也对，我忘了能和谢野在一起的应该也不是一般人。"

池栀语笑了："不是，这是骂我呢，还是夸我呢？"

丁辉还没回话，旁边阳彬正坐在电脑前面不知道在干什么，一抬头看池栀语，蒙了下："池妹妹你什么时候来的？"

池栀语眨眼："刚刚就来了，你在干什么？"

闻言，阳彬突然被她提醒，立即惊醒骂了句："我去。"

下一秒，池栀语就见他可能意识到了什么，连忙看着电脑。

见此，池栀语也想到了一个可能性，默默侧头看了眼他的电脑屏幕，他正在直播打游戏，镜头虽然关着，但开着麦。

果然弹幕里已经弹出了一连串问号。

"我刚刚是不是听到了池妹妹？"

"我也听到了，应该是其他人的妹妹吧。"

"哪儿来的妹妹？根本没人有妹妹啊。"

"我记得之前我在林杰直播的时候也听到了这个女生的声音，林杰说了是队员家属。"

"等会儿，可是没人姓池啊。"

"林杰说了是队员家属啊，可能是表妹？"

"对不起我打断一下，恕我多想这家属……会不会是……女朋友啊？"

"我想起来Wild嫂姓池！"

"所以刚刚是Wild嫂来了？"

"家属！野神你要不要这么直白啊！"

"啊啊啊啊啊啊啊，家属也太甜了吧！"

短短一分钟，阳彬都还没来得及反应，弹幕瞬时猜出了池栀语的身份。

阳彬有些头疼，连忙解释："不是不是，你们想多了，没那回事。"

话一落，弹幕也跟着弹出。

"哎呀，没事没事，我懂我懂！"

"在帮Wild神隐藏他的小心思是吧，好的好的，我知道了！"

"行吧，就当我不知道野神说Wild嫂是他家属吧。"

"安啦安啦，我们会保密的！"

"可是可是这都说是家属了，不会是已经秘密结婚了吧，啊啊啊啊啊啊！"

"啊啊啊啊啊啊，不是吧！姐妹你抓住重点了！！"

"我今天刚知道Wild嫂的真面目！这又塞什么瓜给我呢！！"

"Wild和Wild嫂结婚啦？！"

…………

话题渐渐跑偏。

池栀语被这群人的脑洞逗笑了，主动出声道："没有，我和你们野神没有结婚，不要乱说呢。"

这道清冷的女声传入直播间内，立即让粉丝们炸了。而其他人可能纷纷得到信息，直播间的人数不断在上涨。

弹幕里齐刷刷地发着Wild嫂好！Wild嫂厉害！

池栀语看着这占满屏幕的一排排整齐的弹幕，莫名觉得自己像是什么黑帮女大佬，气势雄伟得很。

"看什么？"

正好后边端着杯子出来的谢野见她站在阳彬的位置上，皱了下眉，走到她身后问了句。

闻言，池栀语转头看他，指了指电脑："看弹幕。"

谢野视线顺着她指的方向看去，自然也看到了那一条条的弹幕。但可能对面听到了谢野的声音，有些换成了Wild好！野神好！

而还有的人打了其他的字眼。

谢野看了一圈，忽而瞧见了角落里的一条，格外突出的一条。

"所以Wild和Wild嫂结婚了？"

谢野扬眉，转头看向池栀语。

池栀语自然也看到了这条，忽而对上他的视线，头皮有些发麻。

她正想解释，然而还没开口，谢野侧头对着电脑屏幕，语调懒散地回了句："快了。"

这话来得莫名其妙，弹幕里弹出一满屏的问话问"什么快了"，然而他们却没再听到Wild回复。

没过几秒后，他们就听到直播间的主人阳彬咳了一声："好了好了，回归正题，继续打游戏啊。"

粉丝当然不买账，问着"Wild呢？Wild嫂呢？"

阳彬"啧"了一声："走了，谈恋爱去了。"

然而并没有。池栀语只是被谢野带到了楼下厨房，去吃晚饭而已。

刚刚在池家，她也确实没吃什么，然后又坐车来了YG这里，也已经过了晚饭时间，她也快忘了这事。

池栀语坐在餐厅前，吃着谢野留给她的盒饭。她其实也不饿，随意吃了几口就放下筷子，端起水杯喝了一口。

对面玩着手机陪她的谢野瞥了眼她餐盘："你这叫吃完了？"

"啊？"池栀语低头看了眼，"我饱了啊。"

谢野："吃了什么就饱了。"

"我真的饱了。"池栀语扫他一眼，"干吗总逼我吃东西。"

谢野扯了下唇："你自己吃了多少东西，自己不知道？"

"我胃小啊。"池栀语说，"小鸟胃。"

谢野懒得理她，起身收拾了一下餐桌，然后带她下楼开车送她回莆南区。

池栀语打开车门，坐在副驾驶上，身子往后靠着，一下午的疲惫忽而袭来，她长叹了一口气："好累。"

谢野帮她系好安全带，闻言，俯身盯着她，意味不明地问："还痛？"

池栀语明白他的意思后，呛了下，忍着脸颊的烫意，连忙伸手把他推回驾驶座上："不知道，你好好开车。"

而谢野坦然地点头："嗯，回去再帮你擦点药。"

难怪早上起来的时候，没有那么痛了。

池栀语红着脸转头看向窗外，过了一会儿，又回头看他神色闲散地开着车，精力貌似挺充沛。

见此，池栀语在心里"啧"了一声。

明明昨晚她根本没做什么，为什么她却累得要死。反倒这人拉着她折腾了那么久，还能早起做事。

这差距啊。

池栀语感叹了一下，也不打扰他开车，拿出手机随意刷着微博。

刷到热门推荐时，看到一条内容里提到了熟悉的名字，有粉丝提到了刚刚阳彬直播间的事，自然提到了池栀语和谢野，不过重点还是放在了后半部分，谢野出现的时候。

"啊啊啊啊啊，我知道了，刚刚Wild突然说快了是什么快了。当时是有姐妹问了两人结婚了吗？Wild回的就是这个——快了，没结婚，但是快了。太要人命啦！"

池栀语看到这条，眉梢弯了弯，随手点了下赞。指尖下滑，正好下一条是关于PUBG世界联赛的宣传。池栀语简单地看了几眼，随口道了句："我过几天就去剧院演出排练，可能没时间去找你了，你好好训练吧。"

前方红灯，车稍稍减速停下。

闻言，谢野单手搭在方向盘，抓过她的手放在嘴上亲了一下，就接着有些狠地咬了下她的指尖："你有没有良心，满脑子就想着让我训练。"

池栀语无辜："人家都在发奋图强地训练，就你时不时总来找我，难道不会被人说？"

"噢。"谢野把玩着她的手，语气轻慢，"关他们什么事。"

池栀语抽回手，谴责他："你还有没有点电竞选手的自觉呢？"

谢野随意道："很快就不是了。"

池栀语没懂："什么不是？"

谢野侧过头看她，平静地道了句："电竞选手。"

池栀语一愣，突然明白了他的意思："那之后的世界赛……"

谢野淡淡地"嗯"了声："比完赛结束。"

池栀语还是有些蒙："怎么突然想退役了？"

"哪儿来的突然。"谢野指尖敲了下方向盘，漫不经心道，"你都毕业了，我就不能毕业呢？"

闻言，池栀语看着他，已经明白了他的原因，抿了下唇："那我不去看比赛了。"

谢野被逗笑："说什么呢？"

池栀语转过头，看着前边倒数的红灯，没说话。

"池栀语。"谢野看着她的表情，懒洋洋地道，"你想什么呢。"

池栀语不搭腔。

"你还挺霸道。"谢野笑了，牵过她的手，慢条斯理道，"是，你是一部分原因，但现实和身体状况之类的原因也有，我不可能一直打比赛，五年也差不多了，反正迟早都会退役的，你还不让我退呢？"

闻言，池栀语沉默了几秒，转头看他："那退役后你打算做什么？"

谢野扬起眉，拖腔拉调地扯开话题："学姐是忘了，我还是在读大学生？"

池栀语看了他一会儿，嘴唇微抿，最终还是没有劝说什么，轻扯了下唇角："你又不是我学校的，哪里是我的学弟。"

"噢。"谢野发动车子，语调还是一样的欠，"若大和若舞一家亲没听过？"

池栀语扫他一眼："你能不能说点像样的话。"

这两个学校根本一点关联都没有。

谢野扬眉："怎么不像样。"

池栀语望着他，没说话。

谢野很酷："这我说的。"

池栀语懒得和他胡扯，但想着他刚刚说的话，安静了一会儿。

等到下个路口红灯时，池栀语垂了下眸，侧头看他："谢野。"

"怎么？"

"我只是想和你说一声。"池栀语慢慢道，"不管你做什么决定我都支持你，如果下一场就是你的最后一场比赛，那么不管输赢，只要是你尽力了，就是最好的结果。"

"我也希望……"池栀语对上他的眼，认真道，"你不会留下任何遗憾。"

像是没想到她会说这些话，谢野神色微顿，表情有些看不出情绪，过了几秒，他喉结滚动着，看向她："不会有遗憾。"

谢野声音轻哑，继续说："我有你陪着，就不会有遗憾。"

## Chapter 24
## 世界冠军·退役

　　PUBG世界总决赛在德国柏林举行。前期在各国内举行小组赛和淘汰赛，最后选出16支全国的最强战队进行最后的总决赛。

　　总决赛赛程为期三天，每天六场，是长马拉松式的比赛赛制。

　　在总决赛开始前，全球粉丝们早早从各国出发去柏林，等待比赛开始。池栀语因为剧院安排演出偏偏卡在了前两天，她没办法全程观看，在第二天演出结束的时候也已经没有了航班，她没办法只能坐隔天凌晨五点的航班。

　　池栀语带着困意到机场的时候，时间还有点早，办理了托运后，坐在登机口等了一会儿。

　　已经在柏林的吴萱刚巧发信息问她："还没飞？"

　　池栀语："快了，还有几分钟。"

　　吴萱："那你到这边的时候，还来得及吗？"

　　池栀语："如果飞机不延误，应该可以的吧。"

　　吴萱："那没什么问题。"

吴萱："今天你的野哥哥还是一样的帅气，粉丝们叫疯了。"

吴萱："唉，可惜了你没有在现场。"

池栀语想象着她的语气，被气笑了。

池栀语："那又怎么样，人反正都是我的。"

吴萱："野哥哥太强了！"

池栀语："你才知道？"

吴萱："真的，不说别的，今天的谢野特别猛。"

池栀语："他每一场比赛不都很强？"

吴萱："也对，野神也不是白叫的。"

吴萱："好了，不跟你说了，我要睡美容觉了，明天见吧。"

刚巧这条发来时，前边广播示意开始登机。池栀语闻言，起身走去登机，找到自己的座位后坐下，拿出手机给谢野发了条信息。

池栀语："我上飞机了，等会儿见哦。"

发送完，池栀语正准备关机，而屏幕内却弹出了微信通话。

池栀语皱了下眉接起："你怎么还没睡？"

柏林现在应该是晚上十一点多了。

谢野："睡了。"

池栀语无语："你这叫睡了？"

"正准备睡。"谢野算了下时间，"明天老木来接你，你出来给他打电话。"

"不用了，我自己打车过去就好。"池栀语说，"明天你们最后一场比赛，不要麻烦老木了。"

谢野澄清："我没逼他，他自己要接。"

池栀语狐疑道："真的？"

谢野："是啊。"

"好了，我知道了，出来会给老木打电话的。"池栀语不和他多聊，"你快点睡觉吧，别玩手机了。"

谢野"嗯"了声："下飞机别乱跑。"

"知道了，我挂了。"池栀语拿下手机，看着屏幕上的聊天记录，想到他刚刚的嘱咐，唇角弯了弯。

一旁的空姐走来开始检查安全设施，池栀语随手关了机，稍稍侧头看着窗外渐渐明亮的天空，思绪有些飘远。

睡意也重新袭来。飞机起飞，飞行时间原本为十二个小时，但提前了半个小时到达柏林。

池栀语下了飞机给老木打了电话后，没等一会儿就拿到自己的行李往外走。她看了一圈接机口外圈的人群，先行找到了老木。

老木也瞧见她，连忙走去接过她的行李："我来我来。"

池栀语道了声谢，把时间调整成了当地时间——九点半。

比赛十点开始。

池栀语跟着老木坐上车，系上安全带问他："谢野状态怎么样？"

"放心，他好得不得了。"老木发动车子，"特别是知道你今天过来，还能差吗？"

池栀语笑了下："今天还让你过来，是不是他催着你来的？"

"不是不是。"老木解释道，"反正我坐那儿也没什么事，我也不如朴罗那人懂这么多，只能站在那儿白紧张，还不如来接你呢。"

"那还是麻烦你了。"

"你这可就见外了啊，都认识这么多年了。"

池栀语莞尔一笑，看着国内转接的比赛直播已经开始，解说员开始自我介绍开场，接着提到了国内参赛的四支队伍，说到谢野时还是一样激动。

池栀语听着，转头问老木："谢野退役的事……"

老木点头："他说了，我们也支持他。"

"他可能……"池栀语抿了下唇，话没说完。

"别担心。"老木笑了下，"谢野是什么样的人，你应该比我们清楚，如果能打，他当然会继续打下去，但电竞选手嘛，每天高强度训练，基本上十小时打底地坐在电脑面前，不说别的，肯定会对身体有损伤的。"

"所以硬撑着，当然不行。"老木看了她一眼，"而且这几年你和谢野基本上也没什么见面时间，他不是在训练就是在比赛，一直这样对你们俩也不好吧。"说完，老木看了她一眼，"池妹妹，你没哭吧？"

"没有，这些我都知道。"池栀语垂落下眸，停了几秒后看他，"那退役的通知YG发了吗？"

"还没呢，打完比赛后再发吧，如果现在发了，粉丝们不都要炸了啊。"

池栀语点点头："他们如果知道了，一时间肯定会接受不了。"

"但也差不多了。"老木敲了下方向盘，"有些粉丝也基本上能猜到一些。"

池栀语看着直播画面，轻轻地说："所以他们都知道今天是最后一次比赛。"

是决定胜负的决赛。

也是，他们仰望野神的最后一天。

机场离比赛现场有点距离。池栀语下车后戴上帽子，凭着门票在最后一刻进入了现场，按着座位很快就找到了吴萱他们。

苏乐和李涛然瞧见她纷纷让她坐下，一起看台上正在调试的各队选手。由于是跑着来的，池栀语坐在位置上稍稍缓着呼吸，找寻着谢野在哪儿。她抬着头只看了一眼，就找到了右方席位上属于YG战队的选手区。

谢野坐在椅子上，穿着深黑色的战队服，大大的Wild印在后背上，他的表情有些淡，看不出有什么情绪，一旁的丁辉正在和他说话，似乎在讨论着什么。而谢野仿佛察觉到了什么，侧过头往观众席的方向看。

每次池栀语来看比赛，她的门票都是谢野给的。永远是在他一转头就能看到的方向。

这次也同样。谢野侧头，轻而易举地就看到了那一直空着的座椅上坐上了他等待的人。

两人的视线对上。

池栀语隔着远远的距离，和他相望着，浅笑起来。谢野盯着她帽檐下的眼睛，轻勾了下唇，随后转头继续听着丁辉的话。

两人没有任何交流。

但仅仅是一眼，就已经知道了彼此的话语。

——我来了。

——这次，来带你回家。

——好。

——等着。

十点整。PUBG世界联赛总决赛的最后决赛，正式开始。

经过前两天的比赛积分累计下来，YG的排名是在前三，但和第四名的Fot战队相差的分数不多，随时有被压制的风险，和前两名的分数差异同样不大。这种情况下，全队都必须刚上，紧追着分数走，错失一分，可能就会被拉下。

解说员们也在解释着战况，当然重点关注YG战队，毕竟作为冠军候选人，具有一定的实力和看点。

"第一个安全区移动了，中心在矿场，我们看一下离得最远的是YG战队，啊，这个距离有点远啊。"

女解说员看着丁辉的界面："哎呀，这边泰国队的PPL居然和YG碰上了。"

旁边的男解说员笑了一声："看来PPL还是挺有勇气的，第一局就想拿下YG。"

场下的观众们也跟着笑了起来。明显PPL队伍的实力不强，果然没几分钟就被YG团灭了。然而这一场战斗，完全吸引了其他战队。场上仅存的六支队伍，全部集中朝YG围了过来。

谢野躲在岩石后，拿了好几个人头，而林杰和阳彬配合着，争取为他拉动人线，丁辉在后方防护。

这一场，YG毫无疑问地顺利拿下第一，积分瞬时上爬，压过了第二。

这个开场首赢，让全场都觉得YG夺冠有望。

但这想法一出，下一秒往往都会被打脸。

第二局，YG落地S城。

丁辉出现了判断失误，刚开场被拿下了人头，顺带还拉上了林杰一个，送了对方两个人头。YG仅存谢野和阳彬，两人只能选择苟着。然而苟到倒数第二个圈时，两人躲在楼上被Fot战队发现，对打了一会儿。

谢野和阳彬打着配合，勉强杀了对方两人。

但最后还是先被圈"毒"死了。

"我去！"阳彬推了鼠标，"二对四，又有'毒'圈，这谁能活呢。"

丁辉叹了口气："怪我。"

谢野轻轻揉了揉有些酸痛的右手，语调懒散："怪来怪去的，把这儿当道歉会？"

"对啊，别想太多。"林杰宽慰着他。

阳彬抬头看了眼积分表："看这情况Fot可能会压过我们到前三了。"

这话可能是个预示。

第二局结束。

YG积分落后，掉出前三，Fot压过，稳占第二名。

局势反转。

接着开始第三局比赛，粉丝们都等着YG能反转。然而YG的分数被Fot压制，虽然拿了第一，但只是回到了第三名。

离第一名的Fot战队分数差距很大。

"还差三十分。"林杰看着积分榜，皱着眉头，"还有三局结束比赛，有点难。"

"难什么难！"阳彬骂了句，"给我好好打！"

丁辉转头看身旁的谢野，扫过他的右手，抿了下唇："这次我们就保前三，冠军就算了吧。"

谢野侧头看他："什么算了？"

话音落下，第四局比赛开始。

谢野回头盯着游戏界面，语气有些酷："我字典里就没有这个词。"

三人愣了下，阳彬先回神看着屏幕，鼓舞士气道："废话少说，干！"

谢野稍稍敛眸，动了下有些僵硬的右手。

游戏正式开始。

第四局，YG选了富区机场。开场都很正常地进行着，拿枪搜物资。几人都没有移动，老老实实地往旁边的屋子搜着，而山下边，有枪声此起彼伏地响起。

林杰看着系统击杀公告，愣了下："这是韩国两家对打？"

阳彬看着死亡人数，有些迟疑问："去不去劝架？"

现在两队人数各少了一人，但局势还不明显。

谢野换了把枪，吐出一个字："去。"

"哇，现在我们看到韩国的Fot和Qop正在激烈地争夺对打着。"中国区女解说员注意侧边的画面，"等会儿！这边过来的是YG战队吗？"

男解说员："是是是！我们看到Wild带着他们的队友突然出现在韩国队的战局里，这是要劝架呢，还是要绝杀呢？"

韩国两队在山边对打着，丁辉躲在了一侧的石头后，开启倍镜看准了时机，直接开了一枪。Fot队遭遇偷袭，慢了一拍，同样对面的Qop也被林杰偷袭到，直接死了一个人。旁边Fot队立即停止枪击，准备救人时，早就被阳彬注意到。

"北八十六。"谢野看着方向，迅速下令，"打。"

话语落下，阳彬直接投了个雷过去，"砰"的一声炸开。

Fot注意到迅速往后撤离，开枪射击着对面的丁辉。

谢野还站在房子里，果断地架枪探头出来，一枪暴击。

"来啦来啦！"解说员激动地说着，"Wild拿出了他的狙击枪，又准备开始人头计划，我们看他究竟能不能吃下第一的Fot！"话说着，游戏画面内里的谢野毫不犹豫地开了第二枪。

完全没有任何的犹豫。

"砰砰砰"，连着几声。

"现在我们看Wild他……"解说员还没说完。

下一秒，谢野早已开了最后一枪，紧接着就看见画面显示公告栏一排的击杀信息。

而Fot已经被团灭了。

会场内安静了一秒，瞬时，粉丝们狂叫起来。

"漂亮！Wild拿下了！"男解说员也激动，"野神拿下了Fot战队的团灭！漂亮！"

这场短短十几秒的虐杀，重新燃起了全场观众的情绪。

第四局结束，YG第一，积分拉上17分，荣升第二。

所有人都关注着YG和谢野的状态，因为他们相信，他们的野神永远都能——

逆风翻盘。

第五局，YG直线开枪，击毙AKC和DROP后，刚上了依旧是第一名的Fot。

双方实力相当，在对峙时，谢野果断地先开枪射击，拿下了人头。

接着Fot失误，YG第一。

积分上涨15分，超过Fot，登上第一名。

第六局开始，如同之前的多次画面，YG和Fot再次对上。如同之前的亚洲邀请赛一般，同样两支队伍遭遇，上次是Fot得到了冠军。

而这次……

所有人屏息紧张地看着游戏画面，池栀语紧紧地牵着吴萱的手，盯着屏幕似是忘记了呼吸。

已经到了决赛圈，YG和Fot双方全员存活，都在寻找着最佳的时机。

"我去对面吸引他们，你们去打。"阳彬是突击位，这个选择没错，"你们抓紧时间。"说完，阳彬操作着人物看准了对面的掩体石头，扔了个烟幕弹和手雷后，瞬时冲了出去扫射着。

对面Fot躲避开雷，立即出击射杀阳彬，阳彬已经死亡了。但时间慢了一拍，Fot有一人也被阳彬打掉了一半血，跪地。对方救援兵判断错误，立即带人想要往后走。

谢野见此，想也没想："打！"说完，他探头出来，将对方打掉了一半血。丁辉也抱着雷上前，林杰跟上一起扫射。

一瞬间，三对三局面形成。而战况是揪心的，谢野阻击着一人，丁辉手里的雷也在一瞬间爆开，剩下两人立即想躲避，同时对着谢野开枪。

一侧的林杰和后边的谢野开启倍镜，同时按下快门。

下一刻。

响起两道枪声。

全场安静。

所有人屏息紧紧地盯着大屏幕，就见YG游戏界面内瞬时的显示出了一个词——"Win"。

在这一刻，所有人的脑海里都浮现出了——

世界总冠军，属于YG战队。

而野神。

永不言败。


比赛结束，大银幕上显示着总积分排名。YG排名第一，Fot排名第二，DROP排名第三。

全场的观众纷纷站起大声尖叫呼喊着："YG，Wild，中国！"

解说员们也在激动着叫着这次冠军的名字，有的甚至都破音了，在说着谢野的神之操作。

四周的氛围热烈又壮观。池栀语坐在观众席内，抿唇看着台上的谢野，他摘下了耳机，看着自己的电脑屏幕，没有说话。旁边的丁辉阳彬和林杰三人已经起身，没有任何的言语，重重地拍了下谢野的肩膀。

台下的观众们看着这一幕，有些粉丝在这一刻，突然也明白了他们的猜想可能是真的。

他们的Wild要走了。

为他们夺下了冠军后，毫无遗憾地要走了。

"Wild！不要走！！我们相信你！你是我们永远的神！"有粉丝们带着哭腔开始呼喊着，一阵阵地响起。

谢野垂眸安静地整理好自己的外设后，起身跟着丁辉他们一起往前走，后台的老木他们也在第一时间走来，红着眼——和他们相抱。

台上的主持人按照流程将奖杯传递给他们，而后站在原地等待主办方奏响国歌，一起看着那面升起的国旗，跟着观众们一起唱国歌。

庄严又神圣的时刻后，主持人退场把时间留给了台上的四人。编导把所有摄像机对准了中央的刚刚在场上拿下冠军的男人。

场内的热烈已经不再，粉丝们半捂着脸，含着泪紧紧地盯着台上的谢野。他们一点都不愿意相信那个猜测，仿佛想看谢野如往常一样说着属于他的狂妄语录，最后帅气地退场。而下一次，依旧会在场上再见。

迎接着，他们的神。

谢野接过话筒，看着台下的观众们，先用着英语发表了YG的官方感谢，随后他改为了中文开口："接下来。"

过了两秒，谢野继续把话说完："是我的退役宣言。"

话音落下的一瞬间，身旁的丁辉阳彬和林杰立即偏过头，似乎在忍泪，而老木早已满脸眼泪。存着的侥幸被谢野亲口打破，台下的粉丝们崩溃地哭着摇头说不要，有不少男生也不敢相信，拿着国旗大声带着哭腔喊着不要退。

台下，池栀语终于没忍住，鼻尖骤酸，一直忍耐的眼泪从眼眶内流了下来。

她的少年。

一直都在为他荣誉和梦想奋斗着。

从未让人失望过。

是所有人的野神，也是她骄傲又耀眼的少年。

而在这一刻，这个少年准备将他肩上的荣誉和责任永远留在今天。

留给这个时代。

这个舞台的Wild。

谢野看着台下的粉丝，不紧不慢开口："十八岁的时候我成了Wild，也拿下了第一个亚洲冠军，之后的成绩，你们应该也都知道，基本上都是冠军。"

熟悉的酷，瞬时打破了台下伤感的气氛。

李涛然带着哭腔骂了句："这人在这种情况下都能这么欠。"说完，他又低头靠在苏乐肩上哭起来。

苏乐推开他，眼里也有些泪光。

"冠军是事实。"谢野扯了下唇，"当然偶尔也有会亚军季军，但我并不觉得有任何遗憾，因为每一场比赛，我和我的队友都拼尽了全力，这些都是我们的战绩和荣耀。"

"我没有遗憾，只能说……"谢野顿了下，转头看向一旁的丁辉、阳彬和林杰，"抱歉，以后不能再和我的队友一起并肩作战。也抱歉……"

谢野看向粉丝们："之后的Wild不能再继续为你们带来荣耀。"

"我的身体没有很严重的问题，只是有了些预料到的症状，但在这五年里，我做到了最好，也没有让任何人失望。"

"未来，不会只有Wild，有很多优秀的选手都在努力，同样，即使我不在，我的战友连同YG也会一直继续前进，不辜负你们的期盼。

"今天，我为Wild尽了全力，在电竞选手的生涯里，我担负起了属于Wild的责任和使命，而在往后，属于谢野的日子里……"

谢野抬眸看向台上座位上的池栀语，声音很轻，道出郑重又清晰的一句话。

"我会陪着一个人。将把所有缺给她的日子都补给她。所以在此，感谢大家在这五年的陪伴。

"我，谢野，YG电竞选手Wild……"谢野声音微哑，停了两秒后，认真说着最后的话，"将于今天正式退役。感谢大家，再见。"

所有人看着台上他们一直坚信的人，对着他们弯下腰，在一个长久的鞠躬后，转身离去了。

所有人也早已被泪水浸湿了视线。

他们的神——走了。

颁奖仪式伴随着谢野的话后也结束，其他战队的成员们也纷纷离场。谢野说完退役宣言后，带着丁辉阳彬和林杰下台。

"野哥！来！我们安慰你！"

阳彬哭着伸手想抱谢野，林杰直接拉住他："你安慰什么，池妹妹过来了。"

闻言，谢野抬头往前边看去。

老木已经下台把人带了过来，池栀语跟在老木身后走来，一抬眼就看到了不远处的四人。

谢野站在原地没动，隔着稍远的距离望着她，眼眸漆黑，却有些沉默。

池栀语看清他的神情后，喉咙间一哽。下一秒，她想也没想，迈步往他的方向跑去，瞬时扑进了他的怀里，伸手抱住他，侧头埋进他的胸膛里。这个拥抱太突然，谢野身子一顿，俯身回抱她，还没开口说什么。

池栀语先抬起头，红着眼看他，哑着声说："Wild。"

"我的冠军，我来接你回家了。"

不要难过。

你有我。

不管是以前孤独无助，还是在未来迷途的任何时刻。

都会有我。

谢野一顿，低眼看她。

场内有些喧闹，还带着对他刚刚退役的哭泣声和伤感。而他也在前一刻卸下了身上所有的骄傲和荣誉，只剩下他。

一个人。

但他的女孩说过，会先来迎接他的。

所以她来了。

来迎接她的冠军。

谢野托起池栀语的脸，低头，郑重地在她的唇上落下一个吻。

现在，我的阿语来了。

旁边的丁辉几人看到这儿，相互看了一眼，笑着往前先走了。而周围的观众也看到这浪漫的一幕，纷纷错愕后，场内重新又沸腾疯狂起来。

同时在这一刻。

粉丝们也永远记得他们不败的神，在这一天，真的选择了离开。

但他却没有走远。

只是带着满身的病痛和初衷，回到了他心爱的女孩身边。

依旧耀眼，夺目。


Wild退役的消息在网上瞬间传开了，当时谢野在宣言里的告白也传开了，还有下台后的那个亲吻。网上热议不断，甚至有些炸裂。

"所以说你们都要比明星还要出名了。"吴萱坐在后车座上，一边刷着微博一边感叹着。

池栀语坐在她旁边，点头："那能给我钱吗？"

"不是。"坐在副驾驶座上的李涛然被逗笑，"池妹妹你这可就有点物质了啊。"

池栀语笑了下："明星不都挺有钱的吗？"

"有钱那也是明星的事。"吴萱扫她，"你是明星吗？"

前边开车的苏乐挑了下眉："池妹妹也可以去当个明星吧。"

"不了不了。"池栀语摆手，"我还是想低调点。"

李涛然噎住："照你和谢野这样的情况，可不像是能低调的。"

"过几天就好了。"池栀语随意道。

吴萱点头："反正谢野都退役了，之后他应该也不会有机会上镜露脸，过不了多久也就没人关注了。"

提到退役这事儿，李涛然"啧"了一声："我刚刚居然为谢野这人哭了，我现在想想都觉得毛骨悚然。"

"你什么不哭？"苏乐贬低他。

"你别以为我不知道。"李涛然扫了他一眼，"你刚刚就没哭？"

苏乐噎住。

后边两位女生被他们逗笑，完全不给他们面子。

苏乐咳一声，转移话题问："谢野什么时候来？"

池栀语看了眼时间："可能要过一会儿吧，他还有事情和队里说。"

"说什么？"李涛然猜测，"总不会来个道别会，然后抱头痛哭吧？"

吴萱嘴角抽了下："你觉得有可能吗？"

刚巧车辆到达餐厅，苏乐把车停到车位上："下车吧，先吃饭。"

比赛结束的时候，刚好也到中午了，池栀语让谢野先回去，自己先跟着吴萱一伙人去吃饭，等他忙完了再来找她。

李涛然找了个当地比较有名的餐厅，四人走进去随意找了个靠窗的位置坐下，点了餐后，上菜速度倒挺快。

池栀语其实有点困，吃了几口就饱了，一边听着他们三个人说话，一边给谢野发信息问他中午怎么吃。

谢野那边可能在忙，等了一会儿也没见他回。

池栀语收起手机，吴萱看她的餐盘，皱了下眉："你减肥？"

"嗯？"池栀语明白地回了句，"没有，我不是很饿。"

"那吃得也太少了。"吴萱说，"再吃几口，省得等会儿谢野看到说我们虐待你。"

"什么乱七八糟的。"池栀语觉得好笑，"我都胖了好不好。"

"胖了？"李涛然看着她，瞪眼，"你这叫胖了？"

"真的胖了。"池栀语无奈点头，"我前几天上称都重了好几斤。"

谢野总是让她吃东西，时不时就给她买零食坚果之类的东西。池栀语本来没觉得有什么的，但前几天突然觉得自己的脸有点圆，上称后都惊了。

"我还真没看出来。"李涛然摇摇头，"你这不都和以前一样吗？"

"这你就不懂了。"吴萱扫他一眼，"活该你现在还单身。"

李涛然蒙了："好端端干吗扯到我，苏乐不也没有女朋友嘛。"

苏乐摇了摇头："你果然不懂。"

李涛然："什么意思？"

池栀语懂了："有女朋友了？"

苏乐点点头，语气有些得意道："差不多。"

吴萱："什么叫差不多呢，到底有没有？"

苏乐："有人追我，我还在考虑。"

闻言，李涛然看他，"嘁"了一声："瞎扯吧你。"

吃完饭，池栀语跟着一起去了他们住的酒店。

在前台办理完入住手续后，池栀语实在撑不住困意，拿着房卡就先回房间睡觉了。

"你昨晚没睡吗？"吴萱见她躺在床上就闭上了眼，挑眉问。

"嗯，没睡。"池栀语拉过被子，"我要睡觉了，你出去吧，房卡先拿着。"

等会儿谢野过来，她不想起床替他开门。

"行，你睡吧，我走了。"吴萱拿走房卡，开门出去。

人一走，池栀语闭着眼，开始安稳地睡。在飞机上的时候，她也没睡多久，一直在发呆又或者在想谢野的事，现在都比完赛了，绷着的神经也松懈下来了。

池栀语以为自己会无梦地睡到自然醒，可是睡到半途的时候，她迷迷糊糊地听到房门打开的声音，而后就感到床的一侧微微陷了下去，熟悉的温热气息接近她。

池栀语很困，完全不想睁开眼睛，但还是知道是谢野过来了。

之后又不知道睡了多久，她就被谢野叫醒了。

池栀语躺在床上，有些吃力地睁开眼，盯着面前的男人，他不知道什么时候躺在了她旁边，单手抱着她的腰，一手把玩着她的头发，很恶劣地一声一声叫她。

池栀语脑子混沌，根本不想理他，但听着他一直催人的叫声，皱起眉烦躁至极："谢野，你能不能别说话。"说完，她直接翻了个身子，继续睡觉。

谢野见她醒了，正打算坐起身来，闻言，看着她削薄的脊背，挑了下眉："干什么？"

池栀语拉过被子盖住自己的头，无言地表示——别吵我睡觉。

谢野瞧见她这样，笑了，坐起来伸手连人带被地扯了起来。

池栀语身子无力地被他拉坐起，眼都没睁，语调拖着："你要干吗……"

"别睡。"谢野把她扯到怀里，见她这样就笑，"你看看现在都几点了。"

闻言，池栀语挣扎了一下，掀开眼睛眯眼看他："几点？"

谢野："六点。"

池栀语似乎根本没明白，"嗯"了声："六点。"

谢野被她气到，伸手捏了下她的脸："别睡，中午都没吃，先吃了饭再睡。"

"我不吃。"池栀语抱住他，睡意重新上来，"我想睡觉，我不饿。"

"现在你不饿。"谢野直接道，"等会儿半夜被饿醒，别来折腾我。"

池栀语闭上眼，点头："那就等会儿再说。"

谢野抬起她的脑袋，直接拿过床边餐车上的温水，送到她的唇边："喝水。"

池栀语听到是水，也没有反抗，闭着眼就着他的手一点一点浅浅喝着，大致喝了几口后，摇摇头："不喝了。"说完，她就想往旁边一倒继续睡，然而下一秒就直接被谢野拉住。

他面无表情道："喝了水还想耍赖是吧。"

池栀语有些无奈，这才睁开眼看他，其实被他这么一闹，睡意也少了一大半。

谢野对上她幽怨的眼神，也完全不在意，伸手拿过一旁的面，用叉子圈了一点喂给她，抬了下巴："张嘴。"

池栀语坐在他怀里，张嘴吃了一口，看他："你吃了吗？"

"你先吃。"谢野又喂了她一口。

闻言，池栀语皱了下眉，伸手想拿过叉子："我自己来。"

谢野没给她，而是先放下碗和叉子，然后抱着她坐在一旁的椅子上，让她老老实实地坐好。

谢野拉过餐车，把面放在她面前。

池栀语边吃着边问他："什么时候回来的？"

谢野坐在她对面，语气随意："你呼呼大睡的时候。"

池栀语"噢"了声，她现在确实也有点饿了，比往日吃得多了点，但还是没吃完就推给了谢野："我饱了。"

谢野扫了眼："自己吃完。"

池栀语开始谴责他："我如果变成胖子，肯定都是因为你。"

"噢。"谢野打量了她一眼，"你胖给我看。"

"我胖了啊。"池栀语皱眉，"我前几天称体重胖了好多。"

谢野扫她一眼："能不能说点像样的话。"

池栀语噎了下，懒得和他说，起身走到床边拿过手机，看有没有来电信息。

回了几条微信后，她随意地坐在床上玩起了手机，自然地打开微博看网上关于上午谢野退役的舆论。

网友粉丝们基本上都在歇斯底里地发着文字说"不要走，舍不得"这类的话。还有的人都做起了关于Wild的在职生涯回顾视频，让所有人看看，并记住Wild这个主宰过多少比赛的电竞之神。然而到了下午，有些粉丝可能渐渐接受了这个事实，开始关注上谢野和她的事。

评论里感叹着。

"Wild就算退役，也要正经给Wild嫂告一次白。"

"'在往后属于谢野的日子里，我会陪一个人，将把所有缺给她的日子都补给她。'呜呜呜呜呜，我们Wild好甜啊！"

"呜呜呜呜，这五年Wild可能和Wild嫂聚少离多，Wild嫂也好理解Wild！"

"天！Wild嫂真的也是个神仙女孩，漂亮又有实力，重点还和Wild是青梅竹马！而且还在一起这么多年！"

"我真的很好奇，Wild嫂对Wild来说究竟是什么样的女孩啊！"

"楼上这还用得着问嘛，都说了是家里的娇气姑娘了啊！"

"我们Wild嫂不娇气！"

…………

"看什么？"谢野收拾完桌子，见她拿着手机一直看着，坐在她身旁随意问了句。

池栀语把手机递给他："在看网友说我娇气。"

闻言，谢野接过低眼看了眼屏幕，扫过底下的评论时，注意到某一条后，眉梢轻轻一扬。随后退出了她的微博，登上了自己的账号，找到那条评论，指尖在键盘上移动。

池栀语坐在他身旁，就见他拿着自己的手机不知道在干什么，貌似还在打字。

"你在干什么？"池栀语凑过去看他，低眼就看见了手机屏幕上他刚发送出去的一条微博。

熟悉的界面内，最新的那条是他转发并评论了刚刚的一条评论。

"我真的很好奇，Wild嫂对Wild来说究竟是什么样的女孩啊！"

池栀语视线往上一眼就看到，谢野言简意赅地发了一句。

Wild Gardenia："是我倾慕多年的女孩。"

池栀语盯着这一条看了三秒，评论和转发点赞直线上升。

她抬头看向谢野，见他一脸从容淡定，注意到她的视线后，眉梢轻轻一扬，随后把手机递还给了她。态度嚣张，一脸的理所当然。

池栀语又看了眼上面的字，看向他眨了下眼："你那时候就喜欢我了？"

"怎么？"谢野瞥她，"不行？"

池栀语看了他几秒，很真诚道："嗯，那你还挺……"

她吐出两个字："早熟。"

谢野似是完全没觉得这有什么问题，厚颜无耻地承认："还真的是呢。"

池栀语没忍住，用他的话回复："不能说点像样的话吗？"

那个时候，两人根本没半点有爱的气氛，不是他骂她，就是她打他，每天除了互损之外就没其他的场面。

池栀语瞪他："你小时候整天对我冷嘲热讽的，不是惹我生气就是故意找我碴儿，哪儿来的喜欢我？"

"噢。"谢野勾了下唇，"打是亲骂是爱没听过？"

池栀语差点噎住，但还是想确认问："你那个时候真的喜欢我？"

谢野听她不信任的语气，瞥她一眼："这还怀疑我？"

池栀语眨眼："那个时候我们不是还小吗？"

"怎么了？"谢野问，"瞧不起谁呢？"

池栀语也不知道他的关注点怎么总是奇奇怪怪的，被逗笑道："你当时那么小就能知道你对我是喜欢了？"

这回谢野倒是正常地回了句："我不知道。"

"嗯？"池栀语扬了下眉。

谢野扯了下唇："小屁孩一个能知道什么。"

池栀语："那你什么时候发现自己喜欢我的？"

"噢。"谢野看着她，语气很欠地给了句，"不好意思了，无可奉告。"

池栀语真的很想打他，伸手直接掐上他的脸，威胁道："说不说！"

谢野身子往后靠，池栀语立即跟随，半趴在他的怀里，掐着他那张嚣张跋扈的脸，开头吐槽："我以前真的好讨厌你这样子，天天臭着张脸，还总是来惹我生气，其他男生都不会像你这样。"

被她提到这儿，谢野似乎想起什么事，轻嗤一声，忽而伸手掐了下她的脸，仿佛报复。池栀语伸手捂住脸，一脸茫然："干吗掐我？"

谢野抱着她的腰，也谴责她："你说说你以前干了什么事。"

"我怎么了？"

"天天跟着别人屁股后面跑。"谢野继续掐着她的脸，语气很不爽，"都准备跟着人回家去了。"

池栀语蒙了下："我什么时候……"话没说完，她一顿，突然想起来小时候有个囧事。

谢野当时也小，对她的态度就像那种幼稚到想刷存在感的小男生，所以一直欺负捉弄她。而她也是个小女生，相对于谢野这样的，肯定会喜欢对自己温柔一点的男生，所以她当时总是会和隔壁班的一个男生一起玩，放学的时候还想着和他一起回家。

有次还被小巷子里的爷爷奶奶们看到开玩笑问她要跟着谢野呢，还是要跟着那个男生。池栀语根本不知道这是什么概念，只觉得是朋友之类的，所以她斩钉截铁地回了句我不要谢野。

池栀语记起这事，咳了一声解释道："那个时候我不知道他们说的是什么意思。"

谢野扫她："知道了呢？"

"知道的话。"池栀语沉吟一声，很理智地开口，"我选择那个男生。"

周围气氛沉默了两秒。池栀语察觉到不对劲儿，抬眼。

谢野的唇线拉直，仿佛没听清楚她的话，盯她两秒，毫无情绪地问："你说选谁？"

池栀语瞬时噎住。

"所以你现在和我在一起，心里却还想着跟别人……"谢野停住，不怒反笑地咬着两个字，"回家？"

"不是，你别误会。"池栀语连忙开口，"我是说如果按当年的话我选那个男生，不是现在。"

谢野盯着她，没说话。仿佛就是在看她能编出什么能让他听听的解释。池栀语再接再厉："而且我现在连那个男生长什么样都忘了，回什么家呢。"

谢野敛了唇边的弧度，没搭腔。

"真的啊，我没骗你。"池栀语看着他的表情，莫名弯了下嘴角，小声说，"不过你也不想想你以前对我的态度，干吗总是欺负我？"

见她还怪起他来了。

谢野冷嗤了声，声音也是很贱："我想，不行？"

池栀语其实基本上能猜到他当时的想法了，但见他就是不说，没忍住笑出了声，抬手用指尖碰了碰他绷着的唇角："你好幼稚啊。"

谢野懒得理她。

池栀语凑过去盯着他的脸，继续追问："所以你是不是发现自己喜欢我后，就把那本诗集放在我房间了？"

谢野没回这话，身子后仰，明显不想让她靠，语气有些不爽快："离我远点。"

池栀语忍着笑，故意贴近："我不。"

谢野的后背已经靠在了床头，没办法再退。

池栀语占据了上风，身子完全倾向他，最后实在是没忍住，笑着靠在他的怀里："谢野，你小时候好可爱啊。"

谢野听到这个词，瞬时皱了下眉："说什么？"

池栀语抬头亲了下他的嘴，笑着重复道："可爱啊。"

谢野面无表情："并不可爱。"

池栀语又被他这语气逗笑，顺从地点头："是是，你是冷酷大佬范儿。"

这态度完全就是敷衍。

谢野盯着她的笑脸，有种权威被她藐视的感觉。

胆子越来越大。

想到此，谢野直接抬手抵着她的腰，用力地咬住她的唇，含糊的话音随之传来。

"还想跟别人回家，从小就知道花心。"

"对你好的不记得，只记得别的男人的事。"谢野像是发泄地咬着她的唇瓣。

池栀语的身子瞬时一颤，下意识地想往后退。

谢野察觉到后用掌心反扣住她的腰，不让她逃，轻舔了下她的唇角退出，额头与她相抵，语气吊儿郎当地说："现在还想逃？"

池栀语气息有些不稳，无力地靠在他怀里，瞪他："还不是你……"

池栀语说不出口，止住了。

谢野笑，语调轻拖："我干什么了？说啊。"

池栀语的耳尖微烫，伸手想推开他。

下一刻，谢野掌心托过她的脸，低头继续吻她，力道加重，比之前更加深入。

池栀语不自觉地仰头贴近，也有些情不自禁。

谢野的吻渐渐滚烫，亲着她的唇角。

池栀语感到他喷洒在自己皮肤上的呼吸微烫，细碎的吻不断落下，还有喘息声。

没一会儿，就听见他性感低哑的声音落在耳边："刚刚说哪儿胖了？"

池栀语喘着气看着他，脑子有些空："什么？"

谢野盯着她红艳染着水光的唇，眸色愈深，轻轻咬着她的唇瓣："不是说胖了？"

池栀语莫名觉得有些口干，低低"嗯"了一声，伸手勾住他的脖颈，靠着他的身子，已经察觉到他的意图。

谢野的吻重新落在她的耳垂，问道："那要不要消食？"

池栀语捏着他的衣服的手微紧，感受到他扣着她的腰，压向自己，掌心与指尖暧昧地打转移动，声音喑哑。

"男朋友带你消消食。"

# Chapter 25

生日快乐·她的宝藏

　　第二天一早。池栀语只记得自己被谢野折腾了好久，沉沉地睡下后不知道过了多久就又被他叫醒。

　　谢野抱起她，捏了下她的鼻子："还走不走？"

　　"嗯……"池栀语靠在他肩上，意识完全没有清醒。

　　谢野见她这样，直接低头用力亲着她的唇，把她催醒。

　　池栀语恼了下，立即推开他的脸："你好烦。"

　　谢野拿着她的衣服，随意帮她穿上："快点，飞机不等你。"

　　闻言，池栀语惊醒："几点了？"

　　"四点。"

　　"四点？！"池栀语蒙了下，"那不是延误了吗？"

　　他们订的中午的机票，都迟三个小时了。

　　"我改到下午六点了。"谢野帮她把外套穿上，"要等你醒，我们还能走？"

　　池栀语还没反应过来，任由他帮她穿着衣服："你怎么不叫我啊？"

"你有没有良心。"谢野拉着她起身往卫生间走,"我叫了几次你就骂了我几次。"

池栀语一愣:"我骂你了?"

"还想装不记得呢?"谢野把牙刷挤好牙膏递给她,"自己刷。"

池栀语接过,下意识按着他的话,老老实实刷牙。

谢野站在身旁,随手帮她把头发抓好,不让它掉下来。

简单地洗漱完,池栀语也清醒了,拿过毛巾擦干脸上的水渍,看着他眯眼:"你骗我吧,我怎么可能骂你。"

谢野闲散地靠在墙上看她,扬了下眉,"怎么不可能?"

"我骂你什么了?"池栀语完全没印象。

"噢。"谢野慢悠悠地开口,"骂我不让你睡觉。"

池栀语眨眼:"就这?"

谢野坦然道:"当然不是。"

池栀语:"那我还骂什么了?"

"还骂我……"谢野意味深长道,"把你弄痛了。"

这话像是提醒她了什么,池栀语脑子里瞬时想起来昨晚的画面,还没来得及多想,她的耳朵瞬时攀上了热度,立即放下毛巾打断思绪,看也不看他转身就往外走。

谢野跟在她身后,优哉游哉道:"跑什么呢?骂了还不承认是吧?"

池栀语噎住,侧头看他:"谢野。"

谢野点头:"说。"

池栀语装作镇定,很认真地问:"难道我说错了?"

似乎没料到她会是这回答,谢野眉心一跳。

池栀语看着他的表情,突然觉得很爽快,瞥了他一眼,言简意赅地下了一道命令:"走吧,飞机可不等你。"

谢野见她这模样,敛起下巴,忽而笑了:"行,走。"

何止今日。

往后,只要你来迎接。

我都永远跟随。

从柏林回来后，池栀语的生活没什么变化，还是一样在剧院演出排练。而谢野回了趟YG处理完手续后，也基本上没什么事，每天都老老实实去上课，然后下课再来剧院接池栀语回家。

如此来了几次后，剧院里的舞蹈演员基本上都认识他了，有的还是他的粉丝。

有时候，池栀语排练结束换完衣服出来，就看着谢野坐在她化妆的专属位置上，模样散漫地给人签名。

池栀语看着这幕，扬了下眉，对面的小粉丝还是个新人演员，看到池栀语出来后连忙问好。池栀语笑着点了下头，小粉丝等谢野签完名后，也不再打扰他们，迅速往外走。

谢野坐在座椅上，抬头对上池栀语的眼神后，眉梢轻轻一扬："怎么？"

"你这是在开粉丝见面会呢？"池栀语走到他身旁坐下，好奇地问。

谢野把一旁的保温杯递给她，胡扯了句："粉丝福利。"

池栀语"喊"了声，接过喝，润了润嗓子。

谢野看了眼时间："晚上想吃什么？"

"嗯。"池栀语想了想，"我减肥，不能多吃，你看着办吧。"

谢野扫她一眼："减肥？"

池栀语点头，把杯子盖上递给他："过几天要上台。"

"行。"谢野伸手接着杯子，顺带圈住了她的手，指尖勾了下她的手指，极其无耻道，"那晚上多消会儿食。"

池栀语立即抽出手："你疯了吗？"

"不是说减肥。"谢野吊儿郎当道，"我帮帮你。"

池栀语骂他："谁要你帮我了，我自己减。"

"池栀语，我先和你说一声。"谢野身子往后一靠，居高临下地看她，语气有些凉，"如果你体重敢少了一斤，自己看着办。"

池栀语的体重一直是偏瘦的类型，经常也会有低血糖晕倒的症状，谢野为这事很严肃地和她说过。但她自己倒没觉得有什么问题，可能从小被白黎强迫着控制体重，早就习惯了去减肥。

这种意识早就根深蒂固，改不掉了。

池栀语听到他的话，也有些无奈地点头："好，我不减。"

谢野也不多说，直接带着她去吃饭。

池栀语坐上车，看着他突然想到一事："你现在都失业了，还有钱吗？"

谢野俯身帮她系着安全带的动作一顿，看着她警告道："池栀语，你最近胆子有点大啊。"

池栀语眨眼："我怎么了？"

谢野见她这无辜又故意的表情，有被气到，但又不能骂她，只能伸手掐着她的脸："给我记清楚了，我这叫退役，和失业没半点关系。"

"噢，退役。"池栀语逗他，悠悠开口道，"那不还是没工作吗？"

谢野盯了她三秒，气极反笑："是，我没工作怎么了？"

池栀语眨眼："那你打比赛赚来的钱还剩多少？"

"怎么？"谢野看着她，悠悠问，"现在就想掌控我的工资了？"

"这哪儿算工资。"池栀语想了下，"不过应该还挺多的吧，每次比赛完都有奖金。"

谢野扯唇："我还没那么穷，比你想的多。"

池栀语扬眉："你怎么知道我想的是多少呢？"

谢野打量了她一眼，吐出三个字："很难猜？"

池栀语扫他："干什么？还看不起我这个有职业的人了？"

谢野牵着她的手："我哪儿敢看不起呢。"

池栀语："嗯？"

谢野眉梢轻挑："老板不是说了要养我？"

池栀语都快忘了这事，自然地点头："是，我说过这话。"

"所以……"谢野指腹蹭了下她的掌心，尾音拖着，"什么时候来享受一下？"

池栀语拍了下他的手："谁和你享受。"

"噢。"谢野很坦然，"我是挺享受的。"

池栀语已经麻木了，催他快点开车。

闻言，谢野也没继续闹，发动车子往外开。

池栀语靠在座椅内，拿出手机刷着朋友圈，突然看到苏乐发的一条动态官宣恋情，立即问："苏乐有女朋友了你知不知道？"

谢野看着路况，稍疑："谁？"

"苏乐。"

"噢，我不想知道。"

"谁问你想不想知道了，我是问你知不知道。"

池栀语看着这条朋友圈下还有李涛然和吴萱的评论。

吴萱："是之前说追你的那个女生？"

李涛然："滚吧，怎么可能会有人追他。"

李涛然："以防诈骗啊各位。"

看到这儿，池栀语笑了一声："之前苏乐还说有人追他，这才过了一个多星期吧，没想到这么快就在一起了。"

"追他？"谢野轻嗤了声，"这你都信。"

"嗯？"池栀语好奇，"你不是不想知道吗？"

谢野："他每天在那儿吹，我能不知道？"

池栀语被逗笑，明白了是苏乐自己在追人，但故意反着来说。

她随手给苏乐点了赞后，转头教育人。

"谢野，端正你的态度，你现在是失业人员，谦虚点行不行？"

谢野瞥她："池栀语，也纠正你一点。"

"我呢，现在是没工作。"谢野扯唇，"但不代表我失业。"

池栀语明白他的意思，挑眉："你在找工作？"

谢野："没。"

过了两秒。

谢野闲散地补了句："我一直在工作。"

池栀语一愣："什么工作？"

"噢。"谢野侧头看她，吊儿郎当道，"这不是一直服伺候您吗？"

池栀语差点噎住，有点无语地看他："那你就打算一直伺候我？"

"不急，我又不差钱。"谢野厚着脸皮说，"先陪着你再说。"

既然有个休息的时间，陪着她也是他乐意享受的事，再久点也不是不可以。

池栀语明白他的意思，眼角弯了下："什么再说，你不可能真没想法吧？"

"有点。"谢野单手向左转动方向盘，语气随意，"谢家老头听到我退役的消息来找我，我到时看看。"

池栀语差不多也能猜到他爷爷会来。

这几年谢家那儿看着谢野真的干出了一番成绩来，态度也渐渐不再那么强硬，软化了一些，不再反对他，也不逼着他回去。只是这爷孙两人的关系还是一样。

池栀语不大了解，但也能猜到老爷子那边可能是碍于面子不肯先来找人，有时候最多打个电话之类，而谢野就是懒得搭理。

想到谢野的态度，池栀语点了下头叮嘱他："和老人家好好说话，他也是长辈，别太过分了。"

闻言，谢野就"哦"了声。

池栀语知道他就是没听进去，但也懒得说他了，反正他性子就这样。

谢野确实没听进去，指尖随意地敲着方向盘，说了句："过几天老爷子来，你要不要见见？"

池栀语闻言，想了下："你爷爷会喜欢我吗？"

"嗯？"谢野懒懒道，"管他干吗。"

池栀语噎了下："这不就是见家长了吗？"

谢野笑了："我妈你没见过？"

池栀语皱眉："爷爷也是家长啊。"

"给他见孙媳妇已经算不错了。"谢野扯了下唇，"能有什么意见。"

池栀语可没他酷，沉吟一声，"那你定好时间提前和我说一声，我好准备一下。"

240 ·

"不用准备。"谢野熄火停车，侧头看她，勾了下唇角，"人到就行。"

池栀语看着他笑，也不自觉弯起了唇："知道了，但你要提前和我说一声，不然我紧张出洋相了怎么办？"

谢野凑过来帮她解开安全带，扬了下眉："你连我都不怕，还怕别人？"

"这哪儿能一样。"池栀语看他，"我是喜欢你的啊。"

谢野顿了几秒，挑眉笑："那你很久以前就喜欢我了？"

池栀语眨了下眼，含糊道："噢，可能吧。"

见她还装模作样，谢野给她面子不拆穿她，低笑了几声，很欠地伸手捏了下她的脸，勾起她的下巴低头用力亲了下，还嚣张作恶般地咬了一口她的唇瓣。

池栀语眼眸微眯，立即想伸手推开他。

似乎早猜到她的意图，谢野立即放开她，后退看着她："行了，下车吃饭吧。"

这态度仿若无事一般。

而且说完后，谢野还好心地擦过她嘴唇上的水光。

谢家老爷子什么时候来，池栀语也不知道，谢野也没和她说。一开始池栀语还挺在意这事的，但过了一个星期后也没见人来，她渐渐也忘了。

三月十一号，植树节前一天。

池栀语剧院没事，难得能休息，但偏偏被谢野这人了钻了空子，拉着她折腾到了半夜才让她睡下。然而第二天谢野有早课，他自己早起也就算了，但不知道这人是不是有毛病，走的时候一定要把她叫醒，喂着她吃完了早餐后，才让她躺回去继续睡。

池栀语躺在床上，一边骂着人一边伴着睡意重新又睡过去，等醒过来的时候已经到下午两点了。

她从床上坐起来发了一会儿呆后，下床去洗漱。

从卫生间出来的时候，谢野刚巧给她打来电话。

池栀语扫了眼屏幕，想起早上的事就来气，随手接过，冷冷道："说。"

谢野挑眉："醒了？"

"干吗？"池栀语的语气不好，"有事说事。"

谢野被逗笑了："学谁说话呢？"

"你说呢？"池栀语走出主卧往厨房走，想倒杯温水喝。

谢野听到她的动静，看了眼时间："饿不饿？"

听到这个问题，池栀语又想起早上睡梦中吃的早餐，不想和他说话。

"干什么？"谢野没听见她的声音，懒懒问，"哑巴了？"

池栀语喝着温水，嗤了声："你才哑巴。"

"行，我哑巴。"谢野知道她还在气什么，笑了下，"我等会儿下课回来，接你去吃饭，知道吗？"

听他还要回来，池栀语皱了下眉："这多麻烦，我去找你就好了。"

"来找我。"谢野挑眉，"不生气了？"

"当然气。"池栀语，"但我不想饿到我自己。"

谢野乐了："行，那你来找我。"

"嗯，挂了。"说完，池栀语根本没有任何犹豫，直接就挂断了电话。

谢野听到耳边的"嘟嘟"声后，扬了下眉，但没什么惊讶，很习以为常地拿下手机。

一旁考上研究生无聊过来旁听的李涛然看着他这样子，摇了摇头："谢野，你看看你现在被池妹妹压得地位多低下。"

"噢。"谢野瞥他，"我乐意。"

李涛然被噎到："不是，池妹妹怎么就会喜欢你这样的呢。"

谢野闲闲道："不好意思了，我对象就喜欢我这样的，你如果羡慕，我也没办法。"

"我羡慕什么。"李涛然吐槽着，"还有别看老子这样，我在我们班上可抢手得很呢。"

"抢手？"谢野看着他这吹牛的样子，轻嗤一声，"是呢，抢手的备胎。"

李涛然炸了："瞎说，那是我看不上好不好？备个头的胎！"

谢野懒得理他，拿过手机玩着游戏。

李涛然看了眼时间："等会儿池妹妹过来吗？"

谢野："怎么？"

"我见见她啊。"

"你有什么好见的。"

李涛然气乐了："谢野，你这人是真的有点小气了啊，从小到大在池妹妹这儿是真的没变过。"

谢野捏着手机一顿："我小气？"

"哟，还不承认呢。"李涛然开始扯他的黑料，"初中的时候我记得池妹妹都有给你送笔记之类的，我想看一下，你连碰都不给我碰，小气得要死。"

谢野完全没这印象，拿眼扫他："你编呢。"

李涛然乐了："我编这个干什么，我疯了？"

谢野嗤了声，随意拿出等会儿要上课的书。

看他这样，李涛然"喊"了一声："装什么好好学习的样子呢。"

"哦。"谢野看他，"你以为我是你呢？"

李涛然直接收起了自己的书："我是看你可怜才来陪你上课，你自己听吧你。"说完，他打算起身，但卡了半秒，转头看着谢野，"你就不挽留我吗？"

"行。"谢野抬了抬下巴，"你走。"

李涛然无语了。


算着谢野下课时间快到的时候，池栀语出门打车坐到了若大校门口，随手给谢野发了信息示意自己到了。

谢野很快回复："等着。"

池栀语回了个"好"，站在一边等着谢野过来。

她看着校门口人来人往的，没一会儿就看到了谢野跟着李涛然出来。

"嗯？"池栀语见到李涛然，愣了下，"小李哥怎么在这儿？"

李涛然摆手："我刚好来学校，无聊就陪他上一节课。"

池栀语明白地点头。李涛然看她："池妹妹过来干什么，怎么不让谢野去接你？"

"噢。"池栀语看了眼谢野，"今天我陪他过生日。"

"嗯？"李涛然蒙了下，看着谢野，"你今天生日？"

谢野顿了两秒，似乎也才想起来，勾了下唇："是呢。"

李涛然总觉得这人莫名不可信。

但他知道池栀语不会骗人，点头："行，那我祝你生日快乐吧。"说完，他也识相不再多待着，简单和池栀语说了几句话后就走了。

池栀语目送他离开，一转头就对上了谢野的漆黑眸子，她淡定地眨了下眼："看我干吗？"

"说说吧。"谢野勾唇，心情貌似不错，"准备怎么陪我过生日。"

池栀语看着他这模样，莫名又想起早上被他吵醒的事，瞪了他一眼："不知道。"

谢野气乐了："不知道还来找我？"

这话有点问题，池栀语一噎，突然也不知道该说什么，咳了一声："先走吧。"说完，她先迈步往旁边的车库走，谢野看着她这模样，唇角轻扯，慢悠悠地跟上走到她身边。

池栀语察觉到他过来，往旁边走了走，似乎想离他远点。

谢野扬了下眉："干什么？"

"嗯？"池栀语佯装不知，"我怎么了？"

谢野扫了眼两人的距离："这是气得想当路障？"

还不是因为你！

池栀语忍住转头，往前走。

谢野紧随其上，同时伸手钩住了她的指节，掌心轻轻移动，忽而牵着了她的手，晃了下。

似乎在无声撒娇。

池栀语察觉到，表情突然有些绷不住，她抿了下唇忍着笑，转头看他："干什么？"

"看不出来？"谢野勾了下她的掌心，尾音拖着，拖腔拉调道，"我来求个饶。"

池栀语往前走着，面无表情道："求什么饶？你做错什么事了吗？"

谢野的车停得不远，没走几步就到了。

车辆解锁的声音轻响，池栀语正想打开车门，谢野先行替她拉开，单手护着她的头，让她坐进去。随后，绕过车头打开驾驶座。

谢野见她自己先系好了安全带，眼神有些意味深长，而后俯身凑到她面前，忽而把她的安全带解开。

池栀语愣了下："干吗？"

谢野语气懒懒道："重新系。"

池栀语这次真的没忍住，笑出了声："你有病？"

安全带松开后自动弹了回去，谢野伸手重新拉过系上，低头亲下了她，有些讨好道："我错了，别生气了呢。"

闻言，池栀语脾气又上来，伸手捏着他的脸："干吗每次都吵我睡觉。"

谢野任由他她掐着，慢条斯理道："早上不吃饭，你能安稳睡到现在？"

池栀语放开他的脸，做出选择："那我宁可被饿醒啊。"

"我不。"谢野捉下她的手，放在唇边咬了下，闲闲道，"谁给你饿醒。"

池栀语看着他："那你下次让我好好睡觉。"

谢野捏了下她的掌心的软肉，也给她选择："那你先别生气。"

哪儿有这样的。

仿佛猜到她的话，谢野对上她的眼，模样很嚣张地扬了下眉："我就这样，怎么样？"

池栀语皱起眉，刚想开口说话，谢野直接吻上她的唇，封住了她的话语，单手托起她的侧脸，更贴向他。

池栀语愣了下，谢野没有动作，亲了一下后稍稍撤退，却没有拉开很远，低眼看着她，语调很欠地问：“怎么样？”

池栀语："不……"

才冒出一个音，谢野再度吻上她，而后松开，厚颜无耻道："还生气我就继续亲。"

被他这一闹，池栀语早就消气，闻言，甚至有点想笑："你幼不幼稚？"

谢野见她唇角弯起，语气带了点玩味："我有这玩意儿？"

池栀语笑出了声："你还能再幼稚点吗？"

谢野没答这话，看她挑了下眉："还生气？"

池栀语看他想了想："要我不生气也可以。"

谢野："嗯？"

池栀语不知道想到什么，带了点玩味："你以后答应我一个要求。"

谢野直接点头："行。"

见他这么容易就答应了，池栀语眨下了眼，注意前边人有点多，推开他的身子："行了，我不生气了，你快坐回去。"

"怕什么？"谢野自然能到知道她在担心什么，悠悠道，"我们又没做什么。"

池栀语不是很想听到他接下来的话，连忙开口："你还过不过生日了？"

闻言，谢野慢悠悠地直起身："噢，当然过。"

池栀语看了眼导航："那就跟着导航开吧。"

"嗯？"谢野点开导航，看着熟悉的餐厅地址，闲闲道，"噢，还有什么惊喜呢？"

池栀语莫名有些尴尬，咳了声："你先开。"

谢野笑了，也没开导航，熟练地往外开。

车辆驶过大道，池栀语还在想着之后的流程，却被包内的手机铃声打断了思路。

她随后摸出来，看清上头是白黎的号码后，顿了下。

谢野听到铃声一直响，侧头看了她一眼："怎么了？"

"没事。"池栀语随手接起，平静地唤了声，"妈。"

闻言，谢野嘴角的弧度稍敛，有些淡。

不知道白黎在那边说了什么，谢野也没有听到池栀语搭话，最后就只听到她说了句："我知道了，我现在过来。"话音落下，池栀语捏着手机，安静了几秒，转头看向他，"谢野，我可能……"

谢野随口道："地址。"

池栀语没反应过来："什么？"

"不是要去见白黎？"谢野看着她，"地址呢？"

池栀语垂眸停了三秒，最后道了句："市精神病医院。"

闻言，谢野似是没怎么惊讶，伸手牵过她的手，语气随意地道了句："也行，那就先带我见个家长。"

池栀语抬眼。

谢野看着她懒懒道："再回来陪我过生日。"


医院在郊区，方向不变一直前行渐渐远离市区。

池栀语坐在副驾上，看着车外繁华的街景已经变得有些清冷。

"等会儿你在外面等我就好。"池栀语抿了下唇，看着谢野开口，"我进去看一下她，很快就出来。"

谢野淡淡"嗯"了声。

池栀语的思绪也有点空，抬头看着窗外已经快到医院，感到莫名地压抑。

车辆驶进车库内，谢野熄火停车。

池栀语垂了下眸，先打开车门下来，带着他往里头走。

白黎入院的事已经被池宴接手，他安排的是VIP病房，仿佛在尽可能地照顾，让她也享受着最好的医疗服务。可惜，这里没有白黎最想要的东西。

池栀语牵着谢野走出电梯，病房门口的王姨看见他们俩，连忙走来问好。

池栀语随口问了几句白黎的状况后，转头看谢野："我进去了，你坐这儿等一会儿。"

"嗯。"谢野抬手用力揉了揉她的脑袋，认真地说道，"别受伤，快去快回。"

池栀语弯了下嘴角："好，等会儿带你去过生日。"

谢野抬了下巴："行，那早点出来。"

"知道了。"池栀语牵了下他的手，随后松开跟着王姨打开病房门往里走。

屋内，白黎身形清瘦，背脊挺直着正坐在床边，沉默地看着窗外，直勾勾地盯着，像是在发呆又像是在失神。

王姨先走到她旁边，轻轻喊了声："夫人，小语来了。"

白黎眼睫颤了颤，似是从恍惚中回了神，转过头呆呆地看了她一眼，停了半秒后，才往后看到池栀语。她似是突然想到什么，立即站起来牵过池栀语的手，摸着她的脸，神色有些慌张："阿语，你有没有事？头还痛不痛？"

池栀语皱了下眉，还没开口说什么。

白黎的手背贴着她的额头，语气有些焦急："头还晕不晕？阿语，我们不过生日了，妈妈现在就带你去医生。"

池栀语的表情一顿，停了几秒后，垂眸看她，语气有些听不出情绪："什么生日？"

"今天是你的九岁生日啊。"白黎摸着她的脸，皱着眉，"不行，阿语你发烧了，太烫了，妈妈现在带你去看医生。"

池栀语身子没动，看着面前消瘦的女人，突然有些恍如隔世，仿佛当年那个生日会上发生的事，在眼前重新浮现起来。

而现在眼前的白黎对她说的话，就仿佛当年那个让她先忍着的白黎，那个抛弃女儿的母亲，是她的幻想。

九岁那年的生日会。

池栀语只知道自己晕倒后，再次睁开眼的时候，已经在医院了。

当时病房里只有王姨陪着她，见她醒来后连忙叫了护士医生过来。

经过一盘检查后，医生叮嘱着王姨下次一定要及时送过来，怎么番拖着小孩子烧到了40度，再烧下去都要感染了。

医生走后，池栀语当时脑子还有些慢，下意识地想寻找白黎，看了一圈没有发现，扯着干哑的嗓子问："王姨，妈妈呢？"

王姨闻言看着她，明显有些迟疑："夫人……"

池栀语看着她，随后就听到了那几个字。

"在陪着先生。"

这话就像是提醒了她，将昨晚所有残酷的画面拉扯进记忆里。击碎了她脆弱的神经，那唯一仅存的期望。

当时还是年幼的她躺着病床上，在无助又不知所措的年纪，一直强忍着泪水，在那一瞬间，她再也无法忍受地哭了出来。

而她也知道，所有的一切都碎了。

没人愿意要她。

都不想要她。


王姨见白黎真的想带池栀语出去找医生，先走去牵过她，宽慰道："夫人没事了，你忘了小语已经退烧了，看过医生了。"

闻言，白黎的神情有些恍惚，似乎在回忆，摇着头："没有的，我的阿语没有退烧，我是要带她去看医生的，对，对，看医生。"说完，她转头看向池栀语，伸手摸着她的脸，柔声安慰，"没事的阿语，妈妈马上带你去医院，很快就会好的，回来后妈妈和你吃蛋糕好不好？"

池栀语垂下眸，看着她的表情，扯了下唇角，缓缓出声："晚了，你当初不是让我忍着吗？"

"所以现在说这些有什么用，你已经选择了池宴。"池栀语的语速平静又缓慢，"你想要的爱情，忘记了吗？"

白黎身子一僵，有些呆滞地看着她。

"我不知道你想要挽救什么，也不知道你现在是清醒还是糊涂，可是……"话音顿了几秒，池栀语用力地抿了下唇说，"现在什么都晚了。"

"从你当初做出那个决定的时候就应该知道……"

池栀语盯着眼前早已不像从前光彩照人的女人，喉间一哽，红着眼角，把最残酷的话说出来："是你先不要我的。"

抛弃了我。

选择了你想要的爱情。

而不是，我这个女儿。

池栀语曾经想过。

如果，白黎没有那么爱池宴的话，那天晚上她是不是就不会让她忍着，而是马上带着她去医院，也就不会强迫她做所有的事。

然后是不是也能变得像别人的妈妈一样。像简雅芷一样，温柔又体贴。也能像一个正常的母亲，关心她的兴趣爱好、学校生活，也和她聊着一些琐碎又平常的事。

可是，一切都没有如果。

白黎听着她的话，眼泪不受控都掉了下来，抓着她的手，立即否认摇头："不是的，不是的，阿语，妈妈没有不要你，不是这样！不是的！"

"我没有想知道的欲望。"池栀语抽出自己的手，闭了下眼，随后抬眸平静开口，"您好好休息吧，我走了。"

"阿语阿语，"白黎流着泪伸手牵着她，"不要走。"

池栀语侧头看她。

白黎像是祈求一般："妈妈不想在这儿，你打电话让爸爸过来接我出去，好不好？"

听到这话，池栀语盯着她看了几秒，忽而笑了："你从来没有期望过我来看你是吗？"

白黎的面色发白。

池栀语现在突然一点都不可怜白黎了，无数次都是白黎自己不要自己的，她扯了下唇："我原以为我如果真的不管你，我心里可能过不去，毕竟你也养过我，我总不能不尽孝。"

不论以什么样的方式，白黎至少都把她养大成人，让她有充足的资源和学习环境，让她有了现在的成绩。

"不过现在看来……"池栀语自嘲地笑了声，"你不需要，既然如此那我也不用再勉强自己来这儿，尽这些所谓的孝。"

池栀语看了眼时间，随后垂眸看她，没什么表情，语气稍缓："池宴至少会养你到老，如果你想见他，自己去问吧，我以后也没有来这儿的必要了。"

"最后祝您身体健康，好好休息。"话说完，池栀语没有任何留恋，转身走出病房，随后。

关上门。

松开门把手，池栀语转头看见了一旁坐着的谢野，迈步走到他面前，朝他伸手，笑了下："走吧，带你去过生日。"

谢野看她在面前摊开的掌心，抬手牵过站起身，扫了她一眼："有没有受伤？"

池栀语摇摇头："没有。"

谢野也没发现什么问题，不多问地"嗯"了声："走吧。"

池栀语点头，牵着他走到楼下，注意到大厅内有正在闲逛着的病人。身旁都有护士陪着，时不时会制止着病人们的反常行为，纠正他们该如何判断是非。而病人都是一脸的茫然和无辜，就像是无知又无措的孩子，也像是自己不愿去面对这清醒的世界。

甘愿成为那个放弃自己的人。

谁也不想醒。

就算当个傻子。


两人回到车上，谢野熟练地给她系上安全带，随后抬手揉了下她的头："还是去餐厅？"

池栀语点头："我位置都订了。"

谢野扬眉："还真有惊喜？"

"哪儿有这样问的。"池栀语抿了下唇，"我如果说了不就是没有惊喜了吗？"

"行。"谢野勾下了她的手指，"我不问，我等着。"

池栀语看他："你怎么就这么确定会有惊喜，如果没有怎么办？"

谢野语气随意："没有就下次补给我。"

"有你这么直接要惊喜的吗？"池栀语觉得好笑，"我才不会补给你。"

"噢。"谢野发动了车子，无所谓道，"那我给你。"

池栀语点头："这个可以。"

谢野眉梢一挑："你还挺贪心。"

闻言，池栀语看着后视镜内渐渐远离的医院，停了两秒，扯唇轻喃一声："是啊，我还挺贪心。"

那一点点微不足道的母爱。

可是。

终究还是没有了。

谢野听到她的语气，眼眸微淡，轻声道："那就贪吧。"

过了两秒。

谢野补充道："反正你对象都会帮你满足。"

我会帮你，填补所有的遗憾，如果不行，再凑上我的心。

这样。

你的所有伤痛都会由我补上了。

池栀语立即看他，安静须臾后，转头看着前边路况，刚刚在病房内对白黎质问的低落情绪，随着他这句话重新浮现出来。

池栀语也才意识到，自己还在渴望着白黎能回头看看她，看看这个被她抛弃的孩子。可现实却打碎了她那一丝妄想，她其实并没有那么坚强。只是在他们面前假装着，但在谢野面前，溃不成军。

池栀语鼻尖渐渐发酸，眼眶内感到了湿润，低头无言忍着。

谢野随手打了方向盘，停到街边的停车位上，解开安全带凑过去看她，伸手摸着她的脸："怎么，感动哭了？"

听到他的话，池栀语强忍的泪水立即掉了下来。

"池栀语，你就是个小哭包。"谢野眼眸微微敛起，抬手蹭了下她的眼角，"眼泪是不要钱是吧。"

池栀语低着头，哽咽道："谢野……你为什么……对我这么好？"

明明我什么都没有。

可是我却在卑微的生命中遇到了你。

这么好的你。

"可能……"谢野捏了捏她的指尖，随意笑了声，"后悔以前对你太坏了。"

池栀语闻言，立即抬头看他，眼泪还挂在眼睫上。

"你不是说了。"谢野擦过她的泪水，慢慢道，"小时候我总是欺负你惹你生气。"

池栀语讷讷地看他，眼角还红着。

"所以我后悔了。"谢野眸色深黑，看着她的泪水，轻轻拭过，"现在来还债，对你好。"

当时年少幼稚的自己，只想着不被你发现自己对你的那份隐藏着的情愫，总是借着玩闹的话来掩饰着内心的爱意，同时又满足于能和你这样的相处。

却没有发现你一直在承受着那些痛苦的回忆，一个人在黑夜里默默忍着眼泪。

所以后悔，没有及时发现你的伤痛，没有再细心一点照顾你，也没有能告诉你那句。

——不要怕，我会保护你。

池栀语的眼泪掉得更凶了，她没忍住伸手凑近抱住他，低头埋入他的颈窝，泪珠滑落浸湿了他的衣领。

谢野回抱住她，轻轻拍着她的背，动作带着安抚，拖着声逗她："哭就哭，别把鼻涕蹭到我身上。"

闻言，池栀语立即抬头反驳，带着哭腔道："……我没有。"

谢野也不会哄人，每次看着她哭都十分心疼，但也只能这样逗她转移注意力，动作轻柔地帮她擦着眼泪："是是，没有，我乱说的行了吧。"

池栀语自己也擦了下眼泪，带着哭腔骂他："好烦，都是你，我本来都不想哭的。"说到这儿，眼泪又冒了出来。

谢野盯着她红红的眼睛，低头亲了下她的眼角，轻声哄着："好，是我的错，别哭了。"

安抚似乎起了作用。

池栀语擦着眼泪，吸了吸鼻子，开口说我不哭了，让他继续开车。

谢野依言发动车子，池栀语也稍稍止住了眼泪，抽了几张纸巾擦着，随意看了眼窗外的街景，已经离开了郊区，进入市区了。

餐厅离得不远，等池栀语调整好情绪，也刚好就到了。

谢野带着她下车，瞧见她的眼角还有点红，捏了下她掌心的软肉，闲闲地问："还说你不娇气，你看看都哭几次了？"

池栀语跟着他往里走，说话还带着点鼻音："我哪儿有哭很多次，我不就今天哭了嘛。"

"噢。"谢野意味深长地看她，"昨天晚上没有？"

池栀语也捏了下他的手，扫了他一眼："你能不能闭嘴？"

话说完，两人刚好走到餐厅内，服务生看到池栀语时，就明白地领着两人走到楼上靠窗视野最好的位置。

池栀语坐下后看着对面的人，突然有种奇怪的感觉："我们这样子，真的好像我在养你一样。"

高级餐厅她选的，菜也是她选的，钱也是她付的。

"养我怎么了？"谢野懒懒道，"你又没亏。"

池栀语眨眼："我亏了啊，今天我花的钱这么多，惊喜还是我出。"

谢野扬眉。

池栀语学他，和他讨价还价："我下次生日的时候，你也要给我惊喜。"

谢野沉默了几秒，忽地带着玩味地笑了："你这是要惊喜呢，还是在暗示我什么呢？"

"嗯？"池栀语没反应过来，"暗示什么？"

"行。"谢野意味深长地看她，点了下头慢悠悠地道，"下次生日我给你惊喜。"

池栀语也不知道这人在想什么，而没等多久，她准备好的小蛋糕和菜肴就送了上来。

蛋糕花样很简单，表面装饰点栀子花瓣，上头还写几个大字——

"谢野生日快乐"。

谢野看到这儿，挑了下眉看她："这是你做的？"

池栀语咳了声点头："下午你在上课的时候做的，我试过了挺好吃的，你等下吃吃看。"说着，她拿出蜡烛问他，"你要点几根？23根？"

"随便。"

"那就一根算了。"池栀语把蜡烛插上点燃，"来，许愿吧。"

谢野抬眸看她："你有什么愿望？"

池栀语眨眼："今天又不是我过生日，愿望当然是你自己许了。"

"我没愿望。"谢野看着她，心情似是很好，勾唇道，"反正已经如愿以偿了。"

在和你在一起之前。

这个愿望，我年年许。

池栀语对上他的视线，忽而明白了他的意思，自顾自地笑了下："噢，那你的愿望还挺不错。"

谢野扬眉："夸谁呢。"

池栀语自己夸完自己，见他不吹蜡烛，随手把包内的礼物拿给他："给你，生日礼物。"

倒是没想到还有礼物，谢野稍疑，接过那包装起来的礼物，他扫了眼询问她："现在打开？"

池栀语点头："都可以。"

谢野慢悠悠地拆开包装，而刚揭开看到那露出来的一角后，突然明白了，低笑了一声，抬眼看她，语调轻快："池栀语，能不能有点新意呢？"

包装纸内的是那本余秀华诗集，他十八岁送她的那本。

池栀语忍着笑："送你的礼物啊。"

谢野拿出诗集，指尖慢悠悠地敲了下："这和我送的有什么区别？"

"嗯。"池栀语想了想，沉吟一声，"好像没什么区别，那就换成……"

池栀语隔着桌子看着他，蛋糕上的烛火伴着她的声息传来，轻轻摇曳微晃："我爱你。"

谢野抬了眼，透过昏黄的灯光，对上她的视线。他清隽的面容在光影交错下有些晦暗不明，而那双眸子直勾勾地看着她，眸色在光下显得格外暗沉。

"池栀语。"

"嗯。"

谢野垂下眼看着桌上的蜡烛，安静了几秒后，掀起眼看向她，很轻而缓慢地说了句："我永远爱你。"

下一刻。

池栀语看见他吹灭了那根蜡烛。

我许了个愿——爱你。

从初见开始，到十八岁告白，再至现在延续到未来。

永远。

都是我爱你。


两人回到家的时候，池栀语让谢野先把蛋糕放进冰箱去。她拿着那本诗集往书房里走，抬手放在书架上，后退了几步，大致观赏了下，视线忽而看到一旁的相框里的照片。

池栀语走去伸手拿起，垂眸看去。照片内是初二她在为校庆表演舞蹈的照片，谢野拍的。不过是她上场之前逼着他拍的。

当时私心其实是想能有自己的一张照片留在他的手机里。

池栀语看着照片上清晰的自己，做着熟练的舞蹈动作，在最耀眼的一刻被他定格拍下。

"看什么呢？"谢野从后边进来，看清她手里的照片，拖起腔，"还欣赏自己？"

"你拍照技术还挺好的。"池栀语把照片给他看，"你当时还不情不愿，故意的吧。"

谢野扫了眼："我故意什么？"

"故意不帮我拍。"池栀语转身勾着他的脖子，逗他，"是不是觉得我跳舞的时候太漂亮了啊。"

谢野扶着她的腰,笑了:"池栀语,你害不害臊?"

"干吗?"池栀语很坦然,"我这是实话实说。"

谢野捏了下她的脸:"你这是自吹自擂。"

池栀语把相框放在他手里,仰了下头:"我难道不好看吗?"

谢野语气懒懒地说:"是,好看呢。"

池栀语捏他的耳朵:"你还能再敷衍点吗?"

谢野:"说你好看还不乐意了?"

池栀语"喊"了一声,看着照片上的小女孩,突然想到了以前被白黎压迫着在舞室内每天不断练习的场景。

池栀语盯照片看了一会儿,忽而开口:"我本来一点都不喜欢跳舞的,每天都觉得是白黎对我的折磨。"

听到这话,谢野低眼看她:"现在呢?"

"现在啊。"池栀语随手把相框放回原位,笑了下,"我觉得挺好的。"

"我花了这么多时间在舞蹈上,早就习惯去跳舞了,如果不跳舞的话,我觉得我好像也没什么能做的了,而且我也认识了很多人,还是挺开心的。"说完想了想,池栀语看着他,"这样说来,如果不是为了让我好好跳舞,白黎也不会搬到阳城去,那你也就不会见到我了。"

谢野语气很酷:"那我还要谢谢她?"

池栀语被他的语气逗笑:"不用谢。"她补充了句,"反正以后也见不到了。"

能尽的义务她已经尽了,也算是感谢。以后自然也不需要有任何交集。让她活在自己的世界里,也是她的愿望。

看清她的表情,谢野自然能懂她的意思,低头亲了亲她:"你觉得好就行。"

闻言,池栀语抬眸看他,问起刚刚的问题:"所以你觉得我跳舞好不好看?"

谢野大方承认:"好看,怎么了?"

池栀语见他这么诚实,没忍住笑:"那你以前为什么都不夸我漂亮好看?"

池栀语的舞姿不管怎么说，可是被各种大赛鉴定过的，以前在学校也经常上台表演，夸奖和赞美从来没有少过。

其他人当然也不用说了，甚至还有男生在看过她的舞后过来给她送礼物的。

就连苏乐和李涛然都天天吹着她的舞蹈有多么多么好看，人就更漂亮之类的。但谢野却没有，不管她在台上跳什么舞，都没什么话，夸奖和赞美当然就更不可能有了。

虽然池栀语也没在意过这个事，但今天说起来，她就有点好奇了。

"所以说说，"池栀语站在他怀里，凑近问，"你觉得我跳舞好看，以前怎么都不夸我呢？"

娇玉在怀。谢野的手臂稍稍收紧，揽着她纤细的腰肢，脑子里忽而冒出来高三毕业典礼听到男生看着她跳舞时说的话——

"女神的腰真细。"

每次池栀语上台表演时。人美、身材好、跳舞好看，女神这些词都能从所有观赏人的嘴里冒出来。所有人都被台上的耀眼少女吸引走目光，渐渐跟随着她的舞姿移动。

池栀语就像是那唯一一瞬目的光，闪闪发亮着。

她随意的一个动作，就能让所有人不自觉地仰望追随。

谢野不喜欢，一点都不喜欢他们毫不掩饰地看向少女的视线。

就像是所有人，都在窥探着他的宝物。

"干吗不说话？"池栀语碰了碰他的眼尾，"沉默是金呢？"

谢野回神垂眸看她，想着刚刚的话，似有若无地勾玩着她的衣摆。

他低头咬了下她的唇瓣，开口让她猜："你说呢。"

"我怎么知道。"池栀语想了下，"总不能是你不想让我骄傲吧？"

谢野似笑非笑道："这还用我说？"

池栀语向他靠更近，抬手往下压着他的脖子，整个人挂在他的身上，似乎打算惩罚他。

被她这一动，谢野顺势托起她放在了书桌上，指尖勾起衣摆，指腹轻轻摩挲着皮肤，低头吻咬过她的脖颈，似乎在印下专属记号。

腰有些痒。

池栀语身子瑟缩了下，推着他脑袋："好好说话，别动手动脚。"

谢野稍稍抬头，咬着她的下巴，侧头在她的耳后皮肤上啃咬着，低声问："不是想知道为什么？"

池栀语感到他的动作开始不规矩，游离着往上走，她声音微乱了下："什么？"

谢野垂头埋入她的颈窝，力道有些重，似乎在宣泄着往日压抑的情绪，随之而来又是他，含着情愫爱意的吻，还有他藏着欲念的声音："你是我的。"

只能是我的。是自私的占有欲作祟。不想被人看到她所有美好。

可谢野知道她是他人生里耀眼而夺目，怎么都藏不住的宝藏。无论如何不愿，那都是她的光，是让所有人仰视的、属于她的骄傲。

池栀语的后背腾空，只能勾着他脖子当唯一的支撑，听到他的话后，微微喘气，难耐地侧头咬了下他的喉结。

谢野身形一顿，低下眼看着她，眼眸映着书房内的暖光，却幽暗深邃，是毫不遮掩的情欲暗火。平日里冷硬锋利的面容，狂妄张扬的气质，已经被别的难掩的情绪沾染，直白又撩人心弦。

谢野勾起她的下巴，盯着她看了两秒，低头重重地吻上她的唇，动作很重又暧昧，像是按捺了许久。

池栀语的身体与他紧紧贴合着，桌面的冰冷感，与他炽热的温度形成鲜明的对比。

同时，动作渐渐变得放肆，细腻又难以抗拒。

"回……"池栀语脑子变得迟钝，无力地靠在他的身上喘息，低压着喉间的声音，颤着说，"……回房间。"听着她难掩的声音，更加催动着心底的肆虐欲望。

谢野却不放，作恶般动着，同时声音沙哑地说着："下次跳给我看，只给我看。"

## Chapter 26
### 金童玉女·本人有主

池栀语觉得自己最近是对谢野太好了。

剧院排练结束后，池栀语跟着吴萱一起卸妆换衣服，她坐在位置上喝着水，听见敲门声随口说了句："请进。"

门被人从外头打开，露出一位长相温润俊朗的男人。

他看见里头的池栀语先颔首打个招呼。

池栀语点头，对着吴萱示意道："你家宋演员过来了。"

吴萱正在玩手机，闻言回头往后看了眼，笑着问了句："你好了？"

宋怿点头："已经排完了，走吗？"

"好。"吴萱拿过包站起身，问着池栀语，"你怎么走？谢野来接？"

"可能。"池栀语随口道。

吴萱眨眼："这还有可能呢？不都是他来接你的吗？"

"噢。"池栀语很平静说，"我和他吵架了。"

吴萱蒙了下："你们俩能吵架？"

可真是闻所未闻了。

池栀语想到这事情的由来，咳了一声，含糊地说了句："我单方面和他吵架。"

吴萱笑了："你行啊，还单方面。"

刚巧这话说完，后边的宋怿瞧见一旁散漫走来的男人，开口打了声招呼："谢先生。"

屋内的两位女生闻言，纷纷往门边看去。

吴萱看着谢野，扬了下眉："行了，我走了，你们俩慢慢吵啊。"说完，她转身牵着宋怿连忙往外走。

谢野没管他们，但听到吴萱走时说的话后，眉梢轻挑，似是觉得有些荒唐。

池栀语见他走进房间，也没理他，转头继续喝水。

见她这样，谢野走到她身旁，屈指敲了下桌面："看哪儿呢？"

池栀语喝完水，扫了他一眼："干吗？"

"你说我干吗。"谢野帮她把水杯盖好，"走了，回家。"

"谁跟你回家。"池栀语从他手里拿过自己的水杯，"我自己回。"

看着她这幼稚的动作，谢野觉得好笑，伸手又拿过水杯，勾起唇："池栀语，你这是单方面和我吵架？"

"先生。"池栀语甩出几个字给他，"现在，请你不要和我说话。"

听到她的称呼，谢野被她逗乐了，放下水杯弯下腰看她，态度嚣张道："我不呢。"

"噢。"池栀语推开他的脸，"那我不和你说话。"

谢野眉梢一扬："你确定？"

池栀语忍着嘴边的话，瞪了他一眼。

"这什么眼神？"谢野俯身看着她，扯了下唇，吊儿郎当道，"和我调情呢？"

池栀语顿时破功，没忍住伸手掐他的脸："你怎么总是和我作对？烦不烦？"

谢野牵过她的手，仰头亲了亲她，唇边带着笑意："是呢，我就和你作对。"

天生一对。

池栀语立即明白他的意思，推开他的脸严肃道："我不是那个意思。"

"噢。"谢野点头，"我是这个意思。"

见她要更气了，谢野也不再逗她，勾了下她的掌心，似乎在挠痒痒般："行，怪我，我错了。"

池栀语看他："错哪儿了？"

"嗯。"谢野意味深长道，"下次我轻点。"

昨晚这人拉着她在书房闹了一通，变得越来越放肆。而池栀语早上原本睡得好好的，突然又被谢野叫醒喂了早餐，他却如往常一般地去上课。

中午池栀语醒来后就一直憋着气，等着对他发怒。

可到了现在，池栀语莫名被他随便一个道歉又消了气，有些不服地捏着他的脸："我是不是说过别打扰我睡觉了？"

可能觉得一直弯着腰有点累，谢野索性将她抱起放在化妆桌上，双手撑在她身侧，将她整个人圈在怀里，亲着她的脸，很无赖地问："我说过？"

"你是失忆了？"池栀语打了下他的肩膀，"道歉没用了，我要罚你做个事。"

谢野扬眉："说说看。"

池栀语似乎早有准备，忍着笑，很自然地道："出去告诉你。"

"行。"谢野也无所谓，轻咬下了她的唇角，抱着她放在地上，拿过她的包，"走吧，看看你的惩罚。"


下午三点十分左右，热门微博上有一名普通用户上传了一个视频并附带文字。

——@Wild的小天才："啊啊啊啊啊，我的妈！时隔这么久！我终于又看到了野神！但是这次我差点当场毙命！我磕到了真人！"

这条微博一发出就已经掀起了轩然大波，还特别带上了话题，粉丝们齐刷刷地跑了过来。

就见文字下放了一个视频。

镜头画面是那位熟悉的男人，穿着深色的大衣，表情平静漠然。就见他身前站着一位身影纤细的女人，她侧对着镜头，抬手朝男人招了招，似乎在示意他弯腰。

然而谢野没动，垂目看她。

两人对视着僵持了五秒后，谢野似是叹了口气，最终妥协，弯腰低下头，表情回到帅气的冷漠。女人见此，眉眼瞬时弯起，笑着抬手在他头上戴了一个粉色的闪光灯牌。

四周昏暗，三秒后，就见男人戴着的那个粉红荧光牌里清楚地闪着一排字——

"拍照，五元一张"。

这排字后，接着又闪出最后四个字——

"本人有主"。

视频结束，底下的评论——

"什么意思？"

"曾经酷炸天的Wild退役后就来拍照卖艺了？"

"我拍！我拍！我现在就来拍！"

"Wild能不能硬气点！你是Wild啊！！"

"别说了，我已经服气了！"

"不好意思了，Wild的硬气在我们Wild嫂面前是不可能有的了。"

"我抗议！最后四个字肯定是Wild嫂的私心！"

"呜呜呜呜呜，我没了真的没了！台上Wild有多酷，Wild嫂前的Wild就有多甜！呜呜呜呜呜！"

"很好，那么问题来了！Wild做了什么会受到如此的待遇！"

"姐妹！你抓住重点了！"

…………

池栀语根本不知道她对谢野的惩罚会被路人拍到，还上传了微博。她让谢野戴上灯牌后，等全部字放完就让他拿下来了。本来也就是想逗逗他，打破一下他酷酷的样子，谁让他总是吵她睡觉。

谢野确实没想到池栀语会有这出，无奈之下也只能戴了，反正她觉得开心就好，也不是什么大事，大不了丢个脸而已。摘下灯牌后，池栀语连带着觉得自己也有点丢脸，不敢在这儿多留，连忙牵着他往车库跑。

谢野任由她牵着，坐到车内后，侧头看她，勾下了唇："敢做不敢承认是吧？"

"我没做，没有。"池栀语摇摇头，平静地催他，"开车吧。"

谢野扯唇，但也老实地点火发动了车子，往车道上行驶。

池栀语看着车外途经的街景，眨了下眼："我们去芷姨那儿吗？"

"嗯。"谢野打了转向灯，往右转，"昨天让我们回去，我忘了。"

池栀语也不知道他是真忘还是假忘，也不在意了，随手拿出手机才看到吴萱给她发了好几条信息。

池栀语稍疑，打开查看，看到她言简意赅发了的几条截图后，蒙了。

"看什么？"谢野扫她一眼，见她表情呆呆的。

池栀语解释："我们刚刚被人拍到了。"

谢野："所以？"

池栀语："你的形象没了。"

谢野："噢。"

池栀语明白他的意思了，他根本不在意，反正也没什么形象了。


车停到了小院门口，池栀语下车时忽而注意到前边还有一辆陌生的车停着。

谢野自然也看到了，似乎想到了什么，牵着她往里走，正打算开门，恰好有人从里头先推开。

透过门缝，池栀语忽而看见了一位老人，他穿着中山服，一手拄着拐杖，身子瞧着还很硬朗，神色透着几分威严。

一瞬间，池栀语已经认出了是谁。

谢毅也没料到会碰见两人，愣了几秒后，先扫过了池栀语，再看向对面的谢野，沉着脸开口："来了不会先和你妈知会一声。"

谢野看着他，语气没变，很酷地给了四个字："这是我家。"

言下之意就是。

我回我家用不着知会。

场面有些尴尬。

池栀语想了想，抿了下唇先对着谢毅开口："谢爷爷好，我是池栀语。"

谢毅闻言看着她，就只是绷着脸"嗯"了声。

而谢野见此，看着他，淡淡道："没话说就赶紧走。"

谢毅可能是想发火，但不知道为什么忍了下来，迈步走出来，看也没看谢野，而是对着池栀语，稍稍放轻语调说了句："有时间让这小子带你来家里吃顿饭。"

闻言，池栀语愣了下，反应回来后，看了眼谢野，笑着点头应下："好，谢谢爷爷。"

谢毅一样"嗯"了声，随后迈步往外走，外头车里的管家下车迎他。

谢野扫了眼也没说什么，牵着池栀语往家里走。

简雅芷瞧见两人进来，自然也听到了刚刚话，看着谢野骂了句："怎么跟爷爷说话的？"

谢野无所谓："就这样说。"

简雅芷也习惯这人的态度，对着池栀语柔声道："刚刚那是谢野的爷爷，老人家脾气有点硬，没吓到吧？"

池栀语摇摇头："没有，我觉得挺好的。"

"那就好。"简雅芷笑了下，"今天没有时间，下次让谢野带你再好好见一面。"

池栀语想起刚刚谢毅面冷心热的邀请，觉得有些暖心，弯起唇："好。"

谢野看着她嘴角的弧度，不自觉也勾了下唇，指尖轻轻扫了她的掌心。

感受到他的动作，池栀语侧头看他，与他对视上，忽而轻笑一声："下次有机会，你带我见见爷爷吧。"

谢野挑起眉笑："行。"

池栀语没想到自己还没来得及紧张，就莫名地和谢家老爷子见过了面。虽然只是短暂的一次见面，但她能看出来，他的家人，对她很好。

而面对下一次见面，池栀语也没什么想法，谢野貌似也不急。所以她也没问，反正她只要是有时间就都可以。

但在四月份的时候，池栀语开始忙了起来，她的演出也渐渐变多，基本上都在排练演出中度过。其间池宴还是照样给她送了卡，池栀语没有要，连带着把之前他送的都还了回去。顺便也让秘书带给他一句话。

"我不需要这些，以后也不需要，我不是池总的合作伙伴，我已经成年，您也没有义务照顾我，所以没什么事也不用见面联系了。"

这话也不知道有没有带到，池栀语也不在意。

谢野最近也很忙，他这个在校生在之前还当着电竞选手的时候，懒懒散散地一直学到了大二下半学期的课程，现在可能觉得要发奋图强了。

这半年来一直在抓着学分，一天的课程是普通大二生的两倍。

池栀语也没有过多关注他的课程，但发现他最近都在看些关于公司资产管理类的资料，还有YG电竞俱乐部投资项目。池栀语差不多也能猜到他的想法，谢家那边的一些项目他可能会接手，同时也不会离开电竞项目。

只是不再是选手，而是换个身份继续陪伴。

支持着他的年少梦想与荣耀。

若大今年的毕业典礼在六月十三号，当天刚好是池栀语的生日。

谢野这位延迟几年的毕业生，也终于赶完了他剩下的课程，加入了毕业生的行列里。

毕业典礼在下午，谢野作为毕业生不比池栀语，忙的事还挺多的。而池栀语忙过了四月后，基本上都很闲，没什么大事。

所以池栀语安安稳稳地睡到中午才起来，坐车到花店买了束花后，再到若大的校门口和吴萱、李涛然和苏乐会合。也不知道李涛然和苏乐为什么要参加谢野的毕业典礼，明明当年都没参加她的。

池栀语问了李涛然，这人很欠地回了句："因为想看看谢学弟难得一见的毕业典礼。"

池栀语明白了他的意思："看笑话是吧？"

李涛然点点头："池妹妹聪明啊。"

池栀语被逗笑，跟着几人一起往典礼会场走。

谢野明显已经算好了时间，几人到的时候，典礼也结束了。

池栀语走进会场看了一圈，立马就看到了前边人群里穿着学士服的谢野。她正准备叫吴萱他们一起过去，转头找人的时候突然发现他们都不知道跑哪儿去了。

池栀语也无所谓，迈步往前走，而谢野似乎早就看到了她，站在原地等着她过来。

池栀语看到他乖乖站着，笑了一声，走到他面前，学着他当年的语气说了句："毕业快乐，男朋友。"

说完，她把花递给他。

谢野没接，朝她抬了抬下巴："你先拿着。"

池栀语眨了眨眼："行吧，那我拿着。"

谢野拿出手机递给她，言简意赅道："拍照。"

被他逗笑，池栀语接过："你怎么回事，还要拍照呢？"

谢野很理所当然道："你都拍了，我怎么不能拍？"

"是。"池栀语忍着笑，正想找人帮忙，而吴萱突然不知道从哪儿冒出来，接过说，"我来我来，花要不要先给我拿着？"

池栀语愣了下，莫名觉得有点奇怪，但还是把花给她，然后就见她往后退开拿起手机。

池栀语没多想，稍稍走到谢野身边，一手挽着他，微笑看着镜头。

下一秒，像是记忆重叠般。

她的脸颊传来了熟悉的温热触觉。

池栀语一愣，下意识侧头看去，目光一顿。

谢野直起身子，手里不知何时多了束玫瑰花，池栀语脑海里突然闪过了什么，还没来得及细想。谢野就把手里的花束递给她，低眼看她，语气带着熟悉的吊儿郎当："女朋友，今天要不要帮男朋友秀个恩爱？"

熟悉的话语，就像当年她毕业时的场景。

池栀语呼吸稍滞，下意识地伸手接过了花束。还没等她反应，谢野也像那时一样，重新弯下腰，轻轻吻上了她的唇。

仅几秒就撤离开。

谢野垂眸盯着她，眸色深暗，语调有些缓慢："池栀语，我说过要给你生日惊喜。"

池栀语闻言一顿，忽而意识到了他的想法，抿起唇看着他。

四周的人声喧闹，而阳光正好。

谢野站在她面前，伸手从她那束玫瑰花里拿出一个盒子，放在掌心，打开。

池栀语视线垂下，看清了那中央的钻戒时，鼻尖忽而一酸，没想到他会选择在今天求婚，也没想到会是以这样的形式。

专属于她的惊喜和意外。

"十八岁的时候答应会给你等价回报，现在我想再加一个。"谢野拿起戒指，轻轻托起她的手，抬眸看着她，喉结滚动了下，声音轻哑，"我把我的余生和心都给你。"

池栀语盯着那枚戒指，闻言，眼睫颤了颤，抬眼对上他的漆眸。

同时，谢野牵着她的手，郑重而又清晰地说出那句话——

"池栀语，你愿意嫁给我吗？"

池栀语眼眶微红，看着面前的男人，却好像也看见了当年同样在生日和她告白的少年，他从青涩走向了成熟，都在一一实现着她的愿望。

池栀语喉间一哽，忍着眼泪，停了两秒后，她用力地抿了下唇，轻轻笑了起来说："好，我愿意。"

愿意将余生都与你相伴。

听到她的声音，谢野垂眸，压着干涩的喉咙说："我也愿意。"

话语道出，那枚戒指轻轻推入了她的无名指上，最后贴合在她的指间。

完美无缺。

这一刻，池栀语强忍的泪水终于掉了下来，眼眶湿润地看着面前的男人，没有任何的言语，而是轻轻踮起脚尖，仰头吻上他的唇。

我亲爱的少年，你是我唯一的愿望。

而此刻你携着光，来到了我身边。

从此。

我的人生不再黑暗，只剩天明。


我记得。

从前的万物皆无，我被打碎脊骨，沉在湖底，痛苦与绝望相伴，从未间断。

似长泣终身，无人知晓，仿若隔世长眠沦亡时。

而我看见，黑夜消融，死灭的心重燃。

是你打破了冰河长寂，孤身来到我的面前，予我无上偏爱，明目温柔。

而我，捧着低卑无瑕的爱，温热的怀抱。

以及炽热的承诺。

从深夜，走向你。

与你作对。


—正文完—

## 番外一
### 学着点，求婚典范

六月过后，天气渐渐变得更热了。

池栀语基本上都懒得出门，不是窝在家里就是在舞蹈室里，反正都是有空调的。但谢野却不让她一直吹，看到她把空调调低后又会调上去。

池栀语很无奈："我就吹一会儿，不会一直吹的。"

谢野靠在沙发上，把温度固定在26度，散漫道："噢，我也就调一会儿。"

池栀语幽怨地看着他："谢野，你知道外面多少度吗？"

谢野看着电脑上的文件，随意配合她："说。"

"37度。"池栀语理智地和他分析，"而且我刚回来，身上的温度会更热，你只开26度，我完全没有觉得凉快舒服，所以为了我的愉悦心情，麻烦你把温度调低，谢谢。"

听着她这一大串理由，谢野瞥了她一眼，就给了一个字："噢。"

池栀语一口气噎在喉咙里上不上下不下的，忍着气，看了眼时间，质问道："你为什么还不去公司？"

这人毕业就直接去了谢氏集团，但也是先从部门经理级别开始历练的。

闻言，谢野扯了下嘴角："打什么算盘呢？"

被他发现，池栀语面色淡定道："你能不能好好工作，大中午的还跑回来。"

"我不回来……"谢野看她，"让你在这儿吹16度的空调？"

池栀语和他掰扯："都说了我就吹一会儿，你怎么能怀疑我呢？"

谢野懒得和她讨论这个问题，把茶几上稍稍放凉的红糖水端起递给她："喝了。"

池栀语摇头："我还很热，等下喝。"

谢野"啧"了一声："肚子还想痛是不是？"

"我现在不痛。"池栀语皱了下眉，"等会儿再喝也没关系。"

"谁说没关系。"谢野把她扯到怀里，直接把杯子递到她的嘴边，"趁热喝了，不然等会儿肚子再痛我也不管你。"

池栀语看了眼杯子："你里面放了什么？"

"红糖。"谢野等了片刻，见她还是没喝，催着，"快点。"

而池栀语就像是没听到他后半句，看着杯子依旧按着自己的话问："可是为什么这么多，你是不是水放多了？"

谢野面无表情："你喝不喝？"

逃不过，池栀语最终放弃了挣扎，抬手接过杯子默默喝着。

谢野盯着她，像是监督的老师下令道："喝完。"

池栀语咬着杯口，不再反抗乖乖地喝完，随后把杯子递给他，懒懒地趴在他的怀里，叹了一口气。小腹内感到暖意确实舒服了点，但身体温度也上升，有点热。

"自己身体什么样不知道吗？"谢野捏了下她冰冷的指尖，威胁道，"再乱吹空调，我就把空调卖了。"

池栀语被逗笑，侧头看他："你是想热死我？"

谢野捏着她的脸："吹电风扇不会？"

池栀语讨价还价："但我热啊，如果中暑了怎么办？"

"噢。"谢野直接道，"那就喝点藿香正气水。"

池栀语噎住："你有病吧？"

"骂谁呢。"谢野捏了下她的鼻子，"赶紧去睡觉。"

池栀语早上早起去了趟剧院，现在确实也有点困，"嗯"了声，转头埋入他颈窝，趴在他的怀里，闭上眼懒懒道："我睡了。"

"睡哪儿呢？"谢野笑了，"回房间睡去。"

池栀语抱着他，语调稍拖："你抱我去吧，我懒得走。"

谢野稍稍侧头，垂眸看她："池栀语，你怎么这么娇气？"

池栀语反驳："我哪里娇气？"

谢野单手回抱着她，闲闲道："这还不娇气？"

池栀语和他待久了，脸皮自然也厚，随意说了句："我这是懒，没见过吗？"

谢野被逗乐："池栀语，你无不无耻？"

"我觉得……"池栀语沉吟一声，"你比我更无耻吧。"

谢野低头咬了下她的唇："还学会污蔑人了。"

"你自己先说我的。"池栀语打了个哈欠，"而且你什么样，大家有目共睹的啊。"

"我哪样？"谢野扬眉，伸手把她打哈欠流出来的眼泪擦掉，"大家有目共睹我脾气又好，又帅，懂？"

"帅我可以理解，但这……"池栀语睁开眼看他，"谢野，你对自己脾气是不是有什么误解？"

谢野扯了下唇，听惯了她说他的点评，但还是很欠地回复："没有呢。"

池栀语懒得和他继续说，侧头趴在他的肩上："不要和我说话，我要睡了。"

谢野亲了亲她的侧脸："睡。"

池栀语趴在他怀里睡着后，谢野看了眼时间，一手抱着她，随意把电脑关机，而后双手就着她此时的姿势，托抱起她往主卧走。

动作轻柔地将她安置在床上，盖上被子。

池栀语隐约能察觉到，费力地睁开眼看他一眼。

谢野低头亲了她的脸："我走了。"

池栀语很困，都懒得应他，直接翻了个身子继续睡。

见此，谢野莫名生起了点恶趣味，他伸手隔着被子把人抱过来，低头吻着她，用力地扰乱开她的气息。

下一秒，池栀语瞬时皱眉，想咬他。

谢野察觉到立刻退了出来，还不忘亲了下她的唇瓣，低声威胁道："老老实实睡觉，别动空调。"

池栀语闭眼，很烦躁地推开他："滚。"

被人骂，谢野不怒反低笑了几声，裹好她的被子后，起身调好空调温度才关门出去。


下午三点的时候。

池栀语被手机铃声吵醒，她迷迷糊糊地摸过手机，闭眼接起："喂？"

"喂什么喂呢？"吴萱声音传过来，"你出门没有？"

池栀语带着睡意："出什么门？"

吴萱："姐姐，不是说了下午要一起去商场看看礼物吗？"

被她提醒，池栀语才想起来这事，睁开眼，嗓音有些哑地问："你出门了吗？"

吴萱："还没，打电话先问问你。"

池栀语："那你等我十分钟吧。"

吴萱："干吗？"

池栀语："我起个床。"

吴萱开车到小区楼下，看着刚刚从里头出来的女人，鸣笛示意。

池栀语快步走到车旁开门，坐进副驾驶上系着安全带，感叹了一句："现在都三点半了为什么还这么热？"

"过几天可能还要更热。"吴萱发动车子往外开，"你忍忍吧你。"

池栀语"啧"了声，拿出手机给谢野发了条信息，说自己跟吴萱去趟万达广场买东西。

路程不远，两人下车坐着电梯到楼上服饰区。

吴萱挽着她问："你想好给李涛然买什么了吗？"

"没有。"池栀语眨了眼，"他也没什么缺的，不然给他买点减肥药？"

吴萱无语了两秒说道："你毁人场子是不是？"

池栀语笑道："可是我真的没想到其他的了。"

吴萱也头疼："早知道我们俩就不答应他什么找到女朋友给他送礼物的事了。"

"我根本没想到他会这么快找到女朋友。"池栀语实话实说，"我以为还要很久呢。"

之前李涛然拉着她们哭诉着自己没有女朋友，只能当单身汉之类的，没想到才过两个月就找到了女朋友。

吴萱看她："不然我们不买算了，反正他也不缺什么。"

"还是买吧。"池栀语笑了下，"好不容易能有个女朋友，总不能不祝福他。"

闻言，吴萱挑下眉："阿语。"

池栀语："嗯？"

吴萱："你好欠噢。"

两人随意到处逛了一圈，最后一起买了一套很简单的情侣款卫衣，然后又各自买了衣服给男朋友。

购完物，吴萱拉着池栀语去了楼上的甜品店，点了些东西。

两人吃着蛋糕，池栀语刚巧收到了谢野的消息问她回家没有。

池栀语："还在商场，怎么了？"

谢野："下班了，过来接你。"

池栀语："好。"

发完，池栀语顺带又发了个这儿的店名给他。

吴萱看着她回信息，挑眉："谢野查岗啊？"

"没有。"池栀语解释一句，"他等下来接我。"

吴萱闻言"哟"了一声："他干吗呢，过来秀恩爱啊。"

池栀语笑了一下："那你也叫你男朋友过来和你秀秀恩爱。"

"不好意思了。"吴萱语调和表情都很做作道，"刚刚他就说要来接我，可能等会儿就要到了呢。"

池栀语受不了："你好好说话。"

吴萱也觉得有点恶心，和她聊起了之后木桃杯的比赛。

两人有一搭没一搭地说着，最后被过来领人的谢野打断了话题。

谢野看了眼池栀语桌前的热牛奶，没说什么，拉开一旁的椅子坐下，很坦然地做起了陪聊。但吴萱受不了他的臭脸和欠打的话："滚滚，别说话了，赶紧带着你女朋友滚。"

"噢。"谢野语气懒散道，"纠正你一点，不是我女朋友。"

吴萱一脸疑惑。

池栀语坐在一旁，听到他这话，也有些没明白过来。

谢野当着她们的面，优哉游哉地开口："是未婚妻。"

吴萱翻了一个白眼。

哦。

池栀语回神看清吴萱的表情，咳了一声，先牵着谢野往外走，走出店门时正好碰上了宋怿。

池栀语和他打了招呼后，示意吴萱在店内。宋怿道了谢，可能也看到吴萱，笑着走到她身旁。

池栀语看到这幕，回去的路上还在和谢野感叹："宋怿对吴萱挺好的，两人今年可能也要订婚了。"

谢野明显对这个话题没什么兴趣，就随便"嗯"了声。

"不是。"池栀语看他这态度，失笑道，"吴萱好歹也是我们的朋友啊，她如果要订婚，你就没点想法？"

可能被她提醒，谢野点头："嗯，有点。"

池栀语好奇："你想到什么？"

谢野指尖敲了下方向盘，悠悠道："我们订婚比她早。"

池栀语眨眼："比她早怎么了？"

谢野下巴稍扬，偏头看向她，直截了当道："叫吴萱让她对象来借鉴一下。

"我的求婚典范。"

池栀语现在觉得幸好两人走得早，不然如果吴萱听到他这"借鉴"的话，可能会忍不下去。

池栀语看着他，好脾气地开口："谢野。"

谢野："说。"

池栀语斟酌一下，委婉地道："你以后还是少说话吧。"

谢野扬眉："我刚刚说的有错？"

池栀语噎了下："没错是没错吧，但你太嚣张了啊。"

谢野慢悠悠地问："哪儿？"

池栀语看他："哪儿都有，我有时候都想打你。"

"是吗？"谢野漫不经心地瞧她，语气是那样，可说出来的话却是，"你还想打我，那我下次可不敢说话了呢。"

我看你挺敢。


两人没回家，而是先去了小区外的商场里的超市。池栀语想买一些水果和蔬菜，坐着扶手电梯到二楼，谢野随手从旁边推了辆购物车，走到她身边。

池栀语进入超市，娴熟地走到新鲜水果区，看到旁边冰柜里有酸奶，走去选了一盒，放在车篮子里。

谢野扫了眼，皱眉："放回去。"

池栀语解释："家里没有了，我先买回去不吃。"

谢野"啧"了一声，但没说什么，跟着她继续往前走，瞥了眼，伸手拿了几盒她经常吃的葡萄。

池栀语没注意他，而看到前边的商品时，转头看向谢野，指挥道："你去拿个西瓜过来吧，我在这儿等你。"

谢野"嗯"了一声，推着车准备转弯往后边走。

池栀语连忙叫住他："车先给我吧，你不好推。"

闻言，谢野没动，瞥她："想干什么？"

池栀语眨了下眼："让你拿西瓜啊。"

谢野盯着她看了几秒，随后往她身后的冰柜方向扫了眼，扯了下唇："池栀语，你能不能玩点高级的花样。"

见他发现了后边的桶装冰激凌，池栀语和他打商量，伸出一根手指："我就吃一口，一口！"

谢野直接推车转身往外走。

池栀语见此，迅速转身往后走，伸手想拿过一盒蓝莓味的，而谢野也不知道什么时候又回来了，直接拽过的手，话里的警告意味明显："你敢拿，试试。"

池栀语看着他，默默伸手拿了下来。

谢野盯着她这毫不犹豫的举动，气得太阳穴有些痛。

拿下冰激凌放进车里，池栀语看着他，很真诚地解释："我再过两天就好了，而且就真的只吃一口。"

她举手保证："我不骗你，骗你是小狗。"

谢野嗤了一声："你怎么不干脆凑个十二生肖。"

见他表情很冷，但没有真的发火，池栀语忍着笑，伸手挽起他的手臂，凑近亲了他的脸："我不，我就要说狗。"

谢野见她最近有些过于肆无忌惮了，捏了下她的指尖，语气硬邦邦地说："还想有下次呢。"

"我想吃嘛。"池栀语勾着他的手指，"而且就吃一口没事的。"

谢野冷声问："你什么没事？"

池栀语决定继续给他灌迷魂汤，哄着道："我有事，不是还有你嘛。"

"噢。"谢野扯了唇角，"你继续编。"


虽然谢野嘴上骂着她，但最后还是池栀语获胜赢得了冰激凌。

两人随意逛着，选完东西后去结账，池栀语跟着谢野一起排队等着，她无聊玩了一下手机，抬头时忽而注意到隔壁队伍里有几位小女生的视线。

可能没想到她会突然抬头，小女生们马上移开视线。

见此，池栀语挑了下眉，也跟着转头看了眼身旁的谢野。

他个子比高中的时候又高了点，可能都要一米八七了，在人群里一眼就能看到。

褪去了少年时代的桀骜感，他此时眼皮耷着，拿着手机在玩，唇角平敛着，表情和往日一样漠然冷酷，透着生人勿近的矜贵气场。

确实，很吸引人。

池栀语看了几秒，突然想起了以前吴萱问她谢野和江津徐谁更好看的事。

她弯了下唇角，这也根本不用她评价了。

小女生们的视线都说明一切了。

谢野转头瞧见她嘴角的弧度："笑什么？"

池栀语解释了句以前吴萱的问题。

"嗯？"谢野见队伍往前移动，推着车跟着前进，懒懒问，"江津徐，谁？"

池栀语扫他一眼："你别给我装。"

"噢。"谢野像是刚想起来，随意道了句，"所以你选谁？"

池栀语学着他让他猜："你觉得呢？"

话说完，刚巧轮到了他们结账。

谢野把车里的东西搬出来，池栀语把空车先推到一旁，等他付完钱提着袋子一起往车库走。

池栀语坐上副驾上，谢野凑近帮她系上安全带，却没返回，就着俯身的姿势看着她："这还要我觉得？"

池栀语愣了下，反应过来他在答刚刚她的话，笑着问："那你说说我选谁了？"

谢野语调闲散，意味深长地说："除了你对象，还能有别的选项？"

池栀语眨了下眼："也不一定吧，我可能选了江津徐呢？"

谢野盯着她，意有所指道："我会比他差？"

池栀语弯唇："噢，他可能……"

话还没说完，谢野托着她的脸往上抬，低头覆上她的唇，咬了下她的唇瓣，将她的话语吞进口腹中，似乎不想她提起别人。

被他亲着，池栀语明白他的小气后，莫名笑出了声，主动前倾吻着他。

谢野停下来，用力咬了下她的唇角："还敢逗我。"

"你明明知道我选你了。"池栀语没止住笑，"还故意让我逗你。"

谢野蹭过她唇瓣上的水光："谁知道你这么没有良心。"

"我哪儿没有良心。"池栀语眨眼，"我不是选你了嘛。"

谢野捏了下她的脸，语调还是那么欠："这还用得着说？"

池栀语被逗笑，把他推回驾驶座催着回家。

谢野系上安全带，发动车子驶出车库，随口问了句："下周三有没有时间？"

"嗯？"池栀语眨眼，"怎么了？"

谢野漫不经心地问："一起回趟谢家？"

池栀语倒没想到是这个行程："是晚上去吗？我上午有个独舞表演。"

谢野语气随意："那改天再去。"

池栀语摇摇头："又不冲突，我可以去的。"

谢野看她："不累？"

池栀语弯着唇："就舞台表演而已，几分钟的事，很快就好的，然后下午我们顺便去买点礼物。"

谢野扬眉："还要买礼物？"

池栀语眨眼："要有礼貌点啊，到时不是要见你爷爷奶奶吗？"

闻言，谢野勾了下唇："行，陪你买。"


周三上午，谢野先送池栀语去了剧院，又回了公司处理完事情后，算着时间开车到了剧院的戏剧厅，拿着票进场在最后一排坐下。

池栀语的表演在第三位。

谢野随意看着台上的表演者谢幕退场，稍等了一会儿后，幕布重新升起，显露出中央的池栀语。

她的舞姿随着音乐声缓缓升起，光束打在她的身上，就像是水晶球中央的那个娃娃。

翩翩起舞，展现着自己的魅力。

舞蹈时间不长，三分半钟，池栀语表演完后站定在原地，自然地谢幕退场。

池栀语下场，回到后台卸妆换好衣服后，正准备给谢野发信息，他那边倒是先发来一句。

谢野："到了，在车库。"

池栀语扬了下眉，拿起包往外走，在走廊上碰上其他的同事，她简单地打了几声招呼："我男朋友在外面等我，我要先走了。"

"你男朋友来了啊，我就说刚刚怎么在台下看到你男朋友了呢。"

池栀语闻言愣了下："他刚刚在台下吗？"

"不在吗？"同事说，"就坐在最后一排，人我看着有点像，之前我也看到好几次了，不过也可能是我看错了，毕竟台下那么黑，你快去找你男朋友吧，别让人等急了。"

池栀语回神稍稍点头，和她道了别，往车库方向走。

找到谢野的车后，池栀语打开副驾坐进去，转头先问他："刚刚你过来看我表演了吗？"

谢野神色自然地"嗯"了声，帮她系好安全带。

池栀语眨眼："以前也来看了吗？"

谢野扬了下眉，悠悠问："以前是多久？"

这话就是他有来看过，不止一次。

池栀语有些蒙："你怎么都没和我说？"

"怎么？"谢野笑了，"还要我向你通报一下才能看呢？"

"不是。"池栀语有种说不上来的感觉，想到什么后，抿了下唇轻声问，"你打电竞的时候也有来看吗？"

"有。"谢野没有瞒着，"偶尔来看看，没有每次。"

池栀语指尖微微蜷起，盯着他慢慢问："你那么忙……干吗还来看我表演……"

谢野轻描淡写道："就想看看。"

看看你在台上的光芒。

看看在我无法参与，也来不及陪伴的时间里，你有多么努力、坚强。

才能做到现在的耀眼发光。

池栀语鼻尖一酸，嗓音带出了哑："你为什么不告诉我，我可以来找你。"

谢野扯了下唇，似是觉得没什么："我来找你不一样？"

"不一样……"池栀语低下头，看着眼泪掉了下来，砸落在自己手背上，带着哭腔道，"我如果知道你来……"

会来到你的面前。

给你安慰和鼓励，绝对不会，绝不会让你带着满身的疲惫和孤独离去。

而她却什么都不知道。

他其实在无声中陪伴了她，陪伴过她的无数场演出。

陪伴着她，再在无声中，一个人离开。

"知道我来怎么了。"谢野抬起她的脸，帮她擦掉眼泪，"不准哭，我每次看完就走了，如果你再来见我，我怎么走？不想我训练了是吧。"

池栀语哽咽道："那你也可以不用一个人看我。"

"能不能讲点道理。"谢野似是觉得好笑，蹭下了她的眼角，"我就想一个人见你，这还要强迫我？"

"还有这是多久以前的事了。"谢野擦干她的眼泪，"你现在不也知道了，我又没骗你，有什么好哭的。"

池栀语抿唇，抬眸看他，哽咽开口："那你以后过来看我，都要告诉我。"

"行，告诉你。"谢野抽过纸巾擦了下她的脸，慢条斯理地道，

"还没结婚就管我这么严呢。"

池栀语说话带着鼻音:"我就要管你,管你到老。"

听这豪言壮志的,谢野低笑了几声:"好,给你管。"说完,他扯开话题说,"别哭了,晚上想当个小哭包跟我回家呢?"

被他一提醒,池栀语才想起这事,吸了吸鼻子,平复着心情:"还要买礼物,快走吧。"

谢野见她没再难过,但看着她眼睛和鼻尖都是红红的,莫名觉得好笑,低头亲了亲她:"眼睛这么红,不知道的还以为我把你怎么样了。"

池栀语心情本来还挺沉重的,听到这话忽而注意到这个问题,开始担心她的妆容了。

等会儿要去谢家,她可不能这样去见。


车辆开到商场,两人买了些礼品后,池栀语临时去卫生间补了下妆,恢复了平常清冷的样子。

去谢家的路上,池栀语渐渐开始有点紧张起来。

明明也没什么,就只是吃个饭而已。

池栀语在心里安慰自己,一直到谢野停车后,她看着前边的大院门,抿了下唇。

谢野领着她下车,看着她这模样,勾唇伸手牵着她,安抚她一声:"我妈今天也在,有我和她罩着你,怕什么。"

池栀语摇摇头:"你不懂。"

谢野牵着她往里头走,经过前厅长廊才到了客厅。

一进屋,池栀语就先看到简雅芷,她默默松了口气,然后才看到沙发内的谢家老太太和老爷子。

而老太太瞧见两人进来,看也不看谢野,对着池栀语先笑了一声:"是池丫头吧?"

池栀语忙点头:"是,爷爷奶奶好。"

"好好。"老太太朝她招手示意,"来来来,别站着,跟着我们一起坐着。"

池栀语提着礼品上前，先颔首道："这是我准备的一些见面礼，希望爷爷奶奶喜欢。"

"哪儿用得着这些呢。"老太太接过，柔声细语道，"你来就好，我们都是老人也用不着这些，快来坐会儿。"

老爷子看着她也发话，语调明显放轻："坐着，喝点茶。"

池栀语道了谢，一旁的简雅芷朝她招手，让她坐在自己身旁。

一直没人理的谢野也不闲着，直接走到池栀语身旁也打算坐下时，老爷子直接沉着声说话："招呼都不打，坐什么？"

谢野像是没听见一样，直接坐了下来。

池栀语眨了眨眼，老太太先牵着她的手，轻声说："来，我们去后边说话，不理这俩人。"

池栀语听到称呼，莫名觉得好笑，自然也不拒绝点头应下："好。"说着，她起身看了眼旁边的谢野，想示意他安稳点，好好说话，而谢野察觉到她的视线，气定神闲地回视，眉梢轻轻一挑。

态度嚣张，懒散至极。

池栀语移开视线，转身跟着老太太和简雅芷先走了。也不知道老爷子会对谢野说什么，但池栀语完全不担心谢野。因为他还真的吃不了亏，所以她反倒还有点担心老爷子。

怕他被谢野气到。

池栀语自己这边和老太太聊得还是挺融洽的，可能因为有简雅芷在，她也没有那么紧张，还能时不时地逗笑老太太。

然后没聊多久，就开饭了。

谢野回来领着她一起去餐厅，牵着她的手问："和老太太都聊什么了？"

池栀语笑道："聊些你以前的事。"

"噢。"谢野也无所谓她们拿他当话题，侧头征求她的意见，"晚上要不要住这儿？"

池栀语还在想，谢野似乎怕她紧张，又补了句："不想住就不住，没人强迫。"

"没有。"池栀语笑着道，"我在想我都没有带换洗衣物怎么办？"

"那就回去。"谢野捏了捏她的指尖，"吃完饭再坐一会儿就回去。"

池栀语皱了下眉："那还是住一晚吧，爷爷奶奶应该挺想你在这儿住的。"

闻言，谢野抓住了重点："什么叫我住这儿？"

池栀语眨眼："就是你住这儿啊。"

谢野瞥她："那你呢。"

池栀语眨眼，缓缓地给了句："我回家。"

话说着，两人刚好也到了餐厅。

池栀语看着他的表情，忍着笑转身往里走。

晚餐准备得很丰盛，好几样都是池栀语爱吃的，应该是老太太问过简雅芷特地准备的。

几人坐下后，时不时地聊着天吃着饭，老爷子倒是问了几句谢野投资YG俱乐部的事。

谢野回他："我说了您能懂？"

老爷子开始摆面子："这饭你别吃了，出去。"

"行了。"老太太皱着眉发话，"你们俩再吵就都给我出去。"

老爷子闻言也没说话，池栀语看到这儿，莫名觉得好笑，默默转头看谢野。

谢野侧头对着她的视线，挑了下眉示意："看什么？"

池栀语摇摇头，餐桌下被他握着手指推了下他，让他吃饭别说话。

谢野反捏着她的指尖，池栀语看着他的眼睛，从里头就读出两个字——

"不呢。"

池栀语懒得理他，抽回自己的手端起水杯喝了一口。

对面的老太太似乎想起什么，看向她："阿语，你每天都会有演出吗？"

"没有的。"池栀语放下杯子，"看具体的剧目安排，我一般都是在排练。"

"这样啊。"老太太笑了下，"我下次有时间去看看。"

"好的啊。"池栀语点头，"我来接您。"

"哪儿用得着你接，你也要准备排练不是。"老太太看着谢野指挥道，"我让这小子来接就成。"

谢野："我就不忙了？"

"你有什么忙的。"老太太扫他，"一天到晚就知道气人。"

谢野闲闲地"噢"了声："那我可真闲。"

老太太这下开始教育他："你这叛逆的性子也不知道改改，从小到大都这样，一天到晚不听人话，你说说你有什么优点呢？"

谢野夹了点肉放在池栀语碗里，神色懒散，悠悠地道："我这不是给我自己找了个老婆过来？"

老太太一噎："别给我说这大话，如果不是阿语喜欢你，你觉得靠你自己追能追得上？"

"怎么不能？"谢野语气很酷，"我现在就是追上了。"

老太太瞪了他一眼，明显也懒得和他说话，接着跟池栀语聊了会儿天。

吃完饭后，老爷子和老太太按着往日的习惯去院子外散步，让几人不用陪，留在家里休息。

简雅芷留在客厅内和池栀语一起看着电视，似乎想起什么，对着谢野说了句："阿沂前段时间领证了你知不知道？"

"嗯？"谢野靠在沙发上正在玩手机，听到这话，散漫地问，"他那联姻也算结婚？"

"说什么话呢。"简雅芷闻言看他皱眉，"领了证就算，你过几天去送份礼给他。"

谢野刚想说再说，简雅芷先说了句："不然你现在去温家看看，顺便带着小栀子拜访一下温奶奶。"

提到带着池栀语见人，谢野倒是有了兴趣，很爽快地点头："行。"

池栀语在一边有些茫然，眨了眨眼："要去见谁吗？"

谢野牵过她的手起身，抬了抬下巴："走，去炫耀炫耀。"

也不知道是去哪儿炫耀。池栀语跟着谢野往外走，顺便消食逛了会儿，没走一会儿就被他领着进了温家。

看着他娴熟地在别人家里逛着，池栀语有些蒙，刚想问这儿是哪儿时，余光忽而扫到一道人影。她侧头看了过去，男人穿着简单的衬衫，神色慵懒随意，看着就是个闲散的少爷。

池栀语瞧见了男人的身影和面容，愣了下。

因为觉得眼熟，好像在网上看到过。

谢野牵着她往前走，看着对面的盛瑜："这是你家？"

盛瑜也没想到会在这儿看见两人，挑了下眉，声音有些低沉，语调稍懒，学着他的话："这儿是谢家？"

谢野扯了下唇，牵着池栀语示意他打个招呼："这是你嫂子。"

盛瑜扫了他一眼，似笑非笑地看他："你比我大？"

闻言，池栀语明白了，先笑着打招呼道："你好，我是池栀语。"

盛瑜颔首，懒懒地给了句："弟妹好，我是盛瑜。"

谢野扯着唇角，倒也没再说什么。

不过池栀语听到名字后，就更加确认了心里的猜想，有些迟疑地问了句："是男歌手盛瑜吗？"

盛瑜挑了下眉："娱乐圈里还有第二个人叫盛瑜？"

闻言，池栀语懂了，是那位大红大紫的明星本人。

盛瑜看着谢野，反问："来找温沂？"

谢野"哦"了声："给他送个结婚礼。"

盛瑜闻言笑了下："行，一起吧。"

池栀语听着这对话，莫名觉得这两个男人可能根本没安什么好心。

三人晃晃悠悠地走进温家客厅里，楼上的温沂刚好拿着文件下来，先瞧见进屋的两个男人后没什么惊讶的，再看到后边的池栀语时，挑了下眉。

池栀语走进，也瞧见了温沂，长相出众，桃花眼上挑。

脑子卡了几秒后，池栀语在这熟悉感里想起了以前高中时候见过的人。

温沂先看了眼盛瑜，拖腔拉调地问："刚被拍到去女明星那儿探班，还有时间在这儿？"前几天盛瑜被爆出探班女朋友的绯闻，粉丝们都炸开了，一个劲儿地都在猜是谁。

当天下午的时候，盛瑜直接回应了——"安静点别猜是谁，她怕被你们封杀"。

这条微博在最近不知道传了多少遍，不过也没人猜出来是谁，但基本上都往最近和他牵扯最多的季清晚这位女演员身上猜。

池栀语没怎么在意这个，毕竟她也不追星，但听到这儿，突然也有些好奇。

"怎么？"盛瑜似是完全不在意，语调稍懒，"我看看人不行？"

闻言，池栀语挑了下眉，而谢野明显对这个不感兴趣，牵着她往里走，随意坐在沙发内。

温沂瞧见他这样子："你过来干什么？"

"不是结婚了？"谢野语气很欠打，"给你送个祝福呢。"

温沂仿佛对自己结婚很无所谓："那可惜了，我这新娘子没在这儿，祝福不了。"

闻言，池栀语想到了谢野之前说的联姻，此时再结合温沂的话，看来只是表面夫妻，两家通过联姻来达成商业互助。

池栀语也没什么资格评判这个模式，没说什么话。而温沂看着她，先出声打了个招呼，池栀语自然也点头回应。

一旁的盛瑜拿着手机可能在和人聊天，突然开口问："弟妹是学古典舞的？"

池栀语点头："是，怎么了？"

盛瑜随意回了句："有个朋友想了解这方面的事情。"

温沂先戳穿他："是女朋友就直说。"

"我倒是想说。"盛瑜挑眉，"人家没同意，我怎么说？"

听这语气，池栀语莫名觉得有些好笑，而刚巧盛瑜的手机响了下，不知道看到了什么，他抬头对着她说了句："弟妹有没有时间帮我一把？"

"嗯？"池栀语没明白，"帮什么？"

盛瑜晃了下手机，拖着懒散的腔调道："我这未来女朋友想了解古典舞的要点，你解释一下，顺便帮我追追人如何？"

听到他这未来女朋友的称呼，池栀语笑了下，欣然答应："好，我可以的。"

盛瑜道了声谢后，随手把手机递给她。

池栀语接过看着通话界面，扬了下眉，接过放在耳边问了声好："你好。"

手机那头的季清晚也没料到盛瑜会刚好碰到学古典舞的专业人士，接通电话后，也跟着问了声好。

随后，两人一问一答地开始对话聊天。

三个男人不打扰她们，起身往阳台方向走，顺便吹吹风抽烟。

温沂拿着打火机，把烟点燃，调侃一声盛瑜："你这追人的手段还能再没用点？"

盛瑜挑眉，慢条斯理地反驳他："你这婚结得挺早，有用？"

"我乐意。"温沂无所谓，说着，他也不知道想到什么，轻吐了口烟圈，"反正都要结。"

烟随着风飘过来，谢野皱了下眉："滚远点行不行？"

"你装什么呢。"看着他嫌弃的样子，温沂说他，"你在这儿给我当什么不沾烟酒的人。"

谢野斜靠在阳台上，看着屋内沙发内浅笑着打电话的女人，语气优哉游哉："不好意思了，我呢也不是不想和你们一起，但你们嫂子管着我不让抽烟，所以呢……"

温沂直接打断他："闭嘴吧，能不能别说话。"

"所以呢，你们俩滚远点别把烟味传过来，或者就给我灭了。"谢野很欠地继续开口，"不然等会儿让你们嫂子冤枉我，这可不好。"

盛瑜没忍住："你这样弟妹知道？"

谢野挑眉："我什么她不知道？"

"你有什么好得意的？"温沂咬着烟看他，慢悠悠地开口，"从小认识这么久，高中毕业成年了才在一起，你追人的手段和盛瑜有差别？"

盛瑜无辜被提，轻"啧"了声："怎么说话的呢？"

温沂眼尾轻扬："你们俩不是一个等级？"

"哦。"谢野嗤了声，"也不知道哪儿让你们误会了。"

"我呢，从来没有追过人。"谢野语气很嚣张，"我们两情相悦，懂？"

盛瑜真的受不了他这谈恋爱后的性子，扯了下唇，语调懒懒："你给我在这儿乱吹什么？"

谢野丝毫没觉得有问题，嘲笑他："怎么？现在这是追人追不上了？"

盛瑜懒得理他："用不着你关心。"

"放心。"谢野看着他抬了抬下巴，"不排挤你，失败了也没事，到时陪着温沂去借酒消愁。"

盛瑜看了他两秒，单手灭了烟后，活动了下手腕，直接抬手锁紧了他的脖子。

温沂双手插兜，脚步移动，站在两人面前，正好挡住了后边沙发的视野，他含着烟，声音有些不清晰，慢条斯理道："动作快点。"


从温家出来，两人原路返回往谢家走。

想到刚刚见到的盛瑜和温沂，池栀语侧头看他，好奇地问："你们是一起长大的？"

"嗯？"谢野牵着她的手，懒懒道，"我和谁一起长大的，你不知道？"

一直都是和她一起。

池栀语弯了下唇："我说的是九岁前啊。"

谢野扯了下唇："都是小孩，不记得。"

池栀语被他逗笑："你们都是这样相处的吗？"

谢野："不知道，不熟。"

池栀语捏了下他的手指："干吗啊，人家对你挺好的啊。"

谢野完全不想讨论那两个家伙，谢绝谈话。

池栀语看着他，弯着唇道："好奇你小时候是什么样，是不是像这样不讨人喜欢？"

"不好意思。"谢野单手揽过她的腰，懒洋洋地开口，"我从小就是万人迷。"

池栀语被他半抱在怀里，看着他自傲又自信的表情，笑了起来："骗谁呢，奶奶都说你小时候讨人嫌，叛逆得很，每天捣乱。"

被打脸，谢野也没什么不好意思的："那是个性不行？"

池栀语真的觉得什么话都能被他改成自己的语言："你脾气这么坏，是不是都没朋友呢？"

谢野很无耻地承认："是呢。"

池栀语点出刚刚的两位："那盛瑜和温沂呢？"

谢野悠悠道："你以为他们俩脾气比我好？"

"嗯？"池栀语想了想，"我觉得挺好的啊。"

该有的礼貌和分寸都有，也没有那么地让人感到压迫感。

谢野扯唇："那是因为你是他们嫂子，他们不敢不给你面子。"

"而我呢。"谢野语气懒散道，"是脾气最好的那个，你捡到宝了知道吗？"

池栀语虽然不知道其他两个人的脾气到底是好还是坏，但就目前为止的接触而言，真的觉得谢野说瞎话的本领——

很强。

回到谢家后，几位长辈们都睡下了。

谢野领着池栀语上楼回了他的房间，简雅芷把池栀语换洗的衣服都准备好放在了床上。

"本来还想让你一个人留在这儿的呢。"池栀语看到衣服，坐在床边，逗他一句，"让你享受许久不见的单人时光。"

谢野扯了下唇："让其他人享受去。"

池栀语猜到了他说的其他人是谁，笑出声，凑过去亲了下他的脸："今天我挺开心的。"

谢野将她抱在怀里："不紧张？"

"一开始有点。"池栀语伸手抱着他的腰，仰头看他，"但是爷爷奶奶对我很好，你朋友也很有趣，都挺好的。"

知道他是怕她会害怕，不喜欢这个环境，所以带着她出来，见见朋友缓解一下心情，让她不要太在意这个气氛。

闻言，谢野低头亲了亲她，勾了下唇："那就行。"

池栀语看着他的唇角弧度，也跟着笑起来，凑近靠在他怀里，轻轻地开口："谢野，你的家好好。"

好温暖，也好令人喜欢。

谢野揉了下她的脑袋："傻了，这也是你的家。"

池栀语闻言稍稍愣了下后，笑了一声："我们还没结婚，哪儿算我的家？"

谢野扬眉："那明天结婚？"

池栀语抬头看他："哪儿有这么随便的？"

谢野慢条斯理问："那你说说你想什么时候结？"

"我都可以。"池栀语反问他，"你想什么时候？"

谢野无所谓："都行。"

过了两秒。

他又闲散地补了句："反正都和你结。"

池栀语笑着又亲了下他的唇角："那就等一会儿吧，挑个好日子。"说完，她从他怀里起身，"我要去洗澡了，你想想吧。"

池栀语拿过一旁的换洗衣服，转身往浴室走，刚迈进的时候察觉到身后跟来的人影，回头看他："你过来干什么？"

谢野从身后抱住她的腰，将人扣进自己怀里。

池栀语顿了下，看着他眨眼："我要洗澡。"

言下之意就是，麻烦你出去。

谢野低头亲着她的侧脸，顺着往下，唇瓣落在白皙的脖颈处，细细吻着："一起？"

池栀语感到他的手轻钩过她的衣摆，再往上探，呼吸稍乱了下，头脑还算清醒道："谁跟你一起，出去。"

谢野的手轻轻摩挲着，吻着她耳尖，声音有几分含糊："刚刚不是亲我了？"

池栀语想起自己确实亲了下他的嘴，愣了下："所以呢？"

"所以……"

谢野眸子深黑似暗夜，他脚跟钩了下门，浴室门随着力道关上。

谢野念在她上午刚表演完身体吃不消，再说这儿也不是自己家，自然也没有闹腾太久。

池栀语没精力搭理他，直接睡了过去。

第二天醒来的时候，看着谢野半躺在自己身旁，一手抱着她，一手正在玩手机，神色慵懒，优哉游哉。

池栀语本来还想再赖一会儿床，闭上眼的一瞬间忽而意识到这儿是谢家，连忙坐了起来，侧头看他："现在几点了？"

谢野扫了眼屏幕："九点。"

"九点！"池栀语立即推他，"那你还在这儿躺着，还不快起来。"

谢野随手收起手机："你没起，我怎么起？"

"你不会叫我吗？"池栀语拿过衣服穿上，系着扣子，迅速下床往卫生间走。

谢野跟在她身后，拉过她的后背有些乱的衣摆："急什么，又没人催你。"

池栀语边刷牙边瞪他，含糊地说着："不能让长辈等着，你也快点刷牙。"

谢野接过她递来的牙刷，两人大致洗漱完下楼，和客厅内的几位长辈打了招呼，坐下吃了早餐后，也没再多留。

池栀语坐在车上，对着家门外的老太太和简雅芷挥手道别。

谢野发动车子往外开。

池栀语看着人影渐渐消失，松了口气后收回视线靠在座椅上。

谢野听到她叹气，觉得好笑："怕什么呢？"

"我没有怕啊。"池栀语很真诚地开口，"我这是紧张。"

"有什么好紧张的。"谢野随意道，"见都见了。"

池栀语摇摇头："见了也会紧张的。"

谢野挑眉："你见我妈怎么不紧张？"

池栀语眨下了眼："我和芷姨情同母女，还能有什么紧张的。"

"母女？"谢野扯了下唇，"我还是你哥？"

"也行啊。"池栀语凑近看着他，喊了声，"野哥哥。"

谢野扫她一眼："谁是你哥，谢谢。"

池栀语被他逗笑："哥哥怎么了？不挺好的吗？"

谢野："你以前有把我当哥？"

"当然没有。"池栀语弯着嘴角，"哥哥不都是对妹妹挺好的嘛，你以前那叫对我好吗？"

谢野扯了下唇："噢，只记得你要跟别人回家。"

池栀语差点噎住："这事就不用提了吧。"

前边刚好红灯。

谢野减速停下，转头看向她，慢条斯理地骂了句："你还挺没良心。"

谢野捏下了她的手指，又加了一个罪责："还花心。"

池栀语觉得自己很冤枉："我没有，我一直都喜欢你的，那个只是年少无知。"

"噢。"谢野看着她，一字一顿道，"你高中的时候还想和篮球队的交朋友。"

池栀语这回真的笑了："谢野，你幼不幼稚啊，那个是吴宣冤枉我，这都多少年前的事了，你居然还记得。"

红灯转为绿灯。

谢野发动车子，慢悠悠开口："你的事，我都记得。"

"所以别想骗我。"

见过了谢家人后，池栀语偶尔也会带着谢野去见见老爷子和老太太，也算是对他以前没有回家的一种补偿。而谢野只要是有她陪着，都挺无所谓的，去不去都是看她。

但有时候他时间上有冲突，自然也没时间来，有的时候还会留在公司加班，或者在YG俱乐部里，两头忙。

池栀语不常去他公司，更多还是去俱乐部看他。

谢野退役后，选择以投资人的身份继续留在了YG，但很少出现在大众面前。粉丝们都在哭号着能不能让他出来露个脸，就算打个友谊赛直播都是可以的啊。

阳彬时不时跟池栀语吐槽这事，池栀语听得耳朵都要长茧了："这事你怎么不去找谢野说？"

"我和他说也是白说嘛。"阳彬无奈叹气，"只能找你这位家属了。"

池栀语摊手："我这家属也没有话语权啊。"

阳彬看着她摇摇头："池妹妹，你这可就不能骗人了啊。"

池栀语眨眼："我怎么了？"

阳彬："这谁不知道野哥最听你的话呢。"

池栀语反驳："我也听他的话啊。"

闻言，阳彬还想说什么，就听见旁边的门被推开，两人往后看，见是谢野回来，阳彬迅速起身打招呼："野哥好，老板好！"

谢野瞥着他："你是不是哪儿有毛病？"

阳彬一噎："这不是表示对您的尊重嘛。"

谢野看着他这么闲："你不用训练？"

"我休息休息。"阳彬说，"陪着池妹妹聊聊天。"

"噢，自个儿聊去。"谢野直接带着池栀语往外走。

池栀语对着阳彬挥手："好好训练，下次再来看……"

话还没说完，谢野已经关上门，池栀语侧头扫他一眼："小心阳彬投诉你。"

谢野语气很欠道："我是老板，他敢？"

"噢。"池栀语反讽他，"老板了不起呢。"

谢野走到电梯口，随手按了下行键，没几秒，电梯门应声打开，先露出了里边的老木。

"哎。"老木看着两人愣了下，"你们俩要走了？"

池栀语点头，刚想要问还有什么事，就见一道人影先行从老木身后出来，走出电梯。

男人身形清瘦高挑，穿着墨色衬衫，衬得皮肤冷白，带着明显的病态薄弱。他生了一双极为好看的眼，眸尾轻勾，瞳色比常人要淡，透着漫不经心的阴郁冷感。

男人垂着眸，眼神无波无澜，毫无任何情绪，像是根本没看到两人的存在。

池栀语看清他那过于出众的长相后，稍稍愣了下。

"对对，我要给你们介绍的。"老木跟着出来，连忙介绍道，"这位是许嘉礼，我们请来的设计师。"

闻言，谢野散漫地看向男人："许嘉礼？"

许嘉礼抬眸看了他一眼，眼神冷漠，他轻敛下颌，算是打了招呼，然后移开视线，莫名有些无视的意味。

老木听着谢野这话，眨眼问："你们俩认识？"

谢野看着许嘉礼这面无表情的模样，扯了下唇："噢，和我认识的人同名。"

池栀语闻言，稍稍侧头看他，有些疑惑。

而许嘉礼明显不想继续在这儿浪费时间，眼眸微敛看向老木，语调平，声音又冷又淡："我只有十分钟时间。"

这是在催人。

老木听到，连忙对着谢野和池栀语摆了下手，示意许嘉礼往前走。

池栀语看着男人离去的背影，孤傲又冷漠至极，这气质和谢野完全不一样。

但她莫名觉得有些眼熟。

池栀语没找到头绪，转头看向谢野问："我们是不是见过这个许嘉礼？"

"嗯。"谢野牵着她走进电梯里，按了一楼，随意解释道，"住阳城巷口的那个小屁孩。"

被他一提醒，池栀语才想起这是以前小巷最外面那家的小男孩。

"什么小屁孩。"池栀语笑了声，"人家也不小，不就比我小两岁吗？"

谢野仿佛很有道理地说："比我小就是小屁孩。"

池栀语："那我还比小你一岁呢。"

"噢。"谢野似是想起来，看着她挑眉，"忘了还有你这个小屁孩。"

池栀语懒得理他，想着刚刚的许嘉礼，眨下了眼："不过我记得他身体好像不好，每天吃药，现在看着好像还行。"说完，她还添了一句，"长大了也还挺帅的。"

气氛沉默了一秒。

池栀语在说出口的一瞬间也意识到了不对劲儿，嘴边的话瞬时一转："但是呢……"她转头看向谢野微笑，"我男朋友最帅，谁都比不上的，这许嘉礼就是个弟弟是吧。"

谢野的唇线拉直，面无表情地扯唇反问："噢，怎么不干脆说要和他谈个姐弟恋呢？"

…………


两人回了阳城谢家，谢野开车路过巷子口的时候还阴阳怪气地说着："看看你这弟弟的家。"

池栀语被他弄得无言，又忍不住乐："够了啊谢野，怎么感觉你比人家弟弟还幼稚呢。"

谢野嗤了声，对她这话表示不屑。

车停在了谢家门口，两人下车往家走。

简雅芷正在厨房准备午餐，听到开门声探出身来，打了招呼。

池栀语走去厨房："有什么要我帮忙的吗？"

"不用，没什么事。"简雅芷看着客厅，"你跟着小野一起看会儿电视，等会儿就可以吃了。"

池栀语怕自己帮了倒忙，也不勉强，转身往后走，见原本坐在沙发上的谢野不见了，也不知道去哪儿了。

她眨了下眼，也没管他，看了一会儿电视后，厨房内简雅芷出来见她就一个人在，稍稍疑惑："小野呢？"

池栀语："可能去楼上书房了。"

"好。"简雅芷转身时想起了什么，和她说了声，"他房间有些东西我没帮他理，等会你上去问他看看有没有要留的。"

池栀语点头："那我现在去问问看。"

说完，她自然地往楼上走，经过书房，稍稍推开门，见他正开着电脑打电话，像是在说工作上的事，语气还挺严肃的。

池栀语见他看过来，摆了摆手示意没事，退出去帮他关上门，往他房间走去。

因为谢野偶尔才来这儿，简雅芷也没怎么动他的东西，还是保持着他高中时候的样子。

池栀语看了一圈好像也没觉得有什么没用的东西，走到一旁的书柜上，上下打量了一番，在角落里忽而看到了一个类似相册一样的东西。

池栀语眨了下眼，伸手抽了出来，看着封面有些老旧，觉得可能是简雅芷收集的谢野小时候的照片集。

池栀语弯了下唇，随手翻开。

一入眼，就看到一张泛黄的照片。

但里头的主人公是她。

九岁的她。

池栀语愣了愣，视线往下移动，看到了这张下面是九岁的时候，简雅芷给她和谢野拍的第一张合照。

她扬着灿烂的笑容对着镜头，谢野板着脸，没什么表情。

池栀语伸手继续翻过一页，看到了他们每次的合照，还有她毕业典礼时，他亲着她的照片，还有他求婚的照片。

从小到大。

所有的合照。

池栀语顿了好几秒，感到下面还有很多页，神色微僵，指尖轻轻地翻了一下。

这次的主角只有她。

但不同于之前的所有照片。

第一张，是她五年级的时候，第一次在谢野面前跳舞的照片。

再往后，是初中的每次表演，再到高中毕业典礼时，她在舞台上跳舞的所有照片。

而每一张都像是用手机拍下的，像素有些模糊，但中央的她，清晰明了。

其中有张是池栀语要求谢野帮她拍的照片，然而在这之前，他早就默默拍过了她每次跳舞的照片。

记下她每次的闪光时刻，每次的耀眼瞬间。

只是她不知道。

也只有，她不知道。

池栀语的眼眶一热，脑海里忽而想起了上午谢野刚刚说的话——

"你的事，我都记得。"

所有的一切，所有和你在一起的每个瞬间。

我都记得。

从那年我们初见时，再到你进入我的世界与生命中的每个瞬间，我都不曾忘记。

门边的声音传来，池栀语抬头看去。

谢野看着她的神情，视线下移，忽而注意到她手里拿着的相册后，稍稍一顿，随后迈步朝她走来。

池栀语捏着相册，压着情绪，轻轻问："怎么拍了这么多照片？"

谢野走到她身边，垂眸看了眼照片上的少女："嗯，想留个纪念。"

池栀语顿了下："什么纪念？"

"当时怕我们俩以后如果没在一起。"谢野扯起唇角，轻描淡写地道，"我好歹有个照片能看。"

池栀语瞬时垂了眼，哽咽道："……为什么会怕？"

闻言，谢野垂眸看着她，忽而淡笑了声："池栀语。"

"我当然也会怕。"

从意识到自己对你的情愫开始，也曾以为那只是对错觉，只是和你接触得多过于熟悉，把这份亲密当成了喜欢。

我焦虑过，也疑惑过，可每日和你在一起的时间里，会不自觉地在意着你的情绪，在意着你所有的话。

而当你依赖我的时候，满足感渐渐占满了心里。

如果可以，我想要一直和你在一起。

这个念头升起的那一刻。

他确定了那份感情是什么。

可他却不敢说。

和她在一起的日子里，他一点点地满足，却又一点点地想要更多。

能不能，不再只是朋友。

他能不能，和她在一起。

可是他不确定她的心，如果没有。

什么都没有。

如果只是把他当成了那所谓的青梅竹马，只是亲密的朋友。

那他能做什么？

谢野曾想过，打破了那层界线后，迎来的会是什么样的结果。

池栀语会逃避，也会果断地离开，不再和他接触。

可能就连最后那唯一存在的青梅竹马关系，也会破碎。

所以，他不敢。

如果他失败了。

想过，就这样吧。

就这样保持着那层能和她在一起的关系继续下去，就算只是当着所谓的邻家哥哥，那也能和她在一起。

只要她没有喜欢的人，只要还没有任何人把她夺走，就这样一直下去。

就好。

这个卑微又自私的想法，头一次让谢野感到了挫败。

也让他清晰地明白到了自己的懦弱。

只是因为，害怕失去她。

失去那个能待在她身边的唯一借口。

所以——

那他就放弃他的贪婪，就这样当着朋友也成。

她不要离开他就好。

谢野怀着这样的心态迎接着和池栀语在一起的每一天。看着她的笑容，看着她的悲伤，也看着她对自己的依靠和情感。

然后再默默记录下她所有的瞬间，保留下他和她在一起的点点滴滴。

直到那份执念漫溢出来时，他想要更多，也害怕更多。

…………


话音传来的一瞬间，池栀语的泪珠砸落在相册上。

他也曾害怕过。

和她一样害怕过。

池栀语想起了以前吴萱问过她的问题，如果谢野也曾和你一样喜欢却又害怕失去你，那你们俩不就会错过了对方。

所以不试试怎么知道？

对啊。

不试试怎么知道。

池栀语抬眸看着自己的少年，他已经属于她了。

谢野从她手里拿过相册，轻轻合上想重新递给她时，池栀语转身，伸手轻轻抱住了他的腰，低头埋入他的颈窝，喊了声："谢野。"

谢野："嗯？"

池栀语用力地抿了下唇，嗓音沙哑道："那个如果，不会有的。"

闻言，谢野顿了几秒后，似乎明白了她的意思，牵了下嘴角，低头回抱紧她的身子，语气认真又笃定地道："是，没有那个如果。"


我们不可能没在一起。

在往日时光里。

我怀着忐忑不安的心情和你分享着每个瞬间。

当贪婪与恐惧并存时。

我曾不断挣扎过，也矛盾着。

能不能赌一把，能不能就试一次。

贪心地去祈求这唯一的一次。

打破这个界线，极其热烈渴望地想要去拥有你。

我想或许。

这样在往后，我们不再相见时，我不会留有任何遗憾。

至少，我争取过。

那么，就算你不要我。

我也曾把自己这份深藏已久、固执的坚持传达给了你。

纵使满身伤痕也无所谓。

因为我也曾，勇敢地捧着我的心。

去追寻那个，我笨拙而又热烈爱着的人。

## 番外二
### 她喜欢的，一直是谢野

　　自从被谢野求婚成功后，池栀语觉得自己陷入了一个无限循环的模式。

　　因为若大毕业典礼那天，李涛然这个看热闹不嫌事大的人把谢野求婚的整个过程拍了下来，还感动地哭着分享到了朋友圈里，所以就此导致了现在认识池栀语的好友见到她，开口第一句基本上就是——

　　"阿语，听说谢野向你求婚成功了啊"或者"谢野强啊，这么等不及，一毕业就想把你这位谢太太定下"又或者"池栀语，你终于要成为名正言顺的Wild嫂了"诸如此类的话，但不论怎么样，最后都会跟上一句——

　　"那你们打算什么时候结婚办婚礼？"

　　对结婚这事，池栀语并不着急，一开始还能微笑回答说还早不急，我们还在挑日子，可时间久了也耐不住被人一直这样好奇询问。

　　后来实在是被问烦了，她也懒得回答这个问题，直接给了句"看谢野"，成功地把压力推到了某位准新郎身上。

然而池栀语偷偷观察过谢野这人，发现他似乎完全没意识到自己的婚姻大事正被其他人时刻关注着。但她觉得自己好歹也是女孩子，总不能直接开口问他打算什么时候结婚，这样显得她很不矜持。

池栀语纠结了几天，在想该如何霸气又矜持地问谢野，可五月底的时候，她突然收到木桃杯舞者大赛要提前一周开赛的通知，她果断抛开了这事，完全专注于自己的舞蹈训练。

比赛当天，池栀语毫无悬念地获得了女子独舞古典舞组的金奖，她拿着奖杯走下台的时候，一眼就瞧见了下边单手拿着花的谢野。

他可能是刚从公司过来，穿着一身黑的衬衫搭配西裤，袖子卷到小臂中间，露出一截冷白劲瘦的手臂，整个人透着一股子冷酷的禁欲感，再配上他手里捧着的大束鲜花，站在台下的观众席里，格外引人注目。

许是感应到了什么，谢野抬起眸看来，随后长腿一迈走到她面前，抬手递花。

难得这人浪漫，居然担起了男朋友的职责给她送了束花，池栀语有点意外，但还是感动了。

谢野闻言扫了她一眼："感动为什么没哭？"

池栀语眨眼，微笑反问："你知道我的妆有多贵吗？"

谢野扯了扯唇角："你流的是珍珠泪？"

池栀语瞪了他一眼："你懂什么，我们女孩子要时刻保持美丽的。"

闻言，谢野抬手用指尖蹭了蹭她眼角点缀的亮片，懒懒地抬起眉："靠化妆？"

池栀语拍开他的手，微笑："不好意思，我天生丽质。"

"行。"谢野似是觉得好笑，语气悠悠地道，"是我孤陋寡闻了。"

池栀语直接把人赶了出去，让他在外面等着，她先回后台卸妆换衣服。

没一会儿，池栀语从更衣室出来的时候，被人拖着好不容易下场的吴萱正好回来。

"累死我了。"吴萱喘着气走到化妆台前坐下，疲惫地说道，"这群评委老师可真是能叙旧。"

池栀语拿起一旁水瓶递给她，调侃一声："吴老师现在可是炙手可热的舞蹈演员，现在又拿了奖，当然要和您聊聊天了啊。"

"胡扯。"吴萱喝了一口水，"要不是你这拿金奖的跑得快，我早回来了！"

池栀语似是遗憾道："那就只能怪我腿太长了。"

吴萱骂了她一句，起身去换衣服，池栀语坐在化妆桌前卸妆。

"对了，我刚刚看到谢野站在台下，还捧了束花。"吴萱换回便服出来，坐在她旁边问，"他脑子抽了？"

池栀语很赞同地点头："可能有那个预兆了。"

"不是。"吴萱被逗笑，"他想干什么呢？想再求一次婚？"说完，还给了她一个暧昧的眼神。

收到这眼神，池栀语挑了下眉："你在想什么？"

吴萱没回答，只是微笑地说了句："你生日快到了吧。"

这话突然，池栀语算了一下时间："是吧。"

闻言，吴萱意味深长地看了她一眼，随后突然转头看着前面的镜子卸妆，叹了口气："比完赛，我终于能睡个好觉了。"

这话题转得也太过生硬。但见她不愿多话，池栀语也懒得追问，慢悠悠地说："放心，我已经做好了入睡准备。"

闻言，吴萱被逗笑："你是想睡到天荒地老？"

"我还真有这个打算。"

说完，池栀语弯腰拿起了背包，催着她赶紧回家。

"急什么？"吴萱单手撑起身子站起，逗她说，"难道怕你家野哥哥独守空房，孤单寂寞冷？"

闻言，池栀语眨了眼，突然冒出一句："今晚我们一起凑对睡个闺密觉吧。"

吴萱一呛："你这是想陷我于不仁不义啊。"

"怎么会。"池栀语貌似贴心说，"我怕你独守空房孤单寂寞冷啊。"

"你们俩闺密情倒挺深。"门边忽而传来那道熟悉的声音，两人皆是转头望去，门被人从外头半推开，露出懒散地斜靠在门框上的谢野。

瞧见他，池栀语眨了眨眼："你怎么过来了？"

"不过来，"谢野扫过两人，语气闲散地问，"等你们聊到天荒地老？"

这人也不知道偷听多久了。

吴萱看着谢野过来，莫名想到了自己刚刚说的话，轻咳了一声。平常对着池栀语，她倒是可以大胆地挑衅谢野，但这当着正主的面，她还是知道识时务者为俊杰的道理。

"行了，你这准未婚夫是嫌弃我拉着你聊天呢。"吴萱朝人摆了摆手，"走走，赶紧回家，别让我吃狗粮。"

池栀语轻笑道："你等下回剧院等宋怿？"

今天宋怿有演出，不然也不会让吴萱一个人在这儿。

吴萱点头应了一声，催着两人赶紧走。

外头的颁奖仪式基本上都已经结束，池栀语跟着谢野往外走，但刚走出舞蹈厅，就碰见了刚刚比赛的评委。

这次比赛的地点是在若北舞蹈学院，母校也就算了，更有的评委还是池栀语和吴萱曾经的老师。

池栀语现在和人迎面碰上，当然也不好再逃走，只能微笑着和他们相互寒暄问候着。

谢野不打扰地站在她身旁，随手拿着她的奖杯和花束，还时不时把玩着。

可能是因为他的姿态太过随意，先有人注意到他："这是你男朋友？"

池栀语点头，顺口答了句："嗯，对。"

听到这回答，谢野眼睫微动，没说话。

简单寒暄结束后，池栀语才被放行。

谢野先带着她去吃了晚饭，回到家的时候已经过了傍晚。

池栀语先去卧室洗了澡，出来到厨房里倒了杯水，发现谢野这人居然正窝在客厅沙发里看书。

池栀语莫名觉得有点不对，端着水杯走到他身边，扫了眼他书的封面——

《如何保持神秘感》。

池栀语无语了两秒："谢野。"

谢野垂眸看着书，漫不经心地应着："嗯？"

池栀语眨了下眼："你今天很闲？"

谢野悠悠地吐出两个字："不呢。"

那应该是闲的。

池栀语决定不打扰他好学的上进心，坐在他的旁边拿起手机玩，刚好刷到各个明星为高考学子发的加油微博。

她没怎么在意，随口说了句："高考了，那中考也快了啊。"

可说完后，池栀语莫名地想到了上午吴萱开玩笑说谢野想再求一次婚，还有提醒她生日快到的话。她顿了一秒，突然意识什么，转头看向身旁的人。

感受到她明显的视线，谢野头也没抬地翻了页书，吐出熟悉的一个字："说。"

池栀语审视了他几秒，慢吞吞地开口："我生日好像快到了。"

"你该不会……"池栀语盯着他，狐疑地开口问，"想在我生日的时候带我去领证吧。"

闻言，谢野动作明显顿了下。

池栀语见此，瞬时笑出了声："谢野，你能不能有点新意？"

当初告白和求婚都是选在了她生日的那天，可真的是完全没有悬念。

被她发现这个打算，谢野丝毫没有任何慌张，反倒还一脸坦然："不行？"

"当然不行了。"池栀语和他分析，"如果以后我们的结婚纪念日就是我生日的话……"

说到这儿，她话音一顿："等会儿。"

池栀语眯眼看他："你该不会是为了图方便，不想记这些纪念日，所以特地选了我生日的时候吧？"

谢野瞥了她一眼："你当我是你。"

"我怎么了？"池栀语扬眉，"而且我也严重地怀疑你是不是想少送我生日礼物。"

谢野轻哂了一声："我还能少你这一份礼物？"

"不管，反正我不要在我生日的时候领证。"池栀语要赖，"你重新选个日子。"

计划被她打断了，谢野当然也没准备继续用这个日子，随手把书放在茶几上，偏头看向她，气定神闲道："行，那就干别的事。"

池栀语疑惑："什么事？"

谢野抬起眉："婚纱照不拍了？"

闻言，池栀语愣了下，随后很认真地看着他，好奇地问："你怎么比我这个新娘还知道得多？"

谢野直接凑近咬了她一口，语气欠欠地道："因为你男人强，懂？"

…………

池栀语没想过自己婚礼是什么样的，当然也没想过自己和谢野的婚纱照会是如何的。

谢野当晚就问她想拍什么风格的，池栀语纠结了好几天，也问了吴萱这个姐妹，但得到的都是些没用的意见。最终还是熬到了高考那天，池栀语看着高考信息的时候，突然做了一个决定。

而谢野一直等到拍摄当天，看到池栀语递给他的衣服时，挑了下眉，有些意外："校服？"

池栀语点头："嗯，我找人借的，你试试看合不合适。"

明白到她的心思，谢野勾了下唇角，悠悠地问："池栀语，你多大了还想扮高中生？"

"什么多大。"池栀语咳了一声，"我永远十八好不好，赶紧去换，摄影师他们都快来了。"

说完，她先拿上自己的校服往厕所走，换好正准备出来，而一打开门就瞧见了谢野。

他身上穿着附中的夏季校服，白衬衫短袖，衣领口的三颗扣子扣着，坐没坐相的，瘫靠在沙发内，正在闭目养神。

听到开门的动静时，谢野慢悠悠地掀起眼皮，与她对视。

盯着她看了几秒。

下一刻。

谢野唇角轻扯了下。

这一动作，仿佛让他回到当年的那个少年，透着属于他的傲慢与狂妄。

"十七岁的池栀语？"

"干吗？"池栀语扬眉，学他语气，"十八岁的谢野。"

听到她的称呼，谢野低笑了声，朝她伸手："过来。"

"怎么？"池栀语走到他面前，低头看了身上的校服，倒是有些担心地问，"不好看？"

看向眼前人如同记忆里熟悉的少女模样，谢野的眼眸微暗，抬手握住她的手腕往自己怀里一带。

池栀语身子一晃，顺着惯性坐在他腿上，单手自然地环着他的腰，仰起头看他："好不好看？"

"嗯。"谢野视线下垂，落在她的清冷眉眼上，很欠地开了口，"不好看。"

池栀语眼神警告他："你最好好好说话。"

"行，好看。"谢野低头凑近她的眼眸，与她鼻尖相蹭，声音微哑："我老婆哪儿能不好看？"

说着，他作势就要吻她的唇。

可下一秒，池栀语先行伸手挡住了他的嘴，扬眉，慢悠悠地问："谢同学，你对一个未成年少女想干什么呢？"

闻言，谢野捉下她的手腕，看着她，语调闲散道："不是你想对我干什么？"

池栀语蒙了下："我怎么了？"

谢野盯着她，忽而似笑非笑地开口："池栀语，当初天天想着占我便宜的是谁？"

"不过呢，我今天倒是可以满足你，怎么样？"谢野唇角勾起，用指腹轻轻蹭了一下她的唇瓣，像是调情般，"想吗？"

池栀语一脸镇静地拒绝："谢谢，我现在暂时不想来，下次吧。"说完，她连忙从谢野的怀里站起，催着他赶紧起来，收拾一下准备出门。


为了方便，昨天池栀语就带着谢野来了阳城小巷，出门走一会儿就能到附中。

现在已经是七月初，学生基本上都放假了，没什么人，而池栀语也提前和学校打了招呼，两人畅通无阻地进了校门，按着记忆走到高三（3）班。

因为刚高考完，教室里还保留着之前班级的一些布置，只是书桌上都空了而已。

摄影师已经先到，刚好在里头布置机器设备，几人简单地打了招呼后，开始准备拍摄。

虽然说是拍摄婚纱照，但池栀语觉得这完全是在回忆高中。

拍照的时候，摄影师给的建议是不需要摆拍，只要他们像以前高中上学一样，自然地互动就好。

池栀语对这个倒是在行，直接拿起桌上准备的语文书，给谢野念了一篇《项脊轩志》。

谢野这人也难得配合她，单手支着下巴，半垂着眸看她，但表情依旧是那副炫酷少年的样子。

时光也像回到了以前高中的时候。

同桌的少女正低头读着书，而不知道读到了什么，似乎有些磕绊。

下一刻。

身旁一直没什么表情的少年终于有了反应，他眼睫动了动，带着明显的玩味看来："池同学才毕业多少年呢，连字都不认识了？"

闻言，少女瞪了他一眼，让他闭嘴。

被她用眼神威胁，少年挑眉，还真没再开口说话，只是抬了抬下巴让她继续读，仿佛下令一般。

摄影师瞧见这一幕，忍着笑迅速拿着相机开始拍摄。而周围的工作人员看着两人明明没有任何语言交流，可莫名觉得被他们硬生生地塞了一顿狗粮。

整套的拍摄时间不长，等到最后一组照片结束后，谢野带着她准备回家把校服先换下来，毕竟总不能一直穿着。

而一走出附中，池栀语看见旁边的超市就想买个甜筒吃，拉着谢野去付钱。

刚好在里头碰到刚刚拍摄的工作人员，而其中有个小女生瞧见她时，眼睛瞬时一亮，等再看到跟在她后头进来的谢野，明显变得有些激动。

见此，池栀语眨了下眼，先打了招呼："你好。"

"你好。"说完，女生又小声补了句，"Wild嫂好！"

闻言，池栀语立即明白过来了，笑了声："你是Wild的粉丝啊。"

谢野侧头看来，女生和他对视上，脸瞬时一红，连忙问好道："Wild好！"

谢野应了声。

池栀语倒是没想到在这儿还能碰上谢野的电竞粉，贴心地问："要给你签名吗？"

女生一喜，看向谢野询问："可以吗？"

谢野点头，女生连忙拿出笔和本子递给他。

池栀语看着他给人签完名后，又添了句："要拍照吗？"

闻言，女生连忙摇头："不用不用，有签名我就很开心了！"

他们都明白现在谢野已经不是wild了，所以一般都不会打扰他的私人空间，顶多要个签名而已。

临时的粉丝见面会后，两人从超市里出来，谢野瞥她一眼："拍照？"

池栀语吃着甜筒，含糊一声："这不是实现粉丝的愿望嘛。"

谢野扯起唇："你倒挺大方。"

"当然了。"池栀语自卖自夸，"毕竟我也是Wild嫂，总要大方懂事点嘛。"

虽然谢野已经退役两年，但网上关于他比赛的视频集锦，依旧被人转载播放着。

这仿佛在告诉所有人。

他们的野神，Wild。

即使离去，也依旧在他曾经征服过领域里，永远占据着属于他的一席之地。

说完，池栀语没走几步后，忽然停下了脚步，谢野侧头看她。

池栀语咬了口甜筒："我有点累了。"

谢野瞥她："所以？"

池栀语不想动，转头看他，真诚道："你背我吧。"

谢野盯着她看了两秒，笑了："池栀语，你这叫大方懂事？"

"当然。"池栀语胡扯道，"让你感受到我对你的爱，多大方？"

谢野伸手擦去她唇角的奶油，顺势捏住她的脸，挑眉："你对我的爱？"

池栀语懒懒地"啊"了一声，把剩下的甜筒脆皮喂给他，示意道："对你的爱。"

这明显就是觉得有点腻，不想吃了。

谢野扯起唇，也懒得揭穿她，就着她的手咬住，直接叼在嘴里，随后背对她蹲下："上来。"

池栀语见此，扬起唇，乖乖地弯腰趴在他背上，双手环抱住他的脖颈。

谢野勾住她的腿弯，轻松地将她背起，站起身慢悠悠地往前走，随意吃着嘴边的甜筒脆片。

咔嚓清脆作响。

闻言，池栀语好奇地问："好吃吧？"

谢野边咬着，边用嫌弃又冷漠的语气吐出两个字："不呢。"

池栀语瞬时趴在他肩上，笑出了声。

拍完婚纱照后，摄影师那边效率很快，没过多久就修好图发给了池栀语。

趁着在家休息的时候，池栀语用电脑仔细挑了几张，正想发给吴萱让她欣赏欣赏。

但手机倒是先响了一声，是吴萱。她分享了一条微博视频，池栀语扫了眼，有些不明白。

吴萱："姐妹。"

吴萱："你和谢野又火了。"

池栀语："什么？"

吴萱："你点开看看就知道了。"

见此，池栀语狐疑地点开了她发来的视频链接，屏幕自动跳转到了微博界面里。

是一位普通用户在七月初的时候分享了一条随手拍的视频，上面没有任何文字描述，而视频里自动无声地播放起来，显示出了熟悉的阳城附中旁的街道。

在画面中央，一对穿着校服的男女生正在说话，女生手里似乎正拿着一个甜筒吃着，没说几句后，就看到女生把甜筒喂给了男生，然后最后男生背着女生走。

这莫名熟悉的场景，池栀语猜不出这里头的男女主人公是谁才是有问题。也不知道什么时候被人拍下的，不过因为拍摄距离有点远，她和谢野的脸都有点模糊，看不大清楚。

但网友粉丝们都是神人，一个个看过视频的都觉得像谢野，可这像素确实是太模糊了，而且两人还穿着校服，所以他们也不敢太笃定，但评论里已经自动带入了谢野和她。

"哇！这个男生也太像Wild了吧！"

"不管是不是，反正我已能想象高中时候的野神是什么样的炫酷少年了！"

"别说高中了，我都想象到两人青梅竹马两小无猜的样子了！"

"我也好想成为野神女朋友！能不能给我一次机会！"

"楼上别想了，Wild嫂可是野神从小就喜欢的人了，哪儿还轮到我们！"

"只要没结婚！我就有机会！"

"啊？这两人还没结婚？！"

"他们不是还只是男女朋友吗？"

"为什么我觉得这两人早就结了？"

…………

这条评论底下全是关于两人有没有结婚的猜测。

池栀语还在翻看的时候，谢野正好从书房出来，看着她捧着个手机盘腿坐在沙发上，随意问："看什么？"

"这个。"池栀语指尖往上滑，把视频给他看。

谢野扫了眼，明显没什么兴趣，坐没坐相地靠在她旁边。

而池栀语又看了一遍视频，调侃他："Wild穿上高中校服都没人敢认了啊。"

见她时不时提起Wild这个称号，谢野眯了下眼，侧头看她："你喜欢Wild还是谢野？"

池栀语愣了下，反应过来觉得好笑："谢野，你怎么连自己的醋都吃啊。"

谢野语气很酷："不行？"

"行啊。"池栀语忍着笑，"但是你可能要吃很多醋了。"

"我喜欢Wild，也喜欢谢野，然后还喜欢小时候的谢野、初中的谢野、高中的谢野、大学的谢野、现在的谢野、以后的谢野，怎么样？"池栀语凑近他，似是挑衅道，"你要每个都醋一遍？"

她的话音轻扬，一字一句地穿透而来。

不论是年少，现在，还是未来。

她喜欢的，一直是谢野。

从来都是。

闻言，谢野稍顿，随后垂眸看向她，良久后，他的眼睫动了动，唇角轻扯，随意地唤了声："池栀语。"

"嗯？"

谢野把玩着她的手，懒懒地说："我生日快到了。"

"噢。"池栀语刷着手机，顺口问，"那你有想要什么礼物吗？"

谢野："有。"

这话有些难得，池栀语抬头看他，好奇地问："是什么？"

谢野勾起她的手，指尖轻轻抚过她的无名指，轻描淡写地说了句："结婚证吧。"

话音传来。

池栀语愣了几秒，反应过来时，她微微抿起唇，轻笑应道："好，那我买一送一。"

亲爱的少年。

这次，换我来为你实现愿望了。


植树节前一天。

谢野这人破天荒地起了个大早，还顺带把池栀语叫醒了。

最近剧院演出很多，池栀语基本上都是半夜才回家睡觉，被他叫醒的时候根本没有半点印象，迷迷糊糊地被他换好了衣服，洗漱完后才慢慢清醒过来，也想起了今天的正事。

谢野算好了时间，带着她出门，九点准时到了民政局。

经过一系列的排队等候，还有办理相关手续后，两人成功领完证出来。

"回家？"谢野询问她的意见。

池栀语点头："嗯，还有点困。"

见她明显还没有反应过来的样子，谢野勾了下唇："行，回家。"

池栀语确实还没有意识到自己已经变成了一位有夫之妇，就觉得自己莫名早起，然后领了本结婚证回来了。

等她到家，准备回房间补觉的时候，看着谢野也跟着进来时，先疑惑："你今天不去公司？"

谢野懒懒地应了声："放假。"

池栀语莫名其妙："放什么假？"

谢野抬眸看她："婚假。"

池栀语噎了下："你给你自己放？"

谢野抱着她一起躺进床上，低头捏了捏她的脸颊，极为傲慢地说："是又怎么样。"

他是老板，他做主。

池栀语躺在他怀里，轻笑一声："老板庆祝自己新婚快乐。"

谢野下巴搭在她脑袋上，闭着眼悠悠道："是呢。"

池栀语安静了几秒，仰头看他："所以我们就这样结婚了？"

谢野眼皮子掀起，盯着她："不然？"

"噢。"池栀语重新埋入他的怀里，闭上眼，拖着懒音说，"那睡觉吧。"

谢野被气笑了："睡觉？"

池栀语困得不行，含糊地"嗯"了一声。


池栀语躺了一会儿，就快要睡着的时候，感受到谢野这人似乎动了动。她迷迷糊糊地睁开眼，发现他半靠在床头，耷着眼皮，神色懒散地拿着手机不知道在玩什么。

这人早起到现在居然也不困，池栀语在心内嘀咕了一声，但懒得理他，闭上眼继续睡。

屋内窗帘紧闭着，四周昏暗静谧一片。

池栀语醒过来时，脑子还有些慢，她发了一会儿呆后，感受到身后人的鼻尖正抵着她的后颈，伴着轻缓的呼吸声。

她稍稍偏头，发现谢野闭着眼，眉眼放松，明显还在睡。

不打扰他，池栀语转头，伸手摸到床头柜上的手机想看时间，但屏幕亮起的一瞬间，就见里头多了好几条微信消息。

她眯着眼解锁打开，发现自己的微信收到了一大片红点信息，而李涛然、苏乐、吴萱这几个人像是商量好了一样在群里接二连三地跟她说"恭喜"两个字。

特别是李涛然还发了一句："池妹妹，以后要是谢野这狗欺负你，来找小李哥，小李哥作为娘家人赴汤蹈火为你讨公道！"

看到这条，池栀语有些忍俊不禁，打字问："你们怎么知道我们今天领证？"

这事池栀语没和他们说，想着睡醒后再告诉他们，没想到居然先知道了。

没几秒，苏乐回复："这你就要问你老公了。"

谢野说的？

池栀语还没来得及打字，手机先振动了一下。

群里吴萱发了张截图过来，随后又发来了两句话。

吴萱："谢野真的！"

吴萱："牛啊！"

这话有些莫名其妙，池栀语奇怪地点开了那张照片。

就见图片里是谢野的微博主页截图。

谢野退役后就把微博上那YG电子竞技俱乐部战队成员的认证信息换了，微博也只是挂着没怎么使用，最后一条更新就停留在退役那天他转发并回复那条"Wild嫂对Wild来说究竟是什么样的女孩"的评论。

而现在，池栀语发现在这条上面，突然多了一条最新发布的微博。

时间在上午十点二十六分。

在他生日这天，在她入睡前，谢野发了一条微博。

上头只有一句话。

带着少年时的小心翼翼，青年时的珍重笃定，然后携着其间漫长的时光。

简单又直白地告诉了所有人——

Wild Gardenia："我娶了我倾慕多年的女孩。"

池栀语以为谢野算是她见过脾气最差的人，但这个观点直到谢小花出生后，彻底改观了。

　　谢家小花，谢栀刚出生的时候，就以她那双漂亮的大眼睛，看人时扑闪扑闪的卷翘睫毛，在当天新生儿宝宝里荣升受欢迎榜榜首，赢得了医生护士们一致的赞美。

　　一开始，池栀语也以为自己生了个可爱的小仙女，但等到后来才发现一切都是假象。

　　谢栀从小在各个方面都比别的小朋友慢一步，但唯独说话却领先了不止一步。而自从会讲话开始，谢栀时不时总能蹦出几句让大人们都无法接下去的话。

　　所有人都怀疑是不是因为在池栀语肚子里的时候，谢栀小朋友就经常听爸爸妈妈的斗嘴胎教。

　　周五的时候，原本应该是池栀语去幼儿园接谢栀回家，但剧院临时多了个排练，她身为女主角不能推辞，没办法只好打电话让谢野去接。

而谢野今天在YG俱乐部谈项目，接到电话的时候，刚好在和老木确认合同细节。

"嗯。"谢野抬腕看了眼时间，"我去接。"

电话挂断，老木在一旁听着他说的话，能猜到了个大概："要去接小花？"

谢野点头，指节敲了下合同："回来再对。"

老木哪儿管这个，直接催他："赶紧去，别让我们家小公主等着急了。"

谢野拿起一旁的车钥匙出门，随后开车到了幼儿园。

池栀语已经提前给老师发了信息，说了自己有事改让爸爸来接。

走到班级门口，谢野和老师简单地打了招呼后，里头的老师正好领着谢栀出来。

小姑娘穿着白裙子，踩着小碎步晃晃悠悠地快步跑了过来，头上还扎着池栀语早上给她扎的两根小辫子，一晃一晃的。可等看到门口站着的是谢野时，她眨了下眼，似乎在疑惑为什么是爸爸来接她。

谢野懒懒地抬了抬下巴，伸手示意她过来。

小姑娘听话地走到他身旁，仰头看来。

谢栀的五官更像池栀语，但因为还小，再配着她圆嘟嘟的脸蛋，笑起来的时候，眉眼弯弯的，衬得眼尾那颗浅痣更明显，又甜又可爱。

谢野低头捏了下她的小辫子，扯唇问："谢小花，今天乖不乖？"

"当然！"谢栀奶声奶气地道，"小花是最乖的。"说完后，还重重地点了点头，以示肯定。

谢野看她这样，转头看向一旁的老师，用眼神询问情况。

也不怪谢野怀疑，毕竟谢栀在幼儿园可是位名人，一周五天里能有三天会有其他小朋友被她气哭。

见谢野看来，老师笑着替谢栀证明："今天小花确实挺乖的，还一起帮助老师完成任务了。"

闻言，谢野倒是意外，低头看向谢栀，正想夸她。

而谢栀却用她那双亮晶晶的大眼睛看来，一脸严肃地询问他："爸爸，你是不相信我吗？"

谢野挑了下眉："行，是爸爸错了。"

闻言，谢栀用她的小脑袋想了一下，然后貌似大发慈悲地挥了挥手："好吧，那我原谅你了。"

瞧见她这样，谢野觉得好笑，一手牵过她，另一只手接过了她的小书包，示意一声："说再见。"

闻言，谢栀转身对着身旁的老师们挥着小手，奶声奶气地开口："拜拜……"

老师们笑着点头："拜拜小花，下周见哦。"

道完别，谢野牵着谢栀走出幼儿园，而谢栀等到上车坐进后座的儿童座椅时，看了一圈车内发现并没有其他人在，才软糯糯地发声问："妈妈呢？"

"有事。"谢野捏了下她的圆脸，"所以换我来接你。"

谢栀眨眨眼："那我们回家就能见到妈妈了吗？"

谢野"嗯"了声："等会儿见。"

一听这话，谢栀眨了眨眼，忽而弯起唇角，和他商量道："那爸爸你等下可以给我买冰激凌吃吗？"

池栀语规定一周只能吃一次冰激凌。

谢野看她一眼："你昨天不是吃过了？"

"我偷偷地吃完。"谢栀神秘兮兮地凑近他，坐在椅子上的小短腿晃啊晃的，一本正经地说，"只要爸爸不要告诉妈妈就可以的。"

谢野挑眉："如果被发现了呢？"

"嗯……"谢栀没想过这个问题，蹙眉沉吟了一声，"那就是爸爸的错。"

谢野扯唇："你倒是会做生意，但是呢……"

谢野把她有些乱的小裙子理好，闲闲地吐出两个字："不行。"

闻言，谢栀立刻瞪大眼，皱起眉头嘟嘴质问："为什么？"

"没有为什么。"谢野留下一句，随手关上门回到驾驶座，而谢栀因为没有如愿，扭着身子开始发脾气，撇嘴就要哭。

谢野回头看她，眼眸微深，淡淡地喊了一句："谢栀。"

突然被叫到大名，谢栀动作明显一顿，睁着泛着泪光的大眼睛看向他，没说话。

谢野扫了眼她乱动的身子，下令道："坐好。"

闻言，谢栀吸了下鼻子，眼眶红红的，耷拉着脑袋"噢"了声，乖乖地坐在儿童座椅里不再闹腾。

谢家小花虽然脾气差，但也不敢在谢野面前放肆。

谢野这人平常也不是个好脾气好相处的主，只要他收起那股闲散劲儿，面无表情地看人时，周身散发出来的漠然感瞬时放大了好几倍。自带冷感的眉眼更显锋利冷厉，气势逼人。

而每当看到他这样，谢栀这小捣蛋鬼就会一股脑儿地主动承认自己的错误，还保证下次不会再犯。

吴萱有时候瞧见，就感叹谢野这人可能除了池栀语，谁都治得了。

而池栀语听到这话时，只是笑了笑没说话。

因为她知道，不是谢野不敢。

是他自己心甘情愿地让她压过他一头。

任她在他面前肆意放肆。

…………

车辆发动往外行驶。

谢栀明显还有些不高兴，看着窗外倒退的街景，鼓起圆圆的脸蛋，带着鼻音问："我们回家吗？"

"先不回家。"

听到不回家，谢栀揉了揉眼睛，慢吞吞地问："那妈妈找不到我们怎么办？"

闻言，谢野挑了挑眉，闲散地逗她："放心，丢了你也不会丢她。"

谢栀偶尔也会被谢野带到YG俱乐部玩，而每次老木、阳彬一群人瞧见她就完全被她的可爱形象所迷惑，对她可真的是百依百顺。让她在这儿跟个小女王一样，后面跟着一屁股任劳任怨的侍从。

谢野牵着谢栀到楼上，让她跟着林杰他们玩，自己和老木就近在旁边的会议桌继续敲定合同细节，为了看住这个小女王别乱施令捣乱。

被人监管着，谢栀也没怎么放肆，大多数时候都是坐在林杰旁边看着他打游戏，还时不时问他一些有的没的，最后还问了句："林叔叔，我爸爸厉害还是你厉害？"

林杰笑了声，实话实说："你爸爸厉害。"

"噢。"谢栀慢吞吞地评论一句，"那叔叔你可真弱。"

可能因为有谢野这个范本在，谢栀虽然长得像池栀语，在未来也将成为拥有清冷气质的小仙女，却在损人这方面上完全遗传了谢野。特别是在她冷着脸生气不笑的时候，表情神态上足足和谢野有七分像。

林杰被狠狠地扎了心，但下一秒又被谢栀的可爱治愈了，对她有求必应，听她指挥操作着游戏人物移动，各种死法都经历了一次。

等到谢野结束工作后，老木都喊着让她再玩一会儿。

最后还是池栀语排练完过来找人了，谢栀才被放行。

"谢小花，今天开心吗？"

晚上池栀语帮谢栀洗好澡后，照例进入每日的询问时间。

谢栀低头玩着手里的玩具，重重地点着头，"嗯嗯"一声："开心。"

回答完，外头的谢野推门进来正好听到这声，走到池栀语身旁，懒懒地补充一句："逗着林杰那群大老爷们儿玩，当然开心。"

池栀语哪儿能不知道自家女儿的性子，戳了戳谢栀的小肚腩，好笑地问："你怎么又打扰叔叔他们训练？"

"没有。"谢栀抬头看她，举起肉乎乎的手，大声说，"我在、在帮他们！"

池栀语被她这歪理逗笑，帮她穿好睡衣，好奇地问："妈妈听老师说你今天很乖，还帮忙一起完成任务了？"

提到这个，谢栀的小脑袋迅速点头："嗯嗯，我还有小红花！"

闻言，谢野挑眉："小红花？"

"对呀对呀。"谢栀笑嘻嘻地开口，"我有小红花的。"

池栀语倒是意外："在哪儿？"

闻言，谢栀抬起了自己的小短手，指着自己的圆乎乎的小脸颊，朝他们俩眨着眼，一本正经说："小红花。"

池栀语莫名觉得这样子有点熟悉。

这气势和她当初说自己是美女赏心悦目时还真是一模一样。

一旁的谢野没忍住，忽而敛起下颌，自顾自地笑了一声，捏着谢栀的脸颊："是，你是朵花。"随后，他抬头看向池栀语，眼神带着揶揄，慢悠悠地补了句，"还是朵小栀子花。"

听出他的意思，池栀语咳了一声，果断转移话题："好了，睡觉时间到了，让爸爸给你讲故事吧。"

池栀语和谢野商量好两人每天轮流给谢栀讲睡前故事，而昨天是池栀语讲，今天自然轮到了谢野。

熄了灯，池栀语把床头的小夜灯打开，营造气氛。

三人躺在床上，小小的谢栀隔在两人中间，窝躺在谢野怀里，安静地看着他手里的绘本。

谢野靠着床头，一手撑着侧脸，另一只翻过书页，语调懒懒地按着上头的文字读着。

池栀语偶尔也会适当开口，给他增加点语言的生动性。

而今天讲到王子娶了邻国公主时，谢栀立刻抬起头看他，奶声奶气地问："那美人鱼呢？"

谢野半搭着眼皮，闲散地说："死了。"

一旁的池栀语没忍住开口，警告道："谢野。"

这人就不能委婉点解释一下这个过程？

可下一秒，谢栀却出乎意料地接着又问："那爸爸，为什么王子没事？"

谢栀小朋友一脸理所当然地说："美人鱼因为他死掉了，那王子也应该有点反应呀。"

池栀语无语。亏她还想保留孩子的童心，没想到这姑娘想法新奇得很，根本用不着。

对上谢栀好奇的眼神，池栀语斟酌了一下，决定拉着谢野挽救一下她的童真，同时也严肃地告诉她不能为了为了别人或者其他事情轻易地放弃自己的生命。

扯了一大堆有的没的后，谢栀终于在池栀语的催眠下犯困，两只肉乎乎的小手微微握拳放在胸前，眼皮微微耷拉下来，靠在谢野怀里渐渐入睡。

谢野抱着她躺进被窝里，替她盖好被子后起身跟着池栀语走出房间。

房门轻扣关上。

池栀语转头决定先发制人："谢野，你要不要反思一下。"

谢野活动了下有些僵硬的脖子，懒懒应着："反思什么？"

池栀语跟着他走进厨房，瞥他："对于你女儿刚刚说的话，你没点想法？"

"噢。"谢野抬起眼，"还挺聪明。"

池栀语一噎，开口骂他："你要助纣为虐？"

谢野伸手倒了杯水递给她，笑了："这么看得起你女儿？"

闻言，池栀语接过喝了一口，想了想谢栀的性子，突然觉得好像她也没那个能力，倒是谢野这个人要是知道她嫁给了别人，可能……

下一刻，谢野先瞧见她的表情，挑了下眉："想什么呢？"

闻言，池栀语下意识地说出了脑子里的两个字："离婚。"

气氛瞬时陷入了寂静。

谢野盯着她，几秒后把水杯搁桌上，气极反笑："说什么？"

池栀语脑子慢了一拍，等反应过来自己说了什么后，面色镇定地把刚刚脑子里的想法说了一遍，总结开口："所以我怀疑你如果再激进偏执点，你就会逼我离婚，然后得不到就毁掉？"

谢野懒得管她前面的猜想："我现在不是得到了？"

"哦。"谢野似乎又想到什么，扯起唇，忽然俯身从后面抱住她，低头凑到她耳边，温热的气息洒在她耳际，悠悠说，"我还亲到了。"

两秒后，他极为无耻地又补了句："不止一次。"

听到这儿，池栀语脑子莫名抽了下，回头看他，指出话里的错误："我不是也亲你了吗？"

似乎觉得好笑，谢野身子稍稍弯着，下巴抵在她颈窝，低笑了几声："是，你亲我。"

池栀语想了下："所以我是不是应该要负责？"

谢野眉梢微扬："还想不负责？"

"怎么？"池栀语忍着笑，"我想不负责不行？"

"嗯？"谢野搂在她腰间的手臂收紧，胸膛贴上她的脊背，与她身子完全贴合，他侧头吻她的脖子，"想什么？"

池栀语肩膀一缩，连忙偏过头避开他的威胁，笑着求饶道："当你老婆，想当你老婆行了吧。"

而谢野并不打算这么放过她，又凑近咬了咬她的下唇瓣，漆眸看来，语气酷酷的："你也当不了别人的。"

只能属于我。

明白到他的意思，池栀语轻轻一笑，抬手戳了他的下巴："谢野，你怎么这么霸道啊？"

谢野瞥她："不行？"

看着他这嚣张的样子，池栀语没忍住，凑过去亲了他一下，仰头看他，语气很酷地说："那我也霸道。"

被人偷亲，又带上言语挑衅，谢野扬起眉，意味深长地说："什么意思？想和我宣战作对？"

闻言，池栀语没忍住弯起唇，学他挑了挑眉："不行？"

见她笑，谢野莫名也勾了下唇："行，等着。"

池栀语："嗯？"

"既然你想来，那我当然……"

谢野低头，与她鼻尖轻蹭相抵。他眼神傲慢，勾了下唇，语气带着熟悉的狂妄。

"奉陪到底。"

## 出版后记

　　一开始，并没有想太多。

　　只是想给你们说个很简单很甜又带着欢乐日常的一个——

　　青梅竹马，两小无猜的故事。

　　当时书名写了好几个，而我这又是很容易纠结的，一点点小的变化都可能会让我纠结半天，所以当时把想好的好几版书名发给我朋友看后，她觉得没什么不同，让我选哪个都可以，但我其实都不怎么满意。

　　想了好久好久，最后连文案都写出来，书名却还没有定下，最后是我朋友看我这么纠结，说了一句，"不然叫《作对》算了，反正你说男女主从小到大总是斗嘴，那就叫《作对》呗，多简单多直白。"

　　说实话，当时我看到这两个字的第一反应是觉得这一点都不甜，貌似还会有点凶？会不会让人让人误会这是一本严肃又很正经的小说？

　　但思来想去后，发现，这好像是最合适的一个。

　　——"你怎么总是和我作对？"

　　——"是呢，我就想和你作对。"

天生一对。

我不知道其他青梅竹马的相处模式是什么样，至少我身边没有这样的例子给我参考，而我也没有那个小竹马陪着我长大。

但在我印象里，我记得小时候总是喜欢和一个小男孩出去玩出去疯，每天都有不同的乐趣，甚至常常玩到忘记回家吃饭，然后等想起来回家后……再被妈妈狠狠地教训一顿。

这段回忆很深刻，但可惜的是，我现在已经不记得那个小男生的模样，甚至连名字也没有任何印象了。

只是偶尔和妈妈聊到我小时候的调皮趣事时，我都会下意识地想到那个小男生，有时也还会想，如果我没有搬家，我是不是也算是能拥有半个小竹马的人了。

而可能正因为有这个遗憾。

所以我派了谢野这个小男孩，出现在九岁的池栀语的身边。

在那段对她来说艰难又痛苦的时间里，在那段在她本应当欢乐的年纪里，让这个冷漠又有着臭脾气的小男孩为她带来独一无二的陪伴与温暖。

当然，这个小男孩或许不是那么温柔。他说话很气人，态度也不好，就像小时候那些每个女生都会讨厌的男生一样，总是时不时欺负你，说着损你气你的话，幼稚得想引起你的注意。

不过，你应该也能感受到。

这个总是喜欢和你作对的小男孩，其实一直在默默地，用着属于他的方式陪伴着你，守护着你。然后随着时光一同与你长大，甚至成为彼此的唯一。

对于池栀语来说，谢野就是一个支撑着她一直坚持下去的动力。也更是引着她往前走的光。

她努力又坚强地紧跟这个少年的步伐，渴望能拥有他，得到他。

然后，想和他，永远在一起。

而可能谁也没想到，被这个少女在心中默默跟随，并许下愿望的耀眼少年，却也同时含着他那份执念，用着那般隐晦的方式，执着又小心翼翼地表达着自己的情感。

那一本诗歌藏了三年。

那一句告白，挣扎矛盾过了无数次。


但我知道，这份挣扎远不如他们的害怕。

这对青梅竹马，害怕到不敢去尝试，不敢去越界，不敢去试探对方的态度。

就这样，克制着去维持这么多年专属于他们的亲密与信任。

但庆幸的是，谁也没有错过谁。

池栀语和谢野，一起勇敢地迈出了那一步。

将那份掩藏在对方眼神里，一个下意识的动作里，不用任何言语就可知的默契与习惯里的爱，极致又完整地传递给了对方。

这个故事里常常带着欢笑和乐趣，但也有不可避免的无奈和悲伤。而之前的种种，我们无法逃避，但万幸，之后的人生里，这位冷漠臭脾气的男生有他的小毒舌鬼陪着，依旧会继续作对，继续斗嘴。

也会，继续相爱。

感谢你能看到这里，也感谢你们能陪着野哥哥和池妹妹从十八岁一直到现在，而往后以及未来，他们依旧存在。

最后，不论早晚。希望你也会在那个夏夜里，在那个满怀期待的日子里，有那样一个人，如同初次告白的少年般朝你走来，鼓起他生平最大的勇气怀着最忐忑的心，来和你说一句——

"我喜欢你。"

岑利

2021.07.09

图书在版编目（CIP）数据

作对 / 岑利著. — 武汉 :长江出版社, 2022.4
ISBN 978-7-5492-8266-1

Ⅰ.①作… Ⅱ.①岑… ②王… Ⅲ.①言情小说—中国—当代

Ⅳ.①I247.5

中国版本图书馆CIP数据核字(2022)第051503号

## 作对 / 岑利 著

| | |
|---|---|
| 出　　版 | 长江出版社 |
| | （武汉市解放大道1863号） |
| 策划编辑 | 王　婷 |
| 市场发行 | 长江出版社发行部 |
| 网　　址 | http://www.cjpress.com.cn |
| 责任编辑 | 罗紫晨 |
| 特约编辑 | 王　婷 |
| 封面设计 | 80零·小贾 |
| 版式设计 | 天　缈 |
| 印　　刷 | 环球东方（北京）印务有限公司 |
| 版　　次 | 2022年4月第1版 |
| 印　　次 | 2022年4月第1次印刷 |
| 开　　本 | 880mm×1230mm 1/32 |
| 印　　张 | 21 |
| 字　　数 | 589千字 |
| 书　　号 | ISBN 978-7-5492-8266-1 |
| 定　　价 | 78.00元（全两册） |

MEMORY HOUSE
记忆坊文化

岑利——著

作对

（全两册）

上

长江出版社
CHANGJIANGPRESS

目录

WILD GARDENIA

WILD GARDENIA

上卷·十七八岁

—— "抛物线弧度被你吃了？"

—— "你脖子上那东西是摆设？"

—— "第二题空着等我给你写？"

—— "偷看什么呢？"

# Chapter 1
## 睥睨不羁·谢野

墙上钟表的时针指向了十点。

秒针伴着机械声一格一格走动着，有些催人。

池栀语瞥了眼钟表，挺直的腰杆有些松懈，她在等着下课。可对面的舞蹈老师却又开始喊起了指令，话音刚道出一半，迟来的铃声响起，打断了她。闻声，池栀语暗自松了口气。

"先下课吧，回去记得复习动作。"李如岚看着前排学生疲惫的状态，好心放行，然后侧头看着一旁的人影喊了句，"栀语，你过来一下。"

池栀语才刚坐在地上休息，忽而听到这声，眉心微微蹙着："怎么早不叫晚不叫，偏偏等我坐下来才叫。"

朋友吴萱本来也在放松肌肉，一听这话，同情地拍了拍她的肩："别抱怨了，再不去，小心她给你加练。"

池栀语皱着眉，单手撑地站起，拖着酸痛的身体往前，走到人面前时唤了一声："李老师。"

李如岚点头：“过几天表演考核，你搭档的事定下来了吗？”

池栀语了然：“还没有。”

“怎么还没有？”李如岚蹙眉，“不是之前就让你早点选了吗？”

池栀语一脸无辜：“我选了，但没有合适的。”

李如岚眉头皱得更深：“隔壁班男同学这么多，就没有一个合适的？”

池栀语摇摇头：“没有。”

李如岚耐着性子反问：“没有搭档，你难道一个人跳双人舞？”

池栀语提出：“我可以和吴萱跳。”

李如岚被气到：“吴萱又不是男生，你和她怎么跳？”

“老师，其实……”池栀语眨了下眼，仿佛认真地说，“我可以女扮男装。”

最终池栀语被赶了回来，吴萱坐在地上抬头看，她表情还算正常，好奇地问道：“如岚和你说什么？”

“说搭档的事。”池栀语懒洋洋地靠在压腿杆上，随意道了句。

吴萱不意外：“给你找搭档了吗？”

池栀语摇摇头，垂眸看她：“不是呢，我说要和你一起跳。”

吴萱愣了一下：“你和我怎么跳？”

“不是。”吴萱反应过来，瞪大眼看她，“如岚同意啦？”

池栀语失望地叹了口气：“可惜了，没有。”

才不可惜。

吴萱站起身凑到她身旁挑眉问：“所以如岚给你分配了哪位搭档？”

“你的梦中情人。”说完，池栀语拿起角落里的水杯，揉了揉酸痛的脖子往外走。

吴萱闻言满意地点了点头：“果然是我们优秀的江津徐。”

两人一前一后进了换衣间。

听着这话，池栀语挑了挑眉：“你怎么就知道我会和江津徐一组？”

“江津徐人帅，舞蹈技术又好，和你搭档的，如岚不考虑他还能考虑谁？"吴萱想了想，"而且不说别的，你们俩光是站在一起，相貌和身高就很配。"

"可是怎么办呢。"池栀语打开衣柜，朝她抛了个媚眼，"我还是想和你一起跳啊。"

"你恶不恶心？"吴萱作势要吐。

池栀语拍了拍她的肩："知道你这是太感动了，没事，别害羞。"

看着她的表情，池栀语笑了一声。


"轰隆……"

打趣完，池栀语刚要准备换衣服，就听见外头突然传来的雷鸣，顿了下。她怀疑是自己听错了，皱起眉，抬头往窗外看。

夏日傍晚的天气明显燥热，今日却带着点沉闷感，灰暗的云层渐渐堆积起来，压迫感强烈。山雨欲来。

吴萱本来也在脱鞋，一听这声，看了眼天色："不会要下雨了吧？"

"你有没有带雨伞？"池栀语侧头问。

吴萱点头："我带是带了，但如果下暴雨就一把雨伞，我们俩怎么撑？"

"那我们快点。"池栀语解开练功鞋绑带，"如果下雨就麻烦了。"

吴萱点头加快了速度，两人换好衣服后，并肩走出舞蹈练习室，正好经过了隔壁班。吴萱瞥见，倒是想起了别的事，侧头好奇地问："你觉得江津徐好看还是谢哥哥好看？"

听到她话里的称呼，池栀语的表情有些意味深长："谢哥哥？"

吴萱："谢野比你大啊。"

池栀语神情淡定："那我比你大，你怎么不叫我池姐姐？"

吴萱反驳道："就大两个月，算什么姐姐？"

"那谢野也没比我大多少吧？"

"一岁还不大？"

"一岁？"池栀语皱了下眉，嫌弃开口，"谢野居然这么老了。"

吴萱无语："都是高中生有什么老不老的，而且你以前难道就没叫过他哥哥？"

池栀语眨眼："不用以前，我现在也可以叫。"

"你会叫谢野哥哥？"吴萱不信。

话说着，两人正好走到二楼，外头的惊雷连着"轰隆"了几声，硕大的雨滴瞬时砸落在地面上，雨声啪嗒，清脆作响。

池栀语自然也听见了，吴萱看着外头的雨势，皱了皱眉："怎么办？"

虽然两人的家离舞蹈室不远，但单人伞完全撑不住两个人，肯定都会被淋湿的。池栀语看了一眼外头的乌云，提议道："雨还不是很大，你有雨伞，先回去。"

"那你呢？"

"我叫人过来。"池栀语一边说着，一边单手从包里拿出手机，找到谢野给他发了短信——"野哥哥，外面下雨了，你能不能来接我啊？我好怕哦，嘤嘤。"

吴萱眼睁睁看着这一串字打出来，原来池栀语是这样称呼谢野的。

池栀语神情淡定地发送完，吴萱再看她这最后的字，没忍住开口："你这'嘤嘤'没必要吧？"

池栀语思索了几秒，猜测着："女孩子遇到困难，不应该要显得柔弱点吗？"

吴萱："你这是作。"

池栀语打了个哈欠："作的女生有糖吃，没听过？"

吴萱还打算说话，就听见池栀语的手机振动了一声，有短信发送来。池栀语单手打开，发现短信内容里就一个符号。

谢野："？"

池栀语皱了皱眉，打字要回他。

下一秒，手机接着又振了振。

她低头看去，谢野这次回复依旧简短，但不是符号，而是两个字——

"哪位？"

池栀无语。

"怎么了？"吴萱见她看着手机的表情有些不对，正打算一探究竟。

池栀语却先行收起手机，阻断她的视线，神情平静："没事，你先走吧。"

吴萱："谢野来接你？"

"嗯。"池栀语眯了眯眼，"他要不来，我咬死他。"

既然有人来接，吴萱就跟她道完别，撑着伞快步先走了。而池栀语继续给谢野发信息，一改刚刚的柔弱，连着骂了他好几句，让他赶紧来接人。但发送的短信如同石沉大海，谢野一个字都没回。

池栀语真的无语了，抬头看着窗外的大雨，眉心皱得更深。雨势明显有加大的迹象，凉风伴着飘散的雨丝透过打开的窗口吹来，打在手臂皮肤上，有些凉。

池栀语往里退了几步，拍了拍被打湿的手臂，继续往楼下大厅走。

一楼正门大开着，外头淅淅沥沥的雨声传来，盖过了四周细碎的声音。大厅内也有其他艺术生没带伞在等着，但暑期舞蹈专训的下课时间不定，池栀语算是晚的，下课早的也都走了。

池栀语一边下楼，一边低头给谢野发信息。脚尖落在平地上时，听到了右侧女生小声嘀咕的几句"那是谁"。

池栀语循声望去。

门外天色渐暗，厅内灯光微黄。

光弱之处，高挑清瘦的少年站在厅内角落里。他半靠在石柱上，姿势有些散漫，整个人侧对着楼梯口，脑袋稍垂，低头似乎在看手机，屏幕微弱的光线折射在他下半张脸上，显出冷白的皮肤和利落的侧脸轮廓。池栀语停住脚步，眯着眼看清人后，愣了一下，随后慢悠悠地拿起手机打了两个字。

而没等几秒，少年抬起了头。

四周光影一瞬间投来，那双眼眸漆黑，眼型狭长，唇角平敛，神情困倦漠然，散发出生人勿近的气场。

看到楼梯口的人，谢野收起手机，直起身子迈步朝人走去。门外的风有些大，池栀语吸了下鼻子，往旁边站了站。

"躲什么？"谢野走到她面前，注意到她的动作，眯了下眼。少年的声音有些低，带着未睡醒时的沙哑，还有一点点鼻音。

风口刚好被他挡住，池栀语指了指外头："风太大了。"

解释完，池栀语想起重点，抬头看着他问道："你什么时候过来的？"

谢野扫了眼她的手机，淡定道："你怕怕的时候。"

敢情这人早就来了，池栀语瞪了他一眼："那你干吗不早说，还浪费我短信钱。"

谢野嘴角微弯，轻哂："有事叫我野哥哥，还舍不得这些钱？"

被他点出，池栀语完全无所谓："我叫你哥哥还不是我吃亏？"

敢情还是他享福了。谢野瞥了她一眼："那我还要谢谢你？"

"不然？"池栀语顺着话讲，"我这野哥哥能白叫吗？"

谢野嗤了声，懒得说她，转身往外走。池栀语连忙迈步跟在他身后，不偏不倚地站在正后边，让他挡着风，以免自己被吹感冒了。

反正这人身强体壮的。

谢野注意到她的小动作，长腿一迈，慢悠悠地转了个方向，果然，身后的小尾巴也连忙跟着换了方向。

如此转了几次后，池栀语有些恼了，开口正想骂他，却被后边一道声音打断。

"池栀语。"

两人的脚步稍停，转头看去。

池栀语抬眸认出是江津徐。少年的身高体态出众，样貌是带着清秀的书生气，一看就是女生们会喜欢的类型。

谢野看了一眼，表情有些冷淡。

"有什么事？"池栀语见江津徐走来，开口问。

江津徐解释："李老师和我说了搭档的事，我想明天两个班一起上课自由练习的时候，我们一起熟悉一下动作。"

两个人搭档合作不是第一次，各自的习惯都是了解的。

池栀语没什么意见，点头："好，我知道了。"

话音落下，身旁的谢野突然提着伞就迈步往外走，江津徐注意到，愣了下。池栀语稍稍皱眉，扫了眼已经走到外头的人："还有什么要说的吗？"

她可怕谢野这人直接抛下自己了，要盯紧。

江津徐回神又说了几句安排，池栀语听了一会儿，抿了抿唇。

外头的风夹着雨丝直直吹来，打在身上，而夏天穿的衣服本来就不多，再加上湿冷的风一吹，池栀语明显觉得自己鸡皮疙瘩起来了。她揉了揉手臂，没心思继续听他的废话，张了张嘴刚想说话，却先被外头的开伞声打断。池栀语立即反应过来，扭头找人。

她的动作明显，江津徐说话声停下，顺着她的视线看去。

门前屋檐下，清瘦的少年独自一人站着，他背脊直挺，单手撑着伞，手臂抬起时，衣服袖子随之落下，露出一截冷白消瘦的手腕。

这架势，完全就是要走人。

池栀语站在原地看着他，眨了下眼。

没等几秒，谢野缓慢地抬起眼皮，与她的目光对上，表情冷淡，眉目间带着不耐烦。

"过来。"

外边雨势渐弱，小雨淅沥沥地下个不停，时不时还有风吹来，撩起屋檐下避雨人的衣袖。

飘飘然，有些瞩目。

池栀语这才注意到这人大夏天的居然还穿了长袖外套，像是早就想到了雨后的温差变化，做好了保暖措施似的。

矫情。

而且什么过来，当她是狗？

池栀语在心里吐槽完，没理人，但还是转过头朝江津徐道了句："江同学，具体的我们明天再说，下雨了，还是早点回家吧。"

江津徐闻言，明白她的意思，侧头看了眼外头撑伞等待的少年，抿唇点了点头："好，你路上小心。"

"嗯。"应完，池栀语没怎么在意地转身往门外走。

出了门，少了房屋的遮蔽，外头的温差确实有些大。池栀语忍着冷意，跑了几步后迅速钻进了谢野撑起的雨伞下，朝他摊开手。

谢野看着她白皙的掌心，眼神淡漠询问："做什么？"

"伞呢？"池栀语仰头眨眼，"我的伞。"

谢野的目光从她的手上掠过，淡声问："什么伞？"

"什么什么伞？"池栀语被他绕得有点晕，眼里带着疑惑和询问，指了指头顶的遮蔽物，"你有雨伞，我不应该也有？"

"哦。"谢野似是明白了，而后，表情淡定地开口，"你没有。"

池栀语皱眉道："你出门就带了一把伞？"

"一把不够？"

哥哥，一把伞撑个什么啊。

可能是知道她心里在想什么，谢野平静地点了点头："行。"

池栀语疑惑："行什么？"

谢野的目光从她身上掠过，而后，他淡声说："不撑就淋着。"说完，他直接撑伞下了台阶，径自走进濛濛细雨中。

池栀语一愣，还没来得及反应，他人已经走出好几步，她回神连忙喊："等等等等。"

谢野脚步顿了顿。

池栀语趁机迅速挤到他的左侧，一把抓住了他撑伞的手腕，似是怕人逃走一般，边走边指责："做人这么急干什么，我又没说不撑……"

两人一同步入雨中。

雨滴滴落拍打在伞面上，噼啪作响，水珠瞬时溅开。

池栀语怕淋湿，抓着他的手小心地往伞里躲，而遮蔽的空间狭小，肩膀贴靠在了少年的身上。池栀语稍顿，神情自然地开口继续抱怨："你看看，都淋湿了。"

谢野看了眼她的左肩，没接话，只是将握着的伞柄向左偏了偏。

"而且正常人看到那么大片的乌云，都知道应该会下暴雨吧。"池栀语骂他没常识。

谢野瞥了她一眼："我来的时候没下雨。"

言下之意就是——我不知道会下这么大的雨，来送伞已经是福分，别说，撑就是了。

池栀语无语了三秒，想骂他，但看在这人居然难得地过来接她的分上，忍住了。

见人安静，谢野语调随意地问了句："要跳双人舞？"

前边有浅水坑，他往旁边走了走。池栀语懒懒地"啊"了声，跟着他绕开水坑。"过几天暑期结课有个考核，如岚让我搭档……"

"所以……"谢野又往旁边走了走，散漫地说道，"选了江津徐。"

"不是我选。"池栀语自然地跟着他走，解释说，"我根本没有选，也懒得选，是今天如岚直接给我定的。"

"定了就要接受？"谢野不咸不淡地说道。

"我没什么问题啊，而且用吴萱的话来说就是，她看着我和江津徐搭档还是挺赏心悦目的。"池栀语无所谓。

而谢野眯眼："赏心悦目？"

听到这质疑声，池栀语侧头朝他指了指自己，微笑说："我，美女，难道不赏心悦目？"

谢野顿了顿，直勾勾地看了她一会儿，才似笑非笑说："叫她去看看眼。"

这话有些莫名，池栀语疑惑："谁？"

"吴萱。"

池栀语扯了下嘴角，但突然提到这儿，她倒是想起了吴萱之前问的问题——"你觉得江津徐好看还是谢哥哥好看？"

脑海里想着，视线也不自觉地往他脸上放。漆黑的短发理得干净利落，鼻梁很高，眉眼似乎自带冷感，但此时的眼睑懒懒地耷拉着，长睫半垂，显得神色闲散又淡。少年身形修长清瘦，撑伞的手很漂亮，在黑衣的相衬下显得冷白，能看见淡淡的青色血管。

池栀语的目光不知道为什么被他的手吸引走了，回神时又扫了几眼他的侧脸。

这人，这张脸。和江津徐完全不是一种风格。就算看了十几年，也还真的是一点都不腻。反倒……越长越像祸害了。

想到此，池栀语在心里"啧"了一声，刚想说他有毛病，雨伞顶上，轰然的泼水声毫无征兆地响起。

震耳欲聋。

不知何时，两人走到了路边店铺旁的引水管底下，因为下雨而形成了小小的瀑布，直浇伞顶。池栀语被吓了一跳，也无辜地被洒下的水淋了半个手臂。

事发突然，谢野也愣了愣，撑伞领着她快步走到屋檐下。

池栀语站在防水台上，还僵着手臂，转头眼神幽怨："你是不是故意的？"

路是他领着走的，偏偏是她被淋到了。

谢野看着她被打湿的手臂，皱了下眉。

池栀语懒得说他，从包里拿出纸巾，擦掉手上的水珠。

"拿着。"他忽而冒出一声，语调随意懒散。

池栀语动作停下，见他把雨伞递过来，愣了愣。她看了眼雨伞，伸手接过，挑眉狐疑地问："干什么？打算让我一个人撑啊，你什么时候这……"

话还没说完，谢野将自己的上衣外套脱下，倏地盖在了她的身上，衣领遮挡住了她大半张脸。

池栀语有些猝不及防，单手还保持着拿伞的姿势，仅露出一双杏眼对着他，似是在疑惑和询问。

谢野重新拿过雨伞撑起，抬了抬下巴示意："走了。"

外套还带着些许温度，稍稍驱走寒意。池栀语回神扯下外套，跟着一起往外走，想了想还是觉得不对，眯眼看着他："你……"

谢野撑伞往左偏，随意地说道："不冷就还给我。"

少年声音寡淡，带着一点点鼻音，显得松松懒懒的。

池栀语闻言双手立即穿进外套，压了压有些宽大的领口，点点头：

"已经穿上，还不了了。"

这话明显无赖。

"不还？"

"都给我了，还什么还。"

池栀语细想一下："总不会你对我别有所图吧？"

谢野瞥了她一眼，觉得有些好笑地重复："别有所图？"

他的视线落在她素净白皙的脸上，直白而又若有所思的。

过了几秒后。

"确实。"谢野的目光从她的面容扫过，不正经地扬了下眉，缓慢地给出几个字，"您可是赏心悦目。"

您？！这是嘲笑。

绝对的。嘲笑！

池栀语一口老血卡在喉咙里，不上不下的，咬牙点头："行啊谢野，你早就贪图我的美貌了，是不是？"

"呵，果然。"池栀语抬头，面无表情地看着他，给出六个字，"你这流氓小贼。"

说完人，池栀语捕捉到他一瞬间有些噎住的表情，只觉得神清气爽。她嘴角无声地弯了弯，侧头平静地催促他："快走吧，美女的时间都是宝贵的。"

谢野扬眉："美女？"

池栀语懒懒地"啊"了一声，眨眼："我不就是美女？"

闻言，谢野抬眼看她，似笑非笑的。

视线对上的那一刻，池栀语的神经一紧，直觉不对，连忙移开视线，看着前边轻咳一声："走吧走吧，我们回家吃饭。"

"哦。"谢野瞥她，"原来美女还需要吃饭。"


当晚，可能是因为被谢野气到，池栀语难得违背规矩去厨房让王姨准备了米饭。

王姨听到她的话时愣了下："可是夫人那儿……"

"没事，我就吃一点点，我妈不会发现的。"池栀语比了比手指，小声说着。

王姨挣扎了一下，看着她过于消瘦的身子骨，最终还是心疼地应下，煮了饭。舞蹈生要保持体重，不能多吃也绝对不能发胖，所以白黎规定了池栀语暑期的三餐饮食，要求她晚餐只能吃蔬菜水果沙拉。平常白黎会监督她的饮食，但因为这几天歌舞剧院有彩排活动，所以她没时间回来。

吃完饭后，池栀语消了一会儿食，正准备上楼的时候，一旁的手机铃声响起。她扫了眼接起。

"你到家了吧？"吴萱先问。

池栀语无语道："你如果再晚点问，我都打算去睡觉了。"

吴萱轻笑道："暑假都还没过完，你怎么可能睡这么早？"

池栀语挑了下眉："我提前调整睡眠时间，养生。"

"骗谁呢。"吴萱觉得好笑，"而且刚才谢野都来接你了，我也不担心啊。"

池栀语想起了下午骂人流氓的事，闻言勾唇："他来接我，你才应该担心。"

"怎么怎么？"吴萱嗅到味道，急忙问，"你对野哥哥做什么了？"

池栀语差点被呛到，无言又好笑："得了，我要是做什么了，还能有时间和你聊天？"

吴萱指责："你在想什么呢！"

无辜的池栀语眨了下眼："我可什么都没说，吴妹妹。"

逗完吴萱，池栀语笑着挂断电话后，打算去厨房喝水，经过客厅时，扫到沙发一角的那件黑色外套。她想了想，开口嘱咐王姨洗干净后送到她房间。

王姨自然能猜到这不合身的外套是谁的，点头应着，但还是提醒说了句："下午下了这么大的雨，天气又冷，如果淋了雨感冒了可不好。"

池栀语闻言，言简意赅道："麻烦王姨帮我煮一碗姜汤。"

嘱咐完，她拿出手机，继续以下午的口吻给谢野发了条信息——

"野哥哥，为了谢谢你下午冒雨来接我，我特地煮了你最喜欢的姜汤哦，等会儿能出来见我一下吗？（笑）"

下午披在她身上的外套右肩已经湿透了。而她，除了那场意外的雨水外，倒是没再淋到什么雨。所以会感冒的，当然是不好好撑伞的人。

池栀语的指尖时不时在手机上敲着，一边等着回复，一边听着厨房内的动静。而指尖敲到第十下时，厨房生姜味发散开，手机恰好振动起。

池栀语打开看了一眼。

谢野："不能哦。"


把池栀语送到家后，谢野顶着半湿的肩膀，回了胡同巷子的对面。而池栀语"好心问候"的短信发来时，他刚洗完澡。

手机在桌面上"嗡嗡"地振动了两下，然后重新归于寂静。

谢野擦着半干的短发，俯身拿起手机，垂眸扫了眼屏幕，解锁打开后看清了上头的字。

熟悉的开头和称呼。

野哥哥。

她也只敢在字面上喊喊。

谢野的唇角扯了下，随手将毛巾搭在脑袋上，懒散地坐进沙发内，手臂撑在膝盖上，捏着手机打了几个字后发送出去。

池栀语裂开了。她再三确认了短信上的字。

——"不能哦。"

哦？这是哪位冷酷哥？

被这人的回复搞得有些措手不及，池栀语呆滞了两秒。

池栀语："小哥，您哪位？"

等了几秒，谢野回复："池妹妹觉得呢？"

池栀语："谢野，如果你被人绑架了就打110，别找我。"

谢野看到这条，扯了下嘴角："配合你。"

池栀语面无表情打字："你被什么东西附身了？"

谢野："你要的野哥哥。"

池栀语："不用了，谢谢，我不要。"

这条发来，谢野扫了眼，没回，将手机扔回在茶几上，拿起毛巾继续擦头发。

这边池栀语没等到回复，但厨房王姨已经把姜汤煮好，倒在杯子里端了出来。

"谢谢王姨。"池栀语道完谢，继续打字——"姜汤煮好了，你出来我端给你。"

等了一会儿，手机平静无声。

池栀语眨了下眼："干什么？又变回酷哥了？"发完，池栀语也不着急，慢悠悠地拿起杯子晃了一会儿。

杯口热气升起，伴着生姜味传来。她皱了皱眉，明显很嫌弃。

刚巧这时谢野的短信进来。

谢野："不喝。"

行。熟悉的冷酷。

池栀语故技重施："你怎么能不喝呢，这可是人家对你的一片心意呢，野哥哥，你这样好让人伤心啊。"

这字里行间流露着的意思就是——

既然好心给你准备了就给我接受，做人别矫情，快点出来。

不过也没等他回复，池栀语端着杯子直接起身往外走了。


谢池两家相隔不远，说起来就是隔了条巷子，谢家就在巷子对面，所以送个姜汤也只是走几步路的距离而已。

池栀语慢悠悠地晃到对面，伸手按了按门铃后，熟练地捧着杯子坐在门旁的石凳上，感受大自然的凉风。

傍晚的大雨只下了一阵，吃完饭后已经渐渐消散。清凉的微风取代了夏日的炎热，有些凉爽，出来乘凉的行人时不时互相说着话，来往经过小巷。

池栀语坐着无聊，拿出手机来玩，吴萱那边正好发短信问她作业写完没有，再过几天就要开学了。

池栀语顿了几秒，猛地惊醒，还没反应过来，后边的门刚好被人从里头打开。

谢野侧头看蹲坐在外头的人："过来。"

池栀语回神，抬头仰望他，平静地喊了声："哥哥。"

池栀语站起身走到他面前，恭敬地端起杯子递给他，微笑道："您请。"

这态度明显有问题。

谢野稍顿了顿，眯眼看向她，有些警惕："做什么？"

"喝姜汤啊。"池栀语眨了下眼。

谢野扫了眼还冒着热气的茶杯："你放什么了？"

池栀语老实说："姜。"

"……"谢野盯着她的脸，看了几秒，而池栀语顶着他的视线，迅速垂下眼，跨步从他侧边的空位溜了进去，嘴里念叨着，"姜汤要趁热喝才行，你快点过来。"

人从自己眼皮子底下进去，谢野也不出手拦，垂眸随手关门，转身跟在她后头进屋。

"阿姨呢？"池栀语换好鞋走到客厅内，看了一圈开口问。

谢野从后边走来，语气有些懒散："休息。"

池栀语点点头，侧身把杯子递给他："喝吧，姜汤驱寒。"

谢野坐进沙发内，朝茶几抬了抬下巴："先放那儿。"

见此，池栀语"啧"了一声："想什么呢，我是那种会害你的人吗？"

谢野闻言，抬起眸看她，表情平静，漆黑的眸子里直白地写着一个大字外加一个标点符号。

——会。

池栀语忍了忍，坐在他身旁，把杯子塞到他手里："快点喝，姜汤又不是什么毒药，你都多大了还嫌弃这个。"

谢野扯了下嘴："我嫌弃？"

以前喝姜汤都像要命的人可不是他。

"唉，你这孩子怎么回事？"池栀语苦口婆心地教育他，"你不喝，等会儿感冒了可别赖我啊……"

谢野听着她絮絮叨叨，平静地接过喝了一口，看着她："说吧。"这前奏铺垫得太长，没有问题不可能。

池栀语见他喝下，清了清嗓子，快速瞅了他一眼，含糊地开口："过几天就快开学了吧，这作业好像有点多，你应该都写完了吧？"

话音落下，场面有些安静。

池栀语立马察觉到对面人的视线落在她脸上，直白明显。被他盯着，池栀语本来就有点不自在，见他迟迟不说话，她忍不住说："都快开学了，你总不可能没写吧？"

闻言，谢野总算开了口，语调带着点鼻音："难得你还记得这事。"

池栀语咳了一声，有些心虚："我当然记得了，学生学习是本务嘛。"

谢野唇角一扯："本务现在才记得。"

"这不是最近要准备舞蹈考核嘛。"池栀语摸了摸鼻尖，小声解释，"忘记了。"

谢野晃了晃杯子，点头平静说："嗯，忙着找搭档。"

池栀语瞪眼："我那是被安排的，你污蔑我。"

这话里的词运用正确，谢野收回视线，神色漫不经意："还差多少？"

"啊？"

"作业。"

"哦哦。"池栀语忙点头解释，"我语文、数学、英语那些都写了，就还差物理。"说完之后，她舔了下唇，试探性地开口，"所以不知道……您能不能把您的借我借鉴借鉴？"

谢野喝着姜汤，挑了下眉："向我借？"

"不然？"池栀语眨眼，"我除了你还能向谁借？"

吴萱那人还问她，肯定也在等着她的答案救助。

谢野的唇角一松，语气散漫："向我借有什么用？"

池栀语一愣，没懂。

谢野单手把杯子还给她："还不如自己回去翻书问问牛顿，也许还能掉个苹果给你吃。"

我头掉给你。


"他真这么说？"

第二天，吴萱听着池栀语的吐槽，笑出了声："他这不就是让你自己写的意思吗？"

池栀语压腿拉着筋，表情无语："他就是存心不想借我。"

"那怎么办？"吴萱叹气，"虽然后面都有答案，但总不能连个做题过程都没有吧？"

池栀语慢慢道："能怎么办，回去问问牛顿呗。"

"真打算自己写啊？"吴萱狐疑看她。

"不打算。"

"啊？"

"我回去问问牛·谢野·顿。"池栀语伸展完放下腿，随口道。

吴萱被逗笑："什么乱七八糟的。"

池栀语想了想："他脑子也不差，就是人有问题。"

"人哪儿有问题啊。"吴萱觉得好笑，"昨天我下去的时候就看到谢野在楼下等着了，就你还嫌弃人家。"

闻言，池栀语挑了下眉，还想说什么，就瞧见舞蹈室门打开，隔壁班的男生陆陆续续进来。

"你的男伴要来了。"吴萱也注意到，抬了抬下巴示意。

池栀语看着后边进来的江津徐，再看四周女生的眼神，摸着下巴沉吟了一声："我选谢野。"

"什么？"这话突然，吴萱不明白。

"昨天你不是问谁更好看吗？"池栀语慢悠悠地反问。

吴萱笑："大姐，你这反射弧也太长了吧，现在才回我。"

池栀语扬眉："这可是颜值上的问题，总要深思熟虑后才能回答。"

吴萱也笑出声，正好江津徐走了过来，两人简单地打了招呼后，她就往旁边去找自己的搭档。

暑期的两个艺术生舞蹈班是分男女生上课，平常一般都是各上各的，只有双人舞训练的时候才会一起上。李如岚先示意所有人按着双人位站好，随便讲了几句话后就让他们自由练习。池栀语和江津徐没什么话聊，直接问他舞蹈动作要怎么配合。

江津徐开口简单地说明后，池栀语想了下，点头应着："那我们先试一下吧。"

江津徐也点头："好。"

考核的舞蹈难度不高，按着两人的水平和配合度很轻松就完成了。但池栀语最后被托举，落到地面准备一起做结束动作时，不小心撞到了旁边的同学。她身子失去了平衡，瞬时向外歪了一下。

江津徐眼疾手快连忙揽住她的腰，将人往里收回来。

身子意外地倒入了少年的怀里，陌生的气息有些令人不适。

池栀语站定后稳住身子，不动声色地从他怀里出来："没事，谢谢。"

怀里人离去，江津徐顿了下，自然地收回手，开口："小心点。"

池栀语没怎么在意："动作上应该没什么问题，到时直接这么做就可以。"

江津徐浅笑点头："现在时间也还早，如果有问题之后再调整。"

提到时间，池栀语就想着还没几天就要开学了，皱了下眉。

"怎么了？"江津徐注意到，浅声问，"动作上有问题吗？"

"没有。"池栀语随便扯了一句，"只是在想今天应该不会下雨了。"

"今天应该不会。"说完，江津徐想起什么，犹豫地看了她一眼，"下午谢同学还过来接你吗？"

"嗯？谢野？"

"嗯。"

池栀语挑眉："他来接我干什么？闲得没事吗？"

江津徐闻言轻笑了一声，知道她讲话向来犀利，但每次听都觉得有趣。明明她的长相和气质都属于清冷型，但还是能不自觉地吸引人，漂亮中带有漠然的攻击感。

高岭之花。

所有第一次见到池栀语的人都认为她走的是高冷女神范儿。

但谁能想到她一开口就能打破所有幻想。

都是假象。


下课铃响。

两人练了几遍后，江津徐松开手，弯腰给她递了水："剩下的动作，我们有时间再熟悉一下。"

池栀语接过道了声谢，揉了揉脖子："嗯，下节课继续吧。"

"好，可如果按上课来算的话，我们练习的时间可能会有点少。"江津徐抬眸看她，语调有些慢，"你明天下午有时间吗？我们可以抽时间练习一下。"

闻言，池栀语看他："明天下午？"

忽而对上她的视线，江津徐手指微蜷，不动声色地应着："嗯，你有时间吗？"

池栀语看了他一眼，移开视线，平静地"哦"了声："明天可能都没什么时间。"

江津徐愣了下："都没时间？"

"嗯……"池栀语沉吟一声，"最近好像快开学了，我物理作业还没写。"

正所谓，身为学生，岂能忘本。暑假作业，哪儿能不写。

对个人学业的方针政策，池栀语十分重视，势必要贯彻落实各项任务，严格要求自我的完善和监督——

"讲什么废话？"吴萱听不下去，直接打断她。

舞蹈室内的人陆陆续续走光了，吴萱一边随口和班上的人打招呼道别，一边和池栀语下楼往大门外走。

浩大宣言被终止，池栀语"啧"了一声："能不能听我说完？"

吴萱无语："你这话有什么意义？"

池栀语歪了下脑袋："表达我对学习的爱？"

"什么对学习的爱。"吴萱被逗笑，"你这是扼杀了一个少年的期盼。"

傍晚的日头还是有些大，池栀语打开遮阳伞，也笑了声："那我扼杀的可多了。"

刚刚下课结束，吴萱打算过去找人的时候，就听见了江津徐邀约的话。其实他这意思挺明显的，就是想和池栀语多一些单独相处的机会而已。本来吴萱就觉得江津徐和池栀语挺配的，郎才女貌，又经常一起参加学校里的舞蹈比赛，专业对口，实力相当。奈何池栀语没这个心思，直接蹦出了"一天都没时间，要写物理作业"的理由。

什么玩意儿？吴萱当场就蒙了。"你早看出来江津徐的意思了是不是？"吴萱凑到她的伞下，一起撑。

"他有什么意思？"池栀语扬了扬眉，"不是要邀我共舞？"

吴萱给面子，也不戳穿了："行，共舞共舞，但你这拒绝的理由也太勉强了吧？"

谁写作业用一天时间？

"你怎么不说自己要悬梁刺股，挑灯夜读呢？"

池栀语眨眼："这多假？"

吴萱："您这写一天物理作业不假？"

"哪儿假？"池栀语打了个哈欠道，"我光是供谢野这尊神都要花半天。"

吴萱："……"真是辛苦了。

也难怪吴萱对这话完全不质疑，因为谢野的脾气确实难测。

如果要说他酷，也不是，他平时偶尔也会帮助同学递个东西，随便借块橡皮什么的，男生女生缘都很不错。可要说和善，他也搭不上边，每次和人说话的时候都是那副"我不太耐烦"的表情。

这直接导致高一开学时，班上的人被他酷酷的气质影响，都觉得他是不良少年，但他偏偏又没干出什么不良社会少年干的事，反倒还一声不吭地当着学霸。

"谢野能给你物理作业吗？"吴萱不大相信，"他昨天不是还让你去问牛顿，掉个苹……"瞅见路边的车辆，吴萱的话音一停，瞬间改了口，"白阿姨好。"

闻言，池栀语撑着伞，往路边方向看。

下班车流疏散，人行道一边停下一辆白色奥迪轿车，后侧车窗半降下，露出车内女人挺直坐着的身影。她相貌清丽柔和，眉眼间与池栀语有三分相似，但她身上更多的是江南女子的柔美婉约。

池栀语看清人后愣了一下，没料到白黎会这么快回来。

白黎看着外边的吴萱，浅笑点头："你好，上来一起坐吧，阿姨送你回家。"

"不用了。"池栀语先行出声，面色平静道，"她家就在前面，不用一起。"

吴萱闻言迅速点头："嗯嗯，阿姨您和栀语先走吧，我再走几步就到家了。"

白黎见此不勉强，浅笑嘱咐一句："好，那你路上小心，早点回家。"

吴萱："好的，谢谢阿姨。"

话音落下，池栀语把伞递给吴萱，转身往车的方向走。

她坐上车后，白黎升上车窗，示意司机可以走了。车辆启动继续行驶，轻柔的女声先打破了平静。

"阿语，安全带。"

闻言，池栀语自然地单手拉过安全带，等意识到自己的反应时，顿了一下，插入插销内扣好。白黎坐在一旁，目光带着审视上下扫过她的体态，轻轻蹙眉："阿语，后背挺直，不要靠在座位里。"

池栀语没有反抗，依言照做，削薄的脊背挺起，一丝不苟地端正坐好。见此，白黎稍稍满意，轻声问："这几天暑假的舞蹈课上得怎么样？"

池栀语淡淡道："还好。"

"什么是还好？"白黎皱眉。

池栀语解释："不难也不简单。"

"阿语，以你的实力不应该觉得还好，也不能简单。"白黎看着她，语气轻哄，"你知道妈妈一直需要的是最好，想要你成为一个最好的舞者，明白吗？"

需要。

池栀语嘴角无声地扯了下："明白。"

"好，我们阿语真乖。"白黎嘴角上扬，抬手刚要摸她的头，池栀语察觉到，身子下意识往左边一躲，避开了她的手。

空气一瞬间凝滞。白黎的手定在半空中，有些没反应过来。

池栀语垂下眸，及时出声："外面的太阳晒得我有点刺眼。"

白黎扫到车窗外照来的阳光，自然地收回手，笑了一声："对，要小心点避开紫外线，千万不能晒黑了。"提到这儿，白黎想起又问了句，"最近体重有没有变？"

池栀语一顿："应该……没有。"

白黎不放心："那回去妈妈带你量一下身体维度，做个记录。"

闻言，池栀语皱了下眉。

想着自己昨晚吃的那几口饭，也不知道消耗掉了没有。

如果重了……

那就是谢野的错。找个顶罪的。即便在回去的路上，池栀语还在想着对策，但等到上称的时候，一切都没必要。她没胖，反倒还瘦了。

池栀语屏息看到那几个电子数字时，倏地松了口气。

"最近饮食要跟上来，最好还是保持在九十斤。"白黎皱了下眉，"太瘦的话，跳舞没有美感。"

池栀语点头应下，白黎让她先洗漱休息，随后下楼嘱咐王姨重新定制食谱。池栀语目送人离开，起身走去关门。

"咔嗒"一声，门锁扣上。

挺直的腰杆瞬时一松，池栀语身子向后一仰，倒入床铺内。紧绷的神经放松后，随后而来的是疲惫。

她闭上眼，喟叹了一声，躺了几分钟后，衣兜内的手机忽而响了一声。她单手摸出来，闭眼看也没看屏幕，随意接起放在耳边："喂？"

"你好，请问……"对方似是有些犹豫，"是池栀语吗？"

闻言，池栀语懒洋洋地开口："不是，你打错了。"

等了几秒，池栀语问："你是哪位，有事吗？"

电话那头愣了一下："什么？"

"你找池栀语有事吗？"

对方顿了顿，可能听出了她的声音，解释道："我是江津徐。"

"嗯？"池栀语睁开眼，稍有疑惑，"江同学有事吗？"

"我下午听你说作业还没写。"江津徐抿了抿唇，"所以想问问你明天去图书馆吗？"

池栀语一顿："去图书馆？"

"图书馆比较安静，也有自习室可以写作业。"怕她误会，江津徐接着道，"我没别的意思，我也是顺便去还书，问问你要不要一起？"

闻言，池栀语抬了抬眸。没听见她回话，江津徐不自觉有些紧张，不动声色道："要是有不懂的地方，我也可以教你。"

"教我？"池栀语扬眉，"物理吗？"

"嗯。"

闻言，池栀语眨眼："可你不是文科班的吗？"

被点出问题，江津徐顿了下："语文、数学、英语。"

"哦。"池栀语语调稍抬，"可这几门我都写了，好像也不用教。"

双方安静下来。好不容易挽救回来的场面，重新陷入了尴尬。

池栀语听着，莫名觉得有些好笑，开口给他面子："明天还是江同学自己去吧，我的物理作业可以自己写。"

尴尬被打破，江津徐轻咳了声："你会写吗？"

"不会。"池栀语起身看了眼时间，随口道。

"那你……"

池栀语平静地"哦"了一声："没事，到时我可以问一下牛顿。"

玩笑话说完，池栀语也不继续和他胡扯，简单地道完别后，随手挂断电话。她扫了眼屏幕上刚结束通话的那串数字，想了想没有去备注姓名。她收起手机走到窗台前，似是突然想起什么，抬手掀开一边的窗帘，悄悄地探头往斜对面屋子的一扇窗户望去。

而她的脑袋刚钻出窗户，抬眼的一瞬间，不期然地和某人视线对上。

谢野站在对面窗边，身后室内的灯光洒在他身上，有些逆光，却让少年的五官显得更加冷郁又立体。

黑眸仿佛隐匿在阴影处，默默看着对面少女的行为。

刚刚他只是在吹风，本来都打算走人了。但不巧，撞见了对面探头探脑的人。

偷窥被当场抓获。

池栀语和某人对视了几秒，随后，她抬起手朝人挥了挥，淡定地微笑道："嘿。"

三秒钟后，谢野没什么表情地拉起了窗帘。

就见屋子斜对面的那扇窗帘紧闭，而昏黄的灯光透过布帘从里头印出的亮度折了大半，只留微淡的光线。池栀语盯了几秒，舔了一下唇，摸出手机给谢野发消息："好心提醒，右边窗户没关。"

短信发完后，等了一会儿。

谢野回："关了。"

池栀语无语道："你是有阴阳眼吗？你看都没看！"

谢野懒洋洋地打字："你怎么知道我没看？"

如果她没站在窗户前，不会知道他没看。池栀语一噎，懒得打字，直接拨通了他的电话。"嘟"了几声后，谢野接起，淡淡地"嗯"了一声。池栀语咳了一下，开门见山道："那什么，还有三天就要开学了吧。"

"嗯。"

"可是你知道物理作业有……"

"问牛顿了？"谢野打断她。

池栀语淡定开口："问了。"

谢野抬了抬眸，就听见电话里的人继续道了句："他说他也不会。"

"真的。"池栀语厚着脸皮，接着开口，"我已经悬梁刺股、挑灯夜读了，能写的都写了，真的不会。"

耳边是她的胡言乱语，谢野语气懒散地道："下来。"

"我为了物理日渐……"准备再接再厉的池栀语忽而听到这声，有些反应不过来，"啊？"

谢野好脾气地解释："下来拿东西。"

池栀语想到什么，语气带着期盼："什么东西？"

谢野捏着手机，慢悠悠道："暑假作业。"

可真的是稀奇了。

闻言，池栀语脑中一瞬间闪过这句话，反应过来的时候，立马应着："我下来！"

她连忙收起手机开门，正打算下楼往外走时，书房内的白黎看见了她的动作，唤住她："阿语，去哪儿？"

池栀语步伐稍停了几秒，转身看去，睁着眼说瞎话道："没什么，只是有点渴，想下楼喝水。"

"好。"白黎点了下头，却忽而扫到她白皙的脚背，皱起眉："怎么又不穿鞋，妈妈不是说过在家也不能光脚吗？"

闻言，池栀语顿了下，老实地转身回房间穿好鞋重新出来。

白黎见过她那被拖鞋保护好的脚后，有些满意，但还是嘱咐一句："下楼的时候慢点，不要让脚受伤了。"

"嗯，好。"池栀语不在意地应着，保持速度快步下楼到客厅。

她从一旁的柜子里拿出一个纸袋正打算往外走，想了想又折回到厨房。

"王姨，等会儿我妈下来你提醒我一下。"池栀语扒着门边，探头小声嘱咐着。

王姨看着她的小脑袋，轻笑点头："知道了。"

池栀语对人笑了一下，转身快步往门口走。

# Chapter 2
## 暑假作业·较劲

　　她抬手解锁开门时，瞟了一眼楼上，小心翼翼地往外推门，挪着步子关上门后，她转身。

　　余光瞥见门旁站着个人，池栀语下意识看过去，脚步一顿。

　　少年斜靠墙，穿着一件居家的短袖，眼睑懒懒耷拉着，神色闲散又淡漠，垂着的手里似是拿着什么本子。

　　傍晚的天色昏暗，街边的路灯忽而应时亮起，映在墙面及少年身上，光影揉捏，拉出了长长的影子，倒有些像老旧的相片质感，带上自然的滤镜。

　　池栀语原本还没什么感觉，可等看见靠在门旁等候的人时，突然觉得自己刚刚出门的这一系列动作有点奇怪……

　　"怎么搞得跟地下党一样？"

　　听见开门的声响，谢野抬起眼。正巧见人走出来，还伴着小声的嘀咕，没听清。

　　"说什么？"谢野直起身子，声音沙哑，带着浓浓的鼻音。

"嗯？"池栀语回神眨眼，"我有说话吗？"

谢野瞥了她一眼："不是你，不然是鬼？"

"怎么不可能？"池栀语一脸认真，"路口算命的刘爷爷以前不就说你非池中之物，乃人中龙凤，说不定你有这方面的天赋。"

"什么天赋？"

"力通神鬼。"

"哦？"谢野语调稍抬，侧头睥睨着她，"仙姑算出来了？"

池栀语一噎。

谢野眼睫动了动，目光划过她的表情，嘴角不咸不淡地勾起。

嘲笑。

无声地嘲笑。

顶着他的视线，池栀语不自觉舔了下唇，忽而想起自己还提着纸袋，单手递给他，开口转移话题："给你。"

谢野垂眸扫过纸袋："嗯？"他鼻音稍重，没明白她的意思。

"外套。"池栀语解释一句，"我已经让王姨洗干净了。"

闻言，谢野挑了挑眉，单手接过："不是不还？"

池栀语为自己辩解："我开玩笑的啊，而且就一件外套，我有必要讹你吗？"

谢野："说不定。"

池栀语不想和他计较，听着他的声音有点不对："你感冒了？"

谢野漫不经心"嗯"了一声："有点。"

池栀语皱了下眉："之前姜汤不是喝了吗？"

谢野瞥她："谁和你说喝了就不会感冒？"

池栀语眨了下眼："你妈妈。"

池栀语嘴角无声翘了翘，扫到他手边的作业本，赶紧说："作业给我吧，我明天还给你。"

谢野扫了眼她伸来的手："明天？"

池栀语晃着手点着头："嗯，我晚上写好，明天给你。"

谢野抬了下眉，语气揶揄："悬梁刺股，挑灯夜读。"

池栀语纠正道："不是。"

"我看挺像。"谢野把作业递给她，随口道。

"像，那就说明我是个好好学习的孩子。"池栀语接过打开翻了翻，愣了几秒后，抬头质问道，"过程呢？"

谢野抬了抬下巴："这不是有。"

就见书页上每道大题下面就写了一个大大潦草的"解"，外加几条公式和答案。

全程简洁明了，却连一个解析过程都没有。

池栀语怀疑自己眼瞎了，重新又翻了几页，皱着眉仔细检查了一下。

没差别。一样就几条公式和最后的答案。

"哪儿？"池栀语抬眼，表情狐疑地看着他，"你别和我说就是这几个官方得不能再官方的公式。"

谢野大方承认道："不然？"

池栀语一度想把本子甩到他那张脸上，但奈何下不去手，忍住了。她深吐了一口浊气，耐着性子问："物理作业怎么能没有解析过程，你这样老师怎么看？"

"就这样看。"

看个头。池栀语无语了几秒，好心开口劝他："你这不写过程，到时收上去陈福庆看到肯定会骂，你补一补吧。"

"补什么？"谢野气定神闲道，"公式答案都有。"

池栀语："答案我也有啊，但重点是过程啊。"

这意思就是嫌弃了。

谢野表情平静，摊开右手的手掌放在她的面前："还我。"

"还什么还？"池栀语护在怀里，下意识拒绝，"不给。"

谢野嘴角轻嘁："不是不要？"

"我又没说不要，有公式也总比没有好。"说完，池栀语皱眉想着刚才江津徐打的电话，又嘀咕了一句，"早知道问问别人了。"

谢野听见，抬眼，表情平静地看着她："问谁？"

"江津徐明天约我去图书馆。"池栀语也不瞒他，解释说，"他想教我写作业。"

谢野闻言，语气闲散道："物理？"

池栀语点头："对。"

"哦？"谢野缓慢抬起眸，不咸不淡地说，"他会吗？"

你听听。

这是王之蔑视。

可能是联想到江津徐是文科生，然后现在又加上了谢野一贯寡淡而又漫不经心的表情和语气，池栀语有些忍俊不禁，指责他："人家那是好心，我也没答应，你看看自己，连个过程都懒得写，能不能反思下自己？"

听到她没答应，谢野嘴角一松，又注意到后半句话，他轻哂道："我反思？"

"对啊。"池栀语开始胡扯，"你这写作业的态度就很有问题，老师都讲过解题就要有过程，不懂？"

谢野点头："嗯，不懂。"

没料到他直接承认了，池栀语一噎："你怎么回事，战斗力这么弱？"

谢野懒得听她在这儿胡说八道，扫了眼她手里的作业："放你这儿，抄完开学帮我交了。"

池栀语闻言，轻"啧"了一声："就几条公式，我抄什么抄，而且你真忍心让我自己写过程啊？"

谢野没理，直接转身往回走。

背影绝情。

池栀语还想开口说什么，就听到了门后王姨的声音。她嘴边的话音一收，连忙开门往屋内走，手速飞快地把作业放在玄关柜的角落里。

白黎下楼时正好看到坐在沙发上喝水的池栀语，没怎么在意地唤她："阿语，水少喝点，过来吃饭吧。"

池栀语自然地点点头："好。"她端着水杯，起身时无声地松了口气，缓步走到餐桌前。

王姨分好饭菜后，最后将沙拉放在她的面前。

池栀语道了声谢，看着碗里清一色的蔬菜水果，已经习以为常，拿起叉子随意吃了一口。对面的白黎吃得也很简单，是减脂的荞麦面和蔬菜。毕竟她曾经也是一名舞蹈艺术家，即使现在退为幕后，但体型和气质也不能垮。

她需要这些。

池栀语原本正安静地啃着生菜，不知道白黎是突然想当起贴心母亲还是怎么的，莫名地开口问了她暑假学习的事。

愣了几秒后，池栀语才回神，随意应了一句："学习还好，没什么问题。"

白黎想了想："最近是不是快开学了，作业写了吗？"

"嗯。"池栀语瞥了眼还藏在玄关处的物理作业，脸不红心不跳道，"已经写完了。"

白黎点点头："那就好，马上就升高三了，艺考不能出问题，文化成绩也不能，知道吗？"

池栀语垂眸，叉子戳了戳已经溢出汁的小番茄："好，我会努力的。"

"要不要妈妈给你请个家教？"白黎又想一出是一出。

"不用。"池栀语皱了眉，"有问题我可以问谢野。"

"谢野？"白黎抬眼看向她，淡淡问，"你们经常见面？"

池栀语解释道："我和他同班，不可能不见。"

白黎愣了下："怎么同班了，之前不是不一个班？"

"上学期期末理科重新分班，我和谢野都是A班。"池栀语把戳得有些烂的小番茄拨到一边。

白黎："高三一整年都是A班？"

"嗯。"池栀语好心解释，"学校按成绩分班。"

白黎知道谢野成绩好，而池栀语现在和他同班，应该就是进了重点班的意思。

重点班师资方面自然会强许多，毕竟是要重点培养的学生。

想到这儿，白黎眉心稍舒，似是勉强接受了："那和小野好好相处，但学习以外的事，就别麻烦他了。"

小野？池栀语听到这转变的称呼，嘴角无声地扯了扯："好啊，我自己会看着办的，您放心。"

"嗯。"应完，白黎看着她漂亮的面容，还是提醒道："你也是大孩子了，妈妈不多说，有些事你自己应该也能分得清，一些别的心思最好都不要有。"

叉子被淡红的番茄汁染上了色，显得晶莹剔透似的。池栀语抽了张纸巾，擦了擦："您指什么？"

白黎："嗯？"

池栀语把染红的纸巾放在一边，抬眸问："您觉得我会有什么心思？"

忽而对上她平静的视线，白黎察觉到什么，眯了下眼："阿语，你……"

"夫人。"

厨房内的王姨忽而走来唤了一声，打断了她的话。

白黎没理，看着对面的池栀语。

少女的表情淡定从容，眼神也很平静自然，眸底不似刚刚所触及的冷漠和寡淡。

错觉。

仅一瞬间。

白黎凝视了片刻，最终移开视线，看向王姨："什么事？"

王姨看着餐桌前的母女，斟酌过后，抿了抿唇开口："司机打电话说……"

"先生稍后回来。"

白黎和池宴的婚姻没有什么问题，很和睦，也很相敬如宾。但好像没什么问题，往往就是最大的问题。

王姨的话音传来。

白黎面色淡然地"嗯"了一声："先生晚饭吃过了吗？"

"司机说已经吃过了。"

"那就准备热茶吧。"

"好的。"

王姨应下，转身回了厨房。池栀语听到对话，倒是没想到池宴会来这边，今天好像也不是什么重要的日子。她脑子还在想，对面的白黎却没怎么在意地抬头看她："等会儿吃完饭后记得站半个小时消食，不要直接坐着。"

听着她没有提池宴，池栀语点点头，叉着生菜，慢吞吞地吃了几口。

味如嚼蜡。她咬着菜叶，思绪莫名飘到了对面谢野家，也不知道他家晚上吃什么，应该有肉吧。刚刚晚上烧饭，池栀语在房间的时候，对面的肉香味就飘了过来。

闻着味道还挺熟悉，她推测应该是红烧鱼块。

鱼啊。

真可怜。

本来池栀语没什么感觉，但每次吃着寒酸的沙拉，再闻着对面饭菜香的时候，她也觉得自己可怜。而且也不知道谢野这人是什么体质，每次见他吃的饭也不少啊，怎么就都不长肉？

啧。

想到这儿，池栀语没心思继续吃了。

她把叉子放下，轻咳一声："我吃饱了。"

白黎扫过她的餐盘，皱了下眉："今天吃这么少？"

池栀语老实说："有点累。"

心累。

白黎只当是下午的舞蹈特训强度大了："累是正常，不能懈怠。"她垂眸切着鸡胸肉，面色平静，"妈妈也和你说过如果你偷懒了，就等于给别人机会，明白吗？"

盘中的肉被锋利的刀切割成块，方便入口。

池栀语一边听着她的教诲，一边看着她手持刀叉的动作，以及那刀下的食物。

还真的是，砧板上的肉。

任人宰割。

听着她不能偷懒，必须努力训练的说辞，池栀语的唇无声地扯了扯，自然地收回视线："好，您继续吃，我先去消食。"说完，她站起身往客厅走，经过时，瞥了眼玄关处的角落。

谢野的作业还在那儿藏着。

池栀语走到沙发旁站着，安静地等了几秒，余光注意着一直背对客厅的白黎，她还在吃着晚餐，没什么动静。又等了几秒，池栀语抿了抿唇，莫名紧张起来，无声移动着步子，往玄关方向前进。

她凑到柜子旁，时不时侧头看着餐桌前的白黎，迅速弯腰将夹层里的作业拿起，准备转身往回走。

倏然，身后"咔嗒"一声，门锁轻动。

池栀语愣了一下，还未做出反应，后头的门忽而被人打开。

身子比大脑先做出了选择，她下意识回过头看去，视线掠过门缝间一点点显出的人影。

男人穿着熟悉的西装套装，气质冷冽，样貌英俊，看着像是才三十多岁，不大能猜到他已经有一个十八岁的女儿了。看清归来的男人后，池栀语顿住："爸爸。"

池宴也没料到一开门就看到了她，稍愣之后，再看后边餐厅的布菜，淡笑应了一声："吃过饭了？"

池栀语点头："嗯，刚吃完。"说完之后，她想了想又补了句，"您吃过了吗？"

"嗯，在饭局上吃过了。"

池栀语接过池宴的外套，替他挂好。

两人一起进了客厅，后边的王姨走上前，问了声好后，将茶端来放在茶几上。

餐桌前的白黎注意到声响，起身看了眼进屋的人："回来了？"

池宴点了点头，坐在沙发内，看到池栀语手里的东西，侧头问："阿语，手里拿着什么？"

"哦。"池栀语微微侧了侧手，淡定开口，"我的暑假作业，前几天放在柜子上忘记拿了，刚才看到才想起来。"

"做事怎么能这么粗心。"白黎皱了下眉。

"没事。"池宴宽慰一声，"只是忘了而已，下次别再忘了就好。"

池栀语点头："好，我知道了。"

可能是看出她的疏离，池宴适当地问了句："过几天是不是快开学了？"

"快了，还有三天。"

这话可能是个开端，一般问完这个，总会带上别的。

果不其然池宴又问了句："暑假作业写好了吗？"

"嗯。"池栀语重复点头，"写好了。"

一样的流程，一样的对话。

池栀语觉得自己可能是个复读机，按键自动播放的那种。

得到她的回答后，场面安静了下来。

话题终结了。

而池宴似是还没想到新的话题，池栀语也觉得没什么好主动说的。最终，双方陷入了尴尬又不失礼貌的气氛里。

停滞五秒后，池宴先沉吟一声："高三了，有没有什么想要的，爸爸可以给你……"

"她不需要。"一直没有说话的白黎，突然冒出了这句。

池栀语和池宴皆是一愣。

白黎没怎么在意，平静地继续说："阿语没有什么缺的，该有的，我都会帮她准备。"

静了几秒，池宴抬眸看她，忽而笑了下，眼尾轻弯起，瞬时化解了男人自带的冷感："阿黎，我是阿语的父亲，你在想什么？"

"没有。"白黎眼眸有些淡，"你公司事忙，不用操心这些。"

话很直接，也很明了。

闻言，池宴也不生气，不急不缓，侧头淡定对着池栀语开口："如果有想要的，就和爸爸说。"

这话倒是池栀语喜欢的，她浅笑应下："好，我会的。"

白黎听见，眉心蹙得很深，声调有些沉："阿语，时间不早了，上去休息。"

这语气不是提议。

是命令。


被赶上楼，是池栀语巴不得的事。毕竟逢场作戏也是个技术活，她没那个实力，做不来。但抄作业这事也很需要脑子，特别是只有公式和答案的作业。

池栀语坐在书桌前，翻了翻谢野的作业本，难得这人居然没有在封面上写名字。不然刚刚被白黎看到，她又要胡编乱造。

她扫了眼空白的名字栏，拿笔好心地替他写了下他的大名，最后收笔的时候，她舔了下唇角，似笑非笑地低头又添了几笔。

池栀语看着谢野的名字，莫名笑了下，继续翻页准备开始"借鉴"他的公式。

写着写着，她单手支起下巴，眼睑半耷着，看着书页上凌乱却不羁的笔迹写着向心加速度——

$$a=V^2/r=4\pi^2r/T^2$$

池栀语右手转着笔，盯着那道公式，眉心蹙起，又扫了眼上面的题目，凝视片刻后她放下笔，拿起了一旁的手机。

"谢野！救命！"

电话接通的一瞬间，呼唤声随即响起。

晚上谢野玩了一把游戏后，因为吃了感冒药犯困直接睡着了。

三更半夜，原本正睡得舒舒服服的，突然被这通电话吵醒。

他闭着眼睛直接接了起来，听到这声呼救，脑子还没反应过来，下意识坐起身："怎么了？"

"我问你。"

"嗯？"

"向心加速度是什么？"

"……"谢野缓了一会儿，把手机从耳边拿了下来，已经适应黑暗的眼睛，被屏幕内的光亮一照，有些昏花。他眯起了眼，趁着暗光看清手机顶部的时间。

半夜十二点多。

谢野闭上眼，觉得自己脑袋"突突"响，忍了忍起身走到窗台，伸手"唰"的一下打开了窗帘。

对面房间的灯光还亮着。

在寂静的黑夜中异常明显，又突出。

还真是挑灯夜读了。

谢野眯眼看着对面，声音带着没醒的沙哑，还有疑似感冒的鼻音："你什么时候这么用功学习了？"

"你以为我想？三天后就开学了。"池栀语意识到什么，改口，"不对，是两天后。"

"开学就开学。"谢野烦躁又低沉地"啧"了一声，拉起窗帘，转身往沙发方向走，"抄个公式有这么难？"

"你以为我是你吗？你是学霸，我又不是。"池栀语揉了揉眼睛，打了个哈欠，含糊不清道，"我如果不写过程，陈老师肯定要点我名……"

物理这门课，池栀语本来就不喜欢，也不在行。平时上课基本上都在神游，能学进去才怪。而偏偏陈福庆这位老教师总喜欢点她名，因为班上就她一个是艺术生，而且偏科偏得严重。说是要督促她，各学科全面发展，但实则是不想让她拉低班级的物理平均分。

池栀语带着困意，看了眼时间："你今天怎么这么早就睡了？不打游戏了？"

这人在家除了睡觉看书消遣时间，就是玩游戏了。

"吃了感冒药，困了。"谢野坐进沙发内，一手懒懒地搭在沙发扶手上，一手捏了捏鼻梁。

闻言，池栀语吸了下鼻子："那现在正好醒了，你来说说谢学霸的答题过程吧。"

"公式给了，不会找题目数字代入？"谢野倒了杯水，润了润嗓子。

池栀语无语："大哥，题目里有多少数字，你是不知道吗？"

谢野反问："全不会写？"

"没有，我连蒙带猜地把简单的都算出来了。"池栀语又打了个哈欠，"这是猜也猜不出来，才给你打电话的。"

听着她一直不断的哈欠声，谢野蹙眉："不会写就留着，硬撑什么？"

"既然写了就要写完嘛，而且平常我玩手机都能到一两点。"池栀语眼皮耷拉着，哈欠连天，"现在写个物理题就跟吃了安眠药一样，困死了。"

谢野看了眼时间："困了就睡。"

"作业呢？"

"明天教你。"

"嗯？"池栀语睁开眼，带着困意懒懒问，"谁教我？"

闻言，谢野漫不经心问："除了我，还能有谁？"

挡不住困意，池栀语迷迷糊糊，脑子里突然蹦出的一个人名，顺嘴念出："江津徐？"

谢野盯着她没说话。

双方安静了三秒。

然后，谢野开了口："别睡了，自己写。"


池栀语觉得自己做了个梦。

梦到了谢野拿着他的物理作业本，语气冷漠地对她说："连物理作业都不会写，还睡什么睡？"

池栀语反驳道："别污蔑我，我真的已经很努力了，瞌睡来了是无法抗拒的，而且你的作业太难懂。"

谢野说："那我就去找懂我的人。"

然后，转身就和江津徐一起开心地讨论作业。

池栀语惊醒了。

她侧躺着，睁眼看着窗户前紧闭的窗帘，愣了半天，才后知后觉地回神，伸手摸过柜子上的手机。

屏幕亮起时，池栀语有些不适应地眯起眼，注意到时间。

八点半。

好早。池栀语皱眉，随手把手机扔到一边，准备继续睡，但闭上眼的一瞬间，刚刚梦里谢野和江津徐开心讨论的画面立即映在脑海里。她马上睁开眼，觉得这觉怕是睡不着了。

池栀语翻了个身，重新摸过手机，看着昨晚的通话记录停在了十二点三十三分。

应该是谢野主动挂断了电话。

也不知道是什么原因，她没什么印象，也不知道自己什么时候睡着的，最后的记忆就只留在了他说要教她写物理作业的时候。

她盯着天花板发呆，仔细想了想后续，不知道为什么就想起了昨晚梦里的谢野和江津徐。而且梦到这两人也就算了，但为什么偏偏是谢野找人写作业呢？

难不成在暗示她什么？

池仙姑没想明白，发了个没什么用的呆后，最终撑起身子坐起来，打着哈欠慢悠悠下床走到窗前，掀开窗帘往对面看了眼。

窗帘紧闭，一点动静都没有。

应该还没醒。

池栀语收回视线，揉了揉脸，又随手抓了把睡得有些乱的头发，磨磨蹭蹭地往卫生间走。


楼下的王姨正在处理菜叶，听到楼梯上的声响，抬头看见人影，笑着说了句："小语今天怎么这么早起了？"

池栀语单手拍着脸上的水下楼，睡眼惺忪道："我还有点困。"

"早睡早起好，刚刚夫人还让我等会儿上去叫你起来。"

“我妈去剧院了？”

“对，刚刚坐先生的车一起出门的。”

闻言，池栀语关注到重点，有些狐疑：“我爸昨晚在这儿睡的？”

她以为池宴这次过来只是为了履行一下贴心父亲和丈夫的义务，不会待多久。

阳城这儿离市区有点距离，两个小时的车程不算近。以前池宴隔段时间过来，都是简单地吃个饭后就以公司业务忙为借口走了，很少在这儿过夜。

王姨解释说：“昨天时间有点晚，夫人让先生留在这儿了。”

白黎留的人？

池栀语眨了下眼，没说什么。

王姨也没再提这个话题，给她泡了蜂蜜水润润嗓子，就进了厨房为她准备早餐。

池栀语单手端着杯子，盘腿坐进沙发里，另一手给谢野发信息问他醒了没，发送完，她一直等到吃完了早餐，也没见这人回复。

池栀语站在客厅里消食，边走圈边晃着手机，一度怀疑是不是自己的信号出了问题。

在转弯走到第三圈的时候，谢野终于回复了她的短信。

谢野：“醒了。”

池栀语此时的心情不大好，又被他这懒散的态度冲击，遂直接拨了电话过去。

但还算好，只“嘟”了一声后，那边便接了起来。

池栀语语气有点冲：“你知道现在几点了吗？”

大概是吃了感冒药刚睡醒的缘故，谢野拧着眉吸了下鼻子：“几点？”声音带着些许沙哑低沉，还有明显的鼻音。

伴着电磁流动，传入耳朵内，稀稀落落的，有点勾人。

池栀语平静反问：“太阳都晒屁股了，你说几点？”

谢野靠着床头，看了眼墙上的表。

时针指向十点。

昨晚被她那通电话吵醒后，他也没了什么睡意，特别是听到她最后的话后，能睡得着觉才有问题。索性他就起来开机，打了几把游戏。最后上床的时候已经是三四点了，一直睡到了现在。

"还有……"池栀语点明主旨，"说好要教我物理，我都起了，你还在呼呼大睡。"

闻言，谢野懒洋洋问："我什么时候说要教你物理了？"

池栀语卡了几秒，一度以为这也是自己的梦，脑子转了一圈，她觉得不对："你讹我呢？不是你昨天晚上说的吗？"

"我说了。"谢野开口，"但你不要我教。"

"什么？"

"你要江津徐教。"

这话一出，池栀语脑子顿了下。昨晚她说了江津徐？好像……有点印象。

意识到问题，池栀语开口挽救："我怎么可能不要你教呢？我说的那意思是江津徐教的话怎么可能比得上你呢，你可是学霸，我不来找你，找他干吗？"

这"示弱的态度"完全就是胡扯。

谢野懒得理她："哦。"

"哦什么哦。"池栀语先发制人，"等会儿我来找你，你快点准备一下。"

"有什么好准备的？"谢野懒洋洋地打了个哈欠，没太在意，"人和本子过来。"

池栀语刚打算应下，想起了吴萱之前发的信息："干脆我们等下去图书馆吧，吴萱她作业也还没写，等会儿你教我，她直接和我一起写。"

谢野抬眼："图书馆？"

池栀语随意地"啊"了一声："江津徐说图书馆好像新建了自习室。"

谢野嗤了一声："江津徐说什么你都信？"

"图书馆有没有自习室他还能骗我？"池栀语并不认为自己说的有什么问题，耐心问道，"所以去吗？"

谢野语气很酷地"哦"了声："不去。"

"你干吗？"

"天热。"谢野又补了句，"很晒。"

还真辛苦，怎么没把你晒化了呢？

安静了几秒，池栀语才开口说："那来我家行了吧？"

谢野这人毛病大，不大喜欢别人去他家。仿佛施舍一样，谢野"嗯"了声，算是答应了。

电话挂断后，池栀语给吴萱发信息让她来自己家里。

吴萱："不去图书馆了？"

池栀语："谢野这位大爷嫌路上太晒。"

吴萱："厉害！"

吴萱："没看出来，谢哥哥还活得挺精致的啊。"

池栀语："他是傻子。"

吴萱被逗笑："去图书馆不挺好的吗？学习氛围多浓厚。"

池栀语："人家是大佬，不想去我又不能押着他。"

吴萱："也是啊，能得大佬亲自授课，难得难得。"

吴萱："正好苏乐刚刚问我物理作业写了没有，我打算写完后，让他请我喝杯奶茶。"

池栀语："……"

这还莫名多了条蹭吃蹭喝的渠道。

池栀语窝在沙发内正要打字，就听见门铃响了起来，王姨自然地走去开门，瞧见外头的人后，笑了下，回头对着客厅的人说："小语，谢同学来了。"

池栀语还在和吴萱发信息聊天，头也没抬地应了一声。

谢野迈步走进客厅，随意地坐在她的一边空位上。

天聊完后，池栀语才抬起头，转头好奇地看着他问："李涛然有没有向你要物理作业？"

"嗯？"谢野还有些困，窝在沙发内完全不在状态，"谁？"

也不知道这人是没听清，还是真不知道是谁？池栀语又重复一遍，明确指出："李涛然，你同桌。"

谢野闻言，似是回忆起来了："他怎么了？"

"有向你要暑假作业吗？"

"不知道。"

池栀语"啧"了一声，伸手向他要手机。

谢野瞥了她一眼："做什么？"

"为你探探路。"池栀语没多说，从他手心里直接把手机拿了过来，熟练地输入密码后，翻开了短信。

一眼就看到了李涛然发来的求助信息，还是昨天的。

——"谢哥儿，江湖救急啊，作业来一份怎么样？"

明显谢野是懒得理，看过也没回。

池栀语见此把手机还给他，说了吴萱打算坑苏乐奶茶的事。而李涛然和苏乐都是一伙人，作业永远拖到最后一晚才会写，不坑他坑谁？

闻言，谢野没什么兴趣，也随便她玩。

见此，池栀语打开自己的手机给李涛然发送邀请。

池栀语："李涛然，谢野物理作业要不要？"

李涛然："您可太准时了！完全救人一命啊！"

池栀语："救倒不至于，只是想到你可能有难。"

李涛然："有有有！必须有！我都快难死了！"

话提到这儿，李涛然开始疯狂吐槽谢野不回他信息的事，"吧啦吧啦"地发了好一大段。

"谢野这不回人信息的毛病完全是不道德的，要我是你，和他待这么多年，可能都要和他断绝关系，绝不来往，永不相见，孤独终老吧他。"

池栀语瞧见这串字，没忍住笑出了声，递给身旁人看。

谢野眝着眼扫过，最后落到"永不相见，孤独终老"时，他眼睫动了动，对池栀语道出了几个字。

池栀语："作业我也不能白给你，谢野说要付酬劳的。"

李涛然："行啊，只要他出，我肯定付！"

李涛然："说吧多少？"

池栀语："他说一打奶茶。"

李涛然："你叫他滚吧。"

李涛然："把我当什么呢，傻子才会答应好不好！"

池栀语："所以你会。"

最后这句是谢野拿着她的手机发的，发完就把这"惨剧"丢给了池栀语。

恰好此时，外头的吴萱到了。

王姨打开门，吴萱一进屋就看见了客厅内的人。

少年一身黑，穿着简单的长袖长裤，存在感很强，此时，他像没骨头似的瘫在沙发上，眼睛闭着，模样慵懒又困倦。一侧，少女盘腿坐在他身旁，捧着手机的表情不是很好，眉梢轻皱起，清冷的神情中莫名添了几分不满。

美人似是微含薄怒，却和少年意外地相配。

吴萱看着这幕愣了一下，池栀语听见声响后，抬起头看去。对上那双如画眉眼，吴萱回神，走到另一边的沙发上坐下："看什么呢？"

"在逗李涛然。"池栀语朝手机扬了扬下巴。

吴萱明白了："他和苏乐两个人应该都挺需要的。"

"所以一起逗逗啊。"池栀语见她来了，拿出了物理作业，催着谢野开始讲题。

吴萱看着谢野依旧那副冷漠的样子，笑了一声："怎么有种我们强迫人家讲课一样？"

"强迫吗？"池栀语侧头看他，审视了一下，"没什么差别吧。"

表情和平常一样。

冷漠的酷少年。

但为了公平，池栀语给他开口的机会，眨着眼问："我强迫你了吗？"

谢野坐起身，懒懒靠在沙发靠垫上，侧头慢吞吞地开了口："你指哪种？"

谢野抬了抬眼："身体还是心理。"

最终，池栀语好心地免费给李涛然提供了谢野的作业，让他参考参考。

反正都是公式，能不能写出来就看他的造化了。而她自己的作业完成得很有技术水平，过程整齐划一地摆了出来。

比参考答案都要专业了。

那天谢野污蔑她强迫他讲课，池栀语直接骂他不诚实。

什么强迫。

还身体和心理？

怎么不干脆说是她把他绑来了呢？

被骂后，谢野也没再嘴欠，老老实实地教了过程就走了。而池栀语也答应了李涛然，给他送作业。

但说好送，池栀语还是拖到了第二天下午去舞蹈室的时候，和谢野一起顺便给他的。

当天下午，大热天。

池栀语出门的时候特地带了把遮阳伞，怕自己被晒黑了，不然白黎又得唠叨好一会儿。

旁边躲在屋檐下嫌热的谢野"小公主"，自然也不闲着，在她开伞撑起的一瞬间，直接抢先她一步，跨进了伞下，站在她的身旁，低下眼瞥她，抬了抬下巴说了句："走吧。"

完全把人当工具。

池栀语剜了他一眼，懒得和他计较，迈步往外走。但没走几步，她就觉得自己的手在举铁。

谢野个子差不多有一米八五，池栀语自己再怎么算也和他相差了有十五厘米。如果要让人舒服地撑伞，她必须要高举起伞柄，保持着不舒服的角度。

池栀语考虑了半秒，果断拿下了遮阳伞，搭在自己肩上。

本来正忍着热浪走路的谢野，瞬时被伞压低了头，连带着脖颈和脊背弯曲，姿势极其不适。

他猝不及防，皱了下眉，侧头看她："做什么？"

"没看到？"池栀语示意了两人的身高差，坦然道，"我手酸。"

谢野看到她的小眼神，很明显带着记恨。他自然明白她的意思，挑眉道："你没给我伞，我怎么撑？"

因着谢野一直弯腰的动作，两人存在的身高差倏地缩短。他说话时，刚好气息洒在了她的耳郭上，带着檀木清香。

微烫。

池栀语握着伞柄的手紧了紧，头往旁边一偏，顺势侧头看他："我不说，你都不会主动拿吗？"

"哦，那麻烦下次早点说。"谢野单手从她手里拿过伞，慢悠悠地直起身，瞥了她一眼，"我以为你想拿。"

因为天气太热，总是要斗斗嘴的两人最终回归和谐，忍着热浪缓慢走着，差不多快走到舞蹈室时，就看见了坐在一楼吹着风扇，高高壮壮的少年。李涛然为了作业，提前在楼下等着，等了好一会儿，眯着眼就看到了前边走来的池栀语。

除此之外，还有正光明正大地蹭着遮阳伞的谢野。

两人走进大厅，谢野收了伞，池栀语朝李涛然挥了挥手致意。

看着旁边的谢野，李涛然开了口："怎么你也过来了？"

谢野瞥了他一眼，没搭话。

"不是。"李涛然收到他视线，联想到什么，惊讶地瞪眼，"你该不会真找我要一打奶茶吧？"

池栀语被他的表情逗笑："小李哥这么尿啊？"

李涛然："小李哥不尿！"但狠话说完，他瞬时改口，"但不正当的行为，小李哥不能接受。"

闻言，池栀语意味深长地看他："谢野对你能有什么不正当行为？"

李涛然扫了谢野一眼："我哪儿知道他，每天都是一副别人欠他钱的样子。"

说完，他朝池栀语伸手："先把作业给我吧，反正都到我手上了，他也不能对我做什么。"

池栀语笑了声，把作业递给他。

李涛然接过大致翻了翻，下一秒，果然不负众望地开口问："过程呢？"

池栀语摇摇头："没有，这就是谢野的原版。"

李涛然："就这？"

池栀语："是的。"

"谢野你良心过得去吗你？"李涛然难以置信地看着他，"就这几条公式你居然还想讹我一打奶茶？这是镶金了不成？"

谢野嗤了声："你又没买。"

"我要真买了才是脑子有问题。"李涛然骂了他一句，又皱眉看着作业本，"就这几条破公式我怎么写？"

"天下没有免费的午餐。"池栀语同情地看他，"小李哥靠自己吧。"

李涛然的眉心皱得更深，但他心也大，没纠结几秒，听到后头的声音，回头注意到有些艺术生在准备考核的乐器，随口问了句："今天这儿有什么活动？"

池栀语解释："暑期结束考核表演。"

"那你也要跳舞了？"

"废话，我要跳男女双人舞。"

"男女的？"李涛然一听有了兴趣，好奇地问，"那能欣赏不？"

池栀语想了想："应该可以吧。"

全营艺术生的考核都在大礼堂的舞台上进行。为了表现真实的舞台效果，下面除了老师也有其他班的艺术生在看，有些无关人员也会过来看，所以多几个人也无所谓。

听到可以，李涛然眼睛一亮："走！我们池妹妹的绝美舞姿，我可必须看。"说完，他自然地转头问谢野，"你下午应该没事吧？反正都来这儿了，正好我们俩一起看吧。"

谢野挑了下眉："行啊。"

池栀语侧头看他，狐疑地问："你不是找李涛然有事？"

中午她说要去舞蹈室的时候，谢野也不知道哪根筋抽了，突然要和她一起出门，说是有事找李涛然。

"嗯？"李涛然闻言愣了下，转头问他，"有事？什么事？"

两人的目光投来。谢野插兜站在原地，面对着他们的疑惑，漫不经心地"嗯"了声，没说话。

沉默了一会儿后，他闲散又理所当然地开口说："我还没想到。"

没时间等他想到，池栀语给两人指了礼堂的方向后，直接扔下两人去了舞蹈室练习动作。

李如岚给的时间不多，这场考核的重点放在基本功上，但难也难在了基本功，其他花里胡哨的并不是重点。本身池栀语和江津徐的舞蹈能力相对于其他人就强一点，而且这几天有抽时间和班上的人一起练，所以在完成度方面没有什么问题。但毕竟是考核，多练练总是有用的。

吴萱早已经换好了练功服，热身运动都做完了，才看到从门口进来的池栀语。

吴萱："怎么这么晚？"

"和李涛然说了几句话。"池栀语扎着头发，解释道。

吴萱眨眼："李涛然还在啊？"

"不只他在，谢野也在。"

吴萱疑惑："你不是把作业给李涛然就好了吗？怎么他们俩都在？"

"他们没走，说要留下来看我们考核表演。"池栀语解释完，想了想，"现在可能已经到大礼堂了吧。"

吴萱说："这俩为什么这么闲？而且李涛然不写作业跑这儿来看什么表演？"

池栀语正压着腿，轻笑说："你小李哥可不慌，作业算得了什么？"

吴萱也笑："他也就吹吹牛。"

两个人又说了几句，池栀语余光瞥见江津徐的身影，调侃的话稍停。

吴萱也注意到，嘴边的话一转："江同学好啊。"

"你好。"江津徐颔首，"练习得怎么样？"

吴萱摆了摆手："我就那样，反正也比不上你们这组。"

江津徐笑着没有接话，吴萱当然也识趣，朝池栀语看了眼："走了，我先去练习，等会儿如果我看见他们俩和你说。"

池栀语点了下头，转头对着江津徐说："江同学热过身了吗？"

江津徐看着她似是刚到，摇了摇头："还没，我刚到。"

"哦，那正好，一起吧。"

"好。"

两人并排站在压腿杆前，安静无语。

池栀语单腿支撑，下压着身子，想着之后的舞蹈动作，莫名又想着不知道谢野找到礼堂没。

"物理作业写好了吗？"江津徐忽而出声，打破了平静。

"啊，哦。"池栀语回神点了点头，"写好了，没什么问题了。"

按照礼尚往来的方式，她随意反问一句："你书还了吗？"

江津徐顿了下，自然道："还了。"

池栀语："哦，没有逾期吧？"

江津徐："没有，我已经提前了几天，没什么事。"

"那还挺好，省了几块钱。"

这边两人在尬聊着，大厅里的李涛然带着谢野找到礼堂后，就在后头选了个最佳观赏点。

李涛然翻下椅子坐下，转头问人："找我什么事，你想到没有？"

谢野瘫坐在座位里，看了眼还在准备的舞台："没有。"

"还没有？"李涛然皱了下眉，"你是不是有什么毛病？想问的事都能忘？"

"我能忘，那就说明不是大事。"谢野懒懒说，"所以你觉得你的事犯得着让我记得？"

"什么玩意儿？"李涛然被气到，但乍一想，又眯眼看他，幽幽问，"该不会你就根本没什么事找我，存心骗我的吧？"

谢野掀开眼，轻瞥他："作业不写了？"

"大白天的写什么作业。"李涛然无所谓，"晚上又不是没时间，反正明天才开学。"说完，李涛然觉得不对，"不是，我问你话呢，你反问我干吗？"

"你问你的，我不想答。"谢野语气很酷，"有问题？"

李涛然被他的无理弄到无言。

与此同时，舞蹈专业考核的第一组艺术生开始上台了。

不想和他计较，李涛然抬头看了一下，没看到熟悉的人，侧头问："池妹妹什么时候上来？"

谢野："你问她。"

"她刚刚没说吧？"李涛然想了想，确实记得池栀语没说时间，但想着想着，他才意识到了别的重点，"池妹妹这双人舞和谁跳？"

闻言，谢野"啧"了一声，似是有些烦躁："你哪儿来这么多话？"

李涛然一脸懵："我刚刚就问了三句话吧？"

可能是嫌他太吵，问题太多。

谢野没理他，注意到什么，抬眸往前看。


舞台上，熟悉的少女身着浅色的练功服长裙迈步走上了台。未施粉黛的容颜，素净淡雅，眉目之间的冷淡褪不去，眼眸轻扫过台下，淡漠疏离。她的脖颈白皙纤瘦，流畅的线条往下，细腰长腿，身材比例完美。

李涛然看到池栀语时愣了下，再看她身旁的少年，挑了下眉："哟，是江津徐啊。"他点点头，"不错不错，这郎才女貌……"

"啪。"

一道稍低却又清脆的巴掌声响起。

李涛然话音戛然而止，听到自己下巴处的声音，一脸的难以置信。

谢野收回手，轻吹了下手掌，淡定从容地说了句："蚊子。"

与此同时，四周响起了舞蹈的背景音乐。

台上的池栀语垂眸扫过观众席，随着音乐节奏转动身姿，单手按掌起舞。身旁的江津徐跟着她的节奏，虚空贴近，单手揽过她的腰身，托起绕过半圈。裙摆轻轻扬起弧度，池栀语脚尖轻盈落地，转圈离开他的环抱。

一系列的动作流畅自然，韵味十足，特别是再搭配着两位男女主角的颜值，确实赏心悦目。

每段古典舞考核的时间只有三分钟。音乐一停，池栀语做到最后的定点后，稍等了几秒，起身走到舞台中央，和江津徐一起谢幕退场。

台下的掌声响起，池栀语走到后台，一旁的江津徐拿了张纸巾递给她："擦擦汗。"

"谢谢。"池栀语接过，擦过额头的汗珠，问了句，"应该还好吧？"

江津徐点头："没有什么问题。"

"那就好。"池栀语笑了下。

两人走到班级的休息间，江津徐坐在她身侧，轻声问："要喝水吗？"

池栀语看见他手边准备的水，开口想拒绝。正巧此时，吴萱提着水瓶从后边隔间走来，瞧见江津徐的动作，挑了下眉。她迈步朝两人走来，打了招呼后，笑着对江津徐说了句："江同学跳得可真厉害啊。"

话说着，她伸手把水递给池栀语。

江津徐见此，不动声色地收回手："没有，多练几次就好了。"

"你这多练的几次应该和我的不能对等。"吴萱笑着说完，瞥了眼池栀语。而池栀语对吴萱及时赶到很是满意，无声地给了她赞许。

吴萱收到目光，又扫了眼江津徐的表情，莫名觉得好笑，问："刚刚有看到谢野他们吗？"

"看到了，在后面坐着。"池栀语打开盖子喝了口水。

江津徐闻言愣了一下："谢同学来了吗？"

"来了。"池栀语随口解释，"他无聊过来看表演而已。"

江津徐听着她的语气，没搭话。吴萱感受到气氛变化，轻咳了下："那既然看到了，我们过去找他们吧。"

"嗯，走吧。"池栀语也不想在这儿待着，拿着水杯站起身，转头对着江津徐说了句，"江同学好好休息，我先走了。"

"好。"

"刚刚我男神是不是想给你送水呢？"吴萱一走出休息间，就转身问她。

池栀语扬了扬眉："你眼睛度数这么高？"

"我又不是瞎子。"反驳完，吴萱仔细想了下又问，"如果我刚刚没出现，你打算怎么办？"

"还能怎么办？"池栀语眨了下眼睛，"这都是你男神了。"

吴萱"嘁"了一声："你太假了吧，明明就是自己不想接而已。"

池栀语笑了下，走出后台："能不能给人留点面子？"

吴萱也笑："也对，那可是我男神，不能说他坏话。"

两人并肩从观众席的侧边阶梯往上走。吴萱看了眼四周的位置："人呢？"

池栀语抬头扬了扬下巴："那儿，上面倒数第三排，一副要哭的样子的那位。"

"啊？"吴萱没听懂，按着她的话找了下，刚转头就看见了李涛然捂着下巴委屈的模样。

可能注意到了这边动静，李涛然抬头瞧见侧边的两人，连忙起身拉过她们："你们俩坐这儿，我不和这人坐。"

池栀语莫名被他按着肩坐在谢野旁边，眨了下眼："怎么了？"

"你问他。"李涛然坐在吴萱旁边，和谢野隔了两个位置，先行控诉，"刚刚我好好地看着表演，这人莫名其妙一巴掌拍在我脸上……"李涛然停了下，指了指自己的下巴，强调，"就这儿！肯定都要留印子了！你说我如果被他打毁容了怎么办！"

"就拍了下下巴。"吴萱没忍住，扫了眼他干净没半点瑕疵的下巴，"哪儿来的印子？你太夸张了吧？"

"你懂什么。"李涛然突然惆怅道，"这是……我的尊严被人狠狠践踏了。"

貌似还挺伤感。

池栀语决定替他找公道，转头问谢行凶者："你干吗拍他的下巴？"

谢野掀开眼："我没拍他下巴。"

池栀语抬眸："那你刚刚拍什么？"

谢野瞥了她一眼："蚊子。"

哇哦，这么厉害呢。

"滚吧！你就是故意的！"李涛然不吃他那套，"有蚊子，你不先和我说，上什么手啊？"

"和你说……"谢野轻哂一声，"你打得着？"

"打不着，那我也乐意被它叮咬！"

"啧。"谢野不耐道，"就一个巴掌，我是拍疼你了？"

"当然没有。"

"那你嚷嚷得这么起劲儿……"谢野侧头，忽地说，"是觉得今天心情还挺好？"

听到这话，李涛然立刻消了音。

吴萱也没忍住笑了出来。

嘲笑声响起，李涛然剜了她一眼："你怎么还没去跳舞？"

"我还早。"吴萱挑眉，"你关心这个干什么，刚刚有看跳舞？"

李涛然："看啊，池妹妹和江津徐的双人舞这么养眼，我肯定看。"

池栀语笑了下："是我养眼还是江津徐养眼？"

"那当然是你。"李涛然打着马后炮，"江津徐是男的，我看他干什么，又不喜欢他。"

吴萱抬眸，忽地说："也不一定吧。江津徐的长相也算是男女通吃，你说不定……"话没说完，吴萱眼神上下扫视了李涛然一眼。

安静了几秒，李涛然突然跳脚："你这什么眼神啊，我是男人，真男人！"李涛然指责，"而且我也不可能看上江津徐，谢野这人就更不可能。"

"为什么不可能？"吴萱说，"池妹妹可觉得谢野更帅点。"

谢野轻抬眼皮，没搭腔。

李涛然愣了下："池妹妹你觉得谢野更帅？"

池栀语坦然点头："对，我说的。"她往谢野的方向看了眼，伸手展示着他的俊脸，"少男少女一致认可的脸，这充满特色的冷漠，还有这傲视群雄的小眼神，不帅吗？不勾人吗？"说完，她收回手比起大拇指，肯定道，"我欣赏这位少年。"

在一旁的李涛然嘴角抽了下，正想说"这一套略显官方的话有点勉强，欣赏也没必要吧"。

但还没等他开口，被夸奖的谢野倒是有了感想，语调依然淡淡的。

"哦，你吹。"

最后所有考核表演结束后，古典舞组里的最高分不出意外地落在了池栀语和江津徐一组的头上。但这也没什么好高兴的，池栀语都已经习惯了。

一行人相伴准备回家，但李涛然这人却还想一起出去玩玩。池栀语直接催他快点回家写作业，哪儿来那么多精力玩。

吴萱拉着李涛然一起回家，和池栀语挥手道别后往右边的小巷走，反正他们俩是一路的。而池栀语和谢野走另一边。

"明天你几点起？"池栀语转头问他。

"七点。"

池栀语无语："你疯了？我怎么可能起得来？"

谢野瞥她："七点半你就起得来？"

池栀语一噎："那也多了半小时啊。"

"半小时给你有什么用？"谢野挑眉说，走到家门口，给她下达指令，"明天七点准时起。"

话说完，根本没给她拒绝的机会，他直接开门进屋了。

池栀语看着他的背影，低声碎碎念了一句，转身也回了家，拖着疲惫的身子吃完饭，上楼洗漱就准备睡觉了。

但她躺了没几分钟，一想到明天要这么早起上学，莫名感到有点烦躁。翻翻滚滚的，不知道滚了多久，才睡着。

# Chapter 3
## 学霸同桌·酷

第二天被闹钟吵醒，本来也没睡多久，池栀语的脾气更大了。迷迷糊糊去洗漱，下楼懒懒地应了几句白黎的话后，叼着吐司也懒得吃，直接出了家门。

外边的谢野提着书包见人出来，抬腕看了眼时间——七点三十分。

不多不少。

"走吧。"

池栀语睡眼惺忪地点头，单肩背着书包，歪着脑袋慢吞吞地啃着吐司，没走几步，脑袋就垂了下来，步伐也慢了。

最终眼皮也耷下来，挡不住困意。

谢野一转头就看到了这幕，他抬手提着她的书包带，直接领着人往前走。池栀语瞬时惊醒，嘴边的吐司落下。

谢野伸手替她接住，皱了下眉，瞥她。

池栀语抬起头，迷迷糊糊地看了眼他手里的吐司，又看了眼他的脸，舔了舔唇角："你偷我吐司干什么？"

谢野把吐司塞到她嘴里，嗤了一声："我犯得着偷你这破吐司？"

池栀语"呜呜"地控诉着，随手拿下吐司跟着他继续走。

学校离家不远，毕竟阳城也不大，远也远不到哪儿去。

两人走到附中校门口的时候，还有新生穿着便服准备注册，人来人往的，夹杂着家长的说话声，莫名有点像菜市场。

池栀语打着哈欠，任由谢野拉着她的书包带往里走，像是遛狗一样地路过了长长的排队报到的人群。

高三教室在单独一栋楼，离校门口也远。

等到了班级后，因为分班还没来得及具体分座位，池栀语就随便找了个靠门口的座位坐下，谢野也懒得找，直接坐在她旁边。

分班后说是新班级，但其实谢野以前班级三分之二的人，连老师都和以前一样，所以基本上都认识，也没什么好尴尬的。

好几个月没见，几个男生女生打闹着呼啦啦跑过去，吵吵闹闹的。

没过几分钟，已经定下的班委开始号召大家先交作业。

池栀语趴在桌子上，听见声响随手将书桌上李涛然刚还过来的作业本递给前面的人。

但没等一会儿，前边的新同学转过头叫了一声："同学。"

池栀语没睡熟，眯了眯眼抬起头看去："怎么了？"

新同学把物理作业推到她面前，瞥了眼谢野，小声问："这里名字……是不是写错了？"

池栀语闻言皱起眉，身旁的谢野也垂眸看去。

作业封面填名字的那栏横线上，写了两个很飘逸的"谢野"。

而本子是谢野的，有他的名字很正常，但偏偏这谢野的后面，还跟了一个很淡的小字——"狗"。

认识谢野的人，扫过这封面的时候，一般都不会觉得有什么问题，但如果你仔细一看，才会发现这其中的不对劲儿。

"狗"这字，飘逸得很。

宛如书法大师的作品。

池栀语前座的男同学叫林杰，是刚重新分班进来的，虽然和班上的人都不大熟，但他没怎么在意，老老实实地坐着。但就在他刚刚听见后面椅子声响的时候，下意识回头看了眼，这一看差点没吓死。

他真的没想到后面会坐着谢野和池栀语，打算自我介绍的他，愣了半天。招呼是不敢打，但作业还是要收。他转身想要向池栀语讨的时候，她反倒自己先递来了。

林杰连忙接过，想再向谢野要的时候，才注意到池栀语给了两本，而放在上面的那本就写着谢野的名字。

他起先还没怎么明白，但也不敢多问，转身老老实实地准备把自己的作业也放在上面，但一看到谢野的名字后，顿住了。

谢野是哪位？

放在整个高三年级里，每个人可能想到的第一个字都是——牛。

他的成绩先放着不说，首先让人注意到的是他那张贼帅的脸和极酷的气场。

可他偏偏牛在能用最酷的气场说着最无所谓的话，让人听着，莫名总觉得有点桀骜冷淡，时不时还略带嘲讽。

这叫，睥睨不羁。

而池栀语是艺术生，经常参加学校的表演活动，代表学校参加舞蹈比赛也是常事，再加上她那出众的外貌气质，完全算得上是一高附中的颜值和舞蹈担当，也是各年级学生经常谈起的那位不敢去撩的漂亮女同学。

但现在……好像这位漂亮女同学骂了牛的那位……狗？

场面有些尴尬。

五秒后。"咳！"池栀语先行打破僵局，扫了眼作业本上的"狗"字，眨了眨眼，佯装不解地问，"这怎么回事？谢野你骂自己啊？"

谢野瞥了她一眼。

池栀语还在很真诚地指着"谢野狗"那三个字，语带猜测："还是你给自己改了名字？"

谢野："我没写。"

闻言，池栀语平静地开口："我也没写。"

"哦。"谢野掀起眸，"我说你了吗？"

"你都说自己没写了，那就我和李涛然有嫌疑了啊。"池栀语十分理智地给他分析，提出了有力嫌疑人。

谢野："所以呢？"

"所以如果我没写。"池栀语说，"那就是李涛然写的。"

睁眼说瞎话。

谢野挑了下眉，看着她的视线很平静，却没说话。

一直顶着他审视的目光，池栀语有些受不住，舔了下唇，忍不住开口："看我干什么？你别不信，我真的没写。"

这话传来，谢野终于有了反应，轻扯了下唇："我还真的不信。"

"有什么好不信的。"池栀语反驳他，"你没有证据可不能污蔑我，我身正不怕影子斜。"

谢野挑眉："污蔑？"

"对。"池栀语严肃点头。

谢野转头，缓慢开口："这是想骗谁呢？"

池栀语："啊？"

"当我眼瞎……"谢野目光缓缓扫过作业本的封面，直直看向她，"不认识你的字？"

忘了这茬。

池栀语停了三秒，默默伸手把作业本移到自己面前，拿笔涂改掉他名字后多余的那个"狗"字。谢野闲散地靠在靠椅上，轻瞥她一眼，模样极为嚣张："涂仔细点。"

池栀语捏了捏笔杆，忍气吞声地"嗯"了一声。

前边眼睁睁看着这幕的林杰有些蒙。

就这？没了？

林杰待了一会儿，他真的以为谢野会生气，却没想到轻易就放过了。

这……不符合大佬气质吧？不应该要来场腥风血雨缓解怒气？

林杰还在想，池栀语已经重重地把狗字涂成了一个小黑圈，随后推给谢雇主看："满意了没？"

谢野随意扫了眼，抬了抬下巴，示意她交。

池栀语重新把作业递给林杰："同学，给你。"

"啊，好。"林杰连忙接过，突然顿了下，这才想到为什么池栀语会有谢野的作业？

这两人以前不是不同班的吗？他知道池栀语以前是在普通班，这次是因为分班考试才被分到A班的，按道理应该和谢野不熟吧？

林杰一边想着这两人是什么关系，一边转身交作业。

正好此时，后门又进来了位学生，他把白衬衫校服当成外套穿，里头配着自己的黑色T恤，显眼又时髦。

苏乐一进门就看到了后座的人，惊喜一笑："哟，二位来这么早啊。"

池栀语转头看是他，还有些困地打了个哈欠："你也来得不晚啊。"

"这不是开学第一天，要有个好开头吗！"苏乐走到谢野前座的空位上，像是突然想起，侧头问了林杰，"这儿有人吗？"

林杰刚刚就看到了他，有些害怕地摇摇头："没有。"

"行，那我坐这儿。"说完，苏乐看他，颇有耐心继续问，"你要不想我坐这儿就直说，我不勉强的。"

林杰："没有……"

有也不敢啊。

池栀语坐在后边看着这儿，笑了一声："苏乐你这是威胁同学，还是在问他意见呢？"

"我当然是问了。"

"那就好好说，你看同学都害怕了。"

苏乐闻言挑下眉，看了眼池栀语身旁的人："他怕的是你身边的人吧。"

谢野皱了下眉："说什么？"

这话倒是把谢野当成了什么凶神恶煞的人一样。

池栀语忍俊不禁："你可能想多了，不信你问问你同桌觉得你和谢野谁比较可怕？"

提议给出，苏乐立即采纳，转头问林杰："你认识我和他吗？"

他指的自然是谢野。

林杰往旁边看了眼，谢野靠在椅背上，没出声，指尖似有似无地散漫地敲着膝盖。

面色平静，没什么表情，但莫名让人会不自觉得有些害怕。

林杰迅速收回视线，迟疑地点了下头："知道的。"

"那同学你觉得我和他谁看着比较顺眼？"苏乐换了个问话的方式，说完之后，他还好心地补了句，"你放心，实话说就好，我保证没人打你。"

为什么觉得这话意思有点不对。

顿了下，林杰硬着头皮支支吾吾地说："刚刚也没发生什么事，这突然让我选这个，我也不是很肯定……可能是……"

跟谢野冷淡的眉眼一撞上，林杰打了个激灵，咽了咽口水，迅速开口："我觉得谢同学比较和善可亲。"

和善可亲？池栀语一瞬间怀疑自己听错了。说顺眼没问题，和善可亲从哪儿看出来的？

"嗯。"谢野听到评价，抬眼看向人，点点头，"眼光不错。"

得到称赞，林杰松了口气，看来这是一个满意的评价。

"什么乱七八糟的。"苏乐不满意，"我呢？"

"你？"谢野挑眉，"你什么样自己不知道？"

其实林杰也不算说错。

苏乐给人的第一印象确实不大好，因为他的五官长相完全不是和善的面相，反倒有点凶狠。他的眼型是丹凤眼，不笑的时候完全就是一副阴森刻薄样。而且他说话也很随意，有时会让人误会，所以导致他比谢野看着更像不良少年，还是阴险小哥的那种。

而相比之下，谢野则是"社会哥"里帅炸天的那类，而且是能让人惊艳的帅。

可他也还真轮不到"和善可亲"这四个字。

池栀语觉得林杰的判断能力有问题，还想说什么，上课铃突然响起来。

班主任张国军进来了，开口先自我介绍完后，简单地看了眼在座的同学："既然都这么坐了，那就这么定下吧，但谁如果想换座位的，下课过来找我就好，我帮你调整一下。"

池栀语倒是没想到会这么随意，愣了一下后，转头看了眼自己的同桌。谢野那张困倦冷漠的脸映入眼帘。

算了。

前面的苏乐也转头，对着谢野挑了下眉："我们俩又是前后座啊。"

谢野："滚远点。"

苏乐啧了一声："这是多好的缘分啊，你看李涛然都只能留在隔壁班呢。"

谢野无所谓："哦，那只能怪他没这个福气。"

"呸，你当自己是什么宝贝呢，还福气。"苏乐说，"李涛然没分到这个班，他还觉得开心呢！"他看着池栀语，"池妹妹你放心，这一年哥哥我罩着你，离这家伙远点。"

谢野抬眸看他，忽地开口："你今天是觉得自己太闲？"

这话冒出来，苏乐立即转头回去。而前边的张国军，一些官方话说完后，就没再多说什么，让他们先准备上课。

闻言，池栀语还在想总不能第一节课就是物理，但等看着外头的陈福庆进来后，就生无可恋了。

高中的老师一般都会兼着教两个班，池栀语和谢野之前的班级刚好在物理课撞上了同个老师，这样就非常对比性了。

因为教科书本还没到，陈福庆进来后，环视了一下班级的同学，直接让新班委开始上交作业，准备答疑解惑。

班委一组一组地上交后，陈福庆选了一组检查。

池栀语也没了什么困意，单手支着下巴，看着上头的人，突然眯眼开口问谢野："福庆是不是去植发了？头发怎么感觉变……"

"池栀语。"讲台上的陈福庆忽而唤了一声，池栀语顿了下，举起手："到！"

陈福庆翻着作业，看着她满意地点点头："表扬一下你，这次作业写得很好，不错。"

虚惊一场。

池栀语松了口气："谢谢老师。"

陈福庆"嗯"了一声，对她的态度挺满意的，心情颇好地开口："这也算是你的开门红了，希望你这一年都像这样好好学习，旗开得胜。"

闻言，池栀语"噢"了一声，礼尚往来："谢谢老师，也祝您以后……"话说着，脑子一卡壳，她突然不知道要说什么祝福词好。

气氛顿了几秒，池栀语的视线倏地上移落在他头发上，意识里莫名冒出四个字，她盯着他的头顶，慢一拍似的接上说："……聪明绝顶。"

在池栀语话音落下后，教室里突然安静了。而聪明绝顶这词仿佛余音绕梁一般，无声地回荡盘旋在所有人脑海里。

全班同学的视线不自觉地往第一组最后移，随后落在池栀语的脸上。有些在看清她的长相，特别是看到她身旁的谢野时，愣了一下，似是没想到是这情况。

池栀语在A班算是新同学，那些沉迷学习无法自拔的学霸自然不会认识她，而一些认得她的，应该也只是见过她的脸而已，并不了解。大家都没想到，开学第一天就这么刺激？

惊人亮相？

班里没人说话，一片寂静。

池栀语顶着四面八方投来的视线，沉默了几秒，已经懒得挣扎，干脆破罐破摔，淡定从容地点了下头："老师，您继续检查作业吧。"

这是台阶。

给自己，也给陈福庆。

绝顶这话，他接不了，也不能生气。不然就是变相地承认自己秃顶，他可做不到。

这是硬伤。

也是痛。

果然，陈福庆面部无声地抽搐了一下，忍着气沉声道："上课就上课，不要乱开老师玩笑。"

池栀语乖巧地点头："好的，老师。"

陈福庆扫了她一眼，这才注意到她同桌是谢野，轻皱了下眉："你们的位置是班主任安排的？"

这也不知道问的是谁。池栀语没答话，班长先开口："是的，张老师说先这么坐，如果有问题再换。"

陈福庆闻言自然也不能说什么，看着池栀语和谢野的方向，沉声开口："既然这么坐了，那在这剩下一年的时间里大家就要多向同桌学习，争取共同进步，而不是拖累他人。"他话音停了一下，目光带过池栀语，"特别是单科弱偏科的那位，懂吗？"

拐着弯说完的陈福庆，重新低头翻开下一本作业。局面被他拉回。

有话直说好了。

池栀语盯着陈福庆，不爽地侧头问谢野："这人刚刚是不是在骂我会拖累你？"

谢野支着下巴，熟练地转着笔，瞥她一眼："别和我说话。"

"打扰我学习。"

扯呢。


刚开学的上午也没有什么事，也不算是正经上课，大多还是以答疑复习为主，想要学生从暑假散漫的生活状态中出来，先适应适应。

几节复习课后，放学铃声响起。

池栀语抬起头，睡眼惺忪。谢野趴在桌上闭着眼，也不知道是不是在睡觉，只露出了后脑勺对着人。

前边的苏乐一转头就看到这幕，瞧见这两人的状态，笑了一声："池妹妹啊，这是睡了一上午？"

池栀语意识有些慢，打了个哈欠："该吃饭了没？"

"该了该了。"苏乐转头对着趴在桌上的谢野，开口说，"谢野醒醒了，走，吃饭去。"

谢野直起身来，表情很平静，语气淡漠，就是鼻音依然很重，感冒好像还没好："吃什么？"

"当然吃饭了，还能吃什么？"苏乐起身看了眼池栀语，"池妹妹要不要一起？"

池栀语还在发呆，没听到他的话，疑惑地"嗯"了一声，还没回话，吴萱就从隔壁班过来找人，打开窗户后刚好看到了最后一排的两位。她愣了下，朝人招手，示意去食堂吃饭。

池栀语看到，慢吞吞地站起来往外走，走到门边，步子迈得还不开，差点被绊倒。

身后的谢野顺手扶了一把，瞥她："碰什么瓷？"

池栀语不想动，打了个哈欠，抬头看他，懒洋洋道，"你背我吧。"

谢野问："原因？"

"累和困。"池栀语很真诚地说。

闻言，谢野若有似无地笑了声，像是主动给她找了理由，但语气却很欠打："噢，也对，做了三节课的梦，也应该累了。"

"算了，你要是背我，做梦我可能都要笑醒了。"池栀语也没指望他，边说边往外走。

吴萱站在后门，看着她哈欠连天的样子，又看了眼后头跟着走的谢野和苏乐，觉得好笑："还没睡醒啊？"

"陈福庆的声音太催眠了。"池栀语开口。

吴萱挑眉："你们上午有物理课？"

"有啊，还点我名了。"

"为什么？陈福庆又说你啦？"

"何止说，可能都想打她了。"苏乐在后面走着，笑着道了句。

吴萱疑惑："她怎么了？"

"上午检查作业，陈福庆夸她做得好，说是开门红，希望她好好学习，旗开得胜。"苏乐解释了一句。

吴萱点点头："嗯，这挺好，没什么问题吧？"

苏乐："是没问题，但是池妹妹也回礼送了祝福给他。"

听到这儿，吴萱抓到重点，侧头问当事人："你祝陈福庆什么了？"

池栀语吸了下鼻子，很自然地说："以后聪明绝顶。"

吴萱有点不敢相信自己的耳朵："聪明什么？"

池栀语耐心重复："绝顶。"

活该你被骂。

池栀语并不认为自己说的有什么问题，耐心解释："学物理十有九秃，而且他那头发也撑不了多久，我提前给个预警。"

"我看你是不要命了。"吴萱走下楼梯，往食堂的方向走，"开学第一天就惹怒了陈福庆。"

"这不是我的本意啊，我只是想礼尚往来的。"池栀语眨了眨眼，"但我一看到他的头发就想到了这个，然后嘴一快就说了。"

吴萱好奇："所以后来陈福庆对你怎么着了？"

"没怎么着，指桑骂槐地骂了我一下，还有……"池栀语瞥了后头的人一眼，"被某人嫌弃了一下。"

谢野收到她的小眼神，抬了下眉。

小气鬼记上仇了。

吴萱听着她的话，莞尔一笑："你又在指桑骂槐地骂谁啊？"

池栀语扬眉，没搭话，倒是注意到别的："李涛然呢？"

"他早去食堂了，说是要先抢座。"

吴萱和李涛然一起分到了B班，自然知道他的动静。

池栀语"啊"了一声，懂了。


学校食堂中午吃饭的人一般都很多，人满为患是经常的事，但这段时间因为高一要新生军训，高二还没开学，池栀语她们高三提早开学，在校人数相对减少了三分之二。

几人走到食堂一楼后自动分开，各自去点自己想吃的东西。池栀语和吴萱一起走着，晃晃荡荡地看要吃什么。

稍走远了一些，吴萱问出自己的疑惑："怎么你和谢野变成同桌了？"

"随便坐的，老师也没说要换，就定下了。"池栀语边看着窗口的餐食边说，"你该不会也和李涛然同桌了？"

"怎么可能。"吴萱摆了摆手，"但和他同班至少不无聊。"

池栀语挑眉："小李哥当然有趣，能和谢野同桌的哪儿能是一般人。"

吴萱笑出声："你这是夸李涛然呢，还是嫌弃谢野啊？"

谢野的脾气自然不好，能和他同桌两年还不换的，自然都是强者。

"当然是夸他。"说完，池栀语又想了下，"等会儿我要问问小李哥。"

吴萱："问什么？"

"怎么能好好地当谢野同桌……"池栀语一脸认真，"并且每天保持好心情。"

两人分道扬镳。

吴萱想吃糖醋排骨盖饭，到了二楼去。池栀语懒得走，直接排到了没人的三号窗口，点了份清汤挂面正准备刷卡付款的时候，摸兜拿卡的手一顿。

饭卡……

她停了几秒，转头环顾了一下四周，找寻目标。恰好隔壁二号队伍后排站着谢野，一米八五的高个子，一眼就瞧见了。而他的前后都站着三两个男生，离得很近，好像是之前的同班同学，正笑着侧头跟他说话。

谢野的脸上没什么表情，看着还是那副冷淡的模样，就是眼皮半垂着，带着刚睡醒的惺忪感。

池栀语瞧见，侧头对着那边，小声喊了一句："谢野！"

这声其实不大，但哪承想这两个字一喊出来，仿佛自带了扩音效果，一侧的人全都转头看了过来。

除了谢野。

池栀语咬了咬牙。

旁边有个男生站谢野后边注意到，看了眼池栀语，下巴抬了一下，跟他说了句什么。

恰好此时，池栀语又开口继续喊了一声。

谢野听到她的声音，抬眸望了过来。

两人的视线撞上。

池栀语都怀疑这人耳朵是不是有问题，忍着气朝他勾了勾手指。这手势一出，所有人都愣了愣，然后就看见谢野迈步往她的方向走去。

谢野走过来站在她的位置旁，淡淡道："喊我？"

池栀语抬头小声解释了句："你借我一下饭卡，我忘带了。"

闻言，谢野垂眸看了眼窗口已经点好的清汤挂面，皱了眉："就吃这个？"

"我不知道吃什么，而且点都点了，至少先把钱付了啊。"

池栀语没时间和他唠嗑，朝他摊开手，言简意赅道："饭卡。"

周围人的视线有些明显，就这样看着两人。

有些安静。而谢野仿佛毫无感觉，完全没有在意这略显尴尬的气氛，瞥着那碗清汤白水，上面还飘着几片葱花的挂面，"啧"了一声："把这玩意儿换了。"

"啊？"池栀语一愣，没懂，"换什么？"

两人说着话，其余排队等候的学生的眼神时不时看来，时刻关注着。他们就看见传说中的大佬皱着眉，表情不太好看地从兜里摸出饭卡递给对面的女生。

女生自然而熟练地刷完卡后还给他，然后大佬又开口和她说了几句话。闻言，女生眨了一下眼睛，貌似还挺……开心的？

还没等他们多看，谢野突然转身回来。

一瞬间。

所有人迅速收回视线，看着前方佯装淡定从容地在排队。

免费得到一顿饭，池栀语心情愉快地端着清汤挂面往后走。

已经找到座位正在等人的苏乐瞧见她，挥了挥手示意。

李涛然坐在旁边，看到池栀语端着面过来，扬了扬眉："池妹妹就吃这清汤面啊？"

"不是。"池栀语摇摇头，把面放在桌上，"谢野重新给我点别的。"

李涛然疑惑："啊，那这面呢？"

闻言，池栀语抬眼，把面推到他的面前，微笑地重复刚刚谢野的叮嘱："留给你吃。"

这是原话。

刚刚谢野刷完卡后，直接让她走不用端面。池栀语愣了一下，皱眉问："那我吃什么啊？"

谢野捏着饭卡，轻瞥她一眼，眼神里莫名带着不屑，模样也极为狂妄。仿佛就是在说——有野哥我在，能饿着你？

池栀语懂了。

她点了下头，指着碗内的面："这个怎么办？"

谢野："退了。"

池栀语哪儿是会浪费粮食的人，直接拒绝了，选择让他吃。

"吃什么吃。"谢野瞥她，"你是嫌自己平常吃得太好？"

池栀语和他掰扯："浪费了多可惜。"

"你想当什么大善人……"谢野扯唇，"劫富济贫也来不及了。"

知道这人在嘲讽她，池栀语无语："积少成多不知道？关心你我他，懂？"

谢野嗤了一声。

"所以现在怎么办？"池栀语给他分析，"你不吃，我也不吃的。"

闻言，谢野扫了眼，迅速下结论："给李涛然吃。"

池栀语沉默了两秒后，点头道："可以。"

"我不可以。"李涛然看着面前的清汤面开始控诉，"把谢野叫来，我灌到他嘴里去！"

苏乐闻言挑了下眉："你有本事真的去灌？"

"重点是这个吗？！"李涛然瞪眼，"他这是在小看我！我像是那种吃清汤面的人？"

苏乐扫他一眼："你……不是经常吃？"

李涛然顿了下："这哪儿一样，那是我自愿的！"

"小李哥，放心吧。"池栀语早就猜到了他的反应，及时开口打断，"没让你吃，只是我觉得浪费粮食不好，和你开玩笑的。"

李涛然哪儿能信，朝她摆了摆手："没事，池妹妹，我知道谢野是什么人，你也不用替他解释，我懂的。"

闻言，池栀语觉得好笑："你真的懂啊？"

"懂的懂的。"李涛然叹了口气，"好歹我也是谢野两年的同桌，这都是小儿科了。"

"小李哥这么强，那有什么经验传授给我？"池栀语开始套话。

"什么什么经验？"说完，李涛然忽而意识到什么，眨了下眼问她，"你现在是谢野的同桌啊？"

池栀语无奈地点了下头。

"你们俩居然成同桌了！"见此，李涛然立即有些激动地拍了下旁边苏乐的大腿。

苏乐被拍得有点痛，直接骂人："你有病？"

李涛然没管他，看着池栀语确认："真的是同桌啊？"

"我骗你干吗。"池栀语再问，"所以小李哥要不要传授一下经验？"

"行啊，我来传，哎，不对……"李涛然侧头看她，"论经验你应该比我丰富才对，你和谢野认识这么多年。"

"认识又不是当同桌，哪儿能一样。"说完，池栀语觉得有点饿，先拿筷子准备夹点面条吃。

一侧忽而有人影走来，池栀语余光瞥见，拿着筷子转头看去。对面的苏乐和李涛然也抬头看人："哟，来了。"

谢野端着菜盘走来，扫了她一眼："乱吃什么？"

池栀语摆出无辜脸："面啊。"

谢野皱了下眉："这有什么好吃的。"

池栀语舔了下唇："我饿了，如果你再不来我就要饿死了。"

"要饿死了也就点碗清汤面？"谢野把餐盘放在她面前。

池栀语"喊"了一声，低头看着他点的菜都是平常她喜欢吃的，嘴角无声弯了弯，端着餐盘起身对着几人说："你们吃吧，我走了。"

苏乐见此问："不一起吃？"

"不了，吴萱还等着我上楼一起吃。"池栀语解释一句，看了一眼那碗面，"这个你们解决一下吧。"

池栀语："浪费可耻。"

最后四个字是看着谢野说的。

闻言，谢野扯了下唇，懒得搭话。而四周时不时投来的视线随着池栀语离去后，也渐渐消失。苏乐明显察觉到视线的变化，挑了下眉。

也难怪这些人这么好奇。

因为之前不同班，平常在学校里池栀语和谢野并不常见面，午饭自然也不会一起吃。除了偶尔碰巧遇到外，两人在校的同框画面都很少。所以如果不是过于关注两个人的话，一般人是不会想到这俩人会认识的。

毕竟一个是传说中的冷酷大佬，一个是漂亮的舞蹈艺术生。

而今天在这儿突然冒出来了"同桌吃饭"，这么熟络，自然能吸引人视线。

完全是意料之外，这也太瞩目了。

李涛然没太在意周围人的视线，见池栀语走了后，连忙问谢野："你和池妹妹是同桌啊？"

谢野懒懒地"嗯"了一声。

李涛然："啧，居然是真的。"

谢野抬眸看他："你想有假的？"

"别乱想啊。"李涛然解释道，"我只是觉得池妹妹和你同桌可真的是苦了她了。"

谢野悠悠道："要你费心？"

李涛然"啧"了一声："我这不是关心池妹妹吗？"

"你这么闲。"谢野表情平静地看他，"可真辛苦你关心她了。"

李涛然瞪眼："我可和你说，按你这态度和说人的方式，人家池妹妹可能都不想和你做同桌呢！"

"哦。"谢野瞥他，"你知道得还挺多。"

苏乐实在没忍住笑出了声："不是，谢野你能不能好好说话，池妹妹坐你旁边不挺好的吗？"

"就是。"李涛然抓住反问，"池妹妹坐你旁边，你难道不开心？"

谢野不说话，随手把那碗清汤面放到自己餐盘旁。

没听见回答，但李涛然仿佛明白地点点头："池妹妹性格好，人也美，而且还是小青梅，不开心才是有问题，要是我绝对开心幸福死了。"

谢野瞥他："有你什么事？"

李涛然不爽："那要放一个陌生人给你当同桌，你能觉得开心？"

"那肯定不能。"苏乐替李涛然说话，"他别嫌弃人家就不错了。"

"你们俩……"谢野笑了，"相声说得不错。"

苏乐："他应该挺开心的。"

苏乐扫了眼池栀语留下的那碗清汤面，意有所指道："这都给人买面了。"

"啊？"李涛然没懂，"买面怎么了？这就开心了？"

苏乐扫了他一眼："算了，你闭嘴吧。"

李涛然道："我又怎么了？"

苏乐和谢野都懒得理他，拿起筷子吃饭。

"不是。"李涛然觉得自己被排挤了，"你们怎么回事？"

见没人理他，李涛然小声嘀咕了几句，也跟着开始吃饭，但没吃几口，他突然转头问谢野："你干吗好端端地给池妹妹买面？"

谢野看着他没说话。


开学第一天，没什么大事。

下午上完课后，铃声响准备放学，但也不知道是有意还是无意，第一天就轮到池栀语值日。听到卫生委员说值日安排的时候，池栀语"啧"了一声，有些烦躁。

她皱着眉，对着卫生委员再确认一次："我今天值日？"

卫生委员对着她那双冷淡的眼睛，愣了一下："是的。"

池栀语沉默了几秒："那我要做什么？"

"扫地就好。"

"和谁？"

"林，林杰。"卫生委员对着她的脸，不小心结巴了一下。

池栀语闻言，提出疑惑："林林杰是谁？"

"……不是。"卫生委员纠正她，"是林杰。"

什么乱七八糟的。池栀语皱眉正要问，林杰在前边听着这话，默默转身过来说："是我，我叫林杰，和你一组扫地的。"

池栀语扬了下眉："是你啊。"

林杰点点头，池栀语看着他的表情，笑了声："那走吧，早点扫完放学回家。"

林杰连忙应下，起身跟着她一起扫地。

扫把在班级后边的角落，池栀语慢吞吞地往后走，林杰先拿到，伸手递给了她一把。

池栀语接过道了声谢，想起早上的事，轻笑了一声："你同桌苏乐不是什么'社会哥'，他只是长得凶，你不用怕他的。"

"我知道。"林杰摸了下头，有些羞涩地说，"是我之前误会他了。"

池栀语挑眉，好奇问他："那你怎么会觉得谢野更和善可亲？"

没想到她会突然问这个，林杰顿了下，迟疑道："就……看起来挺和善的。"

"看起来？"池栀语挑了下眉，"他不是一脸坏男人的样子吗？"

看着他吃瘪的表情，池栀语笑了一声："逗你的，扫地吧。"

说完，两人各自分组扫。

而林杰动作比较迅速，很快就扫完了，池栀语本来还想慢吞吞地磨蹭，但见他这么快，也不好拖延，老老实实地扫着。

不到五分钟两人就扫完了，顺便还拖完了地。

最后，池栀语背着书包和林杰一起去楼下扔完垃圾后，见时间还早，随意和林杰道完别，随后晃晃悠悠地去超市买了瓶水往篮球场走。

一高附中的占地面积很大，教学楼和图书馆的规模完全符合了各个家长心中的需求，但其实一个操场和室外体育场地就占了总面积的二分之一。而室外篮球场划块也很多，分为两层，一层就有三个。现在放学时间，基本上每个场地都有男生聚在一起打球，也有女生在球架底下聊天或者围观看球。

池栀语不常来球场，原因是太阳太大，紫外线辐射很强，她不能晒黑。所以为了自己的皮肤，她拿校服罩住自己的脑袋和下半张脸，拿着水迅速上到二楼最里面有树荫的球场。

刚一走近，坐在球架底下的吴萱先瞧见她，朝她挥了挥手："这里。"

池栀语快步走去，吴萱让她坐在旁边最大的阴影地。

池栀语扫了眼那位置上的校服："这谁的？"

"谢野的，你拿着坐吧。"

"哦。"池栀语听到人名，直接拿起坐下。

恰好此时，后边的球场上中场休息。

谢野缓气准备下场，身旁的男生还在和他说刚刚的赛事，朝前看了眼，挑眉拍着他的肩膀："谢野，你那放校服的宝地被人坐了啊。"

谢野闻言，抬眸朝前看了眼。

男生等了几秒，以为他会不爽，没想到他一个字都没说。

这有点奇怪。他疑惑地转头打算看看是谁，却只看到了人家被校服包着只露出眼睛的样子。

"哟，还是个女生啊。"男生挑了下眉。

谢野眼皮也没抬，单手轻拍着球。

见此，男生觉得不对，暧昧地看着谢野："谢野你什么情况，什么时候的事啊？"男生又看了几眼那纤细的身材，不怀好意道，"好像长得还挺漂亮的，你不说话，我可要……"

话还没说完。

谢野拍球的手一侧，篮球瞬时砸到了男生的脚尖上。

男生愣了下。

谢野抬眸，神色散漫，眉眼间却又透着冷漠疏离，像是没听清楚他的话，盯了他几秒后，忽地笑了下。

"你要怎么？"


放学时间过，到了傍晚，太阳缓缓下山。

篮球场旁是学校建的绿化山林，二层靠里的那片场地，在太阳的照射下正好有树荫投在篮球架旁。

池栀语拿着谢野的衣服坐在那一块阴影下，随手把衣服盖在了自己的身上遮阳，挡住紫外线。

吴萱看着她这全副武装的样子，笑出了声："你不热吗？"

"不热啊。"池栀语说真话，"这儿又没太阳。"

"没太阳还包着。"

"以防万一嘛。"

"确实，还好我涂了防晒。"

那你还和我叽叽歪歪。

可能猜到了她的潜台词，吴萱笑出声："你可别在心里骂我啊，我知道的。"

池栀语扬眉："您还通天了啊？"

吴萱："那可不。"

打趣完，池栀语转头看了眼她的位置，还有些阳光从树叶间照来，皱了下眉："怎么不坐过来点？"

"之前这儿有谢野的衣服啊。"吴萱摇摇头，"我可不敢随便拿起来坐。"

池栀语想起了谢野的毛病，了然了。

谢野这人毛病很多。先不说其他，就好比在球场的时候，他总喜欢找阴凉地，而打球前总喜欢脱个校服外套之类的。

男生嘛，基本上都是直接一脱就随手丢在位置上，最终一件件地堆积成山。

但谢野是个例外，他不喜欢和人挨着边放，脱了衣服后总是单独将衣服放在一边，谁也不能搭边，也不能拿开坐那个位置，除非他点头答应了。

而且他找的地儿永远是最凉快的——阴影面积最大。

有人问他理由，他给了一个字——

晒。

从此所有人都觉得这人有洁癖，还矫情得很。

池栀语往旁边坐了坐，让她坐过来点。

吴萱移动位置，看了眼时间问："你不是在扫地吗？这么快就扫完了？"

"我也没想到。"池栀语理了下袖子，"以为能拖一下时间呢。"

刚刚放学几人本来也说好一起走，但偏偏被值日打破了计划。苏乐索性就拉着谢野来球场打球了，吴萱也跟着一起来，反正也都是等着，还不如看看球。

所以池栀语刚刚扫地的时候也不急着走，觉得这几个人打球应该要一会儿，没想到直接值日超速完成了。

闻言，吴萱扬了扬下巴："他们应该也快打完了，和我一起看着吧。"

"好吧。"池栀语也没得选，毫无兴致地扫了眼前的篮球场，注意到对面几堆小女生正站在角落里，看着赛场上相互推搡着，似乎还有些羞涩。

池栀语挑眉："那些是高一新生？"

陌生的面孔，崭新的校服，一眼就能认出来。

吴萱顺着她的视线看去，挑眉："应该是吧，站这儿好久了，一个个都可激动了。"

"当然激动啊。"池栀语意有所指道，"这儿可是观赏学长风姿的好地盘啊。"

"观赏谁？"吴萱看她问，"野哥哥啊？"

"野哥哥还用猜吗？"池栀语眼眸扬了扬，"这几位小学妹的眼神都快成为他的定位器了，还不明显啊？"

吴萱笑出声："你能不能别总误解人家，人小学妹可能只是看看球呢？"

池栀语也笑："噢，是是是，怪我鲁莽了。"

吴萱觉得好笑："看你这么淡定，是不是怕人家太崇拜你的野哥哥了啊？"

"呦？"池栀语语调稍抬，慢悠悠地问，"她们还有机会吗？"

牛。


两人话说完，场上的哨声正好响起，中场休息。

"嗯，这位是谁？"隔壁打完的苏乐下场也来休息，瞧见谢野那独占的位置上坐了人后愣了下，想着是谁这么勇敢。等他走近看清那全副武装只露出一双眼睛的人后，不意外地开口说了这句。

池栀语眨了下眼："我只是路人到此一游。"

"今天你不是值日吗？"苏乐走到旁边的位置拿了瓶水喝。

"扫完了，林杰，你同桌和我一组。"池栀语怕他不知道是谁，解释了一句，"他速度很快，我也不能拖累人家。"

闻言，苏乐不大感兴趣，看着她的样子："谢野这个位置可真的适合你，一点太阳也晒不到。"

他知道舞蹈生要注意外在形象，不能晒黑。

"你要坐也可以坐啊。"池栀语拍了拍空位。

"别。"苏乐摆手，"他这位置谁坐立马就会被赶走，也就你能坐着。"

池栀语闻言一顿，挑了下眉。这事她好像一直都觉得没什么问题，她从小就抢着用着谢野的东西，都习惯了。

苏乐说完，也意识到这话听着好像有点别的意思，连忙又补了一句："而且我又不像他这么矫情，还怕晒。"

池栀语想接话，而吴萱看着从后边过来的人说："人来了。"

闻言，几人稍稍转头看去。

先来的李涛然明显有些累，步伐慢吞吞的，而谢野走在他后边。

少年身形清瘦，纯白色的校服被篮球蹭得有些脏，刚经过一番运动，使得他额前的头发微湿，表情淡淡的，没什么情绪。

苏乐看了眼后开口问："怎么就你们俩，杨帆一呢？"

是刚刚和谢野一起说话过来的人。

李涛然边走来边喘气，疲惫地挥了挥手："到隔壁去了。"

苏乐："怎么了？"

闻言，李涛然看了眼谢野，清了清嗓子："没什么吧，可能累了。"

刚刚他本来是慢了半拍跟谢野走的，但哪承想一追上就听见了杨帆一对谢野说的倒霉话。

什么玩意儿？做什么梦呢？

虽然他也觉得杨帆一是在痴心妄想，但谢野刚刚对他的态度好像是真……有点较劲儿了？

而杨帆一那小子看着谢野的表情，也觉得有点不大对，当然也不敢惹祸，连忙说着只是开玩笑，然后就很屃地走了。

当时李涛然只觉得谢野还挺仗义的，知道帮池妹妹赶走烂桃花。可又细想了一下，难得通透了一回。

谢野这架势……

想着，李涛然的视线不自觉地看向池栀语，还有她身上披着的外套和坐着的位置。

突然，他懂了，这是——哥哥的宠爱。

刹那间。李涛然一脸仿佛悟出了什么人生哲理的表情，他转头看向谢野，伸手拍了拍他的肩，语重心长道："谢野，你很不错。"

李涛然又拍了拍他的肩，小声感叹着："没想到你这么口是心非啊。"

谢野瞥他："你有病？"

李涛然不理他的话，摇摇头继续说："真的，我觉得你很可以。"

谢野："滚。"

李涛然也不说话了，但仍一直用赞许的眼神看着他。

没等几秒，谢野冷着脸"啧"了一声，有些不爽："有病去医院，懂？"

"你们俩干什么呢？"吴萱看着两人交头接耳地走来，疑惑地问。

"啊？"李涛然眨眼摇摇头，"没事。"

吴萱狐疑地看着他，这人可不像是没事的样子。

谢野走到池栀语身旁，站在同一片树荫下。

见他来，池栀语随手拿起一旁的湿毛巾递给他，仰头看着李涛然好奇地问："小李哥瞒什么呢？"

"没有没有，真没什么事。"李涛然摆手摇头。

"总不会是你在偷偷说我坏话吧？"池栀语猜测一句。

"怎么可能！"李涛然说，"哪儿来的坏话，我都夸你美若天仙了。"

"真的？"池栀语把手里的水递给谢野，仰头看着他确认。

谢野接过，嗤了声："你也信？"

"什么鬼，你可别污蔑我。"李涛然转头向苏乐求助，"你说说我有没有夸过池妹妹？"

谢野没搭理他们，拧开瓶盖自顾自地喝水，仰头脖颈拉长，喉结滚动。

两边的李涛然和苏乐还在絮絮叨叨。而李涛然一转头就注意到谢野手里的水瓶，啧了一声："你哪儿来的水？"他转头看了一圈，"我为什么没有？"

谢野懒懒问："你是谁？"

李涛然："我怎么了？我就不能有了？"

"噢。"谢野模样气定神闲，态度很欠地回，"不能。"

苏乐觉得李涛然就是小傻子，很聪明地转头问："池妹妹，你什么时候也能帮我们带瓶水过来呢？"

莫名被点到的池栀语闻言，愣了一下，还没开口说什么，李涛然听到苏乐的话后，立马先委屈上了："池妹妹，你这差别对待啊，为什么不给我和苏乐买？"

"啊……"池栀语眨了下眼，实话实说，"我忘了。"

"行了，我懂了呗。"李涛然开始控诉，"野哥哥比我们重要是吧。"

而谢野根本没听也没理他，垂眸把水瓶拧紧，然后伸了一下手，池栀语一边听着李涛然的话，一边转头拿起书包递给他。

几人看着这一幕，话音顿了顿。

谢野从容地接过自己的书包，单肩背过，抬眸淡淡地道："走了。"

池栀语眨眼："回家啊？"

谢野："嗯。"

吴萱看着他们之间默契自然的动作，挑眉反问："要走了吗？"

"嗯？不然还有什么事？"池栀语疑惑。

"当然有啊。"苏乐目光扫过谢野，"这球赛都还没打完呢。"

要走就是无赖啊。

"哦，对。"

被他提醒，池栀语才想起这茬，转头指挥谢野，言简意赅道："那你先打着吧，我和吴萱两个人一起回家。"

已经背上书包的谢野："……"

## *Chapter 4*
### 闻香食菜·串门

傍晚的天还是有些热。

池栀语和吴萱相伴回家，到校门口旁边的小吃街准备买个甜筒吃。

因为是刚开学，街道两边的学生很多，来来往往的，而大多数的校服都还很新，有的还有褶皱痕迹，一看就知道是刚分到手上，拿出来穿上的。

池栀语跟着吴萱往冰激凌店走，扫了眼周围来往的人，皱了下眉："怎么这么多人？"

"高一刚来，肯定想逛逛吃吃喝喝呗。"吴萱解释着。

"以后不是还有大把时间，现在急什么？"池栀语下单付完钱，坐在一边等号。

吴萱被她逗笑："你当初新生过来没有这样？"

"没有。"池栀语摇摇头，"我和谢野都懒得走，报到完就直接回家了。"

吴萱嫌弃："你们俩也太无聊了吧。"

池栀语随口解释："我那天练舞很累啊，当然不想走了。"

"那谢野呢？"吴萱说，"他总不能也练舞吧？"

"哦。"池栀语慢悠悠地说，"他是睡觉睡累了。"

打扰了。

两人还在说着话，那边开始喊了三十号，池栀语看了眼自己的单子，起身去拿，吴萱跟在后边一起。甜筒拿到手，池栀语咬了一口最上面的尖尖，奶香味细腻浓郁，但有些冰牙。

池栀语眯了下眼，吴萱看着她的表情，笑了一声，带着她往外走。

刚巧店门被人从外头打开，是几位男生，嬉笑打闹着走进来，声音有些大，也吵。

池栀语听见声响，抬眸看去。

是高一的，随意把校服套在身上，里头穿着五颜六色的短袖，一副精神小伙儿的样子。

为首的一位男生勾着身旁人的肩膀，嬉笑说着话，眼睛根本没往前边看，直接走了过来。

池栀语拿着甜筒，往旁边侧了侧。

却不想——

男生经过她的时候，也不知道在说什么，有些激动地抬起了手，忽而打到了池栀语的手腕。

猝不及防，池栀语手抖了一下，手指松开。

甜筒掉落在她的脚尖前，乳白色的冰激凌随之溅起，有一些还沾在了她的鞋面上。

池栀语扫过，眉头皱起。

而男生转头看着了眼她脚前砸烂的甜筒，没什么反应。

"同学。"吴萱叫住人，有些不悦，"走路看路不知道？"

男生"啧"了一声："不就一个甜筒嘛，赔你一个。"

闻言，池栀语眼帘一掀，目光落在他的脸上。

忽而撞入她的视线，男生愣了一下，等看清她的长相后，流里流气地吹起了一声口哨："哟，原来是美女啊。"

池栀语目光平静。

吴萱听到他的话，眸光一沉："道歉。"

"行，道歉道歉。"男生舔唇，笑着开口，"而且看在美女长得这么好看的分上，我再多赔你一个呗。"

话说完，他身边的几个男生瞬时嘻嘻哈哈地笑了几声。

"乱开什么玩笑呢，你还不快赔，小心美女生气了啊。"左边的男生推搡了一下。

"怕什么。"另一个男生笑道，"这美女生气也是美的啊，享眼福了呗。"

他们完全不在意别人，只是觉得好玩有趣，在玩闹一般。男生们的笑声有些大，店内的人渐渐注意到这边。

大多数是高一的新生，他们瞧见池栀语和吴萱两位女生，本来还想看看是发生了什么事。但再看到男生周围一群人有点痞的架势后，选择了安静待着。毕竟这是刚开学，他们不敢乱惹事。

男生说完了赔偿后，仿佛秉持着诚实守信的态度，马上要求营业员先打两个甜筒过来。

他付了钱后，一手拿一个，一起递给了池栀语，笑着说："来，美女，两个甜筒，这我可是道歉了啊。"

池栀语垂眸扫了眼面前的两个甜筒。

可能是营业员打得有点急，有一个造型不大好看，已经塌了。

冰激凌奶油渐渐融化，沿着脆皮边缘流下，看着有些——

黏腻。

恶心。

绕过这个甜筒，池栀语左手伸去拿过完好的另一只，抬头看着他，淡淡道："不用道歉。"

那男生愣住了："什么？"

店里很安静，所有人都看着这边的动静。

池栀语用右手拿过那边缘流淌着黏稠奶油的甜筒，捏着底端，移到男生的面前。

下一秒，指尖忽而一松。

甜筒正好砸落在了他的鞋面上，半融化的冰激凌溅起。

看到这幕，男生瞬时抬起头，眯起眼盯着面前的池栀语。

池栀语站在原地，面无表情地回视他，眼里情绪冷淡，没半点畏惧，反倒还似是在看什么脏东西，掺杂着明显的轻蔑讽刺。

"我回礼了，帅哥。"


从冰激凌店出来。

吴萱看了眼她鞋尖上的冰激凌渍，皱眉问："是不是都干了，擦不掉了吧？"

"可能吧。"池栀语无所谓，"擦不掉就算了。"

吴萱"啧"了一声："你刚刚就应该把甜筒扔在他的脸上，白白便宜他了。"

池栀语摇摇头："我可不敢。"

吴萱瞥她："你装什么装，刚刚连鞋都砸了。"

"我又不是你。"池栀语眨了下眼，"人家会怕怕的嘛。"

吴萱直说："你好恶心。"

吴萱看着她还在啃甜筒："好吃吗？什么味的？"

池栀语吃着刚刚从男生手里拿来的甜筒："香草的，还行吧。"

"我还以为你连这个也想砸呢。"吴萱也在吃自己的甜筒。

"我本来也没打算砸那个的。"

"嗯？"吴萱一愣，"那为什么砸？"

"那个长得太丑了。"池栀语皱了下鼻子，嫌弃道，"而且还是草莓味。"

吴萱知道这人不喜欢草莓味的东西，但没想到居然还能因为这个砸人鞋子。

服了。

池栀语完全没在意，吃着脆皮，突然想起了别的事："明天要早起了对不对？"

吴萱点头："要开始早读，正式上课了。"

池栀语皱了下眉："好烦，不想起。"

起床困难户，说的就是她。

"早睡早起本来就是对的，是你有问题。"吴萱点明。

池栀语咬了一口甜筒："是手机不好玩还是生活太无聊，怎么能做到早睡早起？"

"这是对身体好。"

"我不管。"

两人还在争论着，慢悠悠地走到路口分开后，池栀语没走多久就开门进了家。

厨房内的王姨听见声响，转身看来，笑着说："小语回来啦。"

池栀语应了下，准备换鞋时，扫到一旁端正放好的高跟鞋，顿了下。

她把换下的鞋摆整齐后，走进客厅。

王姨给她倒了杯柠檬水，放在茶几上，柔声问："今天开学还适应吗？"

"还好啊。"池栀语随手把书包放在沙发上，端起喝了一口，看着玄关前的高跟鞋，"我妈回来了？"

"刚回来，现在在楼上换衣服。"

"好。"

王姨也不打扰她休息，转身进厨房继续做菜。

池栀语喝了几口水后，放下杯子往洗手间方向走。手上刚刚沾上了甜筒的冰激凌奶油，干了后有些黏。

洗完手，池栀语抽了张纸巾，随意擦着水出来，抬头的一瞬间看到沙发上坐着不知道什么时候下来的女人，眼眸微淡。

白黎似是有些疲惫，见她出来轻声道："放学回来了？"

"嗯。"池栀语点了下头，觉得还有些渴，想再去倒杯水。

她拿过自己的水杯，走到厨房内。

王姨瞧见她进来："怎么了？"

"想喝水。"

"好，我给你倒。"

"不用，我自己来吧。"

池栀语拿起水壶正要倒，客厅内的白黎突然唤了一声："阿语，过来。"

池栀语闻言顿了下，转身看向王姨，眼神询问怎么了。

王姨想了想，摇摇头也表示不知道。

没得到任何信息，池栀语无奈地放下杯子转身出去："妈，您叫我？"

"你今天吃什么了？"白黎坐在沙发上，目光平静地看着她，直接问。

池栀语想起自己回来时吃的甜筒，面不改色道："没什么，就和平常吃的一样。"

"一样？"白黎把放在一边的鞋子扔了出来，"那你说这上面沾的是什么？"

池栀语视线一垂，扫过地上那只被沾上奶油的布鞋，突然觉得有些头疼。刚刚回来忘记把鞋子放进鞋柜了，难怪白黎会发现。

而既然被抓住了，池栀语也不浪费口舌，点头承认道："放学吃了甜筒。"

似乎没想到她会这么快承认。

白黎愣了一秒，回神开始质问："谁允许你吃了？我不是说过不能吃这些高热量的东西？"

池栀语随便解释了句："当时没想起来，忘记了。"

"这种事你怎么能忘？"白黎皱眉教育她，"妈妈不是不让你吃，但适量知道吗？你现在这个年纪已经不能随便吃东西了，而且再过不久你就要艺考了，如果体重超过了怎么办？"

"应该不会吧。"池栀语慢吞吞开口，"我就吃了个甜筒而已……"

"没有而已。"白黎不耐烦地打断她，"只要有一点点的问题，你就应该要拒绝，这些事情妈妈和你说过多少次了？"

"嗯，好。"池栀语熟练地点头，"我知道了，下次不会了。"

白黎见此，态度有些好转："行了，妈妈也不是骂你，今天晚上就先别吃饭了，我让王姨给你准备沙拉。"

池栀语上学后，白黎改了菜单，因为她学习劳累，所以允许她吃少量的饭菜，但还是要求她控制热量。

池栀语开始有点烦："我只吃了一点，没必要改吃沙拉吧？"

"怎么会没必要？"白黎柔声说道，"阿语，你要知道你的人生不是你一个人的，在这些事上你自己要自觉点，一些没……"

"是你的吗？"池栀语打断她的话，语气平静地问，"不是我的人生，是你的吗？"

是为了维持和池宴这场没用的婚姻吗？

白黎愣了下："什么？"

感受到自己的情绪上来，池栀语垂下眼，淡声道："我知道了，我之后会注意点的，您别担心。"

白黎看着她，一时间突然不知道该说什么。

池栀语转身往楼上走，迈步上了一节台阶后，她侧头忽地道了句："您如果有时间，去看看我爸吧。"

——不用在我这儿浪费时间，他也不在意。

没了晚饭，只有沙拉。

池栀语也不大想吃，让王姨别准备，上楼后也没有下来。

白黎对此可能觉得没有什么不妥，任由她。倒是王姨有些看不下去，上楼敲了几次门，想让她吃点水果垫垫肚子，别饿坏了。

但池栀语还真没觉得饿，不吃东西也没什么事。

"王姨，没关系，不用管我，您去休息吧。"

"饭不能吃，水果总没事的，等会儿饿了不好，吃点吧。"王姨想给她端盘子。

池栀语摇头："不用，真的没事。"

王姨往楼下看了眼，忍不住叹了口气，开口说："夫人的脾气你也知道，哪个父母不想让孩子好的，她应该也是为你担心，话说重了而已，你不要太放在心上，跟自己怄气可不好。"

池栀语闻言笑了笑："您放心，我没有生气，是真的不饿而已。"

见她这样说了，王姨也不多嘴，点了点头。最后池栀语开口谢过了王姨，让她不用管自己早点去休息。


黄昏后，天色渐暗。

池栀语关上门，回到书桌前，无聊地翻开书包，准备写今天的复习试卷。

她慢吞吞地拿了张语文卷，半支着下巴，右手拿笔在试卷上圈圈写写的。

而没写几道题，对面的饭菜香开始传了过来。

池栀语顿了下，却丝毫不为所动，继续拿笔写着题，写了一会儿后，有些烦躁地翻面看着最后的古诗词默写。

她看了眼第一个空里，直接提笔填了一句。

"曲终收拨当心画，四弦一声如裂帛。东船西舫悄无言，唯见江心鱼香肉……"

池栀语笔尖一顿，连忙把"鱼香肉"画去。

什么鱼？池栀语皱着眉，抬头看了眼窗对面，谢野的房间正亮着灯，窗帘依旧关着。

闻着浅浅飘来的浓郁菜香，池栀语吸了下鼻子，已经猜到是什么菜了。

她闻了一会儿，打算继续低头写试卷，但没几个字后，又开始烦躁起来了。

池栀语拿过一旁的手机，找到某人问话："你吃饭了吗？"

过了一会儿，谢野才回："没。"

池栀语挑了下眉："那你什么时候吃饭？"

谢野："不吃。"

池栀语："那我吃。"

池栀语也不管他，直接问："你有病？为什么不吃饭？"

谢野没理她。

池栀语打着字又问："你家晚上吃什么菜呢？"

谢野："不知道。"

池栀语："有没有鱼香肉丝？"

谢野看到这条，扯扯嘴角："你是狗？"

池栀语："你才是狗。"

发完，池栀语想起来："哦，对，你本来就是狗。"

池栀语："小野狗。"

谢野眯了下眼："说什么？"

池栀语扯开话题："所以有没有鱼香肉丝？"

等了几秒，谢野没理她了。

池栀语"啧"了一声，起身打开窗户走到阳台上，小声叫了句："谢野。"

话音落下，对面窗户帘布上有一道人影映出，慢悠悠地走来。

下一秒。

窗帘被人从里头拉开，谢野站在窗户前，看了眼她一眼，用眼神询问她做什么。

池栀语眨了下眼，朝他招了招手，示意他出来。

谢野没动，只是打开窗户，身子懒懒地靠着窗沿，模样闲散："说。"

池栀语叹了口气："我饿了。"

谢野："不会去吃？"

"没饭吃啊。"池栀语解释道，"我放学的时候吃了甜筒。"

谢野抬眸。

她不会随便吃这些东西。

可能猜到了他的想法，池栀语叹了口气："所以晚上只有沙拉了。"

谢野面上情绪淡淡："没吃？"

"要吃了我还会饿吗？"池栀语骂他蠢。

谢野收回视线："哦。"

"就这？没了？"池栀语眨眼，"你这不应该安慰一下我吗？"

"有东西吃，你不吃。"谢野凉凉地问，"欠的？"

池栀语真想现在冲过去把他那张脸抓破相，忍了忍，又开口问他："你有没有闻到鱼香肉丝的味道？"

这话就是莫名其妙。谢野瞥她："干什么？"

"你去问问阿姨晚上吃什么吧。"池栀语舔了下唇，"然后上来告诉我一下。"

谢野想也不想："不行。"

池栀语瞪眼："为什么？"

"懒得走。"谢野看了她一眼，闲散开口，"要吃自己来问。"

说完，他也没管她愿不愿意，站起转身往后走。

谢野走到书桌前，看了眼电脑屏上已经死亡留下盒子的游戏界面，他指尖在键盘上随便敲了几个字。

——"下了。"

左边聊天框里的队友一直在问他怎么死了，等看到这消失一会儿的人突然冒出来的这条，迅速有人弹出问话："不打啦？去哪儿？"

谢野："吃饭。"

发完，他随手关了游戏，拿过桌边的手机走出房间往楼下走。

厨房内的阿姨正好端着菜出来，瞧见他下来，微微颔首："少爷。"

谢野点了下头，走过去扫了眼餐桌上摆着的鱼香肉丝，挑了下眉。

真是狗鼻子。

客厅内正在看电视的简雅芷转头看他，稍有疑惑："今天怎么这么早下来，饿了吗？"

"没。"谢野坐在沙发一旁，懒懒道，"下来陪陪您。"

"陪我？"简雅芷笑了，"怎么会想到陪我？"

说着，厨房阿姨出来正在准备碗筷。

谢野看了眼，侧头对着阿姨，忽地说了句："再多准备一副。"

阿姨愣了一下，回神点头应着。

"怎么了？"简雅芷闻言也有些疑惑，"有客人来？"

谢野"嗯"了一声，还未开口说什么，门铃声响了起来。

简雅芷视线转过去,谢野先行起身往外走,经过前院,走到门后单手转动门锁,推开。

门外的池栀语迅速探出头,皱眉看他:"为什么这么久?"

谢野扯了下唇角:"我急什么?"

"但我急,快快快,让我进去。"池栀语推开他的手,快步走进院子里。本来就是偷偷跑出来的,如果再被白黎抓到来谢野这儿蹭饭,就是找死。

屋内的简雅芷已经听见了两人的说话声,果然没等一会儿,就瞧见了小姑娘和她身后的少年。

两人的身影相伴走来。

"芷姨好。"池栀语熟练地换鞋进屋,一边笑着对沙发上的简雅芷打招呼,一边往沙发走。

谢野跟在她的后边,换下拖鞋,俯身将她那两只东倒西歪的布鞋摆正放好。

随后单手关上门,进屋。

"我还在想是哪位客人要来,原来是我们的小栀来了。"简雅芷柔声一笑,拉着她坐在自己身旁。

谢野坐在另一边的位置上。

"我在我房间闻到了鱼香肉丝的味道,"池栀语说,"没忍住,就想来蹭顿饭。"

简雅芷闻言挑眉:"你这鼻子可真的越来越厉害了,小时候能闻到香,现在连菜名都可以闻出来了。"

"确定。"池栀语点头,"我可是闻香识菜的女子。"

谢野扯了下唇角。

而简雅芷被逗笑:"那岂不是阿姨这儿每天吃什么菜,你都闻见了?"

池栀语承认:"饿的时候能猜到。"

"原来我家对面养了只小馋猫啊。"简雅芷捏了下她的鼻子,轻笑道。

"我这不是饿了嘛，所以谢野让我自己来问您，我就来了。"

"这哪儿需要问我，你想来，阿姨当然欢迎了。"简雅芷看了眼谢野，"你刚刚怎么不早点说小栀要来？"

"早说晚说有区别？"谢野抬了抬下巴，"她不是来了？"

"你这小子。"简雅芷骂了他一句，拉着池栀语到餐桌前准备吃饭。

而池栀语也不能多吃，就近夹了一口青菜，但重点还是想吃挂念很久的鱼香肉丝。可她发现这菜离她很遥远，隔了好几个菜，她看了眼，目测如果伸手的话，筷子应该只能碰到盘边。

"听说你和小野同班是吗？"简雅芷想起问了句。

池栀语收回视线："啊，是，我们俩还是同桌。"

"同桌？"简雅芷倒是没料到。

池栀语随口把这过程解释了一遍："反正都认识，就坐着了。"

"那这倒是挺巧，难得你们俩还成了同桌，这样也好，以后有什么事你找小野也方便，让他帮你。"简雅芷转头看着谢野，"还有你可别欺负小栀，听到了吗？"

谢野坐在两人对面，慢吞吞地吃着饭，闻言挑眉："您怎么不想想她欺负我？"

"欺负你……"简雅芷扫他一眼，"那你就受着。"

池栀语没忍住笑出声，替他说话："芷姨，要说欺负，确实也算我欺负谢野多一点，他只是嘴上骂骂我而已。"

简雅芷："那你有骂回去的吧？"

池栀语轻笑，忙点头："有的有的。"

谢野随手把面前的那盘菜往前推了推，嗤了声："难为你还记得有。"

闻言，池栀语转头说他："那你又没有被我白骂，不都有还回来吗？"

"是吗？"谢野语调稍抬，"我怎么不记得？"

池栀语懒得理他，转头继续和简雅芷聊天，边说着边拿起筷子，忽而注意到那遥远的鱼香肉丝，好像移了位。

她眨了眨眼，有些怀疑地伸筷子去夹，居然可以碰到。

池栀语顿了下，自然地夹起放到自己碗里，脑子里却还在回忆刚刚的距离。她不确定地抬头看向对面的谢野。

他已经结束了晚饭，此时没什么表情，模样懒散地靠在椅背上，拿着手机，垂眸不知道在看什么。

一副与世隔绝的模样。

身旁的简雅芷还在说话："转眼间你们都高三了，小栀过不久要去艺考了吧？"

"嗯，快了。"

"那有想考什么学校吗？"

池栀语觉得有点渴想喝水，刚想伸手去拿，听见这个问题，摇摇头："还不确定。"

"没关系，你的成绩应该都没问题，自己喜欢的就好。"

"我是这想法。"

简雅芷问到这儿，又问了句谢野："你想去哪所学校？"

谢野眼皮也没抬，拿起一旁的水壶，倒了杯水放在池栀语的面前，随口回答："随便。"

酷哦。

吃完饭，池栀语留在谢家陪着简雅芷消了会儿食。

已经习惯早睡的简雅芷撑不住睡意，起身道了句："阿姨明天还有课，先睡了，不过你们俩也别玩太久，早点睡觉。"

"好，芷姨晚安。"池栀语目送简雅芷回房，见门关上，她转头问身旁的人，"芷姨身体怎么样了，还在阳城大学教课啊？"

"嗯。"谢野淡淡道，"不差。"

池栀语点头："不差就好，我看芷姨气色不错，应该也没什么问题。"

简雅芷的身体状况一直不大好，来阳城也是为了养病。

小时候，池栀语记得简雅芷带着谢野刚来这儿的时候，每次见她的时候基本上都在吃药或者喝药，时不时咳嗽，脸色苍白如纸的那种。经过这几年的调养后，现在气色渐渐好了，也不像以前那么弱不禁风了。

但都说病去如抽丝，还是不能太掉以轻心。

池栀语看了眼时间，已经快七点了："我走了，还要回去写作业。"说完，她疑惑地转头问他，"你作业写了没？"

"嗯。"

池栀语以为自己听错了："你什么时候写的？"

这人一天不都是在她旁边吗？她可没看到他在写作业，就算是回来写的，也不可能写这么快。

谢野坐在沙发内，姿势懒散，随口说："你睡觉的时候。"

这话有问题。池栀语脑子卡了一下，下意识反问："你干吗背着我偷偷写作业？"

谢野被气笑了："我背着你偷写作业？"

"你自己说的。"池栀语给他分析，"你平常在我清醒的时间都不写，干吗总等我睡觉再写？"

谢野似是觉得荒唐："什么玩意儿？我有病吗？"

池栀语摇摇头，还"啧"了一声，瞥他："谢野，就写个作业而已，这也没必要吧。"

谢野轻哂了声："能不能说点人话？"

池栀语没管他，然后以一种被背叛的眼神看了他一眼："如果你觉得自己对不起我……"她手递到他的面前，掌心朝上，摊开。

"那就把作业给我，我原谅你。"

…………


池栀语没有原谅谢野，因为他没给作业，还把她赶了出来。

这导致第二天池栀语破天荒地早起了。

被气的。

谢野在外边等，瞧见她难得提前出来的时候，挑了下眉，再听她控诉是因为他害她早起后，嘲笑了一声："挺不错，还有这效果。"

池栀语咬着吐司，瞪了他一眼。

两人慢步往附中方向走，有很多学生骑着自行车，成群结队的，车速有些快。

池梔语吃完吐司后，拿着剩下的吐司边想找个垃圾桶扔掉。

刚迈出一步。

谢野拉过她的书包带，往自己右边的道路内侧带，皱了下眉："看路。"

池梔语等了几辆车经过，快步跑去扔掉后立马跑回到他身边："自行车为什么这么多？"

谢野看了她一眼，眼神仿佛在说："你为什么问这个白痴的问题？"

池梔语收到他的视线，不爽问："你为什么不买自行车？"以前她就向白黎提过能不能买辆自行车给她，方便去学校。

而白黎想也不想直接拒绝了，说是自行车对她来说太危险，如果磕碰到哪儿擦破皮还算小，严重点可能就是伤筋动骨的问题了。

所以为了她的四肢完整，白黎不给她买。

完全否决。

当时被白黎念叨着，池梔语都怀疑自行车是什么绝密武器系统，杀伤力极强的那种。她不能买，是因为白黎。而谢野为什么不买，她就不懂了。

听着她的疑惑，谢野无所谓地开口："我不想。"

"为什么不想！"池梔语劝他，"骑自行车比走路轻松多了啊。"

要是买了，她就可以坐个顺风车，还能不用早起，再多睡十分钟。

她这小心思，谢野哪儿能不知道。

"别想太多。"谢野打断她，语气欠欠道，"我买了也不会载你。"

"你太重。"

池梔语还没开口骂他。

"还有……"谢野抬眼淡淡问，"我要是买了骑，你能坐？"

池梔语顿了下。想起了白黎不仅不让她买，也不让她坐其他人的自行车。

喷。池梔语抬手拍了拍他的肩膀，感动地朝他点了下头："委屈你了，我以后一定会好好对你的。"

谢野闻言，挑眉："怎么对我好？"

"当然是带你吃香的喝辣的。"池栀语眨眼，"我吃鸡腿，你吃骨头。"

谢野平静地回："可真的谢谢你了。"

池栀语摆手："不用不用，记得感恩就好。"

谢野冷嗤了一声，怕当场掐死她，直接扔下人，迈步往前走。

池栀语也没追，慢悠悠地跟在他后边。看着他清瘦修长的背影，想起刚刚他给的理由，嘴角无声弯了弯。


最后两人一前一后地到了教室。池栀语慢了几步进来，坐在谢野前边的苏乐瞧见她进来，先挥手打了招呼。

池栀语见苏乐居然比他们还早到，把书包放进桌肚内，眨了下眼："你怎么这么早到，熬夜了？"

苏乐一愣："你怎么知道？"

这几个人的常态，要么不睡，要么睡到天荒地老。

猜都不用猜。但池栀语还是比了下自己，挑眉道："你不知道池仙姑我神通广大吗？"

这称呼传来，谢野眼睫一动。

"不是。"苏乐被逗乐了，"池妹妹这还改行当仙姑了啊？"

池栀语抬了下头："对，算命·把手。"

知道她在开玩笑，苏乐配合地朝谢野问了句："听到没，池仙姑在这儿呢，你要不要算个姻缘什么的？"

"行啊。"谢野侧头看她，"池仙姑来算算看。"

池栀语没想到这人居然这么配合，眨了眨眼："你又不缺人喜欢，有什么好算的。"

苏乐没反应过来，看了谢野一眼："这是想恋爱了？"

闻言，池栀语转头教育谢野："高中时谈什么恋爱，好好学习天天向上知道吗？"

谢野扯唇："我谈个毛线啊。"

"不行！"池栀语义正词严，"毛线也不能谈！"

池栀语还在苦口婆心："现在可千万不要想这些乱七八糟的，等会儿过来的都是烂桃花知道吗？"

"噗！"苏乐看着谢野的表情，不厚道地笑出了声。

谢野忍了忍，直接伸手捂住了她还在叽里呱啦的嘴。

"丁零零……"早读的铃声响了起来。

池栀语打掉谢野的手，又小声嘀咕了几句。

谢野掀开眼眸看向她，表情很平静。

池栀语立马安静下来，老老实实地开始读书。

早读的时间不长，一般都是读语文必背的古诗词和文言文。

池栀语拿着书，读着读着莫名开始犯困。

本来就起早了，现在又被四周枯燥无味的读书声包围着，她就更撑不住了。

最后一段时间，她的脑袋一搭一搭地晃着，犹如摇摆的钟表一样。谢野期间时不时会敲着她的桌面，提醒她一下。

敲桌声响起，池栀语眼睛瞬间睁开，呆了几秒后，转头看着他，有些烦躁："怎么还没下课？"

"读书。"谢野扫她一眼。

"读不下去啊。"池栀语迷迷糊糊地打了哈欠，"我好困。"

谢野还要说她什么，下课铃恰好响了起来。

闻言，池栀语面带感动，立即放下书，低头趴在书上准备睡觉。

谢野皱了下眉："趴好，好好睡。"

池栀语有些烦躁地拍开了他的手，懒得动，不管他，直接就这么睡了。宛若个小无赖。

谢野嘴角勾了下，单手支着下巴。

等了一会儿后，听见她渐缓的呼吸声。

已经睡熟。

他伸手想把她的书抽出来。

"谢野！"后门的同学忽而大叫了一声，"有人找！"

谢野一顿，垂眸看向身旁趴着睡觉的少女，那漂亮的眉心皱了下，似是被人吵到，有些恼。

谢野看了一会儿，见她没有醒，随手拿过自己的外套罩住了她的脑袋，挡住了四周的喧闹。

后门正在等待的女生看到这幕，愣了下。

回神后，就见谢野已经起身走来，他缓慢地抬起眼皮，与她的目光对上，眉目间带着疏离。

"有事？"语气不耐。

早读课间走廊人不多，特别是高三这栋楼内，基本上一听到铃声就趴下睡觉了，偶尔才会有几个学生出来透透气，到饮水机前接水喝。

三班这个理科A班的氛围也没什么差别，只是后门出来透气的学生多了几个而已。

女生站在后门，看着面前高挑的少年，莫名有些紧张。而后边几个的男生视线时不时投来，一看女生这架势就知道是什么事了。

每次高一新生入学没几天，总会有几位女生来找谢野。

正所谓——初生牛犊不怕虎。

谢野单手插兜，斜靠在门沿，垂眸看着面前的女生，唇角轻扯着："没话说？"

刚刚谢野突然走来，女生看着他的那张脸，一时间没反应过来，连话都忘记说了。

现在他这声传来，女生回神连忙开口："不是不是，有的。"

她抬起头对上谢野的视线，脸一烫，有些不好意思地低下头，提着手里的纸袋递给他："这个还希望……学长能收下。"

闻言，谢野眼里没什么情绪，隐约带着冷淡。

女生紧张得不敢抬头看他，解释道："这不是什么重要的东西，只是简单的早餐。"说完之后，女生闭上眼，直接把纸袋塞到了谢野的手里，根本没等人反应，转身就往后跑走了。

后边看戏的同班同学们看到这经常见到的场景，没什么反应，只是眨了下眼，转头朝谢野的方向看。

果然，就见他表情寡淡，仿佛已经习以为常，很自然地捏着纸袋，转身就想往门后的垃圾桶扔。

"哎，等会儿！"苏乐拦着他，"你怎么看也不看就要扔，至少也要打开看一下。"

"我帮你打开。"苏乐拿过纸袋，看了眼里头放着的一瓶牛奶和三明治，"还真是早餐。"

谢野没管他，转身回座位拉开椅子坐下，见身旁的人还保持着刚才的姿势，应该还在睡。

苏乐又找了找，发现没有其他东西，回来坐到他前边，歪头疑惑地问："现在小学妹问候学长的方式都这么新颖了？这里面居然没有卡片说自己是哪位？"

谢野抽出池栀语手下压住的书，合起放在她的桌角。苏乐看他的动作，扫了眼蒙头酣睡的池栀语，笑了声："这还真给池仙姑算准了，烂桃花说来就来啊。"

谢野轻哂一声："她吹的你也信？"

苏乐比个大拇指给他，然后看了眼手里的纸袋："这早餐你还吃不吃？"

谢野瞥了他一眼："我像是饿的人？"

"那行，正好我饿了。"苏乐提起纸袋，"你要不吃，我可拿来吃了啊。"

谢野无所谓，抬眸看了眼墙上的时间。

早读课间只有八分钟，不久。

上课铃响起的时候，池栀语还在做梦。意识昏昏沉沉的，空气有些闷，她也不记得自己做了什么，就被耳边急切的铃声吵醒了。

池栀语趴着，挣扎了半天，最终抬起了头。

池栀语眯着眼，转头问谢野："什么课？"

谢野下巴抬了抬。

顺着他的视线，池栀语转头看了眼讲台上的老师。

生物课。

她瞬时放心，闭上眼缓了一会儿，伸手从桌肚里慢吞吞地摸了好久，才摸一本书来。

池栀语翻开第一页，摆着。然后单手扯下脑袋上存在感明显的衣服，垂眸看了眼，转头看谢野，面无表情地开口："你知道我刚刚做梦梦到什么吗？"

"什么？"

池栀语："我梦到自己差点被闷死。"

"我就说我怎么睡得越来越闷，原来是你搞的鬼。"池栀语把外套还给他，打了个哈欠，"下次麻烦给我留个洞，换一下空气，谢谢。"

闻言，谢野笑了下："还想有下次？"

谢野侧头，似笑非笑地看着她，语气很酷地给出三个字："做梦吧。"

真想抽他。

想法出来，池栀语做了，一巴掌拍了下他的手，抽回他的外套，恶狠狠道："冷死你吧。"

虽然是夏天，但教室里开了空调，每个人都会穿个外套防寒。

谢野嘴角轻哂，懒得理她的小伎俩。

讲台上的生物老师开始讲课，池栀语也不和他玩，老老实实地上课，偶尔做做笔记写题。

第一节课也不难，但因为早读的困意还在，所以池栀语是一边听着课，一边懒洋洋地耷着眼皮上完的。

等到最后下课，她难得良心发现，觉得一直坐在位置上不是办法。因为她的困意就没消下去过，一直都想睡觉。

池栀语揉了下眼，随手拿起水杯想去接水喝，顺便透透气。而她刚走出教室门，正好碰上了从隔壁出来的吴萱。

池栀语朝她打了个招呼，然后打着哈欠问："上厕所？"

"嗯。"

吴萱走到她身边，一起往前走，视线扫她："为什么我每次见你，你都对我打哈欠？"

"可能……"池栀语猜测，"你长得比较催眠？"

吴萱："这……瞎说什么呢。"

两人往走廊尽头的卫生间和饮水机走。

"我可没瞎说，别诬陷我。"

池栀语随手把水杯放在饮水机旁，顺道和吴萱一起去上厕所。

里边的女生很多，都是相伴一起来上厕所的。

有几位还凑在镜子前一边整理头发一边说着话。

池栀语上完厕所到旁边洗手的时候，无意间正好听到了她们的谈话内容。但也只有零星的几个词语。什么早餐、高一女生、谢野。

安静地洗完手后，池栀语用纸巾擦干水渍，抬头转身准备往外走时，忽而对上了隔壁几位女生的视线。

貌似还带着探究？

池栀语平静地和她们对视了几秒，没怎么在意地转身走了。

出来后，身旁的吴萱觉得奇怪问："她们干吗看你？"

"不知道。"池栀语眨了下眼，"可能看我太美了？"

吴萱陪她走去接水，随口问："早上那高一女生送了谢野什么东西？"

"嗯？"池栀语语调稍抬，"有高一女生来给谢野送东西？"

吴萱一脸蒙："你没看到？"

"没。"池栀语拿起水杯接水，吸了下鼻子，"我早上在睡觉。"

"那你可能就错过了。"吴萱摇摇头，"可惜了。"

池栀语觉得好笑："有什么好可惜的，又不是什么大事。"

"不是。"吴萱说，"这可是有人向谢野示好啊。"

池栀语眨眼点头："所以呢？"

被她这淡定的语气一问，吴萱愣了一下，突然觉得这好像也不是什么大事了。

可能是猜到她要说什么，池栀语笑了下："放心吧，这么多人和谢野示好，要能影响到他的话，他还能是谢野？"

吴萱："嗯？"

好像有点道理。

没等她反应，池栀语又开口说了句："而且我给谢野算过命。"

"他上大学前……"池栀语抬眸看她，缓缓道，"注定都是烂桃花。"

骗谁呢。


水接完，上课铃响起，两人连忙赶回各自的班级。池栀语早没了困意，回到位置后认真听课。

课上到一半时，池栀语感受到了些许凉意，她吸了下鼻子，侧头看谢野。他身上还穿着附中的夏季校服，白衬衫短袖，衣服领口的三颗扣子系得规规矩矩，挡住了锁骨那一块儿，好像是怕被人偷窥一样，不露出一点。

和苏乐李涛然这两人宁可穿外套，也不换里面自己的短袖不一样。

很随便。

所以是有颜任性？

池栀语扬了下眉，凑近小声叫他："谢野。"

谢野单手支颐，懒洋洋地看着前边的黑板，听见她的声音，指尖转着笔，眼也没抬："说。"

池栀语继续小声问："你冷不冷？"

"嗯？"谢野这才睨了她一眼，"怎么？"

"没怎么。"池栀语眨眼，"我就问问你冷不冷而已。"

谢野："哦。"

池栀语说："所以你冷不冷？"

"我冷不冷……"谢野模样闲散，"关你什么事？"

池栀语："我这不是关心你吗？"

闻言，谢野似是觉得好笑："你关心我？"

池栀语懒懒地"啊"一声："同桌要相互陪伴相互关心没听过？"

"没听过。"

池栀语想了想，善良地开口："如果你冷的话和我说，我把外套还给你。"

　　谢野侧头看她，等着她的后续。

　　果然，下一秒。池栀语往前探了探头，凑到他身边貌似好心道："只要你求求我，说句好听的就好。"

　　两人距离拉近。

　　谢野闻到清清淡淡的一点香味，还有她吐出的温热气息。

　　他顿了下。

　　这时，池栀语也察觉到两人的距离不对劲儿，视线向上一抬，倏地撞入了他的眼。

　　空气稍滞了一瞬。

　　"没睡醒？"谢野垂眸，不动声色地偏了偏头，拉开一点距离，声音哑了些，"做什么白日梦？"

　　池栀语坐直身子，神色自然："这不是怕你感冒了吗？"

　　谢野睨她："是吗？"

　　"是啊。"池栀语一脸无辜，"不然我还能有什么企图吗？"

　　谢野："你说呢？"

　　"什么我说呢。"池栀语疑惑，"你觉得我想对你干什么？"

　　"我觉得你想……"谢野转头看她，一字一句地说，"占我便宜。"

　　"占什么？"池栀语怀疑自己耳朵出了问题。

　　"便宜。"谢野懒洋洋地说，"我的。"

　　池栀语其实挺佩服谢野的。每次说这些话的时候，他都能以一种上位者的姿态，还有隐约含着嘲讽的语气，让人莫名觉得——

　　很欠打。

　　"想什么呢？"谢野看着她的表情，嗤了声，"我说你想占让我求你的便宜。"

　　池栀语愣了下，没想到会来个这样的转折："就这？"

　　谢野换了个姿势，单手支着侧脸，偏头看她："不然？"

池栀语眨了下眼，还没开口说什么，他又出声。

"还是说……"谢野看她，漫不经心地问，"你想占别的？"

池栀语静默了两秒，平静地点了下头："嗯，想占。"

似是有种破罐破摔的气势，池栀语面不改色，接着又开玩笑说："没想到被你发现了，其实我想占很久了。"

"要不你牺牲一下，就让我占个小便宜算了。"池栀语微笑着看他，"不过你也别担心，还是有很多人不嫌弃你的，你看高一小学妹那么多，别怕。"

闻言，谢野掀起眸："小学妹？"

池栀语点头："早上不是有学妹来给你送早餐吗？"

谢野扫了她一眼，仿佛在说你怎么知道这事？

"啧。"池栀语朝他摇了摇食指，"小哥你孤陋寡闻了，我可是什么都知道的。"

"确实。"谢野嘴角轻哂，"仙姑法力无边。"

池栀语忍了下："是啊，你看看我都算出来了你的烂桃花。"

谢野没理她。

"所以你人气这么旺，完全不缺桃花。"池栀语敲了下他的桌角，语重心长道，"等我不要你了，你可以考虑一下找找下家。"

谢野凉凉道："我是东西？"

随意能送给人。

"当然不是。"池栀语眨了下眼，很认真地纠正，"你是狗。"

## Chapter 5
### 指桑骂槐·无辜

中午放学。

池栀语不想吃食堂的饭菜，决定到校门口外边的小吃街觅食。

吴萱陪同，走在她身旁说："我还以为你会和谢野一起去吃饭呢。"

池栀语挑了下眉："他应该不想和我吃。"

吴萱疑惑："为什么？"

"没。"池栀语想起上午他那表情，摸了下鼻子，"他心情不大好。"

吴萱闻言，看了她一眼："你又惹着他啦？"

池栀语眨眼："你为什么觉得是我惹的？"

吴萱觉得好笑："能惹谢野生气的除了你还能有谁？"

"李涛然和苏乐啊。"池栀语找对象。

吴萱挑眉："你觉得按谢野这性子，会是他生气？"

谢野这人向来脾气差，而且什么事情都不爱搭理。平常和周围人说话的时候，总是似有若无地带着点嘲讽的语气，仿佛不说你一下，他就不会舒服。

闻言，池栀语联想到了李涛然经常被谢野气到吐血，突然有点可怜他。"所以你就觉得我是第一嫌疑人？"池栀语走进街边的面馆，随口问。

吴萱"啊"了一声："不然呢？"

两人选张靠角落的位置坐下。听到这儿，池栀语扬了下眉："有可能他自己把自己气到了呗。"

吴萱说："你就不能说点让人信的？"

池栀语笑了下："如果真是我把他惹生气了，按你的话来讲，那我岂不是神人？"

吴萱闻言，盯了她一会儿："你才发现？"

池栀语承认："行吧，是我惹他生气了。"

吴萱完全不惊讶，只是好奇了："你怎么惹到他了？"

池栀语："我骂了他。"

吴萱："什么？"

"狗。"

你能活着真好。

池栀语无所谓："我们俩经常这样，从小到大都不知道骂过多少回了。"

吴萱被她的语气逗笑："你这话要给喜欢谢野的女生听到，肯定要羡慕死了。"

"羡慕？"池栀语挑了下眉，"她们是受虐狂吗？"

"姐姐，你能不能注意一下重点。"吴萱无语，"是说你们从小一起长大。"

"噢。"池栀语似是明白地点了下头，"这个可以羡慕。"

池栀语点了碗馄饨，服务生很快就端了上来，但吴萱点的牛腩面时间要久一点。池栀语和她一起分着吃了馄饨。

吃着吃着，吴萱突然想到了什么事问她："所以你知道谢野早上收到那小学妹送的什么吗？"

"不是说是早餐吗？"池栀语想了想，"应该是牛奶面包之类的吧。"

吴萱眨眼："你没看到谢野拿啊？"

"没有，他不会要这些东西。"

"啧，可怜的小学妹，心思还是放在学习上吧。"

池栀语闻言，也啧了一声："早知道我早上不睡觉了，还能吃个免费早餐。"

吴萱听着这话，眯眼看她："不会以前谢野收的那些吃的东西都进了你的肚子里吧？"

池栀语赞许地看着她："你很聪明。"

吴萱还在无语，她的牛腩面也正好上来了，她道了声谢后，把面推到两人中间。池栀语自然地夹起面，吃了几口，尝了尝味道后，"啧"了一声："没有我的馄饨好吃。"

吴萱"喊"了一声，把面拉回来放在自己面前。

池栀语低头继续吃自己的馄饨，但没吃几口，桌前忽而走来一道身影。池栀语余光扫到桌角的一双鞋，本来没怎么在意，以为是过路的人。可下一秒，她的桌角忽而被人轻轻敲了两下。

池栀语下意识偏头，看见了一双白皙且骨节分明的手。

不知道为什么在那一瞬间，她的脑袋里突然想起了谢野的手。

这个人的手，没有谢野的好看。

池栀语想着，抬起头看去，愣了下。

江津徐站在桌旁，垂着眼看她，笑着问了句："池同学，介意一起拼个桌吗？"

中午来这儿吃饭的挺多，店内的位置基本上都有人坐，但也还没坐满，还是有空位的，只是要拼桌。

吴萱也注意到，转过头看着池栀语没说话，意思是让她决定了。

池栀语闻言扫了圈四周，点了下头："不介意，你坐吧。"

"好，谢谢。"江津徐应下，坐在了与她并排的位置上，注意到她面前的馄饨，"好吃吗？"

池栀语："啊？"

"馄饨好吃吗？"江津徐解释一句，"我不常来这儿，所以也不知道哪个比较好吃。"

"哦。"池栀语摇了下头，很认真地说，"不好吃，你还是试试吴萱的牛腩面吧。"

吴萱非常无语。

"是吗？"江津徐疑惑，"我看你也吃这个，卖相还不错，以为挺好吃的。"

池栀语摇头："物不可貌相。"

江津徐轻笑了一声："好，那我试试看牛腩面。"

面的时间要久一点，池栀语碗里的馄饨吃到一半的时候，江津徐的牛腩面才上来。

吴萱见他吃了几口，问了句："好吃吗？"

江津徐："不错。"

吴萱点了下头："这个是比馄饨好吃的，你放心。"

江津徐也没懂她们俩的battle（对抗），只是侧头看着池栀语："下午你去舞蹈室吗？"

"去吧。"池栀语想了想，"你也去？"

"嗯，我下午正好是自习课。"江津徐转头问对面吴萱，"吴同学也来吗？"

"啊？"吴萱正在老老实实吃面，眨了下眼，"可能……"她收到对面池栀语的视线，咳了一下，"会去的。"

江津徐面色平静："好，那我们可以一起去。"

"嗯？"吴萱闻言挑了下眉，反应过来，"哦，可以的。"

"吃面吧，不吃就坨了。"池栀语好心提醒着。

江津徐闻言点头，低头吃着。池栀语又随便吃了几口馄饨，就已经饱了。她看了眼时间，见吴萱也放下了筷子，和她对视了一眼后，想了想正要开口说话。

江津徐却先收起了碗筷，抬头看了她一眼："走吗？"

池栀语收回了嘴边的话，微笑："好，走吧。"

三人站起身，吴萱在后边想着刚刚池栀语的表情，没忍住，掩嘴无声笑了起来。

池栀语瞪了她一眼。吴萱见此，笑得更欢了。

江津徐在前边走着，可能察觉到什么，转头看来。

吴萱立即收起笑，平静地问："嗯？江同学有事？"

江津徐愣了下，摇头："没事。"

吴萱："好的。"

池栀语在一旁，感叹着她的变脸速度。

走出面馆后，江津徐还想说什么，恰好碰到了他们班的几个男同学，其中一个男生跟他打了声招呼，很自然地勾住他的脖子往前走。其余几个注意到江津徐后面还跟着池栀语和吴萱，好像还是一起从面馆出来的。

男生们纷纷看了池栀语一眼，意味深长地"哦"了一声，然后笑着低声打趣了江津徐几句。

江津徐顿了下，回头对池栀语说："我先走了，之后见。"

池栀语敷衍般地跟他摆了摆手。

可身旁的男生听见他的话，连忙推搡了一下，带着暧昧的眼神看他："哦，之后见啊。"

江津徐拍了下他们的背，赶着走人。

后面的池栀语根本没听见他们的话，但眼神都看见了。

等他们走后，吴萱也意味深长地看了她一眼："哦……"

池栀语："别哦。"

吴萱笑出声："江津徐这一趟值了啊。"

池栀语看了她一眼，没搭话。

吴萱收到视线，挑眉问："所以你刚刚怎么就让江津徐坐下来了？"

池栀语直接道："看他太可怜。"

池栀语其实是好心，毕竟大中午来吃个饭，好不容易看到认识的人，只是想拼个桌而已，你也总不好把人家赶走，不让他坐。

这样未免有点太小气了。

"我当时还想着你会怎么拒绝，没想到你直接让他坐了。"吴萱看了她一眼，"还以为你是回心转意了呢。"

"回心转意？"池栀语好笑地问，"你这是什么用词？"

吴萱胡扯："想着你是不是回心转意，意识到了江津徐的好，突然醒悟了。"

"做梦？"池栀语挑眉。

吴萱笑了下，跟着她往教学楼走："不过说实话，你觉得江津徐怎么样？"

池栀语想了想："人挺好的。"

吴萱同意地点了下头，等了几秒："嗯？没啦？"

池栀语眨眼："长得帅？"

吴萱问："你为什么要用疑惑语气？"

池栀语："这不是从你的角度考虑一下嘛。"

吴萱："那是我男神，我肯定觉得帅好不好。"

"哦，好吧。"池栀语敷衍道，"他很帅。"

看出来她的敷衍，吴萱瞥她："我算是知道了，你就只觉得谢野帅是吧？"

闻言，池栀语懒懒地"啊"了一声："是的吧。"

吴萱"啧"了一声："可惜了我们江津徐，人帅，性格又好。"

"有什么好可惜的。"池栀语打了个哈欠，"我这是劝他回到学习的怀抱。"

"我看未必吧，今天他都和你一块儿吃饭了，可能还觉得挺满足呢。"吴萱给她分析。

"这就满足了？"池栀语挑了挑眉，"我平常和他一起跳舞，那他岂不是都要开心得晕过去了？"

两人说着话往楼上走，吴萱还在心疼她男神。

"别心疼，你可以趁机发挥作用，安慰一下他受伤的心灵。"池栀语鼓励她。

"什么乱七八糟的。"吴萱被逗笑，"大众男神，还轮得到我安慰？"

"现在时机刚刚好。"

"你是什么达人吗？"

池栀语眨了眨眼："如果我要是达人，还能等到现在？"

"等会儿。"吴萱抓住重点，挑了下眉，"你这话……"

池栀语顿了下，停了两秒后，转过头看向吴萱，眯起眼："你被我发现了，你就是不想去安慰男神。"

吴萱："……"

天被她聊死了。

刚好走到了班级门口。

池栀语和吴萱道完别，先进了三班后门，谢野他们的位置还空着，居然还没回来。

她眨了下眼，拉开自己的椅子坐下，随手收拾着桌面上的试卷，无声感叹着。上午明明只上了五节课，可作业却有十节课那么多，一张张还全都是试卷。但学校也还算体恤学生的痛苦，高三下午的三节课基本上都是以复习答疑为主，不上课。

下午大家可以写作业，减少点时间压力。可池栀语没有那么多时间，她下午要去舞蹈室练舞，写作业的时间被压榨，所以一般只能拖到晚上写，或者在课间十分钟写几个小题。

下午上课时间是两点，现在还早。

班级里一些人吃完饭回来，几个人围在一起，在玩什么。

池栀语单手托腮，垂眸看着试卷上的化学题目，指尖"唰唰唰"地转着笔。她扫过题目，没忍住打了个哈欠，然后停下笔在题目括弧里随便写了C。

池栀语抬头休息时，刚好瞧见林杰捧着他的手机回来，急急忙忙地侧坐在位置上。

池栀语坐在后面，看着他飞速在屏幕上移动的手指，然后再看他的游戏界面后，扬了下眉。

没看出来，她这位怯生生的前桌，居然还是位酷爱游戏的少年。

人不可貌相，确实是名言警句啊。

林杰双手拿着手机，左手操作着人物爬行移动方位，正打算救人的时候，侧边忽而传来一道女声。

"西北四十五度方向有人。"

林杰闻言，下意识看了眼屏幕顶端的方向指标，立即操作人物移动方向。

没等他反应过来，游戏已经显示他取得了胜利。

隔壁组的几个男生"哇哦"地欢呼了几声："林杰牛啊。"

游戏结束，林杰回神，转头往后边看，忽而对上了池栀语那张漂亮的脸蛋，僵住了。

什么情况？池栀语什么时候回来的？

池栀语看到他明显呆滞的脸，有点慌张的小眼神，笑了下："林同学，没想到你游戏玩得这么厉害啊。"

"不，不。"林杰摇摇头，"没有没有。"

"我懂我懂。"池栀语点了下头，"你谦虚，放心我不会和别人说的。"

林杰莫名脸一红："不是，你误会了，只是随便玩玩的，是刚刚你告诉我，我才发现的。"

"操作的人是你，我也只是看到提醒了一句而已。"池栀语仿佛很谦虚地说。

"不不不，我很菜的。"

"不不不，我看着你挺强的。"

两个人互捧着对方，那边男生又开始叫着再开一局。

林杰还没退出，手机画面已经自动进入了开始界面。

见此，林杰愣了一下，转头问池栀语："你要不要玩一下？"

刚刚看她能和他说方位，应该是玩过这个游戏的。

"行啊。"池栀语接过他的手机，但想了想还是提前说一句，"我很菜的，如果输了扣你分没事吧？"

"没关系，你玩就好。"

"好的。"

池栀语自然地开始操作游戏，选择了跟随队友跳伞。

等了一会儿，她落地后，迅速移动跑到房子里，蹲下。

林杰看着这以迅雷不及掩耳之势完成的一系列动作，呆住了。

池栀语根本没管他的眼神，紧张地看着屏幕，完全没动，但房子外边的枪击声像是放鞭炮一样，就没停过。

安静了一会儿，她突然听见有一道明显的脚步声传来。

一瞬间，池栀语看到了一道人影出现在楼梯口，她默默举起枪，对准人影，却没有开。

一直看着的林杰张嘴刚想叫她，余光忽而瞥见她身后不知何时走来的那道高挑身影。他愣了下，忘记开口。

谢野看了眼一直背对着人，低头不知道在干什么的池栀语，慢步走到她身后，注意到了她手里的游戏画面，眼睫一动，抬眸扫了眼对面的林杰。

忽而对上他那双寡淡的眸子，林杰身子一僵。

池栀语抿了下唇，正准备按下射击按钮。

倏地，一双骨节分明的手伸来，白皙修长的手指按住了她控制方位的拇指，带着她往左移动了一下。

池栀语愣了愣，就听见他用冷淡的语调，在她耳边言简意赅道："开枪。"

她食指随着他的话，按下。

"砰"一声，慢了一拍。

打偏了。

谢野"啧"了一声，貌似有些不爽。

听到这声音，池栀语转头看了过去，瞧见了他的侧脸。

可能是觉得热，谢野没把外套拉链拉上，敞开着，露出里面的白衬衫校服，外套两边松松垮垮地耷着，莫名添了几分张扬傲慢。

谢野垂眸看着她手里的手机，左手掌心圈住，拿过手机操作起游戏。就听见游戏里"砰砰砰砰"响了几声，然后等了一会儿后，是干净利落的一枪接着一枪。

之后没过多久。

谢野面无表情地把手机往桌上一丢，"啪嗒"一声。

气势嚣张得很。

见此，池栀语和林杰同时往桌上一看。

屏幕上黑暗一片。

死了。

气氛安静了两秒。

谢野眯起眼来，抬眸看向池栀语。

两人视线对上。

一瞬间，池栀语看出了他要表达的意思。

——失误。

池栀语转头把手机还给林杰。

"对不起，麻烦了，让你掉分了。"池栀语微笑开口。

林杰还没反应过来，愣愣地接过，低眼看着游戏界面上的数据。

他的游戏人物那儿击杀的数目。

两位数开头？

这都是神枪手附身要上天的感觉了吧。

前面几人连忙抬头往林杰的位置看，一看就愣住了。

怎么是谢野在打？

高挑的少年拿着手机，指尖在上面快速移动着，看着屏幕的表情很冷漠，完全没有紧张。

莫名还有种蔑视感？

他们还没想明白，就听到手机里的枪声倏地一停。低头看去的时候，就见屏幕内的游戏人物突然卡了一下，好像是操作不顺没赶上对面人的速度。

他马上躲开了一枪，但推算失误了，没有躲过对方队友的袭击。

然后……

就听见了隔壁组那边桌面上"啪嗒"的一声。

很暴躁。

男生们回神迅速退出游戏，闭上眼，默念着。

没有，我们什么都没看见。

非礼勿视，非礼勿听，非礼勿言。

非礼非礼。

林杰坐在位置上也不敢出声，眼神小心地瞥了眼谢野，马上又移开看向池栀语。

这是生气了吗？因为没赢，还是因为……

仿佛猜到了他的想法，池栀语摆了摆手："没事，他玩这个本来就很垃圾，你不用在意。"

林杰不敢点头，也不知道要不要说这可完全不是垃圾的水平。

池栀语其实也觉得奇怪，这人在家只要没事就会坐在电脑前打游戏，而且是同款游戏，貌似技术还挺强的吧。

"你怎么回事啊？"池栀语"替人申冤"，侧头问谢野，"你不是天天在家拿电脑玩这个游戏吗？"

林杰闻言愣了下。

谢野靠在椅背上，懒懒地开口解释："和电脑操作不一样，不顺手。"

池栀语虽然经常看谢野玩，但没有上手玩过，所以也不懂。

而林杰却注意到，下意识开口问了句："是PUBG吗？"

PUBG是这款游戏电脑端的外文简称，但相对于手游，它的操作更复杂一点，也更显专业。但一般大多数的人会选择去玩手游，因为方便，可以随时随地玩，也比较好操作，只需要移动手指就好。

闻言，谢野抬眸看去。

林杰和他对视上，连忙解释："没事没事，我只是问问。"

"为什么这样问？"池栀语挑了下眉，"你也玩PUBG？"

"有是有。"林杰抿了下唇，"但还是很菜的。"

"别谦虚，我看你刚刚玩得挺好的，应该不会差吧。"池栀语觉得。

"没有，我肯定比不过谢同学的。"林杰语气有些崇拜，"他的操作和技巧很强。"

"噢。"池栀语点了下头，"嗯，他是挺强的，最后都还死了呢。"

谢野"呵"了一声，低眼瞥她，眉眼冷淡，没什么情绪。

林杰一抖，默默往后坐了坐。

谢野看着池栀语："有本事你试试。"

池栀语摇摇头："我不试。"

"不行？"谢野问。

"当然。"池栀语真诚地看他说，"我是有自知之明的。"

这话真的让人听着牙痒痒。

明明说得没错，但显然是有指桑骂槐的意思在，可她偏偏又没有指名道姓地说。

所以你也不能把她怎么着，因为如果你问了，最后她肯定还很无辜地看着你说，我没说什么啊，我在说我自己。能把人原地气死。

厉害得很。

谢野唇角轻扯了下，看向林杰，语气很冷："手机借我用下。"

"啊？"林杰反应过来，明白他的意思，"哦，好的。"

他连忙把手机递给谢野，还好心地添了句："如果输了掉分没事的。"

听到这贴心的提醒，池栀语觉得好笑，没忍住，唇角含笑扬起。

这才是在伤口上撒盐了啊。

池栀语侧头看人。

恰好跟谢野凉凉的目光撞上。

池栀语咳一声，柔声安慰他："没事，你加油，少掉点分就好。"

谢野像是嗤笑了声："掉分？这我不会。"


一场紧张又刺激的激战结束后，开始上下午的自习答疑课。

池栀语抓紧时间写起作业来，也没管谢野在做什么。但她以为他拿林杰的手机是为了练手，但没想到他根本没动，只是在上课前打开看了眼游戏界面，玩了两三分钟后就退出，还给了林杰。

不懂。

池栀语也没问他，老老实实写着作业。但前边的林杰好像有很多问题想问谢野，但又不敢直接问，先向池栀语试探了一下。

池栀语看着他这反应，笑了下："你怕什么，谢野又不会吃了你。"

林杰咳了声："就……有点不习惯。"

"多说话，认识了就好了。"池栀语朝他旁边从刚刚回来就趴着睡觉的人，扬了扬下巴，"你现在还觉得苏乐凶？"

"这倒没有。"

"那谢野有什么好怕的。"

"气场，不一样。"

"行吧，气场。"池栀语笑了，为他向谢野引荐了下。

让他们俩说话。

做完后，她顿了。突然意识到自己从小在谢野身边，就好像经常干这样的事。向别人解释，他是什么样的人。

仿佛谢野的代言人一样。

但没有厌倦过。

林杰向谢野问的不是学习上的问题，而是PUBG这游戏上的技巧问题。池栀语不关心这个，等到下课后，她一张试卷刚好写完。正巧，吴萱过来找她一起去舞蹈室练舞，李涛然顺便过来找谢野玩。

"走吧，江津徐应该在楼下等我们了。"

吴萱站在窗边刚说完，班内的女生似是看到了什么，一个个纷纷转头往后门看。

吴萱觉得奇怪，顺着她们的目光转头望去，等看到门口的清雅少年后，她默默点头："行了，不用我们去了，人家上来等我们了。"

"嗯？"池栀语还在整理书包，没怎么在意她的话。

"池栀语。"

池栀听到这声，转头看去。

江津徐站在后门口，离池栀语的座位很近，见她看来，轻声问了句："好了吗？"

态度很自然。

池栀语闻言，皱了下眉。

一旁的谢野盯着看了两秒，平静地收回视线。

注意到两人的李涛然，很大大咧咧地直接问："江同学今天怎么过来了？"

"我们三个中午约好一起去舞蹈室。"吴萱先出声解释了一遍。

李涛然挑了下眉："你们三个中午在一起啊？"

吴萱不知道为什么不敢看谢野，清了清嗓子说："我和池栀语在面馆吃饭，遇到了江津徐，他一个人，就拼桌一起吃了。"

"还拼桌？"李涛然问，"怎么听着还挺曲折的？"

吴萱微笑："你管这么多干什么？"

李涛然沉默不语。

江津徐轻笑道："我中午也只是突然想吃面，进去后才看到她们俩也在，但我来晚了没有位置了，只能问问她们能不能拼桌。"

李涛然恍然大悟："哦，那这样也算是巧了啊，早知道中午我和谢野也去吃面了，这样还能和你们一块儿吃饭。"说完之后，李涛然转头和谢野说话，"谢野，明天我们也去吃面算了。"

谢野没什么表情，仿佛很不爽，冷冷道："要吃你自己吃。"

"不是，要吃就大家一起吃啊，我一个人吃算什么？"

"你一个人吃，有问题？"

吴萱附和："就是，你都多大的人了，不能自己吃饭？"

"什么情况？"李涛然无辜，"集体针对我呢？"

谢野眼皮轻抬，拿出了林杰的手机，自然地打开了游戏。

池栀语注意到，愣了下。

"哎！"李涛然瞧见眨了下眼，"你怎么突然玩这个游戏了？"

谢野没理人。

而江津徐抬腕看了眼时间，提醒两人："可以了吗？我们该走了。"

吴萱点头："我没问题。"

她问池栀语："你好了吗？"

池栀语回神，"嗯"了一声，单手拉起书包拉链："走吧。"

她站起身时，突然鬼使神差地看了眼旁边的谢野。

他一副没骨头的样子靠在椅子上，坐没坐相，双手拿着手机，低眼看向屏幕，手指在上面移动着。

李涛然坐在他隔壁，跟他说着话，他眼也未抬，脸上没什么表情。

态度很冷淡。

许是感受到了她明显的目光，谢野掀起眼睑，和她对视上。谢野没吭声，安安静静地看着她，几秒后，他平静地移开了。

为什么有种可怜的感觉？

池栀语觉得是自己的错觉，对他说了句："我走了。"

然而谢野理都没理，反倒是李涛然对着她挥手说："早去早回。"

谢野闻言，嘴角无声一哂，态度很是傲慢。

池栀语看到了，笑着对李涛然点了下头，礼尚往来地没理谢野，然后转身就走了。

李涛然目送人离开后，低头准备观战谢野手里的游戏。但见他从刚刚拿出手机开始就一直在等待界面里，根本没有开始游戏。

"你会玩吗？"李涛然还有点怀疑。

谢野瞥他一眼："你说呢？"他似乎想到了什么，忽地扯唇轻哂，"去吃面吧。"

李涛然蒙了，没见过这人怎么这么出尔反尔。

"你不是不吃吗？"李涛然皱眉问。

"刚才不想。"

李涛然："那现在就想了啊？"

谢野侧头："不行？"

"行行行，哪儿能不行啊。"李涛然看了眼时间，"但现在也还没放学，等会儿再去吃。"

谢野："不等。"

李涛然愣了下："那现在去吃？"

按理说是不可以走的，但这节课算是自由活动，老师也不怎么管，说是要靠每个人的自觉，爱学习的同学当然会留下来学，不爱学习早就跑出去玩了。

"现在可以是可以。"李涛然想了想，"但我们还是先等着池妹妹她们回来再去吧？"

谢野垂眸，没理。

李涛然没听见他回话，愣了下："你这是等还是不等啊？"

见他这反应，李涛然又开口道："不是，你这是不等啊？"有点不敢相信，没想到他这当哥哥还挺肤浅，"你这人不行啊，怎么能这么善变呢，池妹妹平时对你可不薄吧。"

谢野瞥他："有你什么事？"

李涛然眨眼："池妹妹对我好啊，刚刚还对我说走了呢。"

"对你说？"谢野笑了，"你倒挺自恋的。"

后边早就醒了的苏乐直起身看着他们，满眼困倦："李涛然你能不能滚回自己班去，好好学习不知道？"

李涛然反应过来，爆了个粗口："你这睡大觉的还说我呢。反正醒了就别睡了，写写作业吧你。"

苏乐眯起眼："老子能醒还不是因为你。"

李涛然无辜："关我什么事？"

苏乐反问："刚刚是不是你叽叽歪歪的，问题一大堆，问个不停？"

本来他睡得好好的，突然就被李涛然在后面一惊一乍的给吵醒了。

突然被吵醒，他脾气上来刚想抬起头骂人，就听到了江津徐的声音，好像在解释什么吃面的事情。

听了一会儿后，他已经了解了大致情况，还在想这江津徐胆挺大，眼光也挺好的时候，李涛然这傻子的又开始啰唆了。

他最后实在没忍住，抬起头直接骂了。

"这……我怎么了？"李涛然没觉得自己有问题。

苏乐"啧"了一声："所以你吵你自己不知道？"

"吵个屁，你懂什么？"李涛然道出目的，"我刚刚在帮池妹妹试探一下江津徐，知不知道？"

苏乐被逗笑了："你还帮池妹妹试探？"

"对啊。"李涛然一脸骄傲，"江津徐那小子什么心思早被我看出来了，所以我在帮池妹妹把把关。"

"你有病？人家池栀语需要你把关？"苏乐看了眼谢野，"而且连你都看出江津徐的心思，你觉得池妹妹没看出来？"

"等会儿。"李涛然抬手，眯眼问，"什么叫连我？"

苏乐："这是重点吗？"

李涛然顿了下，想到他的话，连忙开口："你说池妹妹也看出来了，那这是要……"

谢野忽而抬眸看他，目光毫无温度。

苏乐注意到，平静地摇了下头："不知道，我没说过，这话可是你说的。"

李涛然一噎，被他突然变卦弄得无言。

苏乐没理他，转头看了眼谢野："晚上你真要吃面？"

谢野垂眼看向屏幕，"嗯"了声。

"哦，也行。"苏乐点了下头，又瞥了他一眼，"但这吃面也还是要等池妹妹回来吧。"

"就是啊。"李涛然补充一句，"如果我们不等她，到时又被江津徐拉走吃饭了怎么办？"

闻言，谢野懒懒地"哦"了声，开口："她脑子没问题。"

言下之意就是——她只有脑子有问题才会被江津徐拉走吃饭。

李涛然决定不劝他了，反正他该说的都说了。

苏乐也点头："行吧，那等会儿我们三个去吃面，池妹妹也应该会自己看着办。"

"对对。"李涛然摆了摆手，"等会儿发个信息给池妹妹，就说我们三个先去吃饭了。"

这话出来，苏乐正准备打字发消息。

谢野忽地开口说："你们俩倒挺关心她，话说得这么好听。"

"什么？"李涛然一开始还没懂，刚想说我们本来就关心她，后来再一想，有点不对。

苏乐愣了一下，突然反应过来这人之前说他们说相声，在这儿话说得尤其好听，说得天花乱坠的，都可以去当宣传委员了，实际就是做做样子。

李涛然也明白了他的意思："什么玩意儿，我们在这儿说的就是要等池妹妹，你呢？"

谢野把手机放在林杰桌上，淡淡问："我有说不等她？"

李涛然顿了下，这人，好像是没说过这话。

"那你不会直说要等她回来？"李涛然皱眉。

"哦。"谢野忽而又说，"你好像忘了。"

李涛然："嗯？"

谢野表情很欠地说："我也没说要等。"

李涛然说："所以你打算干什么？"

"本来我要等，但因为你们俩话说得这么好听……"谢野闲闲地开口，"倒显得我对她的态度不怎么善良了。"

"所以我打算……"谢野语气很平静，带着一贯的傲慢说，"亲自去接人。"


舞蹈室内。

池栀语已经开肩热完了身，对着镜子一直在重复训练着基本功。前边的舞蹈老师打完拍子，看了眼时间后暂停音乐，让她们休息一会儿再来。池栀语缓了口气，转身往后走。

身旁的吴萱也已经精疲力竭，倒在地上，一动不动。

池栀语拿了角落里的水杯递给她，也拿过自己的，仰头喝了一口。

吴萱也喝了口水，靠在一旁，感叹着："真想快点艺考完，快点结束这种折磨。"

旁边楼下文科班同是舞蹈生的冯佳，听着这话，笑了起来："你想得倒美，以后上了大学可是要天天练，可能比现在还要累。"

"你能不能别打碎我现在的美梦。"吴萱长叹了一声。

"行行，我的错，但你也真的太虚了。"冯佳看了眼池栀语，"你看看栀语的状态，轻松加愉快。"

吴萱啧了一声："我要能和她比，还用在这儿哭天喊地？"

"这倒是。"

"……能不能给我点面子。"

"这是事实啊。"冯佳举例，"栀语可是我们年级知名的美女，人美学习又好，舞蹈也好的。"

池栀语闻言，挑了下眉："可以啊，小佳，没想到我暗藏这么久的美，都被你发现了。"

冯佳又添了句："除了性格很自恋外。"

"什么自恋。"池栀语被逗笑，"我这是自我认知正确。"

"是是，正确正确。"冯佳敷衍地点头。

吴萱听着两人的话，眼神刚巧扫了旁边的男生班，突然注意到什么，咳了声。

池栀语听见看了她一眼："怎么了？"

"没。"吴萱摆了摆手，"只是看到了我男神，想起了中午的事。"

池栀语意味深长地看了她一眼。

吴萱骂她："你疯了。"

冯佳没懂两人的话，但还是往男生那边看了一眼，突然想起什么，小声问："你们两个中午是不是碰到江津徐，被我们班男生看见了？"

"啊？"吴萱一愣，"你怎么知道？"

冯佳叹了口气："中午我回班级的时候，我们班男生都在打趣着江津徐，虽然没提到名字，但我一看江津徐的样子就猜到了。"

池栀语没什么表情。

吴萱"啧"了一声："果然女生都是神探啊。"

"没啦。"冯佳解释道，"我是知道这事，所以能猜出来，其他女生又不知道，放心。"

闻言，池栀语想接话说什么。

对面的舞蹈老师又拍手示意休息结束，开始上课。

池栀语只好站起身，走到自己的位置上，继续训练。

上课时间不久，所有人接着练了会儿下肢躯干练习，就结束了课程。池栀语揉着酸痛的腰，背起书包往外走，旁边的吴萱也不好受，一直在吐槽着。

两人相伴走出教室，正好碰上了江津徐，相互打了招呼后，一起往外下了楼梯。而吴萱还记得池栀语刚刚调侃她的话，莫名觉得有点尴尬，没怎么看他。池栀语没多大感觉，拿出手机看了眼屏幕。

没有人找她。她皱了下眉，迈步走出艺体楼。

吴萱看了眼两边分岔路，转头问："江同学，你往哪边走？"

江津徐指了指左边："我去食堂，你们呢？"

吴萱点头："哦，我们要先回班级。"

江津徐闻言顿了下，转头问："去找谢同学他们吗？"

池栀语懒懒地"啊"了声。

"好。"江津徐点了下头，"那我们顺路，正好我送你们吧。"

"不用了。"池栀语开口先拒绝。

江津徐愣了一下。

池栀语看了眼两边的路，浅笑道："食堂离教室还是有点远的，也不算顺路，所以还是不麻烦你了，谢谢你的好意。"说完，她朝他点了下头，准备拉着吴萱往右走。

江津徐见此下意识出声："等……"

"等什么？"一道寡淡的声音倏地响起，打断他。

池栀语听见这声音，转身看去。谢野不知道从哪儿冒出来的，此时正单手插兜，斜靠在楼梯扶手上。

他抬起眸，目光掠过她的手："想牵谁？"

池栀语手一伸，立即握住了吴萱的手腕，也不管他们两人，迅速走了。

江津徐目送少女的身影离去，停了几秒后，转头看向身后的人，扬起微笑问："谢同学怎么来了？"

谢野直起身，懒懒地出声："来接人。"

江津徐笑容不变："接池同学？"

谢野："不然？"

江津徐表情自然地点头，但还是开口说："大家都在学校，其实也不用特意来接。"

"哦。"谢野语气闲散，"我愿意。"

谢野打量了他一眼，扯唇轻哂："还有，怕她脑子不好，被人拐了。"

江津徐愣了几秒，可能没想到他这么直接，看着他那张寡淡的脸，扬眉笑了下："谢同学开玩笑吗？在学校哪里会有人骗学生。"

谢野神色冷淡，面无表情地看着他。

"你也可能误会我了。"江津徐镇定地解释，"我刚刚只是打算送池同学去教室找你。"

"是吗？"谢野看着他的脸，忽地笑了声，"你心还挺大。"

"心大点也不是没有好处。"江津徐嘴角笑意未变，眼神淡定地看他，似是毫无畏惧，"我觉得做事不能太急功近利，否则可能导致适得其反，这话总是有道理的。"

"有道理。"谢野懒洋洋地反问，"但关我什么事？"

江津徐真的不知道有什么话是能和他说清楚的，默了两秒。谢野也懒得听他说，转身就想离开。

但江津徐忽而开口："你和池栀语是什么关系？从小长大的邻家哥哥？"

闻言，谢野动作稍停，抬眸看了他一眼。

"我知道你关心池栀语。"江津徐淡声道，"但我经常和她在一起跳舞，也算是她的搭档，在一些事情我也可以照顾她。"

谢野挑眉："所以呢？"

"所以我觉得你处在哥哥的角度上来说，不用对我有这么大的敌意。"江津徐解释着。

谢野声音寡淡："你扯了这么多，池栀语和你有关系？"

江津徐一顿。

"这些没用的话少说点。"谢野看着他，轻哂了一声，"也不至于在这儿白费力气。"

江津徐眼神微淡："那你呢？你不也一样？"

闻言，谢野神色散漫，"噢"了声："不好意思，不一样。"

另一边。

池栀语快步往教学楼的方向走，而吴萱还有点蒙。

"不是，谢野什么时候冒出来的？"吴萱回神反问她。

"我哪儿知道？"池栀语眨眼，"你可能忘了我和你是一起出来的。"

吴萱还在想，皱了下眉："你不觉得很奇怪吗？"

池栀语点头："有点。"

吴萱转头看她："哪儿？"

"这么久了……"池栀语说，"谢野居然还没过来。"

吴萱一愣："不会两个人打起来了吧。"

池栀语瞥她："你觉得可能吗？"

"好吧，我瞎说的。"吴萱"啧"了一声，"但也有可能啊，可能我男神看谢野来接你不爽，突然奋起了呢？"

池栀语扬了下眉："那他可能不大行。"

吴萱："怎么说？"

池栀语真诚地看她："谢野不用动手，光说就可以把人气死。"

忘了这人的特长。

池栀语走进教学楼一楼大厅时，正巧碰上了一直在等人的苏乐。

他先瞧见两人，挥了挥手示意："这儿。"

吴萱抬了下巴，往他的方向走去。而苏乐看着她们俩走来，视线又往后看了几眼，没有其他人。

"嗯？谢野呢？"苏乐稍疑惑。

"还在后面。"吴萱看到他也问道，"你怎么下来了？"

苏乐随口说了句："谢野去接你们，我们干脆下楼来等你们算了。"

池栀语挑了挑眉："他好端端来接我们干什么？"

"他脑子有问题。"苏乐骂了人，随后说起了刚刚谢野说的话。

池栀语在一旁听到那句"倒显得我对她的态度不怎么善良了"到"亲自接人"的话。

吴萱听到也被弄得无言："他，没问题吧？"

"他能有什么问题。"苏乐嫌弃道，"这就是有病。"

池栀语被他的话逗笑："你这话敢当着他面说吗？"

"怎么不敢说？"苏乐一副不怕死的表情，"我怕过谁？"

这完全是虚张声势。池栀语自动跳过他，见在这儿聊了半天也没看到李涛然，问道："李涛然呢？他先跑了？"

"没有。"苏乐往后边的厕所看了眼，"他尿急。"

池栀语平静开口："让他去医院看看。"

"什么看看？"后边的李涛然突然冒出来，问出这句。

吴萱被吓了一跳，转身骂他："你过来不会出声？有病吧？！"

李涛然一脸无辜："我就问了句话，什么事没干啊？"

吴萱："你回来不会吱一声？"

"你有病吧？"李涛然反骂，"我又不是老鼠。"

池栀语在一旁看着两人一吵一闹的，默默摇头。

完全是无理取闹。

苏乐已经不在意这俩了，想起什么对池栀语问了句："刚刚谢野来接你碰到了江津徐？"

池栀语点头："差不多。"

苏乐挑了下眉，"哦"了声。

池栀语眨眼："你这个'哦'是想说什么？"

"没。"苏乐平静开口，"只是充分表达了对江津徐的怜悯。"

池栀语无语："能不能好好说话？"

什么怜悯。

"这不是替江津徐感叹了一下吗？"苏乐还要说什么，忽而瞥见了前边走来的人，嘴边的话迅速换了，"哦，人来了。"

池栀语闻言，偏头看去。

附中也不知道是偏爱高三还是心疼高三，在高三教学楼前建了一个长廊，旁边还有荷花池。而长廊上缠绕的紫藤兰花已经开得差不多，淡紫色的细碎花瓣时不时会落下。这块地方已经可以算是附中的标志性建筑，也因为浪漫，经常会有同学前来，交流一下感情。池栀语平常都没在意过这个地方，现在瞧见谢野从长廊上走来，发现还挺好看的。

紫藤花瓣飘落，恰好落在了谢野的肩上，他一路走来，步伐不疾不徐，走到大厅时，看了眼池栀语："不走？"

敢情您是闲逛来的吗？"我们在这儿等你这么久，你怎么不快点？"池栀语先谴责他，随手拿下了他肩上的花瓣。

"久？"谢野瞥了她一眼，"两分钟不见我就度日如年了？"

池栀语一噎，疑惑问："你和江津徐说了几句话，就疯了？"

谢野嗤了声："走不走？"

"走啊。"池栀语转身迈了几步，突然想起问他，"等下去吃什么？"

闻言，谢野垂眸看着她，忽地说："吃你喜欢的东西。"

"嗯？"池栀语抬眸看他，倒是有些意外，"我喜欢的？是我经常吃的吗？"

谢野点头："嗯。"

池栀语眨了下眼，想了想猜不到，就问："是什么？"

谢野扯唇嗤笑了下，缓缓开口说："有你江同学回忆的……面。"

不吃了。


面确实没吃。池栀语拉着吴萱去食堂吃了别的东西，白黎严格要求她控制体重，不能吃乱七八糟的东西，所以就点了份蔬菜。

吃的时候，池栀语还在想下午的事。也不知道谢野和江津徐说了什么。这样想着，池栀语本来打算回家后问这个事情，但被白黎拉着又说教了好一会儿，上楼写作业都迟了，也早忘记要问谢野了。

最后想起来的时候，早过了好几天。

她在课间写作业写着写着就听见了前边的班委提到了江津徐。

池栀语想起来，转过头直接问谢野，但这人就瞥了她一眼，轻飘飘地问："你想知道谁的？"

"嗯？"池栀语蒙了，"这还有选项？"

谢野："不然？"

池栀语忍了忍，点头："行，我要知道你的吧。"

"哦。"谢野的表情似是有些微妙，随后，慢悠悠开口说，"十块一条。"

这是什么话？

谢野表情淡定地说："忘了说，我不白回答问题。"

池栀语冷笑了一声："那江津徐的呢？"

"他？"谢野很酷地说，"他不值得我卖。"

"但你要买也行。"谢野似是在思考，随便扯了一句，"一毛三条。"

池栀语皱了下眉，提出疑惑："为什么他的话这么便宜？"

谢野散漫开口："不是一个等级。"

"低价卖。"

最后池栀语两个人的话都没买，她是有病才会买这个东西，而且她也不在意了。这天底下，绝不会有谢野吃亏的事情发生，她操的哪门子闲心才会去担心他吃亏。

池栀语白了他一眼，转头继续写作业。

谢野看她这无所谓的样子，想起江津徐的话，无声地扯了下唇。

思绪还在飘的时候，讲台上的卫生委员看了眼表格，熟练地喊了声："谢野，来擦一下黑板。"

谢野闻言，随手放下笔，起身往前边的讲台走。周围的人听到他的名字，视线不自觉地投向他。少年个子高挑清瘦，站在黑板前，长腿优势明显突出，拿着黑板擦随手一伸就擦到了最上端。而他背影被宽松的外套遮着，校服洗得很干净，拉链拉上，一丝不苟地穿着，是典型的好学生样。

可目光掠过他的细长脖颈，落在他的脸上时，好学生的感觉自动消失。他那双眼睛垂着，瞳仁漆黑，没什么表情，很淡。黑板擦擦过黑板上字迹时，粉笔灰轻轻飘起，有些多，他的表情瞬时有些不耐，还有点不爽，眉头微微蹙着。

谢野大致擦完，转身回座位上，池栀语见他坐下，看了眼他手臂上都是粉笔灰，皱了下眉，警告他："不准拍灰。"

说完，她把抽屉里的湿巾递给他。

谢野接过，看了眼上头的口还没开封。

刚巧隔壁的女生拿着试卷过来问池栀语生物题。

池栀语回头帮忙看题，还没说几句，隔壁的谢野拿着湿巾放在她面前。

池栀语瞧见，眨眼："怎么了？"

谢野下巴一抬："开一下。"

池栀语看他左手上也有灰，逗他："你不知道可以用牙开吗？"话是这么说，但她还是伸手帮他打开，顺便抽了张湿巾给他。

谢野接过，皱眉冷漠地擦着手上的灰。

隔壁桌和他相熟的男生看他明显嫌弃粉笔灰的样子，"啧"了一声："谢野，你一个大男人为什么这么矫情？"

谢野瞥他一眼，眼神是熟悉的冷漠和傲气。

"这什么眼神呢？"男生被气笑了，转头找池栀语帮忙，"池妹妹，你看看你哥哥这么矫情，赶紧说说他！"

闻言，池栀语一顿，抬头看他："错了。"

"啊？"男生愣了下，"什么错了。"

"不是我哥。"池栀语面色平静，"他是我的发小，但不是我哥。"

"而且……"池栀语抬眸。

"以后也不会是。"

# Chapter 6

# 狗子护主·欣慰

　　三班里的人一般认识谢野的，基本上都不怎么会联想到池栀语。

　　现在重新换班后，本来大家对池栀语和谢野成为同桌这事就挺好奇的，又看两人完全自然的相处模式后，奇奇怪怪的言论当然会冒出来。

　　但有些认识他们的同学说两人没有什么关系，只是一起长大的邻居。而且苏乐和李涛然也一直叫着池妹妹池妹妹的，再加上谢野确实比池栀语大。因此，大家都相对赞同地觉得可能就是兄妹情，毕竟是青梅竹马相处这么多年了，应该也没什么想法。

　　但也有些人觉得有些不大对。

　　最终各持己见。

　　不过这事即使探究了，也没有正确答案。

　　三班的人和这两位当事人算是相处最多的，看着他们都觉得没什么问题，还挺正常的，想着最多就是青梅竹马。

　　还有人一开始是叫池栀语池同学的，但叫了几次后就跟着苏乐一起叫池妹妹了，见池栀语也会点头应下，自然就觉得谢野是哥哥。

这本来是理所当然的事，没想到池栀语却很严肃地否认了。

是发小，但不是哥哥，以后也不会是。

男同学没想到她会是这反应，愣了一下。以为池栀语会像平常一样回几句玩笑话，说"我是他姐，他是我儿子"之类。然而这次并没有，反倒还挺严肃，就好像在纠正什么错误？

听着她清淡的声音传来。

谢野的动作一停，侧头看她。

意味不明。

收到他的视线，池栀语眨了下眼："看我干什么？"

谢野随手把湿巾放在桌上，瞥了她一眼，语气懒散："再拿一张。"

池栀语眼神狠狠扫他："你自己没手？"

谢野慢悠悠地道："脏。"

池栀语懒得说他，无奈地重新抽了一张给他。

隔壁男生看着两人，一个要湿巾，一个给。

状态自然。

他愣了半天，这才回神问池栀语："你们俩不是一起长大？"

池栀语想了想："不是。"

"嗯？"男生皱了下眉，"不是吗？你们俩不是邻居吗？"

"是邻居，但我们九岁才认识，哦，不对。"池栀语纠正道，"是他十岁，才搬到我家对面。"

"十岁才搬来？"男生挑了下眉，"我还以为你们从小就认识呢。"

池栀语摇摇头："想认识也不可能。"

"这怎么又不可能了？"

"我七岁前不住这儿，就算他住这儿也见不到我。"

"不是，"男生笑了声，"那照你这么说，你们俩认识的时间也算是个难得的缘分了？"

池栀语挑了挑眉："缘分天注定，没听过？"

"那当然听过。"男生和她附和完，又问，"可是不管怎么样，你们俩也算是一起长大的，你就没把他当过哥哥？"

谢野擦完手，把湿巾放在一边，抬眸看来。他半个身体都靠在了座椅上，一副从容不迫的模样看着她，没什么表情，仿佛也想知道这个问题的答案。

池栀语看了他一眼，伸手比了比他，淡定地反问："你觉得这位爷能有什么做好哥哥的潜质？"

闻言，男生转头看谢野，扫视了几秒后，很诚恳地说："这还真没有。"

"所以我为什么把他当哥哥？"池栀语自然地反问。

"这……"男生还想说什么，突然顿了下，不知道该说什么了。

这话怎么貌似还有点道理？

池栀语看着他的表情，又扫了眼谢野的脸，似是没什么意见和疑惑。她有点紧张的手，悄悄地，无声地松了下。

而这边被她突然问住的男生果断放弃，转头问谢野这个当事人："你有没有把池妹妹当过妹妹？"

谢野看着他，扯唇问："我有病？"

闻言，池栀语低头垂下眸，拿笔继续帮人解题。

男生皱眉："你不就是有病吗？整天一副别人欠你钱的样子。"骂完他，男生也反应过来，"所以这话是没有？"

谢野没回话，拿起桌上的废湿巾，转身往角落里的垃圾桶随手一扔，纸团呈抛物线弧度从空中划过，一道沉闷声后，正中桶心。

男生看了眼这貌似很有技术含量的动作，无语了两秒。

谢野回头，瞥他一眼："听不懂人话？"

男生："你说什么人话了？"

"我没妹，她没哥。"谢野靠在椅背上，悠悠开口说，"发小，懂？"

池栀语讲题的声音稍顿了下，回神看着面前的女生笑了下，继续讲题。

男生："哦，发小了不起哦。"

谢野挑眉："你说呢？"

男生一脸蒙："我哪儿知道，我又没发小。"

"所以……"谢野扫了他一眼，"羡慕我？"

男生骂他："我羡慕个头！"

男生看了眼正在讲题的池栀语："我这是羡慕你有池妹妹这样又好又善良的发小好不好？"

"哦。"谢野点头，"你羡慕。"

"不是。"男生眯了下眼，"我说我看你心情貌似挺好啊？"

闻言，池栀语偏头往他的方向看了眼。

不知何时，他一贯带着冷感的眉眼，此时稍稍舒展开了，眼尾微微上翘着，略带着慵懒气息，姿势放松，看着有些春风得意之态。

莫名有些吸引人。

池栀语回神，轻咳了一声，抬头对着同班女生说："我们到你座位上说吧，这里太吵了，讲题思路会被他们打断。"

"啊？"女生有些愣，闻言看了眼旁边的两人，注意到刚刚的说话声，点了点头，"好。"

池栀语起身拿起笔和本子，带着人走了。男生目送她们俩离开后，侧头看了一下谢野："池妹妹都被你吓跑了，你就不能说点别的话？"谢野懒得理他，随手把桌上的湿巾放进自己的桌内。

男生看着他这无耻的行为："干什么呢？乱拿池妹妹的东西？"

谢野毫无反应，扬了下眉："这我发小的东西。"

男生忍不住问："所以呢？"

谢野坦然大方地说："所以就是我的。"


池栀语教完题目回来的时候，发现谢野人也不知道去哪儿了。

她看了眼时间，快上自习课了。

池栀语熟练地替这人拿出作业，摆到了桌面上。

做完后，她顿了下，觉得这不大对。

为什么有种她是老妈子的感觉？池栀语"啧"了一声，单手把拿出的作业重新胡乱地塞回了他的桌子内。

恰好她刚收回手时，隔壁的李涛然过来找人，看了一圈也没看见谢野，趴在窗口问："池妹妹，你同桌呢？"

"不知道去哪儿了。"池栀语猜测一句，"可能去卫生间了吧。"

"我刚从卫生间回来没看到啊。"

"那我怎么知道呢？"

李涛然理所当然道："你们现在是同桌啊。"

"是同桌怎么了？"池栀语觉得好笑，"难道我应该随时随地跟着他？"

"那不是你们俩之前都不同班嘛，现在好不容易在一起，还变成了同桌。"李涛然以过来人的经验说，"应该相处挺融洽吧？"

池栀语闻言，扬了下眉，慢悠悠问："那你觉得我是和他该有多融洽？"

李涛然顿了下，突然意识到不对劲儿，狐疑地看她："你这……是哪种意思？"

池栀语眨眼："你觉得呢？"

闻言，李涛然立即瞪眼："池妹妹！你这可不行啊！"

看着他的反应，池栀语被气笑了："你们今天怎么回事？是被发小这两个字给洗脑了？"

"你们？"李涛然注意到这个词，"还有别人？"

池栀语冷笑一声："多了去了。"

李涛然无所谓："那就说明大家都这样想的呗。"

"想多了。"

李涛然看着她的那张脸，很淡定也很无辜。

池栀语先发制人道："对了，你找谢野有什么事吗？"

"啊，哦。"李涛然脑袋立即转了个弯，忘了前边的事，开口问，"我要来问谢野考试坐哪儿呢。"

下半年高三开学早，比高一高二的多读了一个月的时间，因为要好好学习，天天向上。而学习没多久，第一次月考就来了。

周一的时候，各班的班主任已经把考试名单和考场分布都安排好了，公布只是早晚而已。

李涛然知道自己的座位后，已经来问了好几次，然而三班的发得晚，到现在他都还没消息。

池栀语闻言"哦"了声，似乎毫不惊讶，说："我和他都在五号考场，我座位号是十一，你在几号考场？"

李涛然面色一喜："真的假的？我也在五号考场！那他座位几号？"

"二十一吧。"

"哦。"李涛然失望了，"我在三十五。"

"你知道座位号有什么用？"池栀语眨眼，"谢野不会给你抄的吧。"

李涛然摇摇头："他当然不会。"

池栀语："不会你还问？"

"原本不会。"李涛然看着她，笑了下，"但现在有你在了。"


月考一般安排在星期六和星期日。考的程度也不会很难，毕竟才开学没多久，考的内容也不多，还是以整体的复习为主。

池栀语跟着谢野到班级的时候，早读的铃声恰好响了起来。

她走到后门，正好看到了隔壁站在走廊和其他人大声读书的李涛然。

池栀语默默无语地走到自己位置上，拉开椅子坐下。

苏乐朝她打了声招呼后，问他们："有没有看到？"

池栀语拿出包里的语文书，随意问："看什么？"

苏乐疑惑："李涛然那么明显，没看到？"

池栀语恍然大悟："哦，看到了。"

"我过来的时候他就这样了。"苏乐皱眉，"李涛然那小子怎么了？突然想奋发图强？"

池栀语挑了下眉："可能吧。"

苏乐："这都要月考了，他搞什么？"

"奋发图强啊。"池栀语眨了下眼。

"别了吧，就他还奋发图强。"苏乐不信。

"你干吗打击人家学习的积极性？"池栀语挑了挑眉，"这都要月考了，当然该好好学习了。"

闻言，苏乐觉得不对，重新又想了下抬头问谢野："你考场是不是五号？"

谢野应了声："嗯。"

苏乐懂了："他这是求佛无助，只能靠自己了。"

池栀语挑眉："你怎么知道？"

"谢野和他在一个考场。"苏乐挑眉，"那这猜都不用猜了。"

池栀语被逗笑，苏乐倒是想起来又问她："你也在五号吧？"

池栀语"啊"了声。

"李涛然没向你求助？"苏乐稍显疑惑问了句。

池栀语眨了眨眼："倒是没向我问这个。"

听着这话，苏乐问："那就是问了别的了？"

池栀语想起李涛然说的话，清了清嗓子："也没什么，就是问谢野而已。"

也不知道李涛然怎么想的，居然想让她去找谢野帮他，还说什么因为她，谢野肯定会答应的。

她当时就觉得离谱，先不说其他的事，这帮忙作弊肯定不可能的。

他根本就是在做梦。

然后她直接把人赶走了。现在再想起来，才觉得不对劲儿。

她？谢野？

好像……

想着，视线不自觉投向谢野的方向。他今天貌似还没睡够，眼皮耷拉着，懒懒地靠在椅子上，表情的困倦感很强。

昨晚也不知道干什么去了。

谢野正在放空状态，随意抬起眼眸时，正好撞上了她目不转睛直勾勾地盯来的视线。

没料到。

谢野顿了下。

而池栀语和他对视上的一瞬间，立即回过神连忙移开视线，四处看了一下后，自然地开口问："你昨晚是不是又玩游戏了？"

谢野挑眉："嗯？"

"别嗯。"池栀语教育他，"早睡早起对身体好不知道？"

谢野翻开语文书，没搭话。

池栀语继续说："高中生不能沉迷于网络游戏知不知道，你这样是不行的。"

谢野听到这儿，抬了下眉："我不行？"

"废话，你这样当然不行。"池栀语扫他一眼，"而且今天还要考试，你觉得你这样能行？"

"怎么不能行？"谢野轻嗤了一声，"我怕我太行。"

苏乐已经听惯了他盲目自信的话，也还是无语了三秒。

池栀语同样无语，懒得理他，低头继续复习准备考试。

早读的时间不长，简单地背诵复习完后，下课铃响起。

池栀语简单地收拾了一下，准备去考场，但一转头就看见谢野这人还瘫在椅子上，像乘凉的大爷一样。

她眯了下眼，单手扯起他的手："快走了，等会儿要迟到了。"

谢野借着她的力站起，任由她拉着往外走。


早读铃声后，走廊上的学生们纷纷出来开始找考场，人有些拥挤。

五号考场在楼下，但楼梯上的学生都堵在了半道上，移动速度很慢，而且这过于近的距离，有些让人不适。

池栀语还没下楼，被堵在了中间楼梯平台上，位置只够站住脚。

她看了眼前面的人群，皱了下眉。谢野站在她旁边，表情也不大好。他转头看了眼被挤着不能动的池栀语，自己往后面侧了侧，留点空间给她。而没等几秒，前边的队伍突然开始移动，他们被挤着往下走。池栀语根本还没来得及动就被后面的人挤下了一个台阶。而她还没站稳身子，后面的人又开始挤。

池栀语眉心蹙得更深，下意识侧头叫人："谢……"

话音未落，她忽而感到自己的手腕被人牵住，轻轻一带后瞬时就脱离了拥挤的困境。

池栀语愣了下，才反应过来她和谢野换了个位置。

谢野看着前边的人群，淡淡道："别动。"

池栀语意外地听话，老老实实地站在他身旁。

人群下移，四周的学生一个劲儿地挤着。

池栀语站在墙面和谢野之间，侧面是谢野，可以活动，不像刚刚那样难受。她垂眸看着他的手，几秒后，抬起头看着前边的人群，抿了下唇。

最堵的一段地方渐渐松散开，人群的距离也稍微变得有些宽松。

谢野带着她向下移动，走到平地后，自然地松开她的手："走吧。"

池栀语平静地点了下头，转头看着他提醒说："等会儿考试的时候可别睡着了。"

谢野的手指微收了一下，随后单手插进裤兜内，瞥了她一眼，没说话。

"看我是什么意思？"池栀语走到走廊上，往尽头的一间教室走。

"你……"谢野看她，"还挺口是心非的。"

池栀语疑惑地望着他。

谢野慢悠悠问："刚刚不是说我不行？"

池栀语觉得好笑："刚刚我说不行，难道你就不行？"

谢野眯了下眼："我当然行。"

池栀语无所谓："是是是，你很行，行了吧。"

"不行。"谢野扫她，"你刚刚觉得我不行。"

为什么觉得这话越来越绕？

池栀语眨了下眼："我觉得不行怎么了？"

谢野走到考场后门，表情很正经地说："有错要纠正，懂？"

池栀语看了他一眼，学着他的语气"噢"了声："那就错着吧，我不改。"

谢野："呵……"

两人进入考场内，已经到了的学生注意到他们，愣了下。

没料到这两位居然分到了同一个考场。

然后听到了他们在外面讨论的话题时，呆住了。

还没想明白，视线就跟着他们移动，发现两人坐着的位置有些远。

倒是李涛然看到两人后，迈步走到池栀语的位置旁："你们俩在那儿叽叽歪歪的干什么？"

池栀语抬头看了他一眼："你复习好了吗？"

李涛然顿住："池妹妹，要不要这么伤人心？"

池栀语眨眼："我这不是关心你嘛。"

"别了。"李涛然伸手打住，"这种关心我就不用了。"

池栀语笑了下："赶紧去复习吧，等会儿写不出来更难受。"

"我看得眼都花了，先休息一下。"说完，李涛然又开始神神秘秘地看着她。

池栀语注意到，还没等他开口说话，提前说："你可别想打歪主意。"

李涛然咳了一声："不是，我就问问。"

"要问自己问。"池栀语抬了抬头，"本人就在那儿。"

李涛然果断放弃，最终还是决定老老实实地靠自己。

上午考试的科目是按高考顺序来安排的。

第二天考的就是文理科，还刚巧碰上了高一的返校日。之前高一新生提前过来是要进行学前教育还有军训的。现在高一训练完后，按放假的规定，周五的时候就可以回家了，周日下午再正式返校上学。

池栀语考完物理的时候，高一新生正好一一进校门。

她交完卷从考场出来，时间还早，对谢野和李涛然提前打了声招呼："我先去舞蹈室了，你们吃饭的时候叫我吧。"

说完，她转身往德育楼的方向走，经过高一教学楼时正好看见了大厅里正在讲话的少年。而少年对面还站着几个人，嘻嘻哈哈的玩笑声很大，像是什么社会帮派一样。

池栀语远远看着没怎么在意，慢悠悠走着。但没想到这少年小哥突然转身，对上了池栀语的脸。

正好，池栀语也看清了他的长相，愣了一下。

少年小哥先回神，看着池栀语挑了下眉："可真的是巧，原来是美女学姐。"

池栀语尴尬地笑了声："呵呵，是挺巧的啊。"

这人正好是上次在甜品店里碰到的少年。

算来也有快半个月没见了，这人居然还记得她。

"这么巧碰到了，我请学姐吃冰激凌怎么样？"少年小哥看着她笑起来，问。

池栀语对上他的目光，听到他的话后，顿了下。

"不用了。"池栀语看着他微笑道，"你自己吃吧。"

"我怎么能自己吃呢，美女学姐上次可是给了我回礼，我哪儿能失礼？"少年小哥笑眯眯地开口。

池栀语听到这句回礼，已经知道他目的是什么了。

她无声叹了口气，还真的是冤家路窄。

"美女姐姐，既然都碰到了，就一起来吧，也不用麻烦我们特地去找您了啊。"男生身旁的朋友笑着说。

男生附和着："就是啊，吃个冰激凌而已，学姐怕什么啊？"

一样的气氛，戏谑调侃的笑声。

为首的少年小哥轻笑了下，凑近她："学姐哪儿会怕呢，都能拿冰激凌砸人鞋了。"

池栀语没回答，脚步默默无声地往后退。

"等会儿，学姐。"少年小哥注意到，笑着看她问，"你要去哪儿啊？我还等你一起吃冰激凌呢。"

见他一直纠缠，池栀语看着他，忽地说："学弟未免太小气了。"

少年小哥一愣，皱起眉："什么？"

"就扔了个冰激凌而已，我都还没扔其他东西。"池栀语抬眸扫他，嗤笑一声，"算是便宜你了。"

少年小哥愣了几秒，没料到她是这种反应，后知后觉地明白了她的意思后，直接伸手就想抓她。

见此，池栀语刚想避开。

"干什么呢？"李涛然不知何时出现了后侧方。

他从教学楼出来后，经过这儿，看着这一幕，皱了皱眉。

闻言，池栀语动作一顿，转头看去。明明刚考完试，但谢野还是那副没睡醒的困倦表情，步伐散漫随意。

听见李涛然的声音，谢野抬了眼，和她对视上。

池栀语顿住。

谢野站在原地，扫过她正移步的动作，还有警惕的表情，视线移动，落在了她手臂前那双要抓人的手上。

谢野没管任何缘由地抬起了眸，看向对面的少年小哥，声音平静寡淡得很。

"你敢碰她一下，试试。"

少年小哥本来也没想干什么，只是觉得那天在大庭广众下被池栀语那么一弄，面子没了。

他当时也还真没想过池栀语会这么敢。明明看着是个娇滴滴的清冷系美女，重话可能都不会说的那种，没想到一出手就打碎了他的想象。丢脸肯定有，但让人更有惊艳感。

之后，少年小哥让人查池栀语，没想到轻而易举地就打探到了。他也不怎么惊讶，首先她这容貌确实出众。但他也没想到这么凑巧，他还没找她，倒先遇到了。

性子也还是一样的酷。

少年小哥来了兴趣，想拉人过来，忽而被李涛然打断。谢野的声音传来时，他愣了下，下意识转头看去。

池栀语反应过来时，谢野已经走到了她的面前，扯过她的手腕，远离前边的少年小哥，往自己身后一带。

修长高挑的身子挡住了她的视线。

池栀语紧张的神经在一瞬间松懈下来，老老实实地躲在他的后面。

李涛然跟在旁边，看了眼对面少年的社会小哥的帮派架势，皱了下眉："一群人在这儿想干什么？"

少年小哥看着这突然冒出来的两人，差不多猜到应该是池栀语的同学——高三的。他看了眼站在身前明显护着人的谢野，想起他刚刚说的话，挑了下眉道："帅哥学长，英雄救美，不错啊。"

谢野瞥他一眼，没理人。

李涛然也看出了是高一的人，瞬时有了身为学长的底气，问："你说说刚刚对你们学姐干什么了？"

少年小哥笑了声："学长误会了啊，我可真没干什么。"

"没干什么？"李涛然质问，"没干什么你刚刚想抓学姐的手？"

少年小哥："这只是之前学姐请我吃了一个冰激凌，我礼尚往来也想请学姐吃个冰激凌而已。"

闻言，李涛然转头看向池栀语，眼神询问。

池栀语默默摇摇头，一脸无辜："没有呢。"

李涛然转头看少年小哥："你看看，这都说了没有。"

少年小哥笑起来："美女学姐怎么还说谎呢？我可真的是要请你吃冰激凌的。"

谢野注意到他话里的称呼，抬起眸看他："叫什么？"

少年小哥一愣："啊？"

谢野淡声又问了一遍："你叫她什么？"

少年小哥似是明白了，哦了下："美女啊，学姐长得好看，当然要叫美女学姐了。"

谢野声音漠然，一字一句问："不懂怎么叫人？"

"不是，学长你这管得可就有点宽了吧。"少年小哥眯起眼，"我爱怎么叫就怎么叫，怎么了？"

"哎，你什么态度，学姐就叫学姐。"李涛然闻言也有些不爽，"你加个美女要表达什么呢？"

这称呼明显是带着挑逗的意思在里头。

池栀语见这局面有点胶着，正打算探出脑袋看一眼，身前的谢野抬起手直接摁住了她的脑袋，把她往后推。

池栀语被强迫躲在他身后，看不见人，有些不爽地伸手掐了下他的腰。谢野根本不为所动，只是侧头平静地瞥了她一眼。忽而撞入他的视线，池栀语顿了一秒，悻悻地收回手，老实不动了。

没人注意到两人的眼神交集。

李涛然不爽地先骂了人，少年小哥听到后"啧"了一声："我劝你们俩别管这闲事，是这美女之前先惹到我的，我都还没好好算这笔账，你们凑什么热闹？"

谢野眯了下眼："算什么账？"

少年小哥下巴抬了抬："就这双鞋，她直接把冰激凌砸到我鞋面上，你说怎么办？"

谢野闻言，很无所谓地"哦"了一声。

少年小哥愣了半天："你这'哦'是什么意思呢？"

"没意思。"谢野看着他散漫问，"就一双鞋，要赔你？"

少年小哥听着他的语气有些不爽："谁稀罕一双鞋，我要的是这位美女学姐给我道个歉。"他扫了眼谢野的肩膀后，还补了一句，"真情实意的。"

池栀语在后边听见，笑了下："道歉？"

她侧身看向他，淡淡道："学弟是忘了我上次怎么道歉回礼了？"

闻言，少年小哥想到上次的事，顿了下。

他身后的两位同伴自然也记得，有些不厚道地笑了起来。

小哥瞬时觉得没面子，转头骂了句："你们笑什么笑啊。"

同伴们轻咳了一声，不说话了。

小哥转头看着池栀语，以为她是想炫耀，面色有些不悦："这事你还觉得开心是吧？"

池栀语闻言看着他，"啊"了一声，无所谓道："还行吧。"

少年小哥瞬时爆起："我叫你美女，你还真把自己当回事了是不是？"

话说完，他就想找她"聊聊人生"，走到挡住她的谢野面前，语气很差："让开。"

谢野身子没动，看着他："做什么？"

"关你什么事。"少年小哥也懒得和他废话，伸手就想把他推开。而手快碰到他肩膀的一瞬间，谢野牵着身后的人，和李涛然一起侧身往两边一避。

少年小哥在中间瞬时扑了个空，差点摔倒，堪堪站稳后，抬头有些讶异地骂了句。

谢野站在原地，抬眸看他，漠然的眼神里莫名带着蔑视。

少年小哥察觉到，还未消的火气变得越来越大，直起身子，用力推了下他的肩膀："你这什么眼神？"

池栀语眉心微蹙，还未有反应时。

谢野抬起眸冷冷看他，语气不紧不慢："你说呢。"

少年小哥看他这么护着人，扯了下唇："学长你这样可没必要，我劝你一句。"

他的眼神往后移，看了眼池栀语，流里流气地开口："这女人不就是长得漂亮点，身材好点，虽然是跳舞的，但腰这么细，谁知道是不是……"

谢野往前走一步，猛地朝他的脸上揍了一拳。

毫无预兆。

少年小哥话音戛然而止，闷哼了一声，瞬时往后踉跄了几步，还没来得及反应过来。谢野单手迅速截住他的手腕，一手按着他的肩膀，往地上压去。

少年小哥被扭着手臂，半趴在地上。

这一切来得突然。一旁少年小哥的两位同伴愣在原地，一时忘记要帮忙，反应过来的时候，就看见他们的老大已经成了这样。

李涛然也回神看向剩下的两人："怎么？你们俩也想变成他这样？"

池栀语看着前边打人的身影。谢野这人的性子，每个人都觉得他就是懒散惯了，虽然脾气差，说话总是喜欢带着嘲讽，却很少动过怒。而此时他的唇角紧紧绷着，漆黑的眸子黑沉沉的，没有任何表情，透着暴戾。

池栀语拉开谢野，让他站在一旁冷静。

谢野见她站在自己面前，情绪稍收，垂眸，没有说话。而少年小哥被打后不敢再乱说什么，被两位同伴扶着马上走人了。

李涛然目送几人逃离开，转头皱了下眉："池妹妹你没事吧？"

池栀语摇摇头："我没事。"

"怎么回事？"李涛然看了眼刚刚离去的几个人，"他们找你麻烦了？"

"也不算。"池栀语随口解释了一遍之前在冰激凌店里的事，"以为没什么大事，没想到这么巧又碰见了。"

李涛然"啧"了一声："这群高一新生还真的无法无天了，你下次一定小心点，如果看到他们就跑知道吗？"

池栀语被他逗笑："为什么这么怂？"

"三十六计，走为上计啊。"李涛然一脸认真地又想了下，"不过他们这次被谢野打了，应该也不会有胆再来惹事了。"说完之后，他转头看了眼谢野，"谢哥哥，你这可以啊，出手这么快，我都没反应过来，你都把人打趴了。"

谢野还冷着脸，根本没搭理他。池栀语知道他这是还在生气，无奈地伸手拉了下他的手腕。

谢野感受到，顿了下，垂眸看她："做什么？"

池栀语扫了眼他的手："不疼？"

刚刚打得这么重，虽然不是什么硬物，但应该还是会痛的。

李涛然闻言也凑过去看，瞧见了他的手背，特别是骨节上有些红，"啧"了声："不是，大哥，你这打得也太狠了吧。"

谢野扫了他一眼，收回手。

李涛然说："不是，你这还是宝贝啊？不给我看？"

池栀语也不让他藏着，直接拉过他的手腕，转头对李涛然说了句："小李哥，你帮我去舞蹈室说一声，我有事晚点到，我先带他去医务室。"

李涛然点头："好，你去吧，我帮你说一声。"

池栀语道了声谢后，拉着谢野往医务室方向走。

谢野任由她牵着自己往前走，但面色有些不爽："去什么医务室？"

"为你美丽的手。"池栀语瞥他，"不然以后你被人嫌弃手丑可别怪我。"

谢野扯了下唇："有用？"

医务室离教学楼不远，没走几步就到了门口。

池栀语拉着他往里走："手是人的第二张脸好不好？你觉得没用，

别人可爱惜了。"

谢野嗤了声："你喜欢？"

"我喜欢啊。"池栀语自然反问，"漂亮的手谁不喜欢？"

闻言，谢野挑了下眉，沉默了两秒后，莫名又问了句："你觉得我的手漂亮？"

没想到他突然问这个。池栀语眨了眨眼，实话实说："漂亮。"

得到答案，谢野平静地"噢"了声："所以……"

他侧头瞥她，语气漫不经心地问："你喜欢我？"

池栀语愣住了，呼吸在刹那间稍顿了顿，脑子还没来得及思考。

谢野又慢悠悠地冒出两个字："的手。"

"什么？"池栀语蒙了。

谢野有耐心地又重复问："你喜欢我的手？"

池栀语莫名有点气，转头瞪他："你话能不能一次性说完？"

谢野收到她的视线，抬了下眉："我怎么了？"

"你好好说话不行吗？"池栀语扫他一眼。

谢野"噢"了声，依旧欠打地说了句："不行。"

女校医刚好在，看到两人进来，以为是池栀语出了什么事，看着她问了句："怎么了？哪儿不舒服吗？"

"没有，不是我。"池栀语拉着谢野的手，"是这个。"

女校医看了眼面前这双骨节分明的手，已经有点瘀青，皱了下眉："这怎么了？砸墙了吗？"

谢野："不是。"

"这还不是啊？"女校医在一旁准备东西，"看着都青了，还能是什么？"

谢野扯了下唇："揍人了。"

女校医一愣，以为是自己听错了："什么？"

"乱说什么？"池栀语抬手拍了下谢野的手背，斥责他。

原本不大疼，被这么一拍明显有些刺痛。

这是故意的。

谢野顿了下，轻瞥她。

池栀语根本没看理他，只是微笑地看着女校医："他刚刚想要帅，不小心砸到了手。"

女校医闻言了然道："你们这些小男生想要帅也要懂分寸，而且女生看到也只觉得好笑知道吗？"

池栀语点了下头，拿眼扫他："听到了吗？要好好记住这话，别乱说话，乱耍帅。"

谢野唇角撇了一下，没搭理她。

这人在报刚刚的仇。

也不是什么严重的伤，只是撞击后瘀青了而已。女校医准备了点冰块和毛巾递给池栀语："你帮他冰敷一下吧，这样好消肿。"

池栀语接过，校医起身带着两人到后面的休息区："敷完也可以休息一下。"

"好，谢谢医生。"

池栀语颔首道了声谢后，转头看向谢野时，发现这人已经躺在了床上。他半靠在床头上，伸手递给她，抬了抬下巴："开始吧。"

真大爷。

池栀语无语了两秒："你又不是腿受伤，躺什么？"话说着，她还是牵过他的手，用毛巾包着冰块，轻覆在他的手背上。

冰块突然刺激一下，有些刺骨疼痛。

谢野轻"啧"了一声，貌似还挺难受的样子。

池栀语立即顿了住，移开毛巾："怎么？很痛？"

谢野皱起眉："想谋杀？"

池栀语："哥哥，我才敷了三秒，你就要死了？"

这人明显就是矫情。

谢野开始扯歪理："痛了当然会死。"

"那痛死你算了。"说完，池栀语用毛巾直接敷上去，没管他痛不痛。

"嗞。"谢野立即皱起了眉。

"你可别装啊。"池栀语瞪了他一眼，但动作还是放轻了点，"知道痛，你还打这么用力？"池栀语低头看着他的手，蹙眉问。

谢野身子半靠着，随便她动作，扯唇："是他太没用。"

"怎么？"池栀语抬头瞪他，"你还真想斗殴啊？"

见她手移开了，谢野"啧"了一声："不会好好敷？"

闻言，池栀语重新托起他的手，垂眸盯着，仔细轻敷着。

冰冷的毛巾覆盖移动着，手恰好与他相牵着。意识到这时，池栀语顿了下，抬眸看向他。

谢野身姿闲散地靠在床头，眼睑半耷着，没看她，似乎在假寐休息。

池栀语看了几秒，自然地收回视线。

移了移毛巾，没什么反应。于是松开了他的右手。

谢野睁开眼，语气平静："敷好了？"

池栀语和他对视上，眨了下眼开口："我累了，换一只手。"

"哦，就敷了这么一会儿……"谢野视线轻移，声音有些哑，"就累？"

池栀语换手拿过毛巾，重新托着他的手，垂眸继续敷着，扯唇道了句："野哥哥这么强，有本事你自己敷啊？"

谢野没说话了。

见他这反应，池栀语唇角勾起了下，随口又说了句："回去后记得让芷姨帮你冰敷知道吗？"

谢野闭着眼，明显不想理她，但还是懒懒地"嗯"了声。

冰敷的时间不久。没几分钟后，李涛然也赶了过来，进了校医务室，一眼就看到了后边休息室里的两人。

他和女校医打了招呼后，迈步走去，看着谢野躺在床上，眨了下眼："不是，您这是瘫痪了，还是怎么的？"

谢野没理人。而池栀语已经听到他的声音，就松开了谢野的手。谢野睁眼，淡淡扫了眼李涛然。

李涛然对上他的视线，完全没多想，看着池栀语手里的东西，好奇地问："在冰敷吗？"

"嗯。"池栀语起身把毛巾递给李涛然，"既然小李哥来了，那你帮他敷一下吧，我先去舞蹈室。"

"啊，哦。"李涛然接过毛巾，"好，我刚刚已经帮你和老师说过了，不过也还没开始上课，吴萱在里边等你。"

池栀语点了下头，转头瞥了谢野："你在这儿好好敷完，不准走知道吗？"

谢野还没开口说什么，李涛然先替他回答："池妹妹你放心，我一定会看他敷完。"

池栀语点了下头，肯定地拍了他的肩："好的，那我先走了。"

李涛然："好好，去吧。"

池栀语看了眼床上的人，随后转身往外走。

目送人出去后，李涛然转头看向谢野懒散的样子，"嘿嘿"笑了声："你揍了个人后，在这儿还挺享受的啊。"

说完，正巧对上了他看来的视线，像是有些不悦。

李涛然眨了下眼，就听见谢野稍有嫌弃的声音问："你很闲？"

李涛然瞪眼："我这好心好意地来看你，你还嫌弃？"

谢野嗤了声："我没求你来。"

"不是。"李涛然也不爽，"我这是好心善良好不好？"

这次，谢野眼都懒得抬了。

看他这样子，李涛然气不打一处来，忍了忍也懒得和他计较，拿起毛巾朝他示意："快点，手给我。"

谢野没动，抬眸看了他几秒，淡淡开口："提前和你说一句。"

"嗯？"

"我喜欢女的。"

"你有病吧？"李涛然难以置信看着他，"你喜欢女的关我什么事？"

谢野看了眼他手里的毛巾，表情很坦然。

李涛然察觉到他的视线，突然懂了，直接骂他："你是不是傻子，要不是池妹妹说了，我还不想帮你敷呢，娘里娘气的。"

李涛然直接把毛巾扔到他怀里。

谢野没什么反应，随手拿起包着冰块的毛巾盖了自己右手上。

李涛然瞧见，皱眉问："不是，你这都可以自己敷，刚刚还那么矫

148 ·

情让池妹妹帮忙干什么？"

谢野没理他，垂眸换了个方向，认真敷着手背。

"你就是故意使唤池妹妹是不是？"李涛然还在吐槽他，突然看见他这么仔细，顿了下，"你干吗？"

谢野抬眸看了他一眼，眼神就写着两个字。

——你瞎？

李涛然"啧"了一声："谁不知道你在冰敷，我问的是你怎么这么矫情真认真敷这个了？干吗？怕手破相了啊？"

问完，谢野毫无征兆地"嗯"了一声说："怕。"

李涛然没料到，以为这人会反驳几句，愣了一下。

而没等几秒。

谢野接着又开口，语气不紧不慢道："怕到时和你的脸一样丑。"


池栀语换好衣服到舞蹈室的时候，其他人员已经开始热身了。她朝老师颔首致意，快步到队伍里。

吴萱给她让位置，小声问了句："你没事吧？"

刚刚李涛然过来帮她请假的时候，把遇到那冰激凌小哥的事解释了一遍，也顺便说了下谢野单方面虐人的事。

池栀语摇摇头："我没事。"

吴萱放了心，又想了想轻"咝"了一声："这怎么这么巧就碰到了那群人？"

"确实巧，不过都是同一个学校的，迟早也会碰到。"

"也是，但幸好这次有谢野他们在，下次你如果看到记得赶紧跑。"

池栀语听到这熟悉的话，笑了下："三十六计，走为上计？"

"对啊。"吴萱眯了下眼，"那群'社会小哥'看着就挺凶，不大好惹的样子，还是防着点比较好。"

池栀语点了下头："我注意点，不过现在也没什么事了。"

听到这儿，吴萱想起，又问了句："听李涛然说你野哥哥暴打了他们啊？"

闻言，池栀语"噢"了声："算是吧。"

吴萱挑眉，啧了声："没想到，谢野可以啊。"

池栀语听着她的语气："为什么这么惊讶？"

吴萱解释了句："这不是每次见他都是那副懒散的样子，不是瘫着就是坐着，虽然讲话很酷，但看着总是弱不禁风的，还以为他是不能打呢。"

闻言，池栀语扬了下眉，点头承认："他确实不大能打。"

"啊？"吴萱一愣，以为是她说错了，"他不能打？"

池栀语压着腿点头："嗯。"

吴萱还是有点蒙，开口又问了句："那李涛然怎么说谢野打趴了那个小哥？"

"哦，是那小哥太弱。"池栀语眨了下眼，淡定平静地说，"自己倒的。"

话音落下。

吴萱沉默了三秒，无语开口："我觉得我能信？"

池栀语平静地点头："不会。"

吴萱说："那你还说？"

"逗逗你而已。"池栀语换另外一条腿压着。

吴萱跟着一起做："我刚刚差点还真信了。"

池栀语："信什么？"

"谢野啊。"吴萱扬了下眉，"神秘面纱揭开，打架很弱的大佬。"说完之后，吴萱想起，"不过说起来，我还真没看过谢野打架。"

池栀语眨眼："打架有什么好看的？"

"啧。"吴萱摇摇头，"打架也是要讲技术含量的好不好。"

"比如？"

"动作快准狠，并且干净利落，特别是如果人再帅点。"吴萱感叹了一句，"炸裂啊，多吸引眼球。"

池栀语想起刚刚谢野的动作，挑了下眉，不置可否。

"我说。"吴萱没听见她回答，猜测了一句，"谢野惹着你了？"

"嗯？"池栀语眨眼。

吴萱："感觉你话有点不对，平常你早就吐槽谢野了。"

池栀语收起腿："没有，可能被吓到了。""嗯？吓到？"吴萱问，"被谁？谢野？"

池栀语叹了口气："算是吧。"她有些烦。

而吴萱闻言，只当她是被谢野打架的画面吓到了，拍了下她的肩膀："没事，谢野也是帮你，不过连你都被吓到了，说明谢野打架挺狠啊。"

池栀语："你这什么脑回路？"

吴萱："正常推理。"

池栀语笑了："他难道是什么社会大佬吗？"

"是啊。"

吴萱平静地解释道："看起来是。"

池栀语好奇："那我看起来像什么？"

"你像……"吴萱眨了下眼，"社会大佬得不到的人。"

池栀语被逗笑："我？得不到的人？"

"因为长得好看，神仙姐姐啊，小说里的大佬不都喜欢那种看得到却得不到的东西吗？"吴萱给她仔细分析。

池栀语闻言，扬了下眉："噢，所以谢野……？"

吴萱一噎："这……只是按小说逻辑推理，我可没说过啊。"

看她这么快改口，池栀语被逗笑："不是你说谢野像大佬？"

"像是像。"吴萱咳了一声，"但他又不是真大佬。"

池栀语无所谓地点点头："行吧。"

吴萱知道她在逗她，也扫了她一眼："下午谢野帮你出气的时候，应该很帅很强吧，你有什么想法？"

"我？"池栀语语调稍抬。

吴萱反问："不然？"

"嗯……"池栀语眨眼，"我觉得我挺欣慰的。"

吴萱一愣，就听见她又慢腾腾地说了句："养了这么久的狗子难得知道护主了。还挺欣慰的。"

# Chapter 7
## 见义勇为·疼痛难忍

池栀语虽然半路被闹了这么一出，但也没什么事，没受伤也没落难，还享受了一回"英雄救美"。

吴萱调侃着她，下课走出舞蹈室。

池栀语纠正道："是欣慰。"

"什么玩意儿。"吴萱问，"你这话如果被谢野听到不打你？"

池栀语背起包，说："这是夸奖，有什么好打我的？"

"这也就只有你觉得是夸奖了。"吴萱带着她走下楼梯，"现在我们去哪儿？吃饭吗？"

池栀语走下台阶看了眼时间："还早。"

因为今天月考，所以下午舞蹈课也没有花很长时间，只是简单地练了基本功，巩固肌肉记忆。

"那去找他们？"吴萱翻出手机，看着收到的信息，挑了下眉，"他们都在篮球场那边，过去吗？"

闻言，池栀语皱了皱眉："在打篮球？"

吴萱："应该是的吧，不然去篮球场干什么？"

"去看看。"

池栀语觉得谢野是不想要手了，都受伤了还去打篮球。她眉心蹙着，迈步往右边道路上走，正巧遇上了下楼的江津徐。

池栀语看了他一眼，朝他点了点头算是打过了招呼，没理他径自往篮球场方向去。

江津徐嘴边的招呼还没出口，看着她经过的侧颜，顿了下。

吴萱站在原地，瞥见他的表情，无奈地代池栀语打了个招呼："江同学好。"

江津徐点头，看着前边离去的少女纤细的背影："你们要去哪儿吗？"

吴萱笑了笑："找人。"她没细说，朝他颔首致意，"我就先走了，江同学慢走。"

江津徐应了声："好，再见。"

吴萱快步跟上了前边的池栀语。

江津徐注意到两人离去的方向是室外操场，他眼睫微动，差不多已经猜到了目的地。

他稍稍垂眸，迈步离去。


"走这么快干什么？"吴萱赶到池栀语身旁，喘气问。

池栀语闻言，脚步微顿，稍稍放慢了一下。

吴萱缓了口气，往后看了眼，小声问："你不会是因为江津徐吧？"

池栀语有些莫名："我为什么要因为江津徐？"

"哦，没事。"吴萱闻言摆了下手，"我还以为你是不想见到他才走这么快的。"

池栀语抬眸："哦，确实有这个原因。不过他最近也没什么事找我吧？"

"好像确实是没有。"吴萱想了想，"但如果他想见你，肯定会找机会和理由啊。"

池栀语有些无奈："那我确实就不大想见他了。"

两人绕过艺体楼，走过一道树荫长廊，往室外篮球场入口走。

吴萱拾级而上，抬头看了眼三楼角落那块场地，挑了挑眉："在那儿呢。"

池栀语闻言，抬眼顺着她的视线看去。

谢野斜站靠在三楼边缘的围栏网上，姿势随意，因着垂头的动作，腰有些弓起。他正低眼把玩着手里的水瓶，时不时扔起接住。

身旁的男生似是和他说了什么，他才抬头看了眼前边的篮球场。

远远看着他的侧颜，还是那副悠闲的样子。

他没有参与球赛，只是在观战。池栀语见此，担心的心情忽而放下，提起步子往三楼走。

经过一层一层的球场，吴萱看着每层观战的女生人数，感叹了一句："果然高一的女生新鲜感强一点。"

"嗯？"

"你看看，基本上来看球的都是高一的女……"话说着，两人正好踏上了三楼，吴萱抬头看向前边的篮球场，足足愣了三秒，话音一转，"……这还是男篮？"

虽然没有明文规定，但来三楼打篮球的大多数都是高三的，偶尔也会加入几位其他年级的成员。

毕竟篮球嘛，打着打着就会熟悉了。但来看篮球的女生们基本上各个年级的都有，特别现在高三高二都开学后，放眼看去，篮球场两边都围着女生，不知道的还以为在打女篮呢。

池栀语不常见这场景，但每次见都不免感叹。运动少年的吸引力，可真是强。

在学校里，但凡一个男生长得高点，样貌不丑，还会打篮球，可能都会有女生注意。

吴萱挽着池栀语往前走，突破重重障碍才走到最后一个场地。

池栀语原本以为最后一个球场的人会是最多的，没想到居然都没什么人。她有些疑惑，往四处看了眼。

"瞎看什么？"前边少年寡淡的声音传来。

池栀语回过头，谢野还斜靠在前边的围栏网上，目光漫不经心地看来，身旁的男生也不知道去哪儿了，替换成了苏乐。

池栀语注意到他那边居然有树荫，晒不到太阳，想都没想，快步朝他的方向走去。

吴萱在旁边跟着。

池栀语先走到他身边，又往四周看了眼。

"你能透视？"谢野伸手扯了下她为了遮太阳蒙住头的校服，把她的眼睛露出来。

视野变得开阔，池栀语眨了下眼。

吴萱慢悠悠走到一边，提出问题："这儿怎么都没人呢？"

"太吵了，一群女生在旁边叽叽喳喳的，我们就让李涛然去说了。"苏乐似是下场来休息的，喝完水解释了一句。

吴萱挑了下眉："她们能听话？"

"有些当然不能。"苏乐说，"我们就拿出谢野这个王牌了。"

"嗯？"池栀语闻言，转头有些意外地看向谢野，"你去说了？"

谢野瞥了她一眼，眼里很明显在说"你觉得可能吗"。

苏乐先解释："是李涛然拿他举例说，这位学长今天心情不好，想吹吹风，你们能不能往旁边走走呢？"

吴萱被逗笑："还有这用处啊。"

这完全就是把谢野当成了一个门神。

池栀语也觉得好笑，安慰地拍了拍他的肩膀："辛苦了辛苦了。"

谢野没什么表情，明显懒得理她。

苏乐准备上场，朝谢野抬了抬下巴示意："走了。"

池栀语闻言想岔了，下意识转头看谢野："走什么？你要上场打？"

"不是。"苏乐及时出声解释，"池妹妹放心吧，他都见义勇为了，当然不会让他上场了，是我走。"

池栀语顿下了："啊，好，那你加油。"

"放心，一定加油。"苏乐给出壮志豪言，放下水往前边的场上走。

目送人离去，池栀语转过头，倏地，对上了谢野的眼神。

她身子忽而一僵。

谢野垂眸，直勾勾地盯着她，眸子深邃，带着意味深长的意思。

还有探究。

池栀语和他对视了两秒，莫名有些尴尬，似是受不住地先行移开了视线，轻咳了一声："干什么？"

谢野上下扫视了她一秒，悠悠地"哦"了声："没干什么。"

池栀语愣了下："嗯？"

没干什么？没干什么你这么盯着我看？

这什么意思？

问号不断冒出来，池栀语满头雾水，眉心蹙起，就是没想明白。

谢野站在她身旁，看了眼她疑惑的小表情。呆呆的，似是懵懂无知。

他眼睑一垂，遮着眸内的情绪。

池栀语想了半天没想出所以然来，最终也不纠结就放弃了。

思绪回到现实的时候，忽而注意到四周的女生不断投来的视线。

她拧了下眉，还没开口说什么。

"池栀语。"一旁的谢野忽而唤了句。

闻言，池栀语下意识抬头看他："嗯？怎么了？"

谢野手上拿着一瓶不知从哪儿拿的水，默不作声地递来。

池栀语没懂："干吗？"

他神色散漫，直接下命令说："开了。"

池栀语无语："你没手？"

"噢，忘了刚刚见义勇为手受伤了，现在……"谢野悠悠地吐出一个词，"疼痛难忍。"

围观的女生很多，虽然没站在这边的篮球场旁，但身在曹营心在汉，她们的眼神全都是往谢野这边瞟的。

小女生们的心思还是挺明显的，基本上就是想看看帅哥，看他在做什么，然后再讨论一下。原本也没什么，可等到池栀语和吴萱出现的时候，就有了问题。

场边的女生全都一致同意不去接近的球场，却偏偏有两位去了，而且貌似和场内的男生挺熟。特别是那位用校服遮住脑袋的女生，居然还在和谢野说话，还拍他的肩膀？！

她们以为谢野会不爽拒绝，可他完全相反。

不但没有拒绝，还抬手帮她理校服？

再之后看到谢野拿着水瓶让面前的那位女生打开时，场边的女生们都蒙了。

谢野的态度自然得很，仿佛做过很多次。

说好的冷漠酷大佬呢？

女生们在一瞬间刷新了对谢野的印象，等再回神看那位女生，虽然看不见她的脸，可她仿佛也很无语，但还是伸手替他打开了。而谢野却没喝，随意拿在了手里。看着他闲散的表情，貌似心情挺好？


这边。

池栀语把人骂了一顿，什么疼痛难忍？就只是有些瘀青而已，刚刚还那么嫌弃医务室，现在就疼痛难忍了？

他怎么不说自己断手了呢？

在心里吐槽完，谢野仿佛猜到了她的心思，看了她一眼，坦然道："哦，痛得像断手。"

池栀语目光扫视他一眼："是吗？你知道断手什么感觉？"

谢野没说话，就看着她。

池栀语"喊"了一声，不想理他，往前边篮球架走，看了眼左边散乱铺着的衣服外套，转头指着右边树荫下单独摆放的那件问谢野："这你的吧？"

谢野站在后边，懒懒地"嗯"了一声。

闻言，池栀语随即拿起放在自己腿上，拉着吴萱一起坐在树荫下，抬头看了眼场内的战况。

吴萱"哟"了一声："苏乐还挺强啊。"

话说着，场上的苏乐正好运球到三分线处，拿起球往后仰，抬起手送球，一道圆弧画过，正中球框内。

四周的男生搭档纷纷和他拍手祝贺。

池栀语扬了下眉，还没感叹什么，隔壁观战的女生们先"哇哦"了一声。她闻言转头看去，瞧见一堆的女生围站在隔壁的球场边，视线纷纷投了过来。

恰好此时，打累了的李涛然下来看见坐在球架下的她们俩，连忙挥手笑着打招呼："怎么样怎么样？有没有看到小李哥我的高强球技？"

"没有呢。"吴萱反驳他，"我只看到了苏乐的。"

李涛然瞪眼："他和我没差好不好？"

"没差？"吴萱点出，"李涛然你也太自我陶醉了吧。"

"什么玩意儿？"李涛然不爽了，问旁边的谢野，"你来说说，哥的球技是不是一绝？"

谢野靠在球架旁的杆子上，轻瞥他："你自己什么样要我说？"

池栀语看着他的表情，不厚道地笑出了声，给李涛然面子道："小李哥别气，放心吧，我看到了你的一流球技。"

李涛然闻言立即满意了，"啧"了一声："还是池妹妹会看人。"

池栀语忍着笑，点头："那当然了，我可是看人第一准。"

"哟，那以后可不愁找不到好对象啊。"李涛然跟着开玩笑。

池栀语点点头："这个完全放心，我找的肯定不赖。"

李涛然闻言，挑了下眉，立即问："怎么？池妹妹这是有人选了？"

谢野把玩着那瓶水，时不时扔起，接住，闻言，抬眼看向池栀语。

没想到这话题突然跑到这儿，池栀语顿了下，不动声色地扫过一旁的人，眨了一下眼："我有吗？我怎么不知道？"

"没事没事，这我开玩笑的。"李涛然摆手，"你现在还是应该好好学习天天向上啊。"

"你是教导主任吗？"池栀语觉得好笑。

话音落下，场上又有人投进了球，隔壁的女生又叫了几句。

李涛然转头看了眼，"啧"一声对谢野说："幸好你没上场，不然叫得更厉害，吵得我耳朵都疼了。"

谢野对打篮球也没多大兴趣，只是打发时间而已。李涛然突然注意到他手里一直晃着的水瓶，还很满，一看就是新的。

"你有水啊，正好我渴死了，给我喝口。"话说着，李涛然准备伸手去拿，而谢野却收回了手。

"嗯？"李涛然一愣，"什么意思？"

谢野表情淡淡："旁边就有，不会自己拿？"

李涛然："不是，我省得走啊，而且你这都没喝过，给我喝怎么了？"

谢野拒绝："不行。"

谢野语气不紧不慢道："这是我的。"

牛哦。

旁边的池栀语没注意这两人，而是被吴萱拉着看看隔壁有没有什么高一高二的小帅哥，挖掘一下新鲜血液。

池栀语正和她小声讨论着，没怎么注意场上的情况。突然，她的余光注意到左侧似是有一个东西直直地朝她这边飞了过来。

随后，她就听到了一边有人喊了句："小心！"

闻言，她下意识转头，旁边的光线顺势暗下来。还没看清是什么东西，池栀语就见谢野的身影忽而出现在了她的视野里。

下一秒，伴随着一道篮球的撞击声，清瘦修长的少年瞬时俯身凑近，一手将她护在旁边，挡在她的身前。

猝不及防。檀木香的气息，附带着淡淡的清香，铺天盖地地向她席卷而来。

"有没有撞到？"

池栀语愣了下，再听他的话，侧头看了眼他脚弹落在地的篮球，回神摇了下头："没有。"

谢野面色稍有些缓和，下一秒，似是也意识到此时的姿势有些不对，身体僵住了，顿了下后，他自然地松开她的胳膊，往后退了一步。

两人的距离拉开，他的气息随着撤离。

池栀语垂下眼眸。

这一幕来得突然，一旁的吴萱和李涛然连带着其余人都没反应过来。

回神时吴萱连忙抓着她的手问："你没事吧，有没有被砸到哪儿？"

李涛然也赶来看，对着隔壁球场皱眉喊了声："怎么打球的？"

"对不起对不起。"投错篮的男生立即跑来，对着池栀语道歉，"我不小心太用力了，你有没有被砸到哪儿？"

池栀语对着人笑了下："我没事。"

男生松了口气："那就好，没事就好。"

池栀语："不过下次还是小心点吧。"

"放心放心，没有下次了。"男生答完，一抬头就和旁边的谢野对视上。

少年站在阴影下，表情有些平静寡淡，但那双漆眸看来，莫名有些冷。

男生身子一顿，就听见面前的少女忽而出声叫了句："谢野。"

一瞬间，少年收起周身的情绪，眼睑下垂，看向少女白皙纤细的后颈，冷漠地"嗯"了一声。

"把球还给人家吧。"池栀语拿起不知何时滚到脚边的篮球递给谢野。

谢野皱了下眉，没接，掀起眸看向对面的男生。

跟谢野冷淡的眉眼一撞上，男生打了个激灵，立即伸手拿过篮球，迅速开口："不用不用，我自己拿，谢谢谢谢啊，我先走了。"

池栀语目送人离开，眨了下眼："他干吗？"

"你管他干吗。"吴萱转头还是有些担心问，"你确定自己没被砸到吗？"

池栀语笑了下："真的没有，如果有我干吗还忍着？"

"也对，谢野动作这么快，应该没什么大事。"李涛然感叹了一句，"不然可能还真的要砸到脑袋了。"

吴萱想想还是后怕，仔细环视了一下她的脑袋。

池栀语眨眼："做什么？"

吴萱："看看你的脑袋有没有问题。"

池栀语无语："你这是骂我呢，还是关心我呢？"

"当然是关心啊。"吴萱说完，一边转头飞速瞥了身后的谢野一眼，一边玩味地看着她小声说，"不过刚刚谢野抱你抱得这么快，应该也没什么问题吧。"

池栀语顿了下，想起刚刚的情景，随后咳了一声："能不能好好说话？"

"这怎么不是好好说话？"吴萱看了她一眼，"还是说你在想别的？"

池栀语："被你发现了。"

池栀语看着她的表情，笑出了声。

知道她在打趣，吴萱看了眼四周，拉着她起身："我们先别坐这儿，太危险了。"

"有什么区别，反正坐哪儿都可能会被砸啊。"池栀语给她分析。

吴萱还在环视四周："所以那要坐哪儿？"

"所以……"池栀语眨眼，"不坐了呗。"

"嗯？"吴萱一愣。

而池栀语没答，起身拿起谢野的外套，转身递给他。

谢野扫了眼外套："做什么？"

池栀语自然开口道："什么做什么，回家啊。"

闻言，谢野抬眸看她了几秒，伸手接过外套，随手盖在了她身上。

池栀语莫名被蒙头盖住，扯下外套后见他人已经走出去了，转头对着李涛然和吴萱打了招呼后，快步赶上他。

篮球场有两个入口，男生们一般走的都是后门，虽然路难走，不像前门是阶梯而是陡坡，但人少，不那么拥挤。

池栀语走过后门的门槛，拿着他的外套控诉："你是想热死我？"

谢野瞥她："你死了？"

池栀语扫他一眼，直接把外套蒙头就盖在他身上。

以其人之道，还治其人之身。

这动静不大，但后边篮球场内的投来的视线有些多。

等瞧见池栀语这胆大妄为的动作，都惊了下。

下一秒，他们远远地就瞧见谢野的头被外套压得一低，却没有反抗，只是单手拉着她的手往自己侧边靠里的方向带了一下，远离旁边的球场。

与她并肩离去。


"手给我。"

池栀语慢吞吞地走下陡坡，朝身旁的人伸手道。

闻言，谢野的目光掠过她白皙的掌心："给什么？"

池栀语有耐心地重复道："手。"

"噢。"谢野挑了下眉，"想牵手？"

池栀语一噎，停了几秒后，点头："是，我想牵手，可以吧？"然后她表情自然地摊开手，"所以手给我吧。"

听到这儿，谢野轻嗤了声："你想得美。"

"我不用想也美。"池栀语懒得理他的意见，语气开始不耐烦，"你这么矫情干吗，我又不会吃你豆腐，快点。"

谢野勾了下唇，语气不太正经："谁知道你是不是想吃我豆腐。"

池栀语还没开口骂他，谢野忽地说了句："算了。"他轻瞥她一眼，"勉强给你牵牵。"

语气完全是施舍。

池栀语忍了忍："行，那把右手给我。"

谢野抬眸看她，倒是没再说她，平静地伸出右手递给她。

池栀语低头拉过，翻开看了眼他的手背，骨节处还有点瘀青未消。她皱了下眉，抬头问："刚刚那个篮球砸过来，你是不是用手去接了？"

"不然？"谢野语气淡淡，"难道用身体接？"

池栀语"啧"了一声："你手又没好，还不如用身体接呢。"

谢野没搭理她，收回手慢悠悠地往校门口走。

池栀语跟在他旁边，蹙眉说着："回去你给我好好冰敷，知不知道？"

谢野语气懒散："不知道。"

"不知道什么？"池栀语扫他，"冰敷不知道？"

谢野："麻烦。"

"能有多麻烦？"池栀语给他举例，"你回家把冰块拿出来，放在毛巾里，敷一下不就行了？"

谢野"哦"了了声，毫无诚意道："不会。"

那疼死你吧。

池栀语懒得管他，往人行道上走，经过路边的文具店时，想起来转头和他说了句："我要去买笔。"

谢野脚步微转，跟着她往店里走。

推开门，池栀语熟悉地走到后一排卖笔的区域。可能是附近的小学生比较多，上面都摆着一些笔身上印着卡通少女造型的笔，有的笔帽上装饰着一个大钻石，外观造型花里胡哨的。

看着有些视觉疲劳。

池栀语每次看见都会被刷新一下审美观，无法接受，转头看了眼谢野："要不要给你买一支？"

谢野睨她一眼："你有事？"

"这不挺好看的吗？"池栀语拿起那根缀大钻石的笔，点了点头，"看这个，就挺符合你气质的。"

她在他脸上比了一下，称赞了一声："这高贵奢华大气上档次啊，要不要买一个？"

谢野扯唇："你自个儿买吧。"

"行吧。"池栀语收回手，"我自己买别的。"

她伸手拿了一盒自己惯用的黑笔，转身去付钱，想起问他："为什么你的笔能用那么久？"

明明和她一起买的笔，她一个星期就没了，而他还有一半。

闻言，谢野忽地道了句："节省。"

池栀语愣了下："嗯？省什么？"

"省笔。"

池栀语没反应过来，顺着问："为什么要省？"

"因为……"谢野看向她，闲闲道，"贫穷，没钱买。"

池栀语无语了两秒："乱说什么呢？"

这人是在回刚刚她说他高贵奢华大气上档次的话，现在直接说自己穷死了，连根笔都买不起。

谢野稍扬眉："不信就算了。"

见他还装，池栀语微笑道："信，我当然会信你呢。"

话说着，她拿着黑笔放在收银台上，老板看了眼随口说："九块钱。"

"哦，还有这个。"池栀语拿着另一支笔放在台上。

谢野闻言看去，就见笔帽上是那颗熟悉的大钻石，塑料材料上还泛着光——亮晶晶的。

没等谢野反应，池栀语先转头看向他，还拍着他的肩，笑着说道："好了，姐姐给你买了大钻石，别生气了，以后想要什么直接说，姐姐给你买哦。"

最终谢野顶着老板怪异的眼神，转身就先出了文具店。池栀语忍着笑，面色自然地付完钱，和老板道了谢后也跟着出去。

而谢野也没有走远，就在店外等着，只是面无表情。

池栀语走到他身旁，伸手递给他："来，给你的大钻石。"

谢野眯眼看着她："大钻石？"

池栀语"啊"了一声，拿笔晃了下："这不就是大钻石吗？"

谢野嗤了一声，伸手拿过来突然敲了下她的头。

"哟！"池栀语捂住脑袋，瞪他，"干吗？报仇啊？"

"不是大钻石吗？"谢野指间转着钻石笔，扯唇，闲闲道，"敲头试试硬度。"

这是故意的。

绝对故意的。

"大钻石都买了。"谢野看着她的小表情，抬了下眉间，"可以走了吧？"说完，他仿佛像是想起了什么，轻声一字一字道，"姐姐？"

一瞬间，池栀语以为自己幻听了。刚刚她叫着没什么感觉，但现在被他这么一喊，莫名有种自己以下犯上的感觉。

她咳了一声："走啊，为什么不走？"

池栀语迈步往前，谢野跟着一起动。

走了几步后，池栀语转头看着他手里还在转着那根钻石笔，眨了下眼："你真打算要这个？"

谢野瞥她："姐姐买的我哪儿敢不要。"

池栀语默了两秒，平静地"嗯"了一声："那就好好收着吧。"

似是觉得无所谓，池栀语继续开口："而且都给你买了大钻石，你以后如果飞黄腾达记得报答我知道吗？"

谢野抬眸看她："报答？"

池栀语："是啊，大钻石都送了，还不给我回报啊？"

谢野嗤了下："行，你想要什么回报？"

池栀语想了想："等价回报吧。"

这本来就是玩笑话，她以为谢野会出声讽刺一句："你配得上？"

没想到谢野听到，就转头看了她一眼，没说话。

池栀语眨眨眼："嗯？什么意思？"

谢野收起手里的笔，漫不经心道："让你等着的意思。"

池栀语愣了下，想着她刚刚的话："等价回报？"

谢野嗯了声："你不要也行。"

"等会儿，我又没说不要。"

池栀语直觉有些不对劲儿，但又觉得有便宜哪儿能不占。

听到她的话，谢野挑眉，眼里带了几分玩味："真打算要？"

池栀语蒙了："你在逗我玩吧，什么东西要不要的，还能不能说清楚了？"

谢野看着她的模样："说得还不清楚？所以要不要？"

被他来来去去闹得有些恼，池栀语"啧"了一声："不要了。"说完就气呼呼地往前走。

谢野看着她这模样，不动声色地弯了下唇，慢步跟在她身旁，垂眸看着她的侧颜，他单手拿着笔轻敲了一下她的脑袋，声音低不可闻地轻送："晚了。"

到家门口时，池栀语和谢野自然地转身道别。

她走到门前，单手转动门锁打开后，顿了下。

玄关前多了一双男士皮鞋。

池栀语收回视线，随手关上门换鞋进屋。

王姨瞧见她进来，连忙端着柠檬水走到她面前，解释一句："先生刚刚过来了，和夫人一起在楼上。"

"嗯，我看到鞋子了。"池栀语点头放下书包，接过水杯抿了一口。

王姨看了眼楼上，想了想又说了句："夫人情绪好像不是很好，你还是先别上去，在楼下等一会儿吧。"

池栀语又喝了一口水："怎么了？池宴又惹到她了？"

听着她的称呼，王姨顿了下，摇摇头："我也不知道，刚刚两人是一起回来的，但没说几句话就上楼了。"

闻言，池栀语笑了下："那应该就是了。"

王姨抿了下唇，张了张嘴想说什么。

池栀语先看了眼厨房，笑着开口问："王姨，晚上吃什么啊，有没有我喜欢吃的菜？"

"哦，有有有，"王姨回神也笑，拉着她往厨房走，"这当然有了。昨天我听到你说想吃小炒肉，我今天中午马上就去买了。"

王姨看了眼锅："哎哟，应该快熟了。"她连忙关火打开锅盖，拿起一旁的筷子夹了点肉，喂给她，"来，你先尝尝味道。"

池栀语张嘴咬了一口，嚼了嚼笑着点头："果然王姨煮的菜是最好吃的。"

王姨看着她脸上未达眼底的笑，有些心疼，连忙又夹了些喂给她："好吃就再吃点。"

池栀语笑了下："现在吃多了，等会儿我妈又要说我了。"

"那也行，等会儿再吃吧。"

池栀语点头，端起一旁的水杯又喝一口，冲淡嘴里的味道。

厨房的油烟味有些重，王姨让她先去客厅等一会儿。

池栀语应了下，打开厨房门时，楼上正好传来了一声巨响。好像是一些瓶罐落地的破碎声，紧接着就传来了白黎病态的叱责和怒吼。

池栀语站在厨房门口，习以为常地转头对着王姨说了声："晚上不用准备饭了，楼上的闹剧应该还有一会儿，您等会儿再上去吧。"

话音落下，她随即听见了楼上的开门声。

池栀语抬头看去，恰好与池宴那双毫无温度的眼对上。

对视了一眼。

池宴稍愣后，笑了下，缓步走到客厅内："小语回来了。"

池栀语点了下头："是，不过我准备出去了。"

池宴闻言，扬了下眉："好，需要钱吗？"

"不用。"

"好，那记得早点回来。"

听到这没什么营养的话，池栀语扯了下唇，"嗯"了一声，转身打开门往外走。

"咔嗒"一声，门锁在身后相扣，阻断了屋内的一切。

池栀语站在原地，抬头看了眼街边的亮起的灯，莫名觉得身子有点发冷，天气入秋，傍晚的风吹来，已经不似夏日那般燥热，反倒有些冷冽。

池栀语迎着风，掀开眸看着对面灯火通明的屋子。熟悉的饭菜香传来，有烟火气。

她盯了好一会儿，才意识到眨眼，觉得这风刮得自己的脸都快僵了，脚步移动了一下，想离开这儿沿着道路往上走。

可下一秒，一道门锁转动声倏地响起。

在这片寂静中，有些明显。

池栀语顿了下，循声往对面的屋子看去。

这个时候，池栀语在那一点点打开的门里，看见了谢野，他拿着手机站姿散漫，单手推动着门，正往这儿看来。

她抬眼，与他的视线交汇。

时间似是停了一下，连带寒冷的风，和跳动的心。

看见她此时的神情，谢野身影未动，单手把门推开，显出身侧的位置。

他面色平静，轻声开口："进来吃饭吧。"


黄昏，天色渐暗。头顶弥漫着红云，大片大片的天空被染得通红。路灯伫立在一旁，灯光与黄昏相融，分不大清。

门前站着一位少年。

交错的光线自他发尾微微落下，在他眼窝处留下淡淡的阴影，显得五官立体又沉寂，半掩着那双漆黑狭长的眼。他眼睫微动，掠过了一旁车库内的黑色高级轿车，似是确认了什么。

谢野目光微敛，看向对面的少女。

她那张平日清冷的脸，此时没什么情绪。似是在出神，也仿佛在放空。

恰好风吹来，拂过她宽松的校服外套。身姿瘦弱纤细，再配着她的样貌，显得娇弱无力，似乎一吹就倒。

屋内有细碎的声音作响，像是说话声又夹带着些什么。还未听清的时候，谢野忽地开口又唤："池栀语。"

正倾听屋内声响，却被打断，池栀语猛地回神，抬起头。撞上谢野的视线，她反应过来他刚刚说的话，顿住几秒。她脚步移动，走到他的身边，从容淡定地问他："芷姨给我煮了什么好吃的菜了吗？"

谢野单手关上门，隔绝了外头的一切，淡淡反问道："有什么是你觉得不好吃的？"

"那说明芷姨做的菜好吃啊。"池栀语往里头走，想了想又说，"不过我觉得你们家阿姨没有王姨做得好吃。"

谢野走在她身后，挡住了屋外的风，跟着一起往里走。

池栀语打开门，自然地换鞋进屋："芷姨，我又来蹭饭了。"

厨房内简雅芷瞧见人过来，出来看着她浅笑道："还以为谢野接不到你。"

"我爸来了，我觉得晚上估计是吃不了了，就自己先跑出来，正好和谢野碰上了。"池栀语随口解释一句。

从小到大，到谢野蹭饭这事，按着池宴来这儿和白黎发疯的次数来算的话，不多，但也不少。而简雅芷凭着直觉应该都能猜到她家里的情况，毕竟住在对面，想不知道也难。

但简雅芷也从来没问过她原因，似是真的把她当成了邻家女儿，一直对她很温柔也很好。

至少，比白黎更像一位母亲。

简雅芷闻言摸了下她的脑袋："饿不饿？阿姨还有几个菜在做，如果不饿，你和谢野先坐一会或者去楼上玩。"

池栀语："我还不饿，芷姨您慢慢来。"

简雅芷点头："好，那你们俩先玩一下，吃饭的时候我叫你们。"

"好的。"

池栀语应完，转身走了几步，突然又想起什么，对着一旁的阿姨说："麻烦给我一盒冰块和一块毛巾，谢谢。"

说完，她转身看了眼谢野，命令道："你给我过来。"

谢野听到她的话，已经知道这人要干吗了，皱了下眉，但还是老老实实跟着她往客厅走。

池栀语坐到沙发上，一手拉着他坐在自己身旁。阿姨速度很快，迅速拿着毛巾和冰块走来递给她。

池栀语接过道了声谢后，准备了一下，牵过谢野的手拿着毛巾覆盖上去。

谢野瞬时"啧"了声："不会轻点？"

池栀语无语："下午不是刚敷过吗？"

谢野扫她："你打过针下次打就不疼？"

池栀语一噎，松手递给他："那你自己敷。"

"哦。"谢野收回视线，"不敷。"

池栀语被气笑了，用力包住他的手，威胁道："那你就别吵，闭上嘴老老实实坐着，不然没人帮你敷。"

也不知道是被她按痛了，还是被这话一说，谢野还真没说话了，安静地任由她牵着他的手摆布。

冰块融化得还挺快。

池栀语一边看着电视，一边和谢野吐槽着剧情，敷了大概有五分钟。

池栀语看了眼他的手背，也觉得差不多了，随手把毛巾拿开，抽了几张纸帮他把水渍擦干。

谢野收回手，拿起茶几上的水壶倒了杯温水放在她面前。

池栀语随手拿起，正准备要喝。

谢野突然按住她的手腕："乱喝什么？"

池栀语低头看了下水杯，又抬眸看向他："你看不见？"

谢野没说话，直接把她的水杯拿下，牵过她指导着她把水杯贴在手心，然后抬起眸看她，懒懒问："懂？"

好想揍他。

隔着玻璃杯，温热传递在掌心，覆盖了寒冷。

也温暖着人心。

等了一会儿，被冰块冻得有些僵硬的手指稍稍缓解，可以活动。

池栀语动了动手指，看着电视，眨了下眼："这些选秀节目感觉都是看颜值的，你要不要去参加？"

她端起水杯将水饮尽，朝身旁的人一递。

谢野接过重新又倒了杯放在桌上，随便扫了眼电视："我很闲？"

"可以考虑往这方面发展啊，有可能变成明星呢。"池栀语伸手准备拿水杯，摸了一下没拿到。

池栀语低头看了眼，发现水杯被人放到了桌角，转头看他："嗯？你干什么？"

"开水。"谢野看她，"你要喝？"

"哦，那算了。"池栀语收回手。

谢野忽地说了句："这么相信我？"

池栀语愣了下："什么？"

谢野懒散地窝在沙发里，看着她不紧不慢道："我说是开水，你就相信我？"

池栀语眨眼："不然？"

谢野顿了下，抬眸。

池栀语视线瞥了眼杯子："这都呼呼冒热气了，我还能不相信你？"

池栀语看他，语气自然道："而且你忘了？狗是不会背叛主人的。"

说完，池栀语直觉有点不对，又转头看他："等会儿，你干吗试探我对你的信任？遇到感情危机了？"

谢野扯唇："我有什么感情危机。"

"苏乐和李涛然啊。"池栀语反问，"你们三个兄弟情破裂？"

谢野用看白痴的眼神看向她。

池栀语没管他，又猜了句："还是说你偷偷和哪位小学妹交流学习怕被我发现了？"

闻言，谢野的目光盯住她，语气有些不善："你想我和别人一起学习？"

突然被提问。

池栀语动作一顿，反应过来后，神情淡定地反问他："那你想吗？"

话音落下。

周围的一切似是被人按了暂停键。

两人目光对视上。

停了几秒，谢野眼眸微暗，还没等他开口，厨房内简雅芷的声音传来："你们两个，过来吃饭了。"

气氛被打断。

"好。"池栀语移开视线，"我们过来了。"她站起身跨过谢野的长腿，往餐厅方向走。

谢野坐在沙发内垂眸停了几秒，长腿一伸，也跟在她身后往前走。

池栀语面色没什么变化，但手指微松了松，快要接近餐厅时，她突然听见了身后的人似是在说话，但声音很小，像是在低语着什么。

有些听不清。

池栀语皱了下眉，稍稍放慢脚步后，就听见模糊的一句，好像是——

"想都别想。"

两次月考后没过几周，又接着期中考。等了一周，成绩出来的时候，池栀语对自己的排名还算满意。该考好的科目都不差，考不好的还是那样。然后陈福庆就把她请到办公室谈话了。

"池栀语，我真的搞不懂了，先不说别的，我就单拿理综说，怎么你这化学生物都能考到九十分以上，然后一到物理这儿就能折了一半，只有五十分？"

"还有，是，你是艺术生，有这样的成绩在艺术生里完全是第一，而且就算不是艺术生，你在班里的排名也很不错，但是你这成绩偏科也不是一次两次了。"

"你实话说，你是对物理有意见，还是对我这个老师有意见呢？"

池栀语无声叹气："我都没有意见。"

"没有意见？没有意见你考成这样？"陈福庆敲着桌子，"这高三上学期都快结束了，等到期末一模的时候，如果你把物理成绩提上来，能拉多少人的名次知不知道？"

池栀语点头："知道。"

陈福庆看着她这安静乖巧的样子，也不能拿她怎么办，叹了口气后，有些恨铁不成钢地让她回去好好学习，多向班上的好学生，还有同桌请教经验。

池栀语听着这话，觉得里面的好学生、同桌，都对应了一个人。

谢野。

常年稳居年级第一。

第二名轮流转，但谢野永不变。

这话都已经被班里的人说腻了。

池栀语也听腻了。

听腻了陈福庆的话。

她叹着气回班级，前边的林杰转过头，看她趴在桌上，小声问："你没事吧，福庆骂你了吗？"

池栀语继续趴着，没说话，只是抬起手摇了摇。

林杰看着她这样，更担心了："池妹妹，你可别哭啊。"

池栀语还是没理他。

林杰再接再厉："这也没什么的，物理本来就难学，而且你其他科目都很好啊，不用哭啊，如果野哥回来看你这样，我可说不清啊。"

林杰絮絮叨叨的，最后还带起哭腔了，池栀语笑出了声，抬头看他："我哭了，谢野难道还会骂你啊？"

林杰解释："你这在我面前哭，那我当然是有理说不清啊。"

"我没哭。"池栀语觉得好笑，"你的野哥也不会骂你，放心吧。"

林杰松了口气："没哭就好，没哭就好。"

池栀语看着他这样，想起一事："哦，我问你——"

"嗯嗯，你问。"

"谢野和你们最近晚上是不是……"池栀语眯了下眼，"都在玩游戏？"

林杰顿了下，"啊"了声，疑惑问："有吗？"

"你问我，我还问你呢。"池栀语盯着他，"说，有没有？"

自从上次谢野帮池栀语玩了PUBG的手游后，林杰好像就找上了谢野，想和他一起打游戏。而能搭上大佬，林杰对谢野的态度由一开始害怕莫名变成了崇拜加敬仰。

本来池栀语也没怎么在意，但她发现谢野这人最近睡懒觉的次数越来越多，虽然这人平常也睡，但也没这么嗜睡啊。

这情况明显不对。

完全就是网瘾少年的状态了。

池栀语觉得自己有必要将他从泥沼中救出。

林杰对着她严肃的表情，咽了咽口水："也没有每天，就偶尔。"

"偶尔？"池栀语不信。

林杰张嘴迅速说："池妹妹你不知道野哥的技术有多强，现在玩

PUBG的，没人不知道他，很多人想要和他组队一起玩，跟着他，完全就是直接躺赢！"

闻言，池栀语挑了下眉："照你这么说，他很有名？"

"当然有名啊！"林杰有些激动，"你想想，全服第一，能不有名吗？"

"噢。"池栀语似是恍然大悟，"我懂了，那就是……"

随着交流，林杰的心越来越激动澎湃，声调一点点扬起，想和她一起为谢野喝彩。可下一秒，就听见池栀语悠悠开口："……网红是吧。"

"……"林杰激动的心情卡在了喉咙里，不上不下。

噎了半天，他才回神反应过来，和她大眼瞪小眼对着看了半分钟："网红？"林杰真的蒙了。

不过如果是之前，他可能也觉得这形容没什么。毕竟他当时看到谢野的手速操作的时候，只是觉得挺强，但没怎么在意也没多想。

所以那天晚上，他还心存侥幸地找了谢野想着一起打PUBG，顺便看看他的操作怎么样，还能组个队以后一起玩呢。

可等到他看到谢野的账号时，人直接愣住了。想过谢野可能会小有名气，但林杰从来没想过会是这样的有名气。

全服第一是什么概念？

在愣住的几秒内，林杰脑子里当场就落下几个字——

你大佬永远是你大佬。

全服第一都来了，还要什么自行车啊！

而现在这么震撼的事被池栀语一总结，就……

网红？这话如果让游戏服内的人听到，指不定更蒙。

池栀语被他的表情逗笑："放心，我开玩笑的，我知道你什么意思。"

"池妹妹你吓死我了。"林杰松了那口气。

池栀语挑了下眉："这有什么好吓人的？"

"野哥明明很强，却被说是网红，这是不是不好啊。"林杰支支吾吾地开口。

池栀语挑眉："我逗逗你而已，谁知道你还真信了。"

林杰一喜："那你肯定知道野哥他很强的吧！"

闻言，池栀语懒懒地"啊"了一声："这个我还真不知道。"

林杰一愣："那你怎么一点都不惊讶？"

池栀语眨了下眼，理所当然道："因为是他啊。"

没想到她会这么说，林杰又是一愣。

她没有惊讶，只是因为是谢野。

是他，所以可以做到。

林杰回神，忽地也笑了下："也对，野哥确实可以。"

池栀语听着点点头，反问："所以你最近这么崇拜谢野就因为这个？"

"啊？"林杰又蒙了，"我崇拜谢野？"

池栀语靠在椅背上，抬了抬下巴："最近你们俩在我面前'暗度陈仓'这么久，以为我不知道呢？"

林杰斟酌一下，开口："池妹妹，'暗度陈仓'这个词……"

"你们这样很不对。"池栀语摆出严肃的脸打断他，"上课不好好上，休息时间还在说游戏，干什么呢？"

"没有没有。"林杰连忙摆手解释，"我只是和野哥探讨一下经验而已，绝对没有影响他学习。"

池栀语朝他摇摇头："你这句话有严重问题不知道吗？"

林杰愣了下："啊？有什么问题？"

池栀语看了他一眼，高深莫测道："经验不是问来的，是由实践积累来的。"

"你要自己去练习发掘，谢野是不能永远帮你的，知道吗？"

"还有，以后还是要少接触游戏，它会让你误……"

下一瞬间，池栀语的脑袋被人敲了下。

"乱当什么老师呢？"

闻言，林杰抬头看向从外头回来的少年，穿着洗得干干净净、熨得一丝不苟的外套，衬得皮肤冷白，样貌出众得很。

他拿着重新接好的水杯，随手放在池栀语桌角。被打断后，池栀语下意识仰头，瞬间撞上谢野那张不可一世的脸。

下一秒，脑海突然里想起了之前在谢家听到的那句呢喃。她一顿，捂着脑袋瞪他："打破相了怎么办？"

谢野拉开椅子坐下，语调懒懒地说："头是你的脸？"

"头很脆弱的好不好？"池栀语揉了揉自己的脑袋，眼睛看到了他刚拿回来的水杯，正要动作。

谢野的声音直接打断她："别碰那水。"

被他发现，池栀语讪讪地收回视线，转头扫他："我还要说你呢！"

谢野懒洋洋道："行，你说。"

被他这态度一弄，池栀语噎了下："我这教育你呢，态度能不能放端正点？"

林杰看着这幕，觉得此地不宜久留，迅速转身。

这边谢野闻言，挑了下眉："你教育我什么？"

池栀语眯眼："玩物丧志。"

"噢。"谢野扯了唇，"池仙姑又算出我丧什么志了？"

池栀语面无表情道："你，丧失了对学习的爱。"

谢野懒得理她，拿着桌上的试卷正准备要写。

池栀语在旁边看着，"啧"了一声："谢野，你也太做作了吧，现在装这副好好学习的样子给我看。"

谢野扫过题目，选了个A，侧头扫她："陈福庆找你说了什么？"

这人是故意的。

哪壶不开提哪壶。

池栀语忍着气，转头直接拿起水杯，想着熄灭一下心中怒火。

谢野瞧见皱眉："放下。"

"我没喝。"池栀语打开杯盖，放在一边放凉，嘟囔一声，"我又不是傻子。"

"你不是？"谢野轻嗤一声，"那之前被烫到的是谁呢？"

池栀语每天必喝好几杯的水。

有次忘记了是刚接的开水，没怎么注意就直接打开盖子喝了一口，舌头被烫到的一瞬间，她还不小心咬到了自己的舌头，眼泪都被疼得流出来了。当时吴萱还是她同桌，一转头就看见她红着眼睛在哭，以为是哪儿被烫伤了，连忙拉着她往医务室跑。

之后当然没什么大事。只不过，当时池栀语正背对着门，嘴里含着校医给的冰块时，听见吴萱看着她后边发出了疑惑的一声。

池栀语闻声音，微微转过头看去，就对上了谢野的视线。

池栀语愣了下，没想到他会在这儿，回神后就看清了他的脸。他的唇线抿直，脸上没半点表情，狭长的眸微沉，带着阴郁。

他生气了。

意识到这点，池栀语立即选择不说话。

吴萱自然也能察觉到，连忙开口："你们聊你们聊，我买瓶水去。"校医也不知道去哪儿了，房间里只剩下他们两个人。池栀语坐在位置上，一点点转过身子看着对面的谢野，无奈地挥了挥手，咬着冰块含糊地一声："嘿。"

谢野走到她面前，见她好端端地坐着，没受什么外伤，眸底的沉郁稍敛了敛，低下眼，盯着池栀语的脸，没有说话。

池栀语和他对视了几秒，扯唇笑了下："好巧啊，在这儿碰到。"话音落下，她意识到不对劲儿，"嗯？不对，你为什么在这儿，哪儿受伤了吗？"

嘴里的冰块有些妨碍说话。

"你等下。"池栀语皱起眉，拿过一旁的纸巾打算吐出来。

见此，谢野表情不大好，声音冷漠："乱吐什么？"

池栀语含着冰块："这样很难说话呀。"

"不会闭嘴？喝水都不会喝，还说什么话？"谢野的语气毫不客气，嗤了一声说，"也对，连开水都直接喝了，是嫌自己命太长了是吧。"

听着他的语气有些重，池栀语含着冰块，不满道："你有病吧，凶我干什么？我又不是故意的，而且我也疼啊。"

谢野冷着脸："现在知道疼，早干吗去了？"

池栀语也不爽了："我要早知道，还会和你在这儿对骂？"

她的情绪有些激动，一时间忘了刚刚校医不让她说话，牙齿咬着冰块一错，又咬到了自己舌头，还是刚刚受伤的地方。

"呜！"池栀语身子顿时一抖，抬手捂着嘴。生理反应下，眼泪又冒了出来。

谢野瞧见面色一僵，立即走上前蹲下身，皱着眉仰头问她："怎么？又咬到了？"

被他这么一问，也不知道是泪腺太发达，还是怎么的，池栀语鼻尖一酸，刚刚的委屈和不爽冒了出来。她也不敢再乱说话，只是红着眼眶，眼睫上挂着泪，瞪眼看他。

在心里把人骂个狗血淋头。

但当时谢野没有回话，半蹲着身子，仰头和她对视了几秒后，突然低下头，黑发落于额前，掩住了隐晦不明的眉眼。

池栀语愣了下，正要开口问他。

而下一秒，谢野不知道发什么疯，忽而抬起手来，掌心轻轻盖住了她的眼睛。

猝不及防地，池栀语眼眸下意识一垂，因为两人一蹲一坐的。她忽而以从上往下的角度，看见了他的喉结上下滑动过的弧度。然后——

听见他哑着嗓子道："别骂人。"

# Chapter 8
## 占我便宜·贪心鬼

"大哥，这都多久之前的事了啊。"池栀语听他又提这事，无语开口。

谢野慢悠悠反问："所以你没被烫？"

"烫……"池栀语拉长音，"确实是烫了，但那是失误，我又不是故意的。"

见她这样，谢野嘴角一哂，端过她桌角敞口的水杯，放在自己桌上。

池栀语看他端走自己的杯子："拿我杯子干什么？"

谢野指尖敲了下那随意一碰就能倒的杯身，抬眸瞥她："没长记性？想再去医务室吃冰块？"

被他一提醒，池栀语想起了当时舌尖上三番五次的疼痛感，立即闭上嘴了。但同时她的脑子顿了下，突然想起了当时她好像问谢野为什么去医务室，他没回答，反倒还把她骂了一顿。

之后话题跑偏。

她也没来得及问，到现在也不知道这人怎么会那么快到医务室去。

现在想来，池栀语眨了下眼，这事好像也不是什么大事。她瞥了身旁人一眼，想现在如果问了，这人可能也不会告诉她，反倒还会嘲讽她几句。

池栀语决定不自取其辱，看了眼那水杯敞着口，还冒热气，有些危险。她转头拿过盖子，老老实实地把盖子盖在杯口。

见此，谢野挑眉："做什么？"

池栀语眨了下眼，真诚道："我觉得还是慢慢凉吧。"

谢野："你有病？"

池栀语看他："没事，我不渴。"

谢野"啧"了一声："打开。"

池栀语不听，反倒拧紧，随口道："不开，水如果倒出来把你烫到了，我可担待不起你这臭脾气，而且我不渴啊。"

谢野扬了下眉："你不渴？"还没等反应，就听见他似是明白了什么，模样气定神闲，不带半点心虚地"噢"了声，"你想多了。"

"嗯？"

"是我渴。"


被陈福庆教育后。

之后的物理课上，池栀聚精会神地在听讲，至于有没有听进去，也就不知道了。但陈福庆看着她这认真的态度，倒挺满意的，难得没有再找她的碴儿。

池栀语一直熬到了下课铃声响，瞬时倒了下来，趴在桌上。

前边的苏乐伸着懒腰，转身正要问谢野问题，一看她这无力的样子，笑出了声："池妹妹，你这是被抽了灵魂吗？"

"我已经没了。"池栀语低头趴着，回答的声音闷闷的。

苏乐笑："这夸张了，福庆的课又不难懂的。"

池栀语摇手挣扎："我们不一样，不一样。"

苏乐看着她这样，想起问："早上陈福庆找你谈话了吧，又说你什么了？"

"他还能说什么。"池栀语垂下手，"就那么几句话来回重复，又问我是不是针对他，对他有意见。"

苏乐好奇："你回答是了？"

池栀语抬头扫他一眼："我是不要命了吗？"

苏乐眨眼："那福庆就没说什么了？"

"说了。"池栀语撑着下巴，懒懒地瞥谢野，"让我多向班上的好学生，还有同桌请教经验。"

闻言，苏乐转头看谢野，"啧"了一声："你怎么回事？池妹妹都这样了，你就不能帮帮她给她复习复习物理？"

谢野写着试卷，眼都没抬："关我什么事？"

似是没料到他这样，苏乐被呛了一下："你还有没有点自觉啊？"

池栀语一点也不惊讶，无所谓道："我也不指望他，反正他教了我也不会。"

"那就是他没耐心。"苏乐恨铁不成钢地看了眼谢野。

谢野掀起眸看他："又有你什么事？"

"我这……"苏乐表情从容道，"发表一下小小的意见。"

"意见？"谢野身子懒散地向后一靠，语气淡漠道，"噢，我不参考。"

苏乐应该不想挽救他了，转头看池栀语："没事，他不教，我来教你。"苏乐的成绩是可以的，教她物理绰绰有余。

池栀语眨眼："你教我啊？"

苏乐点头，想了下："总不会你还嫌弃我吧？"

话音落下，谢野平静地看着他。苏乐对着他冷淡的视线，挑了下眉，莫名带着挑衅。谢野看着他，没什么反应，安静了几秒，似乎是笑了一下，微挑着眉，听着身旁人说话。

"嫌弃倒不会，但……"池栀语真诚开口，"我怕你被我气死。"

苏乐："啊？什么？"

"不瞒你说，"池栀语伸手比了下谢野，"这位，是你的前车之鉴。"

谢野面无表情。

苏乐乐了："还前车之鉴，怎么回事？"

池栀语摇摇头："算了，说多了都是泪，物理和我不对头。"

苏乐："不是，你不说，我怎么知道这困难是什么？"

"就好比一道题吧。"池栀语举例，"你可能要连着教好几遍，但我还是都不会，然后你怒火攻心，最终造成惨案。"

"你这都什么形容词？"苏乐觉得好笑。

池栀语："给你直观感受啊。"

"行，这感受不错。"苏乐貌似觉得这事挺有挑战性，往旁边一靠，"那我就试试看，这惨案是什么样，谢野你这前车之鉴觉得呢，要不要来给个意见？"

听到这话，池栀语眨了下眼，这事干吗还要问谢野，他又不是她的代言人。想着，她转头看他。

"哦。"谢野长腿往前伸了伸，指间的黑笔轻轻转了两下，抬眸看他，语调不咸不淡道，"你试啊。"

"不试了。"苏乐咳了一声，转头看池栀语，"池妹妹，这事我也是开玩笑的，你可别当真，还是让谢野这前车继续当着吧。"

池栀语本来也没怎么在意，可现在听着苏乐的话，莫名觉得这两人的气氛有点不对，他这回答特别有种被人威胁了的感觉。

她狐疑地看他，应下："嗯，行。"

苏乐点了点头，然后看了眼时间，夸张地"哟"了声："我忘了要接水。"然后边说着，边拿起水杯起身问了池栀语要不要接。

池栀语摇摇头："不用了，我还没喝完。"

"好，那我去了。"

苏乐迈步往后门走，步子还挺快，像逃跑一样。

池栀语盯了几秒，转头往旁边看。谢野坐在座椅上，除了刚刚回了苏乐的话以外，没再发声，像是完全没参与过话题一样。

池栀语见他这样，眯眼开口："你，有问题。"

谢野疑惑了一下。

"你的态度有问题。"池栀语指出。刚刚那句"你试啊"太简单，也太顺从了。按照这人的性子，应该要反驳几句，让苏乐心中饱含怒火，无语凝噎才对。

谢野轻抬眼皮，没搭腔。

池栀语眨眼："干吗？你难道做了什么对不起苏乐的事吗？心虚了？"

"不然是苏乐做了什么对不起你的事？碍于兄弟情，你要在沉默中爆发？"池栀语反着猜一句。

这话说出来，谢野终于有了反应。他盯着她，唇角轻扯了下，像是嗤笑了声，没说话。

然而，池栀语却懂了。

因为她在他那双黑眸里，清楚地看见了两个字——

傻子。


傍晚放学回家。

池栀语一打开门，就看见了客厅里的白黎。她坐姿端正，听见开门声后，抬眸浅笑道："阿语，回来了。"

这话是等她挺久了。

特地。

闻言，池栀语眉心微不可见地蹙了一下，应了声，随手关上门，换鞋进屋。王姨走来接过她的书包和外套。

池栀语看向她，用眼神询问今天白黎发生了什么事。

王姨轻摇了摇头，而客厅里的白黎没给她时间准备，又开口唤了声："阿语，你来一下。"

池栀语顿了下："好，我马上来。"

她接过王姨递来的温水，迈步走到客厅沙发区。

"坐这儿来。"白黎拍了拍自己的右侧。

池栀语没反抗，安静地坐到她身边，忽而注意到茶几上摆着成绩表，愣了一下。

白黎也没有废话，拿起表格，开门见山道："我收到了你们班主任发的期中成绩，你看看这儿，物理成绩为什么这么差？"

池栀语没想到是这个问题，听到后莫名松了口气，解释道："我物理基础本身有点差，我最近在改变一下方式重新学。"

"妈妈本来并不担心你的文化成绩，但你的物理是很大的拉分项，别人轻易就能拉过你夺取你专业的第一名知道吗？"

"嗯，我知道。"

白黎翻了下成绩单，下令道："我明天给你请一个课外物理老师，放学再多花两个小时来学这门课。"

池栀语眨眼："那晚上的舞蹈训练……"

白黎看她："这个当然照常，还有两个月就要艺考了，专业训练怎么能断？"

池栀语觉得头有点痛，尝试平静地给她分析："学校物理老师也是专业的，您不需要再给我请老师了，而且晚上我从舞蹈室回来已经很晚了，写完作业也没什么时间，这样可能没效果。"

白黎没说话，似乎在思考她的话。池栀语脑子一转，又补充了句："我最近都让谢野教我写作业。"

闻言，白黎一时忘了还有谢野，抬眸道："他教你？"

池栀语神情自然地点头："他是我们全校第一，而且物理满分，可能比您请的老师更清楚我的学习情况，不会有什么问题的。"

白黎知道池栀语和谢野两人关系不错，但之前两人不同班，她就没怎么在意。现在他们不只是同班，连同桌都做了。

可能猜到她的心思，池栀语淡淡出声："除了学习外，因为我经常去舞蹈室，所以和他没有过多的交流，您放心，只是朋友。"

白黎听着她这么直白的话，难得愣了下，反应过来时，盯着她平静地唤了声："阿语，我不关心别人。"

"但你是我的女儿，我需要你成为一名最棒的舞者，考上最好的大学，站在最夺目迷人的位置上，所以……"白黎语气很温柔，"希望你能对这个目标做出该有的努力和决定，知道吗？"

池栀语捧着水杯，指尖不自觉地收紧，扯了下唇："我知道，我会让您和……"话音顿了下，她接着说，"爸爸感到骄傲的。"

得到保证，白黎还算满意，退一步道："这样，妈妈也不勉强你，如果你想和谢野学习，我不反对，但是期末的时候我需要看到你的物理成绩能提升，可以吗？"

白黎放出条件要求。

池栀语巴不得这样，点头："好，我努力做到。"


一场勉强以池栀语胜利的谈判伴随着晚饭的结束而结束。池栀语也有了光明正大往谢野家跑的理由。她上楼拿起物理作业，直接给谢野发了信息："有事和你说，我过来了。"

也没等他回复，池栀语迅速往对面谢家跑。

因为简雅芷没把她当外人，直接告诉了她家大门的密码。

但池栀语也还是先按了门铃，简雅芷打开门瞧见她，连忙让她进来，柔声问："吃过饭了吗？"

池栀语点头："吃过了吃过了。"

简雅芷给她倒了杯水，笑着问："那是来找谢野的吗？"

"嗯，我找他教我写作业。"池栀语喝了点水。

"他能教你啊？"简雅芷又笑。

池栀语歪了下头："能的吧。"

觉得她反应可爱，简雅芷替她拿过水杯，轻笑道："你上去看看吧，可能在楼上玩游戏。"

池栀语闻言，皱了下眉。

又在玩游戏。

她朝简雅芷点了下头，转身走到楼梯口往上。

谢野的房间靠外，和简雅芷的房间正对。

小时候串门的时候，她已经跑习惯了，后来知道男女有别，她就很少上楼找他，基本上都会先发信息知会一声。

池栀语走到房门前，抬手敲了敲门。

等待期间，她低头看了眼时间——六点。

还早。

池栀语等了一会儿，没人来开门。她又敲了下，等了几秒后，还是没有。她觉得这人可能戴着耳机沉浸在游戏里，没听到敲门声。她"啧"了一声，伸手握住门把手，手腕向下一压，门没锁。

池栀语推开门，迈步走了进去。

屋内的格局很大，床摆在中央，床头柜在左侧，靠阳台的一边摆着书桌，上面还有电脑，屏幕亮着。

池栀语扫了圈，没看到谢野的身影。她有些疑惑，拿出手机，准备低头打字问人在哪儿。

身后门没关。

谢野从书房回来，就看见了站在自己房间门口的人。他抬了下眉，慢悠悠地迈步接近她。步伐轻缓，悄无声息的。

谢野来到人身后，见她低头不知道在干什么，都没察觉到他。谢野身子稍稍下弯，俯身看她。

前边的池栀语打完字，点击发送。

信息转了一秒后传送了出去。

下一刻，她听到了身后突然响起的一声"叮咚"。

池栀语愣了下，下意识转身看去，视线一晃。还没来得及看清什么，池栀语感到了自己的唇角碰到了什么。

谢野弓着身子，一瞬间感到下巴一热。

他眼皮低垂着，极近的距离下，能看清眼角那颗褐色的痣，眼睫不算很长，却十分浓密，根根分明如鸦羽，微垂至眼尾上挑，深黑的眸底折映着她的脸。

池栀语移开视线，身子立即往后一退，下一秒，她察觉到谢野似乎也回过神，随后站直了身子。

屋内安静，隐约有电脑运作的声音。

池栀语站在原地捏着手机，莫名有些不敢看他，视线往四处瞟了一下，匆匆低头看了手机一眼，声音强装自然地问："你在我后面不说话干什么？"

没人回答。

池栀语抬头看他，忽而和他那略显晦涩的目光对上。身体僵了一下，池栀语迅速移开眼，随口扯了句："这不怪我，是你先在后面不说话的。"

话音落下，莫名有种此地无银三百两的感觉。

果然，下一秒谢野抬眼看她，声音低哑："我说你什么了？"

池栀语清了清嗓子，表情镇定道："怕你污蔑我，我解释一下。"

"污蔑？"谢野靠在一边的墙上，盯着她的表情不紧不慢开口说，"刚刚那不是事实吗？"

池栀语直接转身就往屋内走。

谢野低眼，落在后边，垂眸压着眸底的情绪，手指微蜷，渐渐收紧至身侧，移步跟着她往前走。

池栀语坐在一旁的沙发内，随手把作业放在茶几上："我找你说这个事。"

"噢。"谢野随意坐在她旁边，伸手越过她倒水，"我也和你说个事。"

他身子微低，凑过来拿杯子，池栀语不动声色地往后靠了靠，轻咳一声："什么事？"

"你。"谢野侧过头，抬眸陈述事实，"刚刚占我便宜。"

池栀语莫名觉得脸有点烫，有种做坏事被人抓包的窘迫感，还有，迟来的羞耻。

她捏着手，忍了忍，硬撑着为自己辩解道："你误会了，只是转头不小心蹭到了。"

闻言，谢野直勾勾地看着她。

池栀语从容不迫地和他对视，等了几秒，她渐渐有些撑不住。

谢野忽地扯了下下唇，似是笑了："你能编点像样的话吗？"

池栀语一听这话就知道不对。

她怕自己先败下阵来，直接转移话题，敲了下茶几上的物理作业："这个要你教我。"

谢野当然能猜出她的小心思，也不揪着不放，顺着她的话问："教什么？"

池栀语放松了些："看不见这物理两个字吗？"

谢野："所以？"

"所以……"池栀语眨了眼，"我找你教我物理啊。"

谢野闻言似是明白了，"哦"了声："找我干什么？"

池栀语觉得这人可能听不懂人话："因为你物理最好啊，福庆的心头宝好不好？"

谢野看她："苏乐呢？"

"啊？"池栀语眨眼，"这关苏乐什么事？我又没让他教我。"

可能是话里的某个词取悦到了他，谢野懒洋洋地"嗯"了声。

池栀语闻言，以为他同意了，自然地问："所以你会教我的吧？"

"嗯，"谢野端起水杯，道了句，"不教。"

池栀语："为什么？"

谢野随口道："浪费时间。"

之前池栀语当然也找谢野求教过物理，一开始谢野脾气还算好，以为她是转性了突然想好好学物理，所以点头答应了教她。然而每次都是以池栀语陷入睡眠为结局，又或者谢野自己先不耐烦而放弃了。

所以池栀语之后也放弃了，不再找他求教。

"不是。"池栀语举手保证，"这次你相信我，我一定好好学，我发誓。"

闻言，谢野挑了挑眉："真假？"

池栀语"啧"了一声："这回是真的，我妈看了我的期中成绩，然后要给我找物理老师补习，但我不想，我就说我和你学。"

谢野抬眸："你妈同意？"

池栀语听见这反问，面色顿了下，随后点头自然道："同意了。"

谢野看着她，等候后续。

"但是，"池栀语微笑道，"她要我期末一模的时候物理成绩必须有提高。"

这是条件。

谢野不意外。

白黎是什么样的人，他就算不去了解，通过池栀语就能间接地感受到。只不过池栀语不愿意让他去接触白黎，虽然她没有明确地提过，但他可以看出来。

她不想，不想让白黎和他见面。

"就这？"谢野语调不咸不淡地道。

"什么叫就这？"池栀语皱眉，嘟囔一声，"这个对我来说很难好不好？"

要不是白黎能破天荒地答应让谢野来教她，不然她才不会答应这个破要求。

谢野笑："怕？"

池栀语叹气："当然怕啊，我物理什么样你又不是不知道，如果这回你又教不好我怎么办？"

那白黎可能直接否定了谢野，打心底就不会让她接触他。

然后……

"乱想什么呢？"谢野敲了下她的脑袋。

池栀语抬眼。

谢野对上她的眸，扯了下唇："有我在，你还怕什么？"

池栀语看着他，不说话。

"要是还怕，那就跟着我学。"谢野抬手揉了下她的脑袋，语气似是哄着小孩，"然后我们俩谁也不会落下。"


虽然谢野答应教她物理，但答应是一回事，真正实践下来又是另一回事。池栀语答应了认真听陈福庆的课，试卷也会好好写，周末再加额外的教学，等于谢野一周教她两次。

一开始，谢野也还挺尽职敬业的，遇到教了她好几回还不懂的地方，也不会多说什么，只是认真地再教一次。

然而这人总不能装太久，迟早会暴露本性。

这话在谢野身上完全体现了出来。

教了三次后，他不耐烦了，态度开始转变，池栀语老被他说，哪儿能忍，态度也好不了。

以此为开端，之后每节课基本上两人都是以这种状态结束的。

最终熬到期末一模的前一个周末。

当天晚上，池栀语坐在桌前，觉得这样不是办法，至少要做到好好地复习，拿笔看着身旁的人："现在休战，好好说话教课，不准讽刺骂人，不准生气。"

谢野轻嗤了一声。

池栀语"啧"着："听到没有？"

谢野翻开书："我没聋。"

"那我当你同意了。"池栀语递给他笔，又提醒一遍，"别生气，好好说话。"

谢野皱了下眉："还上不上？"

"上，开始吧。"池栀语点了下头，摊开草稿纸，但还是有点怀疑地看着他，"你不会憋着招等会儿骂我吧？"

谢野抬眸，扫了她一眼："我有病？"

这也说不准。

约定成功。

然而五分钟后——

没病的少年，指尖敲着桌面上的试题，抬眸看她，声音冷漠地问——

"抛物线弧度被你吃了？"

"你脖子上那东西是摆设？"

"第二题空着等我给你写？"

少年话音落，池栀语摔笔，面无表情地看人："谢野，你今天一定要和我吵一架是不是？"

池栀语指着刚刚她画的抛物线："看到这弧度没有？"

"等会儿你再吵，我把你扔出这弧度。"池栀语语气很不友好，"懂？"

闻言，谢野玩味般地看她，没说话。

池栀语咳了一声，重新拿起笔，朝他抬了抬下巴："上课。"

谢野淡淡"嗯"了声，翻页开始讲题。

他这态度弄得池栀语愣了下。这人怎么这么……乖顺？

等会儿，乖顺？！

这个词浮现在脑海里的一瞬间，池栀语否定了。谢野这人只有狂妄放纵，绝不可能和乖顺沾边。

池栀语盯着他。

谢野眼都没抬："还学不学？"

池栀语眨了下眼，指出："你怎么不回我？"

按常理，应该要再驳回来才对。

谢野"哦"了声："我可不敢。"

池栀语："嗯？"

把草稿纸上的错题圈出来推到她面前，谢野瞧她，似笑非笑道："都要被呈抛物线扔出了，我怎么敢说您呢？"

这是反话嘲讽。

决定要好好复习，池栀语不回话，低头看题目。

虽然谢野的态度有问题，但他教得没有问题，反倒很精简。本身池栀语的物理基础就差，他也没有弄什么大难题给她，拿了些典型的例题，让她自己解，记住解题套路和类型后，举一反三。

就算有不懂的，他也会直接给她讲解，没半点废话，点出重点和关键环节，拿题中的几个公式套用。

池栀语也不傻，一听这主要的一环后自动就明白了下一环，顺着就能自己解答了。只是都难在了那主要一环而已。

考前的复习结束。

谢野撑着下巴坐在一旁看她独自解最后的题目，扫了眼时间。

池栀语低头算完后，长舒了一口气推给他："这次肯定全对。"

听着她笃定的语气，谢野接过慢悠悠地看着公式过程。

池栀语看着他的视线一点点地移动，莫名有些紧张，往旁边靠了下，没怎么注意地顺手拿起前面的水喝了一口。

她放下杯子时，忽而注意到杯身是蓝色的。

池栀语一僵，转头看向旁边，有另一个粉色的杯子。

她还没反应过来的时候，就听到旁边谢野翻页的声音，池栀语立即收回手，转头。

谢野看完最后一道题，随手把试卷放在桌上："你自己看看。"

"错很多？不会吧？"池栀语拿过低头看去。

前面选择题和填空题没什么问题，错得不多，最主要的是后面的大题。头两道是基础简单的，后面的……

池栀语就看着谢野在她的答题上画了个大大的叉。

显眼得不得了。

池栀语皱了下眉，仔细找着自己错哪儿了："不是，这是我算错了啊，我只……"

池栀语一抬眼，话音顿住了。

谢野单手端起杯子，喝了一口水，闻言看向她。

倏地和他对视上。

池栀语平静地瞥开眼，扫过他手里的蓝色杯子，莫名觉得有点口干舌燥："你，什么时候拿的杯子？"

谢野随口说："刚刚。"

像是突然反应过来，池栀语猛地低下了头，完全不敢相信会发生这样的事情，池栀语的心情有些崩溃。

"想钻进试卷里？"谢野看她一直低头趴着，出声问。

池栀语回神连忙抬头："没有，我休息一下。"

谢野也没在意，重新倒了杯水继续喝了一口。

池栀语不知道是脑抽了还是怎么的，突然开口问了句："水好喝吗？"

几秒后，谢野抬眸："你觉得呢？"

池栀语故作淡定："我随便问问的，看你喝这么多。"

"我喝多少……"谢野话一停，看着她若有所思道，"关水什么事？"

他这问题问到点子上了，但有些不对。

谢野这人向来不是好骗的主，当然也不是会吃亏的主。

一旦被他发现有问题，那就是逃不掉了。

"不是，我真的是随便说的，这和水没有任何关系，你放心喝吧。"池栀语怕他多想，又快速解释了一遍。

"我又没说水有问题。"谢野把杯子放下，往后一靠，上下扫视着她，"你急着解释什么？你做了什么？"

"我能做什么？"池栀语蒙了，"我不是一直和你坐在这儿吗？"

谢野的语气不咸不淡："只要你想做，什么做不到？"

池栀语无语："什么叫我想做就能做到，我难道还是什么神仙吗？"

"忘了？"谢野挑眉，语调稍抬，"仙姑法力高强，算命都会了，别的应该也都可以的吧。"

池栀语看着他又端起水杯，视线便不自觉地往杯口方向看。

谢野注意到，眉梢轻扬："看什么？"

池栀语顿了下，随后移开视线看他，佯装茫然不知："啊，我看什么了？你看到我看什么了吗？"

谢野没说话，只是看了眼自己的杯口，而后抬眸看她，目光灼灼。

池栀语顶不住压力。"行吧，实话和你说。"池栀语指了下水壶，面不改色道，"我只是想喝水，问问你烫不烫而已。"

睁眼说瞎话。

"是吗？"谢野直勾勾地盯着她，像是想看出点什么来，"扯这么大一圈就为了喝个水？"

池栀语神情淡定道："这不是你一直觉得我有问题，我才没说的嘛。"

"行。"谢野坐直，单手把水杯递给她，"那喝吧。"

池栀语看着他把手里蓝色的杯子递来，僵了僵："做什么？"

谢野手臂撑在桌上，往她的方向靠了靠："不是要喝水？"

距离拉近。

"啊？"池栀语下意识看了眼他的唇瓣，莫名有些紧张，咽了下口水，"喝水就喝水，你干吗把你的杯子给我？"

话音落下。

谢野似是也才想到这儿，收回手："哦，忘了。"

池栀语无声松了口气："好了，题目写完了，课也讲完了，我下楼找芷姨了。"说完，她顺手拿过一旁的粉色水杯，起身往楼下走。

谢野坐在位置上盯着她的背影，单手转了转手里的水杯，指尖划过杯口。

染上了水渍。

"咔嗒"一声，门在身后关上。

池栀语站在原地，轻吐了一口浊气，吊着心终于放下了。刚刚被他一个个问题逼问着，她都怕自己顺口就说了出来。

还好还好，她还算机智。池栀语拍了拍自己的心口，迈步下楼，在楼梯口时正好碰到了准备上来送水果的简雅芷。

"芷姨怎么了，有事吗？"池栀语走下台阶问。

简雅芷端着水果笑了下："怎么下来了？我买了些橙子，想给你们送上去呢。"

池栀语了然："啊，不用了，我们课已经上完了。"

"那正好来客厅吃水果吧。"简雅芷转身领着她往回走。

"好，那我来端吧。"池栀语顺手帮她端过盘子。

简雅芷看着她手指上还挂在水杯，替她拿下来："这是要喝水吗？我去厨房给你倒茶吧。"

"好啊，谢谢芷姨。"

池栀语端着果盘放在客厅茶几上，往后坐进了沙发，拿起一瓣橙子撕开果皮，尝了一下。

恰好此时，不知道什么时候下来的谢野端着她的杯子突然出现，坐在了她旁边。

池栀语察觉到沙发一陷，侧头看清是他，愣了下："你什么时候下来的？"

谢野抽了张纸给她擦手："你和我妈在楼梯口聊天的时候。"

"哦，好吧。"池栀语把果盘推到他面前，"芷姨买的橙子，你尝尝。"

谢野淡淡"嗯"了一声，随手拿了一个。

池栀语见他吃下："好不好吃？甜的吧？"

谢野提出："太甜。"

池栀语："那你别吃。"

谢野可能觉得腻，顺手就拿起了手边的水杯。池栀语余光看到他端杯的动作，突然觉得有一丝不对劲儿，立即转头看他。

就见谢野已经放下杯子，而那杯子颜色是粉红色的。

"你拿错了。"池栀语平静地提醒，"这是我的杯子。"

谢野闻言，仿佛也察觉到不对："噢，不小心拿错了。"

两人视线对着，周围除了电视声响着，还有厨房内简雅芷和阿姨的轻轻说话声。

几秒后，池栀语有些顶不住地移开眼，看了眼他手里的杯子，迅速地思考了一下，随后仿佛明白地"啊"了声。她点了下头，微笑道："我没喝过这个杯子，你放心吧。"

闻言，谢野挑了下眉，慢悠悠地开口："那是我想太多了？"

池栀语眨眼："是的吧，不然……"她看了眼他拿着杯子的动作，莫名觉得有另外一种可能，抬眸看着他稍疑，"总不可能是你故意的吧。"

"噢，你放心。"谢野听出了她的意思，眉梢微扬，"我没喝。"

"嗯？"池栀语一愣，反应过来，"你没喝？"

谢野淡淡地"嗯"了声，随手把杯子放在茶几上。

池栀语看了眼杯子，抬头看向他，有点蒙："那你刚刚还说你喝了？"

谢野一脸坦然道："噢，骗你的。"

池栀语想起来她刚刚确实没看到他喝，只看到了他拿着杯子放下来，但那动作都会让人下意识觉得他喝了。

没想到他根本没有，而且还骗她。

池栀语只觉得刚刚吊着气在这一瞬间不值得了，好想暴打他。

她往谢野的方向看了眼，就见他像没骨头似的瘫在座位上，半耷着眼看向前边的电视屏幕。他的眉眼生得极为好看，内勾外翘的，尾睫上扬，眼尾微敛，此时还是那副冷感，但莫名带上了几分惬意，姿态懒散。

池栀语还用余光注意到，他的指尖在沙发扶手上轻敲着，一下又一下，轻慢又有规律。

看上去心情貌似挺不错。

池栀语看过这情景，微微转头往电视的方向看，正在放卫生用品的广告。池栀语好心提醒他："如果你哪儿有问题，还是去医院看看吧。"

# Chapter 9
## 课外补习·成果

期末的一模考被老师们都说腻了。

什么"这是你未来高考的参考成绩，是市里的统一考试，要好好重视，把它当成真正的高考来对待""最后成绩的排名也是你的参考，考出什么样就完全靠你自己的努力"。

班上的人都有些紧张了，忧心忡忡的，都怕自己考不好，打击了自信心，毁了心态。之前池栀语本来也没什么想法，但还是被白黎弄的那一出影响了，轮到第二天下午物理这门考试时，她难得也有些不平静了。

和她同考场的吴萱看她这样，笑了："你怎么回事？又不是没考过，慌什么？"

"我倒也想不慌。"池栀语叹气，"但我一想到考砸的后果，我就觉得头疼了。"

"没事吧。"吴萱想了想，"成绩起起伏伏很正常啊，就算考砸了你妈也不可能怪谢……"话没说完，她又想到自己了解到的白黎的个性，卡了一下，又迅速改口，"好吧，她还真的有可能会。"

池栀语"啧"了一声。

吴萱看她："你这又担心你妈，又操心谢野的，到底是什么想法？"

虽然吴萱也算和这两位一起长大，但她看不懂谢野。看池栀语吧，也觉得很难懂。他们俩虽是青梅竹马，却也真不像相亲相爱的邻家兄妹。

还真有点搞不懂他们。

"没想法。"池栀语趴在桌上，懒懒地回答。

吴萱："骗谁呢。"

池栀语眨眼："真的啊，骗你干什么？"

吴萱："我怎么知道，反正我就是觉得有问题。"

"哦，"池栀语眨了眨眼，慢悠悠开口，"我说，你可以回座位了。"

吴萱眯眼看她："干吗？"

池栀语视线看向讲台："监考老师来了。"

吴萱转头确认是真话后，迅速站起身往隔壁组走。

监考老师提着试卷袋进来，扫了一圈教室里的人："想上厕所的，现在先去上，等会儿考试的时候最好不要再出去了。"

话音落下，有三四个人站起身往外走。池栀语坐在位置上，余光看见窗外有人影经过，下意识偏头看去。她的位置在第一排靠窗，推拉的玻璃窗开着，楼道上来往的人能看见她，她也能看见他们。

可能其他考场的老师也是说了考前去上厕所的事，她瞧见有人陆陆续续地经过。恰好此时，李涛然和苏乐的身影冒了出来，他们俩瞧见窗边的池栀语，愣了下后，连忙挥手打了下招呼。

池栀语看着他们俩的表情，笑了下，正打算点头，下一刻，池栀语就注意到谢野的身影出现在了视野里。他单手插兜，慢悠悠地跟在苏乐和李涛然身后，大长腿不疾不徐地迈着，仿佛是在散步。

出现得无声无息。

可能是嫌天气太冷，他把校服拉链拉到了底，领子微挡着下颌，看上去懒散又困倦。

前边的李涛然小声开口唤了句："池妹妹。"

池栀语闻言回神看他，用眼神询问什么事。

李涛然握起拳，还挺关心地激励她："物理加油啊。"

话音落下，池栀语看见了谢野忽而抬起眸，往她这儿看来。

池栀语目光微愣，反应过来时，三人已经经过了她。上完厕所的人已经陆陆续续回来，监考老师开始讲考场纪律。

闻言，池栀语回头看向前方，眨了下眼，回想起刚刚和谢野的对视，脑海里突然冒出了一个不可思议的想法。

这人……

也是来给她加油的？


九十分钟的时间不知不觉过去。铃声响起的时候，池栀语放下了笔。

"时间到，所有考生停止答题。"监考老师出声示意。

池栀语看着试卷和答题纸被收走，等了一会儿后，大家按照老师的话起身陆陆续续退出考场。

走出教室的一瞬间，池栀语长舒了口气，身后的吴萱赶上来："怎么样怎么样？答出来了吗？"

池栀语摆手："行了行了，可以放心了。"

吴萱眨眼："这么自信啊？"

池栀语："类似的题型我都在谢野那儿做过，没什么问题。"

吴萱"啧"了一声："谢野可以啊，挺强的啊。"

池栀语心情也很好地点头："当然。"

吴萱闻言意味深长地"哦"了声："那你也可以放心了吧。"

"池妹妹！"后边传来一道声音打断了她的话。

李涛然走来看着两人，小声问："考得怎么样？可以吗？"

吴萱忍了忍："你就不能晚点过来？"

李涛然说："我出来就来找你们，怎么了？"问完，李涛然看着吴萱憋着气的表情，顿了下，"你……物理考砸了？"

"没事没事，这只是模拟考，别放心上。"

"你要记住，阳光，总在风雨后。"

池栀语实在没忍住，不厚道地笑出了声。

"笑什么？考得很好？"后边领着谢野过来的苏乐，看着这幕，扬了下眉。

池栀语点了下头："还行。"

谢野闻言，扫了她一眼："还行？"

池栀语懒懒地"啊"了一声："你放心，到时肯定能震惊到你。"

看她这么自信，谢野也难得没有说她。

几人跟着一起下楼，讨论着等会儿晚饭吃什么。池栀语没什么意见，都随意。而谢野根本不参与讨论，就只有人问他意见的时候，他才蹦出个词说好还是不好。

走到一楼大厅的时候，池栀语正在和李涛然说话，没怎么看人，转弯时忽而瞥见了对面的江津徐，反应过来的时候，有些刹不住脚。

只见就要撞到他的胸膛时，一旁的谢野忽而扯住了她的手臂，往自己身边一带。前边已经准备退步的江津徐，见此，顿了下。

池栀语站在谢野身旁，见没撞到人，无声松了口气，看着他点头："江同学好。"

江津徐颔首："池同学，准备去吃饭吗？"

池栀语点头，礼尚往来："是，你考得怎么样？"

"我还好。"江津徐看向她身旁的人，"谢同学怎么样，应该考得很好吧。"

谢野瞥了他一眼："不然？"

江津徐也不尴尬，转头看向池栀语："你怎么样？题都写出来了吗？"

池栀语笑了下："我还行，能写出来的都写了。"

闻言，谢野看她，神色散漫地开口说："你要是写不出来……"

池栀语："嗯？"

"就是对不起我每天晚上的……"谢野看向池栀语，重咬字词，"辛苦付出。"

闻言，江津徐愣了下，侧头看向池栀语，似乎有些诧异，还没开口说话，池栀语先出声解释："别误会，我只是晚上找他补习物理而已。"

一旁的李涛然听着也呛了下："不是，谢野你能不能好好说话。"他转头看着江津徐，"江同学，这人讲话就是这样，让人吓一跳，而且平常不说一下他可能就不舒服，你别搭理他，让他一个人蹦跶一会儿就行。"

江津徐回神看向谢野，笑了下："谢同学说话确实有点……惊人。"

谢野懒得和他废话，没搭理他。而池栀语在一旁，睨了他一眼，乱说什么话呢。谢野察觉到，低眼看着她，眉梢反倒还微微一挑，似乎在挑衅。有种你能奈我何的意思。

池栀语放弃和他交流，转过头。

江津徐盯着对视的两人看了几秒，淡笑一声："这次物理这么难，谢同学能帮忙补习物理，池同学肯定能考出好成绩的。"

谢野瞧他，忽地笑了："你考物理了？"

"物理难不难……"谢野神色散漫，懒洋洋地开口，"你这文科生，懂得还挺多。"

江津徐一顿，自然道："我在路上听到了理科班的人在讨论，而且物理本身也难吧。"

"是是是。"李涛然看着两人，先出声打圆场，"物理当然难了，可能也就谢野觉得这简单了。"

苏乐咳了一声："这时间也差不多了吧，再不走食堂可能就没位置了。"

这话仿佛是重点。

池栀语看向江津徐，先出声道："那我们先走了，江同学再见。"

江津徐看了眼谢野，浅笑点头："好，再见。"

话音落下，池栀语单手拉着谢野往外走，侧头小声骂着他。谢野一脸无所谓，垂着眼也不知道有没有在听。

吴萱站在旁边看着这两人的状态，若有所思。

几人走进食堂，各自点了想吃的东西，然而池栀语纠结了一下，她有点想吃炒面，但又想吃馄饨。可她又不能点两份，吴萱已经点了盖饭走人了，也没办法和她一起点。所以她在窗口旁边纠结到底选什么好。

"你在这儿扎根了？"谢野走过来问人。

池栀语抬头看向他，指着菜单问："你说我吃炒面好还是馄饨好？"

谢野扫了眼："你想吃哪个？"

池栀语眨眼，很真诚地说："两个都想。"

可能是这个问题太傻，谢野觉得有些好笑，唇角无声弯了下："都想？"

池栀语"啊"着，应了一声。

谢野抬了抬下巴："点，都想吃就都点。"

池栀语皱起眉："但我吃不了两份啊，你说怎么办？"说完，她看着他，"你点了没有？"

谢野低眼看她，语调慢悠悠地问："想干吗？"

"如果你没点的话，要不要和我一起？"池栀语给他安排，"你点一份炒面，我点一份馄饨，怎么样？"

"不怎么样。"谢野眉梢轻扬，"你怎么就觉得我会想吃炒面？"

"那……"池栀语眨眼，"你点馄饨？"

谢野没说话。

"好吧，不勉强你了。"池栀语盯着菜单，似是最终纠结了下，给出结论，"我点炒面算了。"

付完钱，池栀语等了一会儿，侧头看他："我点好了，你要吃什么？"

谢野："不知道。"

池栀语给他意见："那你要不要考虑考虑馄饨？"

谢野当然能看出她的心思，随意扯了句："不呢。"

刚巧池栀语点的炒面好了，池栀语端起面看他一眼："我走了，你慢慢想吧。"

池栀语端着餐盘往后边走，坐在吴萱的右侧。

吴萱见她来，看了眼她盘里的食物，挑了下眉："你最终选择了炒面啊。"

池栀语摇摇头："可我还是想吃馄饨。"

"那点啊。"

"可我已经点了炒面啊。"

吴萱"啧"了一声："我发现你这女人……"

池栀语："嗯？"

吴萱："还挺贪得无厌。"

两人说着，苏乐看见谢野回来，好奇地问了句："怎么这么久？点什么吃的了？"

谢野坐在李涛然的左边，对面是池栀语，他随手把餐盘放在桌上。

李涛然偏头看了眼："嘿，是馄饨啊。"

闻言，池栀语愣了下，吴萱瞧见那碗清汤馄饨，也有些没想到，而后看向池栀语。

池栀语回神眨眼，问他："你怎么点这个了？"

谢野："我想。"

池栀语反问："那我刚刚叫你点你为什么不点？"

"你是问了。"谢野端出碗来，慢腾腾地补充，"我又没说我不吃。"

池栀语霸道地说："那我也要吃。"

谢野没理她。池栀语伸出食指，商量道："不多，我就吃一个。"

谢野看了她一眼，而后，一言不发地把碗移到了自己面前。

拒绝的意思明显至极。

池栀语"啧"了一声，幽怨地扫着他，然后很有骨气地低头吃自己面前的炒面。

两人的谈判结束，但李涛然替池栀语说话："谢野，人池妹妹就想吃一个而已，你干吗这么小气。"

谢野瞥他一眼："你挺闲的？"

李涛然闭嘴了，立即转换话题开始说着寒假的事。

这几天期末考完后，自然就迎来了寒假。但时间根本不长，原本就只有一个月，但因为高三高考复习，直接缩短成了一周多几天而已。

李涛然还在吐槽学校万恶，吴萱白了他一眼："你们知足吧，你们至少能休息一阵，但我们艺术生可要紧张死了。"

"哦，对。"苏乐想起，"你们是不是又要去考试了？"

"差不多。"吴萱点头，"之前我们已经考完了联考，现在成绩也出来了，还有十几天要去校考了。"

李涛然好奇："那你们俩成绩怎么样？"

吴萱吃着饭，随口答着："我还行，池栀语也一样是保持她的超高水平。"

"哇哦，可以啊。"李涛然吹捧着，"那之后你们俩想好去哪儿的学校了吗？"

吴萱："若北吧。"

李涛然敲定："那正好，我们仨也可能去若北，到时一起吧。"

吴萱抬了下眉："谢野和苏乐也就算了，他们俩成绩好，但你也去若北？"

李涛然点头："当然。"

答完，他意识到这话的不对劲儿。

"等会儿，我怎么了？"李涛然瞪眼，"我成绩也不差好不好？"

吴萱"嘁"了声："就你这成绩，你自己不知道？"

两人又吵了起来，苏乐已经自动屏蔽。

池栀语也没在意他们俩，因为从刚才开始，她的眼神就一直在悄悄地关注着谢野面前那碗馄饨。

她看着谢野也没怎么吃，一直坐着玩手机。

几经考虑后，池栀语默默伸出了自己的勺子，往对面的馄饨移动。就在勺边快要触到汤的时候，她瞧见谢野捧着手机的手突然动了一下。池栀语瞬时收回手，瞥见谢野也没有抬头，无声松了口气。

停了几秒后，见他还是在看手机，池栀语又默默伸出了勺子，然后，以迅雷不及掩耳之势舀起，立即喂进自己嘴里。

下一刻，谢野的声音传来："吃什么呢？"

池栀语嘴巴一停。

谢野看着她圆鼓鼓的脸颊："偷我馄饨？"

您是头顶长眼睛了吧？池栀语咽下嘴里的馄饨，直接说："我吃都吃了，你总不能让我吐出来吧。"

谢野扯唇："我没让你吐。"

闻言，池栀语伸勺，得寸进尺道："那我再吃一个。"

"吃一个不够……"谢野扯唇，"还想吃两个？"

池栀语颇有道理说："既然都吃了，也不差再多一个嘛。"

谢野嗤了声，但还是伸手把碗往前移了移。

瞧他这态度，池栀语还算满意，顺理成章地把他的馄饨分走了一半。不过她也没这么不道义，把自己的炒面也分给他吃。

但池栀语也只是想尝尝味道而已，吃了几口就觉得饱了，索性就把自己的炒面都推给了谢野："我吃不下，你接力吧。"

谢野语调慵懒："嗯。"

几人吃完饭后，池栀语跟着谢野一起回家，还有吴萱陪同。

池栀语随意地和谢野道别，而后，拉着吴萱进到家里，上楼去了卧室。

"你在书架上找一下，我也不知道在哪儿。"池栀语放下书包，转头和她道了句。

"行。"吴萱也放下包，转身走到一旁的书柜，找着舞蹈方面的书。

房门忽而被人敲响，池栀语应了声："进。"

王姨打开门，托着茶盘走进来："先喝点水吧。"

吴萱连忙接过："谢谢王姨。"

"没事，这是应该的。"王姨又倒了杯给池栀语。

池栀语也道了谢，想起问："我妈今天剧院有事不回来吗？"

"好像是那边彩排出了点问题。"

"哦，好。"

王姨也不打扰她们，先开门出去了。

吴萱喝着水："你妈经常晚上不回来？"

"看情况。"池栀语眨眼，"不过不回来也不可能，她要盯着我。"

听到她话里的词，吴萱想着平日里白黎的行为举止还有态度，皱了下眉："你妈她是不是……"

话没说完，池栀语挑了下眉，接话说："是不是脑子有问题？"

"不是，我不是这个意思啊。"吴萱连忙解释，"我只是觉得你妈妈一直这样要求你，虽然可能是为了你好，但是有点太过激了吧。"

闻言，池栀语扯了下唇："你想错了，她不是为我好。"

——是在为自己悲摧的爱情付出。

吴萱愣了下，觉得这话题有点不好聊，看了眼对面的房间，连忙转移话题问："对面是谢野的房间吧。"

池栀语喝着水，点头："是的，你野哥哥的闺房。"

"哇哦。"吴萱扬了下眉，"那你们俩不就能每天隔窗传话了？"

"什么？"池栀语被呛了一下，走去开窗透气，"你能不能好好说话？"

"我怎么不好好说话了？"吴萱调侃，"我看你们俩真是有缘啊，连住都住得那么近。"

闻言，池栀语侧头往窗外看，正巧对面忽而冒出来了一个人影。

她看着，忽然唤了声："野哥哥。"

谢野拉开窗帘，抬眸看她。

池栀语上下打量他，挑了下眉："你说我们俩有缘吗？"


谢野开门进了客厅，沙发内的简雅芷刚打完了电话，听见声响，抬头看来："考完试了？"

"嗯。"谢野随手把书包放下，走到沙发边。

简雅芷看着他，开口道："你二叔刚刚打了电话过来，问你放假了要不要回一趟爷爷那儿？"

谢野垂眸倒了杯水："不回。"

简雅芷叹了口气："爷爷奶奶应该都挺想你的，妈妈在这儿没什么事，你回去见见他们吧。"

谢野给她也倒了杯水，保持一贯的态度回答道："不见。"

简雅芷被他的态度气笑："那这话你下次亲自和他们二老说。"

谢野没什么反应："再说吧。"

"哪儿来的再说，你也是他们的孙子，哪儿有不见他们的道理？"

"他们有孙子。"谢野无所谓，"不差我一个。"

"乱说什么呢？"简雅芷看他一眼，"行了，不想去就不去，但高考后你总要回去的，知道吗？"

谢野皱了下眉："您呢？"

"妈妈是这儿的大学老师，当然不会走了。"简雅芷抬眸看他，"而你要上大学，也要回谢家。"

"我不回。"谢野眉眼稍冷。说完，也没等简雅芷回答，他直接转身上了楼。

谢野打开门，进入昏暗的房间内随手打开了电脑，听到对面传来的说话声时，顿了下。

"野哥哥。"轻柔的少女声传来。

谢野扯了下唇角，走去打开窗帘透光，稍眯了下眼。

少女站在窗台前，身段纤细动人，瞧见他出来后，眉眼间的清冷韵味化开，带着别有深意的语气问："你说我们俩有缘吗？"

对面的池栀语眨了下眼："不是我，是吴萱她……"

身后的吴萱回神惊了一下，立即走上前，一把捂住了她的嘴巴。

"呜！"

吴萱看着对面的少年，严肃地摆手："不是不是，我说的是普通同学间的缘分，绝对没有其他意思。"

池栀语掰开她的手："什么乱七八糟的，我哪儿有什么其他意思？"

吴萱咬牙看她："你说呢？"

池栀语一脸无辜："我说的也是普通同学间的缘分啊。"

话音落下，对面传来了"唰"的一道拉窗帘声。两人转头看去，对面的人影被窗帘拉过覆盖，消失了。只有窗帘边角因为被人拉过的力度，轻轻荡着。

吴萱眨了下眼，转头看池栀语，小声问："生气了？"

池栀语笑了下："没有。"

吴萱："那这是什么意思？"

池栀语打开窗帘，抬了抬下巴："懒得理我们的意思。"

"啊。"吴萱明白了，但反应过来的时候，不由嗔怪"不是，明明是你胡言乱语的，关我什么事？"

"我说得也没错啊。"池栀语摊手，"是你们想多了。"

吴萱"呵呵"了一声："我信你才有鬼。"说完，她转身往书架那边继续找书，找了几排后吐槽一句，"你这书也太乱了吧，能不能排序一下？"

池栀语端起水杯："这叫乱中有序。"

"有序？"吴萱看她，"那你倒是找给我看。"

池栀语摇摇头："虽然有序，但我忘了。"

吴萱无语了，转头往左边继续找了找，有很多诗集，抬头时突然看到顶上一格还摆着单独的两本书。

她看清书名后愣了一下，抬手拿下来，转头看池栀语："你好端端买这种书干什么？"

闻言，池栀语扫了眼她手里拿着的书的书皮，"噢"了声："这是谢野给我的。"

吴萱有点蒙，低头看了眼："他给你买一本植物种类大全，还有一本如何区分庄稼？"

池栀语点头："是的，你没看错。"

"不是。"吴萱说，"他送你这个干吗？"

池栀语想了想："他好像说是……"

"提前给我的十八岁生日礼物。"

谢野送的礼物都不是什么正经东西，但至今为止，池栀语觉得最离谱的就是这两本书——当时谢野拿给她的时候，还用包装纸包上了，然后一言不发地放在她的桌上。

池栀语狐疑地看他："什么东西？"

谢野："十八岁礼物。"

"嗯？"池栀语一愣，"我又还没十八，还有两年好不好？"

谢野扫了她一眼："不要就算了。"

"谁说不要。"池栀语迅速拿起，问他，"那我拆了啊？"

谢野靠在沙发里，懒懒地"嗯"着。

池栀语解开包装袋，从里面拿出两本书的一瞬间，就觉得不大对了。等完全拿出，看清封面上印刷的文字后，她无语了。

池栀语拿起书本，侧头面无表情地看他："一本关于植物，一本关于庄稼，你什么意思？"

谢野眸光微暗："你觉得呢？"

"什么我觉得呢？"池栀语脑子卡了一下，反问，"你的意思是让我别读书去种田？"

谢野忍了忍："你不能多读点书？"

池栀语："你是在骂我没文化呢？"

谢野的表情也似是不大好，有些烦躁地"啧"了一声："房间里的那些诗，你拿来干吗的？"

池栀语眨眼，"啊"了一声，实话实说道："装饰。"

池栀语记得当时这话说出来后，谢野似乎被她气到了，眼眸压着情绪，看了她一眼，直接走了。然后她一时以为这是有什么玄机在里头，观察和翻阅了半天也没有发现，最后也没怎么在意这两本书，直接放在了书架上。

积灰。


吴萱有些怀疑自己的耳朵："十八岁礼物，就送这两本破书？"

池栀语点头，起身走到她面前，拿过翻了翻。

"谢野这是什么意思？"吴萱猜测一句，"说你太菜还不如回家种田？"

池栀语摇摇头："一开始我也怀疑他是这意思，但这又不像是他的作风，他才不可能闲得慌好端端送本书来骂我。"

吴萱眨眼："所以你觉得有别的意思？"

"可能吧。"池栀语随手把书放回原位，"反正我也猜不出来，就先放着。"

吴萱疑惑："谢野就没给你提示什么的？"

"没有呢。"池栀语弯腰从下面一排找到一本艺术舞蹈的书递给她，"行了，在这儿。"

吴萱接过低头看了眼，正好是她要的那本："你找得到，刚刚干吗还不帮我找？"

"我刚刚是不记得。"池栀语拍了拍她的手，"现在刚好想起就拿给你了啊。"

吴萱拆穿她："骗人，你就是懒得找而已。"

池栀语没说话，安静了一会儿，忽而问："我妈是什么样的人，你知道吗？"

吴萱愣了下："她又对你做什么了？"

平常吴萱和池栀语相处最多，毕竟之前又是同班又是同桌的，所以她知道池栀语有很多限制，哪些东西可以吃，哪些不可以，体重要保持在一定的数字上，不能超也不能低。

每天除了学习就是要去练舞，标准是最好。

这些要求都来自她的母亲。

吴萱见到白黎的次数不多，但每次见她的时候，虽然觉得她讲话挺温柔的，还时常带着笑，但那个笑莫名给人的感觉很冷，不大舒服。

池栀语也有些防备白黎，不让她和别人接触的感觉。

一个女儿警惕防备着自己的母亲。

明显是有问题的。

"我妈，她是个不论用什么方法，只要能达到她的目标就觉得满足的人。"池栀语端起水杯，"她对我的人生充满着期待。"

吴萱："想要你成为最好的舞蹈家吗？"

闻言，池栀语笑了下："她是要用我达到她的目的。"

"所以如果我身边出现了障碍，不论是人还是物……"池栀语轻声说，"她都会想尽办法铲除。"

吴萱愣住："什么意思？把你当成工具吗？"

"可能吧。"池栀语声音微淡，"所以如果她知道我的想法，觉得我的心思有些放在了他身上，你觉得她会怎么样？"

吴萱莫名想到了那场面，皱起眉："这不会吧。"

"她的世界没有不会，现在我妈的精力除了池宴外，全方位都是我，我只有考上了她想要我去的大学，她才会放松，不会这么……"池栀语思考了一下措辞，最后还是道了句，"疯狂。"

她不敢惹怒白黎。

只要等到高考后。

熬过这段日子，就会好的。

可能察觉到了她的情绪变化，吴萱摸了摸她的头，轻声道："没事的，你别担心，高考也没几个月了，别怕。"

池栀语随便应了一声。

话题结束。吴萱又问了过几天校考的事，两人随口聊完后，吴萱抬腕看了眼时间："这么快就到六点了，那我先回家了。"

池栀语点头，准备跟着一起送她出门。

吴萱摆手："不用了，你还是好好研究研究那两本书吧，可能还真的有什么意思呢。"

池栀语笑了下："难不成是在说什么秘言？"

"也有可能啊。"吴萱调侃一句。

"什么乱七八糟的。"池栀语失笑，催着人，"你快回家吧。"

吴萱换鞋朝她道完别，打开门离去。

池栀语转身回了客厅，在沙发上懒洋洋地靠着抱枕，回忆了下刚刚吴萱说的话，还在思考。

王姨端着一盘水果放在她面前："下午刚买的橘子，小语你尝尝。"

"好，谢谢王姨。"池栀语伸手拿过一个，撕开果皮，瞧见王姨从厨房内拿着一袋橘子往外走，眨了下眼，迅速起身唤了句，"王姨，我去送！"

王姨愣了下，池栀语走到她身旁："是送给芷姨那儿的吗？"

"是送那边的。"王姨看着她，"你要去送？"

池栀语点头，单手拿过袋子："刚好我有事去对面，我帮你送就好。"

"哦，好，那交给你了。"

"放心放心。"


池栀语提着袋子，换鞋往对面屋子走，她伸手按了门铃，家里的阿姨开门，她进屋。

"芷姨，我来送橘子了。"

厨房内的简雅芷听见声响，侧头看她提着的袋子，浅笑道："王姨买了橘子吗？"

池栀语点头，简雅芷接过，拿了几个出来："阿姨拿这些就好，剩下的你上楼和谢野一起吃吧。"

"好的。"池栀语重新拿过，转身走到楼梯口，迈步踏着台阶往上。

池栀语站在门前敲门，等了几秒，里面没什么动静。她抬手打算再敲时，突然觉得这场面有点熟悉，迅速转头看了眼后边。

空荡荡的，没人。池栀语歪了下脑袋，单手直接打开了门。宽敞的房间微暗，窗帘半掩着，光线从露出的一边洒进。

光弱之处，清瘦的少年坐在电脑桌前，戴着耳机，眼眸看着电脑屏幕。他背对着光，模样隐晦不清，一手控制着鼠标，另一只修长的手落在键盘按键上，轻按着。

余光似是注意到了门边进来的人影，他微微侧头看来。半边挡住的光线随着他的动作投来，落在他的侧颜轮廓上，仿佛用素描笔勾勒出的一样，线条感十足，利落分明。

池栀语关上门，往他的方向走去，看了眼他的电脑屏幕，皱了下眉："又在玩游戏。"

游戏里正开着语音，自然能把池栀语说的话收录进去。

里头的队友本来正好好玩着，一听这声顿了下。

他们以为自己是开了世界频道，再一看有点不对，话筒音显示的是三号谢野这儿。

"不是，野哥你那边怎么还有女生的声音啊？"

林杰也在队伍里，听见这女声，意外觉得有点耳熟，还没想明白。

就见谢野把语音关了。

队里的阳彬先反应过来问："这……野哥有情况？"

丁辉："没有吧，他不是有空都在训练吗？"

说完，丁辉想起来问林杰："你们俩是同学，应该知道野哥的吧？"

已经认出这女声是谁的林杰闻言，斟酌了一下用词："知道。"

林杰咳了一声，看着前边的方位忽而说："有人，北36。"

阳彬："哟，终于来人了。"

话题成功转移开。

而池栀语这边正在教育人："明天还要考试，你不复习还玩游戏？"

谢野慢悠悠地剥着橘子，还没吃就被面前叽叽喳喳的人拿走了一半，他没什么反应地继续剥着剩下的橘子。

"你是不是已经沉溺其中无法自拔了？"池栀语皱眉问。

谢野随手放下橘子皮，抽了张纸巾擦着被橘皮汁染黄的指尖："这不单单是游戏。"

"啊？"池栀语愣了下，"那是什么？"

谢野仿佛很高深莫测地说："是版图拓展。"

扯呢。

池栀语转头看了眼他的电脑屏幕。

谢野注意到她的视线，挑了下眉："要玩？"

池栀语觉得没什么问题，懒懒地点了下头："来吧。"

池栀语坐在谢野的位置上，转头问谢野："这些键分别是什么意思？"

闻言，谢野起身站在她身后，弯下腰带着她的手，控制着游戏人物重新又熟悉了一遍："这是上下左右……"

池栀语感受到他的动作时，愣了下。

能察觉到，谢野的声音落在耳边，伴随着浅浅的呼吸。他似乎低下了头，微带着檀木香的气息。

"懂了没？"谢野忽而冒出了一声。

池栀语瞬时回神看着屏幕，点头道："噢，懂了。"

谢野松开手，站直了身体，随后重新坐在旁边的椅子上，看着她问："都记住了？"

池栀语抿唇，动了下僵硬的手指，随口道："差不多吧。"

谢野挑眉："全部？"

池栀语为自己正身："你刚刚不是教我了吗？"

"嗯。"谢野的目光还放在她身上，没回答问题，反倒忽而叫了声，"池栀语。"

池栀语本来就还没回过神来，被他这一唤，莫名紧张起来："嗯？怎么了？"

似是发现了什么事情，他打量着她，语气不紧不慢地开口问："你脸红什么？"

池栀语身子一僵，顿了几秒："我，脸红了吗？"

谢野点头，吊儿郎当地陈述事实道："现在，快红得像番茄了。"

池栀语忍着温度不断上升热得快烧起来的脸颊，尝试平复了一下心情，淡定从容地说："可能我刚刚吃的橘子太酸，现在反应上来了。"

谢野似是想到了什么，眼里滑过一丝玩味："你这反应还挺慢啊。"

"确实。"池栀语随口扯了句，"可能这橘子有毒吧。"

她在说什么？

疯了吗？

啊。

池栀语迅速扭头看向屏幕："哦，有人来了。"

"嗯。"谢野目光没有移动，带着兴致又若有所思地看着她，"进攻吧。"

恰好林杰几人跑了过来，池栀语看到后稍疑："为什么没有声音？他们没说话吗？"

谢野："我关了。"

池栀语："干吗？"

谢野似是嫌弃："吵。"

池栀语："那我总不能不和他们配合啊？快点打开。"

谢野皱了下眉，接过她的鼠标对着画面按了几下。

下一秒，丁辉和阳彬叽里呱啦的声音瞬时传来。

确实挺吵的。

阳彬在问谢野人去哪儿了，怎么现在才回来。

池栀语眨了下眼，开口回复："他不在。"

这话一出，那边顿时安静了下来，气氛也像是因此停滞。

好几秒后，沉默被两道脏话打破。

"不是，美女别误会，我没骂你啊。"丁辉小声问，"刚刚是你在玩游戏？"

池栀语："是的。"

听着这清清淡淡的女声，阳彬连忙又问："那野哥呢？怎么是你在用他的账号啊？你和野哥认识吗？"

这问题这么多。

池栀语简单地挑了第一个回答："哦，他在我旁边。"

打扰了。

谢野也没说什么，下巴抬了下告诉她："四号是林杰。"

"嗯？"池栀语一愣，"林杰？"

林杰也听见，连忙出声打了个招呼。

"你们三个认识啊？"阳彬问，"同学？"

他知道谢野和林杰是同班同学，联系一下就能想到。

林杰应着："是，我们俩前后桌，池妹妹和野哥是同桌。"

听到称呼，阳彬好奇地问："为什么叫池妹妹，是野哥的妹妹？"

"不是不是。"林杰连忙解释，"这只是我们随便叫的。"

阳彬"啊"了声："行，懂了。"说完，他神经很大条地又问，"野哥这不是你妹妹，干吗叫……"

谢野忽地说："你今天嘴还挺闲。"

话音落下，阳彬立即消了音。

丁辉当然知道这是谢野不让问太多的意思了，"呵呵"一声："野哥还挺照顾人哈，那林杰叫池妹妹，我们也跟着叫这个吧，池妹妹怎么样？"

池栀语点头："行啊，我没意见。"

四人懒懒散散地往前走，丁辉问了句："野哥，去哪儿？"

谢野看了眼地图，随意地点了地点。

阳彬也在那边闲闲地和丁辉唠着嗑，两人就在YG俱乐部PUBG分部基地里，坐在一块儿玩着游戏。

下一刻。

他们就听见谢野忽而开口说了句："脱了。"

"衣服。"

# Chapter 10

陷入回忆·疯狂

池栀语看着屏幕无语："我刚穿上的三级甲，脱什么脱？"

谢野瞥了眼："没看到破了？"

池栀语点开数据，上面已经破损了百分之六十，应该是被人丢弃不要的。

池栀语想了想："应该没什么问题吧？反正都能挡一下。"

"噢。"谢野不紧不慢问，"挡挡风？"

"好吧，我换一下。"池栀语点击屏幕。

林杰刚刚听见"脱衣服"也觉得有点奇怪，但他觉得肯定不是那种意思，现在了然，原来说的是游戏装备。

阳彬也回神，"呵呵"了几声："是是是，破了就要换的。"

池栀语皱了下眉，回忆了下刚刚和谢野的对话，似是明白到了什么，立即转头看向一脸平静的少年。

"嗯？"谢野语调稍抬。

懒得再提，池栀语随口扯了句："没事，原本是有话要给你说的，但刚才忘记了。"

谢野目光投在她身上，慢悠悠地问："看我一眼就忘记了？"

池栀语玩着游戏，随便"嗯"了一声："不过也没什么大事，只是正好想到要和你说而已，但刚刚看到你就忘了。"

"哦，所以是看到我的脸被迷得……"谢野不紧不慢地吐一个词，"忘乎所以？"

池栀语还没开口，电脑另外一边正在喝水的阳彬先呛了一口，震惊道："什么玩意儿？"

林杰听着这话已经习以为常了，没觉得有什么好惊讶的。毕竟他可是天天坐在池栀语前桌听惯了类似这样的话，都是小场面。

池栀语也不知道这人为什么对自己有这么大的误解，盯着他极为嚣张的脸，默了两秒后，点头："是的吧，你觉得是这样就好。"

对比其他几人，谢野完全坦然和理所当然，懒洋洋道："我觉得？我觉得的事可多了，你……"

闻言，池栀语意识到不对，立即打断道："不用，你不用觉得。"

绝对不是什么好话。

见她这反应，谢野挑了下眉，看着屏幕指示她："老实玩游戏去。"

这态度转变太快。

"哈哈哈。"阳彬笑着开口，"野哥，您这还挺幽默的哈，林杰还说你人不冷，我现在可算是相信了。"

莫名被点名的林杰惊了下："这……是我说的吗？"

丁辉连忙开口："是你是你，我还记得呢。"

池栀语挑了下眉："你们四个是固定一起玩的队友吗？"

丁辉解释："不算，只是现在我们跟着一起训练。"

"训练？"池栀语没懂。

可能明白了她的意思，阳彬"啊"了一声："我们不是在玩，是专业的职业选手日常训练，这野哥和小杰不是还在上学嘛，只能我们俩陪着偶尔练练，等高考后就可以来我们俱乐部基地里正式训练了。"

池栀语闻言愣住了："高考后去你们那儿？"

阳彬："对啊，这已经签合同了。"

闻言，池栀语转头看向身旁的人，还有点愣："你要当职业选手？"

谢野没瞒着，"嗯"了一声："前几天签了合同，等高考后去基地。"

池栀语的表情还愣着，有些没反应过来。谢野没怎么意外，稍稍弯腰拿过她手里的鼠标，退出了游戏，随后单手转过她的椅子，与她面对面坐着，看着她这表情，笑了下："问吧，有什么想知道的？"

"你……"话音顿了下，池栀语也不知道该问什么。

刚开始听着这消息，她确实有点蒙，没懂这纯属娱乐的事情，怎么就演变成了专业性的了？而且还是要跑去当职业选手？池栀语当然知道职业选手是什么，不再单单是打游戏而已，是在一个团体的系统性训练下，经过选拔后组队代表队伍去参加各项比赛，甚至可能代表国家参赛。

可是不是谁都能当职业选手，也不是谁都能代表国家参赛。就好比奥林匹克运动员一样，也是经过了努力的训练才有机会获得上场的资格。这贸然听起来很不切实际，但再细想下后，池栀语莫名觉得，放在谢野身上好像也没什么好惊讶的。

这人平常没什么想法，也懒得去想，但只要有他想干的事，从来也没有什么觉得难的。

池栀语回神看着他，眨巴了一下眼睛："你为什么没有告诉我？"

谢野扬了下眉："这不是告诉你了？"

"我说之前，之前怎么没说？"池栀语揪着问题。

谢野态度坦然："啊，之前还没定，前天才签的合同。"

池栀语无语："那我还要谢谢你晚了两天才告诉我吗？"

"怎么？"谢野听着她的语气，不紧不慢问，"不同意？"

"没有，就……"池栀语想了想，"有点突然。"

谢野："突然？"

池栀语眨眼："突然你就要去当职业选手了啊。"

谢野扯唇："不用突然了，现在已经这样了。"

莫名自信。

池栀语吐槽完,想起重点问:"你这事芷姨知道吗?"

谢野:"不知道。"

"行,她……"话说到一半,池栀语意识到不对,立即改口问,"什么?"

"她不知道。"谢野重复道。

池栀语愣了下:"不告诉她吗?"

谢野语调懒散:"之后再说。"

这意思可能就是等之后都定下了才会告诉她。闻言,池栀语想到了他家里的事,点点头:"我知道了,我会先保密的。"

答完,池栀语回忆起了刚刚阳彬的话,抬眸看他:"那你高考后就要去他们说的基地是吗?"

谢野:"嗯。"

"那基地在哪儿?"顿了下,池栀语抿唇,"很远吗?"

谢野抬眼:"你想我离远吗?"

池栀语沉默了一会儿,垂眸:"我不想。"

她抬起眸。

"行。"谢野对上她的眼,唇角微勾,"那我就不离开。"


YG俱乐部PUBG分部基地在若北。离大学城不远,离她报考的若北舞蹈学院只有十五分钟的路程。

池栀语特意查了地图,很近。谢野确实没说谎。

"你听到我说话了吗?"吴萱凑到她身边问,"干吗这么开心?"

下意识把手机熄屏,池栀语抬眼:"嗯,你看到了帅哥,哪儿?"

"什么帅哥,我说我男神站在那儿就好像一根旗杆,女生全往他那边看。"吴萱侧头,"你果然根本没听我说话。"

池栀语抬头看向隔壁男生的队伍,江津徐在那边排队,面容清冷,皮肤又白个子又高的,人群中很显眼。

旁边不断有女生视线投过去。

吴萱也跟着看了眼，环视了四周，然后开口感叹了一句："你知道这场景就像什么吗？"

池栀语："什么？"

"一头小羔羊掉进狮子堆里。"

"当初让你上，你不上，现在后悔了？"池栀语反问。

吴萱摇摇头："虽然看着养眼，但我不想吃他这头羊，所以我就跟着看看就好。"

池栀语被她逗笑："看来你不紧张了啊，都在这儿胡说八道了。"

这话一提，吴萱立即蔫了。四周男女生队伍都在等着考试开始，各自拿着号码牌等里头的老师出来喊，然后进去参与考试审核。由于气氛的影响，吴萱站在队伍里一直念叨着有些紧张，而池栀语因为经常参加各项比赛，已经心如止水了，淡定地在旁边安慰她。

"一百一十三号。"

池栀语闻言，举手示意："到。"

吴萱接过她的包，小声给她鼓励："池栀语加油！"

池栀语笑了下，抬手整理了一下发型，迈步往里走。吴萱留在外头，看着她纤瘦高挑的背影，毫无怀疑地相信她一定可以。

池栀语走进舞蹈室内，环视了一下前边的考核老师，有位还是熟人。她简单地问过好后，按着考核流程进行一场中国古典舞剧目片段表演。

池栀语选取的是《点绛唇》的片段，两分半时长。她侧目转身，连续几个大开大合后，接着旋转、蹁燕、旋子后，随着音乐的尾音，她最后收尾落在绷直的脚尖，结束。

《点绛唇》表达的是古诗词里，一位深闺女子盼君归来的复杂细腻感情，包含了等待、期盼、失落三个阶段。

池栀语表演的就是期盼，充分控制着自身力度，体现了当时封建思想体系里对女子"礼"的拘束，可主人公内心却又激动万分，这样的心理和肢体语言。她控制着呼吸，微微弯腰谢幕，站定在一旁。

几位老师回神纷纷鼓掌，坐在中间的一位看着她的表演，不似其他老师露出惊艳的神情，反倒是欣喜满意。

"很好，完成度很棒。"林茹笑着，"比我之前见你时还要精彩。"

池栀语颔首："谢谢林老师。"

其他两位老师，听着她们这么娴熟地对话，问："林老师认识这位学生？"

"我也算是她的老师，之前在评选杏春杯奖的时候指导了一下。"

"杏春杯？"另一位老师有些诧异，翻了翻简历，"这上面怎么没写获奖情况？"

池栀语解释："当时比赛在后面，简历先写好了，所以还没来得及改。"

"嗯。"林茹也没什么多说，简单地又点评了几句后，示意她可以出去了。

池栀语颔首道了谢后，转身往外走，而她还没走远，听见了身后老师似是在讨论她。

然后听见林茹说了句："这是白黎的独女。"

两位老师一听，倒是没想到还有这身份，随后，纷纷恍然大悟地"啊"了声："难怪啊，妈妈这么有名，女儿应该不会差的。"

池栀语闻言，眼睑微垂，单手关上了门。


吴萱的号码离得不远，池栀语坐在外边等候的时候，无聊地给谢野发短信聊天。然而没发几条，谢野那边可能懒得打字，直接让她拨了电话过去。

接通的时候，池栀语刚好看到江津徐比吴萱先结束出来了。

江津徐看了圈四周，迅速就找到了坐在长椅上的池栀语，走近后看到她正在打电话，说着什么"你人又不在这儿，管我啊"。

池栀语见他过来，朝他点了点头，算是打了招呼。

江津徐也点头，坐在她身旁的空位上，安静地听她讲着话，听到她说了句："在旁边。"

江津徐才开口问了句："是谢同学吗？"

闻言，池栀语转头朝他点了下头，拿下手机示意："你要和他打招呼吗？"

江津徐笑了笑："不用了，你们接着说吧。"

池栀语听着"啊"了声，才意识到自己刚刚把他一个人撂在旁边，转头对着手机说了句："挂了，你好好玩游戏吧。"

江津徐见此，稍愣："不继续打吗？"

"不用了。"池栀语说，"本来刚刚也是我觉得无聊才打给他的，他还嫌弃我打扰他玩游戏呢。"

江津徐点点头："这样，我还以为是谢同学关心你，特地给你打电话过来。"

池栀语想着他刚刚接到电话的时候，就是懒洋洋的态度给一个字——"说"，可完全不像关心她的样子。所以池栀语只是浅笑了下，没有给予任何点评。而江津徐看着她的笑颜，目光微深。

"噢，吴萱出来了。"池栀语发现前边出口的人，开口道了句，"我们走吧。"

江津徐点头："嗯，好。"

两人一同站起身往前走，走过前边排队的队伍时，突然有一位女生走到他们面前，解释了一句说："你们好，我是若北舞蹈学院学生会的，今天是来采访校考流程，想问一下你们是来参加校考的学生是吗？"

江津徐点了下头："是的。"

"啊，那我可以给你们俩拍一张照片吗？"

池栀语闻言看了眼她手里的相机，正想开口拒绝，余光突然瞧见了女生后边走来的一道人影，她下意识地看过去。

对上了谢野那双漆黑的眼眸。

今天他穿着清一色的黑外套和长裤，身材修长清瘦，远远高出了大众一截，有些醒目，五官出色却透着冷感，气质不凡，也略显不屑傲慢。

等池栀语看清人后，似是没料到，表情略显诧异，她张了张嘴，还没来得及开口说话，下一刻，谢野的目光掠过相机，随后，抬起眼皮看向两人，唇角扯着个不咸不淡的弧度，漫不经心道："拍啊，我还能帮你们选张好看的。"

池栀语没回答这个问题，反问："你怎么在这儿？"

谢野站在两人对面，淡淡地"啊"了声："看你们拍照。"

池栀语转头看向女生，浅笑道："不好意思。"

女生明白地点了下头："没关系，打扰你们了。"说完，她也很识趣地先走了。

"嗯？"谢野侧过头，语气吊儿郎当地问，"这就不拍了？"

池栀语给他意见："如果你要拍，我可以帮你把她再叫回来。"

谢野扯了下唇，没搭话。

江津徐看着他的表情，笑了下："谢同学来得倒挺巧。"

"是挺巧。"谢野懒洋洋开口，"再来晚点，照片都拍完了。"

池栀语没理两人，径自前去和吴萱会合。

吴萱刚换好衣服出来，瞧见池栀语过来，连忙拉着她的手说自己刚刚考核的事："我的妈，那些老师问我问题的时候，我都快紧张死了。"

池栀语："那你答出来了吧？"

"这肯定的啊，我也没紧张到那地步。"吴萱跟着她一起走下台阶，"那些问题也不难，都是些基础，我和你说，我完全就是……"吴萱一转头看见了谢野的侧脸，目光微讶，"你怎么在这儿？"

这回谢野总算张了嘴，答了句："有事。"

"有事？"池栀语眨了下眼，联想到附近就是他加入的那游戏俱乐部，也不刨根问底了。

谢野明显也没了耐心，抬眼问："走不走？"

池栀语点头，转头问他们俩："应该没什么事了吧？有没有什么东西落下的？"

江津徐摇摇头："我没有，吴同学呢？"

"我这儿刚出来呢，走吧走吧。"吴萱揽着池栀语先往前走，后面两个男生自动也成对。

若北舞蹈学院校考的教学楼离校门口不远，四人也不赶时间，慢悠悠地往前走。四周来往的学生很多，时不时会注意着四人，但更多的视线是放在了后边的谢野和江津徐身上。

毕竟女生们更在意的还是帅哥。

走在前边的吴萱也时不时会转头瞅几眼身后的人，他们俩隔着的间隙说不上远，但也不近，中间可以再站一个人了，而且全程安静，完全没有对话。

吴萱觉得谢野这突然冒出来有点不大对，侧头看向池栀语，小声问："你知道谢野要过来？"

"不知道。"池栀语摇摇头。

吴萱眨眼："他不是说有事吗？没和你说？"

"没有，刚刚我和他打电话，他也没说。"

"啊，你们俩什么时候又打电话了？"

"等你的时候。"池栀语指了指她。

吴萱闻言，突然又问："那他是知道你已经结束了考试，对吧？"

池栀语点头："应该是的吧。"回答完，她自然地也联想到了别的可能。

两人对视了一秒，池栀语顶着她意味深长的目光，连忙出声："他可能只是事情忙完顺道来接我而已，不要乱想。"

吴萱收回视线，点了下头："嗯，这也不是不可以，但是吧……"话音拖长，她瞥了眼后头，"谁知道他到底有没有事呢？"

池栀语顿了下，努力保持心态平静："你怎么总是想这么多？如果不是呢？"

"不是也没关系啊。"吴萱说，"反正他都来接你了。"

这人真的是站着说话不腰疼。

给出了让人乱想的观点，完全不用负责，说完就算。池栀语觉得头有点疼，可是又总是会顺着她的话不自觉地多想。

特地来接她吗？

再还有，之前他说的话。

——"那我就不离开。"


"公交车来了，我们快走！"吴萱的声音打断了她的思绪，池栀语回神抬头看了眼前边的公交站，有一辆车正慢悠悠地从后边驶来。

池栀语快步走到站台旁，公交车正好减速停在了面前。

伴随着一声机械轻响，上车门缓缓向内收缩打开。还没等她踏上去，谢野已经抢先她一步，长腿一迈，走上了车，抬手敲了下刷卡机，对着司机说："后面的人付。"说完，他侧头低眼瞥了她一眼，抬了抬下巴，"别忘了。"

好想踹他一脚呢。

池栀语认命地迈步踏上车，拿着卡对机器刷了两下，看了眼他坐在后车厢靠窗的位置，旁边还有空位。她想了想，走过去坐下了。

走上车的吴萱在她身后瞧见了这座位分布，当然没什么意见，但懒得走那么远，刷完卡后就近坐在了前排的座位上，她还顺道拉上了江津徐一起："江同学，这里有位置，我们坐这儿吧。"

闻言，江津徐抬头看了眼后边并排坐着的男女，顿了下，没有多说什么点了下头："好。"

车子开始移动。池栀语看了眼时间，想着刚刚的事，侧头问："我给你打电话的时候，你不是说在玩游戏吗？"

谢野淡淡地"嗯"了声。

池栀语指出矛盾："那你怎么这么快来这儿了？"

"哦。"似是明白她在想什么，谢野慢悠悠地拿出手机，在她面前晃了下，"玩游戏。"

池栀语猜测一句："你别跟我说是在玩连连看。"

谢野："不然？"

池栀语一噎，有些无言以对，看着他这副理所当然又嚣张的模样，真的觉得这人太欠了。

行，怪她理解错了。

"怎么？"谢野抬手抵在车窗上，偏头看她，挑了下眉，"还不让我玩手机游戏？"

这话确实没毛病。没人规定游戏一定要在电脑上玩。

"没有，我只是没想到你会这么无聊玩连连看。"池栀语扫了他一眼。

谢野："噢，那是你孤陋寡闻了。"

哦。

"还有……"谢野不咸不淡地开口，"忙着和江津徐拍照，你能记得什么？"

"我哪儿有忙着和他拍照？"池栀语皱下眉，"如果你不冒出来，我本来也打算拒绝的。"

谢野扯唇，闲闲道："是呢，这还怪我了。"

池栀没理这个毫无意义的问题，顺着问："所以你下午去俱乐部了？"

闻言，谢野瞥她，懒洋洋道："谁跟你说我去俱乐部了？"

"嗯？"池栀语疑惑，"你不是说有事吗？"

谢野"嗯"了声："是有事，但不是俱乐部的。"

池栀语听着眨了眨眼，压着心里的猜测，慢慢问："那……是什么？"

谢野垂眸看她，没答反问："你觉得呢？"

"嗯？"池栀语没避让视线，神色平静，"什么我觉得？我怎么会知道？"

谢野盯着她没答话，眼里的视线专注又直白，像是在思考着什么。

但她对着他的目光，却莫名觉得有种被看穿了的错觉。

心脏跳动得有些快。

扑通，扑通。

窗外的寒风灌进车内，冲散开四周混浊的空气，也吹刮着她的脸，有些冷。池栀语指尖微微蜷缩起，正想出声打破这种煎熬。

谢野却忽而开口问："你考试考得怎么样？"

池栀语愣了下，没搞懂这话题怎么突然转到了这儿："什么？"

谢野眼皮动了动，移开视线，随手关起开着的窗，冷风被隔绝在外，语气懒散地问："觉得自己能考上？"

池栀语想了想："应该可以，没什么问题。"她看向他，有些奇怪，"怎么了？你问这个干吗？"

谢野只淡淡地"噢"了声："只是无聊问问。"

"就只是想到问问，骗谁呢？"池栀语不信。

谢野闻言，垂眸看她，他似是觉得好笑，无声无息地弯了下唇："行，你聪明。"

池栀语一噎。这人在骂她吧。

"不是，你都还没说你有什么事来这儿呢？"池栀语觉得这人在转移话题，重新提出，"你先说你来干什么的。"

谢野盯着她，忽地笑了声："池栀语，你人都坐在车上了，你觉得我来干什么的？"

"好心过来接你。"谢野翻出手机看了眼时间，吊儿郎当地道，"让我等了半个小时，最后还想跟着江津徐一起拍照，你倒挺有良心啊。"

池栀语听着皱了眉，下意识地纠正道："都说了我没有要和他拍照，你别诬陷我。"说完之后，她才反应出他前半句话说的是什么，"唰"地抬起眸看他，"你是来接我的？"

谢野没有重复，懒洋洋地说："耳朵有问题就去医院。"

这是默认的意思了。

池栀语看着他靠在座椅上，表情困倦，一脸无所谓，似是觉得这完全不是什么大事，她眨了眨眼，唇角忍不住地往上扬，慢吞吞地问："你好端端的，过来接我干什么？"

谢野稍扬眉："不是说了？"

池栀语还没说话。

谢野瞥了她一眼："看你和江津徐拍照。"

谢野可能和拍照杠上了。

池栀语算是听出来了，但她也听出来了他确实是特地来接她的。

特地。

228 ·

而且原因也肯定不是他胡扯的拍照。池栀语还挺满意，至少，这次不是她乱想了。

若北舞蹈学院的校考有两次，初试和复试。在第一轮初试通过的学生需要在二月底再参加一次复试，如果两次都通过才有了入选资格。而最后能否考入学校，还是需要根据高考的文化课成绩来决定。

池栀语和江津徐两次校考成绩分别是男女古典舞组的第一名，但吴萱排名差了点，只能在文化课上冲一把。

"那你们这儿要考多少分才能上？"李涛然听着吴萱分析，好奇地问。

吴萱叹气："五百六以上。"

"这么高？"李涛然惊了。

吴萱："废话，你以为我们学舞蹈的是只要随便考个三四百就可以上的吗？"

李涛然摸了下鼻子："我还真是这么想的。"

"闭嘴吧你。"苏乐拍了下他的头，看着吴萱，"那现在也没多久了，这已经三月份了，你学得怎么样？"

"就那样吧。"吴萱说，"如果我正常发挥也没什么问题，可是我怕我不争气，失利了怎么办？"

"失什么利呢。"李涛然"啧"了声，"哪儿来这么多人失利，你看看这池妹妹最近物理考得多好啊，完全是质的飞跃了。"

池栀语趴在桌上，有气无力地挥了挥手："你们不懂我的痛苦。"

自上次期末二模成绩出来，白黎看到她的物理上升了三十分，在七八十分徘徊着，尚且还算满意。

池栀语本来以为白黎会放过她的物理，没想到她意识到谢野还挺有用的，就继续让他教着，但时长还是不变，一周两次。

而条件是达到九十分以上。

现在池栀语校考结束后，白黎全部的精力都在她的文化课上，一天到晚就是看着她学习写作业，周六周日也不闲着，领着她去舞蹈室练功，说什么不能懈怠，要保持住。

如此往复着。池栀语觉得下一个要疯了可能就是自己。

吴萱也知道她被白黎安排的日程表，拍着她的肩同情道："你确实挺苦的。"

池栀语叹了口气，转头看了眼身旁的空位，反问一句："这人去哪儿？"

苏乐解释道："哦，你刚刚在睡觉的时候，班主任把谢野叫到办公室去了。"

"张国军叫谢野去办公室？"池栀语愣了下，"为什么？"

不会是谢野要打职业选手的事被学校知道了，觉得他不务正业，玩物丧志要教育他吧？

她立即抬头找林杰在不在。

"放心，不是什么坏事。"李涛然先出声，"我听我们班老师说是若北大学的保送名额下来了，学校在找学生询问意见呢。"

听着他的话，池栀语也在班上找到了林杰，瞬时松了口气。

谢野理科成绩每门都好，初中的时候就被老师安排着去参加比赛，升高中后，陈福庆见到他完全像是看到了宝藏一样，更没闲着。

一直推荐他去参加国家类的物理比赛，高二暑假的时候还送他去了若北大学夏令营，所以保送这事，如果落在他头上，所有人都不惊讶。

吴萱闻言扬了下眉："那这谢野如果保送了，不就不用参加高考了吗？"

"肯定啊。"李涛然"啧"了一声，"要是我能保送，别说高考了，我连学都不上了好不好？"

池栀语愣了下："不来吗？"

"对啊，你这都能保送了，还来上学干吗？"李涛然眨着眼问。

池栀语低眼看着面前被白黎要求着堆满书籍的桌子。

压抑堆积。

"幸好你不用保送。"苏乐看着李涛然，嗤了声，"是不是池妹妹？"

不知道在想什么，池栀语没有回话。

吴萱侧头看她，唤了句："阿语。"

池栀语立即抬起头："啊？"

吴萱奇怪问："怎么了？叫你都没回，还困啊？"

"没。"池栀语笑了下，"我看到这么多作业，在想等会儿怎么写。"

"能怎么写，只能硬写了。"李涛然看她，"哦，对，池妹妹你现在可要适应没有谢野在你身边的情况了。如果他真不来上课，这儿可就只有你一个人了。"

听到这话，池栀语目光稍顿。

"对啊。"吴萱皱了下眉，看向池栀语，"你妈妈不是管着你，除了周六周日学物理才让你去找谢野吗？"

"还有这事？"苏乐问完，上课铃声接着响了起来，李涛然和吴萱跟两人打完招呼后，从后门出去回自己班。

池栀语坐在位置上，安静了一会儿，忽而听到身旁的椅子被人拉开。她转头看去，见是谢野，顿了下，小声问他："张国军把你叫去说保送的事吗？"

谢野从抽屉里拿出上课的书，"嗯"了一声。

池栀语眨眼："你同意了？"

谢野眼皮轻轻抬了下，随口道："差不多。"

肯定的话落下。池栀语想着刚刚李涛然说的话，抿了下唇，内心升起了惶恐和不安。

她看着他，迟疑几秒，接着开口问："那你以后，是不是就不来上学了，也不高考了？"

听着她稍低的语气，谢野抬眼，看清她的表情："谁跟你说什么了？"

池栀语看着他，轻声道："李涛然说你如果保送，就不会来了。"

把她扔下。

沉默了一会儿，谢野对上她的眼，扯了下唇角："别人说什么你都信？"

池栀语看着他，没说话。

"整天乱想什么呢？"谢野单手把她桌上的书拿走，抬眼看她。

"睡觉睡傻了？"谢野语气轻轻飘来，轻哄般地缓缓道，"你都还没高考，我走什么？"

惶恐不安的心稍静。池栀语看向他，轻声重复道："不走吗？"

"嗯。"谢野低眼看她，"不走。"

紧绷的神经，在这一刻，舒缓开。

池栀语抬眼："你别骗我。"

闻言，谢野扯唇笑了："你宁可信李涛然的蠢话，也不信我？"

这言下之意就是我没这么闲，犯不着骗你这傻瓜。

池栀语听懂了意思，还是小声嘟囔了一句："谁知道你是不是故意骗我。"

谢野嗤了声："好好上课，多动脑。"

池栀语还没开口说话。

谢野瞥她："不然也不会傻到这地步。"

池栀语今天心情好忍了下，转头整理桌面，准备自习写作业。

谢野看她眉眼稍弯着，明显已经放下了心，牵了牵唇。

前边的苏乐转身瞧见他回来了，连忙拿着试卷，放在他桌上："来，你给我讲讲这道题。"

谢野瞥了眼："哪儿？"

"这儿啊。"苏乐指着第三道。

谢野扫过题目，拿笔帮他圈了几个数字："这儿重力外多了一个摩擦力，分解力后代入公式计算，得到数字……"

"哎！等会儿！"苏乐连忙出声，"我知道了，我会了。"

谢野也没继续说，苏乐拿笔写了下公式，想起他刚刚出去的事："噢，对，你保送的事怎么说？"

谢野："没怎么说。"

"同意了？"

"嗯。"

苏乐边写着边问："那不就是不用参加高考了？"

谢野低眼看他："李涛然说的？"

"嗯。"苏乐点头，在草稿纸上算着数字，"还说你以后可能不来上课了。"

谢野冷"呵"了声："是吗？"

"是啊，不过你怎么想的？"苏乐抬头看了眼旁边戴着耳机听听力的池栀语，挑眉问他，"真不读了？"

谢野靠在椅背上，扯唇："李涛然是我？他说什么蠢话就是真的了？"

苏乐闻言明白了："行，我知道了。"

谢野扫他："你又知道什么了？"

"没什么啊。"苏乐在试卷上写了个数字，"我看你这是怪李涛然话多了是吧。"

谢野反问："他话不多？"

苏乐笑乐了："人家也只是猜一句，顺口说了而已。"

"猜？"谢野唇角一松，格外傲慢道，"也没人嫌他话多。"

苏乐点头："行行行，知道了，我等会儿一定转告他。"

说完之后，苏乐又朝池栀语看了眼："刚刚李涛然说到你以后不来的时候，池妹妹听着好像还挺伤心的，你等会儿记得安慰安慰她。"

谢野侧目："有你什么事？"

苏乐挑了下眉："我这是给你们俩制造聊天机会，不知道？"

"而且池妹妹还挺关心你的，你可别泄气，加把劲儿啊。"

闻言，谢野"噢"了声："你就看出来她关心我了？"

"嗯？"苏乐一愣，有点没明白他这话的意思。

这是问的怎么看出来她关心呢，还是问就只看出来了关心？

也没等他接着问，谢野抬了抬下巴，赶人："要写滚回去写。"

苏乐一噎，看他这样的态度，"啧"了一声："谁稀罕呢？"他也懒得多问了，拿着试卷就转身回去。

谢野听着他的话，挑了下眉，转头看着身旁专注于听力的少女。

池栀语选好最后一个选项，单手拉下耳机就对上了谢野的目光。

她顿了顿，眨着眼问："看我干什么？"

谢野"嗯"了一声，慢悠悠道："想起来一件事，问问你。"

难得这人还有事问她，池栀语倒是有些没料到，刚想说什么事，一定知无不言言无不尽，可话到嘴边时，突然觉得有点不对，眼神上下扫视着他，有些狐疑："什么事你先问问看。"

"刚刚我忘记问了。"谢野懒洋洋地看她，拖腔拉调地说，"你听到李涛然说我不来上学，反应怎么这么大？"

这问题问得突然，池栀语没反应过来，愣了下。

接着，就听见谢野又道："舍不得我？"

"还是就这么离不开我。"谢野不慌不忙地挑了下眉，缓缓道。

猝不及防，池栀语立即被呛了下："什，什么？"

"没听见？"谢野点头，"行，那我再说一遍。"

"不用，不用了！"池栀语伸手连忙打断，"我只是没反应过来。"

谢野仿佛理解地点了下头："现在应该反应过来了，说吧。"

池栀语舔了下唇，故作镇定地问："你要我说什么？"

谢野侧头，好心提醒："说说你为什么反应这么大。"

"哦。"池栀语想起了重点，尝试平复一下心情，沉吟一声，"我反应这么大是……"

话还没说话，谢野又补充了一句："噢，苏乐还说你很伤心，是那种——"他似是在斟酌着词语，随后，慢悠悠地吐出一个词，"伤心欲绝。"

"谁？"池栀语蒙了，"我伤心欲绝？"

谢野："是啊。"

为什么他的表情能这么坦荡和自然。

池栀语噎了下。

行吧。就当她是伤心欲绝。

"我刚刚是觉得如果你走了，我就一个人了，所以才这么伤心的。"池栀语给出很合理的答案。

谢野给出结论："噢，所以是舍不得？"

"嗯。"池栀语看着他表情，迟疑地点了下头，"应该是的。"

谢野挑眉："是吗？"

"是啊。"池栀语故作淡定，"我舍不得是觉得你是我同桌，我们至少也当了一年的同桌嘛，如果要换别人，我也会舍不得的。"

说完，她还附带肯定地点了点头。

嗯嗯，就是这样。

谢野懒洋洋地道："别人你也这样？"

池栀语眨眼："当然了，我身为同桌怎么能说忘就忘？"

"我只是觉得如果你走了，"池栀语看他，"那我的作业就没人教了。"

池栀语成功掰回一局，还算满意。但她更满意的还是谢野这人不走，能和她一起高考。

好心情一直维持到了放学，吴萱过来找她一起回家的时候，还顺道问了她这事。

池栀语随口说了句谢野不走，一起高考。

"不走啊？"吴萱问，"那上课呢？来上吗？"

池栀语点头："上的。"

吴萱"啧"了声："李涛然这人的话果然不能信。"

想着谢野的话，池栀语皱下眉："以后让李涛然少说话，多做事吧。"

"不是，你这语气怎么听起来还挺生气的？"吴萱看她，调侃一句，"怕谢野不在啊？"

池栀语也没什么好隐瞒的："我怕啊，你不是都知道我妈不让我和男生走太近吗？"

"哦，对对对。"吴萱吐槽一句，"你妈也太夸张了吧。"

池栀语扯唇："她其实还想过来学校找班主任把我的座位调开。"

吴萱惊了："不是吧。"

池栀语笑道："意外不意外，惊不惊喜？"

吴萱："你妈的控制欲太可怕了吧。"

"是啊。"池栀语笑了笑，"所以我也怕。"

吴萱看着她的表情，一愣。

"你知道我现在在每天都不想回家吗？"池栀语说，"我一回家就要面对我妈的各种要求和计划，我也不知道我什么时候会被逼疯，但我觉得这样想应该是不对的。"

"可是我某天突然也意识到……"池栀语笑了下，"她好像从来不觉得我很累。"

其实也不算什么稀奇事。从小到大，她所有事情都有白黎的参与。一个个的要求，一点点往她身上堆积着压力，也一直在强调——

妈妈需要你成为最棒的那个。

因为这样，所有人的目光才会在你的身上，包括你的父亲。

也因为那是她得不到的。

"所以我也不奢求她能爱我，但至少……"池栀语沉默了下，"不要把我当成工具。"

"你才不是工具呢，你是人，活生生的人。"吴萱皱眉，强调道，"你现在很优秀，你妈她只是脑子有问题而已，高考后，你去大学想干什么就干什么，别理她。"

池栀语被逗笑："我是要放飞自我吗？"

"是啊，高中在这儿是没办法，被管着。上大学后，天高皇帝远的，你要做什么，你妈她也管不着啊。"吴萱说。

每次池宴来的日子里，白黎的神经都会处于失控的状态。有时可能是太过激，有时是太暴躁。而池宴看着她的疯狂，就好比在看跳梁小丑，神情没有丝毫波澜，冷漠又无情。任由她撒泼纵放，却从不理会。

池宴的漠然是骨子里的，但可能看在池栀语是他唯一血肉相连的孩子的分上，他对待她的态度温和一些，却也仅仅是维持着表面上的父女关系而已。

没有常人所说的父爱。

池栀语记得初中的一次周末，池宴对她维持着表面的嘘寒问暖离去后，白黎也和往常一样站在碎片狼藉的中央。

当时池栀语平静地看了她一眼，打算转身离去时，白黎突然出声把她唤住了："阿语，过来。"

池栀语闻言，看着她清冷的表情，身子没有动："有什么事吗？"

白黎淡淡道："妈妈叫你，你应该先过来，不知道吗？"

那天白黎的情绪不稳定，神经处在敏感状态。池栀语选择不违逆，迈步走到她面前。白黎沉默地低眼看来。对着她冰冷的双眼，池栀语下意识觉得有些不对。

而白黎没有给她机会，抬头看了眼墙上的钟表，出声说："练功时间到了，去舞蹈室。"

这犹如一个魔咒。是噩梦的开始。

池栀语脚步往后一退，却来不及反抗，白黎看出她的意图，伸手拽过她的手臂，强迫性地拖着她往舞蹈室的方向走。

池栀语记得那个冰冷的牢笼，四周打着刺眼又冰冷的灯光。

惨白。

四周的镜子，冷酷地照着她一次次地摔倒和站起。

仿佛一台录像机播放的画面。

一遍一遍重演，毫无尽头。

而镜头外就是白黎的声音——

"重新来，手错了。"

"脚错了。"

"下腰不对。"

"重新跳，重新再来。"

…………

重新。

是白黎话里最多的词。

伴随着池栀语的舞蹈动作，不断地重复，重复。否定的字词犹如一把刀，割过她旋转的脚尖、脚腕直至全身。

当时，池栀语感到似是有什么浸湿了她的衣服，也不知道是汗还是血。她没有在意。

空旷的舞蹈室内。

池栀语只记得那天自己就像一个机器，被人按着重启键，不断地跳着。无数的跌倒声、与地板的撞击声响起，夹带着白黎冰冷的声音，一点点地摔打在她的神经上。

就在快要断裂时。

倏地。

一道重重的开门声响起，门把随着力度撞到墙上。

"砰"一声，打断了白黎的那道"重新"。

池栀语大脑有些迟钝，迟缓地抬头往门边看。来人的身影模糊，她却一眼就认出了。

是谢野。

认知传来。那一瞬，即将断裂的神经松懈开。

池栀语姿势不稳，无力地放任自己堕落，在快倒在地板上时，忽而，被一双有力的臂膀扶住了。

他的眼里没什么温度，经过白黎时，脚步丝毫没有减速。他目不斜视地看着前方，语气无甚波澜地说了句——

"人我带走了，再有下次，我会报警。"

Chapter 11

英雄救美·保护

　　池栀语被带回了谢家，她当时没有什么意识，疲惫不堪。只记得自己脚很疼，手也很疼，全身就像被车子碾压过一样疼。

　　但她也记得，谢野一直在她身边，紧紧握着她的手。

　　她安静地躺在床上，用仅有的意识睁开眼看他，不知道自己哪儿来的精力，无力地和他开玩笑："野哥哥来得可真是时候，英雄救美了。"

　　谢野冷着脸坐在床边，目光幽深地看她："疼就闭嘴，等会儿医生过来。"

　　池栀语看他这样，叹了口气："我全身都疼啊，不能快点？"

　　听着她的话，谢野蹙眉："快了，再忍忍。"

　　池栀语有些撑不住，眼皮不自觉地耷拉下来："那我先睡一会儿……"

　　谢野淡淡"嗯"了声："睡吧。"

　　池栀语的意识渐渐飘远，却还是怕，声音拖着："我妈她……"

　　谢野："我在这儿。"

没有任何人。

所以别怕。

睡吧。

那天，谢野看池宴的车离开后，却一直没有看到池栀语的身影，他察觉到了不对劲儿，才贸然进了池家查看。他来得很及时，打断了白黎的失控。

白黎当时已经没有了自我，是完全失控的状态。等反应过来时，她才发现池栀语已经被谢野带走了。而谢野那句话，也让她意识到了自己当时的癫狂。她抬起头，看着镜子里的自己，随后，失神又无助地跌倒在地。

从那之后。

没有再发生过这样的事。

可能是谢野的话有了效果，也可能是白黎害怕自己再做出这样的事，她没有再陪同池栀语进过舞蹈室。

取而代之的是对池栀语的其他方面上继严格要求。

而执念，也没有减少。

甚至，更糟糕。


听着她的话，吴萱想象了一下谢野保护她的样子，笑了下："我还真的想象不到谢野一脸体贴温柔地保护你的样子。"

池栀语咳了声："你想错了，没有这个。"

吴萱眨眼："英雄救美不应该是一脸温柔地看着女主角说，别怕，我来保护你了吗？"

池栀语也眨眼："你觉得这适合谢野？"

"行吧。"

话题结束，两人刚好走到室内体育馆旁。池栀语走在路上，隔着墙都听到了里面的喧闹和呼喊声。

"这几天学校有什么活动吗？"池栀语有些疑惑。

"春季篮球赛啊。"吴萱说，"昨天苏乐不都说了他们今天要去看球赛吗？"

池栀语愣了下："去看球赛？"

"对啊。"

"谢野也去？"

"谢野没事干肯定会被李涛然拉着去的，我没听你说，以为你不去呢。"吴萱看了眼表，"现在都开打十五分钟了吧，要不要去看看？"

池栀语想着每次在篮球场看到的小迷妹们，点头："走。"

附中每年都有篮球赛，但举办的不仅仅是校内的，而是整个市区的赛事，除了附中男篮参加，也会有其他校区的篮球队过来参赛。

这个时候一般都是学校女生们的观赏活动，物色物色有没有好看的男生，不过也有单纯来看赛事的，但这种还是男生居多。

吴萱拉着池栀语从入口进去的时候，围观学生们的欢呼声瞬时放大好几倍，震耳欲聋的。池栀语看了眼四周围着篮球场的学生，黑压压的一片，完全分不清谁是谁。

吴萱拿着手机也在打电话找人，可能那边对方接通了，她直接问："你们坐哪儿了？我带阿语也来看篮球。"

那边似是说了什么，吴萱无语地开口："大哥，这儿这么多穿校服的，你觉得我们会找得到？"

吴萱："嗯，行，我们现在过去。"

池栀语见她挂断了电话，问："怎么说？"

"李涛然让我们往篮球场前面走，他们坐在中间的观众席，他等会儿来接我们。"

"嗯？"池栀语眨眼，"他们哪儿来的位置？"

室内篮球场的观众席位置不多，高三放学完就算过去基本上也没位置了，只能围站在篮球场旁边看。

吴萱牵着她往前挤，随口扯了句："李涛然这人精，哪儿能搞不到位置。"

围观的人群太多，吴萱怕池栀语走丢，一直牵着她走着，而围观的学生们都没注意到两人，一直看着场上的球赛。

恰好此时，哨声响起，示意中场休息。人群瞬时松动开，池栀语猝不及防地被撞了一下肩膀，她皱下了眉。

撞她的男生立即转身，看着池栀语愣了下，连忙说了句："对不起。"

闻言，池栀语摆手还没说话，前边有人从人群里走来先冒了句："怎么了？"

吴萱抬头看了眼两人："怎么是你们俩出来了？"

苏乐："李涛然去上厕所，说你们俩来了，让我们出来接。"

"他尿急倒是及时。"吴萱吐槽一句。

谢野见池栀语捂着肩膀，蹙眉："肩膀怎么了？"

男生看到来人是谢野，惊了下："啊，是我刚刚不小心撞到这位同学。"男生看了眼谢野，连忙又对池栀语说了句，"对不起啊。"

池栀语摆了摆手："没关系，我没事。"

谢野扫了眼男生，也没说什么，反倒看着池栀语问了句："不会看路？"

池栀语蒙了："这为什么还怪我了？"

谢野懒洋洋道："看路了能被撞？"

池栀语无语："哥哥，我只有两只眼睛。"

男生听着，眼皮跳了下。

苏乐看着这场地不合适，说了句："走吧，先去观众席。"

"对，快走。"吴萱牵着池栀语往前走，谢野走在她的右侧，挡住了人群。


李涛然找的位置刚好在中间，能看到篮球场两边的战况，是最佳观赛点。池栀语看着上头摆着他们的水和衣服，而李涛然还没回来，长椅上空着位置，没人坐。苏乐先拿起自己的衣服，让吴萱坐下，而池栀语自然地抱起谢野的衣服，坐在他的位置上。

池栀语左侧是吴萱，右侧是谢野，苏乐就随便坐在了谢野旁边。

四周人看谢野和苏乐去而复返，还带回来了池栀语和吴萱，有些没反应过来。

吴萱没关注他们，看着前边的球场问了句："今天是谁和谁比？"

苏乐："我们和怀北区。"

"怀北啊。"吴萱"啧"了声，没再说话。

"怎么？"池栀语闻言看她，"吴老师有什么看法？"

吴萱张了张嘴，裁判的哨声突然响了起来，打断她的话。

中场休息结束，双方球员重新进场。

池栀语见过附中男篮的队员，视线放在了另一边，怀北中学的篮球服是浅蓝色，男生们身高基本一米八左右，各个都身高体长的，而目光往上一移，放在他们的面容上。

池栀语挑了下眉，吴萱看完转头对上她的视线，微笑道："怎么样？"

被她发现，池栀语清了清嗓子："嗯，可以。"

闻言，吴萱立即转头看向某人："谢野，阿语觉得怀北的男生们都很帅。"

谢野听到，侧头看向池栀语，挑了下眉："什么？"

池栀语摇头："没有没有，她乱说的。"

吴萱也举手："我说的绝对是真话。"

池栀语："呵呵。"

谢野瞥她一眼："你还挺花心。"

"谁花心了？我就只是单纯欣赏。"池栀语义正词严道，"不是你想到的那种意思。"

谢野挑眉："你知道我想什么了？"

池栀语淡定道："你不是在想我是花心的人嘛。"

"噢。"谢野悠悠开口，"之前是这样想，但我现在改了。"

池栀语愣了下："你改什么？"

谢野懒洋洋道："对你改观了。"

池栀语慢一拍："嗯？"

"我现在觉得你……"谢野上下打量她，拖着尾音，停顿两秒后，缓慢地一字一句地说，"觊觎我的美貌。"

池栀语愣了半天才反应过来他的话："我觊觎你的美貌？"

池栀语看着他，平静解释道："我刚刚只是在说我没有花心而已，你幻听了。"

谢野盯着她，忽然喊她："池栀语。"

池栀语愣了下："嗯？"

"不用狡辩。"谢野若有所思地看她，"我已经知道了。"

这话明明听着也没什么意思，但池栀语莫名惊了下，下意识反问："你知道什么？"

谢野看着她的表情，挑了下眉："你怕什么？"

"嗯？"池栀语一顿，稳着声音，"我怕了吗？"

谢野慢悠悠地问："你这一副怕我知道什么的样子，想什么呢？"

池栀语被噎住。

盯着他那嚣张至极的眉眼，池栀语莫名觉得这人欠揍，好想揪着他的领子揍他一顿。但她又不敢。

心情被他弄得一起一落的，有些焦躁，又有几分莫名的慌张。池栀语皱着眉，转头看向前边的赛事，心情有些郁闷。


"不是，你这表情怎么这么严肃？"吴萱一转头就看到她的脸，疑惑地问。

池栀语蹙眉："看比赛。"

"你这是看比赛？"吴萱说，"看你这脸，感觉跟别人欠你八百万一样。"

池栀语听着，没搭话。

而吴萱见此，抬手看了眼四周，拉着她往旁边移了一下，小声问："这里好多人看你，你不会紧张了吧？"

"嗯？"池栀语按着她的话抬头往旁边看，周围的人立即纷纷转头看别的地方，避开她的视线。

池栀语察觉到，低头皱了下眉："他们看我干吗？"

吴萱："你不知道？"

池栀语眨了下眼："我应该知道？"

"你是真的两耳不闻窗外事，一心只读圣贤书了吗？"吴萱叹了口气，小声解释，"他们都觉得你和谢野有问题，所以看你们俩在干什么。"

池栀语还真没料到是这样："为什么会这么想？"

"他们看到谢野对你态度这么与众不同，而且你和他也走得很近，当然就有些想法了呗。"吴萱顺口说着。

与众不同？池栀语愣了下。

吴萱看着她的表情，猜了句："你看不出来谢野对你和对别人是不一样的？"

闻言，池栀语眼眸一闪，反问："怎么说？"

吴萱飞快地瞥一眼谢野，随后低头给她举例："就拿我来说，我和他也算是认识好几年了吧，但我可从来没见谢野给我接过水或者倒过水喝，也没关心过我的学习成绩，连基本的问候也没有。"

"虽然他如果真的问我了，我也会觉得他不是疯了就是被鬼附身了。"

"还有我和他基本上就没两个人待在一起过，更别说其他的了。而且你知道如果他找我一般问的都是什么吗？"

池栀语眨眼："什么？"

吴萱模仿了一下谢野平常寡淡无情的语气，开口蹦出两个字："她呢？"

池栀语被她的模仿逗笑。

"你还笑。"吴萱"啧"了一声，"我都怀疑他根本就只是把我当成你的朋友而已，一点同学情都没有。"

闻言，池栀语表情有些若有所思，抬头问："所以你觉得谢野对我和别人是不一样的？"

吴萱点头："不只是我，其他人都觉着，你觉得呢？"

池栀语回想起最近还有刚刚谢野的态度："我觉得……"

话还没说完，前边的李涛然终于上完厕所回来了。他走近看了眼池栀语和吴萱，匆匆挥手打过招呼后，直接叫上来谢野和苏乐："老杨他们被人拖住了，还差几个人，时间快赶不上了，你们俩快跟我去补个位。"

"啊？"吴萱闻言说，"补什么位？"

李涛然有些急，随口说了句："等会儿你就知道了。"然后直接想带着人往外走。

见谢野站起身，池栀语坐在原地，仰头看他："你去哪儿？"

谢野拿过她怀里的外套，懒洋洋问了句："红蓝喜欢哪个？"

池栀语没懂这个问题，愣了下，但还是老老实实地回了句："红色。"

"行。"谢野应下，而后抬起手臂，掌心搭在她脑袋上，很不客气地揉搓了下，将她的头发弄乱，随口道，"老实坐着，别乱走。"

说完，他收回手，迈步跟上前边的李涛然。

吴萱看着他三个人离去，一脸茫然，转头问池栀语："谢野刚刚和你说什么？"

池栀语抬手理了下头发，有些迟钝："他让我坐着，别乱走。"

"嗯？"吴萱皱了下眉，"这是干什么呢？搞得神神秘秘的！"

池栀语也不知道，摇摇头，但又回想起刚刚谢野的举动，她不自觉地抬手揉了揉自己的脑袋。她垂着眸，不知道在想什么，也没听见旁边吴萱的话。

吴萱喊她："阿语，你捂着脑袋干什么？"

"哦。"池栀语回神放下手，"你看看我的头发是不是被谢野弄乱了？"

吴萱闻言看了眼她的头顶："有点翘，我帮你。"

池栀语低下头，让她帮忙整理。

"行了。"吴萱收回手，赞美了句，"宛如天仙下凡了。"

池栀语有些忍俊不禁。

恰好此时，场上比赛结束的哨声响了起来。

两人转头看向场地，吴萱看着旁边的记分牌，挑了下眉："哟，我们学校赢了啊。"

池栀语没多大感觉，但还是跟着现场同学一起鼓掌庆祝，她看了眼时间："这是今天最后一场了吗？"

　　"是的吧。"吴萱皱眉，"不过李涛然他们跑去哪儿了，这都比完赛了。"


　　篮球场上的球员已经退场，工作人员上来重新开始清理擦拭地面。

　　四周的人群见此，渐渐疏散开，有些人正打算转身离开，忽而一道话筒声响起："今日两校的篮球比赛已经结束，然而运动没有停止，为了缓解高三备考的压力，接下来我们即将迎来一场惊喜友谊赛，让我们欢迎双方队员进场。"

　　这发言让全场学生都没反应过来，这什么意思？

　　压轴比赛？怎么都没消息通知？

　　吴萱先回神，看着篮球场上进场的人员，突然爆了句粗口："那是李涛然和苏乐？"

　　先进场的是蓝方球员，为首领队出来的那人，就是李涛然，他正满脸笑容地挥手向观众席这边示意，而苏乐站在倒数第二个，也在笑着挥手。

　　池栀语看着他们身上套着的球衣，蓝色。而队伍里没有谢野。

　　她突然想起了刚刚谢野离开时问她的问题，脑子猛地想到了一个可能性。池栀语的视线立即往蓝队后方移，就见红队紧跟着进场，为首的是隔壁班的一个同学，随着一个个成员入内，所有人都看到了红队末尾的那道身影。

　　少年清瘦高挑，同样穿着白色的T恤，外套一件红色的球衣。他没什么表情，眼眸漆黑，唇角微敛着，却莫名有种傲视群雄的感觉。

　　四周的人认出是谢野后，全都愣了一下。而下一刻，全场响起了热烈的鼓掌和欢呼声。谢野走进红方场地内，在观众席的右侧，但从池栀语的方向看是在她的左侧。

　　很近，仿佛就在她的对面。

　　池栀语看着谢野身上的红色球衣，莫名加快了心跳，而场内的人似是察觉到了她的目光，谢野侧头，忽而掀起眸看来，直直对上了她的眼。他的眼眸漆黑，狭长，眼尾微挑，似是薄情又冷淡，带着与生俱来的锋芒，盯着人看的时候总像是在挑衅，高高在上的。

观众席中间这块儿的人见他突然转头，包括池栀语都愣住了。

两人隔着半个球场对视了几秒后，谢野先行移开视线，看着前边的裁判。

池栀语眨了下眼，读懂了他刚刚眼眸里表达的意思——

等着看帅气的野哥哥。

她的嘴角无声弯了下。还挺小气。

吴萱见刚刚离开的三人都在场上，有些蒙："这几人怎么回事？还上场比赛了？"

"刚才李涛然不是说有人被拖住了吗？"池栀语想了下，"可能是替补上场吧，先帮着打个头阵。"

"噢，对哦。"吴萱反应过来，"不过谢野居然也上场了，小迷妹们又要费嗓子了。"说完之后，她拍了拍池栀语的肩，"没事，反正谢野又不搭理她们，连个眼神都不会给的。"

池栀语抿了下唇："那怎么样才算搭理呢？"

"如果在球场上的话……"吴萱眨眼，"男生进球后第一眼应该都会看在意的人吧，就像那种小孩子炫耀自己有多厉害一样。"

池栀语点点头："我知道了。"

吴萱还想说什么，但看着赛场，忽而开口："啊啊啊啊，开始啦！"

池栀语连忙转头找谢野的身影。

裁判哨声响起，首球先被李涛然夺下，他运球往红方场地进攻，林杰挡在他的身前，却被他的假动作骗了过去。李涛然迅速运球，快到篮下时，突然有一道人影从他侧边一闪而过，他还没来得及撤退时，手下一空，球被截走了。

谢野运球已经从红方经过半场，闯入了蓝方场地。

"我……"李涛然反应过来的时候，憋住了嘴里的脏话。在正规比赛上不能爆粗口，不然会被裁判黄牌警告。

这几秒钟的时间，全场人没想到局势会突然转变。蓝队也没来得及防守，就看着谢野已经带球跑到三分线处。他瞬时站定，抬臂起跳，身体微微后倾，双手轻轻扶住篮球，手臂伸直，手腕向下猛地一甩。篮球脱手被高高地抛向空中，经过一道完美的弧线运行后，"嗖"的一下，应声入网。

谢野落地，侧头往池栀语的方向看，他的瞳色深如墨，眉梢微微一挑，似乎很得意。

池栀语坐在位置上，呼吸一停。

场馆内安静了一瞬，紧接着女生的尖叫和男生的咆哮声响起，震耳欲聋。池栀语惊醒，四周放大的呼喊声，压着她的心跳声。

"怦怦怦"地迅速加快。

她想起刚才谢野下意识看来的眼神，觉得自己的耳朵连带着脸颊都在发烫，如同置身在桑拿房里一样，炽热的温度由耳尖往下一直传递到心脏，她的心跳越来越快。

停不住。

比赛还在继续，可谢野凭借开场第一球就抓住了所有人的视线。但他并不追求出风头，好几次把球传递给了其他队友，他守在后防线上，配合整体布局。

然而红方的得分有一半基本上都是靠谢野的三分球，他没有失误过，也没人能阻断他的路。只要他一带球突破到三分线，就是——

稳投稳中。

全场的学生都在观摩着谢野的三分球投篮姿势，女生们的呼喊和尖叫声也没停过，但是在尖叫声后，所有人也都注意到了谢野总是侧头望着的那个方向。

池栀语对着四周时不时看来的视线已经麻木了。

谢野也并没有每次投篮都会看她，他除了第一个进球比较嚣张，明目张胆点地看向她外，别的时候他都是关注球场，只是偶尔跑过她位置的时候，才会抬头看她一眼。

一开始池栀语还觉得害羞，后来麻木地直接拿着谢野的另一件冬季外套穿上，拉起拉链，用宽大的衣领挡住自己半张脸。

看吧，反正也看不见我的脸。

裁判哨声吹响，上半场比赛结束。

红蓝队相差的分不多，毕竟李涛然和苏乐实力不差，红队单单靠一个谢野在，也不可能拉开多大的分数。场上的队员边喘气边下场休息，池栀语看到有几人从入口进来，迅速找到了谢野他们。

池栀语猜到可能是正主回来了。

果然没等多久，吴萱的手机响了起来，她接起说了句后挂断电话，转头对她说："走吧，李涛然让我们去下面找他们。"

池栀语点头，也没把谢野的衣服脱下，直接起身跟着吴萱走下观众席，慢悠悠地走到队员的休息区。

吴萱和她说着刚才比赛的事，她随意地听着，恰好听到苏乐的声音时，下意识地抬头循声看去。就见谢野刚好就站在她对面，李涛然站在旁边，一手搭着他的肩膀，似是在感叹着什么。

而谢野还穿着球衣，黑发已经被汗水透湿，额上似乎有汗珠顺着流到下颌，他随手就掀起了自己的衣摆，擦了一下，而衣服掀起时，而衣服掀起时，露出了他劲瘦的腰腹和块状分明的腹肌。

这个场景，让池栀语的脑袋立刻充了血。

她听见四周传来了小姑娘此起彼伏的、狂热的尖叫声。

身旁的吴萱和李涛然先走一步，到旁边说话。

池栀语反应过来的时候，谢野恰好抬头看到她，等注意到她的视线放哪儿后，他挑了下眉，然后也不慌不忙地放下衣服，语调轻抬："偷看什么呢——"

谢野稍稍弯下腰，与她的视线对上，他懒散地拖着尾音，顿了两秒后，语气吊儿郎当地说："小同桌。"

被他发现。

池栀语猝不及防地瞥开眼，脸颊的热度不断攀升，烫得让她觉得脑子有点发热。

因着他俯身的姿势，两人距离骤然拉近。

少年熟悉的气息压了下来，还带着运动后的热度，眉眼近在咫尺。但不知是什么心理在作祟，池栀语不敢跟他对视，手脚也不知道该往哪儿放，有点尴尬地咳了一声，解释说："我没有偷看。"

谢野直起身子，目光仍放在她身上，唇边的弧度未敛："噢，看都看了。"

"我又不是故意看的。"这本来就挺突然的，池栀语扫他，直接道，"是我过来的时候，你自己突然掀……"

这话有点不对，池栀语意识到后就瞬时收回嘴边的词。

"嗯？"谢野挑了下眉，玩味地看她，语气吊儿郎当的，"这是说我故意的？"

"之前占我便宜，还觊觎我的美貌，现在又说我故意使坏。"谢野懒洋洋地开口，"你怎么回事？下次是不是就要污蔑我了？"

池栀语看着他的表情，突然点了头："嗯，可能还真会。"

谢野眼皮跳了下："你说什么？"

池栀语回望着他，视线没有躲闪，淡定道："我这次也算是看了你的腹肌，不过你放心。"

池栀语抿了抿唇，想着他平常的态度，学着给出五个字："我会负责的。"

这回答倒是让人有些意外，谢野扬了下眉："负责？"他抬眸看她，眼里的审视意味十足，随后不紧不慢道，"行，你说说要怎么负责？"

闻言，池栀语顿了下，还真没想到要怎么负责，只能实话实说道："不知道，等我想到了再告诉你。"

"哦。"谢野点破她，"想骗我呢？"

池栀语噎住。

这本来就是她突然头脑发热说的，想看看他的反应而已，按理来说……确实算是骗他的。池栀语脑子还在迅速想对策，还没等半秒，旁边的苏乐走来对着谢野喊了声："走了，换衣服去。"

这完全就是救世主！

"啊，对！"池栀语立即顺着转移话题，"你们快去换衣服吧，别人还在等你们呢。"

谢野眼睑一抬，朝后边的座椅看了眼："坐那儿等我。"

池栀语无声松了口气，连忙点头赶人："我知道了，你快去吧。"

谢野见此，扯了下唇，转身跟上了前边的苏乐。

总算把人送走了。池栀语走到后边吴萱坐着的位置旁坐下，长舒了口气。

吴萱凑到她旁边，看着她的脸挑了下眉："刚刚和谢野说什么呢？脸怎么红了？"

闻言，池栀语一愣，下意识摸着自己的脸颊："我脸还红着？"

吴萱懒懒地"啊"了声："还是少女粉呢！"

池栀语脑海里又浮现出谢野刚刚掀起衣服，那印象深刻的……腹肌。她的脸再度烧了起来，立即止住脑子里的胡思乱想，抬头看着旁边的景色。

"你想什么呢？"吴萱看着她的脸一点点变化，眨着眼问，"怎么脸更红了？"

"没什么。"池栀语抬手用手背贴着脸降温，摇摇头，"可能这儿太闷了。"

室内篮球场本来通风也不大好，现在天气也还有点冷，管理员只开了几扇窗，加上看球场的人多，空气里都是二氧化碳，自然就形成了温室效应。

"哦，那我们先出去吧。"吴萱看了眼时间，"下半场快开始了，一会儿可能会更闷。"

池栀语点点头，跟着她一起走出篮球馆，外头的冷风迎面吹来，瞬时吹散了她身子的燥热，还挺舒服。但一旁的吴萱忍不住打了个寒战："咝，这也太冷了吧。"

池栀语见此，把身上的衣服脱下来递给她："你穿着。"

吴萱愣了下："你不冷啊？"

池栀语摇摇头："太闷了，我透透风。"

闻言，吴萱立即伸手想接过，但看到这过于宽大的冬季校服时，突然顿住："你这是谢野的？"

"原本是他的，但他不穿，就变成我一直穿。"池栀语想了想，"也算是我的？"

"不不不，算了。"吴萱想着谢野的脾气，摆手，"我还是忍着吧。"

池栀语也不强求，随手把校服搭在手臂上，怕吴萱太冷，拉着她往旁边避风的地方躲了躲。

身后室内的喧嚣声重新响起，但明显女生的呼喊声不似刚刚的疯狂。可能没有看到谢野上场，更有人直接从篮球馆内出来了。她们转头看到角落里的两人，特别是在看到池栀语的脸时，明显顿了下。

池栀语站在原地，对上她们的视线，眨了下眼。

女生们回神，有种被抓包的感觉，连忙转头匆匆忙忙地离去。

"你干吗？"吴萱看着她们一个个跑走。

"我什么都没干。"池栀语猜测，"难道是被我的美惊艳到了？"

吴萱："嗯？"

池栀语余光瞥见出口的门被人推开，她止住嘴边的话，转头看去。

苏乐走出门瞧见两人，"哟"了声："你们俩在这儿啊，李涛然正在找你们呢。"说着，他转头对着身后人喊了句，"过来，她们在外面。"

话音落下没几秒，李涛然就从后头跑了出来，看着她们俩"啧"了声："两位大小姐，你们出来都不说一声呢，我还以为你们俩在里面丢了。"

谢野跟在他后面，慢悠悠地走出来，瞧见池栀语只穿着一件外套，皱了下眉。吴萱见他们都出来了，带着池栀语走出角落："我们又不是三岁小孩，丢什么啊？"

池栀语走到谢野身旁，见他已经换回了自己的衣服，还是春季校服，随手把手臂上的外套递给他："你要不要穿？"

谢野扫她："你自己不穿？"

池栀语："我不冷啊。"

刚巧旁边的吴萱在解释："刚刚我看阿语脸都红了，我就带她出来透透气而已，又没走远。"

脸红这就没必要说了吧。

果然，谢野听见侧头看她："脸红？"

"嗯。"池栀语淡定地点头，"里面太闷了。"

谢野瞥她："噢，现在也闷？"

池栀语一时没反应过来："什么？"

谢野慢悠悠地开口："你脸……"

闻言，池栀语反应过来，立即抬手挡住自己的脸，不让他看到自己脸红的样子。而刚挡上，就听见他接着说完："……没红。"

"哦，看错了。"谢野看着她的眼，语气不太正经，"不过你怕我看到你脸红干什么？害羞？"

"不是。"池栀语放下手，"都说是太闷了。"

谢野扬起眉。池栀语没管他信不信，反而注意到来来往往经过的女生总是往谢野这边看，皱了下眉。

李涛然当然也注意到了，叹了口气："唉，果然哥的魅力太大了。"

"你在做什么梦呢？"吴萱表情无语，"你什么样自己不知道？"

李涛然挑眉："哥哥我的魅力你完全没办法想象好不好？"

池栀语觉得这人已经被谢野的自恋传染了，默默转头看了眼身旁的人。

谢野收到她的视线，挑了下眉。

池栀语转过头，突然就看见远处一群女生走了过来。

为首的一位女生看着还很青稚羞涩，可以猜到是高一生。苏乐和李涛然见人过来，也不好意思挡着人家，转头朝谢野看了眼。

女生从侧边走来，扫过一旁的池栀语时，语气淡淡的："学姐，我有事找学长说，你可以避开一下吗？"

闻言，池栀语愣了下，不过也没说什么，身子往旁边退了一步。

正在风口处，冷风吹着。

随后，女生手里拿着一瓶矿泉水目的性极强地走到谢野面前，递给他。

见状，谢野掀起眸看去。

女生红着脸，轻声开口："比赛辛苦了，学长，这是我刚买的水，没有别的意思，只是……"

话没说完。

场面有些安静，都在看着谢野。池栀语神色平静地站在旁边，也等着他的反应。

而几秒后，谢野突然抬起手，女生看见心下一喜，刚想把矿泉水瓶子递去。他的手却伸向了右边，拿过了池栀语手臂上搭着的外套，打开披到她身上。

这动作有些突然，池栀语一愣，抬起眼，看着他的脸。

谢野垂下眼睫，耐心地帮她把外套的拉链拉起，直接拉到了底："回去喝两碗姜汤。"

池栀语听见姜汤两个字，下意识皱起眉："我又没感冒。"

谢野没搭话。

而女生站在他面前，见此，表情明显顿了下："学长，学姐她说不冷，她……"

闻言，谢野的眼睑动了动，眸底平静地看了女生一眼。

女生身子瞬时僵了一下。

而池栀语余光瞥见对面女生的表情明显有些不好，伸手拉了下他的袖子，想示意人家还举着水。谢野察觉到，抬眼与她的视线对上，继续自然地整理衣服，淡声问："你渴？"

池栀语怀疑这人是故意把话题抛给她的。

而女生明显也是位娇生惯养的大小姐，单从刚刚那么嚣张地过来让她走开，就知道不大好相处。

池栀语瞥着身旁那高一女生的表情，果然听到谢野的话后，瞬时变了脸。还没等池栀语说话，她沉着脸直接收回了水，看也不看一眼谢野，转身就领着自己的小姐妹们走了。

这架势还挺大，浩浩荡荡的。

而没走几步，池栀语就瞧见她还顺手把那瓶矿泉水，用力砸到了路边的树上。

池栀语挑了下眉，这是泄愤呢。

吴萱看着也"哇哦"了一声。

李涛然摆了摆手："这儿风也太大了吧！走走！我们赶紧先回家！"

几人一起往前走。

池栀语穿着宽大的外套，倒没觉得怎么冷，但脸确实被风吹得有些冰，她吸了下鼻子。

"不会感冒了吧？"吴萱侧头看她，"刚刚你不是没穿着外套，还站在风口上吗？"

池栀语摇头："没有，谢野给我套衣服……了。"

她话音稍顿了下。

吴萱又说起了别的："刚刚谢野也算是晾着那小学妹了吧。"

吴萱挑眉看了眼池栀语："我觉得还挺爽的。"她又连"啧"几声，"谢野果然嚣张啊。"

池栀语闻言笑了："你这是夸他呢，还是骂他呢。"

"夸啊。"吴萱说，"我看那女生的表情，可能都要气死了……"

吴萱还在说，而池栀语在想事，没有搭话。

因为从小一直在一起，她已经习惯性谢野对她的照顾，从来没有觉得有什么不对。但现在，池栀语突然意识到，谢野好像很少在意过其他人，却总是能第一时间维护她。

今天是因为那女生对她态度不好，所以他刚刚拒绝人的态度也不好，是在替她出气。想到这儿，池栀语往谢野的方向看。

苏乐正站在谢野旁边，声情并茂地说着刚刚球赛的事，而谢野也不知道有没有在听，一直是那副困倦的表情，偶尔听到有兴趣的话，才应几句。

注意到她的目光，谢野侧头看了过来："怎么？"

"嗯。"池栀语回神，平静地摇摇头，"没事。"

谢野看着她的表情，忽地笑了："想到了？"

这话问得突然，正好碰到她刚刚的发现。池桅语心惊了下，下意识问："想到什么？"

谢野直直地盯着她，微湿的黑发散乱在额前，半遮住漆黑狭长的眸。他嘴角轻勾着，语气懒散轻佻。

"怎么对我负责？"

这一场偶然替补上场的篮球赛，让谢野在高三的最后一段时间里，出尽了风头。顺带还拉上了池桅语。

但随着考试临近，也渐渐停息。

至于高三年级，基本上没人谈这个话题。还有一个星期高考，一个个都在抓紧时间复习，哪儿还有闲情逸致去想这些。

再说了，两位当事人就在自个儿班里，他们还真的没看出谢野和池桅语有什么。

一开始有的人会故意经过三班后门看看，想一探究竟。

但他们好几次经过，都看到谢野一直保持着一个状态，趴在桌上睡觉，而他旁边的池桅语不是在写作业，就是在和别人聊天，或者也趴着在睡觉。

两人完全没有什么交流。

不认识的人可能都觉得两个人连青梅竹马都不是，只是被强行安排坐在一起的陌生人。

有些人也渐渐觉得这两个人没有在一起，毕竟这相处模式有点不大对。

可偶然一次，有人无意间经过三班后门时，看到了谢野难得清醒着，懒洋洋地支着下巴，低头看向身旁正趴在桌上熟睡的少女，而他的右手拿着一本作业，微抬起，轻轻在她的耳侧，扇风。

那是已到夏初，室内的空气渐渐闷热。

睡觉都无法安稳。

## Chapter 12
十八岁的礼物·诗

　　每年的高考时间都是国家统一规定的，固定在六月七号到八号两天，个别省份按着政策调整有时会延长，结束时间会有差异。而若北市区域内的考试结束时间在八号下午。

　　池栀语考完最后一场英语，提着考试袋走出考场楼，看着外边的蒙蒙细雨，长舒了一口气。

　　是解脱的感觉。

　　身上的压力稍轻。

　　她拿着手机在想，不知道谢野考完了没有，也不知道考得好不好。可想了半天，又想起这人又不用认真考试，只是过来随便看看试卷长什么样的。她"啧"了一声，准备打字给他发信息。

　　身旁有围在一起欢呼雀跃的同学，也有不知道是在感叹终于自由解放，还是伤心自己没考好，在号啕大哭的。

　　池栀语就站在旁边，被这哭声吓了一跳，想转头去看发生了什么。余光却瞥见谢野的身影走来，她下意识转头看去。

此时谢野凑到她的身旁，出现得悄无声息，扫了眼她旁边在哭的女生，漫不经心道："你欺负人了？"

池栀语"啧"了声："我像是这种人吗？"

谢野"噢"了句："也不一定。"

"不一定个鬼呢。"说完，池栀语看着他这悠闲的样子，猜了句，"你早出来了？"

谢野："嗯。"

池栀语又猜一句："你不会根本就没去考吧？"

谢野嗤了声："你考砸了？"

"当然没有啊。"池栀语眨眼，"我是英语强者你忘了？"

谢野看着她这表情："你倒还挺骄傲。"

池栀语摆了摆手："低调低调，不过我觉得这次我可能会考得比你好。"

"嗯？"谢野侧过头，似是觉得好笑，"比我考得好？"

池栀语懒懒地"啊"了声："一看你这就是没有好好考，随意敷衍了事了吧？"

谢野瞥她，淡淡地"啊"了声："没有呢。"

池栀语一噎："你认真考了？"

谢野还没搭话，池栀语的手机忽而响起，她低头看了眼屏幕，随手接起："喂？考完了？"

吴萱："对啊，你在哪儿呢？我和苏乐刚从三号楼出来。"

"我在主楼大厅这里，谢野也在……"池栀语侧头注意到侧边正往这儿来的身影，"啊"了声，"李涛然也在。"

"那行，我们正准备过来，你们等一会儿吧。"

"嗯。"

池栀语挂断电话，李涛然刚好走到两人面前，张开双臂，表情夸张地呼喊一声："哥哥妹妹们！我来啦！庆祝我们解放啦！"

谢野一脸冷漠地避开他，见他转向了池栀语，伸手直接拉住他的后衣领，把他往外扯。

李涛然身子猛地一顿，卡在了中途，看着他点点头："行吧行吧，我不抱了。"

谢野松开手。

而池栀语被他逗笑："你怎么回事，这么激动？"

"这不是高考完了嘛！"李涛然又想起一事，"噢，对！等会儿晚上毕业典礼，池妹妹你是不是要上台表演啊？"

池栀语点头："我有个独舞，然后和吴萱一起有个群舞。"

李涛然："啊，那还吃饭吗？"

"可能不行了。"池栀语抬腕看了眼时间，"我们还要去排练化妆。"

谢野懒洋洋地问："不吃准备饿死？"

"没时间啊。"池栀语看了眼吴萱已经过来了，随手把考试袋给他，"你给我和吴萱先买些吃的吧，到时我去位子上找你。"说完，也没等谢野同意，她直接转身跑去和吴萱会合。

谢野看着她的背影，不耐烦地"啧"了一声。而苏乐从远处过来，走到两人面前，稍有些疑惑："她们去哪儿呢？不吃饭？"

"不吃，要为晚上的舞蹈排练呢。"李涛然朝他挥了手，"走吧，现在就我们三兄弟一起了。"

三人一起往食堂走，点了各自要吃的东西。男生吃饭的速度本来就快，也没花多长时间就结束了晚餐，然后又陪着谢野一起去买两位女生的晚餐，最后到学校大礼堂的时候，典礼都快开始了。

毕业典礼的开场时间是晚上七点，参与典礼的人员基本上是高三全体师生，还有各位领导。

位置以班级划分，但具体座位分布是随意的。

三班的位置在中央偏后排，谢野嫌麻烦直接坐在了最后一排，旁边坐着李涛然和苏乐，然后还特地空了两个位子。

三人坐定后，没几分钟，会场内的灯光忽而关掉，只剩下舞台前边的灯光效果微微显示着斑斓的光线。四周喧闹的声响瞬时变得寂静，没等几秒，舞台音乐响起，灯光忽而升起，映照着舞台中央的少女。

"哇哦！"四周学生不自觉地发了声音。

少女穿着古典舞服，拖着长袖，垂眸低眼看着舞台，面容皎洁无瑕，犹如古时画卷里的美人，清冷孤傲。

琵琶声轻响，美人玉手轻抬，随着琴曲旋律，一点点变化着舞姿。

李涛然看着舞台呆了几秒，猛地回神："这是池妹妹吧？"

苏乐笑了："看呆了？连人都认不出来了？"

"不只是我啊。"李涛然环视四周，"你看看这旁边的男生眼睛都看直了。"

话音落，台上的美人忽而轻展开腰肢，低垂的眼眸忽而掀起，媚眼微微一笑。

这一下，仿佛有人在平静的水面上，投下了一颗石子。

骤然，有涟漪荡漾起，一圈又一圈，无法平息。

"咳！"苏乐坐在位置上，看着台上的表演，听见前边的呼声，莫名尴尬地清了清嗓子，转头看旁边的人。

谢野靠在椅背上，侧脸在暗光下显得有些冷，头微扬着，脸部半明半暗，看着有些沉郁。而他的眼眸看着台上的人，瞳色深如墨，不知道在想什么。

苏乐顿了下，可是不敢说话了，但李涛然敢啊，直接问他："我说谢野，你这怎么回事？又是一副别人欠你八百万的表情？"

而李涛然不怕死地还说了句："这池妹妹可能要成为全校女神了吧，你听听男生们的欢呼声。"

谢野盯着前边，唇角轻扯了下，像是嗤笑了声。

"咳咳！"苏乐连忙重重咳着，想让李涛然这傻子别说话了。

话音落下，谢野抬起眸，淡淡扫他一眼："她还是未成年。"

"未成年怎么了？"李涛然愣了半天，猛地回神，惊讶地看他，"不是，你脑子里是想干什么呢？"

谢野的心情像是很不爽，冷冷道："你有病？"

"这不是你说的话吗？"李涛然也觉得可能是自己想得太多了，咳了一下，"不过未成年怎么了？就不能当女神啦？"说完，李涛然又想到一点，"该不会是你假正经吧？"

谢野抬眸，漫不经心道："我不能不管。"

"啊？"李涛然说，"不能不管什么？"

谢野看着台上已经站定准备谢幕的少女，眼眸漆黑深邃，看不出在想什么，而后，无波无澜地给出三个字。

"不管她。"

台上的帘布拉起，隔断了台下观众的视线。

四处灯光缓缓降下，落在从侧边出场的主持人身上。

"谢谢高三（3）班的池栀语同学为我们带来的开场舞，让我们欣赏到了她美丽的舞姿……"

台下掌声不断，池栀语单手提着裙摆，走进后台女生化妆间。

吴萱见她回来，起身给她倒了杯水，递给她："怎么样？我听着欢呼声这么大，应该还行吧。"

"不知道，我跳完就回来了。"池栀语接过喝完，"你准备好了吗？"

"我都好了啊。"吴萱说，"衣服一会儿再穿就行。"

"那我先去换衣服，等下一起出去找他们。"

"行。"

池栀语转身拿起自己的衣服进换衣间，吴萱坐在位置上，提前给李涛然他们发信息问他们人在哪儿。

李涛然："在中间最后一排，你们过来就能看到。"

收到这条时，池栀语刚好出来，吴萱看了眼手机："走吧，李涛然说他们在最后一排。"

池栀语眨了眨眼："最后一排？"

"对，我也不知道怎么坐这么远。"吴萱拉着她往外走，从侧边后门走出去，看了眼前边的观众席，"不过这样也方便，不然其他人看到我们这妆，肯定又要被吓一跳。"

他们坐在最后一排，两人可以绕过大厅从另一边的楼梯直接进入观众席后门，这样就不用横穿观众席了。池栀语跟着吴萱走进会场后门，一眼就看到了中央坐在最后一排的三人。

走近后就听到李涛然好像在问谢野刚刚说什么了，他没听到，又说一遍。谢野根本没搭理他，仿佛把他当空气一样。

恰好苏乐转头突然瞥见她们的脸，吓了一跳。

李涛然注意到人来了，立马止住了嘴边的话。

"有这么吓人吗？"池栀语走去坐在谢野旁边的空位上，吴萱跟着坐在她身旁。

李涛然看着她的脸，好奇地问："怎么我们刚刚看着妆没这么浓呢？"

"舞台灯光下看着会淡点。"池栀语解释一句，转头看向谢野，朝他伸手，"晚餐买了吗？"

谢野看她已经换下了舞服，老老实实地穿着校服外套，没说话，随手把一旁的袋子递给她。池栀语接过打开看了眼，是她常吃的面包和牛奶，有两份。应该是懒得选其他的，直接买了同款。

池栀语拿起一份分给吴萱，两人一起打开包装袋，安静地吃着。

两人本来进来得无声无息，但旁边的人又不是眼瞎，看着池栀语进来，就一直注意着她。但看着看着再视线一移，看到她身旁的谢野时，心下一惊，连忙收回视线。

池栀语吃着面包，抬头看着台上的表演。

就在这个时候，吴萱凑到她耳边小声嘀咕："不是，谢野怎么回事？"

池栀语："嗯？怎么了？"

"你看看他的表情吧。"吴萱猜测一句，"是有人惹到他了？这台上演的是小品，不知道的人还以为他看的是什么深仇大恨的连续剧呢。"

池栀语转头瞥了眼谢野的表情，然后又顺着视线看了眼台上的表演，"噢"了声："他可能觉得台上的人都有问题。"

池栀语丝毫没觉得自己的话有什么不妥，随便又吃了几口面包就觉得饱了，拿起牛奶无声地喝着。

谢野听她收起包装袋的声音，侧头扫了眼她才吃了几口的面包，蹙眉："吃好了？"

池栀语咬着吸管，点了下头。

谢野扯唇："你这就是吃好了？"

"我饱了啊。"池栀语放下牛奶，"而且等会儿还要表演，不能吃太多。"

谢野闻言眯眼："表演什么？"

池栀语把牛奶盒放进袋子，随口道："群舞表演，和吴萱一起的。"

"噢。"谢野懒洋洋地开口，"群舞不就是看不清人了？"

池栀语想了想，点点头："差不多吧。"

谢野唇角一松，语气懒散问："那你在里面表演什么？又看不见。"

池栀语眨了下眼："不是啊。我是中心位，是能看得最清楚的那个。"


毕业典礼的舞台表演不多，只有五个而已，而池栀语占了开场第一个，也参与了最后一个。虽说是群舞，其实人也不多，因为学校里学古典舞的艺术生只有八个，其余的都是其他舞种。

池栀语换好装上场的时候，台下同学已经自动开始欢呼了。

她没什么反应，站在中央，抬眸往最后一排看。

昏暗的光线下，她隔着整个观众席，远远地和谢野对视着。

他的目光，影影绰绰的，直直盯来，眸内只有她一人，仿佛就像在说——看到了，最清楚的你。

四周音乐响起。池栀语回神垂下眸，掩盖过眼底的情绪，随着舞蹈动作，抬袖半掩过唇角上扬的弧度。

她转身跟着吴萱变换位置，稳住心神，全身心投入舞蹈。

随着全场的表演结束，池栀语控制着呼吸，跟着全体的人上前一步弯腰谢幕，直起身时，她下意识去看最后一排的人。可谢野的位置上却是空的，连苏乐和李涛然都不在。

池栀语愣了愣，准备往旁边看，但身旁的同学已经转身往后退，她稍慢一拍回神，一起退到后台。

"呜呜呜，结束了结束了。"吴萱一走出来，就感叹着。

身旁的女生闻言眼睛瞬时红了下："你别说了，等会儿我都要哭了。"

旁边几位过来拍着她的肩膀，"哎哟"几声："怎么回事呢，这又不是永远不见了，别哭别哭！"

吴萱也抱着池栀语："阿语，别伤心，没事的。"

池栀语莫名被抱上，笑了一下，单手拍了拍她的背："放心，我没哭，是你别哭才对。"

"谁哭了？"吴萱抬头看她，"我可没哭。"

池栀语看着她已经泛红的眼角，浅笑点头："是，你没哭。"

几人一起进了化妆间，吴萱坐在自己位置上边卸妆还边说着离别伤感的话，而其他人先收拾好，道着别先出去了

池栀语换好衣服出来，见吴萱也收拾好，随口问她："你刚刚有没有看到谢野他们不在？"

"啊？他们不在吗？"吴萱问着，突然又意识到不对，"不是，我在这儿感慨了半天，你不会一直在想谢野在哪儿吧？"

吴萱看着她的表情，懂了，平静开口："池栀语，我算是看出来了。"

池栀语"啊"了声："看出什么？"

"你——"吴萱侧头瞥她，"已经被谢野迷惨了。"

"行了，池栀语。"吴萱走到门边，闲闲道，"你实话说吧！"

池栀语被呛了一下："说啥？"

吴萱单手转着门把手，往里边拉开："你是不是……"

池栀语听到吴萱的话音突然顿住，抬起头准备看她，但门边谢野的身影突然出现在视野里，她一顿。

门打开，一点点显出门外的人影。少年斜靠在门边，眼睑懒懒耷拉着，神色闲散又淡，也不知道什么时候过来的。

听到两人的动静，谢野缓缓地抬起眼皮，与她的目光对上。

池栀语还没来得及开口说什么，吴萱立马先"哦"了声："你来找

阿语是吧，嗯嗯，好，那我先走了。"话音落，她根本没让人反应，立即迈步绕开谢野，转身就往外跑走了。

池栀语看着对面的人，动了动唇，又没发出声。

谢野先看向她，漫不经心道："好了？"

池栀语现在的脑子有点钝，迟疑了下："什么？"

谢野神色淡淡地抬了抬下巴："好了就走。"

"噢。"池栀语点点头，"我好了，走吧。"

她拉开门，走出化妆间，随手关上门时，眼睛扫视了一下门的厚度。是木板材料，不知道能不能隔音。

而且刚刚吴萱的声音也不大，应该没有听见吧。可谢野就靠在门边，他会听不见吗？

如果听到了也不会是这样的反应吧。

半秒钟的时间，池栀语的脑子里已经闪过了无数个问题，而她面色不显，自然地松开把手，跟着他一起往外走。

走了几步后，池栀语抬头看了他一眼，谢野也刚好看向她。

两人对视一秒。池栀语收回目光，自然地又走了几步。

看着他的表情，也没什么特别，可她也猜不出来他到底有没有听到，心里有些忐忑不安。

池栀语在心里猜想各种版本，最终没有想出个所以然。

她缓步走着，似是突然想起来了什么一般，"噢"了声，抬头决定先主动套话，问："你怎么在这儿？"

闻言，谢野眼都没抬："看你是不是准备在这里过夜。"

这是嫌弃她动作太慢了。

池栀语已经没心情计较这个，故作淡定地问："那你什么时候过来的？在门口等很久了？"

"嗯。"

池栀语抬眸。

"也没多久。"谢野面色淡淡，若有所思道，"等了一会儿。"

池栀语接着问："等一会儿是多久？"

谢野扫她："怎么？"

"这不是怕你等太久了，"池栀语胡乱扯了句，"回头找我兴师问罪。"

谢野嗤了声："我很闲？"

你不就是这么闲吗？这话池栀语没说，随后，自然地接话说："不过我和其他女生在里面讲话，应该挺吵的。"池栀语抬眸看他，"你听见了吗？"

谢野懒洋洋地道："哦，没有。"

池栀语还没松气，谢野慢悠悠地又补了句。

"我来了，她们刚好出来，我听什么？"

"她们走时，你刚好就来了？"池栀语意识到重点，"那你就站在门口等着了吗？"

谢野低眼看着她："你问这个干什么？"

"这么着急，是怕被我发现什么？还是……"谢野盯着她，慢条斯理，一字一句道，"怕我听到什么？"

池栀语顿了下，张嘴刚要说话，走廊上唯一亮着的灯突然"吱"了一声，故障性地闪了闪。她皱了下眉，下意识想抬头去看，可还没等她做出动作，视线突然一暗。

灯灭了。周身陷入黑暗中，眼睛一时还没有适应，视野内漆黑一团，什么都看不见。

池栀语的身子顿在原地，下意识伸手想拉住身旁的人："谢野？"

她的手在空中移动着，指尖忽然被人握住："这儿。"

感受到他在身旁，池栀语松了口气："灯坏了吗？"

谢野淡淡"嗯"了声。

池栀语有轻微夜盲，在光线不好的环境下会看不清东西。

不安感也会加强。

池栀语怕他突然松开，反勾着他的手指，小声问："你看得见吗？"

谢野顿了下，看着前边出口微微亮着的灯光，收回视线，"嗯"了一声，他掌心往下移了移，牵住她的手。

"看不清。"

手心的触感强烈，温度传递来，还有些烫。他的手很大，完全能把她的圈在自己的掌心里。池栀语的心跳突然漏了一拍。

回神时，谢野已经就这样牵着她的手，缓缓往前走。

池栀语舔了下唇，突然有些大胆地收紧掌心，和他贴合。

"是往前走吗？"池栀语声音平静地问。

谢野嗓音莫名有些哑，随口道了句："是吧。"

"噢。"池栀语眉梢无声弯了弯，稍稍侧头，眨了下眼，想努力看清他此时的表情，但什么都看不见。可莫名地，她觉得好像看到了他隐于黑暗中，那微微扬起的眉眼，以及弯着小小弧度的唇角。

两人步伐不疾不徐地走着，但走廊路不长，很快就能走到出口。池栀语的视线范围内渐渐能看见一点点光亮，也能微弱地看见旁边墙面上挂着的安全通道指示牌。

忽而，后面传来了几道脚步声，还伴着说话的声音，应该是其他工作人员。

"前边的同学让一让。"

后台的走廊是单向的，出口只有一个，来往的人如果要出去肯定要经过他们。池栀语闻言想着，这路不是挺宽的吗，有什么好让的？

谢野转头看了眼工作人员推着推车，先牵着她往旁边的空房间走去。池栀语看不见，以为是平地，直接跟着走了，正想问他去哪儿，忽地感觉自己的脚尖被什么类似于门槛的东西绊了一下。

她还未反应过来，猝不及防地，身子猛地向前一倒，整个人就扑进了谢野的怀里。

谢野也没料到她会这样，下意识护着她的脑袋和肩膀，顺着她的力度往后退了几步，后背猛地靠在了门上。

气氛凝固了几秒。

这一刻，纵使池栀语看不见，她也能知道自己现在的姿势。

她双手搭在谢野的肩膀上，因为惯性作用，她前倾扑倒向他，下巴也撞到了他的身上。而谢野似是低着头，胸膛微微起伏着，宽厚而温热。

池栀语下意识抬起头，因着两人的动作，他夏季校服微微扯了一下，她的唇随着动作，轻轻蹭过他露出的锁骨。

倏地，两人皆是一僵。

池栀语不敢动，抬起眼，忽而与他略显暗沉的目光对上。

脑子瞬时一片空白。

两人距离过近，紧紧贴着，而她的气息萦绕在鼻尖。

池栀语呼吸稍滞。

"刚刚……"谢野忽而开口，又顿住，嗓音带了几分低哑。

空房间内好像很久没人打扫，带着点陈旧的霉味，而窗帘紧闭着，加剧了视野内的昏暗。门外却隐约又有灯光照来，显得有些影影绰绰的。六月初的温度不算热，但基本上都换成了短袖校服。池栀语的身子微微贴靠着他，双手撑着他的肩，稍微留了点空隙。

池栀语直起身，往后退了一步，少女的身影带着专属的气息，从他怀里撤离开。

谢野垂眸收回手，拇指和食指指腹轻轻地、缓慢地捻了下。随后，他闭了闭眼，掌心缓缓收紧，垂在身侧。

池栀语站在黑暗中，感受到自己唇角被他指尖蹭过的肌肤似乎在灼烧。

触感强烈。

看不见人，池栀语莫名觉得有些口干舌燥，她不自觉地舔了下唇，解释了句："撞到了，不小心碰到的。"

谢野站直身，注意到了她舔唇动作，顿了下，听不清情绪地说了句："哦，碰得还挺准。"

池栀语噎了下，胡乱扯了句："走吧，等会儿关门就出不去了。"

谢野难得也没有揪着不放，淡淡"嗯"了声。

闻言，池栀语连忙转身想走，可还没迈步，谢野突然开口："去哪儿呢？看得见？"

池栀语被提醒才想起来这事，她都忘记了这不是在走廊上，她稍稍迟疑了一下，觉得这个时候让他带自己可能不大对。

她脑子还在想怎么委婉地表达，但谢野也没让她多想，直接握住她的手，迈步往外走，跨过门槛时，及时说了句："抬脚。"

池栀语依言照做，任由他牵着走到走廊上，走了几步，注意到他步伐不疾不徐的，语气悠悠地问："你看得见路？"

谢野面不改色地懒洋洋道："哦，看得见。"

"嗯？"池栀语扬了下眉，"你刚刚不是说看不见吗？"

谢野扯唇："我什么时候说我看不见了？"

池栀语眨了下眼，还没开口说话。

"我刚刚说的是……"谢野侧头，语气懒散，"看不清。"

最后三个字，语气明显加重。

池栀语回想了一下，这人好像确实没说自己看不见，是她问的能不能看见。还真的是不错一个字。

啧。

莫名有些不爽，走了几步后，突然她又意识到一个问题，侧头借着微弱的光，瞥了他一眼："你看得见刚刚为什么不提醒我有门槛，还让我差点摔倒。"

谢野仿佛想起来，淡淡地"啊"了声："忘了。"

池栀语扬了下眉："忘了？你该不会是故意的吧？故意想让我投……"理智回来，池栀语迅速收回那个词改口道，"不小心撞到你。"

"嗯？"谢野牵着人接近出口，光线渐渐明亮，而他像是完全没听到她的后半句话，语调稍抬，"投什么？说啊。"

谢野扬起眉。

池栀语盯着他，直白地问："该不会是你想占我便宜吧？"

"就这一会儿，忘得倒是快。"谢野吊儿郎当地道，"但是吧，我提醒你一下……"

"是你……"谢野一字一句道，"占了我一次便宜。"

池栀语噎住。

这人，真的，打算不做人了。

"噢，这么说来。"谢野懒洋洋瞥她，"我的便宜你占得倒还不少。"

"哪里多了？"池栀语反驳。

话音落下，气氛瞬时默了一刻。

"不是，我的意思是说这次是你没告诉我有门槛，我才会撞到你的身上……"池栀语说不下去，直接总结，"反正这次是你的原因，而且我怀疑是你故意的。"

"你……"谢野看着她的眼，稍稍弯下腰，语气不正经，"为什么觉得我是故意的？"

池栀语头皮一麻："啊？"

谢野没有重复，会场楼外的灯光昏暗，洒在他的身后，似是素描画上的阴影，映照着他的模样。

池栀语莫名有些紧张，指尖动了下，忽而碰到了他的手背，才想起来自己还和他牵着手。

池栀语不动了，也没有松开他的手，默默牵着他。

"另外……"池栀语若有所思地看他，动了下手，慢悠悠地问，"为什么一直不放开我的手？"

沉默三秒。

看着他的表情，池栀语没忍住牵了下嘴角，随后，平静"噢"了声："我知道了。"

谢野抬眸看她。

池栀语眨眼，一字一句道："你是觉得我的手暖吗？"

谢野忍了下，忽而喊她："池栀语。"

"嗯？"池栀语表情自然地点头，"有事？"

谢野看着她用这无辜的表情，眼睛眨巴眨巴地看着你，嘴里却一直说着让人火气"噌噌"上涨的话，还隐约带着点挑衅。

谢野盯着她看了几秒，最后舌尖抵了下后槽牙，声音平静地问："你多大了？"

这问题有些突然。

池栀语慢了一拍地反问："什么？"

谢野瞥了她一眼："你生日还有几天？"

"啊？"池栀语反应过来，"噢"了声，在心里算了一下，突然记起来时，语气有些没料到，"还有一个星期？"

谢野淡淡"嗯"了声："明白了吗？"

池栀语没懂："我明白什么？"

"生日礼物。"谢野垂眸看她，带着审视，"明白了吗？"

被他一提，池栀语才想起来他那提前送的十八岁生日礼物，懒懒地"啊"了一声："你说那个啊，我没看，这还有什么奥秘吗？"

本来池栀语还想说之后回去看看，就听见谢野忽而说了句："不看也行。"

池栀语："嗯？"

谢野低眼看她，掌心缓缓收紧，随后漫不经心地抬了手，用力揉了下她的头发。

"我亲自和你说。"

池栀语的农历生日是五月初五，阳历的日子正好和中考撞上了——六月十三。

以前吴萱就和她开玩笑，别人在奋笔疾书考试，而你在吹蜡烛唱生日歌。池栀语对生日一向没什么感觉，因为也没什么人给她过生日。

白黎不会给她过，她认为没必要，但池宴觉得有必要。

以前还小的时候，池栀语的生日会一直是在一个商务洽谈场所，她只需要出现，走个过场，之后就算她这个主人公不在也可以。

而等搬来阳城后，这个环节取消了。但池宴那边可能是有秘书提醒他，到生日当天的时候，他也还是会派人送来一些奢侈品或者符合她年纪的衣服首饰等。

池栀语每次收到的时候，总觉得自己可能是他一直需要保持联系的合作伙伴。

毕竟这些东西和平常的寒暄交际没什么差别。

池栀语没有期待过自己的生日，但谢野每年都会带她回谢家，简单吃一顿饭，在最后给她送一个小小的蛋糕，还有礼物。

虽然礼物都是些不正常的东西，小时候是他亲自写的笔记、只签了名字的书本之类的。而到初三中考那天结束的时候，他直接把自己外套的第二颗纽扣扯下来给她，说是生日礼物。

然后再到后来，送了两本书。


生日当天。

池栀语傍晚练完舞回房间的时候，手机里就陆陆续续地收到了认识的人发来的生日祝福。她一一回过，随手放下手机去洗澡，重新回来的时候，看到吴萱打来了电话。

池栀语回拨。

"生日快乐啊！"吴萱一接通直接开口。

池栀语敲着酸痛的小腿："谢谢啊。"

吴萱"啧"了声："生日礼物你也不收，我也只能给你说生日快乐了。"

"这不就够了吗？"池栀语不大喜欢收礼物，觉得送来送去很麻烦，所以都拒绝了。

"不是，你不收我们的……"吴萱指出，"但是为什么就愿意收谢野的礼物？"

池栀语眨眼："因为我愿意啊。"

吴萱说："你这也太偏心了吧。"

池栀语无所谓："你们又不是谢野，要你们是他，我当然也会收。"

吴萱"喊"了声："所以谢野今年给你送什么礼物了？"

"他早送了啊。"

"噢。"吴萱想起来，"那两本植物和庄稼的书啊？"

池栀语点头："是的。"

"不是，真的就这两本书了？"吴萱疑惑，"你没发现其他东西？"

池栀语抬头看了眼书架，想了想："可能有吧。"

"是什么？"

"不知道，我等下看看。"

"行吧，等会儿谢野给你过生日吗？"

池栀语懒懒地"啊"了声："可能吧，他也不知道有没有时间。"

最近游戏俱乐部里好像很忙，他基本上都在房间里练习，但也每天有事没事说她，和平常没什么区别。只是少见到人影而已。

池栀语和吴萱又聊了几句后，挂断了电话。她坐在沙发上，抬头看着书架，最终起身走去伸手拿下了最上头的两本书。

池栀语抱着坐回沙发，随手打开那本关于植物类别的书翻了翻，看了半天根本没发现什么。说实话，她还真的没怎么懂，但之前听谢野都那样说了，肯定是有问题的。

池栀语指尖敲着书封，回想了一下谢野当初送来的时候说的话。

突然，脑子里闪过了什么，她起身走到书柜摆着诗集的那一栏。她记得当时谢野问了她房间里的诗集买来干什么，那肯定和诗集有关了。

池栀语买的诗集不多，但也是有七八本的。

她一一扫过，注意到那本《余秀华诗集》上多了一个书签。

池栀语愣了下，这本书她有吗？之前谢野送的？

她觉得有些奇怪，伸手拿出随意翻开，页面恰好翻到了书签那面。

池栀语低眼看去，纸页上印刷着几行字，是一首诗。

> 如果给你寄一本书，
>
> 我不会寄给你诗歌，
>
> 我要给你一本关于植物，关于庄稼的，
>
> 告诉你稻子和稗子的区别，
>
> 告诉你一棵稗子提心吊胆的春天。

池栀语目光扫过这诗里的字词，愣了下，视线继续往下移。

诗句的末尾有诗名，用黑色字印刷着三个字。

——《我爱你》。

心脏，似是被人重重地敲了一下。

池栀语呼吸微滞，看着诗名有些失神。

突然明白了。

原来，他早就已经告诉了她。

在一切都还是未知的时刻，在所有压力袭来，她不敢轻易去尝试的那时。

他已经选择了她。

而她——

不曾发现。

池栀语垂眸合起书本，转身拿起手机，打开门迅速往楼下跑。

客厅内的王姨瞧见，看着她的表情，愣了下："小语怎么了？"

"我出去一下！"

池栀语没有解释，抱着书，也不顾自己还穿着拖鞋，打开门走了出去。

"咔嗒"一声。门锁在身后相扣，阻断了屋内的一切。

池栀语身子还未动时，突然顿住站在原地。

视野所处的前方，谢野的身影映入眼帘。

动作似是一帧帧画面，被放慢。

少年打开门走出来，站定在门边，眼帘微微一抬，直直对上了她的视线。

街边的路灯已经亮起，昏暗折射着天边的晚霞。初夏微风轻轻拂过，带着微凉，隐约的肆动和压抑许久的情绪。

池栀语迎着风，抬眸看着对面灯火通明的屋子。

熟悉的饭菜香传来。

还有烟火气。

而那位少年，站在屋前，昏黄路灯的光线与他的身影糅合在一起拉出长长的影子，像是老旧的照片，微暗模糊。他像往日时光一样，等候着，领着被人舍弃的、在迷途中的她——归家。

池栀语迈步向前，快步跑到他的面前。

这次，是她先选择走向他。

谢野看着她小小的身影停在自己的身前，不语。

池栀语抬眼，将手里拿着的诗集递给他："这是你放我房间里的吗？"

谢野接过，低眼看她，忽而笑了一下："池栀语。"

池栀语声音莫名有些哑："嗯。"

"我还在想，"谢野指腹抚过上头的书签，眸色深暗，声音缓慢道，"你要再不发现的话，我怎么办？"

池栀语抿唇，对着他的漆眸。

心底的秘密，和早已笃定的期待，仿佛是要呼之欲出。

"所以我等不及了。"谢野随手打开那页，托起她的手，轻轻地把书放在她的手心，语气懒散。

池栀语低眼，看着上头的三个字，眼睑颤了颤，抬起眸。

"记住了，这次不是想占你便宜。"谢野稍稍弯下腰，抬起手，指尖轻轻点了下她的鼻尖，"是……"

他的字词随着夏风轻拂，落在她的耳畔。

而后，轻轻敲击过她的心弦，破碎。

"我喜欢你。"

鼻尖被他轻碰了一下，带着熟悉的触觉，和他暗哑的嗓音，一起落在她的心上。

池栀语想起了以前每次，她逃离身后那封闭的环境，在孤独和无助的时刻，他总能以最平常的方式，来迎接她。

就如这条黑暗长街上亮起的那盏路灯，夺走她的目光与脚步。

耀眼而又美丽。

池栀语在这时，想起了得知他要去俱乐部时的那次。她第一次明白了，他不是属于她的。

谢野也会离开。他也没有任何义务陪着她。只是她习惯，习惯了有他在的所有瞬间。

池栀语那时害怕了。不想离开他，不想和他分别的情绪占据了大脑。她怀着忐忑不安地试探着，想得知这距离是否遥远。

如果可以的话，她可以去看他吗？就算，以同桌或者发小的名义也好。可是他好像也没有想过远离她的身边。

"那我就不离开。"

这个少年，是否能属于她？池栀语想过这个问题。她的人生好像从来没有得到过任何美好，所以她可以将这么耀眼的少年，拉扯进这一片泥潭里吗？池栀语不敢。可是这个少年啊，他说愿意来到她的身边。从很久以前起，他就一直在。

在恍惚间，池栀语看着面前的谢野，心底深处被压抑着的情绪似是被他敲碎，鼻尖突然一酸，眼眶微涩。

见她没有说话，谢野俯身看着她，抬手蹭了下她微红的眼尾，依旧是那语气："怎么？这是要被我感动哭了？"

情绪被打断，池栀语顿了顿，反应过来后才意识到自己刚刚的反应，莫名有种羞耻感。

她没说话，低眼，把手里放着的诗集合了起来，随后，递给他。

谢野注意到她的动作，眼眸一顿："做什么？"

池栀语没答话，只是牵过他的手，摊开，把诗集放在他的掌心，抬起头："这个拿好。"

谢野保持着动作，垂眸看她，微抿了下唇，嗓音有些干："什么意思？"

"意思是我也……"

那三个字，池栀语说不出口，顿了下，忍着耳尖的滚烫和怦然的心跳声，抬眸，语气认真地缓缓道："想和你在一起。"

话音落下。

谢野面色一顿。

空气有些安静。

一直压着话终于说出来了，池栀语有些忐忑不安，还夹着莫名的羞涩。她舔了下唇，想着不让气氛尴尬，接着继续扯了句："也想……"

谢野："嗯？"

池栀语看着他那张脸，脑子一抽，说了句："占你便宜。"

听到这话，谢野盯着她，嘴角无声弯了起来，像是没忍住地"啊"了声："你这人挺贪心啊。"

反应过来自己说了什么，池栀语的脸色噌一下涨红，连忙开口解释："不是，我没有这个意思，你不要多想。"

谢野嘴角轻笑："我想什么？这不是你想？"

池栀语只觉得自己的脸烫得很，立即拿过他掌心的诗集挡住脸颊，转头不看他，已经不想说话了。

而谢野还故意逗她，敛着嘴角笑问："要不要给你挖个洞？"

钻进去躲起来。

听懂了他的潜台词，池栀语有些恼羞成怒地喊了句："谢野！"

被人直呼大名，谢野稍稍收起笑，吊儿郎当地问："乱叫什么呢？"

池栀语现在脑子有些慢，刚想问不叫谢野叫什么？

而谢野又俯身靠近来，拖腔拉调道："现在该叫一句男朋友，懂吗？"语调稍抬，他的眼眸漆黑，接着又道出一个词，"女朋友。"

这话一落，四周忽而安静下来。池栀语神色一顿，直直对着他的视线，突然反应过来自己现在的身份后，大脑莫名有些卡壳，也不知道要说什么，语序颠倒道："你，我。"

可能觉得她的反应有趣，谢野敛眉笑了下，拖着唇角笑意，"嗯"了声："在一起了。"

你，我。

池栀语呆了下，抬眼看他，很明显地看到了他小幅度弯起来的唇角，好看的眉眼舒展开，是掩不住的愉悦。

他也是开心的。谢野收到她的视线，也没收回笑，大大方方地给她看，不过还是问了句："看什么呢？"

闻言，池栀语心底升起来一股子劲儿，舔了下唇，抬手指了指他，直白道："看我男朋友。"

谢野似乎愣了下。

而池栀语说出口后，耳朵的热度不断攀升起，她立即转头往门内看了眼："我饿了，我们先吃饭吧。"说完之后，她根本没等谢野回答，迅速走进屋内。

背对着身后的人，池栀语走了几步，嘴角没忍住也莫名弯了起来。

是无法控制的喜悦。


晚上白黎留在剧院不回来。

池栀语提前和谢野说过，所以能安稳地在谢家吃一顿饭。

简雅芷也准备了一些她喜欢吃的菜，按照每年一样，简简单单地陪着她一起过生日。只是今年的池栀语，比往年还要开心点，加倍开心。

就连简雅芷也看出来了。

"怎么了，今天有什么好事吗？"简雅芷坐在餐桌前，夹了几道菜放在她碗里，好奇地问。

池栀语坐在旁边，愣了下："啊，为什么这么说？"

简雅芷笑了下："看你挺开心的，所以想着应该是有什么好事吧。"

闻言，池栀语立即被呛住，咳了一声。

"怎么了？"简雅芷连忙给她倒了杯水，"呛到了？"

池栀语连忙接过轻饮了一口，对着她点了下头："谢谢芷姨。"

简雅芷轻笑："今天怎么了，跟我这么客气？"她转头看着对面的谢野，疑惑道，"你欺负小栀子了？"

谢野扬起眉，平静地"噢"了声，抬眼反问池栀语："我欺负你了？"

池栀语看着他的表情，眨了下眼点头："是啊，芷姨，他刚刚说我胖。"

这话一出，果然简雅芷立即皱了下眉，转头开始教育人。

池栀语在一旁边吃着饭边听着，抬头看着谢野冷漠的表情，没忍住笑了下，而谢野听到她笑，直起身来，眯眼看着她。

等对上他看来的眼神时，池栀语却完全不怕的，反倒还挑了下眉，似乎是在挑衅。谢野瞧见她这得意的小表情，知道她这是报刚刚他打趣她挖洞的仇，有些无奈又好笑。

可能怎么办？受着呗。

简雅芷的教诲还挺久的。池栀语在一旁听着，突然想盛碗汤喝，她端着碗还没伸手，而对面的谢野明明没有看着这边，却先拿过了汤勺，舀了些汤给她，放在她桌前。

池栀语愣了下。而简雅芷见此，也想起来今天的主角是池栀语，不再说他，最后总结："行了，下次可不要再这样说了知道吗？"

谢野"嗯"了声，随手放下筷子起身："你们继续，我上楼了。"

池栀语知道他应该是要去训练，随意地点了下头。

简雅芷看着他离桌，皱了下眉。池栀语注意到，突然想起谢野之前说他没把打职业赛的事和芷姨说，她抿了下唇，想着是不是应该要提一下。简雅芷却先开了口："谢野要去当职业选手，小语，你知道吗？"

池栀语一顿，点点头："我知道。"

简雅芷也不意外，轻轻一笑："这小子。"

池栀语以为她这是在怪谢野不先告诉她，连忙解释："芷姨，你别误会，谢野他是怕您……"

"放心，我不是怪他不和我说。"简雅芷叹了口气，"他从小就有自己想法，只是这事……"

"是觉得他做这个不好吗？"池栀语轻声问。

简雅芷摇摇头："当然不是，我没有觉得不好，只是他爷爷那边一直想他回去，他这次先斩后奏，那边不会同意的。"

池栀语知道谢野家世不一般，从当时他搬来这儿就知道，他只是陪着简雅芷养病，顺便读个书，之后是要回去的。但她没有问过谢野，就像他也没有问过白黎和池宴的事一样。

闻言，池栀语知道这是谢野家事，她不应该多说什么，但想了想，还是开口道："我觉得谢野能做出这个决定，他应该有自己的打算，他不是那种一时脑热的人，所以您别太担心，相信他可以的。"

简雅芷笑了下："今天是你生日，怎么反倒来安慰我了？"

池栀语摆手："生日也不是什么大事，您也不用太在意我。"

"怎么不是大事？"简雅芷拍了拍她的脑袋，柔声道，"这是你出生的日子，庆祝你能来到世上，能健健康康地长大，一直到现在。"

池栀语闻言一顿，扯唇笑了下："是啊，我健健康康地长大了。"

简雅芷看着她的表情，没有再提这话，伸手夹了肉放在她的碗里："来，多吃点，别听谢野说的，阿姨觉得你太瘦了，要多养点肉。"

池栀语想着刚刚谢野被她诬陷时的表情，弯了弯唇，回神再看自己的碗里堆积的菜，有些无奈："芷姨，我也想多吃，但我现在都饱了，吃不下了。"

简雅芷也不强迫："好，那你休息一下或者去找谢野玩，等会儿记得下来吃蛋糕。"

"好。"池栀语点点头，起身往楼上走，刚走到谢野房间时，见门大开着，像是早知道她会上来，开着迎接她一样。

池栀语觉得好笑，迈步走进去，随手关上门。

## Chapter 13
## 耳朵红了·教学

　　谢野坐在电脑桌前，没戴耳机，听到她上楼的声音，就侧头看着她进来。

　　池栀语对着他的目光时，不知道为什么有点紧张。

　　可能是一直隔着的那层窗户纸被揭开，也可能是刚确定关系，她总有点不适应这身份的突然转换，莫名不知道该做出什么反应。

　　池栀语故作淡定地走到他面前，谢野看她："吃完了？"

　　池栀语点了下头，谢野皱起眉："就这么一会儿能吃完？"

　　"我饱了还能怎么吃？"池栀语皱眉，"总不能硬吃啊。"说完之后，她转头看了眼电脑屏幕，眨了下眼，"这是什么？"

　　谢野侧头瞥了眼："练手速的软件。"

　　池栀语点头："是每个人都要练的？"

　　"是的吧。"

　　什么叫是的吧。

　　谢野也没解释，随手拉过一旁的椅子，懒洋洋道："自己不会找位置坐？"

见他把椅子拉过来，池栀语顺势坐在他身旁，看了眼屏幕："这个怎么练的？"

谢野侧了下电脑屏幕，拿过鼠标放在她面前："试试？"

池栀语确实还挺好奇的，点头接过，以为他会教她，等了一下也没见他有反应。池栀语转头看他就坐在椅子上，像是没有骨头，懒洋洋地看着屏幕，一副完全没有要管她的意思。

池栀语眨了下眼，先出声问他："这怎么玩？"

谢野扬起眉："要我教？"

"不然？"池栀语有点奇怪，"我又不会玩。"

谢野"噢"了声，直起身子，一手半揽过她的身子，借着她的手移动着鼠标。

他的身子忽而贴近，让池栀语一僵。

谢野似是没什么感觉，看着屏幕淡淡出声解释，然而池栀语没听进去，她的注意力已经被他的动作吸引。他的掌心贴在她的手背上，指尖轻轻抚过她的肌肤，而她基本上被他圈在了怀里，轻靠在他的胸膛上，动作明明没什么问题，却是亲密至极。

池栀语抬眼，看着他的侧颜，视线往下，是他的嘴巴正在说话，字词不多，随意扯着唇角。

"池栀语。"

池栀语看着他的嘴型忽然和声音对上，愣了下，立即反应过来。

谢野侧头看来，语气悠悠地问："会了吗？"

池栀语没太反应过来，慢了一拍："嗯？"

谢野指尖敲了下她的手指："这个会了吗？"

"可能会了吧。"池栀语看着他近在咫尺的脸，莫名有些口干舌燥，不自觉地舔了下唇。

谢野收回手，身子躺回椅子内，抬了抬下巴："那你试试。"

他的怀抱撤离，活动空间变大。

池栀语不动声色地"嗯"了声，转头看向屏幕，对着那枪口标志，突然蒙了。这怎么玩？她根本没听啊。

池栀语对着屏幕安静了五秒，想转过头让他再教一次。而她的头才转过一点，视野内突然出现了谢野的侧脸。不知道他什么时候直起了身，池栀语愣了下，还没来得及反应过来。

她侧头的一瞬间，已经感受到了不同。

她的嘴唇触到了他的唇边。

而后，轻轻擦过。

池栀语的眼眸微眯。

谢野坐在她身旁没有动，低眼盯着她，意味深长地扫过她的唇，两秒后，他舔了下唇角，语气略显轻佻地问："这就是你想占的便宜？"

"那有点偏了。"

还没等池栀语反应过来。谢野稍稍直起身子，盯着她还有些呆愣的表情，唇角勾了下，低声说："这次占的便宜倒也不小。"

"不过呢，"他完全没有被占了便宜的不满，反倒还很大方地提醒她，"下次记得亲准点。"

池栀语看着他依旧酷酷的表情，脑子里习惯了和他较劲，默了两秒，点头："行。我下次亲准点。"

话音落下后，池栀语才回神，后知后觉地感受到自己嘴唇微微发麻，还有些痒。而刚刚她碰到地方……池栀语的视线不自觉上移，看向他的薄唇。

下一秒。

等池栀语反应过来自己刚刚做了什么，又说了什么后，身子一僵。

她有点不敢相信自己的耳朵，气血往上涌，耳根瞬时变得通红，一句话都说不出来。

谢野也没说话，只是盯着她，目光幽深。

不知是什么心理作祟，池栀语对上他的眼的一瞬间，头皮发麻，立即转头看着电脑屏幕，视线不敢看他，胡乱扯着："这……"

嗓音有点哑，她咳了声："这个我还不会，再教我一次吧。"

谢野眼眸漆黑，语气不紧不慢地问："刚刚不是教你了？"

"刚刚听了，有点没记住。"池栀语故作淡定地开口，"你再说一次，我这次应该能记住。"

"哦。"谢野慢腾腾地又问，"为什么没记住？"

闻言，池栀语回想两人刚刚的姿势，让她的脑袋立刻充了血，她抿了抿唇，胡乱扯着："那是因为……"

"因为……"谢野看着她先出声，"你根本没听。"

池栀语没反应过来："啊？"

谢野眼眸漆黑，直勾勾地盯着她："这里……"他抬手，用指尖触到她的耳郭边，轻捏了下，唇角勾起，"耳朵红了。"

池栀语的呼吸一停。

他指尖冰冰凉凉的，碰着她滚烫的耳郭软骨上，她脑子里一片空白，僵着身子没动。

"想什么呢？"谢野指腹蹭了蹭她的耳垂，拖腔拉调地说，"噢，又红了。"

池栀语立即招架不住，抬手捂住自己的耳朵，瞪他："你能不能别说话！"

这是要爹毛了。

谢野没忍住笑了下，收回手，扬起眉，也不再逗她："不说话怎么教你这个？"说着，他单手把她的椅子拉到自己身旁。

池栀语的身子一晃，眯眼扫他："干吗？"

谢野随手拿过鼠标，放在她面前，重新牵着她的手控制着鼠标。

池栀语顿了下。

谢野侧头看她，意味深长道："这回好好听，我只教一次，再想别的……"

话还没说完，池栀语立即打断他的话，觉得羞耻地开口："知道了知道了，你快点教。"

别说些没用的话。

仿佛听出了她的潜台词，谢野轻挑了下眉，唇角也勾了起来："噢，这次能懂了？"

池栀语自然地被他圈在怀里，点点头："能的吧。"

谢野扯了下唇，也不知道信不信，但还是重新带着她操作了一遍系统。可能是一回生二回熟，这次池栀语倒是没觉得尴尬，一边认真听着他的话，一边记着操作。

到后面她都很习惯性地往后靠，正好落在他的怀里，但她的注意力都在游戏上，微微蹙眉看着屏幕，莫名有些气："为什么这个我都打不准？"

谢野随手帮她移动了一下鼠标："打。"

闻言，池栀语下意识按下左键。

中枪声响起。

池栀语"啧"了一声，不耐地松开鼠标："不玩了，它和你是一伙儿的。"

谢野低笑了几声。

从他怀里站起，池栀语把鼠标递给他："你自己练吧，我监督你。"

谢野接过，懒洋洋地"嗯"了声。

池栀语坐在自己位置上，跟着他一起看电脑屏幕。而没看多久，就发现这个软件可能和她刚刚玩的根本就不是一个东西。

池栀语就看着键盘上，他那几根修长的手指迅速转换着按键，控制着人物移动，右手稳稳地压着枪，一发发子弹射出，弹孔全都定在正红中心。

打完了设备里的子弹后，谢野放开鼠标，活动了下手腕。

池栀语看着他淡淡的表情，莫名有种"看吧，这些小玩意儿也就随便玩玩"的意思。

她突然想起了之前林杰说的话。

全服第一。

那应该是很强的吧。

他们是看上了谢野才来找他的吗？

池栀语思考了一下，沉吟片刻："你过几天是不是就要去俱乐部了？"

现在已经高考完了，离他合同上约定的时间好像超一个星期了。

可能知道她会问这个，谢野淡淡地"嗯"了声。

池栀语抿唇："林杰是已经去了吗？"

谢野："不知道。"

池栀语噎了下："你都没问他的吗？"

谢野表情淡定道："有什么好问的？"

"你们俩好歹也是同学啊，而且现在又在一起了，你总要……"

"等会儿。"谢野打断她的话。

池栀语："嗯？"

谢野瞥她，慢悠悠地问："什么叫我和他在一起了？"

谢野似是觉得这话很有问题，轻扯了下唇，拖腔拉调道："这才多久，这么快就把我丢给别人了？"

池栀语被逗笑："我又不是那个意思，你自己乱想什么啊。"

她纠正刚刚的话："是你们俩一起去俱乐部，总要相互关心一下啊。"

"噢。"谢野嗤了下，"他还小？"

"算了。"池栀语也懒得管这个，问另外一个重点，"那林杰都已经去了，你还没去，他们不会说你吗？"

这都还没成为正式队员，就迟到这么久，会不会不大好？池栀语担心他被人骂，然后被孤立了。

谢野似是完全没觉得有问题，语气散漫地问："说我什么？"

"说你……"池栀语犹豫了下，斟酌着词语，"嚣张跋扈。"

谢野说："我嚣张？"

池栀语"啊"了声："你不是吗？"

谢野扯了下唇，闲闲地道："不是呢。"

"所以你觉得我嚣张跋扈？"

"是吧。"

"噢。"谢野上下打量她，语气不正经道，"那你有必要好好深刻地了解一下你对象的性格了。"

池栀语觉得这人总是没点自知之明，她没有回答这个问题，继续问："那你打算什么时候去俱乐部？"

谢野懒得想似的："再说。"

"那如果你要走，记得提前和我说一下。"池栀语迟疑了下，"我可以送你去。"

"我和俱乐部说了……"谢野抬眸看她，"我十四号走。"

池栀语愣了下。今天十三号。

"因为想……"谢野抬起手，用力地揉了揉她的头顶，声音轻笑，缓缓地一字一句道，"陪你过个生日。"

所以才等到现在。


因着简雅芷的话，池栀语和谢野也没有拖多久，就一起下楼来吃蛋糕了。每年的生日都是一样的流程，蛋糕也是小小的。

因为池栀语不能多吃，谢野又不喜欢吃甜食，所以买的不大，足够让每个人尝尝味道就好。蛋糕保持一样的大小，但插在上头的蜡烛一直在增加。

谢野在表面上插着最后一根，随手拿着打火机点上。

简雅芷把灯关了，四周只有微黄的烛火摇曳着，透着光。

似乎在驱逐身边的黑暗。

池栀语看着蛋糕上一根根明亮的蜡烛，表情有些失神。

谢野打断她的思绪，淡淡道："许愿。"

"噢。"池栀语回神看着蜡烛，安静了几秒。

她从来没有许过愿。每年都只是假装闭上眼，什么愿望都没有想过。因为，根本没有神。

如果有的话，也不会来实现她的心愿。

但这次，池栀语抬手双手合十，闭上眼，认真地在内心许愿。

十几秒后，她睁开眼，弯腰——吹灭蜡烛，

简雅芷打开灯，说着祝福她的话，然后简单地分了点蛋糕给两人。

"芷姨，现在这么晚了，您先去睡吧。"池栀语看了眼时间。

已经十一点多了。

病人要按照一定的作息时间休息，平常在这时间简雅芷早就睡了，这次是为了她的生日才撑着的。

"好，你们也早点休息，别玩太久知道吗？"

池栀语点点头，目送简雅芷回房间后，随意坐在餐桌前，吃着蛋糕，发现还挺好吃的。

谢野倒了杯水给她，懒懒地坐在旁边玩着手机，没动蛋糕。

池栀语吃完自己的小小一块后，放下叉子不敢贪吃，但还是没忍住看了眼他的。

"想吃就吃。"谢野把盘子推给她，抬了抬下巴。

池栀语摇摇头："太晚了，我不能再吃了，会胖的。"

闻言，谢野没说话，直接叉了块蛋糕递到她嘴边，散漫道："张嘴。"

池栀语愣了下，纠结了半天，最终还是依言张开嘴。

谢野安静地做着投食动作，喂了几口后："还吃不吃？"

池栀语摇头："不要了。"

谢野"嗯"了下，放下叉子："差不多了。"

池栀语舔着唇角的蛋糕："什么差不多？"

"到时间了。"谢野侧头看着她，对着她的眼，抬起手，轻蹭了下她的唇角，声音低哑，似是暧昧又缱绻。

"十八岁生日快乐，池栀语。"


隔天中午，池栀语按照约定送谢野去YG俱乐部。

简雅芷没有陪同，送他们走时还开着玩笑，说有了小栀子，也算是代替她去了。

两人坐着车到YG俱乐部楼下时，林杰已经在门口等着了。

瞧见他们过来，连忙挥手示意，刷卡打开门领着人进去，熟练地坐上电梯往三楼走。

电梯是悬空透明的，可以看见一楼和二楼的情况。

池栀语是第一次来。看着一楼的装潢就像是训练营一样，一排排的电脑隔着相同间隙摆放着，通俗来说，有点像网吧，

不过这儿的环境更好，设备更专业点。

一楼的训练生也注意到了有陌生人进来，以为是又有训练生，没想

到是直接去了三楼。

三楼是战队正式队员的训练楼层，他们之前就有听说外招了两个新成员，但也还不确定，需要先磨炼一下。

有一位之前他们已经见过了，是林杰，但另一位他们到现在也没看见过。听说这人实力还挺强的。

训练生们好奇地盯着电梯看，隐约就看见了一个身影，好像还是个女生。

这次招了女生？

不是吧？

电梯到三楼，应声打开。池栀语跟在谢野身后，迈步走出，还没来得及站稳，就听见了前边有一道夸张的声音响起。

"哎哟！我们野哥终于来啦！"

阳彬跑过来正想和谢野拥抱，可眼神突然扫到他身后貌似还跟着一个人，还是长发。

嗯？长发？他愣了下，连忙歪了下脑袋往谢野身后看，等看清一张白净细腻的漂亮脸蛋后，愣住了。

池栀语站在原地，视线突然对上一位看着很青稚、少年感满满的男生，她眨了下眼，先挥手示意："你好。"

阳彬立即后退了一步，表情惊讶。他还有点蒙，抬头看着谢野，有些迟疑地问："野哥，这位是……"

闻言，池栀语想着先自我介绍一下，可还没等她开口，谢野先慢腾腾地"噢"了声，随后伸手牵过了她垂在身侧的手。

池栀语一顿，下意识地侧头看他。

谢野掌心微移，指尖轻轻勾着她的手指，看着对面的阳彬，带着坦然大方的意味。他轻扯了下唇，腔调稍拖着："看不出来？"

"这是我家属。"

这话说出来，不只是阳彬蒙了，林杰也是。

他呆滞地看着两人牵在一起的手，按理来说，他应该是不意外两人会在一起的，但等现在真的见到这场景，还是有点不敢相信。

这……怎么这么快就在一起了？

"这这这……"阳彬盯了半天那牵着的手，觉得自己有点幻听了。

家属？

池栀语先反应过来他的话，再看到对面两人的表情后，有些尴尬又羞耻地咳了一下，及时出声解释："不是，别听他乱说。"她看着阳彬先自我介绍，"你好，我是池栀语，是谢野的……"

谢野侧头看她。

池栀语顿了下，给出三个字："女朋友。"说完，她有些羞恼地用指尖戳了戳谢野的手心。

都怪这人，乱说什么话呢。

谢野的唇角勾了下。

阳彬闻言，反应过来她的名字，一愣："池妹妹？"

池栀语听到他称呼，笑了下："是。"

阳彬完全没料到池栀语会是这样清冷疏离型的美女，虽然没见过，但在他的印象里总觉得她应该是个甜美的女孩子。

可怎么就变成了神仙姐姐那样的高冷风呢？

看着他的表情，池栀语眨眼："怎么了？觉得我不符合你的想象吗？"

池栀语偶尔会看谢野训练，基本上和他们的聊天都是通过电脑，但也怕打扰他们，不怎么发声说话，所以算是半个网友。

"啊！"阳彬回神连忙摆手，"不是不是，绝对没有，就是没想到会是这么漂亮！"说完之后，他想起自己也还没自我介绍，连忙开口，"噢，对，我是阳彬，林杰你也认识，丁辉他昨晚熬直播呢，现在还在睡，可能要等会儿才能醒。"

"啊，好，没关系。"池栀语摆了摆手，"我也只是送谢野过来而已。"

阳彬闻言转头看向谢野，"啧"了声："野哥，你这骗人啊，之前还说自己没对象，和池妹妹一起骗我们！"

"就你这智商……"谢野瞥他一眼，"我犯得着骗你？"

阳彬张嘴就想反驳，但突然意识到自己说不过他，迅速转头看着池栀语："来，池妹妹，我来介绍介绍我们这儿。"

突然被提到的池栀语"啊"了声："噢，好的。"

闻言，谢野也松开她的手，让她随便跟着去看看，自己先推着行李和林杰去二楼整顿一下。

阳彬领着池栀语往三楼里头走，整个俱乐部整体的构造有点像复式公寓。四楼的中间一块是正式队员的训练室，里头摆着四张相对着的电脑桌，还搭配着电脑椅。靠外的墙被换成了落地窗，站在前面能俯视整个一楼和二楼。

池栀语站在室内，大致环视了一圈四周，耳边听着阳彬介绍的话，倒是好奇上了别的，侧头问了句："你和丁辉多大了啊？"

阳彬笑着解释："我十七，丁辉比我大一岁，和野哥林杰同岁。"

池栀语点点头："那是一直在打职业的吗？"

"差不多吧。"阳彬算了下，"我打了两年，丁辉有三年。"

池栀语眨眼："那谢野之前根本没有打过，你们俱乐部这么会找到他的？"

大多数职业选手出名都比较早，像谢野这样高中毕业了才来的，已经算是晚的了。

阳彬说："野哥技术强啊，你是不知道PUBG的选手排名榜，一般都是被我们职业选手占了的，但野哥一出手，直接就拿了第一，网上都出名了。"

池栀语"噢"了声："所以是技术和名气都有了？"

"对的。"阳彬点头，"之前老木，哦，就是我们经理，他早看上了野哥，想和他签合同，磨了好久，野哥最近才终于点头同意进来的。"

池栀语挑了下眉："那他这也算是香饽饽了？"

"可不是嘛。"阳彬继续和她说，"之前我都还不认识野哥，只认他的游戏名，当时听到老木说Wild要来我们战队的时候，我可太激动了。"

池栀语看着他这小迷弟的样子，觉得和之前林杰的样子有点像，有些忍俊不禁。

"而且我听说除了我们俱乐部之外，还有其他战队也找了野哥，不过他还是选了我们。"阳彬一脸骄傲道。

见此，池栀语眨了下眼："因为你们战队强？"

"之前我也这么觉得的，但是……"阳彬"啧"了声，"他的那个理由可就牛了，你可能都想不到。"

"嗯？是什么？"

"野哥觉得我们地理位置好。"

池栀语一愣。

阳彬也是之前在训练的时候，随口问了谢野怎么会选他们俱乐部，当时第一瞬间当然想的肯定是因为他们这儿实力和技术强，毕竟这是正常选手首要考虑的条件。

但当时谢野就"噢"了声，随便答了句："离得近。"

"啊？"阳彬当场愣住，"什么离得近？"

谢野："位置。"

"所以你说，这个理由牛不牛？"阳彬边感叹，边点头承认，"不过我们地理位置确实挺好的，离大学城也近，好吃的东西也很多。"

不知道在想什么，池栀语垂眸没回话，似是有些失神。

感觉到身边人的安静，阳彬转头喊了句："池妹妹。"

池栀语立刻抬头："啊？"

阳彬重复说了句："你说野哥是不是很酷？"

闻言，池栀语忽地笑了下："嗯，酷。"

"是吧是吧。"阳彬"啧"了声，"以后等他打比赛露出他那张脸，可能就多得是小女生疯狂了。"说完之后，他才意识到不对，看着池栀语连忙改口，"但是池妹妹你别担心，野哥肯定不会喜欢别人的，你绝对不用担心，我帮你看好他！"

池栀语被他的反应逗笑："你这是在故意帮他说话吧。"

"没没没。"阳彬摆手，还想说什么。

恰好此时，谢野跟着林杰从外头走进来，恰好看到阳彬那疯狂解释的劲儿。

"你乱说什么了？"谢野扫了他一眼。

"啊？"阳彬眨眼，"没有，什么都没有，我正在和池妹妹介绍俱乐部呢。"

谢野扯了下唇，明显不信，看向她："你说说。"

"噢。"池栀语抬眼看他，"我们在说你以后会有多吸引女生。"

谢野扬起眉。

看清他的表情，阳彬瞬时转身往外走，嘴里还念叨着："我去看看丁辉醒了没。"这模样完全就是凧。

池栀语不厚道地笑出了声，谢野伸手捏了下她的脸："笑什么？"

池栀语好奇地看着他的脸："你明明长得也不吓人，为什么他们都会怕你？"她转头看了眼后边的林杰，"是不是，前桌？"

"这……"林杰卡了下，他瞥了眼谢野冷淡的眉眼，立即咳了声，"之前不熟确实有点，现在还好吧。"

"噢，就是第一眼吓人吧。"池栀语得出结论，偏头说道，"那为什么还有这么多女生会看上你？"

林杰觉得这个时候他应该不适合继续待在这儿，默默转头往外走，然后，还很贴心地关上了门。

闻言，谢野挑了下眉："说什么？"

池栀语眯了下眼："以后你是不是都要露脸去比赛？"

谢野："嗯？"

"我觉得……"池栀语想着，伸手捏着他的脸往两边扯，"我干脆现在把你脸捏肿了吧。"

谢野也没动，任由她捏着，酷酷地说："她们喜欢我，关我什么事？"

似是泄愤完，池栀语松开他的脸，反问："如果有人比我好看，你被迷住了怎么办？"

谢野揉了下自己的脸，看着她："你就没点自信？"

"我一直都有自信啊。"池栀语扫他一眼，"但男人的嘴骗人的鬼，我早就已经看出来了。"

谢野嗤了声："你要有这么聪明，我能浪费这么久时间？"

池栀语被呛了下："这哪儿能怪我？"

谢野："噢，怪我？"

觉得这话题不对，池桅语胡扯了句："反正现在我们都在一起了啊，也不用在意这个问题了。"

谢野瞥她，倒也没反驳，随后，忽地又慢悠悠问："那你在意别人喜欢我干什么？"

"嗯？"

谢野扫过她的脸："反正我就喜欢你一个。"


大致参观完基地，池桅语就准备走了。也不能太浪费谢野的时间，毕竟他也不是来玩的。

虽然大家口头上都说着他实力强，但这也是他第一次成为职业选手，不可能马上就能上手。

他还是要花时间去训练磨合。

池桅语跟着谢野走进电梯，想了想问他："你好像都没告诉我，你为什么会选这个战队？"

谢野随手按了电梯键："实力强。"

池桅语点头："嗯，然后呢。"

"人员配置可以。"

"嗯，然后？"

谢野似是又想了想，随后，慢腾腾地"噢"了声，给出三个字："队员傻。"

池桅语呛住，又仔细回想着，虽然没见到丁辉，但这阳彬和林杰的性格，确实还挺……傻的。

她咳了下："嗯，然后呢？没有其他的了？"

谢野瞥了她一眼："你想听我说什么？"

这一来一回的，听不出来的才是傻子。

池桅语也知道自己挺明显的，干脆直说道："也没什么，就刚刚阳彬和我说你觉得这儿的地理位置好，所以才选这个俱乐部的。"

闻言，谢野神色稍顿，淡淡扯了下唇："他倒是什么都和你说。"

这话的意思是阳彬说的是真的了？

池栀语观察他的表情："你为什么觉得这里地理位置好？"

她要进的大学毫无意外会是若北舞蹈学院，离得近的就是这个俱乐部了。但也不知道是不是这个原因。

谢野让她猜："你觉得呢？"

池栀语哪儿能完全猜到他的心思，但这次决定自恋一回："我觉得是因为离若北舞蹈学院比较近，然后……"

话音稍稍顿了下。

谢野抬眼看她，拖腔拉调地说："然后什么？怎么不说啊？"

"然后……"池栀语舔了下唇，不知道为什么有些紧张，出声问，"你是想和我近点吗？"

谢野眼眸染着光，盯着她，唇角浅浅勾起："这回这么聪明了？"

"嗯？"池栀语眨眼，"什么？"

电梯显示屏上的数字跳转到1，到达楼层后，"叮"一声，但两扇门还没打开。

停了半秒后。

池栀语看着门微微动了下，向两侧滑开，一点点露出外边似乎正在等候的人影，她正准备迈步走出去，余光间，忽而看到谢野抬起手朝电梯按键处伸去，池栀语下意识侧头看去，就见谢野按住了关门键。

下一秒，电梯重新关闭。

谢野收回手，转头看向她，伸手捏了下她的脸，指腹轻轻蹭过。

"猜对了。"

脸颊触感细腻，池栀语抬眼，与他那双漆黑的眼眸撞上，嗓音莫名有些干："猜对……什么？"

谢野笑："我的理由。"

心跳忽而快了一拍，池栀语听着耳边清晰的心跳。

扑通，扑通，扑通。

"还有记得，下次别问别人。"谢野牵过她身侧的手，轻描淡写地说，"问我。"

"我全都告诉你。"

电梯莫名被关上了，外边的人愣了下，但三秒后又重新打开，一点点露出里边的一对男女。几人又愣了一下，没等他们反应过来，谢野直接牵着池栀语走了出来，经过几人往外走。

走到门口时，池栀语站在原地看他，确认地问："我以后可以过来看你的吧？"

谢野点头："想看就看。"

"哪里能想看就看。"池栀语皱眉，"你不用训练吗？"

谢野语气懒散："你来了，我训什么练？"

池栀语没忍住说他："你这样嚣张真的好吗？"

谢野一脸坦然地说："家属来访，我不能见？"

行吧。

池栀语也不和他废话了，和他挥手："那我走了，你进去吧。"

这其实不算分别，倒也没什么悲伤的。而且俱乐部也不是不让人进，只是他们就换个地点见面，见面的时间和次数会减少而已。

道完别，池栀语以为他会先走，就等着他。

但没想到谢野根本没动，而她也没动。

两个人相视对立，沉默着。池栀语本来还真的没什么感觉，但被他这么一弄，怕自己舍不得走了。和他对视了几秒，池栀语先行移开视线，压着情绪，想再挥手赶他先走。

下一刻，谢野眼眸一垂，直接扯住她的手腕往自己怀里带。猝不及防地，池栀语刹不住车，顺着力道瞬时撞入了他的胸膛里。她下意识仰起头。谢野的掌心轻扣着她的后颈，微微俯身，身子压了下来，低头靠近她。

还没来得及说什么，池栀语忽而感到自己额头上一热。

柔软又温热的触感。

亲触了几秒，离开。

谢野垂眸看她，眸底暗沉，微哑着嗓子说："乖乖回家，晚上给你打电话。"

公交车驶来。

池栀语迈步走上去，刷卡往后边靠窗的位置坐下。她侧头看向窗外还站在门口的谢野，朝他挥了挥手道别。

司机发动车子，往前移动。

池栀语转头拿出手机给谢野发信息："你进去吧，之后我再来找你。"

谢野："嗯"。

连个标点符号都没有。池栀语看着这信息，弯了下嘴角，索性也没有回复，侧头看了眼窗外渐行渐远的建筑，已经看不清了。她没有收回视线，盯着不断后退的景色，忽而抬起手抚了抚自己的额头。

那一块似是还留有他的触觉。

柔软细腻的。

明明没有过多地停留，但他的吻却似是熨帖在她的皮肤上。

清晰明了。

脑子里像是回放着影片画面一样，一直重复着刚刚的场景。

池栀语反应过来的时候，脸顿时又烧起来了，她连忙伸手打开车窗，外头的风拂来，仿佛在替她降温。她深吸了一口气，尝试平复一下心情。

可没过几秒，她的嘴角总是不自觉地上扬，弯着小小的弧度。这感觉，就像是突然得到了那份期望已久的礼物。

欣喜又狂热，却又小心翼翼的。

害怕，失去他。

中高考考完后，其他年级的学生也接二连三地放了暑假。

池栀语也没去哪儿，老老实实地在家里待着，偶尔也去谢家陪简雅芷聊聊天。

而白黎最近除了要求她每天练舞外，也没有很管束她，毕竟现在也高考完了，唯一的任务就是等着高考成绩出来填志愿了。

池栀语对自己还是有点信心的，但吴萱还是有点担心，头几天和她一起去舞蹈室的时候，都在倒数着成绩出来的日子。

"你是打算一直倒数到出成绩的时候？"池栀语压着腿慢悠悠地问她。

"先数着，可能没过几天我就懒得数了。"吴萱点头，"不过这几天怎么都没看到谢野，不会真的每天窝在家里玩游戏吧？"

池栀语懒懒地"啊"了声："他不在家。"

吴萱猜说："出去玩了？"说完，她又自己推翻，"不对啊，如果要出去玩，也应该是你带他出去吧，难道回老家去了？"

谢野家不在这儿，周围几个人都知道。

"不是。"池栀语换了条腿，"他到市区训练去了。"

"嗯？什么训练？"

池栀语想了想问她："你知道PUBG游戏的YG俱乐部吧。"

吴萱经常跟着苏乐玩游戏，也有喜欢的战队，所以知道的东西肯定比她多。

"啊，我知道啊，但……"吴萱话音顿了下，似是猜到了什么，侧头看着她面无表情问，"你该不会是要说谢野跑去YG俱乐部当电竞选手训练去了吧？"

池栀语一脸坦然地点头："嗯，是的。"

见吴萱过分安静，池栀语倒是有些意外，眨了下眼："你不惊讶？"

可能是有了预测，震惊感没有那么强烈，吴萱比了下自己的脸："我这不惊讶吗？"

"你这我可一点都没有看出来。"池栀语收起腿，"你可是完全淡定的表情。"

吴萱还是面无表情："你错了，我已经在沉默中爆发了。"

"哦，我以为你会……"

话还没说完，突然被吴萱的一声脏话打断。

"天啊！电竞选手？居然跑去当电竞选手了？"吴萱迟来的震惊，"怎么回事呢？谢野平常不就是无聊打游戏消遣一下时间而已吗？怎么好端端就去当电竞选手了？"

池栀语想了想："他喜欢吧，觉得应该挺有趣的。"

不然也不会突然选择这个职业。

"那他自己是毛遂自荐去YG战队的？"

"不是啊，是战队先找他的。"池栀语想起来，"哦"了声，"忘了告诉你了。"

"嗯？"

"他的大号ID是Wild。"

"……"吴萱噎住了，她有点怀疑自己是不是幻听了。

Wild是谁？只要你是PUBG玩家，就不可能不知道这个名字。

这可是在全服排行榜上，超越了专业电竞选手，稳占首席的那位。

而偏偏就是因为他是一位普通玩家，没人知道他的任何信息，也没人见过他。在游戏内，除了Wild这个名字，还有他堪称一绝的冷漠嗓音外，什么资料都没有。

但真正让人惊叹的还是他的操作技术。

曾经有职业选手直播的时候被系统匹配到和Wild一起组队玩过，配合操作度都强到了飞起。游戏结束，直播的最后有个彩蛋，当时的职业选手提出加Wild成为好友，想着以后一起玩玩。

弹幕全刷着"啊啊啊啊啊啊啊"。

然后所有人都听着电脑对面的Wild，用他那有名的傲慢语气说了句："哦，我不想。"

说完，人就退出了房间。

而当天，那场直播的点击量和观看量创了有史以来的新高。

吴萱也很迷Wild。可平常谢野和他们玩游戏的时候，都是拿池栀语的号玩，也没人觉得不对，更没有觉得他还有个大号什么的。

这谁能想到谢野居然就是Wild！

池栀语看着她的表情，已经能充分感受到她内心的震撼了。吴萱大脑缓冲了半天，最后把所有的话转化成了一个字："牛。"

池栀语被她的语气逗笑，吴萱没忍住又问："所以谢野就是Wild？"

"嗯，是的。"

"那苏乐和李涛然知不知道？"

池栀语想了想："这我就不知道了，你哪天问问他们吧。"

吴萱"啧"了声，眯了下眼："如果他们俩知道还瞒着我，我就虐死他们。"

"不是，等会儿。"吴萱意识到另外一个重点，转头看她，"你是早知道了没有告诉我？"

"我知道……"池栀语看她的眼神，立即改口添了个字，"吗？"

池栀语还真没在意过这个，毕竟她对这个不感兴趣，但忘了吴萱对这个有关注。她严肃地摇了下头："我保证，我也是前几天才知道的。"

吴萱看她："真的？"

"真的，我骗你干吗？"

"行吧。"吴萱也不怀疑她会骗人，转头好奇地问，"所以现在谢野是确定要去YG战队了？"

池栀语扬了下眉："他都已经在里面训练了，你觉得呢？"

得到答案。

"啊啊啊啊啊啊！"吴萱激动地抱上她，瞬时转起了圈圈。

池栀语有些无奈，任由她抱着。

激动完，吴萱也渐渐平复了心情，放开她连忙问："那你以后就不就和谢野分隔两地了吗？"

"哪儿来的分隔两地，你真把我们当牛郎织女了？"池栀语理了下衣服，"YG俱乐部在学院路那边，等我之后去若北舞蹈学院上学的话，离他就十几分钟的路程而已。"

闻言，吴萱意味深长地看她，"哦"了声："合着谢野都算计好了啊。"她点点头，"可以可以，谢野这波操作可以。"

两人在一起的事，池栀语在第二天就和吴萱说了，吴萱也像现在一样惊讶和激动了半天。

本来池栀语已经没什么感觉了，但现在又被她提起调侃着，莫名还有点不自在。

吴萱看着她的表情，"哟"了声："怎么？还害羞了啊？"

池栀语咳了声："行了，你可以闭嘴了。"

"别了吧，你们俩之前没在一起的时候都不怕我们说，现在怎么就还害羞了呢？"吴萱抬了抬下巴。

　　池栀语摆了摆手："现在和那个时候又不一样。"

　　吴萱眨眼："哪儿不一样？"

　　"之前我们又没什么，随便你们说，而现在……"池栀语舔了下唇，"有名有实。"

　　怕她继续追问，池栀语连忙终结话题："反正就是这样的结果，你不用再问了。"

　　被她的反应逗笑，吴萱笑出了声："我又没想问什么，你担心什么啊。"

　　池栀语决定不再谈这个话题，转身继续热身。

　　但吴萱跑上来继续问："但是谢野现在不在这儿，你们俩只能打电话聊天吗？"

　　"差不多吧。"池栀语眨眼，"不过等下我打算去找他。"

　　"啊？"吴萱愣了下，"他走几天了？"

　　池栀语："一个星期了。"

　　吴萱："然后呢？"

　　"我还……"池栀语语气轻轻地说，"有点想他。"


　　练完舞换好衣服走出舞蹈室，已经是两个小时后。

　　池栀语一边揉着酸痛的脖子跟着吴萱一起往外走，一边拿出手机给谢野发信息："我刚出舞蹈室，你还在训练吗？"

　　谢野："没有。"

　　谢野："休息。"

　　池栀语收到信息，正打算低头打字回他，而身旁的吴萱忽而开口说了句："江同学，挺巧啊。"

　　池栀语一愣，抬头看去。

　　江津徐似是也刚练完舞出来，额前的碎发还有些湿，换回了便服，看着比平常清冷的书生气多了几分少年感。

他看过吴萱，注意到她身旁的池栀语时，点了下头："你们也刚练完舞吗？"

"是啊，刚结束。"吴萱大大方方地问了句，"正好碰到，就一起下去吧？"

"好。"江津徐走到池栀语的身旁，先问了声好，"池同学好。"

池栀语颔首："你好啊，江同学。"

江津徐注意到她手机屏幕上的聊天界面，迟疑了下问："谢同学来接你吗？"

池栀语"啊"了声："没有，我自己回去。"

江津徐笑了下："那我们顺路也可以一起回去。"

闻言，池栀语扬了下眉："你家顺路吗？"

吴萱自然也听到了，好奇地问了句："江同学你家不是在正溪街吗？"

江津徐面不改色道："对，但我顺便去一个书店看看想买的书有没有到货。"

吴萱"哦"了声，看了一眼池栀语："那顺路的话，正好一起吧。"

江津徐点点头。

池栀语也没什么好说的，低头想继续问谢野等会儿要做什么，字刚打到一半的时候，手机忽而振了下。

谢野那边发来了一句："在哪儿？"

池栀语："还在下楼。"

池栀语："怎么了？"

发完，她等了下，谢野那边也没有回复。

池栀语没在意，想着他可能有什么事吧。

三人并肩一起走下楼梯，走到一楼大厅。

池栀语抬头随便看了眼侧边的角落，目光忽而定住。

身旁的江津徐察觉到她的反应，顺着她的视线侧头一望，忽而看到了谢野冷淡的眉眼。

门外天色不算晚，但角落里的光线微暗，显出那道清瘦高挑的少年身影，有些阴沉。谢野半靠在石柱上，姿势有些散漫，随后慢悠悠地直起身朝他们走来。

谢野抬起眼皮，目光扫过了一旁的江津徐，淡扯了下唇角，显得有些狂妄和玩世不恭。江津徐有些愣，没想到谢野会在这儿，刚刚池栀语明明说了他不会来。

几人都没怎么反应过来，旁边前台的大爷突然喊了声："那边两位小姑娘，过来我给你们登记一下啊。"

话音落下，吴萱先从谢野脸上回神："哦哦，好的。"

池栀语眨了下眼，看着谢野道了句："你等我一下。"

随后，她转头跟着吴萱先去登记舞蹈室使用时间。

江津徐进来的时候已经登记过了，他站在原地，回神后看着谢野，先淡笑了一下开口问："谢同学怎么过来了？"

谢野眼里不带情绪，淡淡地看着他。

"刚刚池同学说你没有时间，还以为你不会来。"江津徐说，"不过你突然过来，这样吓到池同学也不大好吧。"

谢野盯着他，唇角轻扯了下，像是嗤笑了声。

江津徐表情淡定："谢同学笑什么？"

"噢。"谢野很酷地说了句，"笑你做无用功。"

江津徐神色顿了下，语气保持平静道："什么？"

"你觉得你这样……"谢野神色散漫，像是完全没把他放在眼里，"她会喜欢你？"

江津徐身子顿住。

"不过……"谢野看着他，语气吊儿郎当地说，"现在也晚了。"

闻言，江津徐又是一愣，心底忽而猜想到了什么，抬头看他。

谢野瞧着他，忽地笑："好心提醒你一句。"

"我呢……"谢野扫到前边走来的人影，勾了下唇角，似是傲慢地说道，"我呢，是来接我女朋友的，懂？"

## Chapter 14
## 身份转变·栀子花

　　池栀语填着登记表，吴萱转头飞速看了眼后边的两个男生，小声和她说："谢野怎么过来了？"

　　池栀语摇摇头："我也不知道。"

　　"啧。"吴萱拿着笔说，"这次倒挺巧啊，居然就撞上了江津徐。"

　　"碰上怎么了？"池栀语填完身份证号，"我也没做什么啊。"

　　"你当然没做什么，但……"吴萱拿笔比了下后边，"这才是重点啊。"

　　"不过我押谢野赢。"

　　池栀语先写完电话号码，扬了下眉："你又知道了？"

　　"虽然江津徐是我男神……"吴萱摇摇头，感叹一句，"但现在已经比不上谢野了。"

　　言下之意就是——

　　就冲Wild这个身份，谢野就已经成为她的新晋男神了。

　　"你哪儿来这么多男神呢。"池栀语觉得好笑，"快写吧，我走了。"

　　先放下笔，池栀语转身往后边谢野的方向走。

虽然吴萱说这两人较劲什么的，但从外边看他们俩的气氛貌似……还挺好？

两位少年的样貌出色，可以说是赏心悦目，而谢野比江津徐高一点，高挑修长，气势也完全不一样，在旁边江津徐的清秀书生气衬托下，狂妄没压住半分，反倒更显。

池栀语看着他寡淡的表情，莫名觉得这人可能完全没在意过江津徐在说什么。

随着步伐接近，距离缩短，可能是江津徐在和他说话，池栀语看着谢野慢悠悠地抬起眼皮，与她对上视线。下一刻，就听见他用优哉又傲慢的语气说了句："我呢，是来接我女朋友的，懂？"

后边跟着过来的吴萱也听到了这话，差点没被呛到。什么鬼？这么快就暴击伤害了？

池栀语听着倒是没觉得不对，反正这也是事实，没什么好藏着掖着的。但就是谢野这说话的语气让人听着很欠打，而且还是直直盯着她说的。池栀语觉得自己听出了他话里有一丝丝的……炫耀。

江津徐没想到谢野会这么直白地表达出来，也没想到两人会发展这么快，他确实有点愣住了。

谢野懒得多跟他废话，望着对面人："看什么，过来。"

偷看被发现。

池栀语咳了一声，重新迈步走到他身旁："怎么了？"

见人过来，江津徐顿了下，没有再开口说什么。

谢野："登记完了？"

"嗯。"池栀语见吴萱也过来了，淡声道，"我们走吧。"

谢野闻言眯了下眼："我们？"

"哦。"池栀语转头看了眼江津徐，解释道，"江同学要去书店，顺路一起走。"

谢野视线扫过江津徐，扯了下唇，没搭话。

江津徐面色平静地，无言和他对视了几秒。

吴萱看着两个男生的眼神，连忙出声："走吧走吧，干吗一直站在这儿呢？"说完，她就先拉着池栀语往前走，远离身后的战场。

书店离舞蹈室不远，大概三分钟的路程。一路上都是吴萱和池栀语在说话，谢野和江津徐走在后边，犹如保镖一样，毫无交流对话。

吴萱都觉得自己快熬不下去的时候，终于看到了书店。

她在心内长舒了口气，转头对着江津徐说："书店到了，江同学先进去吧。"

"好。"江津徐看了眼谢野，转而落在池栀语身上，淡淡道了句，"池同学我先走了，再见。"

池栀语顿了下，点头："好，再见。"

说完，江津徐转身走进书店内。

吴萱目送他的背影直到被店门遮挡住后，转头忍不住"啊"了声："爱而不得，这也太伤心了吧。"

谢野瞥了她一眼，没说话。

吴萱接收到，头皮一麻，连忙又接了句："但是！这也没办法，在爱情里，总会有人受伤的是吧。"话音落下，她还重重地点了点头，以示肯定。

池栀语扫她："你懂得还挺多。"

"当然啊。"吴萱拍了拍自己的肩，"姐姐人称恋爱专家。"

池栀语懒得和她说话，侧头看到旁边的谢野，突然想起来："噢，对，你怎么过来了？"

"我不来……"谢野扫她，"你就和别的人一起顺路回家？"

池栀语噎了下，没回答这个问题，扯着他继续问："基地那边不用训练吗？"

谢野当然看出了她的心思，也不追问，随口道了句："休息。"

和刚刚他发的信息对上了。池栀语以为这人只是训练完暂时休息一下而已，没想到真的是回来休息了。

"那你来得还算及时。"吴萱比了下池栀语，"再晚点，你的女朋友就打算去找你了。"

闻言，谢野扬起眉，看向身旁人："找我？"

突然被吴萱这么一说，池栀语愣了下："啊，哦，本来想先回家一趟，再去找你的，没想到……"

他先来了。

"嗯。"谢野盯着她，"所以为什么想去找我？"

这是关键问题。池栀语身子一顿，她能自然地和吴萱说想他，但现在当着他的面却有些羞于说出口，张了张嘴后，有些含糊其词："还能为什么，就……想去看你啊。"

看她明显有些躲避的眼神，谢野勾了下唇："还算你有良心。"

池栀语："嗯？"

"我不在……"谢野看她，字词刻意地顿了下，"没招惹别人。"

别人这个词，有些重音。

池栀语知道他是在说江津徐，咳了下反驳道："我可没有，你别污蔑我。"

谢野"噢"了声，也不知道是什么语气。

而吴萱在旁边有些受不了地出声："两位，我还在这儿呢，这狗粮撒得，能不能顾及下我这个单身人士呢？"

池栀语回神，顿时也有些不好意思，但面色不显，自然地问："你不是恋爱达人吗？"

"哦。"吴萱面色淡定道，"这我乱扯的，你也信？"

池栀语被逗笑："你还挺有自知之明的嘛。"

"所以还请你们自觉点。"吴萱严肃地提出，"不要大庭广众之下秀恩爱，当然……"

她转头看向谢野，微笑道："我们Wild如果想秀的话，我也可以忍受的。"

谢野听到她话里的称呼，看了眼池栀语："你说的？"

池栀语无奈地点头："你不在这儿，下午提到你我就说了，反正都会知道的。"

闻言，吴萱"啧"了声："谢野，你这就不够义气了啊，好歹我们也算认识了好几年，这么光荣的称号怎么能藏着掖着呢？"

谢野扯了下唇："我有必要藏？"

吴萱瞪眼："那你怎么不说呢？"

谢野瞥她："你又没问。"

吴萱一口气噎住："这还怪我了？"

"怎么？"谢野酷酷地道，"所以怪我？"

"没没没没！"吴萱连忙道，"绝对没怪你，怪我怪我。"

池栀语在一旁听着，没忍住教育她："你能不能有点志气？"

"不需要。"吴萱摆手，"在Wild面前要什么志气呢。"

池栀语："啊？"

"所以你这算是正式队员了吗？"吴萱莫名有些激动又好奇地问。

"噢。"谢野语气懒散地说，"你问Wild还是我？"

吴萱蒙了下："什么鬼，这不都是你吗？"

谢野："涉及保密协议，Wild不会说。"

吴萱"啊"了声，明白地点头："那谢野呢？这作为朋友总能提供点线索的吧？"

闻言，谢野依旧是那副样子，很欠打地给出两个字："不呢。"

被气到，吴萱走到分岔路口的时候，面无表情地和池栀语挥手，然后连男神的面子也不给，直接走了。

池栀语看着她气呼呼的背影，笑出了声，侧头调侃谢野一声："传说中的Wild，挺强啊。"

谢野瞥她一眼，似笑非笑道："要试试？"

池栀语差点被噎住："你能不能好好说话？"

谢野笑："我说什么了？你就觉得我没好好说话？"

"我说你强又没有别的意思。"池栀语下意识开口说，"然后你自己说要试……"

说到这儿，池栀语的脑子突然转了过来，立即止住了嘴边的话。

"怎么？试什么？还有呢……"谢野饶有趣味地看她，仿佛完全不知道自己说了什么，语气欠欠地问，"你想试什么？"

"我哪儿有想试。"池栀语反驳，"明明是你自己乱说的。"

谢野扬了下眉："那你先说说，你这别的意思是什么呢？"他揪住了她刚刚的话。

"就是强的意思。"池栀语憋着心底的邪恶念头，淡定开口。

谢野目光直白又悠悠地看着她。

池栀语对着他的视线，面色故作坦荡："我只是想表达你技术强，不是，是游戏技术强，整体实力可以的意思，别误会。"

谢野挑眉："误会什么？"

池栀语平静开口："误会别的意思。"

"噢。"谢野悠悠道，"那我已经误会了。"

"那你误会吧。"池栀语又补了句，"反正我不试。"

"试什么呢？"谢野眉梢轻挑，吊儿郎当道，"我说试玩游戏，你难道还想试别的？"

话说完，旁边刚好有车辆经过。

谢野随手握住她的手腕往自己身后带了一下，拉着她退到一侧的屋檐下，给一边的车让行。

池栀语顺势站在防水台上，变得和他差不多高，面对着他，刚好就能和他对视上，距离在一瞬间拉近，他的脸近在咫尺。

而谢野也没有放开她的手，圈着她手腕的掌心微微发烫："说说，想和我试什么？"

彼此的呼吸有些近。

池栀语稍稍停了下，自然反问："那你先说你刚刚误会了什么？"

"我误会的可多了。"谢野目光移动，缓慢地掠过她的唇，随后抬眸与她平视，语调轻拖慢扬，"一个个的，你难道都想和我试呢？"

"你先说说。"池栀语似是在给他机会，不自觉扬唇轻笑，"我考虑一下怎么样？"

谢野扬起眉。

"不过我觉得……"池栀语指尖点了下他的眼尾，眯眼意味深长道，"你是不是在想一些坏事呢？"

310 ·

谢野直盯着她，只觉得眼尾微痒，连带着心尖都被她撩拨起，他的神色不明，两秒后，他唇角轻勾了下："是。"

"嗯？"

谢野抬手捉住她不安分的手，身子稍稍前倾，缓缓靠近她："我承认。"

池栀语一顿。

谢野轻轻地凑到她耳边，低着声音道："想干坏事。"

随着轻佻的话音传来，他的呼吸轻轻落在她的耳根处，微烫，瞬时将耳朵染上了红。非常惹人眼。

池栀语的脑子立刻充了血，顿在原地没动。

话说完，谢野缓缓地直起身子，抬眼看着她的脸。

少女的五官精致漂亮，眉眼间疏离不减，看着有些清冷孤傲。可此时，白皙的脸颊却莫名染上了几分不自在的绯红，毫无突兀感。反倒娇羞动人。

谢野的眸色暗了些，喉结缓慢地滚动了一下，握着她的手收起，轻轻捏了捏她的指尖，嘴角轻勾了下："怎么还脸红了呢？"

被他一说，情绪重新上来，池栀语立即猜到了这人刚刚是在故意逗她，她强装镇定，垂了下眼，含糊不清道："还不是因为你。"

"我怎么？"谢野眉梢轻挑，语调慢拖微扬，"我这是回你的话，老实承认还有错了？"

"倒是你想什么坏事呢，"谢野俯身看她，扯唇轻笑，"脸又红了。"

"我哪儿有想什么坏事。"池栀语迈步走下防水台，抬手捂着脸，自顾自地说，"这里有太阳，快走吧。"

看着她似是逃离的背影，谢野像是没忍住般地，忽而展眉笑了，带着低低沉沉的、细碎的笑意。

池栀语闻声，立即转头看他，捂着脸含羞瞪他："不许笑！"

谢野仍在笑："行。"

这人完全没有履行。

池栀语抬眼，看着眼前少年弯着嘴角在笑。

谢野平常不怎么笑，就算笑也是平淡地扯一下唇角，略带着嘲讽，让人瞧见很不舒畅。而现在，他褪去了往日的嘲讽，薄唇勾起的轮廓线条很好看，眉眼舒展开，模样有些勾人。

池栀语回神，嘴角也不自觉地上扬，反应过来后，立即收起笑，扫了他一眼，转身径自往前走。

谢野接到她的小眼神，又笑了下，慢悠悠地抬脚跟在了她后面。

转弯走过路口，池栀语也没有真的和他生气，侧头问他正事："你跑这儿来，俱乐部那儿没事吗？"

谢野淡淡地"嗯"了声。

"你确定没事？"池栀语皱了下眉，"怎么感觉他们都不管你呢？"

谢野瞥她一眼："我休息时间，管我干什么？"

"好吧。"池栀语应完又想起问他，"那你什么时候走？"

"池栀语。"谢野看着她，慢腾腾地一字一句地问，"你有没有想我？"

池栀语被他这突然冒出来的话呛了一下："什么？"

谢野直接点破："别装没听懂。"

尴尬了一秒，池栀语也没觉得这有什么不好说的，只是没料到他这么直白，调整了一下心态，坦然地点头应着："有的，不然我下午干吗想去找你。"

"想我的话——"谢野眼神打量她，缓缓问，"就在我回来连一个小时都不到的时候，你就问我什么时候走？"

"我没有这个意思。"池栀语莫名觉得好笑，解释道，"我只是想提前问你一下，好了解我们能在一起的时间，真的没有想赶你走。"

谢野扯了下嘴角，仿佛就是在说"行吧，还算你识相"。

池栀语看着他这姑且算是相信了的表情，饶有兴致地问："你为什么会觉得我想赶你走呢？"

"之前看个篮球赛都想跟别人跑了。"谢野侧头看她，吊儿郎当道，"现在没有人管，自己会不会花心乱跑，你不清楚吗？"

"什么乱七八糟的啊。"池栀语笑出了声，"都说了我没有花心，那次是吴萱乱说的，我没有想和他们在一起，我只是欣赏帅哥而已。"

"噢。"谢野悠悠问,"我不帅?"问完,他又换了个方式直白地开口,"你对象不帅?"

"我觉得你……"池栀语思考了下,很客观地给出评价,"挺帅的。"

闻言,谢野瞥她:"这还用得着想这么久?"

"好的。"池栀语莫名又有点想笑,"你很帅。"

这是实话。

谢野倒也没有继续反驳,他目光扫过她的脸:"所以记住,下次就欣赏一个帅哥。"

"嗯。"池栀语点头时脑子慢了一拍,下意识地问,"谁?"

谢野态度傲慢地说道:"你男朋友,我。"

池栀语被送回家,和他挥了下手,然后自然地打开家门。她迈步走进玄关时,忽而意识到这场景就像以前每天放学回家一样。

每次都是谢野把她送到家门口,然后总是先看着她进屋,才会转身回去,而她也很自然地和他道别,才会进屋。

俩人的相处模式没有改变。

但身份变了。

池栀语笑了下,单手关上门,走了几步准备换鞋进屋,眼眸轻抬,撞入了对面女人看来的目光时,顿了下。

白黎不知道什么时候出现的,安静地看了她几秒,浅笑问:"刚从舞蹈室回来?"

"是。"池栀语弯腰换好鞋,放进鞋柜内。

白黎"嗯"了声,抬头看了眼时间:"今天晚了一点,去哪儿了吗?"

"没有,只是多练了一会儿,怎么了吗?您找我有事?"

"没有。"白黎笑了下,"只是奇怪今天怎么晚了点,原来是多练了一会儿。"

"您不是说不能忘记舞感吗?"池栀语站起身,胡扯道,"我觉得还是有道理的。"

"身为舞者当然不能失了肢体感觉。"白黎想了下,"最近放假,妈妈也觉得适当放松是有必要，但也不能忘记练舞，不过你这样想是最好的，有自觉。"

"嗯，我也这么觉得。"池栀语走进客厅内，自己先倒了杯柠檬水润了润嗓子，放下水杯时，她指尖勾了一下杯底，似是被什么划过，有些痛。

她还没来得及看时，白黎柔声又问了句："最近我都没怎么看谢野，他去哪儿了吗？"

闻言，池栀语端着水杯，抬头看着她淡淡问："怎么了？您找他有事？"

白黎说："之前一直麻烦他教你物理，妈妈想了想觉得还是应该要请他来家里吃顿饭，他……"

"不用。"池栀语打断她的话，"不要找他。"

白黎闻言看着她："怎么？"

"嗯。"池栀语大脑迅速思考，睁着眼睛说瞎话，"我的意思是我已经谢过他了，而且他和您也不熟，这样吃饭会不自在，不是吗？"

白黎反问："你怎么谢过了？"

池栀语胡扯一句："只是朋友间的道谢，简单地送了礼物给他。"

白黎看着她的神情自然，忽而笑了下："阿语，妈妈对谢野没有恶意，你不用这么防着我。"

池栀语身子一僵。

"我不了解谢野，但我了解你。"白黎随意拿过她手里的杯子，给她添了点水，递给她，"这段时间好好休息，妈妈希望你在大学的时候还是要把心思放在舞蹈上，等你有了成就后，你爸爸肯定会替你高兴，所以别的不要多想，知道吗？"

池栀语扫过面前递来的杯子，没接，淡淡地问："你真的了解我吗？"

白黎愣了下："什么？"

池栀语抬眼看她："妈，你为什么觉得池宴会高兴？"

听到她的称呼，白黎脸上的笑容褪去，面色一冷："池栀语，规矩去哪儿了？"

"是。"池栀语无声扯了下唇，"池宴是我的爸爸，也是你的丈夫。"

只是没有爱而已。

白黎眉心皱起，还没来得及说话。

池栀语就伸手接过她手里的杯子："好，我知道了。我会努力让您和我爸满意，您放心。"

手心一空，白黎顿了下，下一秒就听见面前的少女继续说了句。

"但别的事，我已经想了，也不可能会忘掉，所以……"

话音稍停，池栀语没说话，只是单手把杯子放回桌上，杯底与茶几忽而发出一道轻轻的磕碰声。

清脆，却有些刺耳，似是打破了什么。

下一刻，池栀语抬眸，面色平淡地看了她一眼："我先上楼休息了，您自便。"

她的话落下，站起身转身离开了，而白黎却是愣在了原地。

从小到大，池栀语没有表现过任何的反抗情绪，也没有出声反驳质疑过她，永远都是点头应好，就像所有父母心目中期望的好孩子。

白黎也从来没有觉得这样有任何问题，认为这是理所当然的，也是正常的。但这份理所当然，就像今天池栀语的一席话，随着刚刚那道水杯与茶几的轻轻磕碰声一样。

咔嚓。

打碎了一角。


对话结束，池栀语回到房间。

门在身后锁上，池栀语的身子背靠在房门上，垂眸无言。

屋内寂静。少女似乎在失神地放空着。

良久后，她眼睫动了动，抬起眸看到了一侧的书柜，站直身子走去，抬起手拿过最上头的那本诗集。

虽然她也是拿这本回应了谢野的告白，让他好好收着。但生日那天，谢野送她回家的时候，把诗集还给了她。

"给你了，就老老实实拿着，这么久都没发现，好好钻研。"

池栀语想起这话，唇角勾了下，伸手翻开那页书签。

下一刻。一道手机的信息声忽而响起，打破了空荡的沉寂。

池栀语感受到，抬手从衣兜内摸出手机，迟缓地低眼看向屏幕。

是谢野。

谢野："忘了和你说个事。"

池栀语打了一个字："嗯？"

发送完，他那边可能是懒得打字，过了几秒发了个语音过来。

池栀语愣了下，指尖点开。

随后，手机内传来了谢野的熟悉嗓音，懒懒散散地问："你在房间？"

池栀语："嗯，怎么了？"

谢野继续发语音："那到阳台来。"

闻言，池栀语有些不明白他想搞什么花样，但还是按着他的话往阳台走去。她打开窗帘，就瞧见了对面正懒洋洋地斜靠在窗边的谢野，他余光扫到这边的动静，抬眼看来。

池栀语随手打开阳台门，走了出去，看着他眨着眼问："你要说什么？"

谢野靠在墙边，看着她的神情，忽而道了句："你妈在家？"

池栀语点头："是啊。"

谢野直起身子，眯了下眼："她和你说什么了？"

池栀语一顿，面色自然道："什么说什么？"

看着她的反应，谢野目光微淡，语气没什么温度："是你来我这儿还是我去你那儿，你选。"

池栀语被他逗笑了："选什么啊？"

谢野盯着她几秒，直接下了结论："行，我去你那儿，老实等着。"

池栀语闻言，有些无奈地开口："好了，我知道了，我过去找你。"说完，她也没有拖拉，转身往后走。

打开房门，池栀语走过一旁的走廊时，注意到书房内的白黎。

池栀语没有说话，仅是朝她颔了下首，算是打过招呼后径自迈步下楼。

也不知道是太了解对方，还是因为相处久了，每次心情不佳时，谢野总是能看出她的问题，并且很明确地找到了问题的关键。池栀语都怀疑他会不会在她身上安了个小型窃听器，怎么什么都能看出来。

明明她的表情没有什么破绽，就连白黎都能骗过，怎么到谢野这儿就仿佛漏洞百出般，轻易就被他击破。

和简雅芷打了招呼后，池栀语自然地迈步往楼上走，刚落在二楼平地上，忽而听见一道开门声，下意识抬头看去。

谢野单手开着门，站在门边，这架势明显就是在等着她。

目光落入他的漆黑眼眸时，池栀语愣了下，随后，收起情绪，弯着嘴角微笑，挥着手："嘿。"

谢野的目光稍顿，像是发现了什么，走到她的面前，抬手握住了她的手腕，单手托着她的手，垂眸盯着她食指上的那一小条血痕，唇角微绷直："怎么回事？"

"噢。"池栀语想了下，"可能是刚刚拿杯子时不小心刮到了吧。"

听着她这么无所谓的语气，看着这淡然至极的表情。

谢野忽而冷冷地"呵"了声，开口唤："池栀语。"明明他的态度很恶劣，语气却平静，"你今天是存心想让我回来心疼的？"

话音传来，池栀语身子僵住。

谢野直接扯过她的手转身往房间内走，进门后，他松开她，径自往前走，冷冷地抛出一句："关门。"

池栀语有些茫然，但也看出来他现在算是生气了，默默地转身，依言伸手关上房门。

前边的谢野从一旁的柜子翻出了医药箱，放在茶几上，看了她一眼："过来。"

池栀语安静地走到他身旁坐下，见他拿出药，想了想决定还是不说话了。

谢野牵过她的手，语气有点不爽："哑巴了？不会说话？"

"嗯……"池栀语眨了下眼，"你想听我说什么？"

谢野托着她的食指，侧面那划痕上的血有点凝固了，但已经破了皮，微裂开染着血，看着还是有点可怕。

谢野扫了几眼，面无表情地拿过棉签擦着她的伤口，替她把血迹清洁干净。

池栀语舔了下唇，轻声解释："这也没什么事，就只是个小伤口，不管它也很快会好的。"

谢野语气完全不客气，轻嗤一声："等手指断了，你也觉得没事是吧。"

意思就是骂她太不在意。

池栀语一噎，小声反驳着："这只是划个小口，哪儿有那么严重。"

"行。"谢野看着她，声音冷漠，"你要想自残，那我也不拦着。"

说完就想放开她的手。

察觉到他的动作，池栀语下意识地先反手勾住了他的手指。

谢野抬眼。

池栀语眨巴了一下眼睛，然后很真诚地道出一个字："疼。"

谢野没搭理她的话，手指挣脱开了她的手："放开。"

池栀语仿佛没听见一样，忽而"哑"了声："好痛啊。"

气氛安静了几秒。

谢野盯着她，忽而似笑非笑道："你疼得倒是时候。"

被他拆穿，池栀语也没什么不好意思的，坦然地点点头："挺疼的，你帮我一下吧。"

谢野还是重复着："放开。"

"啊？"

"手。"谢野看她，抬了抬下巴，"你不放开，我怎么帮？"

"噢。"池栀语轻轻松开的手指，下一秒接着被谢野重新牵过去托着。

"知道疼，"谢野把染着血的棉签扔进垃圾桶里，淡淡道，"早干吗去了？"

"我忘了。"池栀语舔唇，随意扯了句，"而且当时也没怎么注意，不知道被划破了，只是觉得有点疼而已。"

谢野低头，拿着碘酒给她消毒，动作轻轻的："当时和白黎在一起。"

是肯定句。

池栀语平淡地"嗯"了声："在和她说事情，我拿着杯子，被杯底刮到了而已，没有什么事。"

所以你不用担心。

谢野没应这话，瞥了她一眼："真疼？"

"啊。"池栀语慢了一拍，回神看着他低垂的脸，想着刚刚和白黎的对峙，抿了抿唇，迟疑了下说，"嗯，有点。"

还真的。

有点疼。

谢野语气依旧很淡，但动作轻柔："还疼？"

池栀语摇摇头："有点凉。"

谢野牵着她余下的手指："嗯，忍着。"

最后简单地消完毒，谢野贴好创口，随手扔掉垃圾："晚上睡觉时重新换一遍。"

池栀语点头："好，我知道了。"

谢野收起东西，看着她下令："明天给我检查。"

池栀语无奈："我真的会换的，你能不能对我有点信任？"

谢野扫她："我要这玩意儿干吗？"

池栀语差点噎住："我知道啦，我明天换好亲自过来给你看行了吧。"

谢野还算满意，随意地收拾着医药箱。

池栀语坐在一旁，指腹轻轻蹭了下创可贴，突然想起刚刚他发的信息，侧头问："你刚才在阳台上，是想和我说什么吗？"

谢野动作一顿，起身拿起医药箱，懒散问："说什么？"

池栀语眨眼："你不是发信息说忘记和我说一件事吗？"

谢野随手把箱子放进柜子里，转身重新坐到她身旁，看了她一会儿，悠悠开口："你猜猜看。"

"啊？"池栀语有点茫然，"这我怎么知道，不是你要和我说的吗？"

谢野让她猜："现在你说。"

池栀语皱起眉思考着，先提问："是关于什么事的？"

谢野抬手握住她的手，轻轻圈着，慢悠悠地吐出一个词："你。"

"我？"池栀语闻言，脑子里思考着，拇指下意识地往食指侧边一敲，却碰到了谢野的手背。她顿了下，想起自己还包着创可贴不能碰，拧了下眉，忍着这个习惯性的思考动作。

可没过几秒，她又不自觉地往下敲，拇指在他的手背上一搭一搭的。谢野倒也没催，低着眼看她，感受到手背上的触觉，似是觉得好笑，微不可察地弯了下唇。

池栀语想了半天，还是没有什么头绪，反问他："有什么关于我的事吗？"

谢野懒靠在沙发内，一脸优哉游哉，散漫地说道："你觉得呢？"

池栀语"啧"了声："你不给我提示，我怎么猜？"

似是觉得她的话有道理，谢野淡淡"噢"了声："是礼尚往来的事。"

"嗯？"池栀语等了一下，也没见他继续说，"没了？"

"先猜。"

池栀语觉得这人在故意骗她，直接道："我不猜了，你快点说。"

"给你那本书这么久你才发现我的意思。"谢野盯着她，忽而笑了声，"现在半分钟都不到，放弃得倒挺快。"

池栀语还没开口说话。

"不猜的话，那我问你。"谢野搭着她的手，捏了捏她的指尖，"刚刚说想我，按礼尚往来……"他抬眼，漫不经心道，"你就不问问我有没有想你？"

听到这话，池栀语呼吸忽而一停，下意识抬头看着他。

谢野低眼盯着她，忽而弯腰凑近，语调轻抬："所以你觉得我想说什么？"

与他那双漆黑的眼瞳撞上，池栀语眼睫颤了颤，已经猜测到的那几个字落在心底，张了张嘴，忽而看见了他抬起了手，她话音稍顿。

谢野掌心贴近她的侧脸，用指腹轻蹭了下她的眼尾，先行给出答案。

"我想你了。"

所以无法忍受地来找你了。

因为池栀语过来，简雅芷给两人准备了一些吃的，刚刚上楼的时候，也提前和池栀语说了，等会儿带着谢野一起下楼来。

池栀语听话地带着人坐在餐桌前，简雅芷端着解暑的绿豆汤分给两人。

谢野安静地喝了几口，桌上的手机忽而响了下。

池栀语坐在旁边，看到屏幕上标着"老木"，意外地觉得有点眼熟，好像在哪儿听过。

而谢野这边已经随手接起："说。"

"你在家是吧？"老木开门见山就问。

"嗯。"

"行，我们官方微博明天准备发个通告说战队阵营的事，你把你微博账号发过来给我吧。"

"微博？"谢野语气懒散，"我没有那玩意儿。"

"没有？"老木愣了下，"你还是不是年轻人呢？"

谢野："这有关系？"

老木"啧"了声："现在年轻人哪个不看微博呢？"

闻言，谢野侧头看池栀语："你看？"

池栀语离得近，再加上对方的声音也有点大，她是能听见这对话的，点了点头："看啊。"

"嗯？"老木也听见了声音，"你旁边有谁呢？"

谢野吐出一个词："家属。"

老木闻言明白地"噢"了声："你看看，人女孩子都知道，你怎么这么不与时俱进呢？"

谢野似是懒得管："有问题？"

"有啊。"老木催他，"你现在赶紧建一个，或者让你那位家属帮忙建，然后记得发给我。"

池栀语听到，眨了眨眼，看着他比了下自己，无言询问：我？

谢野扬了下眉，眼神示意：不然？

电话那头的老木又继续说了句："噢，还有，我等会儿给你发个文件，你看下上面的要求。"

谢野淡淡地"嗯"了声。

电话挂断。池栀语还在旁边安静地喝着绿豆汤，也回想起了这老木是之前阳彬说的YG俱乐部经理，余光见谢野随手放下手机，压根没有提微博的事。

"你经理不是让你快点建微博吗？"池栀语好奇地问。

谢野"嗯"了声，朝她的碗抬了抬下巴，语气随意："喝完再说。"

"哦。"

见他不急，池栀语继续喝着汤问："你算是正式成员了是吗？"

刚刚都说要发通告了。问完，她又想起之前他好像说过有保密协议不能说，正想改口。

谢野点了下头："嗯，适应和沟通过了，没什么问题。"

池栀语扬了下眉："你告诉我可以吗？之前不是和吴萱说要保密吗？"

谢野"噢"了声："我说过？"

池栀语明白了，他骗了吴萱，懒得说而已。

"那之后是不是要去比赛了？"池栀语想了下，按着记忆说出比赛名称，"亚洲邀请预选赛？"

谢野扬起眉："你看赛程了？"

"嗯，算是。"池栀语眨眼，"你都要当正式队员了，我总要了解一下吧。"

谢野："不了解也没事。"

池栀语："嗯？"

谢野气定神闲道："看我打就行。"

池栀语被呛了下，没有接这个话，反问："那你们应该要经常训练吧，现在都快七月了，下一个月不就要比赛了吗？"

谢野"嗯"了声："明天集体训练，没什么时间碰手机，有事打电话。"

那就是明天就要走了。池栀语明白地点头，喝了几口后就放下了勺子。

"不喝了？"谢野扫过她的碗。

"喝不下，饱了。"池栀语起身，"走吧，不是要帮你建微博账号吗？"

谢野跟在她后头往楼上走，随手把手机递给她。

池栀语自然地解锁打开，看了眼他屏幕，上面的应用程序少之又少，大都是系统自带的。

谢野随她弄，自己走到电脑桌前单手开了电脑，往旁边的沙发抬了抬下巴："坐那儿。"

池栀语闻言跟着坐下，帮他下载好了微博，轮到注册账号昵称的时候，她抬头问："你要叫什么？"

谢野打开老木发来的文件，扯了句："随你。"

池栀语："这是你的账号，我怎么随便？"

"噢，那就叫……"谢野侧头看她，饶有兴致地给出一个词，"迷人的栀子花。"

这是她PUBG的游戏账号名。

当时她本来就是随手取的，想着反正她又不玩，就取了这个最通俗易懂的，只要认识她的人都能猜出来。然后这个号被谢野拿走当小号用，每次李涛然都会吐槽，能不能不要用这个名字了。但谢野也没改名，就一直顶着这个名字玩。

现在被他开口说了出来，莫名感觉就是在嘲笑她！

池栀语无语："那是我随便取的，你要用这个？"

池栀语也无所谓，反正丢脸的也不是她。

谢野扬了下眉："不好？"

池栀语看着他的表情，觉得叫这个也不是不可以，立即改口："不，挺好的，就叫这个吧。"

知名电竞选手Wild取名叫栀子花，应该能让人耳目一新，刺激满满吧。

她都已经能想到吴萱看到这名字的反应了。

池栀语忍着笑，开口劝他："真的，这名字挺符合你气质的，要不叫就这个？"

谢野扫过她的小表情，欠欠地泼了冷水："不呢。"

"手机给我。"

他起身坐在她身旁，伸手要过，指尖在上头打了串字母后，又重新丢回了给她。

池栀语接过，垂眸看去，名字框里就显示着两个英文单词。

——Wild Gardenia。

野的，栀子花。

是他的。

池栀语明白过来时，莫名红了下脸，故作淡定地问："就叫这个？"

"不然？"谢野轻描淡写道，"想再直白点？"

池栀语被他的话刺激得猛地咳了一声："不用，挺好的，就这样吧。"说完，她又意识到别的，"这样取名，没问题吗？"

这也算是他的电竞官方账号，会不会有影响。

"嗯？"谢野懒懒道，"这是我的号，关他们屁事。"

这样子，说明是没问题了。

池栀语接着设置完剩下的步骤，头像还是最原始的，没有动，把手机还给了他："好了，你把账号名给老木吧。"

谢野接过，随手把名字发给了对方。

果然没等几秒，老木看到这Wild后面多出的单词时，发了问："别跟我说这Gardenia是你那位家属？"

谢野："有问题？"

老木："牛。"

下一秒，老木发了个"百年好合"的表情包。

"他回了什么？"池栀语见他在打字发信息，好奇地问。

谢野把手机递给她看。

池栀语被这百年好合的表情包噎了下，视线往下移，落在他下面已经打好字的对话框里，就见显示着两个字——

"谢了。"

池栀语没忍住，开口让他把这两个字删了。

"删什么？"谢野笑，盯着她的表情，语气带着点玩味，"不想百年好合？"

池栀语红着脸，直接反驳道："谁想和你百年好合啊。"

听到这话，谢野莫名又笑了声，而后，他靠在椅背上，慢腾腾地改了口："是，百年太短，要千年万年才对呢。"

说完，池栀语见他拿起手机似乎又在打字，她问："你不会是在打千年更好吧？"

谢野低眼看着手机，懒懒地"啊"了声，指尖还在移动。

闻言，池栀语头皮一麻，立即伸手扑向他，想夺走他的手机。

谢野似乎早有准备，身子轻轻往后一靠。

猝不及防地，池栀语顺着惯性，整个人半扑在了谢野身上。

距离贴近。

池栀语呼吸稍顿，单手撑在他身后的沙发上，半个身子与他贴合，因为角度问题，她的眼眸刚好与谢野那双漆黑的眸正对，鼻尖与他的轻轻蹭了下。

谢野半躺在沙发上，目光幽深，似乎藏着什么情绪，不自觉地滚动了下喉结。

池栀语没动，而指尖却有些紧张地捏了下沙发套，直直盯着他的眸，莫名咽了咽口水，想着自己的目的开口："你回了信息吗？"

"没有。"谢野视线下移，盯着她的唇，忽地哑声提了句，"所以我们打个商量。"

"嗯？"池栀语声音莫名也有些哑。

谢野的眼眸似乎又暗了几分，带着点明显的意图和暗示，他盯着她的眼，声音轻慢，哄诱蛊惑道："亲一下，就都给你。"

屋内的窗帘半闭，隐过了沙发一角。光弱之处，谢野半倚在她身下，眼眸似是染着细碎的光，深邃又迷人，他直直地盯着并不催促，似乎很有耐心，可又像是在催促她做出下一步。

池栀语莫名觉得此时情况是由她来掌控的，所以，她什么都可以干。意识冒出来时，池栀语想到了，也随心做了。她撑着身子，低头贴近他的脸侧，轻吻上他的唇。唇瓣相触，仅仅停留了几秒，便撤离开了。

池栀语抬眸，两人的视线再度对上。

池栀语脑子"嗡"一下发热，说话有些磕巴："可，可以了吧……"

她往后退，想直起身子。下一刻，谢野单手扣住她的腰身，将人往怀里一带。顺着这力道，池栀语的身子再次前倾，额头撞到了他的胸膛。她毫无防备，脑子蒙了下。

谢野先俯身凑近与她鼻尖相抵，唇瓣似是贴近又撤离："你觉得可以吗？"

池栀语的心怦怦直跳，脑子却空白一片："什么？"

此时局势反转。

谢野单手紧紧扣着她的腰，另一只手抵着她的后颈，将她完全圈在了自己的身前，属于他的气息萦绕在周遭，微微带着檀木香，很淡，又不容忽视。

"我不是……"池栀语仰着头看他，有些蒙地说，"亲了吗？"

谢野轻声说："不符合要求的，不算。"

池栀语脑子慢一拍："啊？"

谢野笑："没听懂？"

池栀语回神，抿了下唇："那要怎么做？"

"你再试几次？或者……"谢野放在她后颈的手，往上抬起，指腹轻轻抚着她的唇边，"亲久一点。"

"就这么一下没诚意啊。"谢野勾着唇角，吊儿郎当道，"刚刚不都亲了，现在怕什么？"

这话仿佛有点作用，池栀语脑子卡了一下，突然觉得有道理。

是啊，亲都亲过了，她怕什么？

"那我再亲一次。"池栀语鼓起勇气看着他，"你不要动。"

"嗯？"谢野眼眸幽深，忽地笑了下，"行，你亲。"

池栀语也不知道这到底要怎么亲，只能靠着自己的感觉，重新抬起头凑近,但她此时坐着,角度没有刚刚的好,滑了下,只亲到了他的半边唇。

池栀语往后退开,莫名有些窘迫。

"怎么回事?"谢野低眼看她,舔了下被她吻过的唇角,声音稍低,"逗我呢?能不能认真点?"

"你先放开我的腰。"池栀语红着脸,"我这样不好动。"

谢野今天仿佛很有耐心,闻言"噢"了声,听话地松了松手上的力度,但没有放开,仿佛很贴心地问:"现在行了吧。"

池栀语总觉得哪儿有点怪怪的,但她却说不出来,索性也抬手环住他的腰,稍微轻松点地仰头,准确地吻上他的唇。

一瞬间,她脑子里突然记得了刚刚谢野说的话。

亲久一点。

好像有点不靠谱。

池栀语想着微微张开嘴,舌尖舔了下他的唇。

然而这仿佛是个突破口。池栀语明显感受到谢野的身子顿了下,她也意识到自己做了什么后连忙往后退,哑声有些慢地传来:"这,可以了吧。"

两人的距离未变。

近在咫尺,还有不断升温的暧昧气氛。

谢野眸色暗了下,盯着她的唇,指尖轻轻移动扣在了她的侧脸上,忽地开口,轻声说:"不算。"

池栀语脑子有些慢,没反应过来,还没来得及开口。

谢野略带缱绻的嗓音响起:"这样亲……"话落,他的身子压下来,拇指捏住她的下巴,把她的脸往上一抬,动作霸道又直接。下一刻,他滚烫的唇顺着气息将她覆盖,余下的话,伴随着吻探入了她的唇。

"才是标准。"

这个吻来得突然,又毫无防备。

让池栀语的大脑有些缺氧,仰着头,被动地承受着。

明明是他单方面的动作,可池栀语却不自觉地贴近,也不自觉地抬手钩住了他的脖子。

呼吸与心跳不断加重，温度上升的趋势有些快。

池栀语有些不适地推了推他。

谢野力道很轻地咬了下她的下唇，又轻轻落下一吻，才松开她。

两人的目光对上。池栀语轻喘着气，瞧清了他平日里那双冷淡的眉眼，此时像是染着春意，唇瓣红艳，仿佛被人涂上唇脂，而漆黑眸里的情绪还未散。

谢野低眼看着她，似乎不受控地，低头又亲了下她的鼻尖，忽地笑了下，哑声："这么傻。"

还没缓过神来，就被他说了，池栀语下意识地反驳："你才傻。"

"我确实傻，你这一来一回的……"谢野顿了下，抬手蹭了下她唇边，语气不正经地说，"受罪的都是我。"

脑子回来，脑海里突然闯入了她刚刚的一系列蠢事。

池栀语不敢相信地看向他。她居然还真的傻傻地去亲了他三次！

当时她是傻了吧！

池栀语的脑子瞬时充了血，抬手揪住了他的脸，恼羞成怒道："你能不能正经点！"

谢野任由她掐着，扬起眉理所当然道："我有这玩意儿？"

池栀语继续掐他，咬着牙道："我一定要把你这无耻的一面都宣扬出去。"

谢野勾唇，悠悠道："噢，你想再把今天重复一遍？"

池栀语还没说话。

下一刻。

谢野勾起她的下巴，低头又覆上她的唇。

"那就再亲一次。"

（上卷·十七八岁完）

图书在版编目（ＣＩＰ）数据

作对 / 岑利著. —— 武汉 :长江出版社, 2022.4

ISBN 978-7-5492-8266-1

Ⅰ.①作… Ⅱ.①岑… ②王… Ⅲ.①言情小说—中国—当代

Ⅳ.①I247.5

中国版本图书馆CIP数据核字(2022)第051503号

**作对 / 岑利 著**

| | | |
|---|---|---|
| 出　　版 | 长江出版社 | |
| | （武汉市解放大道1863号） | |
| 策划编辑 | 王　婷 | |
| 市场发行 | 长江出版社发行部 | |
| 网　　址 | http://www.cjpress.com.cn | |
| 责任编辑 | 罗紫晨 | |
| 特约编辑 | 王　婷 | |
| 封面设计 | 80零·小贾 | |
| 版式设计 | 天　缈 | |
| 印　　刷 | 环球东方（北京）印务有限公司 | |
| 版　　次 | 2022年4月第1版 | |
| 印　　次 | 2022年4月第1次印刷 | |
| 开　　本 | 880mm×1230mm　1/32 | |
| 印　　张 | 21 | |
| 字　　数 | 589千字 | |
| 书　　号 | ISBN 978-7-5492-8266-1 | |
| 定　　价 | 78.00元（全两册） | |

MEMORY
HOUSE